Dolf Sternberger
Schriften VIII

Dolf Sternberger
Gang zwischen Meistern

Insel Verlag

Erste Auflage 1987

Druck: Thiele u. Schwarz
Printed in Germany

Inhalt

Meiner Frau gewidmet

Vorrede

Dieses Buch handelt von Meistern, die mich geleitet oder verzaubert, ergriffen, fasziniert oder schockiert haben und die ich wiederum, in Spruch und Widerspruch, in öffentlicher Äußerung begleitet habe. Die Essays, Glossen und Rezensionen, die darin vereinigt sind, markieren insgesamt einen Zeitraum von mehr als fünfzig Jahren; der früheste Beitrag stammt von 1929, der späteste von 1986. Alle beziehen sich auf Zeitgenossen. Zu den meisten von ihnen stand ich für kürzere oder längere Zeit in einer persönlichen Beziehung. Einige waren mir Lehrer, einige meine Kollegen, einigen bin ich in Freundschaft nahe gekommen, einige habe ich aus liebender Distanz bewundert, alle sind mir bis auf diesen Tag völlig gegenwärtig. Ich glaube auch, daß sie sämtlich, in Anziehung und Abstoßung, sich meiner eigenen geistigen und literarischen Bildung mitgeteilt haben. Insofern hat die Folge dieser Schilderungen und Urteile auch Züge einer indirekten Autobiographie. Daß über eine so lange und so wechselvolle Zeit, in so unterschiedlichen Lebensaltern und Lebensumständen die Schreibart gewisse Veränderungen durchgemacht hat, ist wohl nur natürlich. Man wird die enthusiastischen Abstraktionen des Philosophiestudenten – zumal in jenem ersten Essay über Chaplin von 1929 –, man wird die verdeckte Schärfe des kritischen Referenten – etwa in den Zeitungsberichten über Heideggers Vorlesungen von 1939 – den jeweiligen Bedingungen zuzuordnen wissen; man kann nicht einen gleichförmig durchgehenden Stil erwarten, er wäre leblos. Es werden auch nicht Bildnisse gegeben, die ruhig an der Wand hingen, sondern die Subjektivität des Betrachters, seine eigene Erfahrung ist immer beteiligt. Darum habe ich, wo eine Wahl war, eher diejenigen Äußerungen in diesen Band aufgenommen, welche Antworten, Begeisterungen, Auseinandersetzungen, Einwendungen, überhaupt Reaktionen enthalten. Der Gang zwischen den Meistern ist immer auch Umgang mit ihnen, und sei es nur der des Verstehens. Und zuweilen ist der Gang ein Fechtgang, der auch gegen den Meister gewagt wird.

Es ist eine bunte Galerie, sie umfaßt Denker, Dichter, Journalisten und Schauspieler. Die einleitende »Erinnerung an die Zwanziger Jahre in Heidelberg« bildet eine Art Ouvertüre, worin ein paar Hauptmotive angeschlagen sind, die in der Folge einzeln ausgearbeitet und variiert werden. Das war eine Epoche geistiger Erweckung, und es sind damals einige der Meister zuerst hervorgetreten, welche mir nachmals und über Jahrzehnte präsent geblieben sind, namentlich Karl Jaspers und Viktor von Weizsäcker, doch auch die Charlie-Figur Chaplins. Indem ich aber jüngst die älteren und neueren Arbeiten durchgesehen habe, die während meines Ganges zwischen diesen und anderen Meistern, während meines geistigen Lebensganges entstanden waren, fiel mir auf, daß es nicht allein die Gestalten mit ihren je eigentümlichen Einsichten waren, die mir bedeutend geblieben sind. Es ist auch ein bestimmter Grundton und Hauptbegriff, der in ganz unterschiedlichen literarisch-philosophischen Streitfällen und Parteinahmen unversehens wieder auftaucht: die Liebe. An Martin Heideggers Erörterung des Todes (in dem genialen Buche *Sein und Zeit* von 1927) war es die Lieblosigkeit, die ihn das »Sterben Anderer« beiseite wischen ließ, was mich zum Widerspruch reizte, als ich die Dissertation *(Der verstandene Tod)* schrieb. Wie ich nun sehe, ist ›Liebe‹ auch das letzte Wort in dem kurzen Statement, das ich zu Heideggers achtzigstem Geburtstag für eine Fernsehsendung formulierte. Wiederum gibt ›Liebe‹ das kritische Argument ab, das ich dem ›Prinzip Hoffnung‹ und meinem Freunde Ernst Bloch entgegensetzte, kaum daß ich den mächtigen rhapsodischen Denker willkommen geheißen hatte. Und die Beweise der Liebe habe ich auch in den Werken des großen Prosadichters Thomas Mann aufzuspüren unternommen, damals zumal, als man ihn in Deutschland der Kälte zieh. Ich weiß nicht, ob es dem Autor zukommt, in der Vorrede seines Buches den Lesern Hinweise dieser Art zu geben; ich mache diese Bemerkung auch nicht eigentlich als Autor, vielmehr als Leser, wenngleich als Leser eigener Schriften.

Im Lesen habe ich natürlich auch bemerkt, daß innerhalb einzelner Kapitel bisweilen Motive, ja Ausdrücke, mehrmals vorkommen. Das *mochte* ich nicht tilgen; es folgt aus der Anlage.

In der Philosophie und der Literatur habe ich mich bewegt, ein Journalist und Literat bin ich gewesen, ehe ich in die Wissenschaft einkehrte. Drei Meistern aus dem Kreise der alten *Frankfurter Zeitung* sind Gedenkworte gewidmet, die in diesem Band wiederkehren. Sie mögen unter der Hand auch an die Epoche der Tyrannei erinnern, der wir allesamt knapp entronnen sind. Denker, Dichter, Journalisten, Schauspieler also sind in dieser Galerie anzutreffen, kein einziger Politiker. Das muß Wunder nehmen bei einem Autor, der seither in der Universität das Fach der Politik studiert und gelehrt hat und der als Publizist, in Zeitung, Zeitschrift und Rundfunk, mit der Politik und den Politikern der Epoche immerfort in kritischer Verhandlung gestanden hat. Es hat mich selbst verwundert, diese Lücke wahrzunehmen. In der Lücke steht keine Gestalt, sondern die Erfahrung des Unheils. Den Unheilsbringer kann ich nicht einen Meister nennen, auch nicht in einer metaphorischen, dämonologischen Redeweise. Dennoch war er es, der mich Politik gelehrt hat, e contrario; noch genauer: ex negativo. Aber ich vermag ihn weder zu schildern noch zu deuten, noch zu kritisieren. So muß die Lücke bleiben.

Noch mehr wird sich mancher wohl darüber wundern, wie gegensätzliche philosophische, literarische, auch politische

Gesinnungen oder Positionen hier in dem einen und selben Rang der Meisterschaft erscheinen. In der Tat sind kaum Jaspers und Heidegger, geschweige Heidegger und Bloch, wie man sagt, ›in einem Atem zu nennen‹; zudem liegen wechselseitige Verdikte, ja Verdammungen vor. In der Schönen Literatur steht der Weltbürger Thomas Mann dem Nationalisten Ernst Jünger, steht jener auch als der umständliche Erzähler von Geschichten diesem als dem Erspürer von Essenzen und Analogien des Seins gegenüber. Vollends mögen nicht alle Professoren, die hier vorkommen, sich mit dem Clown Charlie oder der Künstlerin Dietrich in derselben Geister-Gesellschaft wohlfühlen. (Ich erinnere mich, daß mein Lehrer Karl Jaspers ziemlich ratlos war, als ich ihm den Chaplin-Essay zu lesen brachte: seine Idee von ›Existenz‹, seine Stimmung des existentiellen Ernstes vertrug sich nicht mit dem Phänomen des Komischen.) Wo ist der Standpunkt des ›Zwischengängers‹, da er an so widersprechenden Gestalten und Werken Geschmack finden konnte? Selbst wenn man wahrnimmt, welch deutliche Einwendungen er da und dort erhoben hat, in einigen Fällen zeitweilig, in anderen – zumal in demjenigen Heideggers – sogar durchgängig, wird man doch möglicherweise Anstoß daran nehmen, daß ihnen allen, dem Ontologen wie dem Utopisten, dem Ethiker wie dem Psychosomatiker und abermals dem unersättlichen Beobachter wie dem präzisen Artisten doch derselbe Status zuerkannt wird. Und es ist wahr, niemand kann Meisterschaft gleichsam mit einer teilnahmslosen Testmethode feststellen. Man muß sie verspürt, ja genossen, womöglich bewundert haben, um sie auch nur zu erkennen. Ich habe mich wohl nicht eigens bemüht, Meisterschaft zu erkennen, sie hat sich mir vielmehr von selbst bezeugt und eingeprägt, zuweilen wie ein Zauber, und ich habe, indem ich sie wahrnahm, nicht die Rechten und die Linken sortiert. Sich auf eine Seite zu schlagen ist freilich im Bürgerkrieg geboten, und ich habe mir gar nicht selten die Frage gestellt, ob ich bei der letzten Entscheidung nicht den aufs Blut bekämpfen würde, der mich doch bezauberte. Es war in einer gewissen kritischen Lage sogar nahe daran. Dieser Zwiespalt läßt sich nicht aufheben.

Anders steht es mit der Kunst als mit der Philosophie. Die reine Artistik verweigert sich der Botschaft. Durch reine Kunst und Künstlichkeit schuf aber der Künstler Gustaf Gründgens gerade ein Reservat von Freiheit. Charlie Chaplin andererseits hat – in dem Film *Der große Diktator* – eine Botschaft ausgerichtet und das Kunstwerk zerbrochen, es litt ihn am Ende nicht im Bann des Spiels, er trat hervor und hielt eine Rede, eine Rede von Freiheit und Gerechtigkeit. Die Denker wiederum, so scheint es, haben gar keine andere Aufgabe, als ihre Botschaft auszurichten. Wie dort das Gebot gilt ›Bilde, Künstler, rede nicht!‹, so müßte oder sollte hier die Maxime umgekehrt lauten: Rede, Denker, bilde nicht! Da nun aber in der Tat der Philosoph nicht zu denken vermag, ohne zu reden, da, mit anderen Worten, das Mittel und Medium seines Denkens die Sprache ist, so gerät auch das Denken jeden Augenblick in die Versuchung, selbst eine Art ›Schöne Kunst‹ zu werden. Heidegger hat sich dieser Versuchung nicht widersetzt, er hat sich ihr in die Arme geworfen, die Sprache in ein Denk-Kunstwerk zu zwingen unternommen. Der artistische Zug seiner Philosophie ist mir erst sehr spät aufgegangen, so habe ich ihn nur am schwächsten Exempel dargetan, an der Rektoratsrede von 1933. Der Geist aber hat es mit der Wahrheit zu tun. Dreht er sich im Sprachtanz der selbst erdachten, selbst erdichteten Begriffe, so kann es geschehen, daß er sich an die Kunst verliert, die Wahrheit darüber vergißt. Derart mag auch der Denkkünstler ein Meister heißen, doch werden wir nicht ihn um Rat fragen, wenn wir uns in der Menschenwelt erkennend und handelnd zurechtfinden wollen. Die Denkkunst wäre ganz ebenso ein professionelles Fach wie etwa die Verskunst oder die Tanzkunst – gehandhabt nach genauen Regeln der Konvention oder auch nach alternativen Inventionen des modernen Ausdrucks –, hätte sie sich nicht an ›Gott und der Welt‹ als ihren Gegenständen zu bewähren.

Es ist wohl nicht nötig, ausdrücklich zu bemerken, daß die Meister, die in diesem Buch geschildert, gedeutet und kritisiert werden, nur eine fragmentarische Figuration ausmachen. Einmal sind es, wie schon bemerkt, nur Genossen meiner eigenen Lebenszeit. Klassische Überlieferungen, historische Autoren, die mir bedeutend waren oder sind, kommen hier nicht zur Sprache. Aristoteles, Machiavelli und Augustinus, zum Beispiel, sind Meister, die in einem früheren Buch, den ›Drei Wurzeln der Politik‹, aufgerufen wurden. Andere große Namen und Titel der Vergangenheit will ich nicht nennen, es handelt sich jetzt nicht um eine umfassende Rechenschaft über meine Bildung. Auch die nächsten Freunde habe ich fortgelassen, die mich durch Jahrzehnte unendlich bereichert, gestützt, ermuntert und berichtigt haben, männliche und weibliche. Es war ja das einfache Kriterium anzuwenden, daß veröffentlichte Äußerungen von einigem Gewicht vorlägen. Es mag auch erwähnt sein, daß die Texte, die hier gesammelt und geordnet erscheinen, durchweg der freien Entschließung des Verfassers entstammen – auch dort, wo journalistische Anlässe gegeben waren – und daß sie in ihrem authentischen Wortlaut wiedergegeben sind.

Insgesamt sind die Meister gleichsam kapitelweise angeordnet, und zwar ungefähr in der Reihenfolge, wie es den Zeiten ihrer jeweiligen Hauptwirkung in meinem Lebensgang entspricht.

Januar 1987

Erinnerung an die Zwanziger Jahre in Heidelberg

Rede, gehalten am 13. Januar 1986 in der Aula der Ruprecht-Karls-Universität zu Heidelberg

Magnifizenz, liebe Kollegen und Kommilitonen,
meine Damen und Herren,
»Erinnerung an die Zwanziger Jahre« – die Zwanziger Jahre, das ist kein offizieller Epochenbegriff der Geschichtsschreibung, sie sind nur redensartlich in dem kollektiven Gedächtnis des Westens aufbewahrt als die »Goldenen Zwanziger Jahre« oder englisch »the gay twenties« – und dabei denkt man nicht so sehr an die »*geistige* Situation der Zeit« (wie ein berühmter Heidelberger Buchtitel lautet) als vielmehr an ihre *sinnlichen* Kennzeichen, an Revuegirls und Jazzmusik, Saxophon und Schlagzeug, an die schwarze Tänzerin Josephine Baker und allerlei sonstige erotische Kunstfiguren. Allenfalls in der Stilgeschichte des Kunstgewerbes figuriert dieses Jahrzehnt, jetzt unter dem Namen »Art Déco«. In der großen Geschichtsschreibung, der politischen Geschichte, hat die Epoche einen trübsinnigen oder gar bitteren Ruf, sie erscheint hier als ein Teil der »Zwischenkriegszeit«, des »entre deux guerres«.–

»Twenty years largely wasted, the years of l'entre deux guerres«, heißt es in einem großen Gedicht von Eliot, die Zeile kommt mir immer in den Sinn, wenn die historische »Erinnerung an die Zwanziger Jahre« zur Erörterung steht: diese Zeit hat keinen positiven Namen, sie ist für die Historiker fast nur eine fiebrige Zwischenphase in der »Ära der Weltkriege« (das ist die Epochenbezeichnung in unseren großen Handbüchern), und gelegentlich ist man so weit gegangen, die Zwischenkriegszeit vollends der Kriegszeit zuzuschlagen, wobei dann ein neuer Dreißigjähriger Krieg herauskommt – 1914 bis 1945. Vollends fatal ist ihr Bild in der deutschen Geschichte: Die »Weimarer Republik« – ein klangloses Wort! Diese Staatsgründung war vom ersten Tag an von rechts und von links beschimpft oder bejammert; sie heißt »die ungeliebte Republik«, die »improvisierte Republik«, die »Republik ohne Republikaner«; selbst ein so herzlich teilnehmender liberaler Historiker wie Erich Eyck bekennt schon auf der ersten Seite seiner Darstellung, daß »ihr erschütterndes und klägliches Ende auf ihre ganze Geschichte ein düsteres und melancholisches Licht« werfe, derart, daß »es den rückblickenden Historiker Überwindung koste, bei ihr zu verweilen«. Karl Dietrich Bracher vollends hat seine kompendiöse Untersuchung unter das Titelwort »Die Auflösung der Weimarer Republik« gestellt, und er weist nach, daß diese Auflösung eigentlich mit dem ersten Tag der Gründung angefangen hat. Die sogenannte Rechte, die unseligerweise auch den Nimbus des Vaterländischen sich hatte aneignen können, mochte die Niederlage von 1917/18 nicht wahrhaben, hielt die trotzige Unwahrheit aufrecht, Deutschland sei »im Felde unbesiegt« geblieben, und schob die Schuld dem sogenannten Dolchstoß der Novemberrevolution oder, wie sie es ausdrückte, den »Novemberverbrechern« zu (das habe ich während meiner Gymnasialzeit beinahe jeden Tag vom Katheder her zu hören bekommen, das war mein erster politischer Unterricht!). Und die revolutionär gesinnte Linke andererseits wollte die bürgerliche Republik, diesen kühn entworfenen, doch nur schüchtern betriebenen Verfassungsstaat ebensowenig hinnehmen. Sie sah in jenem ersten republikanischen Oberbefehlshaber, dem Volkskommissar Gustav Noske, der die Verantwortung auf sich genommen hatte, den Berliner Spartakusaufstand niederzuwerfen im Namen des neuen Staatswesens – »einer muß der Bluthund sein«, war sein eigener Ausspruch –, nichts als den »Arbeiterverräter«, der den Tod von Liebknecht und Luxemburg verschuldet hätte. Und diese bedrängten Leute in der Mitte, die Sozialdemokraten zumal, griffen nicht wie Lenin mit Begierde nach der Macht, sondern unterzogen sich der sauren Regierungspflicht nur mit Seufzen und mit schlechtem Gewissen. Sie hatten die Reparationsleistungen zu beschaffen und zu signieren, die in Versailles verfügt worden waren.

»Die Zwanziger Jahre« bilden im übrigen auch keine einheitliche Epoche. Eher lassen sie sich als eine Folge von Krisen beschreiben: die Krise der Inflation, die Krise der Stabilisierung (nämlich der Vermögensschwund, die Verarmung des Mittelstandes) und die Weltwirtschaftskrise. Man kann sich, meine Damen und Herren, von der heutigen Grundstimmung eines einigermaßen gleichbleibenden Wohlstandsniveaus mit all seinen Sicherungen, die nur durch das leichte Gekräusel der schwankenden, allenfalls auf Null absinkenden Wachstumsrate in einer gewissen Erregung gehalten wird, man kann sich von solcher wenn auch besorgten Sicherheit aus kaum noch vorstellen, welche ungeheuerlichen Einbrüche, Katastrophen in dieser kurzen Spanne der vierzehn Jahre zwischen der roten Revolution und der braunen Staatsvergewaltigung einander gejagt haben. Als Symptom will ich der historischen Erinnerung wegen nur die eine schlechthin groteske Tatsache angeben, daß ein amerikanischer Dollar am 20. November 1923 vier Billionen und zweihundert Milliarden Mark wert war und daß an ebendiesem Tage der ganze surrealistische Spuk vertrieben wurde mit der Einführung einer neuen Währung, der Rentenmark: Die Billionen und Milliarden zerplatzten in der Luft, es blieben nackte vier Mark zwanzig übrig, und die Ersparnisse waren beim Teufel. Sieben Jahre später gab es zwar eine konsolidierte Währung, aber keine ausreichende Beschäftigung mehr – gegen fünf Millionen Arbeitslose. Das ist alles schwer vorzustellen.

Vielleicht kann man aber nachfühlen, welch eine taumelnde Lebenslust – mit allen jenen Merkmalen der gay twenties – neben diesen Schicksalen herjagte, und wiederum, wie der entsetzliche Kontrast zwischen den genießenden und den leidenden Schichten einer ätzenden und kratzenden Gesellschaftskritik sich darbot: graphisch kennen wir sie aus den Blättern von George Grosz, literarisch aus den Dichtungen von Bert Brecht, namentlich aus der Dreigroschenoper, die er mit dem Komponisten Kurt Weill zusammen produziert hat. Sie ist 1929 uraufgeführt worden. Sie kennen diese Songs: »Nur wer im Wohlstand lebt, lebt angenehm« oder »Erst kommt das Fressen, dann kommt die Moral!«, worin der aggressiv zitierte Zynismus selber wieder zur jubelnden Vergnügung geworden ist, die Satire beinahe zur Rechtfertigung, jedenfalls der Hohn zum Amüsement der Verhöhnten dienlich wurde. Derart haben sich die bösen und die übersüßen Essenzen der Zeit miteinander amalgamiert, der Jux tanzte mit dem Unheil Arm in Arm. Da sehen wir das Finstere und das Goldene der Zwanziger Jahre im grandiosen Leichtsinn eines Kunstwerks miteinander verquickt.

Aber das ist Berlin, meine Damen und Herren, allenfalls Frankfurt, nicht Heidelberg, und es sind ja die Zwanziger Jahre in Heidelberg, die wir in Erinnerung rufen wollten. Und hier will ich die Perspektive wechseln, nicht mehr wiederholen, was zur Geschichtsschreibung geronnen ist (und es sind uns ja gerade jüngst, aus Anlaß unseres Jubiläums, tüchtige historische Darstellungen aus dieser Periode in die Hände gegeben worden), sondern vielmehr meine persönliche Erinnerung vor Ihnen auszubreiten versuchen, nicht alle, aber doch einige subjektive Erinnerung, soviel davon, wie mir charakteristisch und wie mir bedeutungsvoll zu sein scheint. Meine Erinnerung an »die Zwanziger Jahre in Heidelberg« betrifft, genau genommen, nur die drei letzten Jahre des Jahrzehnts – 1927, 1928, 1929. Und ich will Ihnen sogleich eröffnen, daß diese meine eigene Erinnerung nichts oder fast nichts von dem mit sich führt und ans Licht bringt, was die Geschichtsschreibung verzeichnet, weder den grellen Jux noch die bittere Schärfe, weder die Krisenhaftigkeit noch die düstere Melancholie der politischen Historie. Meine Zwanziger Jahre in Heidelberg nehmen sich in der Erinnerung aus wie ein hell leuchtender Landschaftsausschnitt, der am Ende eines langen dunklen Tunnels erscheint: ich weiß nicht, ob ich mich dessen schämen muß oder ob ich mich darüber grämen soll: es war eine schlechthin glückliche Epoche, erfüllt von erleuchtenden Erfahrungen des Geistes wie des Lebens. Ob es methodisch zu rechtfertigen ist, was ich Ihnen da vortrage und wie ich es vortrage, muß ich dahingestellt sein lassen: Sie können es allenfalls als histoire anonyme auffassen oder als Alltagsgeistesgeschichte oder auch ganz unwissenschaftlich als ein Stück Memoirenliteratur – mir gilt es gleich, ich will nur versuchen, eine subjektive Wahrheit herauszubringen.

Ich war knapp zwanzig Jahre alt und trat in mein fünftes Semester, als ich nach Heidelberg kam. Ich lebte von einem bescheidenen heimischen Wechsel und von gelegentlichen Honoraren für journalistische Arbeiten. Berufspläne hatte ich überhaupt nicht, akademisch strebte ich wohl eine Promotion an. Dieses ganz grundlose Lebensvertrauen, dieser absolute Leichtsinn ist heute fast unverständlich, auch mir selbst; wahrscheinlich war man so sehr an Unsicherheit gewöhnt, daß man sich deswegen keine Sorgen machen mochte. Bis dahin hatte ich allerlei Fächer, namentlich deutsche Sprache und Literatur, studiert, hatte mit Neugier und auch mit Lust gelernt, jetzt aber, in Heidelberg, schlug der Blitz ein, der Geist entzündete sich. Und das geschah durch die philosophische Vorlesung von Karl Jaspers – die Vorlesung mit dem Titel »Philosophische Weltanschauung«, Kapitel »Existenzerhellung«.

Wir hörten da von den »Grenzsituationen«, von Tod, Leiden, Schuld. Und vor allem von »Kommunikation«. Das Wort ist im heutigen Sprachgebrauch ganz entzaubert, bezeichnet nur noch Nachrichtenübermittlung. Dort und damals war es ein Herzenswort, das uns im Innersten traf, zugleich ein Mysterium und ein ethischer Anspruch. »Kommunikation« meinte eine Beziehung zwischen einzelnen, eigentlich nur zwischen zweien, »von Existenz zu Existenz«, wie er sagte. »In der Kommunikation werde ich mir mit dem andern offenbar«: solch ein Satz fuhr einem förmlich in die Glieder, riß einen aus jedem Schlendrian. Oder: »Der Tod des nächsten, des geliebtesten Menschen, mit dem ich in Kommunikation stand, ist im erscheinenden Leben der tiefste Schnitt ... Nichts ist rückgängig zu machen, für alle Zeit ist es das Ende.« Dergleichen hatte man noch nie vernommen, jedenfalls nicht von einem Katheder. Das waren nicht mehr die Wahrheiten der Erkenntnistheorie, wie ich sie bis dahin vernommen hatte, die konservierten Wahrheiten aus dem Speicher des Verstandes, es waren höchst dringliche Hinweise auf diejenige Wahrheit, die erst noch zu erfahren war. Die Lehre wandte sich fühlbar und ausdrücklich immer an den einzelnen. Ich war ein einzelner, hatte meine vorige Gruppenzugehörigkeit aufgegeben, war ein »Freistudent« κὰτ ἐξοχην, wenn ich auch gewiß mit und unter Freunden lebte, Freunden gleichen Schlages. »Existenzielle Kommunikation«, das bedeutete die höchste Erwartung gewiß in der Freundschaft, vor allem aber in der Liebe, die höchste Erwartung und den höchsten Anspruch, nämlich die Liebe ernst zu nehmen, sich zu entscheiden und in einem genauen und tiefen Sinn: Treue zu üben, Treue zur eigenen Entscheidung.

Dieser Geist drang ins Leben, in unser eigenes Leben ein, wurde buchstäblich zum »lebendigen Geist«. In meiner Erinnerung sehe ich eine ganze Reihe studentischer Paare vor mir, die von dieser Unbedingtheit ergriffen und zu dieser Unbedingtheit begeistert waren, zumeist übrigens ohne Eheschließung, wenigstens einstweilen. Es war in diesem Milieu, als ob Erotik und Ethik ein und dasselbe geworden wären. Das war das »eigentliche« Leben. Die »Eigentlichkeit« war durchaus nicht bloß ein Jargon – wie Adorno späterhin (in einem berühmten Essay) gemeint hat, indem er alles, was »Existenzphilosophie« hieß, über einen Kamm zu scheren unternahm, noch dazu einen vergifteten. Philosophie schlang sich so in die Erfahrung des Lebens, eröffnete sie erst recht eigentlich und verlieh ihr einzigartige Bedeutung. So war es ausgemacht, daß ich hinfort Philosophie studieren würde und beinahe nichts anderes mehr. Was Jaspers lehrte, war eine Philosophie der Intimität. Intimität, das ist die Sphäre der nächsten und vertrautesten Nähe, aber der Nähe zweier gesonderter Wesen. Weit entfernt, etwa die Vereinigung oder Verschmelzung zu rühmen, schärfte diese Lehre vielmehr in höchstem Maße den Sinn für die Andersheit des andern und die Eigenheit des Nächsten. Dennoch blieb es, ich wiederhole das Wort, eine Philosophie der Intimität, nicht der Publizität. Die res publica kam nicht zur Sprache, damals noch nicht, sondern exklusiv die res intima (wenn der Ausdruck erlaubt ist). Der Ausgriff in die Publizität, d.h. in die Politik, geschah erst später – unter der Nötigung der totalen Herrschaft, der Diktatur und der Verfolgung; aber ich spreche nicht von den Dreißiger und Vierziger, gar von den Fünfziger Jahren, sondern präzis von den Zwanziger Jahren. Die Politik haben wir nicht bei Jaspers gelernt, sondern hernach, bei Hitler – ich meine: durch Hitler, e contrario. Auch Jaspers selbst ist erst durch die Erfahrung der Gewaltherrschaft auf die Politik gestoßen worden.

Es scheint sogar – wenn ich hier eine geistesgeschichtliche Bemerkung einschalten darf – ein allgemeines oder doch verbreitetes Merkmal gerade dieser Epoche zu sein, daß die Denker auf mancherlei Weise die Mitmenschlichkeit entdeckten, den Dialog als Lebensprinzip: ich erinnere an Martin Buber, der die Ich-Du-Beziehung sogar in die Religion eingeführt oder vielmehr aus der Religion hergeleitet hat, an Max Schelers Paraphrase der »Sympathie« und an die bedeutende Arbeit von Karl Löwith über »Das Individuum in der Rolle des Mitmenschen«. In solchem Theorem schien die Philosophie sich aus ihrem Egotismus zu lösen, das Ich rückte heraus aus der paradigmatischen Position, die es so lange besetzt gehalten hatte – das »cogito, ergo sum« stand ja am Anfang der Moderne. Und an noch einen andern Heidelberger Gelehrten aus einer andern, der medizinischen Fakultät muß ich hier erinnern: Viktor von Weizsäkker. Er hat keine terminologischen Umstände gemacht, hat vielmehr das einfachste und gewichtigste Wort gefunden oder wiedergefunden: »Liebe«. In seinem Erinnerungsbuch – *Begegnungen und Entscheidungen* –, das nach dem Krieg erschienen ist, hat er seine Wahrnehmungen und Eingebungen aus den Zwanziger Jahren mit ihrem »Erotismus« geschildert und sehr tiefsinnige, zugleich sehr schöne Folgerungen aufgestellt; er hat eine Kritik der Freudschen Trieblehre entworfen. Er führt da sogar eine Äußerung von Freud selber an, die er in einem Brief an ihn, Weizsäcker, getan habe: Mit Hinblick auf seine Lehre von der Libido schrieb er, »er sei nur mit dem Gröbsten im Seelenleben beschäftigt gewesen«, das ist ein erstaunliches Geständnis! –, und Weizsäcker knüpft daran die Bemerkung, »daß die groben Dinge aus feinen zusammengesetzt sind und nicht umgekehrt«. Und das ist eine authentische Auskunft des Neurologen (er leitete damals die Nervenabteilung der Ludolf-Kriehl-Klinik in der Bergheimer Straße).

Natürlich waren die Zwanziger Jahre in Heidelberg auch eine große Zeit der Soziologie, der Soziologie nach Max Weber; sie ist bezeichnet durch die Namen seines Bruders Alfred, der mit seiner synthetischen Pranke ganze Kulturen, ganze »Geschichtskörper« soziologisch zu begreifen unternahm, und Karl Mannheims, der die Kunst der Ideologiekritik erdacht und geübt hat. Aber ich bin nicht sicher, ob jene philosophischen Entdeckungen oder Erleuchtungen der Sympathie, des Dialogs, der Kommunikation, schließlich der Liebe mit diesem Studium der Gesellschaft und der

Gesellschaften mitsamt ihren assoziierenden und dissoziierenden Prozessen einen inneren geistigen Zusammenhang haben. Dicht vor den Augen des Ideologiekritikers schwoll die brutale und vulgäre neue Ideologie heran, die völkische, und dicht vor den Augen der Soziologen ballte sich eine Massenorganisation zusammen, welche die Grundunterscheidung zwischen Gemeinschaft und Gesellschaft Lügen zu strafen schien und am Ende die ganze Soziologie in Heidelberg wie anderwärts erdrückte oder verjagte. (Freilich, die Philosophie ereilte dasselbe Schicksal.) Nein, ich wollte nur feststellen, daß wir die Liebesphilosophie der Zwanziger Jahre nicht unter die soziologischen Bemühungen derselben Epoche subsumieren oder auch nur mit ihnen vermischen sollten.

Ich bin, meine Damen und Herren, für einen Augenblick gleichsam in den dunklen Tunnel geraten, der mich vom Anblick jener fernen Szene der Zwanziger Jahre trennt. Ich will mich der hell erleuchteten Landschaft meiner Erinnerung noch einmal zuwenden: Es ist eine Miniatur, ich weiß es, nur eine Miniatur und kein Panorama. Aber es war doch merkwürdig und beglückend, wie sich in dieser Beleuchtung und Erleuchtung die disparatesten Erfahrungen miteinander verknüpfen konnten. Wir lebten ja nicht nur im Hörsaal und im Seminar, wo Hegel oder Kant gelesen wurde. Man ging zum Beispiel leidenschaftlich gern ins Kino. Und da ist vor allem eine Figur zu nennen, die Figur des Charlie in den großen Meisterwerken Chaplins, im *Goldrausch* (von 1925) und im *Zirkus* (von 1928). Ich spreche jetzt nicht von dem Künstler Chaplin, sondern von der Figur Charlie, von dem unschuldigen Clown, dem Paria und Schlemihl, wie Hannah Arendt ihn später genannt hat – denn sie saß zur selben Zeit im selben Seminar und auch im selben Kino: gewiß war er die populärste Figur der Epoche und ein Liebling des Volks durch Lächerlichkeit, aber zugleich gewann er in unserem Sinn eine esoterische Bedeutung, und wir lasen seine Pantomimen und Episoden (es waren noch Stummfilme!) nach der Art, wie andere Zeitalter die Stationen einer Heiligenlegende betrachtet haben. Und dieses eminente Bildungserlebnis – der Ausdruck ist nicht zu hoch gegriffen! – verknüpfte sich in meinem Sinn wiederum mit einer literarischen Gestalt, die längst in der Welt gewesen war, die aber mir gerade in diesen meinen eigenen Zwanziger Jahren sich erschlossen und eingeprägt hat: es ist die Gestalt des Fürsten Myschkin, Dostojewskis *Idiot*. Der Roman, in der deutschen Übersetzung von Rahsin 1922 zuerst erschienen (mein Exemplar stammt von 1925, genau aus der Zeit, da ich die Schule verließ und zu studieren begann), dieser große Roman hat mich durch diese Jahre begleitet fast wie eine zweite Bibel. Beide, der unschuldige Clown Charlie und das lächerliche, nämlich lächerlich selbstlose Opferlamm Myschkin, gerieten mir in das Licht der Existenzphilosophie, und ich schrieb – nicht eine Doktorarbeit, wohl aber einen Essay, meinen ersten großen Essay, über »Die komische Existenz«. Das war in dem bitterkalten Winter 1928 auf 29, wo der Neckar zugefroren war und als Fußweg und Straße dienen konnte. Das Manuskript trug ich in ein Haus in der Plöck, aber nicht Nummer 66, wo Jaspers wohnte, er hätte wohl nicht viel Sinn dafür gezeigt, das Komische hatte keine Stelle in seinem Denken, und ins Kino ging er auch nicht. Ich klingelte an der Tür nebenan, Nummer 68: da wohnte Viktor von Weizsäcker, ihm übergab ich das Manuskript, damit er es lese und womöglich in die großartige Zeitschrift *Die Kreatur* aufnehme, die er, der Protestant, zusammen mit dem Katholiken Josef Wittig und dem Juden Martin Buber herausgab und die Lambert Schneider verlegte. (Auch Buber lebte hier in der Nähe, in Heppenheim an der Bergstraße, und ich wurde ihm alsbald vorgeführt.) Das war eine reine Essay-Zeitschrift meditativen Charakters, ohne fachliche Begrenzung, ich las sie in der paradiesischen Zeitungslesehalle, die damals im Erdgeschoß des Seminarienhauses in der Augustinergasse untergebracht war, im selben Gebäude wie das Philosophische Seminar. Mein Beitrag ist dort wirklich erschienen, erbrachte ein opulentes Honorar von 250 Mark – das war Lebensunterhalt für gut einen Monat –, es war freilich das letzte Heft der *Kreatur*, worin er gedruckt stand, sie hat nur drei Jahrgänge erlebt.

Diese Hausnachbarn, Jaspers und Weizsäcker (übrigens ein Onkel des gegenwärtigen Bundespräsidenten), waren zwar, wie ich schon angedeutet habe, in einem gewissen Sinne geistesverwandt miteinander, zudem beide von Haus aus Mediziner, aber zugleich auch Antipoden: vielleicht läßt sich der Gegensatz an ihrem Verhältnis zur Krankheit, zur Krankheit als einem Merkmal des Menschenwesens, knapp charakterisieren: Weizsäcker war immer wie versenkt und versunken in die Dialektik von Leib und Seele, in die Krankheit des Kranken als Geschick und Geschichte, Jaspers registrierte Krankheiten, einschließlich der eigenen, aus der kühlen Distanz der Vernunft. Jaspers bestand durchweg auf dem Objektcharakter des wissenschaftlichen Erkenntnisgegenstandes, Weizsäcker hat sich – mit seinen eigenen Worten zu reden – die Einführung des Subjekts in die anthropologische Erkenntnis zur Maxime gemacht. Mir sind beide zu Lehrern geworden oder zu geistigen Anstiftern, ohne daß ich sie je hätte in mir miteinander versöhnen können, es ist immer gleichsam ein unendlicher Disput geblieben.

Ich sagte, die Landschaft, in die meine Erinnerung mich aus der Ferne blicken läßt, sei eine Miniatur, kein Panorama, sie ist zudem auch fragmentarisch: ich habe nur die Lokalitäten genannt, an denen sich diese private Geistesgeschichte hauptsächlich abgespielt hat: den Hörsaal, das Seminar, die Zeitungslesehalle, ich hätte noch die winzige Bude am Schloßberg nennen sollen (25 Mark Monatsmiete) und vor allem das Café – nicht die Kneipe, sondern das Café war der eigentliche Treffpunkt der Freunde, und es gab drei oder vier Cafés an der Hauptstraße, die wir im Wechsel oder auch zu verschiedenen Tageszeiten besuchten – nur eines davon existiert noch heute unter dem alten Namen. Und ich habe nur die wenigen Namen genannt, die Namen der Männer, die meinen Geist erweckt und gebildet haben, Jaspers vor allem und Viktor von Weizsäcker (dessen Œuvre übrigens seit diesem Frühjahr in einer großen Gesamtausgabe neu vorgelegt wird) – und in anderer Weise: Chaplin und Dostojewski. Natürlich war die Szenerie farbiger, als ich es hier beschreiben kann. Natürlich habe ich nicht nur Hegel und Kant gelesen, sondern auch Rilke und Joseph Conrad – den *Malte Laurids Brigge* nämlich und *Die Schattenlinie* und nicht zu vergessen: Martin Heidegger, *Sein und Zeit*, Erster Halbband, erschienen 1927, just während meines zweiten Heidelberger Semesters. Ich las es sofort, zusammen mit einem älteren Mitglied des Philosophischen Seminars, Dr. Ephraim, der Eindruck war mächtig, aber von anderer Art als derjenige, welchen Jaspers ausübte, nicht entzündend wie dieser, eher eine Art Besitzergreifung durch Sprachmagie: ich brauchte einige Jahre, mich davon zu befreien; aber das ist ein anderes Kapitel, ich kann in der jetzigen Beiläufigkeit davon keine Rechenschaft geben, es gehört auch nicht eigentlich in den Heidelberger Zusammenhang, wenn auch gewiß in den der Zwanziger Jahre. Natürlich habe ich noch andere Professoren gehört und kennen und lieben gelernt: wie sollte ich es unterlassen, die glänzende Gestalt Friedrich Gundolfs in dieses leuchtende Miniaturbild einzutragen – er war nicht mein Lehrer, aber es ergab sich, daß ich das Glück hatte, in seinem Hause eingeführt zu werden, er war der bezauberndste, unterhaltendste, witzigste Mensch in der ganzen Stadt –, und wie sollte ich nicht Heinrich Zimmer nennen, den Indologen, den rauschhaft beredten Mythendeuter. Und von allen meinen Studienfreunden habe ich nur einen erwähnt: Hannah Arendt. Wir waren im Seminar von Jaspers miteinander bekannt gewor-

den, studierten zusammen die *Phänomenologie des Geistes* von Hegel: eine schöne junge Frau, immer belebt durch die Kühnheit ihrer Intelligenz. Sie arbeitete dann an ihrer Dissertation (eben bei Jaspers). Worüber schrieb sie? Über die Liebe. Genauer: über den Begriff der Liebe bei Augustin, das war die Gottesliebe, vor allem aber die Nächstenliebe.
Damit bin ich unversehens wieder und abermals bei dem Grundton und Hauptthema angelangt, das nach meiner persönlichen Erinnerung die Zwanziger Jahre in Heidelberg bestimmte – die Philosophie der Kommunikation und das Leben in der Intimität.
Viele unter Ihnen, meine Damen und Herren, werden sich längst darüber verwundert haben, daß dies die Essenz der Bildungsgeschichte eines Politologen sein solle. (Und auf der Ankündigung der heutigen Vortragsveranstaltung ist ja angegeben, daß der Vortragende dem »Institut für Politische Wissenschaft« angehört!) Wo ist die Schilderung der politischen Auseinandersetzungen dieser Jahre geblieben, wo vor allem ein Bericht von der Teilnahme an diesen Auseinandersetzungen! Wo bleibt das »Engagement«? Waren da nicht heftige Kämpfe in der Studentenschaft? Hat dieser Redner, so werden Sie fragen, davon nichts gemerkt? Oder hat er diese Sache aus seiner Erinnerung verdrängt? Sind es die Betrachtungen, die Erinnerungen eines Unpolitischen, was man hier zu hören bekommt? Wenn ich einen Ausdruck aus dem Vokabular der Studentenrevolte von 1968 gebrauche, um diese subjektive Erinnerung an die Zwanziger Jahre zu kennzeichnen: so war es offenbar eine entschieden »privatistische« Lebensweise und Denkungsart, was da geschildert wurde! Und ich muß mich fragen, ob das wirklich alles ist und ob es sich rechtfertigen läßt! Ob ich nicht diese meine Zwanziger Jahre in Heidelberg »großenteils vertan« habe. Sie erinnern sich an die Verszeile von T. S. Eliot: ». . . largely wasted, the years of l'entre deux guerres«!
Ich krame noch einmal in meiner Erinnerung und in mei-

nem Archiv und finde: wir, meine Freunde und ich, haben doch auch etwas Öffentliches unternommen, sogar etwas Publizistisches. Wir haben eine unabhängige Studentenzeitschrift gegründet. Die Nummer Eins ist datiert vom 8. Juli 1928. Am Kopf sind als Herausgeber sechs Namen genannt – sie heißen Böse, Jacobsen, Königsgarten, Krumbhaar, Schlien, Sternberger. Und in dieser ersten Nummer lese ich über dem ersten Hauptbeitrag die Überschrift »Studentenschaft und Staat« (verfaßt von Dr. Erich Hunger, er war ein Soziologe und Assistent am Zeitungswissenschaftlichen Institut gewesen). Und in diesem Artikel wird die bestehende studentische Organisation mit AStA und Studentenhilfe als eine unechte »Selbstverwaltung« verworfen und eine echte »politische Korporation« entworfen. Eine Kernthese lautet wörtlich: »Das Rassenprinzip negiert die Idee der universitas. Seine Anhänger scheiden aus.« Das zielte auf den sogenannten »Hochschulring deutscher Art«, einen Zusammenschluß von Korporierten, der unter unterschiedlichen Namen zumeist die stärkste Fraktion im AStA stellte, und auf sein von den Österreichern und Böhmen übernommenes völkisches Prinzip, auf den Antisemitismus der rechten Gruppierungen überhaupt – eine nationalsozialistische Studentengruppe gab es zu diesem Zeitpunkt in Heidelberg nicht, aber ein Jahr später, 1929, rückte sie mit einer stattlichen Fraktion in das Studentenparlament ein. Da ist also durchaus gekämpft worden, auch von unserer freistudentischen Seite, nicht nur von den organisierten Sozialisten und Republikanern. Aber nun muß ich auch verraten, wie diese Zeitschrift hieß: »Komplizissimus« – als Pendant zum berühmten *Simplicissimus* und zugleich mit einer Anspielung auf die kokette Kompliziertheit namentlich der Soziologensprache; der Einfall dieses Titels stammte von meinem Freunde Königsgarten. An diesem Namen sieht man es: die Hauptsache war doch der Spaß und nicht der Kampf. Insoweit nahmen wir doch auch teil am Geiste der gay twenties.

Es trifft zu, daß wir zu dieser Zeit und in diesem Kreise, und nicht nur in diesem studentischen Kreise, sondern auch im Philosophischen Seminar, ja sogar im Institut für Sozial- und Staatswissenschaften, die politische Situation nicht ernst genug genommen haben. »Eigentlich« ernst nahmen wir nur die res intima, nicht die res publica, noch nicht einmal die studentische – und sie war es ja gerade, die Studentenschaft war es, in der sich das Unheil vorbereitet und deutlich angezeigt hat. Aus der Studentenschaft war die Kampagne gegen den jüdischen und pazifistischen Privatdozenten Gumbel entfacht worden – das war Mitte der Zwanziger Jahre, vor meiner Zeit –, Studenten hatten verlangt, daß ihm die venia legendi entzogen würde; die Fakultät schloß sich dem zunächst an, dann überwand sie ihre Abneigung und handelte pflichtgemäß, getreu dem Prinzip der Freiheit der Lehre. »Die Fakultät muß den Gefahren ins Auge sehen, die entstehen, sobald das kostbare, in einer langen Geschichte herausgebildete Prinzip der freien Lehre, der freien Vertretung aller Weltanschauungen von ihr selbst verletzt würde.«

Sie wissen alle, meine Damen und Herren, wie Heidelberg hernach zugerichtet worden ist. Ein paar Jahre nach der Zeit, von der ich Ihnen hier berichtet habe, war fast keiner von denen mehr im Amte, die meine Lehrer gewesen waren. Man hat nachgerechnet, daß ungefähr der dritte Teil der Heidelberger Professoren und Dozenten nach 1933 aus dem Amt verdrängt worden ist, und diese quantitative Angabe sagt noch wenig, man muß sich der vielen großen Namen erinnern; die philosophische Fakultät und die juristische wurden am empfindlichsten getroffen. Die Blüte dieser Universität war vernichtet; eine große Epoche radikal beendet. Denn – ich glaube mich nicht zu täuschen: die Zwanziger Jahre in Heidelberg waren eine große Epoche.

Meine Studienfreunde waren in alle nur denkbaren Exile zersprengt. Einer hat in der französischen Résistance gekämpft, ein anderer kam 1945 in der Uniform der jüdischen Brigade der englischen Armee zu uns nach Heidelberg, einen dritten hatte es gar nach Afrika in die Fremdenlegion verschlagen; Königsgarten, den ich erwähnt habe, wurde Lehrer für deutsche Literatur in London, Hannah Arendts Laufbahn im amerikanischen Exil ist bekannt. Ich selbst bin in Deutschland geblieben. Glücklicherweise habe ich die meisten wiedergesehen.

Noch einmal mögen Sie mir – und muß ich selbst mir die Frage vorlegen: Waren sie vertan, diese Zwanziger Jahre in Heidelberg? Wozu hat sie geholfen, diese Ethik der existentiellen Kommunikation? Und was war auszurichten mit dem Unschulds-Clown Charlie? Mit der Lächerlichkeit des Toren Myschkin und mit seinem Opfer? Mit der Erwekkung der Liebe, die Leib und Seele und Geist ergreift? Mit der Einsicht, daß das biblische »Liebe deinen Nächsten wie dich selbst!« nicht nur ein Gebot, sondern auch ein Wesensmerkmal des Menschen sei? Daß es ein Gebot darum sein kann, weil es eine Wesensmöglichkeit des Menschen aufruft? Wenn wir schon nichts oder nichts Gründliches getan hätten, werden Sie vielleicht sagen, um das Unheil zu verhüten: seien wir dann wenigstens gerüstet gewesen, ihm standzuhalten?

Ich glaube, darauf kann ich mit Ja antworten. Hätten wir diese Erfahrung der Kommunikation nicht gemacht und diesen Begriff der Liebe nicht gewonnen – und wäre es uns damit, mit der res intima, nicht so ernst gewesen, so hätten wir wahrhaftig nicht gewußt, was zu verteidigen sei. Denn der politische Aspekt der Existenz, die harte Außenseite, die feste Schale der Intimität gleichsam – das ist nichts anderes als die Freiheit der Person, und zwar nicht allein als meine Freiheit, sondern zugleich als die Freiheit des andern, des Nächsten eben. Und das ist doch der Kern und die Summe der bürgerlichen Rechte und das Herz des Verfassungslebens.

Charlie Chaplin

Charlie Chaplin, Der Idiot, Don Quijote

Versuch über die komische Existenz

Charlie Chaplin

Jedermann, der den *Goldrausch* gesehen hat, wird sich der Szene erinnern, da Charlie zum ersten Male die Schenke der Goldgräberstadt betritt. Man sieht ihn von hinten. Er bewegt sich langsam durch ein Gewühl von Rücken und Hüten. Niemand sieht ihn an, er selbst weiß von niemandem, wünscht von niemandem etwas.

Dies ist der Anfangspunkt von Charlies Dasein. Eigentlich ein völliges Nichts. Nicht einmal Einsamkeit ist es zu nennen. Allenfalls eine Einsamkeit ohne Gefühl von sich selbst, ohne Melancholie, ohne Sehnsucht, ohne Innerlichkeit. Die Einsamkeit eines Punkts. Pures Dasein. Wie ein Neugeborenes nur da ist, und nicht einmal so, denn das Neugeborene ist schon etwas, will schon etwas, hat schon Substanz, zum wenigsten die des Triebs zur Nahrung. Charlie ist überhaupt nichts, weder ein Besitzender noch ein Wünschender, weder ein Liebender noch ein Hassender, sein Ich hat keinerlei Umfang, weder durch Vergangenheit, die er mit sich trüge, noch durch Zukunft, die man ihm zutrauen könnte. Er ist nicht einmal erstaunt, sich vorzufinden unter anderen in der Welt. Ist unberührt sowohl von der Betrübtheit darüber, »sinnlos« dazusein, als auch von der vitalen Freude, sich ausdehnen zu können, zu »leben«.

Diese Punktualität seines Daseins ist die Quelle aller Merkwürdigkeiten darin, seiner Komik wie seiner Tragik. Wir sind der Überzeugung, daß dies nicht Chaplins Privatangelegenheit ist, daß damit nicht etwa bloß eine spezifische Beschaffenheit gerade dieses Menschen benannt ist – wir glauben, daß Charlie Chaplins Filme eine einzigartige Deutung des Daseins überhaupt sind, eine tiefe und sichere

Konkretion des Existierens, sichtbar gemacht im Medium unserer modernen Welt.
Obwohl nun ein guter Teil der Wirkung Chaplins auf das Publikum und dessen Vertrautheit mit seiner Gestalt, seinen Attributen und seinen Gesten entspringen mag, so müssen wir dennoch mit großer Entschiedenheit sagen: Die Tiefe seiner Komik nimmt ihren Anfang nicht von dieser Gestalt, von den Merkmalen dieser Person, die als solche fertig in eine Welt hineinträte und, überall unzulänglich, dennoch niemals tragisch untergehend, sich als komisch in und an ihr bewährte – vielmehr gründet sie im Gegenteil ausschließlich in der *Situation*. So sehr, daß seine Daseinsweise als *situationshaft* zu bestimmen ist. Sein Leben verschwindet zu nichts, wenn es nicht in Situationen sich verwirklicht. Und dies ist von einer wesentlich tieferen, grundsätzlicheren Bedeutung als das, was man herkömmlich mit »Situationskomik« meint: da ist eine *komische Situation* eine harmlose Verschlingung, eine unregelmäßige, nicht irrationale, sondern bloß irreguläre, pausenhafte Verknotung im Dasein von Personen, sie läßt die mögliche Auflösung und Wiederherstellung der Regelmäßigkeit immer schon durchblikken, ist nicht eine Grundverfassung des Daseins selber, entläßt vielmehr die in ihr verwickelten Personen immer wieder zu einer Rückkehr in ihre eigentliche Form, die ganz beliebig ist, als solche gar nichts mit der Situation zu tun hat, ja ihr gänzlich konträr geartet sein kann. (Von diesem Typus ist das konventionelle deutsche »Lustspiel«, von Lessings *Minna* angefangen.) Bei Chaplin erscheint der Dualismus, ja die Inkommensurabilität von Person und Situation völlig aufgehoben, sein Dasein ist nur real in Situation, ist ohne jeden Rückhalt außerhalb ihrer, ohne Sicherung in Beruf oder fester menschlicher Bindung. Er ist Goldgräbergehilfe, listiger Schneeschaufler, Landstreicher, Zirkuskomiker usw. – wir kennen seine Metamorphosen. Vielmehr: er ist es nicht immer schon, sondern er wird es – immer zeigen seine

Filme das Werden, das Hineinrutschen in diese Formen. Aber auch dies ist wieder nur Ausfluß der Grundverfassung seines Daseins, nicht reicht etwa die Merkwürdigkeit, Winzigkeit seiner Berufe oder auch ihre Wandelbarkeit schon aus, um seine Komik zu begründen. Das wäre das alte, seit Till Eulenspiegel beliebte, endlos variierbare komische Motiv, bei Till das Mittel, um die Welt umzukehren und die Weisheit des Narren zu zeigen. Chaplin ist kein Narr wie Till, hat keine eigene Weisheit zu lehren. Wenn er jemanden prellt – als Glaser im *Kid* schickt er Jackie vor sich her, um die Fensterscheiben einzuwerfen, als Schneeschaufler im *Goldrausch* häuft er, indem er das eine Haus vom Schnee befreit, Berge um das nächste –: wenn er jemanden prellt, so tut er es nicht um des Prellens halber, ohne die spitzfindigen Rechtfertigungen und Diskussionen des Narren Till und gänzlich ohne seinen Anspruch, die »andere Seite« zu vertreten, die Ordnung der Welt auf den Kopf zu stellen, weil es ihm so paßt. Charlie ist viel bescheidener, er hat auch nicht »die Lacher auf seiner Seite« wie der Eulenspiegel, im Gegenteil: in dem Augenblick, wo ihm jemand zusähe und seinen kleinen Trick bemerkte, würde er ohne Zweifel die Flucht ergreifen. Und er tut es auch: wenn der Polizist erscheint – der einzige Mensch mit dem er es zu tun hat! –, er würde gar nicht auf den Gedanken kommen, seine List vor der Menge zu produzieren oder vor den Geprellten zu rechtfertigen wie Till. Er tut das ja nur, um ein paar Pfennige zu verdienen – meistens nicht einmal für sich, so gelegentlich –, und wenn er fertig ist, wirft er die Schaufel weg. Und er tut es mit dem größten Ernst, ohne sich eigentlich einen Genuß an der Überlistung als solcher zu verschaffen. Er prellt ohne die Überlegenheit des Narren, der seine eigene Position hat *gegen* die Welt. Er ist immer durchaus und ganz *in* der Welt. Und darum, weil er kein Narr ist, sind seine Metamorphosen auch nicht Mittel zu einem höheren Zweck, sondern eine beständige Durchbrechung jeder

Form und Sicherung, ein immerwährender Ausdruck dafür, daß er in jedem Moment in die Punktualität der Anfangssituation zurückfallen kann, ja, daß er eigentlich im Grunde nie über sie hinauskommt. –

Die Welt, in der der »Charakter« als solcher schon komisch sein konnte, die Welt Molières, ist für Chaplin wie für uns längst untergegangen. Es war eine geordnete Welt, die prinzipiell in abstracto alle Menschen umfaßte, in der jedem Neuauftauchenden nach einiger Prüfung eine bestimmte Stelle zugewiesen wurde. In der die Komik nicht weit von der Verwerflichkeit entfernt war. Und in der die Bewegung und Verwandlung des Menschen seinem Wesen äußerlich blieb, eine bloße Variabilität seiner Wendung an die Außenwelt, gebunden an die Grenzen der Stetigkeit des Charakters. Es gibt heute eine Anzahl Komiker, auch im amerikanischen Film, die von den Reminiszenzen dieser Komik des Charakters leben, die aber sozusagen nur die äußere Seite übrigbehalten haben: sie haben sich irgendeine bestimmte Geste oder Maske zu eigen gemacht, die sie beharrlich eingeübt haben und in den mannigfaltigsten Umgebungen, die sie für sich erfinden, zu zeigen suchen: ihre Lächerlichkeit ist eigentlich sinnlos geworden, ohne Tiefe, weil ohne Verbindlichkeit, auf den Zufall angewiesen, gleichsam frei schwebend; sie kann jeden Augenblick dumm und abgeschmackt werden. Chaplin ist nicht von dieser Art. Man ist versucht, paradox zu sagen: seine Geste und Maske, das, was wir an ihm unmittelbar sehen, seine geliebten Schuhe, sein Schnurrbärtchen, sein Stöckchen, ja sein Lächeln, mit einem Wort seine sichtbare Person – ist ewas *Sekundäres,* ist erst das Ergebnis seiner Situationsgebundenheit.

Das System der Charaktere ist für Chaplin zerbrochen. Er tritt in eine Welt ein, die unübersichtlich geworden ist, zerstäubt, atomisiert. Das Gewühl von Rücken und Hüten in jenem Goldgräberwirtshaus, in das er hineingeht – das ist diese Welt. Unsere Welt. Zunächst ist alles an ihr unklar, nichts deutlich zu benennen. Aber sie ist voll unendlicher Möglichkeiten, die da oder dort in ihr aufspringen können. Da taucht ein Mann auf, bärtig, in einer Pelzmütze, mit drohendem Blick – gerade als Charlie die fortgeworfene Photographie aufheben will. Etwas tritt heraus aus dem Gewühl, wird wirksam und mächtig – nur für Charlie freilich. Nicht ein Mensch, voll sichtbar, nur etwas Partikulares, Fragmentarisches von einem Menschen: eine Drohung, die nicht einmal eine wirkliche Drohung ist, sondern nur eine eingebildete. Offenbar will er nicht, daß ich das aufhebe – denkt Charlie. Vielleicht stimme ich ihn günstiger, wenn ich ihm zulächle. Es schwebt etwas, eine Situation ist da, eine Beziehung, Bewegung, Spannung vorhanden. Chaplin lebt nur von diesen Beziehungen, ist nichts außerhalb von ihnen, seine Punktualität ist Bereitschaft, sich ihnen gänzlich hinzugeben, in ihnen aufzugehen. Aber es bleibt immer bei der Bereitschaft, bei einer unendlichen Erwartung, einer unendlichen Möglichkeit, Menschen auf sich zukommen zu lassen. Denn es ist nicht so, daß er zu den Menschen hinginge, um sie kennenzulernen oder sich mit ihnen einzulassen – vielmehr: der Schneesturm weht ihn hinein, und auf der Flucht vor dem Polizisten gerät er zu ihnen, zu vielen Menschen in den Zirkus.

Niemals gewinnt er festen Fuß in einer Beziehung, niemals kommt er auch hier zu einer endgültigen Sicherung. Niemals »ergreift« er die Situation, um daraus aufbauend eine Dauer zu gewinnen. Nur das einzige Mal tut er einen Griff, als die Situation zu verführerisch ist, um noch länger warten zu können: am Schluß des *Goldrauschs*. Als er Millionär geworden ist, ohne das mindeste dazu getan zu haben – als das Mädchen plötzlich wieder da ist, und allein ohne diesen gräßlichen starken Mann, der ihm immer ein Bein gestellt hat – da sagt er's dem Kontrolleur ins Ohr, ohne noch selbst ernsthaft daran zu glauben, da läßt er sich auf den Wunsch des Photographen mit ihr zusammen knipsen, der *Photo-*

graph befiehlt eine intime Szene – da endlich winkt er ab, nach dem Apparat hin, macht den Sprung, küßt, ohne daß jemand sonst etwas dazu tut, ganz von selbst, er, Charlie. Das Märchen ist vollkommen.

Nur dies eine Mal macht er die Situation fest, um selbst darauf stehen zu können, macht er sie zum Fußpunkt einer eigenen, nur ihm zugehörigen Existenz, eines Selbst. Und in seiner Entwicklung ist er denn auch ganz von solcher märchenhaften Wendung abgekommen: der *Zirkus* enthält nichts mehr davon. Und die unendliche Bereitschaft, die unendliche Erwartung des Menschen tritt im *Zirkus* nicht mehr in der Form des Gefühls, der Melancholie heraus wie im *Goldrausch*. Dort sind noch die Szenen großer Traurigkeit, ganz ohne das komische Äquivalent, darin die Punktualität mit der Aura wirklicher Einsamkeit umgeben wird und kontrastiert zur Sicherheit und Aufgehobenheit der Gemeinschaft, die drinnen im Hause Silvester feiert. Der *Goldrausch* ist in diesen Partien noch komödienhaft: Spannung und Lösung fallen in der Zeit auseinander. Im *Zirkus* gibt es keine Tränen und kein happy end mehr: beides ist in jedem Augenblick möglich, keines von beiden endgültig – im Grunde ist nichts als der Punkt. Der letzte Rest bloß ereignishafter Komik ist aufgelöst in das an sich selbst komische *Dasein*. Das inmitten des Gewühls nicht den Raum findet, um sich eine Sphäre des Selbst zu schaffen, und sei es auch nur die einer sehnsüchtigen oder resignierenden *Stimmung*. Das immer bis zum äußersten der Möglichkeit nach bereit ist, sich aufzugeben, sein Selbst loszuwerden an die immer nur fragmentarisch, eigentümlich schematisch, requisitenhaft deutlich werdenden Mitmenschen. Big Jim, Jack der Weiberheld im *Goldrausch*, der Zirkusdirektor, Rex der Seiltänzer im *Zirkus*: sind eigentlich mehr Mächte, Kräfte als Menschen. Diese Existenz hat selbstverständlich, wenn sie sich nicht einmal den eigenen Raum der Stimmung oder des Affekts schafft, auch nicht die Möglichkeit, Menschen gegenüber die Position, die Festigkeit eines Beobachtenden einzunehmen, der sie von allen Seiten kennenzulernen suchte, ihr wird nur immer so viel von den umgebenden Personen deutlich und wesentlich, als zu ihr hingewendet ist, als in der jeweiligen Situation wirksam ist. Und damit ist kein Manko, kein Minus in bezug auf die persönlichen Talente Charlies benannt, sondern es ist wiederum ein wesentliches dieser *Daseinsweise*: von Personganzheiten gar nichts zu wissen, nur die zerstäubte Welt in Situationen wirkender Mächte, keine Ordnung oder Totalität menschlicher Möglichkeiten, sondern nur ein jeweils enges, aber vielfältig bewegtes Feld der menschlichen Verwicklung zu kennen, das ohne Kontur, ohne Begrenzung ist, an den Rändern gleichsam sich verliert und in der Zeit sich fortbewegt und beständig neu wird. Es ist in dieser Hinsicht für Charlie mit den Menschen beinahe nicht viel anders als mit den Tieren: auch sie sind wirkende Mächte in seinem Dasein, das Zirkuspferd hat eine ähnliche Bedeutung für ihn wie ein Polizist, es ist eine – in ihren Motiven nur etwas unklarere – Bedrohung.

Von dieser fragmentarischen und schillernden Struktur ist überhaupt seine ganze Welt – wenn dieser Ausdruck für das Sichtbare seiner Existenz angewendet werden kann. Sein Dasein ist nicht in eine von ihm selbst erkannte und bejahte oder auch bemängelte menschliche Sphäre eingebaut, es hat keine bestimmte beschreibbare »Luft« um sich, es bewegt sich immer nur durch ein wirres Hin und Wider auftauchender und verschwindender Requisiten von nur partikularer Deutlichkeit. Für dies Dasein, das recht eigentlich milieulos dennoch – *ihm selbst unbewußt* – ungewöhnlich reich an bewegter »Welt« ist, gibt es keine deutlicheren Zeichen als dies *Hineingeraten* in die Lebensweisen der Goldgräber und der Zirkusleute, die abseitig sind, ohne sicheren Umriß und ohne Stetigkeit.

Charlie soll von den Zirkusclowns lernen, wie man komisch

zu sein hat. Er sitzt neben dem Direktor und schaut den Clowns zu, die ihre »Nummer« vorführen, fängt unbändig zu lachen an, fällt in die Rolle des Zuschauers, vergißt gänzlich, warum er zuschauen soll: der Direktor blitzt ihn strafend an, er verstummt augenblicklich. Es ist ihm völlig genug, zu sehen, daß der Direktor nicht will, daß er lacht. Er denkt gar nicht daran, sich dagegen zu sperren, er gleicht sich an, verliert sich selbst, gibt sich auf, um den Impuls des anderen Selbst durch sich wirken zu lassen, nicht in der Befolgung irgendeiner Regel des Daseins, etwa Gehorsam zu üben, nicht aus Berechnung, um es mit dem Direktor nicht zu verderben, nicht, indem er die eigne Wallung unterdrückt, sondern einfach aus der Bereitschaft seiner Punktualität heraus, die Kraft des anderen gleichsam durch sich hindurchgehen zu lassen. Diese äußerste Willenlosigkeit, Selbstlosigkeit – das Wort nicht als moralischen Charakter-Wert, sondern als Konstituens des Daseins genommen – ist die Erscheinung der Punktualität innerhalb der menschlichen Beziehung, ist der tiefste Grund seiner Lächerlichkeit in einer Welt, die gänzlich auf die Bildung und Geltung der Personeinheiten, und was die Beziehungen betrifft, entweder auf die »soziale« Organisation dieser ausgebildeten isolierten Personen – auf Herrschaft und Leidenschaft oder auch auf die gegenseitige Durchdringung der Substanzen – gegründet ist. Chaplin verliert diese Lächerlichkeit nur in den Augenblicken, wo er die Punktualität als Schmerz der Einsamkeit und Sehnsucht nach Gemeinschaft ins *Gefühl* »reflektiert«, d.h. zurückbeugt, hereinnimmt in das nun nicht mehr in der Situation aufgehende Selbst. In diesen Augenblicken ist er für die Sicherheit der Zuschauer nicht mehr lächerlich, sondern *Mitleid erregend.*

Nicht anders ist es mit Charlies Beziehungen zu den Mädchen. Er strebt nicht nach dem Besitz, nach Selbstverwirklichung in der Liebe, er fordert nicht, begehrt nicht, erobert nicht, ja man könnte sagen: er liebt nicht einmal, sondern er wartet nur darauf, geliebt zu werden. Aber auch das ist noch mißverständlich, das wäre noch nicht komisch. Er wartet, ohne selbst dieses Warten zu empfinden: sein Dasein ist dieses Warten, diese grenzenlose Geöffnetheit. Seine »unglückliche Liebe« zu der Tochter des Zirkusdirektors beginnt ja nicht mit irgendeiner Bemühung von seiner Seite, sondern mit dieser wundervollen Geschichte um das Butterbrot: das hungrige Mädchen stürzt sich in seiner Abwesenheit gierig auf das liegengelassene Butterbrot; er kommt zurück, hilft sich einen Moment lang mit der Geste des Besitzenden, der sein Eigentum verteidigt – solche übernommenen Gesten sind der Ausdruck einer Art Scham, er wartet noch, will nicht zudringlich offen sein, es ist eine angenommene Verkleidung, ein vorgetäuschter Charakter, vorgetäuscht aus übergroßer Erwartung, die nicht von sich aus Beziehungen schaffen will, sondern sich noch unter irgendeinem schnell hergenommenen Mantel zurückhält. Sofort aber löst er die Geste wieder auf, als er merkt, wie hungrig sie ist – er ist im Grunde schon bereit, ihr alles hinzugeben, glaubt aber, seine Position noch halten zu müssen, und tut es in der Rolle des Pädagogen, indem er sie mahnt, langsamer zu essen. Als sie das Brot drunten hat, kriegt das Mädchen den Schluckauf, und er, nun gänzlich aufgehend, schämt sich für sie, geht abseits und fängt an, auch zu rülpsen. Die Beziehung beginnt mit derjenigen Weise der Hingegebenheit des Menschen an den Menschen, die *Mitleid* heißt. Nicht mit dem Mitleid freilich, das ein Herunterbeugen des seiner selbst und seines Besitzes bewußten Spenders zum Bedürftigen ist, sondern mit einem gänzlich voraussetzungslosen, gänzlich un-selbstischen Mitleiden, das das Leiden des anderen an die Stelle des eigenen Selbst setzt – mit dem Mitleid der punktuellen Existenz. Mitleid, das gar keines ethischen Imperativs bedarf, weil es in der Existenz selbst gründet. Mitleid also, das sogar komisch ist!

Wir könnten uns denken, daß für Charlie der Grund zu einem dauernden Dasein in dem Augenblick gelegt würde, wo er auf eine Existenz träfe, die wie die seine hilflos, stützenlos, selbstlos in die Beziehung einzugehen bereit wäre. Dieser Augenblick würde den letzten Aufschwung und das Ende seiner Komik bedeuten – ohne daß sein Dasein als solches eine andere Form annähme. Denn seine Komik nährt sich von dem Kontrast zu der Welt der Individualitäten. – Dieser Augenblick tritt nicht ein. Im *Zirkus* zieht das Mädchen den wirklichen Mann, den schönen Seiltänzer, ihrem »Freund« Charlie vor, Charlie sieht zu, es kommt das wundervolle Bild, wo die beiden im Vordergrund zusammensitzen und Charlie, winzig klein, wie ein wirklicher Punkt, hinten vorbeigeht, diesmal ganz ohne Tränen – und im Hintergrund, nicht tragisch im Vordergrund wie im *Goldrausch*; er mimt noch einmal Eifersucht, weil er eben noch da ist, nicht einfach verschwinden kann und sich doch auf irgendeine Weise zu den beiden verhalten muß, beginnt dann heimlich Seiltanzen zu lernen, die Verbeugungen des schönen Mannes naiv nachzuahmen – »vielleicht muß man seiltanzen können«, denkt er – und läßt dann alles fallen, vergißt alle eigenen Möglichkeiten in dem Moment, wo die Situation sich ändert, wo von ihm verlangt wird, den beiden bei der Flucht zu helfen, und – wo er sie bei der Trauung begleiten, Konfetti werfen, sich mit ihnen freuen kann.
Die Wagen fahren ab. Charlie bleibt allein zurück. Sitzt auf einer Kiste. Findet irgendeinen Fetzen Papier, den Rest eines Reifens, Symbol des Zirkus. Knüllt es zusammen, kickt es mit einem unbeschreiblichen, hinterrücks versetzten Fußtritt ins Weite. Steht auf, tut einen Sprung und geht. Ganz weit, bis man ihn kaum noch sieht. Es ist die letzte Szene, die wir von ihm gesehen haben. Man hat viel über sie gesprochen. Ist es die bittere Gebärde eines Skeptikers, der auf das Leben spuckt? Der mit Bewußtsein die Erinnerung tilgt und nur noch die Weisheit für sich zurückbehält: es ist

nichts mit den Menschen? Der aus der Resignation schließlich doch noch eine eigene Position gewinnt? Wird es nun anders mit ihm werden, wird er sich nicht mehr ins Leben einlassen, nicht mehr ganz und ohne einen Rest für sich zu behalten in den Situationen aufgehen, wird er nun einen eigenen Standpunkt haben und nur noch zuschauen? Das wäre das Ende seiner Lächerlichkeit. Im Gegenteil: Der Tanzsprung ist gerade die Aufhebung jeder Möglichkeit, aus dem, was sich mit ihm ereignet hat, Gewinn zu ziehen für seine Individualität! Ist nicht das ebenso banale wie brutale Wegwerfen des Erlebnisses, sondern die Ausgleichung der drohenden Einsamkeit und Enttäuschtheit als Gefühl. Das komische Äquivalent. Die Vermeidung der Tragödie. Die Wiederherstellung des Punkts.

Der Idiot

Die Grundidee sei die Darstellung »eines wahrhaft vollkommenen und schönen Menschen«, die Darstellung des »Positiv-Schönen«, schreibt Dostojewski über den *Idioten.* Und zwar, so scheint es in diesem Brief, will er versuchen, diejenige Erscheinungsform des Positiv-Schönen, die bisher in den »christlichen Literaturen« – er führt den *Don Quijote* und Dickens' *Pickwickier* an – die einzig mögliche schien, die *Lächerlichkeit,* zu überwinden, das Ziel direkter zu erreichen, als man es bisher vermocht hatte.
Der *Idiot* hat sich wohl weniger weit über die Lächerlichkeit erhoben, als sein Schöpfer beabsichtigt haben mochte. Auch die Konkretion dieses Daseins ist nicht ohne das Medium des komischen Kontrastes, ja des Verspottetwerdens, ausgekommen. Es hat nicht so sehr viel daran gefehlt, daß der Idiot ein *komischer Roman* geworden wäre. Auf mehrere Weisen ist das vermieden worden. Einmal durch die Krankheit des Idioten: seine Krankheit ist zum Teil an die Stelle

der Lächerlichkeit getreten, das Mitleid mit dem Kranken an die Stelle des Lachens über den komischen Menschen. Jedoch auch hier haftet eine Unzulänglichkeit an, die nicht weit von Komik entfernt ist, und das Mitleid ist nie ganz frei von Spott – zumal es sich ja um kein dauernd sichtbares *Leiden* handelt, sondern um die Reminiszenzen einer Geisteskrankheit und um die Epilepsie.

»Es gibt in der Welt nur eine einzige positiv-schöne Gestalt: Christus!« sagt Dostojewski. Das Christushafte wäre ein anderer Weg gewesen, um die Lächerlichkeit des Idioten zu überwinden. Jedoch: eigentlich ein Ausweg! Nur an wenigen Stellen zeigt sich die Schönheit des Idioten als Sendung und Verkündertum, und auch da nicht in der Weise transzendenter Gebundenheit wie bei Christus – und vor allem: auch da immer durchbrochen und zurückgewiesen, vor jedem *Pathos* bewahrt durch ein starkes komisches Äquivalent, eine wirkliche *daseinsmäßig gegründete Komik,* weder zufällige, dem Wesen heterogene komische Verwicklung noch das bloße Verspottetwerden des Christus, das ihn nicht selbst erfaßte, sondern nur noch sein Duldertum intensivierte.

Der eigentliche Weg Dostojewskis, den Idioten über die Lächerlichkeit hinausgelangen zu lassen, war die Erfindung des Rogoshin und der Nastaßja Filippowna. Wäre der Roman auf die Handlung innerhalb der Generalsfamilie und der zugehörigen Nebenfiguren beschränkt geblieben, so wäre er in der Tat ein komischer Roman geworden. Der Ausgang hätte nicht glücklicher zu sein brauchen, als er ist – *es kam nicht darauf an, ob Myschkins, des Idioten, Leben selbst komödienhaft oder tragödienhaft sich gestaltet hätte,* es kam vielmehr nur an auf die Beschaffenheit der *Welt, in die er geriet!* Denn *er* ist ja gar nicht der *Held,* sein Dasein ist kein heldisch zwischen Aufgang und Katastrophe gespanntes. Rogoshin und Nastaßja sind Helden, tragische Helden. In leidenschaftlichen Kontrast zur umgebenden Welt gestellt, tritt Heldentum immer als Verstrickung *im eignen Selbst* in Phasen *ihm zugehöriger* Schuld und Vernichtung, Spannung und Lösung. Das Dasein Myschkins ist nicht in solcher Weise Kurve des Selbst, dynamisch sich in der Zeit entfaltend – so dramatisch der Aufbau des Romans sein mag, das Leben des Idioten ist nicht der Ort dieses Dramas. Was Dostojewski mit dem »Positiv-Schönen« zu benennen sucht, das scheint diese eigentümliche *Spannungslosigkeit* notwendig zu enthalten: Das dramatisch-heldische Selbst konstituiert sich aus dem Verstoß in eine eigene Zukunft und der Gebundenheit an eine eigene Vergangenheit – das Dasein des Idioten ist primär *gegenwärtig*, je und je auf den *Punkt* der Gegenwart gestellt und *darum* in seinen Bewegungen nie personenhaft begrenzt, sondern immer angewiesen auf eine bewegte Welt, in der es ist. Einzig um dieses Sein in der Welt geht es in diesem Roman, nicht um Persönlichkeit und Autonomie. Der Christus ging *durch* die Welt, der Idiot geht *in* ihr auf.

*

Der Endpunkt des Daseins des Fürsten Myschkin ist das Wiederversinken in der Idiotie, die Rückkehr in die Schweiz, aus der er kam, als er in die Welt eintrat. Diese beiden Punkte scheinen uns treffendere Bezeichnungen, signa, als Geburt und Tod: stärker als ein wirkliches, mannigfacher pathetischer Verkleidungen fähiges Sterben bezeichnet dieses Abgleiten in die Geisteskrankheit die Grenze zum Nicht-mehr-sein, weil es jede Haltung, Form, Spiegelung des Selbst vernichtet. Im äußersten Kontrast zu diesem Ende steht die Erzählung vom Selbstmordplan des lungenkranken Hippolyt im dritten Teil des Romans, der seinen Tod, vielmehr sein Sterben in allen Phasen und Nuancen vorausplant und vorausschaut. Er will noch einmal die Sonne aufgehen sehen, dann einen bunten Kreis von Menschen durch die Vorlesung seiner letzten Aufzeichnungen mit dem Motto »après moi le déluge« auf seine Leiden und seinen Untergang hinblicken lassen, schließlich im Anblick der Sonne sich mit der mitgebrachten Pistole erschießen – er umgibt seinen Tod mit einem Rausch des teils heroischen, teils sentimentalen, teils nihilistisch-skeptischen Selbstgenusses. Er hört den Knall der Pistole und seine Wirkung auf die Versammelten schon im voraus. Rogoshin vernichtet diese extreme Grenzverhüllung aus seiner leidenschaftlichen Verschwiegenheit heraus:

»Viel zu viel Gerede!« äußerte sich plötzlich Rogoshin, der die ganze Zeit über geschwiegen hatte. Hippolyt wandte sich zu ihm, und als ihre Blicke sich trafen, lächelte Rogoshin bitter und sprach langsam die sonderbaren Worte: »So muß man die Sache nicht anfassen, junger Mann, so nicht.«

Für den Sonnenaufgang hat er gesorgt und für die Zuhörer seiner »Beichte«, nicht aber für das, was eigentlich zum Selbstmord wichtig ist, nämlich die schußbereite Pistole: er hat vergessen, das Zündhütchen aufzusetzen! und bleibt doch am Leben. Die pathetische Verhüllung überwuchert in diesem grotesken Fall so sehr, daß es nicht mehr zur Tat kommt: Raskolnikoff tat den schwierigen Sprung von seinem napoleonischen Traum zur Tat – Hippolyt hat vergessen, das Zündhütchen aufzusetzen. Er gleitet mit seiner selbstgeschaffenen Gloriole über den Tod hinweg, streitet sich noch, ob das mit dem Zündhütchen absichtlich oder versehentlich geschehen sei. Wesentlich ist, wie sich die anderen zu ihm stellen, von welcher Art die Beziehung zu dieser aus den Attributen der Einsamkeit aufgebauten Individualität ist: er bleibt vollkommen bei sich selbst, die andern haben nichts zu tun, als über seine »Ehre« zu wachen – die Ehre ist das Gerüst, die Stütze der Geltung dieses Selbst, die handliche Norm des gänzlich beziehungslosen Urteils, das jeder beliebige Zuschauer aussprechen kann, ohne sich selbst einlassen und beteiligen zu müssen.

Auf diesem Hintergrund hebt sich das Aus-der-Welt-gehen des Idioten deutlich ab. (Seine Krankheit ist so wenig wie die Hippolyts bloß Gelegenheit zu Exkursen über die Psychologie des kranken Menschen!) In seinem *untragischen Ende* (das ganz wie Chaplins Abgang am Ende des *Zirkus* ein bloßes Verschwinden ist, eine Dokumentation der Punktualität) fassen wir sein gesamtes Dasein, auch seine Komik. Die Unverhülltheit der Grenze zum Nicht-mehrsein ist ein Ausdruck der *Gegenwärtigkeit* dieses Daseins, das schon darum unheldisch ist, weil es ebenso endet, wie es begann.

*

Die erste Szene, die erste »Situation« des Romans ist der Eintritt des Fürsten Myschkin in die Welt, sein Zusammentreffen mit Rogoshin und dem »finnigen Beamten« Lebedeff im Eisenbahncoupé. Ein Gespräch entwickelt sich: der Fürst zeigt sich diesen wildfremden Menschen gegenüber von einer »auffallenden«, ja lächerlichen »Offenherzigkeit«. Er verschweigt nichts von seiner Krankheit, seinem Aufenthalt in der Schweiz, seinen Erwartungen in Rußland, seinen Vermögensverhältnissen. Er erzählt, ganz ohne diesem Erzählen selbst irgendeinen besonderen Wert beizulegen, ohne die Wichtigkeit des Geschwätzigen, ohne den Anspruch, interessant oder bemitleidenswert zu erscheinen. Es ist die reinste Weise des Erzählens, die überhaupt denkbar ist, ein purer Bericht, in dem das Vergangene als Vergangenes einfach offenbar gemacht wird. Nicht wird das Erinnerte auf die Individualität des Erzählers bezogen, in sie einbezogen – besser: nicht wird aus der Erinnerung eine Substanz der Individualität gewonnen, vermöge der die Erzählung dann zum Sich-ausdrücken der Person würde, sondern: Die Individualität erscheint in der Erzählung aufgelöst in das ganze Gefüge der geschehenen Wirklichkeit, dessen, was sich mit ihr zugetragen hat. Sie behält von dem

Erinnerten nichts für sich selbst zurück, mag sie nun im einzelnen Fall faktisch zur Erzählung kommen oder nicht; und diese *Offenbarkeit* ist die Grundlage, vielmehr die Entsprechung der Gegenwärtigkeit, die andere Seite des In-der-Welt-seins dieser Existenz. Das Vergangene bildet nicht den Stoff einer Selbstschau oder Selbstbewertung, es beruht in der Schlichtheit seiner Realität einfach auf sich, ohne auch nur die Verklärung zum *»Erlebnis«*, d.h. schon zum Moment der Subjektivität, zu erfahren, die der erste und gewöhnlichste Schritt zur Verhüllung des Grenzcharakters alles Geschehens ist, die das Reale in eine letzten Endes unverbindliche Sphäre hebt und gleichsam unschädlich macht. Das Vergangene bleibt in der Erzählung des Idioten immer objektiv und auf diese Weise die Voraussetzung der Bereitschaft und Weltoffenheit, die nicht in einer noch so weitgespannten, »verstehenden« Sympathie gründen kann, sondern, ohne zu betrachten, stets sich erfüllen läßt vom Geschehen selbst in seiner ganzen Schärfe.
Diese Seite der selbst-losen Existenz, die Offenbarkeit des Erzählens, die namentlich in den Anfangskapiteln des Romans von so großer Bedeutung ist, blieb Chaplin versagt, weil er nur die Sichtbarkeit des Daseins darstellen konnte. Ihre Darstellung war nur der Epik möglich. Sie ist die notwendige Ergänzung der Gegenwärtigkeit in der Struktur dieses Daseins und *eine neue Quelle der Komik.* Diese Komik der Offenbarkeit in der Welt des Willens und der geheimen Absichten tritt am deutlichsten hervor in dem Verhältnis der Aglaja Jepantschina zum Fürsten, namentlich in ihrem wundervollen Billett, das die Verabredung zum Rendezvous auf der grünen Bank enthält, mit den beiden Nachschriften: »PS. Ich hoffe, Sie werden diesen Zettel niemandem zeigen. Zwar schäme ich mich, Ihnen eine solche Anweisung zu geben, aber ich habe überlegt, daß bei Ihnen so etwas nötig ist, und so habe ich sie denn hingeschrieben – indem ich vor Scham über Ihren komischen

Charakter erröte. – PPSS. Es ist dieselbe grüne Bank, die ich Ihnen vorhin gezeigt habe. Schämen Sie sich. Auch das muß ich noch hinzufügen.«

Aglaja will aus dem Fürsten einen »richtigen Mann« machen: ihr erscheint sein Charakter komisch, sie sucht ihm dasjenige Bewußtsein seines Wertes beizubringen, dessen Mangel Dostojewski selbst angeführt hat (in dem zitierten Brief), um seine Idee des Positiv-Schönen zu charakterisieren – sie sucht ihn auf alle Art zu veranlassen, auf sein Dasein zurückzublikken, um sich seiner bewußt zu werden, auf alle Umstände dieses Daseins, Geist, Talent, Charakter bis in die ökonomische Lage hinein, um eine Position, Potenz, Würde zu erlangen, überhaupt eine Qualität, die man in Rechnung ziehen kann. Immer wartet sie darauf, daß er so auftritt, daß man ihn »ernst nehmen« kann, als Liebender, Werbender, Besitzender, als gesellschaftlicher Faktor. Ihre ganze Bemühung ist darauf gerichtet, den Augenblick herbeizuführen, wo er ihre geheimen Absichten, ihren schamhaft verborgenen Willen zur Hingabe erraten und endlich, endlich den Schritt zum eigenen Dasein tun werde.

Ihr erster Angriff ist die Redewendung vom »armen Ritter«, noch aus der Distanz und im geheimen innerhalb des Kreises der Generalstöchter, dann offen in Gegenwart des Fürsten gebraucht. Den Fürsten, der in der allgemeinen Verlegenheit erst allmählich die Beziehung auf ihn selbst zu ahnen beginnt, ergreift eine Verwirrung, nicht so sehr des Vergleichs als solchen wegen, sondern darüber, daß man sich dort in dieser Weise mit ihm beschäftigt und einen Namen für ihn erfunden hat, daß er so plötzlich aus der unmittelbaren Beteiligtheit herausgestellt, Objekt der allgemeinen Betrachtung – ob ernsthafter oder spöttischer ist gar nicht so wesentlich – wird, in einer Wirklichkeit den Menschen, die um ihn sind, erscheint, die nicht seine Wirklichkeit ist, nicht die gegenwärtige Wirklichkeit. Dies ist überhaupt meist die Ursache der komischen Unsicherheiten in diesem Dasein: das »sich seines Wertes nicht bewußte Schöne« wird gleichsam grundlos, entgleitet sich selbst, findet an sich keine Entsprechung für das Bild, für die fixierende Spiegelung, die es im Bewußtsein der umgebenden Welt erfährt.

Nun steht Aglaja auf und trägt die Ballade vom armen Ritter vor, ein »ernst und tragisch gesehener« Don Quijote nach ihrem eigenen Kommentar. Für das Monogramm seiner Dame setzt sie das der Nastaßja Filippowna ein. Der Spott ist unverkennbar, auch dem Fürsten selbst. Dieser Spott ist mehr als ein bloß betrachtender, der Fürst spürt darin eine geheime Absicht, eine Überlegung, es ist eine Berührung der anderen, der tragischen Sphäre darin enthalten. Und nicht nur eine Berührung, sondern ein Versuch Aglajas, diese andere Sphäre durch das Mittel des Spottes an sich zu reißen, in ihre Haltung zum Fürsten mit einzubeziehen, die andere Verstrickung, die isoliert nebenherging, einzufangen und unschädlich zu machen. Der Versuch mißlingt: ein starker Beweis dafür, daß die Situationsgebundenheit des Fürsten eine daseinsmäßige ist, nicht bloße Schwäche und nachgebende Feigheit des Charakters, die »Einflüssen« zugänglich ist, die Breite ihrer Verwicklung vergißt und dem andern zuliebe begrenzt – dann wäre er wirklich nur ein »komischer Charakter«, einer von denen, die Molière aus dem System der geltenden Charaktere in die Unterwelt minderwertiger Lächerlichkeit verwies –, daß sein Dasein vielmehr immer in seiner *ganzen* Offenbarkeit gegenwärtig ist, nicht fähig zu Festlegung, Abbruch und Verrat.

Diese plötzliche Entfernung vom Komischen ist möglich nicht vermöge einer zwiespältigen Anlage der Gestalt Myschkins, sondern sie ergibt sich notwendig aus der Kompliziertheit seiner Situation, seiner Welt. Aus dem Widerstreit der Sphären, in denen er ist. Daß diese Welt so deutlich in Sphären geteilt erscheint, nicht bloß das fragmentarische Feld der Wirkungen und Beziehungen im Dasein des Idio-

ten ist (wie bei Chaplin!), dies gründet in der Eigentümlichkeit der epischen Dichtung, in der das ausstrahlende Zentrum der bewegten Welt beständig von den in ihr seienden Gestalten auf den von außen überschauenden bewegenden Dichter selbst zurückgleitet – während in den Filmen Chaplins die Überschau des Dichters sich mit der Umschau des gedichteten Daseins nahezu völlig deckt.
»Gott, das soll ein Mann sein!« ruft die Generalin Lisaweta Prokofjewna aus, als der Fürst das Billett Aglajas, in dem sie ihm das Haus verbietet, »nach allem, was geschehen ist« – voraufgegangen ist die große Szene mit dem »Nihilisten«, die Aglajas Zorn über den mangelnden Stolz des Fürsten erregt hat –, als er dieses Verbot wörtlich nimmt. Er ahnt gar nicht die wahren Empfindungen Aglajas, dringt nicht durch ihre gewollte Selbstverschließung, wagt nicht irgend etwas *hinter* der unmittelbaren Äußerung zu hören, gar etwas ihm Günstiges, liest das Billett und gehorcht. Es ist die volle Komik der Gegenwärtigkeit, die blind ist gegen eine verborgene Realität der Zwecke und Absichten, die alles notwendig »wörtlich nehmen« muß, weil *ihr selbst* Vorüberlegung und Zusammenschau, die über die Situation hinaus oder von ihr weg sich ziehen, und auf diese Art die Inkongruenz, ja den Widerspruch zwischen Wille und Aussage hervorbringen, fremd ist. Die gegenwärtige Existenz kennt keine »Transzendenz des fremden Ichs«: ist sie blind gegenüber der *gewollten* Verschließung, so ist sie um so hellsichtiger für die innere Lage des andern, sofern sie sich gegenwärtig ausdrückt (das ist es, was viele Ausleger als die merkwürdige, ja fast übermenschliche »Gabe, zu durchschauen« am Idioten bemerkt haben!). Der Fürst folgt Lisaweta Prokofjewna in die Datsche des Generals, er beteiligt sich zum Erstaunen aller ernsthaft an einer Diskussion über den russischen Liberalismus, wobei er seine Ansicht »leise, doch mit fester Stimme« vorbringt, er spricht, als die Rede auf Hippolyt kommt, über die Vergebung, ja noch mehr: er

stellt sich selbst dar, redet ganz im allgemeinen über sich selbst, und merkwürdigerweise betrachtet er sich als einen von der Natur zum Schweigen verurteilten Verkünder »hoher Ideale«, als einen *verhinderten Idealisten.*
Freilich: er steht auch so noch in einem eigentümlichen Kontrast zur Umgebung. Er äußert das alles »leise, doch mit fester Stimme« – und ist in dieser Redeweise abgehoben gegen die Art, wie etwa sein Partner Jewgenij Pawlowitsch über den Liberalismus zu diskutieren weiß: man muß den Fürsten beständig darauf aufmerksam machen, daß jener nur scherze, im Grunde sich gar nicht ins Gespräch einlassen wolle, daß er gleichsam für sich selbst rede, spielerisch und souverän bei sich selber bleibe. Der ganze Kontrastbezug also hat sich verschoben: Jewgenij Pawlowitsch steht selbst jenseits der Welt der Charaktere, die die Gesellschaft konstituieren, er diskutiert nämlich mit *Ironie* – nicht mit der sokratischen allerdings, die ihre eigentliche Fülle und Kraft als Innerlichkeit ironisch verschließt, sondern mit der Ironie der Leere, die unoffenbar ist, weil sie nichts zu offenbaren hat. Und so erscheint diese merkwürdige Begegnung von Ironie und existentieller Komik nicht ganz konkretisiert, weil Myschkins Unsicherheit durch Reflexion darauf verdunkelt und dementsprechend der Spott, mit dem man seinem Ernstnehmen, Wörtlichnehmen begegnet, in jedem Augenblick bereit ist, in Hochachtung umzuschlagen. Als er nun vollends von verschwiegenen hohen Idealen zu reden beginnt – und seine reale Komik aus der Situation herausnimmt, indem er sie, als »seine« Lächerlichkeit erkennend, seiner Person eingliedert, da bricht denn auch wirklich Aglaja in eine wahre Raserei der Verehrung aus: »Kein einziger von diesen ist wert, dieses Taschentuch da, das Sie haben fallen lassen, aufzuheben ... weshalb erniedrigen Sie sich, weshalb stellen Sie sich niedriger als alle andern?« In der Tat: in dieser Situation kann die Frage beinahe ernstgenommen werden. Er könnte antworten: Ich erniedrige

mich nicht selbst, das Schicksal hat mich erniedrigt, hat mich lächerlich gemacht! Jedoch an diesem höchsten und überaus kritischen Punkt tritt der Umschwung ein: der Fürst kommt nicht zum Antworten, anstatt dessen beginnt Aglaja wieder ihr Versteckspiel, diesmal in einer sehr aggressiven Weise: »Unter keiner Bedingung werde ich Sie heiraten! Hören Sie? Unter keiner Bedingung, nie, niemals! Damit Sie es nur wissen! Kann man denn einen so lächerlichen Menschen wie Sie überhaupt heiraten?«
Da ist der russische Liberalismus und die Verbrecherseele, Reflexion und alle hohen Ideen vergessen, er geht keineswegs »sogleich weg«, wie er vorher versprach, er sieht und hört nichts mehr als die zornig hervorgestoßenen Worte Aglajas – sie sagt, sie wolle ihn nicht heiraten, sie ist so aufgeregt, nur sie beruhigen –, es scheint, daß sie glaubt, er habe irgendwelche Absichten in bezug auf sie, er wolle überhaupt etwas, was sie nicht will, sie soll doch nicht so zornig sein, es ist ja gar keine Ursache. Und da ist es heraus: »Ich habe Sie gar nicht darum gebeten, Aglaja Iwanowna.« Er stottert, er zittert, er ist wieder ganz da, es existiert nichts für ihn als diese zornige Aglaja, er ist ganz diesseitig, so diesseitig, daß es komisch ist. Man möchte glauben, der Dichter habe ihn nur darum so weit aus der gegenwärtigen Welt heraustreten lassen, bis in die beziehungslos jenseitige Sphäre unaussprechlicher Ideale, bis zum Entschluß, sich für immer aus der »Gesellschaft« zurückzuziehen, um ihn danach um so tiefer in der Unmittelbarkeit der Situation aufgehen, ihn bis zu einer vorher nicht dagewesenen Lächerlichkeit darin einsinken zu lassen. Das Gleichgewicht ist wieder hergestellt.
Die gefährliche Überspannung des »Positiv-Schönen« bis zum ungegenwärtigen, der Wirklichkeit eben um seiner Lächerlichkeit willen inadäquaten, ja nicht einmal zu verwirklichenden abgespaltenen Selbst des Ideals ist ausgeglichen durch den Sturz in tiefste, daseinsmäßige Komik. Ein

Sturm des Gelächters erhebt sich auf Myschkins Beteuerungen und »Erklärungen« hin, daß er »gar nicht die Absicht gehabt habe – die Ehre gehabt habe, um ihre Hand anzuhalten – auch nur jemals«. Und was das Sonderbarste ist: der Fürst lacht mit! »Erleichtert, froh und glücklich sagte er immer wieder: Nun, Gott sei Dank, Gott sei Dank!«
Er lacht mit. Was ist das? Erhebt er sich mit diesem Lachen über die Situation, gewinnt er sich selbst zurück? Lacht er mit der Souveränität des Charakters, der auf solche Weise sich des Anhängsels, dieser »komischen Geschichte«, die ihm »zugestoßen« ist, entledigt und sich auf sein vernünftiges, eigentliches Dasein zurückzieht, der das Geschehene durch dies Lachen ungeschehen machen oder allenfalls zu einer unpersönlich erzählbaren Anekdote objektivieren will? Wahrlich nicht! Er hat, so scheint es, nicht einmal das Objekt entdeckt, auf das sich dieses Gelächter bezieht, er ist noch viel zu sehr verwickelt und in das *Geschehende* hineinverstrickt, als daß er diese sichere Distanzierung zum soeben *Geschehenen* vollziehen könnte, die den andern selbstverständlich ist. Er lacht aus keinem andern Grunde als dem, daß die andern lachen. Es ist für ihn in diesem Augenblick nichts sichtbar als eben dies Lachen der andern, genau wie zuvor nichts für ihn da war als der Zorn Aglajas.
Natürlich steigert sein Lachen noch den Sturm, die Szene entspannt sich in einer großen allgemeinen Freude – einer sehr sonderbaren Art von Freude freilich: wenn man bedenkt, daß im Grunde an diesem Punkte der Entwicklung alles unklar, alles schwebend ist, daß nichts errungen ist, keinerlei Fortschritt, wie es in der Komödie notwendig wäre, keinerlei »Wendung« zum Fröhlichen, daß im Gegenteil vielleicht durch diese Blamage der Fürst sich alle Chance verdorben hat, daß der Ausruf Adelaidas »Sie lieber Mensch« eine endgültige Ausscheidung des Fürsten aus dem Kreis derjenigen Leute bedeuten kann, die eine bestimmte Größe darstellen, mit denen man rechnet – ja »ein

lieber Mensch«, das können alle von ihm sagen, aber nichts weiter! –, und daß der Idiot selbst über all diese Möglichkeiten völlig im dunkeln ist, vielmehr, daß er von solchen Möglichkeiten überhaupt nichts wissen kann, weil ihm die Welt der »Bedeutungen«, in der diese Szene, die sich da abgespielt hat, einen ganz bestimmten Platz einnimmt, hin und her gewendet wird und von den weittragendsten Folgen sein kann, weil ihm diese ungegenwärtige, unoffenbare Welt verschlossen ist.

Es zeigt sich daran das gänzlich *Undramatische* dieser Daseinsweise. Der Moment könnte, wenn man ihn in ein in der Person des »Helden« Myschkin zusammengerafftes Spannungsganzes eingliederte, von einer großen dramatischen Bedeutsamkeit sein. Diese Bedeutsamkeit bleibt völlig geheim und verborgen. So ist dieser Ausbruch des Lachens auch keine komödienhafte Freude, nicht Triumph des Gewinns und Besitzes, noch närrische Glosse über tieferer tragischer Spannung, vielmehr eine gleichsam substanzlose Freude ohne Bezug auf Vergangenheit oder Zukunft. Alle gehen in diesem Lachen in der Daseinsweise des Fürsten auf, der Kontrast geht verloren, die Komik greift über ihre Grenzen, wird zur *Heiterkeit*! Es ist ein Sieg des Positiv-Schönen – in der Form der Lächerlichkeit.

Doch Aglaja gewinnt sich selbst alsbald wieder zurück. Beim Abschied am Abend drückt sie dem Fürsten das Billett mit den beiden PS in die Hand – wohl die merkwürdigste Verabredung zu einem Rendezvous, die je geschildert wurde. Das heißt, keine Verabredung: ein Befehl – und einer, der von der Frau ausgeht!

Sie kommt zur grünen Bank: der Fürst ist schon da, aber – er schläft!

Sie sprechen dann wirr und hastig über alles mögliche, endlich kommt Aglaja ruckhaft heraus: »Ich will Ihnen sagen, weshalb ich Sie hierhergerufen habe: ich will Ihnen den Vorschlag machen, mein Freund zu werden.« Diese Formel hat sie sich ausgedacht, diese Formel, die ja eigentlich gar nichts besagt, weil sie ja schon längst Freunde sind – sie will natürlich viel mehr damit ausdrücken, jedoch Scham, Furcht vor Preisgabe ihrer selbst hindern sie, mehr zu sagen, sie errötet, und gleichzeitig wird sie zornig darüber. Aglaja ist während dieser ganzen Unterredung immer in der Schwebe zwischen der natürlichen Offenheit ihrer Kindhaftigkeit und der nur erst dunkel und unsicher ertasteten, geahnten Notwendigkeit, Charakter zu haben, sich ja nicht zu verlieren: dieses Hin und Wider macht den großen Reiz dieser Szene aus. Und der Fürst versteht nicht, versteht absolut nicht, was »dahinter« steckt – er meint, dieses Freundschaftschließen sei doch gar nicht mehr nötig, er wird aufs höchste verwirrt, als sie ihm ihre Meinung über ihn auseinandersetzt, er erschrickt über ihren Plan, zu entfliehen – kurz, dieser beständige Wechsel der Empfindungen und Entschlüsse Aglajas läßt ihn nicht zu Atem kommen, er ist fortwährend bemüht, dem, was da vorgeht, genau zu folgen, das alles zu erfassen, hier sie zu beruhigen, dort ein Mißverständnis zu klären, wiederum ihr etwas Falsches auszureden, das unruhige Überschießen und Wiedereindämmen ihrer Erregung aufzunehmen – jedoch sie entgleitet ihm immer wieder; er vermag nicht, sich auch nur einen Zoll über die Situation zu erheben, Überschau zu gewinnen und sich der Lage zu bemächtigen. Das wäre der Bruch mit der Gegenwärtigkeit und das Ende der komischen Existenz, zugleich freilich der Anfang der Komödie! Und sie andrerseits ist nicht fähig, dem Kindlichen in sich zum Siege zu verhelfen, d. h., sich gänzlich zu öffnen und die rückhaltlose Bereitschaft zu gewinnen, die das Dasein des Idioten ausmacht. Als nun vollends die Rede auf Nastaßja Filippowna kommt und der Fürst – auch das hat noch eine komische Seite – ausgerechnet dieser Aglaja, die ihn zu einem Rendezvous aufgefordert hat, alles von ihr erzählt, da fällt die Entscheidung: Aglaja erträgt es nicht, daß die andere Frau überhaupt eine Rolle spielt, gleichviel in welchem Sinne, sie

höhnt, sie wütet, in ihrem Zorn ist die Forderung der Ausschließung alles dessen, was nicht zu ihr gehört, der entschiedenen, selbst-bewußten Begrenzung des Daseins, die Eifersucht überwältigt sie, die Verschließung ihres Selbst ist endgültig, der *Affekt* zieht die harte Grenze und gibt die Selbst-Bestätigung. Ein Ausbruch des Hasses gegen Nastaßja folgt, der Fürst ist zerschmettert, er murmelt nur noch: »Sie können nicht so fühlen, das ist nicht wahr« – es ist ein letzter spontaner Versuch der Auflösung, jedoch es bleibt vergeblich. Er bleibt allein. Der Ausdruck des gegenwärtigen Daseins ist nicht mehr komisch, da die Welt, in der es ist, begonnen hat, sich gegen es zu wenden.
Noch folgen komische Momente. Die andere Sphäre wird bewußt nicht berührt, die Einschränkung mühsam aufrechterhalten. Jepantschins veranstalten einen Abend für ihre Gönner und hochgestellten Freunde, um den Fürsten einzuführen, Aglaja gibt ihm am Abend vorher Verhaltungsmaßregeln. Sie bringt ihn schließlich so weit, daß er vor lauter Angst beschließt, überhaupt nicht zu der Gesellschaft hinzukommen. Er, für den der ganze Abend arrangiert ist! Aglajas Zorn bringt ihn sofort wieder davon ab. Der Fürst selbst versucht, die gewaltsame Aufspaltung seiner Welt aufzulösen. Er will beginnen: »... zwischen uns steht noch ein Wesen«, jedoch ein dreifaches »Schweigen Sie« Aglajas schneidet alles weitere ab. So schließt die letzte Szene, in der Myschkins Dasein als rein komisch sich zeigt.
Nun fallen Entscheidungen. Das einfache In-der-Welt-sein Myschkins ist unentschieden – Entscheidung baut auf, eine Substanz über die Gegenwart hinaus, sein Dasein jedoch ist nicht aufbauend, sondern aufgehend. *Alle Entscheidungen fallen jenseits seines Daseins.* Als Aglaja, im Bewußtsein, daß ohne eine Klärung nicht weiterzukommen sei, das Zusammentreffen mit Nastaßja beschlossen hat und dem Fürsten gebietet, ihr zu folgen, erwidert er nichts als: »Ja, ich bin bei Kräften, aber... ist es denn möglich?« – »Darauf

folgte er ihr, unfrei, wie ein Gefangener«, heißt es, gleichsam voll Resignation. Während der ganzen Auseinandersetzung spricht er nur ein einziges Mal, seine Existenz ist nicht mehr komisch, sondern nun, da ihre Welt sich in zwei Hälften gespalten hat, die sich gegeneinander völlig verschlossen haben, die in äußerster Entschiedenheit und in der Verhärtung des Hasses gänzlich unoffenbar und unauflöslich geworden sind, nun ist diese Existenz nur noch *ohnmächtig*. Nichts weniger als »heilandshaft«! Ohne Predigt, ohne Wunder, ohne Lehre!

Er bleibt bei Nastaßja zurück, nicht weil er sich für sie und gegen Aglaja entschieden hätte, sondern *weil ihm hier der größere Schmerz unmittelbar vor Augen ist.* Er war ja schon im Begriff, Aglaja nachzulaufen. Wenn nicht Aglaja sich ihm von sich aus entzöge, wenn sie nicht alles auf diese eine Karte, auf diesen Moment der Entscheidung gesetzt hätte, wenn nicht das Drama außerhalb der Existenz des Idioten und ohne einen Eingriff von ihm sich vollendete, so würde er ewig »zwischen« den beiden Frauen stehen bleiben, ewig »schwankend«, wie es in der Welt heißt, wo die Entscheidung gilt – niemals hinausgelangen über den Wechsel von Lächerlichkeit und ohnmächtigem Mitleid.

Wenn nicht Rogoshin Nastaßja ermordete.

Und die in der Beziehung zur Komödie komische, in der Beziehung zur Tragödie unzulängliche Existenz des Idioten, die weder hier noch dort endgültig Eingang und Aufnahme finden kann vermöge ihrer selbst-losen Gegenwärtigkeit, kommt zur Ruhe in der letzten, auch des Wortes entäußerten, schweigenden Vereinigung mit dem Mörder, dem Kreuzbruder – schweigend, weil alles Geschehene in ihr aufgenommen ist, weil sie wissend ist von der getanen Tat und dem Dasein nichts mehr bleibt außerhalb davon, keine verklärende Erinnerung, keine Reserve in der Vorausschau, kein Bild und kein Wert, kein Rest von Selbst.

Die Grenze ist erreicht, das Idiotendasein ist zu Ende.

Chaplin konnte komisch bleiben, weil in seiner Welt kein endgültiges Leid vorkam. Darin mußte der Idiot, der in eine kompliziertere Situation hineingeriet, über ihn hinausgehen. Beider Komik wurzelt in ihrem In-der-Welt-sein, jedoch ist die Welt des Idioten eine breitere, und darum seine Existenz mehr als komisch. Doch ist die Schilderung des Außerkomischen im Idiotendasein nicht vergeblich gewesen: denn es gründet in derselben Weise in der Existenz wie das Komische, und die Verdeutlichung dieser Grundverfassung gibt dem Komischen neues Gewicht und neuen Hintergrund. Dem Idioten wird in eigentümlicher Weise die Erfüllung zuteil, deren latente Erwartung das Dasein Chaplins charakterisierte: die Erfüllung in einer positiven Beziehung ohne Lächerlichkeit und ohne Mitleid, ohne Kontrast und ohne Unzulänglichkeit, trotzdem ohne Sicherung und trotzdem ganz situationshaft – in der Bindung an Rogoshin. Die so sehr Erfüllung ist, daß unmittelbar aus der Situation Symbol werden kann: das Kreuzetauschen.

Dennoch bleibt beider, Chaplins wie des Idioten, Dasein das gleiche: seiner selbst unbewußt, selbst-los, punktuell, dort faktisch einsam bleibend, hier eingehend in die Brüderschaft und in ihr bis zum Verschwinden gebracht, zum Nicht-mehr-sein.

Der Don Quijote ist der entgegengesetzte Pol der Komik. Die Existenz, die sich ihres Wertes aufs äußerste bewußt ist! So sehr, daß sie nicht bloß als Charakter eintritt in eine Welt, um sich in ihr zu behaupten, so sehr, daß vielmehr alle äußere gegenwärtige Welt verschlungen ist in den Rausch ihrer Innerlichkeit, daß ihr alles Begegnende nur noch zum Anreiz dient, die Bewegung dieser Innerlichkeit auszulösen. Während das selbstlose Dasein in eine Welt hineingeriet und in ihr aufging, geht hier eine Welt in das

Selbst ein. Das Selbst ist die Welt. Das Selbst hat schon alles vorweg, es kann ihm nichts Neues begegnen, seine Wirklichkeit ist die, die in ihm schon vorgezeichnet und bis in Nuancen hinein ausgearbeitet ist – fast nicht anders als in der Ideenwelt Platons, nur nicht in einem transzendenten Jenseits, sondern im Diesseits dieser Innerlichkeit, die die Fülle alles möglichen Geschehens, Anschauung, Erkenntnis, Wert und Regel des Lebens zugleich enthält. Don Quijotes Leben vollzieht sich als eine Folge von Abenteuern. Alles Wirkliche hat für ihn die Form des Abenteuers, das zu bestehen ist, ist von allem Anfang schon so gekennzeichnet. Es ist nicht »Erlebnis«, das betrachtet und verarbeitet würde, sondern Abenteuer, an dem sich das Selbst zu bewähren hat. Es kann darin siegen oder unterliegen, es wird sich niemals wandeln. Wie sollte es sich auch wandeln, sind doch alle Abenteuer nichts anderes als das Ausschöpfen dieses gleichen Selbst, angestoßen, ausgelöst freilich immer durch eine Begegnung. Wäre dies nicht, so bliebe der Ritter in der Stube, träumend oder lügend. Aber er zieht aus, um die Wirklichkeit zu suchen, nur nicht als ein Äußeres, das er sich erst einzuverleiben hätte – wie es in unseren Bildungsromanen geschieht! –, sondern als ein schon Vorausgeschautes. Chaplins Punktualität war nur existent, sofern sie in Situationen aufging, ohne eignen Raum sich hingab an die schwebenden Beziehungen; der Don Quijote sucht Situationen auf, die eben darum, weil er sie aufsucht, weil er sie schon vorher kennt, keine Situationen sind: *die Situation wird zum Abenteuer.*

Das Selbst, das Ich, das die Abenteuer sucht, ist kein *gegebenes,* sondern ein *geschaffenes.* Aufgebaut aus den Elementen eines vergangenen Lebensumkreises, die in dem Gefäße der Poesie aufbewahrt sind, in den Ritterepen. Aufgebaut also aus Erinnerungen. Und das aufgesuchte Abenteuer ist der Versuch, die Erinnerung zu vergegenwärtigen. Dazu bedarf es jeweils der Begegnung mit einem gegenwärtig Realen. Es bedarf der Windmühlen, des Barbierbeckens, der Schafherde, oder vielmehr bloß der Staubwolke, die sie aufwirbelt, damit das Abenteuer mit den Riesen, die Eroberung von Mambrins Helm, die Begegnung mit den Ritterheeren zustande kommen konnte. Und diese Abenteuer kommen tatsächlich zustande: Mambrins Helm *wird* tatsächlich erobert, er sieht zwar aus wie das, was Sancho Pansa ein Barbierbecken nennt, nun gut, dann mag der Helm wohl einem untergekommen sein, der seinen Wert nicht kannnte, der ihn umgeschmolzen hat, oder auch ein befreundeter Zauberer läßt das Ding allen andern Menschen als Bartbecken erscheinen, damit er, Don Quijote, um so leichter sich in seinen Besitz bringen könne – Mambrins Helm bleibt Mambrins Helm! Und ebenso das Abenteuer mit den Riesen ist Realität, auch dann noch, als der Ritter am eignen Leibe erfahren hat, daß er es mit Windmühlen zu tun hatte: nun, dann wird sein böser Feind, der allmächtige Zauberer Freston, die Riesen im letzten Augenblick in Windmühlen verwandelt haben. Das sind keine Ausflüchte, mit denen er seinen Begleiter betrügt, um nichts von seiner Geltung zu verlieren: das ist die Kraft seiner Innerlichkeit, die auch dann noch nicht versagt, wenn der eigne Leib unter der Rache zu leiden hat, die die gegenwärtige Realität für ihre Verkennung oder Leugnung nimmt. Freilich: die Rache ist ganz zufällig – es kommt auch vor, daß der Ritter glorreich hervorgeht –, der Möglichkeit nach jedenfalls hat jedes Abenteuer den Ausgang, den die Windmühlengeschichte nimmt. Ob er siegt oder unterliegt, immer bleibt das Selbst »Herr der Situation« – das heißt: es kann es bleiben, weil es ja die Situation, die wirkliche gegenwärtige Situation, gar nicht kennt, oder vielmehr, da es nicht in ihr ist. Komisch sind ja auch nicht die Niederlagen, ist nicht das Verprügelt- und Geprelltwerden, die Komik entspringt aus der grundsätzlichen *Inkongruenz* zwischen der gegenwärtigen und der vorgezeichneten innerlichen Realität, mag nun die gegenwärtige Realität die Oberhand behalten oder nicht. Diese Inkongruenz, die dem Ritter selbst niemals zum Bewußtsein kommt. Er bleibt immer bei sich selbst, in seiner Welt, es gibt kein Ereignis, das ihm auch nur einen Zweifel an ihr aufkommen ließe, die ärgsten Mißhandlungen werden mit Würde ertragen, denn auch für sie findet sich immer noch eine Entsprechung in der Innerlichkeit – wenn man auch manchmal sein Gedächtnis etwas über die Maßen anstrengen muß, um zu ergründen, ob einem fahrenden Ritter irgendwo oder -wann schon dies oder das zugestoßen ist. Dennoch ist es nicht bewußte Erfindungskraft oder rhetorischer Rausch, der die Rechtfertigung des Selbst gegenüber der Situation mit verschmitzter oder grandios-lügnerischer Souveränität vornähme, sondern die völlige Selbstverständlichkeit und ausschließliche Gültigkeit der innerlichen Welt. »Wolle nicht die Welt umkehren und die fahrende Ritterschaft aus den Angeln heben!« gebietet er dem Knappen Sancho, dessen bäuerlicher Realismus eine beständige Gefahr für ihn ist und eine beständige Probe auf die Sicherheit seines Wert- und Weltbewußtseins.

Die Selbstmördergloriole des Hippolyt im *Idioten* hatte einen Kern, der erfahren war: Krankheit und Einsamkeit. Die Verhüllung der Grenze nahm ihren Ausgang von einem Wissen um sie, von einem Wissen um den eigenen Tod. Das Leben Don Quijotes kennt keinerlei Grenze – um überhaupt sterben zu können, muß er revozieren, die gelebte Welt seiner Innerlichkeit als Narrheit erkennen und von sich werfen! Das Selbst Don Quijotes ist ohne die Möglichkeit, eine Grenze zu sehen, weil es schon fertig ist in seinem Aufbau, bevor es überhaupt daran geht, zu erfahren. Und aus dem nämlichen Grunde ist diese Erfahrung von so eigentümlich partieller Art: der mindeste gegenwärtige Anreiz – und auch der ist nicht einmal rein und als solcher gegenwärtig, weil er schon von der *Erwartung* des Abenteuers gefärbt ist –, der mindeste Anreiz genügt, um die ausschmückende und detaillierende Tätigkeit des Selbst in Funktion zu setzen, die sich sofort gleichsam auf die Situation losstürzt, alles weitere Auf-sich-zukommen-lassen abschneidet und abtötet – trotz der Warnungen Sanchos! –, sich's an dem partiellen und isolierten Eindruck genügen läßt, um die Situation zum Abenteuer zu verarbeiten. Von diesem ersten Augenblick an, wo das Begegnende als Keim und Beginn eines Abenteuers ergriffen wird, ist in jedem Abenteuer schon die *Blamage*, das ist das Auftauchen der Grenze, die Rache der Situation, latent vorhanden – und diese latente Blamage, die Möglichkeit, daß die komische Inkongruenz zwischen Situation und Innerlichkeit, die uns Zuschauern in die Augen springt, einmal auch dem Ritter zum Bewußtsein kommen, die Sicherheit seines Selbst in Frage stellen und schließlich doch »die fahrende Ritterschaft aus den Angeln heben« wird, diese Möglichkeit macht den Reiz und die tiefe Spannung jedes einzelnen Abenteuers aus. Der kritische Punkt in dem klassischen Windmühlenabenteuer ist der Moment, wo der Ritter, von dem Windmühlenflügel gepackt und ins Feld geschleudert, sich der Erkenntnis der Realität nicht mehr entziehen kann – und man sollte meinen: nun ist die Blamage akut, die Inkongruenz offenbar geworden, und es bleibt dem Ritter nichts, als schweigend von dannen zu schleichen und die Ritterschaft an den Nagel zu hängen; allein er weiß auch diese Einsicht in das wahre Wesen der Situation, diese Belehrung, die seiner auf Erinnerung gegründeten Erkenntnis von außen zukommt, noch zu übernehmen, er hält auch diese Erschütterung des Selbst noch aus: ein feindlicher Zauberer hat vor seinen Augen die Riesen in Windmühlen verwandelt, um ihn zu foppen. Die erfahrene Korrektur seiner Erkenntnis, die nahe daran war, zur Krisis zu werden, wird zugegeben, jedoch der Vorrat der Innerlichkeit ist auch hier nicht erschöpft, die Phantasie nicht ohnmächtig, auch hier noch eine Entsprechung zu finden, vermöge der die Niederlage als unvermeidlich gerechtfertigt und die Blamage endgültig vermieden wird.

Die Nuancen und Weisen der Rechtfertigung des Selbst sind außerordentlich mannigfaltig. Der letzte und schärfste Angriff, den der Ritter zum Beispiel anläßlich der Eroberung von Mambrins Helm auszustehen hat, ist das Wiederauftauchen des Barbiers, dem er ihn abnahm und der nun sein Bartbecken mit großer Eindringlichkeit zurückfordert. In diesem Fall wird die Blamage abgebogen dadurch, daß die Mehrheit der Anwesenden dem Ritter zustimmt – freilich gegen ihr besseres Wissen: die Majorität entscheidet über die Realität der Außenwelt (ein positivistisches Argument!) –, »das Bartbecken blieb ein Helm und die Schenke eine Ritterburg, bis zum jüngsten Tage«. War die Innerlichkeit so voreilig und so überschwenglich, die Situation in der extremsten Weise abzublenden – wie es immer zum Aufbau der *Person* notwendig ist, in einem mehr oder weniger hohen Grade blind zu sein gegen die Situation, Abstraktionen zu vollziehen –, so hat sie am Ende doch auch die Kraft, gegenüber oder vielmehr mit Einschluß aller Konsequenzen ihrer Verblendung, alle Rache der Situation, sich selbst zu bewahren. Nur ein einziges Abenteuer endet mit einem Eingeständnis der Lächerlichkeit: das Abenteuer mit den Walkstämpfeln. In diesem einzigen Falle, wo ein bloßes nächtliches Geräusch genügte, um das Abenteuer zu konzipieren, wo aber der Anreiz doch zu unbestimmt war, um eine konkrete Vorstellung hervorzubringen, in diesem Falle ist der Ritter so un-befangen, die Situation übereinstimmend mit Sancho zu erkennen. Aber auch hier kommt es trotzdem nicht zur Blamage, der Ausweg ist ein Rückzug auf die moralische Qualität, auf den Mut, den er bewiesen hat, und auf die seinem hohen Stande notwendig zukommende Unkenntnis von Walkstämpfeln. Immerhin sieht er selbst die Gefahr, die dieses Abenteuer nicht für sein Rittertum, wohl aber für den Bestand seiner Welt bedeutete: er verbietet Sancho, den Streich weiter zu erzählen, »denn nicht alle Leute sind gescheit genug, die Sache beim rechten Fleck zu nehmen«.

Wie mit dem Bartbecken, so geht es auch mit den umgebenden und begegnenden Menschen. Mögen sie nun fern und ohne jede Berührung mit dem Don bleiben, wie die Bauernhure Aldonza Lorenzo, die er Dame Dulzinea nennt – mögen sie sich seiner Vorstellung *ehrlich* einfügen wie Sancho Pansa oder auch nur zum Schein wie der Baccalaureus Samson Carrasco und die andern Schelme, die ihm ihre Streiche spielen, und wie die aristokratische Gesellschaft, die ähnlich der freien und sicheren oberen Schicht in Shakespeares Komödien den zu ihrem Amüsement benutzt, von dessen Narrheit sie überzeugt ist – alle werden in gleicher Weise von der eingliedernden Phantasie des Don Quijote erfaßt und erhalten bestimmten Ort und Rang in der inneren Welt angewiesen. Damit wird von vornherein das Zustandekommen jeder wirklichen Beziehung von der Art, wie sie das punktuelle Dasein Chaplins und des Idioten auszeichnete, ja ausmachte, abgebunden. Die härteste Probe auf die Beständigkeit des Selbst ist die stetige Auseinandersetzung mit dem Knappen Sancho, der ungeachtet seiner utopischen Sehnsucht nach der verheißenen Statthalterschaft, die ihn an den fahrenden Ritter fesselt, doch seinen *eigenen* Standpunkt hat. Die zahlreichen »kurzweiligen Gespräche« zwischen Ritter und Knappen sind erfüllt von der Anstrengung, diesen andern Standpunkt zu überwältigen, aufzuheben oder doch wenigstens zu entwerten, weil er ohne Kenntnis der Regeln und Erfahrungen der fahrenden Ritterschaft ist.

Die stetigste aller Inkongruenzen ist die Gegebenheit des Don Quijote selber, seine »traurige Gestalt«. So abstrakt ist seine Innerlichkeit, so vor aller Erfahrung, daß sie nicht

einmal die Kenntnis des eigenen Leibes, primäre Gegebenheit der Existenz, in sich aufnehmen konnte. Auch von Fürst Myschkin, dem Idioten, hieß es, daß er nichts von seinem »Äußeren« wußte, daß er schlecht sitzende Kleider und Hüte trug und sich ungeschickt benahm, jedoch diese Nachlässigkeit entspringt aus genau dem entgegengesetzten Grunde als die traurige Gestalt des Ritters. Sie gründet in der völligen Abwesenheit aller bloßen Betrachtung des Gegebenen, in der Restlosigkeit seiner Hingabe an die Welt und der Unbewußtheit seiner selbst, die nicht einmal diesen gewöhnlichsten Schritt zur Ausbildung eines Selbstbewußtseins tut, den die anschauende Erfahrung des eignen »Äußeren« in der Welt der Individualitäten darstellt; die Individualität des Don Quijote hingegen ist in ihrer reflexiven Innerlichkeit so überschwenglich, daß sie sogar an dieser dürftigsten aller anschaubaren Gegebenheiten vorbeitrifft, sie vergißt. Die gewöhnliche – ernsthafte – Ausbildung der Person setzt bei der für sie grundlegenden Erfahrung des eigenen Äußeren an, mag sie es nun zur Schönheit, Normalität, Eleganz, Schlichtheit oder Eitelkeit, oder auch zur selbstironisch oder salopp vorgetragenen Häßlichkeit bringen. Es zeigt sich, daß Don Quijote nicht von dieser Art ist, zu der das Dasein Chaplins und des Idioten kontrastiert werden müßte, damit seine Lächerlichkeit deutlich würde, daß er vielmehr gleichsam den Ausschlag nach der andern Seite darstellt zu einer Existenz, die abermals lächerlich ist, nicht weil sie *in* der Welt aufgeht, sondern weil sie, *vor* der Welt geschaffen, sich *an* ihr zu bewähren und zu steigern sucht, die Welt selber dabei aber wieder und wieder vergißt. Genau wie Hippolyt das Zündhütchen vergessen hat.
Der seiner Sache gewisse Blick des Realisten Sancho Pansa hat diesen Namen erfunden: »Ritter von der traurigen Gestalt«, er aber mißversteht ihn, nimmt ihn als ein neues Moment in der Ordnung und eine neue Nuance in dem Bilde der Welt, zu der sein Ich geweitet ist: ein fahrender

Ritter muß einen Beinamen haben – er nimmt ihn völlig *beziehungslos,* eine traurige Gestalt ist ein sinnreiches Attribut, gut aufs Wappenschild zu malen! Damit ist die Gegebenheit eingefangen, unschädlich gemacht – eine gemalte traurige Gestalt ist seinem Selbst zugehöriger als die Wirklichkeit seines Körpers. Und so bleibt ihm auch hier die latente Blamage verschlossen, die vielleicht die tödlichste von allen wäre für einen fahrenden Ritter, und sie bliebe ihm verschlossen bis zum Jüngsten Tage, wenn den Ritter nicht auf dem Sterbebette jener tiefe traumlose Schlaf befallen hätte, der ihm für seine letzten Stunden die Helle seines Verstandes, das unkomische Dasein, wiederschenkte.

Die Blamage

Die Blamage ist die Grenze und das Ende aller Form, aller Sicherung der Person, die Krise der Innerlichkeit. Don Quijote blamierte sich nicht, sein Kosmos blieb erhalten, seine Phantasie war so kräftig, daß er nichts »zuzugeben« brauchte. Der Idiot blamiert sich – er wirft die große Chinavase herunter in der Abendgesellschaft, die geladen ist, um ihn als Heiratskandidaten zu begutachten –, jedoch die Blamage ist nicht die Auflösung der Form, die er sich selbst geschaffen hat, sie ist nicht eigentlich *seine* Blamage, denn er hat ja nicht von sich aus diese »Rolle« des Heiratskandidaten übernommen: wie die Form, so bleibt auch ihre Aufhebung im Bewußtsein der umgebenden Personen eingeschlossen, der Idiot selbst *ahnt* höchstens die Bedeutung des ganzen Vorgangs – die Blamage bleibt ihm in ihrem ganzen Gewicht verborgen, nicht weil er gänzlich im Selbst befangen wäre wie Don Quijote, sondern weil ihm auch das durch eben diese Blamage zerstörte Selbst verborgen war, aus der geheimen Absicht der andern geboren und ihm gleichsam nur aufoktroyiert. Er blamiert sich nicht von sich

aus, sondern er enttäuscht nur in komischer Weise die Erwartungen, die auf ihn gesetzt sind.
Chaplin geht über diese reine Gegenwärtigkeit des Idioten hinaus. Er übernimmt die Donquijoterie in einer neuen Art – und dies ist die *zweite Quelle seiner Komik*.
Er nimmt beständig Formen an, die immer und immer wieder durch die Blamage angefressen werden, schlüpft im Handumdrehen in Rollen hinein, deren Zuendespielen durch die Blamage verhindert wird. Die Blamage ist das große Fragezeichen, das die Situation hinter das behauptete Geltungsrecht der Person macht.
Die Formen Chaplins sind von anderer Art als die Form Don Quijotes. Weniger geschichtlich-literarisch als scheinbar »allgemein-menschlich« vorgegeben. Nicht welt- und ordensmäßig ausgebaut wie die fahrende Ritterschaft, vielmehr sporadisch aufblitzend, flüchtig in wenigen Bewegungen angedeutet. Und von vornherein fähig, wieder aufgegeben zu werden! Gleich am Anfang des *Goldrauschs* ist es, da kommt Charlie auf ein großes Schneefeld, eigentlich hat er die Absicht, Gold zu graben, jedoch im Moment, scheint es, vergißt er das (übrigens kommt er ja während des ganzen Films nicht ein einziges Mal zum Goldgraben!), es fällt ihm ein, den Landschaftsbetrachter zu spielen, dieses Schneefeld fordert ihn dazu heraus, zumal er gerade eine erhöhte Stelle innehat, es kommt ihm so bei, daß das eigentlich dazu gehört. Die Landschaft betrachten kann man aber nicht einfach so im Gehen, *marschieren* muß man, wenn man eine Goldmine sucht, irgendeine Erinnerung springt ein, er bleibt stehen, bringt die Beine in eine nonchalante, aber jedem Beobachter, falls es einen geben sollte, imponierende Positur, lehnt sich ein wenig zurück und stützt sich, da der eigentlich zugehörige schlanke Baumstamm nicht zu entdecken ist, auf sein Stöckchen. Schnee ist keine Wiese – das Stöckchen sinkt mit einem Ruck ein, die Positur ist erledigt.

Dies ist kein »Abenteuer«! Don Quijote als Landschaftsbetrachter hätte sich eingebildet, wirklich auf einem grasbestandenen Hügel zu stehen und ins Tal zu schauen, und nach der Niederlage hätte er die Sache einem Zauberer zur Last gelegt und sein Pathos herausgerettet. Chaplins Form hat nicht diese Starrheit und Vorgefaßtheit, es sitzt lockerer bei ihm, sein Verhalten bestimmt sich nicht aus der Auswahl unter den Möglichkeiten, deren Gesamtheit den Kosmos des Selbst ausmachen, es entspringt vielmehr zu einem Teil immer aus der Situation, scheint von ihr gefordert zu sein, wächst dann aber in der Ausgestaltung, die im Augenblick eingebungshaft erfolgt, über sie hinaus. Die Folge ist, daß die Situation überhandnimmt, sich rächt, ihm einen Streich spielt – die Folge ist die Blamage!

Chaplin ist unendlich reich an solchen Posituren, an solchen Larven, in die er in jedem Augenblick hineinschlüpfen kann, die aber immer schon in Gefahr sind, zu platzen. Sie haben unter sich keinen konsequenten Zusammenhang, würden, wenn man sie alle zusammenfassen könnte, keine geschlossene Welt ergeben wie die fahrende Ritterschaft des Don Quijote. Er kann auch nicht jeweils unter ihnen das Passende auswählen wie jener, der in der Sierra Morena von dem Problem gequält wird, ob er die Schwermut des Amadis oder die Raserei des Roland nachahmen solle – er kann es darum nicht, weil er nicht mit der geschaffenen Substanz eines Selbst in Abenteuer eintritt, sondern als dimensionsloser Punkt in Situationen gerät. Seine Formen sind gleichsam aus der Situation geborene, für einen Augenblick bestehende Persönlichkeiten, die im nächsten Augenblick schon der Blamage zum Opfer fallen und den Punkt wieder freilegen. Dieser Prozeß ist die einzige Spannung im Dasein Chaplins: er wäre eine Tragödie, wenn Chaplin eine Persönlichkeit wäre.

Er schafft die Formen nicht in der Bücherkammer, nicht aus Freiheit, die auch Narrheit heißen kann, sondern unter dem

Zwang der jeweiligen Lage. Es ist eigentlich mehr oder weniger immer so wie im *Zirkus*, wo er sich auf der Flucht vor dem Polizisten am »verzauberten Schloß« in eine mechanische Figur verwandelt. Die Not ist so groß, daß er auch bei diesem erstaunlichen Einfall nicht einmal den Stolz für sich zurückbehält, seinen Verfolgern auf so raffinierte Art ein Schnippchen geschlagen zu haben, er ist froh, davongekommen zu sein, und wird nicht weiter davon reden. Und umgekehrt: er versagt völlig, wenn man von ihm *verlangt,* eine Rolle zu spielen, etwas zu erfinden, komisch zu sein – ebenfalls im *Zirkus*, als er engagiert werden soll. Er versagt nun, gerade *weil* ihm der freie Raum zugestanden wird, in dem er etwas schaffen, etwas aus dem Vorrat seines Selbst heraussetzen soll. Es zeigt sich also, daß die Formen nicht einer unerschöpflichen Innerlichkeit entstammen, die durch die Phantasie in Bewegung gesetzt würde, daß sie unstetig sind, aufspringen, gleichsam angebohrt und wieder zerstört werden, daß sie nichts sind als bloße *Vorwände* der Punktualität, Hilfsmittel, um die Verlegenheit zu umkleiden, die Leere zu verhüllen, die entsteht, wenn dem Dasein die Möglichkeit der Hingabe verschlossen ist, das heißt, wenn nichts da ist, was sich eigentlich mit ihm einläßt, so wie Chaplin selbst bereit ist, sich einzulassen, sondern wenn »Haltung« von ihm verlangt wird.
So vor allem, wenn er dem Mädchen begegnet. Hier sind die Blamagen unzählig, weil die Versuchung zur Form hier die größte ist – oder vielmehr: weil die Form hier erwartet wird, die paradierende Männlichkeit oder das Pathos des Liebhabers. Weil hier gerade am wenigsten *Bereitschaft* ist, am meisten Forderung, zu imponieren, schön, glänzend, talentvoll, souverän, ein Mann zu sein, kurz: etwas, was man schon mitbringt, etwas, was nicht auf die Einmaligkeit dieser Begegnung angewiesen ist, etwas für sich, ein Selbst. Forderungen, die der Seiltänzer Rex erfüllt – nicht Chaplin. Nicht weil es nicht »in seiner Natur läge«, solche Eigen-

schaften zu entwickeln, sondern weil sein Dasein sich prinzipiell dem Rechnen auf und mit *Eigenschaften* entzieht. Aber er hilft sich dann eben mit solchen Nachahmungen, hat elegante Bewegungen und äußert seine Liebe auf die leidenschaftlichste Art, stürzt sich auf alle Leute, durchsucht alle Ecken des Wirtshauses nach dem Mädchen, fällt ihr zu Füßen, als er sie findet, wirft die Arme hoch und ergeht sich in den pathetischsten Beteuerungen seiner Liebe, bis ihn die starke Hand Big Jims beim Kragen faßt und einfach wegnimmt – daß überhaupt nichts mehr von ihm übrig ist. Das Opernhafte seiner Gesten streift schon stark die Parodie, Parodie auf das Pathos der Liebe, wie der Don Quijote eine Parodie auf die Ritterromane ist. Parodie, in der alle eingebildete »Unmittelbarkeit« der Gefühlsäußerung dem Schicksal der Blamage überantwortet wird, die dann nicht mehr »Tücke des Zufalls« ist, sondern Notwendigkeit. Die reine Gegenwärtigkeit des Idioten war eigentlich leidenschaftslos, sofern Leidenschaft eine erobernde Kraft ist, Chaplin zerstört die Pathetik immer wieder und läßt im Medium dieses Prozesses die Gegenwärtigkeit durchscheinen.

Chaplin ist nicht blind gegen die Blamage wie der Ritter, er übernimmt sie. Nicht daß er eine Lehre daraus zöge – es ist keine Lehre daraus zu ziehen, es kann nichts besser gemacht werden, denn es ist ja der »Zufall«, mit dem er es zu tun hat. Sondern sein Dasein bleibt ein *blamiertes.* Bleibt entkleidet von allen Hüllen, von Raum, Bild, Wert, Haltung und Geltung. Ist am Ende so nackt wie am Anfang.

1929

Bemerkungen zu dem Film »Lichter der Großstadt«

Charlies Aufgehen in der Welt ist zugleich ein absolutes Draußen nur deshalb, weil es sich an keiner einzigen Stelle, nicht einmal im sogenannten Außenseitertum, nicht einmal bei den Desperados der Goldgräberstadt, den Gaunern des *Kid,* den Heimatlosen des *Zirkus* und in dem Hinterhof und bei dem Blindenelend der *City Lights* – weil es also an keinem einzigen Orte sich einzurichten und unterzukommen weiß, weil dieser Mensch Charlie, da er ganz Mensch ist, überhaupt keinen Ort finden kann, ein Landstreicher im metaphysischen Sinne, der, wie des Menschen Sohn, nichts hat, da er sein Haupt hinlegen kann des Nachts. – Wohl noch keinmal zuvor ist dieses ganz Unterhalb-sein, fast als Ausgestoßensein, so radikal, schon qualvoll und einen Moment lang nicht mehr komisch, deutlich geworden wie jetzt eben in *City Lights,* in jenem Augenblick, da Charlie aus dem Gefängnis zurückkommt, kläglicher, abgerissener, zerstörter als jemals, sogar, was sehr viel heißt, ohne das Stöckchen, das versöhnlich wirbelnde – und zu der Ecke schleicht, wo die Zeitungsjungen stehen und wo dann der neu eingerichtete Blumenladen sein wird. Der absolut Arme, völlig allein mit seiner Armut und Nichtigkeit, um sich, vielmehr über sich die *ganze* durcheinanderströmende Welt, das gewaltige Gewühl, als *City* in eins zusammengenommen und in dieser Einheit noch verstärkt durch das Motiv aus Chaplins eigner Begleitmusik, diesen hastenden Rhythmus, der jeweils den Betrieb und die ruhelose, nicht achtende Bewegung um ihrer selbst willen markiert und unterstreicht. Fast noch deutlicher und wieder komischer allein zeigt er sich zu Beginn dieses letzten Films, da er kein andres Bedürfnis hat, als zu schlafen, und nur etwas unglücklich zu liegen gekommen ist: auf dem Schoße jener eben enthüllten Denkmalsfigur in der Gruppe, die »Friede und Wohlstand« heißt. In diesem Moment einigt sich die Gesellschaft einschließlich Militär, Bürgermeister, Komiteedame und Künstler auf ein neues Symbol, und dieser da, der Mensch, der in Frieden schlafen will, der stört hier und muß hinweg.

*

Ganz ähnlich die winzige Szene mit dem riesigen Arbeiter auf dem Fahrstuhl, die wir jetzt in *City Lights* sehen. Soeben noch jeder Zoll ein Kunstkenner, wenn auch mit heimlichen Seitenblicken nach dem bronzenen Frauenakt – und noch ganz in diesem Vollgefühl zu dem Mann hinabschimpfend, der seinen endlichen Fall in den offenen Fahrstuhl verschuldet hat, der zuvor lange durch die Gunst der Situation vermieden wurde – gleichsam: wenn einer Kunstkenner sein darf, so hat er es nur dem Umstand zu verdanken, daß beim Zurücktreten der Fahrstuhl gerade ungefährlich oben steht und die Straße begehbar ist; – bis also das Ding ganz hoch kommt und der Arbeiter darauf immer länger und gigantischer wird, so daß er, Charlie, ganz plötzlich entlarvt und der Bedrohung weichend, die Flucht ergreift.

*

Auch was die Liebe betrifft, geht es in den *Lichtern der Großstadt* radikaler zu als je zuvor. Hier ist von Anfang an gar keine Hoffnung auf endliche Vereinigung. Denn Charlie darf von Anfang an in seiner Liebe nicht er selber sein. Geliebt ist er als die Vorstellung, die sich das Mädchen von ihm macht, schön, reich und edel, eine Vorstellung, die nicht weit genug reicht, ein Traum, der an eine bestimmte Stelle in der Gesellschaft gerichtet ist, wenn auch ganz oben, wo der Rolls Royce zu Hause ist. Wie tiefsinnig ist diese Fabel, daß das Mädchen *blind* ist. Verborgener, verschwiegener hat Charlie nie gelebt als in der Nähe dieser Blinden, die nicht einmal einen Freund und Vertrauten in ihm findet wie jene anderen Mädchen in früheren Filmen, die freilich liebt, aber nicht ihn, sondern bloß das, wofür sie ihn hält, indem sie ihn nicht sieht. Und wie weit sind wir hier von dem Märchen am Schluß des *Goldrausch* entfernt. Denn hier ist wohl auch Märchen, die Heilung der Blinden durch den zufällig in der Zeitung entdeckten Wunderarzt – aber Charlie bleibt ganz draußen, ist nicht mit drin in diesem Andersenschen Märchenglück. Er geht vorüber und sieht's, und seine ganze Zerrüttung löst sich in der Freude darüber, daß sie sehend geworden ist. Wieder ist er ganz hingegeben und bleibt doch ganz außerhalb.

*

Alles, was er bis dahin war, worin er sich für Augenblicke verkroch, nicht nur die Zirkusnummer und der vermeintliche Millionär, ist nun dahin. Alle seine hundert Auswege, Posituren und Gebärden: diese aus den Situationen geborenen Formen, gleichsam für einen Moment bestehende winzige Persönlichkeiten, die schon im nächsten irgendeiner Blamage zum Opfer fallen und den Punkt wieder freilegen. Dieser Prozeß ist die einzige, freilich stets sich erneuernde Spannung im Dasein Chaplins, es wären lauter Tragödien, wenn Chaplin eine Persönlichkeit wäre. Es sind auch Tragödien, schlechthin zerstörende, wenn man die Gesten ernst nimmt, all diesen Schlendergang, diese Handbewegungen mondäner Langeweile im Tanzlokal, die ungeheuerliche Tanzraserei, das ganz und gar überlegene, weltmännisch-souveräne Augenbrauen-Hochziehen, das Liebhaberpathos und Rolls-Royce-Gesicht und noch unendlich viel mehr, auch weniger Harmloses, zum Exempel die Szene mit dem Zigarrenstummel: Der Mann im Rolls Royce ist brutal gegenüber dem Armen, aber er ist es um eines armseligen

Zigarrenstummels willen, und vor allem: es ist ja Charlie, er hat selber keinen Cent in der Tasche, und der Wagen gehört gar nicht ihm. Also fällt vieles mehr auf ihn zurück als bloße harmlos imitierende Verulkung zu enthalten scheint – er nimmt aber alles auf sich, auch Gewagtes, nicht nur, vornehm und sporty, sondern auch mitleidlos bis ins Extrem zu sein. In ihm ist's vergeben, nicht aber für die, denen der Rolls Royce wirklich gehört.
Vielmehr nun: er nimmt diese Blamagen, diese oft das Grausame streifenden Zerstörungen – man denke an die Szene mit den Affen auf dem Drahtseil im ›*Circus*‹ oder an das zweimalige, nicht geachtete Leiden unter dem scharfen Schnaps, den der Millionär ihm vorn in die Hose fließen läßt! – er nimmt dies alles auf sich, welches anderen zukäme, die es ernst meinen. Ein anderes Lamm Gottes, das der Welt Sünde trägt – aber komisch bleibt, denn man sieht's nur noch an ihm. Ihm ist aber alles vergeben. Man denke auch an das Martyrium des Boxkampfes in den *Lichtern der Großstadt* und an die Szenerie, da sie den knockout Geschlagenen bringen und auf den harten hölzernen Tisch niederlegen, das Haupt unter den senkrecht aufragenden Balken, ein Marterholz oder Kreuzesstamm, an dem statt der Marterwerkzeuge die Boxhandschuhe aufgehängt sind.

*

So also lachen wir über ihn, aber in ihm, der alles auf sich genommen hat, lachen wir über uns selber, die in ihm blamiert sind, als Bürger, Elegants, Autofahrer, Zigarrenraucher, Sänger der Nationalhymne, Mitleidige und Mitleidlose, Schöntuer und eitle Liebhaber, kurz als Besitzende in tausend Gestalten. – Ach, möchten wir uns doch in diesem Lachen bekehren lassen!

1931

Charlie ist nicht mehr

»Ein König in New York« – das Stichwort mit seinem Kontrast zwischen Subjekt und Milieu scheint nicht ganz so fern von Charlie Chaplins klassischen Fabeln oder szenischen Erfindungen, wie man auf den allerersten Blick annehmen möchte. Der alte Charlie, der mit dem Schnurrbärtchen, mit der Melone, mit dem biegsamen Spazierstöckchen und den übergroßen Schuhen, der deplacierte Kavalier, der Landstreicher mit den Insignien des City-Gentleman – auch er war stets am falschen Ort. Hergeweht und hereingeschneit unter die Goldgräber, unter die Zirkusakrobaten, unter die Puritaner, unter die Boxkämpfer, unter die Fabrikarbeiter am laufenden Band, unter die streikenden Demonstranten. Ein ewiger Fremdling in der rauhen Welt, ewig ein verlorenes Individuum im Getriebe der Gesellschaft. Ein federleichtes Unschuldswesen inmitten eines gewaltigen Systems der Zwecke, der Interessen und der Triebe. Ein Daniel in der Löwengrube und dann auch immer wieder ein Hans im Glück, dem entschlüpft, was er vielleicht erlangen könnte, und dem für eine Weile märchenhaft zufällt, was er am wenigsten erwartet hätte.

Fabel und Held

Hergeweht und hereingeschneit ist auch der König in New York, der Fürst im Exil, ein Besitzloser, ohne Land, ohne Geld, ohne Aussicht auf Verdienst, wenn auch von der träumerischen Hoffnung erfüllt, daß ihm die *Atomic Energy Commission* seine Blaupausen von geplanten Kraftwerken für gute Dollars abkaufen werde. Lange wartet man auf dieses große Los, man hat's im stillen schon aufgegeben, daß diese Gewaltigen je auch nur ein Sterbenswörtchen hören lassen würden, da tauchen wirklich drei voluminöse Männer in dem Hotel auf, wo der arme König schon so lange die Rechnung schuldig geblieben ist, und sie kommen genau richtig in derselben Minute mit dem Aufzug herauf, in welchem der König mitsamt seinem Begleiter (dem einzig Getreuen) mit der anderen Kabine herunterfährt – wie Fortuna ungesehen vorüberrollt an dem Ahnungslosen –, aber nein, die drei Gesellen bleiben und beschließen, auf seine Rückkunft zu warten, es gibt noch eine Chance: wiederum indessen wird uns Zuschauern die Gelegenheit entzogen, der Begegnung und Verhandlung überhaupt zuzuhören und zuzusehen, diese Szene gibt es nicht in dem Film, und welch eine Enttäuschung es war, das erfahren wir nur ganz beiläufig aus dem Munde des Königs, der es beim Damespiel seinem kleinen Partner (einer Wiedergeburt des *Kid*) mit der gleichgültigsten Miene erzählt: sie haben gesagt, solche Anlagen hätten sie längst selber. (Es war ja auch ganz unwahrscheinlich, daß so ein verjagter König aus irgendeinem kleinen Balkanlande der amerikanischen Atom-Industrie irgend etwas Neues zu bieten haben würde.) Das ist die Dramaturgie Chaplins: Fortuna ist doch vorübergerollt – was er in der Hand zu halten schien, das ist davongeflogen, aber Charlies Herz und Sinn hat niemals noch an den Schätzen gehangen, die die Motten und der Rost fressen, er spielt Dame mit einem kleinen Bübchen, das aus der Schule fortgelaufen ist, und die Hotelrechnung bleibt so unbezahlt als wie zuvor.

Hingegen, was er nicht begehrt, das fällt ihm zu. Was er weit von sich gewiesen hatte – weil es sich für einen König ganz und gar nicht ziemt, nämlich einen Job anzunehmen, gar im Fernsehen aufzutreten, für Whisky und andere nichtswürdige Güter dieser Neuen Welt Reklame zu machen, sich für die Titelseiten und für gigantische Plakate fotografieren zu lassen, zehntausend, zwanzigtausend, fünfzigtausend Dollar zu verdienen – in diesen ganzen grotesken und ungeheuerlichen Wirbel des *Advertising Business* gerät er wahrhaftig unversehens hinein. Und am Ende langt's nicht bloß, die Hotelrechnung zu bezahlen, sondern überdies noch das Flugbillett nach Paris, zurück nach Europa, aus der eigenen Tasche, von selbstverdientem Geld zu kaufen. Und diese Fortuna ist höchst sichtbar, ein hübsches Mädchen (dargestellt von *Dawn Addams*), dem der arme König zugetan ist, dem er beigesprungen ist, als es um Hilfe rief – zum Scheine nur, wie wir wissen und sehr deutlich wahrnehmen –, und die ihn mit der kühlsten Methodik hereinlegt, in Netze zieht, nicht in ihre erotischen, sondern in ihre geschäftlichen. Aber freilich, es ist nicht mehr die geheime Schwärmerei des verlachten und vergessenen Charlie aus dem *Goldrausch* noch die hilflos-hilfreiche Kavaliers-Kameradie des Charlie aus den *Modern Times*, noch auch die verzichtende Generosität jenes versinkenden Clowns aus Chaplins jüngstvergangenem Alterswerk *Limelight*: dergleichen würde einem König, wenn auch einem verjagten, nicht so recht anstehen. Hier ist's ein Flirt, nichts anderes, und die Attitüde des Lebemanns, die er in den weltberühmten alten Brocken so oft, so komisch und so rührend vorgetäuscht und nachgeahmt hat, geht ihm in diesem neuesten Fall um einiges natürlicher von der Hand, ist ihm um einiges dichter angewachsen. Wie er denn auch, nachdem der zweckvolle Betrug und die schnöden Anschläge des Mädchens offenbar geworden, den Stolz und die königliche Hoheit ganz wohl hervorzukehren weiß, indem er ihr doch tatsächlich und obendrein mit tränenloser Verachtung streng die Türe weist. Es hält zwar nicht allzu lange vor, und es ist auch im Manuskript und im Dialog Vorsorge getroffen, daß das geschickte hübsche Mädchen nicht allzu eindeutig und nicht allzu ausschließlich aus kaltschnäuzigen Geschäftsmotiven handelt, sondern auch ein wenig aus Mitleid (wie es sich dazumal gehörte und sogar noch im Falle von *Limelight*), um nämlich dem armen König zu Geld zu verhelfen, zwangsweise und mit List, wenn's und weil's eben nicht anders ging. Aber das ändert doch nichts daran, daß die Hauptfigur um ein paar kräftige Grade »wirklicher« und massiver und – wenn ich so sagen darf – prosaischer geraten ist als alle die Charlies von dazumal, selbst den ausgedienten Clown aus *Limelight* einbegriffen. So ist es in der Tat: die Fabel zwar ist irgendwie vom alten Schlage, die Geschichte eines Unschuldigen, eines Ingênu und höchst liebenswerten Fremdlings in dem kalten Räderwerk der Gesellschaft, inmitten all derer, die besessen sind von dem Bestreben, etwas zu erreichen, zu erwerben, zu besitzen, eines Bedürfnislosen inmitten lärmender und tobender Bedürfnisse und Bestrebungen – aber der Held selber ist nicht mehr vom alten Schlage, nicht mehr so herrlich gewichtslos, nicht mehr ganz so engelhaft verständnislos und – vor allem – nicht mehr so lächerlich.

Die brotlosen Künste

Immerhin kehrt auch unter diesen ins Würdigere, Gemessenere, Ernstere und Elegantere versetzten Charakter-Umständen doch so manches werte alte Motiv wieder. Wie Charlie ehedem, so hat auch dieser arme König gewisse spaßhafte Talente. Charlie hatte seine gewissen Kunststückchen, womit er betrübte und verzweifelte Wesen zu erheitern wußte. Der König kann Hamlets Monolog aufsagen mit gewaltigem erlerntem Feuer wie ein Schauspieler, und dem geschickten hübschen Mädchen zuliebe gibt er's auch zum besten (was alles von der verborgenen Fernsehkamera eingefangen und ausgebreitet wird). Er kann strahlend lächeln für die Fotografen am Flugplatz oder bei Besichtigungen, und er kann auch napoleonisch finster zur Seite blikken, wenn in der Hatz der Blitzlichter immer wieder auch ein »ernstes« Bild verlangt wird. (Er tut vieles, was verlangt wird, beinahe alles.) Aber man vermißt schmerzlich jenes verschmitzte, unbeschreiblich komisch-anmutige, gleichsam entschuldigende Lachen (mit rasch hochgelupften Schultern und eingezogenem Kopf), das vordem allemal nachfolgte, wenn er so ein Kunststückchen, so ein pantomimisches Pröbchen vollbracht hatte: diese Rückkehr in den Urzustand der baren Bescheidenheit. Der König nimmt Applaus entgegen – mit leichter Verlegenheit, aber doch mit einer gewissen Majestät.

Meisterlich freilich und ganz auf der alten Höhe sind ein paar winzige pantomimische Einlagen, die nicht der Darbietung, sondern der schlichten Verständigung dienen – der Verständigung mit einem tauben Oberkellner im Restaurant, die lärmende Jazzband dicht im Nacken. Eine Bestellung ist aufzugeben. »Kaviar!« – der Kellner zuckt die Achseln. »Kaviar!« noch einmal mit äußerster Anstrengung. Und dann kommt die stumme pantomimische Darstellung: man sieht – für einen Moment – den Fisch mit wedelnden Flossen durchs Wasser ziehen, sieht, wie ihm der Bauch aufgeschlitzt wird, wie die Masse aufgestrichen und verzehrt wird – all dies ohne andere Mittel als Gebärden und Mienen von genialer Verwandlungskraft. Und gleich danach, als der Begleiter »Schildkrötensuppe« verlangt: geschwind hilft ein umgeklappter Teller, der den Handrücken und Ärmel bedeckt, die hoch und hart beladene Gestalt und Gangart der Schildkröte herzuzaubern. Und alles ist wieder gegenwärtig: der unvergeßliche Brötchentanz aus dem *Goldrausch* und die pantomimische Predigt über David und Goliath aus dem *Pilgrim* und auch der Dressurakt mit dem nicht vorhandenen Floh (mit Namen »Phyllis«) aus *Limelight*. Hier, im *König in New York*, sind die Pantomimen gleichsam ganz beiläufige Gelegenheitsgedichte, Miniaturnummern, mit der leichtesten Meisterhand im Vorübergehen hingeschrieben, kaum völlig ausgespielt. Leider nur so wenig, so kurz. Aber für Sekunden ist es, als ginge der Himmel der komischen Künste auf, die Dorsche und Schildkröten und alle Kreatur scheinen wie erlöst, da einer sie so gut verstanden hat, und das Gewimmel der Geschöpfe ist wie gerechtfertigt, da die Natur (in der Pantomime) als ein einziger, allumfassender Scherz des Schöpfers fühlbar wird.

Clownerie

Außerdem gibt es einen richtigen ausgearbeiteten Sketch auch in diesem Film, eine klassische Szene aus der Welt der »dummen Auguste«. Eine neue Version des uralten Kleistertricks. Man weiß wohl kaum, seit wieviel Hunderten von Jahren die Clowns das schon von einer Generation auf die andere vererben. Und man hätte es nicht für möglich gehalten, daß dieser Stoff noch eine neue Form und Spielart finden könnte. Es ist eine Szene auf einer kleinen Kabarettbühne – Chaplin spielt nicht mit, er ist unter den Zuschauern. Der erste Clown kommt als Tapezierer mit seiner Leiter herein, entrollt die Tapete – verkehrt herum, so daß sie einige Male zu seinem Erstaunen wieder zurückschnappt, der Meister versucht sie gewissermaßen zu übertölpeln, indem er immer rascher mit Pinsel und Kleister dazwischen fährt. Der verspritzte Kleister bringt den zweiten Clown herbei, einen grimmig-ernsten Herrn im Smoking, der zur Rache entschlossen, doch mit furchtbarer Selbstbeherrschung nahe an den lustigen Kleisterer herantritt – in seiner ganzen Haltung gleichsam zähneknirschend in dem Sinne: Wir wollen doch sehen, wie lange du es noch treibst! Der Muntere fährt mit jedem neuen Kleisterstrich an dem unbemerkten Nachbar entlang, den ganzen Smoking herunter. Der Grimmige regt sich nicht. Die Lage wird bedrohlicher von Sekunde zu Sekunde. Aber die Pointe dieser großartigen neuen Variante des alten Themas besteht darin, daß es überhaupt keine Explosion und Eruption gibt. Vielmehr beginnt der Grimmige – in dem Augenblick, in dem der Muntere seine Gegenwart durch Betastung mit dem Kleisterpinsel, fühlbar im Innersten erschauernd, zuerst gewahr geworden ist, und keinen Augenblick eher –, einen zweiten Pinsel zu ergreifen und mit ebenso sorgsamer wie grausamer Methodik seinerseits den Feind einzuseifen und zuzuschmieren. Beide stehen aufgerichtet parallel nebeneinander, keiner von ihnen beschleunigt im geringsten seine Bewegungen, längst sind die letzten freien Stellen sowohl des Smokings hüben als des Kittels drüben unter dem Kleister verschwunden, Kinne, Münder, Nasen, Augen, Stirnen und Haarschöpfe versinken in der weißen Masse, keiner bricht zusammen, keiner gibt auf, man meint (unter brüllendem Gelächter beider Zuschauerräume, des vorgestellten wie des leibhaftig gegenwärtigen) die Wut im Innern der beiden stocksteifen Kleistermänner wie in Hochöfen ansteigen zu sehen, und noch immer weiß einer den andern an ausgepichter, wie unter der Zeitlupe vor sich gehender Kleisterfolter zu überbieten – bis schließlich und unvermeidlich der ganze Topf an die Reihe kommt, der mit wohlgelenkter Kraftbewegung dem Munteren auf das Haupt gestülpt und ganz bedächtig und systematisch heruntergedrückt wird. Es ist wie kalter Kleisterkrieg in technischer Vollendung. Eine Szene von zerreißender, barbarischer Lächerlichkeit, höchst kunstvoll und konsequent ausgearbeitet, die doch das Grausige streift (wie es ja auch in herkömmlichen Clownerien nicht selten der Fall ist).

Diese Einlage zieht für eine Weile fast alle Aufmerksamkeit der Zuschauer im Kino auf sich, aber sie hat eine bestimmte Funktion im Zusammenhang der Handlung: sie soll den bekümmerten König zum Lachen bringen, der sich mitsamt seinem weiblichen Manager und Flirt unter den Zuschauern im Kabarett befindet. Bekümmert ist er, weil er sich – wiederum auf den Rat des Mädchens – einer kosmetischen Operation unterzogen hat. So wäre eine innere Erleichterung schon recht, aber die äußere macht ihrerseits die größten Schwierigkeiten, weil er möglichst keine Miene verziehen soll. Die Maske ist starr, die Nase hochgezogen, die Haut des Halses zurückgespannt, der Mund eine unbewegliche Höhle, das ganze Gesicht fast faltenlos und glatt, aber auch ausdruckslos, es hat etwas entsetzlich Bleckendes angenommen, die Mienen spielen nicht, können's nicht, dürfen's nicht – und nun beginnt (beim Anblick des Kleisterkampfes) das Zwerchfell zu arbeiten, es stößt und druckt und ruckt ihn von innen, und doch bleibt die Maske unbewegt, der Ausdruck versagt und verboten, die schöne natürliche Regung und Bewegung, das Menschliche des Antlitzes versperrt, verstockt, gefroren. Streifte schon die Clownerie auf der Bühne das Grausige, so ist dieser Effekt denn vollends fürchterlich. Immer gab es in Chaplins Meisterwerken auch dieses Element des Grauens mitten im Lächerlichen – am deutlichsten ist mir die Szene aus *Zirkus* im Gedächtnis, wo die losgelassene Affenschar sich über ihn hermacht, während er auf dem hohen Seile exerziert und sich des tierischen Schabernacks nicht zu erwehren vermag, wo die Menschenwürde sozusagen von einem tückisch arrangierten Schicksal in Fetzen gerissen wird und dem Zuschauer mitten im Gelächter das Blut gefriert. Sehr ähnlich hier, nur eher noch schrecklicher, da keine Affen im Spiel sind, sondern – nur –

Menschen, nur eine gesellschaftliche Narretei und mörderisch wohlmeinende Technik der Gleichmacherei.

Lektionen

Eben hierin liegt auch wieder eine Schwäche dieses jüngsten Werkes, das der große Künstler hervorgebracht hat: er will etwas lehren. Amerika scheint nicht nur ein Symbol für diese freiwillig-gewaltsame Bestrebung, den Menschen glatt zu hobeln. Es geht offenbar zugleich auch darum, den wirklichen Amerikanern einen Spiegel oder Zerrspiegel vorzuhalten. Der ganze Film läßt sich zu guten Teilen als eine Art von Narrenspiegel verstehen – ganz nach der Art jener alten Bilderfolgen, die bestimmt waren, die gesellschaftlichen Besessenheiten der Zeit zu geißeln. Die »Rock'-n'-Roll«-Ekstase, die Wild-West-Breitwand-Knallerei, der unaufhörliche Lärm der kollektiven Selbstbetäubung, der Terror des Reklamegeschäfts, der maß- und fühllose Eifer, dem Job und den Dollars nachzujagen, die »progressive« Erziehung, die Gleichgültigkeit gegen den Nächsten – unvergeßlich: die Scharen von anonymen Liftbenutzern, die herein- und hinaus- und wieder herein- und wieder hinausströmen, ohne dem armen, unrettbar in das Feuerlöschgerät verstrickten König mehr als einen befremdeten Blick zu gönnen (man muß an Brecht denken: »Wie der Mensch dem Menschen hilft!«) – und schließlich und zuletzt: die Kommunisten-Hexenjagd, die McCarthy-Hysterie, die kalte Investigationswut und Denunziations-Erpressung, die moralisch-patriotische Folterung. Der arme König selber muß in den Zeugenstand, jagt herbei in der letzten Sekunde – eine vollkommene Albtraum-Situation! –, den ganzen Schlauch des verhängnisvollen Feuerlöschgerätes hinter sich herschleifend, erhebt die Schwurhand mitsamt dem metallenen Schlauchende, worin der Finger steckengeblieben ist – bis denn endlich die peinlichste Erlösung losplatzt: der Schlauch füllt sich, und der gewaltige Wasserstrahl sprengt die Versammlung, verjagt das Komitee. Schadenfreude bemächtigt sich der Zuschauer (nicht des Helden). Gerächt sind die Erniedrigten und Beleidigten. Wiederhergestellt ist die Menschlichkeit – durch die Macht der Komik. (Freilich bleibt es nicht bei diesem Happy-End nach der alten burlesken Weise – der letzte Schluß ist wehmütig, fast trauerspielhaft.) Das ist alles recht und gut. Aber es ist doch allzu seriös, der Gegner zu massiv organisiert, und der Held bleibt eigentlich der Sieger im Namen des Rechtes und der Menschlichkeit. Das geht nicht auf. Niemals war Charlie der Sieger, immer ging er am Ende davon, wie er gekommen war: besitzlos, machtlos, anspruchslos – eine Gestalt, ein Punkt, der sich am Horizont verliert. Die Gesellschaft wurde dazumal aus eben diesem Punkt kritisiert und kuriert, sozusagen ganz von selbst, ohne Absicht und ohne merklichen Erfolg – es war gleichsam eine göttliche Gerechtigkeit (und keine diesseitige), die sich herstellte durch die Reinheit der komischen Existenz und durch unser aller Liebe zu Charlie.

Charlie ist nicht mehr. Eine tiefe Traurigkeit erfüllt uns ob dieses Verlustes.

1957

Scherz, Satire, Utopie und tiefere Verzweiflung

Zu Charlie Chaplins ›Großem Diktator‹

Man verläßt das Stück und das Haus in einem Zustand äußerster Verwirrung, unfähig, das Gefühl zu ordnen und sich einen Begriff von dem zu machen, was man gesehen und gehört hat. Geschüttelt vom Gelächter, geschüttelt vom Entsetzen. Nie zuvor ist der grausige Untergrund von Chaplins Komik so kraß hervorgetreten wie in dieser Farce vom Großen Diktator, nie zuvor ist der rauhe, bittere Stoff der Erfahrung so unvermittelt mit dem melancholisch-lächerlichen Arme-Leute-Märchen vermischt gewesen wie hier. Man verläßt das Stück und das Haus genau in derselben Verfassung, in der man die Geschichte selbst verläßt, geschüttelt vom Gelächter über Machthaber und Gewaltherrscher und geschüttelt von dem Entsetzen, welches all ihre Lächerlichkeit gleichwohl auszubreiten vermocht hat. So mag man den *Großen Diktator* als die Antwort eines Genies auf das Unbegreifliche verstehen, daß Menschen durch Menschen verfolgt und vernichtet werden, kleine lächerliche Kreaturen durch große lächerliche, noch lächerlichere. Es ist die Antwort eines wahren und reinen Künstlers, der alle seine Mittel, all seine Einbildungskraft, all seine Spielfreiheit und all seine Scharfsicht, das Leichte und das Schwere, das Heitere und das Kühne anwendet, um am Ende einzusehen und uns alle fühlen zu machen, daß die Kunst über das Böse nicht triumphieren kann, daß sie ohnmächtig bleibt. Daher ist der *Große Diktator* kein Kunstwerk im sonst gültigen Sinne des Wortes geworden, kein wohlgeratenes Gebilde. Es ist ein zerbrochenes Kunstwerk. Ein Kunstwerk, das vor unseren Augen aufsteigt und zerbricht vor der Gewalt des Bösen. Ein *großes* zerbrochenes Kunstwerk.

I.

Alle Überlieferungen der Clownerie und der Pantomime sind darin enthalten. Chaplin, ihr souveräner Meister, Fortsetzer und Vollender, schöpft aus seinem Vorrat. Der kleine jüdische Soldat am Abzug der dicken Berta wird von der Granate als einem wahrhaftig tückischen Objekt genarrt wie nur je der Dumme August von Eimer und Besen. Die Handgranate rutscht ihm in den Ärmel und in Jacke und Hose umher wie jener dressierte Floh, mit dem es der alte Clown in einem der eingelegten Sketschs in *Limelight* zu tun hat – nur lebensgefährlicher. Auch der klassische Schlagsahne-Trick kehrt wieder, der uns aus dem Zirkus wie aus den vorzeitlichen Einaktern des frühesten Chaplin vertraut ist; aber diesmal ist das Material die weiße Ölfarbe, mit der das Wort »Jude« ans Schaufenster des Getto-Barbiers geschmiert wird, und der, dem der Brei ins Gesicht klatscht, ist kein Patron und kein simpler Bobby, sondern ein dicker Sturmtruppmann in dem finsteren, ach so verzweifelt kenntlichen Märchenlande Tomanien. Der große Diktator selber rollt nach vollbrachter Großkundgebung die Treppe herunter wie der Hanswurst in der Volkskomödie, Stühlchen krachen unter ihm zusammen in erhabenen Momenten. Die Szene der Vertragsverhandlung zwischen *Hynkel* und *Napaloni*, dem Führer und dem Duce, wird durch reichlich aufs Brot geschmierten scharfen Senf zur universalen Blamage, durch hochelastische Riesenspaghetti zum verwickelten Zweikampf.

Aber nicht nur solche klassischen, auch eigentümlichere Erfindungen der Chaplinschen Komik sind eingefügt wie Nummern eines Programms: so der Tanz des unscheinbaren Hynkel mit der gewaltigen »Mamma« Napaloni beim großen Gala-Ballabend, bei dem die Führung vermöge ihres einfachen Schwergewichts durchaus von der stattlichen Dame ausgeübt wird und das Männlein, das am Rande des

Sturzes dahintaumelt und -schwebt, für Augenblicke in die Rolle des richtigen Charlie von ehedem gerät. Wie denn überhaupt das Doppelgängerspiel – des kleinen Friseurs und des großen Diktators, des ahnungslos Leidenden und des besinnungslos Tobenden, des Gehetzten und des Hetzenden, die einander doch aufs Haar gleichen – das Fürchterliche streckenweise beträchtlich mildert: Auch in Hynkel erkennen wir Charlie wieder, aber in Charlie – hier also im Friseur – niemals Hynkel. (Vielleicht ist dies der Grund, daß dem Diktator vom Drehbuchautor Chaplin ein verruchter Teufel und Einflüsterer beigesellt ist, zu welchem der halbintellektuelle Dr. Goebbels offenbar ein wenig Modell gestanden hat.)
Ein Höhepunkt der reinen Pantomime aber und ein wahres Jubelstück der komischen Ballettkunst, das beinahe aus allem Zusammenhang der schlimmen Fabel und der satirischen Absichten herausgelöst werden könnte und in sich bestünde – »selig in ihm selbst« –, das ist der Rasier-Akt nach der Melodie eines der ungarischen Tänze von Johannes Brahms. Wie hier die *accelerandi* und *ritardandi,* die hastig hüpfenden und die breit verhaltenden Partien, die feinsten Vorschläge und pomphaften Fermaten, wie die gesamte raffinierte Rhythmik des berühmten Musikstückes in den Tanz des Einseifens und Verreibens, in die Gestik des Pinsels, des Rasiermessers und des Handtuchs übersetzt oder von ihr ausgedeutet wird – alles mit unbewegter Berufsmiene vorgetragen und am verdutzten Kunden-Phantom ausgeführt: das ist schlechthin göttlich. Das trivialste Werkzeug dient zur herrlichsten Zauberei, das Erhabene wird komisch, doch wiederum das Lächerliche schön.

II.

Ich zögere, ob ich eine andere Szene großer Komik hier anfügen soll – da wir noch vom »Scherz« reden. Gewiß enthält sie ein Element des Scherzes, nämlich der Buffonnerie, des Tricks, das schon als Einfall und Figur hinreißt, aber sie enthält doch mehr. Ich meine die Szene der Verschwörung im Keller, wo es sich darum handelt, ein Opfer auszulosen, das den Anschlag auf den Palast des Diktators mit eigener Aufopferung ausführen soll. (Aber diese Bedeutung im Fortgang der Handlung besagt nicht viel.) Es werden kleine Puddings serviert, in einem soll eine Münze sein; wer sie findet, hat verloren. Heimlich aber sind in alle Puddings Münzen eingeknetet worden. Auch unser kleiner Barbier, der eigentliche Charlie, beißt auf eine Münze und verschluckt sie, ohne Laut zu geben. Aber es wandern alsbald noch zwei weitere Münzen in den Pudding des armen Narren – von den Nachbarn am Tisch unversehens hineinpraktiziert. Die Mimik der erschreckten Augen und des verhohlenen Verschluckens wiederholt sich drei schreckliche lächerliche Male (wohlgemerkt: ohne daß ihm aufgeht, was gespielt wird – alle Qualen sind umsonst, die Charakterprobe ist längst absurd geworden). Der Trick kommt am Schluß, da es in seinem Innern rasselt wie in einem Automaten, einmal, zweimal, dreimal, und jedesmal gibt der Schlitz des Mundes wieder ein Silberstück heraus. Es ist das Motiv der Verwandlung des Lebendigen ins Mechanische – aus alten Chaplinfilmen in anderen Versionen vertraut. Aber wieviel mehr noch liegt in der Szene! Die Angst, die kleine List und Schuld der Kreatur, die sich an den Gesetzen eines aufgezwungenen Ehrenkodex vorbeischwindeln möchte. Die Entlarvung des Heldenspiels. Auch der Zerfall der Ethik, der Solidarität. Und der eine, auf den das Unheil gehäuft zukommt, der Schlemihl, der's hinnimmt und herunterschluckt, ohne zu bekennen, aber auch ohne sich zu wehren – er trägt der Nachbarn, trägt der Welt Sünde, und es ist doch ganz umsonst. Da ist kein Heil, es sei denn im Witz, der das Absurde krönt.

III.

Das satirische Element wird präludiert bei den kurzen Szenen aus dem Ersten Weltkrieg, setzt aber in voller Pracht ein mit dem Auftritt Hynkels, des großen Diktators. Schon im Zubehör kündigt sich's an – das Monumentalbüro aus Marmor, Gold und Elfenbein, worin denn inmitten allen Prunkdekors hinter dem Schreibtisch des Gewaltigen ein Karteischrank sich ausnimmt wie eine Maus unter Pfauenfedern, ein Symbol der Bürokratie, die im Zentrum des Weihezaubers steckt. Späterhin freilich enthüllt sich, daß der Schrank inwendig nichts als Spiegel birgt. Satire blüht, wenn der Tageslauf des rastlos beschäftigten Lenkers aller nationalen Geschicke aufgeblättert wird; eilig erklimmt er Treppen, hastet er durch Gänge, wirft er die Sekretärin aufs Sofa, blickt er auf die Armbanduhr, springt er ins Nebenzimmer, um für eine Minute dem Maler und dem Bildhauer in Pose sich darzustellen, zieht er sich in ein anderes Gemach zurück, um Klavier zu spielen. Entscheidungen fallen zwischen Tür und Angel. Termine, Termine – der Schein, der Wahn von Terminen. In Wahrheit ist es ein leerer, nichtsnutziger, blasenhafter Zeitvertreib, eine Komödie von Betriebsamkeit, die er sich selber vorspielt. Eine Folge von Gesten der Eingebung, des Tiefsinnes, auch der deutschen, wagnerischen Musikberauschung. Hynkel bei Kerzenlicht einsam am Flügel, die Tasten knetend mit verzückten Schultern: für Augenblicke ist es, wie wenn der alte Charlie, um irgendeinem Mädchen zu imponieren, einen großen Mann, einen gelernten Meister, ein Kunststück vormacht, wie es in der oberen Welt gesellschaftlicher Würden und Attitüden seine

Geltung hat (man erinnere sich: in was für Rollen ist er nicht schon geschlüpft! – vom trällernden, stöckchenschwingenden Spaziergänger im *Goldrausch* bis zum Lebemann, Zigarrenraucher, Box-Champion in den *Lichtern der Großstadt*). Der kleine Charlie steckt auch im großen Diktator, aber wenn dieser posiert, so ist es sein Beruf, und leider bleibt das entzückende Grinsen aus, womit jener seine Maskeraden allemal aufzulösen wußte, indem er gleichsam um Entschuldigung dafür bat. Hynkels komische Exerzitien bleiben zwar nicht minder durchsichtig – als Kostümierungen, Staffierungen, Träumereien eines armen Menschleins –, aber es gibt kein Erwachen und keine Befreiung. Sie vollziehen sich auf der Höhe der Macht. Darum eben werden diese Künste zur Satire. Zu einer Art von Satire, bei der die Humanität, Charlies nackte und bloße Menschlichkeit, gleichsam noch eben gelegentlich durch die Ritzen blinzelt. Nicht so freilich im Falle jener großartigsten satirischen Erfindung dieses Films, die – zum erstenmal übrigens in Chaplins Œuvre – auf rein akustischem Gebiete liegt: ich meine das Volapük der Gewalttätigkeit und Triebbesessenheit, das er dem Diktator in den Mund gelegt hat für die Massenversammlungsreden und die Wutausbrüche. Das knallt und knattert, schnalzt und zischt da hervor, daß es seine Art hat, Lippen, Zunge, Zähne, alle Werkzeuge der Artikulation befinden sich in höchster Alarmbereitschaft, und doch ertönt kaum ein Wort, das einer bekannten Sprache angehörte. Zuweilen unterscheidet man einen vertrauten Speisekartenklang wie »Sauerkraut« oder »Wiener Schnitzel« inmitten dieser lingualen Wilden Jagd, aber die überschärften Konsonanten sausen daher wie Peitschenhiebe, pfeifen wie Pistolenschüsse. Den Zuschauer schüttelt das Gelächter, die Burleske ist auf ihrem Höhepunkt, aber tief im Innern graut es uns vor der Sprachgrimasse. Das ist Tomanisch, tomanische Redekunst. Wir kennen sie.

IV.

Wir sind gemeint. Das Dritte Reich ist gemeint. Dünn ist die pseudonymische Verhüllung – mit den Namen von Hynkel und Benzino Napaloni, mit den Ländern Tomanien und Bacteria, mit dem dicken Marschall Herring und dem bösen schmalen Informationsminister Garbitsch. Der rauhe und bittere Stoff der Geschichte blickt überall durch die Groteske. Es ist kein Märchen mehr. Und die Bobbies, die einstigen Schreckgespenster des armen Charlie, sind zu bauchigen Sturmtruppmännern mit Braunhemden und Feuerwehrhelmen ausgewachsen, die im Getto aufräumen. Die Traumfiguren von ehedem (aus dem *Kid*, aus dem *Hundeleben*) sind in eine andre Dimension getreten, in diejenige der leibhaftigen Wahrheit und Wirklichkeit. Und Charlie, dem kleinen jüdischen Friseur, geht es wirklich an den Kragen. Bis hart an den Rand des fürchterlichen Ernstes geht es, da er – im Augenblick des seligen ersten Abendausgangs mit dem lieben Mädchen Hannah – vor dem plötzlich anrückenden Sturmtrupp flüchtet, hin und her, hüpfend, zappelnd, und von allen Seiten dringen sie herbei auf das federleichte, ganz und gar verlassene und verlorene Männlein. Sie legen ihm den Strick um den Hals, eine Laterne ist nahebei, sie knüpfen ihn auf, sie ziehen ihn hoch – und in diesem Augenblick setzt das Märchen wieder ein. Ein Auto hält, der Kommandeur gebietet Einhalt, es ist sein Kriegskamerad, dem er einst (unversehens natürlich) das Leben rettete. Er entschuldigt sich in aller Form wie ein preußischer Leutnant, und Charlie, der kleine, der liebe alte Charlie, wieder herabgelassen, klopft sich den Staub der Passion von den Hosen und murmelt so etwas wie »Aber bitte, es macht gar nichts«, mit den Schultern zuckend nach seiner vertrauten Weise. Er hat es nicht verstanden – nach seiner vertrauten Weise –, er ist nicht von dieser Welt.

V.

Sondern von der Welt des Friedens und der Freundlichkeit. Wie sie als ein Trugbild, als ein süßer bänglicher Schein für eine Weile doch erscheint auch in diesem Getto in Tomanien. Da scheint mit einem Male die Sonne, die Menschen schlendern auf der Straße, die Händler bieten ihre Ware aus, die alten Männer spielen Schach auf dem Hofe, und die patrouillierenden Sturmtruppleute sagen nicht »Heil Hynkel«, sondern »Guten Morgen« und heben hilfreich die Kartoffeln auf, die das Aschenbrödel aus der Schürze verloren hat. Es ist eine Vision wie die unvergeßliche Himmels-Szenerie im *Kid*, wo die Gauner und die Schutzleute Flügel kriegen. Aber doch auch anders. Dort war es eine rechte Kinder- und Bilderbuch-Utopie, reinste Schlaraffen- und Paradieses-Träumerei. Hier ist es eine Machenschaft, denn der Zuschauer weiß, daß alle Verfolgung ausgesetzt wurde, bis der Bankier Epstein der Regierung von Tomanien eine Anleihe gegeben hat. (Er wird sie nicht geben, und die Verfolgung wird von neuem einsetzen.) So lauert nur tiefere Verzweiflung am Grunde dieser Utopie. Und am Ende tut es die Utopie überhaupt nicht mehr. Wenn der große Schlußeffekt herankommt, wenn der kleine Doppelgänger des großen Diktators an dessen Stelle vor dem Volke von Austerlich zur Rednertribüne geschoben wird, wenn sich sein Gesicht verwandelt, wenn die Unschuld wie die Pose davon abfällt und die Sorge, nur die ernste Sorge auf seiner Miene erscheint, wenn er in einer tiefen Versunkenheit das Wörtchen »Hoffnung« vor sich hinspricht und wenn er schließlich anhebt zu einer ganz ungespielten wirklichen Ansprache und Verkündigung –

> »Kämpft für die Freiheit! Denn siehe, das Reich Gottes ist inwendig in euch ...« –,

da versinken Scherz, Satire und Utopie, alle miteinander, und es zerbricht auch die Kunst, ihr Gewebe zerreißt, der

Aufruf tritt an die Stelle, rasch und in ernster Erregung hervorgesprudelt ... Aber es ist die Verzweiflung, die tiefere Verzweiflung, die solches hervorbringt. Die Verzweiflung am Bösen, die am Ende die Kunst selber verschlungen hat. Die große Kunst Charlie Chaplins.

1958

Chaplin und Charlie

Charles Chaplin war ein großer Künstler, er bleibt es in seinen Werken, einer der größten des Jahrhunderts.
Er war ein Schauspieler, der zum Dichter wurde, schrieb die Stücke selbst, in denen er auftrat, ganz wie Shakespeare, Molière oder Nestroy. Mit dem offenkundigen Unterschied, daß in seinen Dichtungen die Sprache entweder gar keine oder – in den letzten Filmen – nur eine untergeordnete Rolle spielt. Aber auch die Drehbücher sind eigentlich noch nicht die Dichtungen; jedenfalls nehme ich das an, wiewohl ich außer ein paar Bruchstücken (die er in seiner Selbstbiographie zitiert) nie ein Drehbuch von ihm gelesen habe. Erst die physische Handlung und Bewegung macht hier die Dichtung aus, die Pantomime. Aus ihr ist Chaplins Kunst und Künstlerschaft erwachsen. Er war, er ist ein Pantomimen-Dichter und ein pantomimischer Dichter durch und durch.
Der andere offenkundige Unterschied gegenüber jenen klassischen Komödianten-Autoren, daß diese für das lebendige Theater gearbeitet haben, er hingegen für den Film, schrumpft erheblich ein, wenn wir die Kunstwerke nach ihrem Rang vergleichen. Es ist ein Unterschied der Materialien, kaum der Formen, gewiß nicht des Geistes. Die technische Reproduzierbarkeit des Films bietet den unschätzbaren Vorteil, daß diese Kunstwerke für unbegrenzte Zeit, vielleicht für Jahrhunderte, unverändert aufgefaßt werden können. Nur dank dem Film, nur als Film kann die pantomimische Kunst überhaupt überliefert werden. Nur dank dem technischen Medium konnte sie auch die weite Welt der Zeitgenossen erreichen.

Bei dieser Art von Kunstwerken sind freilich die Kunststücke noch ganz nahe, mit welchen die Gaukler und die Narren, die Harlekine und Brighellas der italienischen Commedia dell'arte, die dummen Auguste und die Clowns des Zirkus von alters her das Publikum unterhalten und verblüfft haben. Aus den alten und neuen »Lazzi«, Tricks, Gags, eben aus den Kunststücken nährt sich Chaplins Kunst, ähnlich wie das literarische Kunstlied von Goethe bis Heine sich aus dem anonymen Volkslied nährte. Die ganze Tradition der Commedia und der Clownerie ist in Chaplins Œuvre verarbeitet und verwahrt. Und er hat den alten Vorrat um köstliche Varianten wie auch ganz neue Erfindungen vermehrt.
Es gibt Kunststücke, die von ihm selbst oder auch von anderen auf einer Bühne – innerhalb der Filmhandlung – vorgeführt werden. So treten in dem späten *König in New York* in einem Kabarett zwei Männer auf, einer als Tapezierer, der andere als Herr im Smoking, die die alte Clownsnummer mit Kleister und Pinsel in einer Weise abwandeln, daß der Spaß in finsteren Grimm, der Schabernack in entschlossenen Vergeltungskrieg übergeht, wobei aber der Vorgang durchweg komisch bleibt: die beiden pinseln sich wechselseitig von unten bis oben voll, bis die letzte Spur von Menschlichkeit verkleistert ist. Und in *Limelight* führt Chaplin selbst in der Rolle des alternden Clowns, der die Hauptfigur ist, auf der Bühne eine Flohdressur vor, die möglicherweise auch aus einem überlieferten Trick entwikkelt ist: der (nichtexistente) Floh hüpft dem Dompteur ins Kostüm und wird nun da und dort, bald in höheren, bald in tieferen Körperregionen gesucht, hervorgelockt, beim Namen gerufen – sein Name ist Phyllis. Es erinnert nach der pantomimischen Seite ein wenig an den Fliegenfang des Arlecchino, den wir in jüngster Zeit meisterlich von Solari

gesehen haben. Aber Chaplins Floh-Version hat noch eine dramatische Bedeutung, sie drückt mit ihrer leicht das Obszöne streifenden Albernheit eine grenzenlose Traurigkeit aus, die Verlassenheit dessen, der seinen Erfolg überlebt, die Vergeblichkeit seiner Bemühungen.

Weiter gibt es Kunststücke, die der komische Held zum besten gibt, also nicht als theatralische Darbietung, sondern gewissermaßen konversationsweise innerhalb der Filmhandlung, meist um ein Mädchen zu amüsieren. Davon gibt es viele kleine und winzige Exempel und ein großes, hochberühmtes, unvergängliches: den Brötchentanz aus dem *Goldrausch*. Zwei Blechgabeln und zwei Schrippen – der simpelste und plumpste Stoff – verwandeln sich in Charlies Händen in ein Puppentanzbeinpaar, ein ebenso elegantes wie groteskes Ballett spielt sich auf Tisch und Teller ab, und es ist, als höbe sich die arme Erdenwelt, so wie sie ist, geradewegs in die ewige Seligkeit empor. Es ist auch, im Zusammenhang des Stückes, wahrhaftig nur ein Traum, und die Schöne, der es galt, kommt gar nicht.

Endlich besteht ja in einem gewissen Sinne die Figur, die Chaplin geschaffen hat und mit der er für die Welt und in der weiten Welt identisch geworden ist, besteht also Charlie, der Vagabund, selber aus lauter Kunststücken. Seine Erscheinung und seine Bewegungsweise, seine Mimik und seine Gestik, dieser Watschelgang in den großen Schuhen, dieser nonchalante Gebrauch, den er von dem biegsamen Spazierstöckchen macht, die Art, wie er einen Bordstein ersteigt, wie er auf der Flucht, auf einem Beine hüpfend, das andere flattern lassend, Kurven nimmt, die zierlichen Gebärden, mit denen er einen Tisch deckt, eine Serviette (oder was als solche dient) auseinanderfaltet, die hochgezogenen Brauen der Kennerschaft, die gleichsam routinierte Zufriedenheit, die er bei gewissen Tätigkeiten mit einem schrägen Hochziehen von Nase und Lippen ausdrückt, die Stellung des Flaneurs, die Positur eines Herausforderers, die Art, wie zur Entschuldigung mit einem ergreifend übertriebenen Lächeln den Kopf zwischen die Schultern einzuziehen – und was nicht alles sonst noch an wiederkehrenden Eigenheiten: es ist eine Kette von Kunststücken, woraus die Existenz der Figur sich überhaupt zusammensetzt.

Diese Figur, Charlie, ist Chaplins schönstes und größtes Werk. Von den klassischen Dichter-Komödianten unterscheidet ihn auch der Umstand, daß er die meiste Zeit über nur diese einzige (und einzigartige) Rolle gespielt hat, die mit jeder neuen Szene, jedem neuen Stück an Welt und Weltbedeutung zunahm, ohne doch ihren Charakter zu verlieren. Charlie kenne ich aus dem *Hundeleben* (von 1918), dem *Kid* (von 1921), dem *Pilgrim* (von 1923), dem *Goldrausch* (von 1925), dem *Zirkus* (von 1928), den *Lichtern der Großstadt* (von 1931), den *Modern Times* (von 1936 – um diesen Film zu sehen, fuhren wir, mit zehn Mark in der Tasche, nach Straßburg). Dann verschwand Charlie. Wenngleich wir ihn doch auch wiedererkennen in jenem kleinen jüdischen Friseur, dem Doppelgänger des *Großen Diktators* (der Film ist von 1940, in Deutschland konnten wir ihn erst 1958 sehen), ja sogar in dem eleganten *König in New York* (von 1957), denn auch dieser ist empirisch ein armer Schlukker, nur zeigt der Schlucker jetzt offen, daß er insgeheim ein König ist – oder doch ein gewesener König.

Eine lustige Figur

Alle Vorgänger Charlies in der langen Reihe der lustigen Personen des Theaters, die Harlekin, Polichinell, Hanswurst und Kasperl, sind anonyme Erfindungen, wiewohl eine Menge Schauspieler namentlich bekannt sind, die solche Rollen mit Kunst gegeben, ihnen auch zuweilen neue Züge verliehen haben. Nur bei dem Typus des Pierrot nennt der alte Professor Flögel in seiner »Geschichte des Grotesk-

Komischen« (von 1788) einen bestimmten Erfinder, einen Angestellten des Italienischen Theaters zu Paris. Und es ist schon öfter bemerkt worden, daß »Charlot« – wie ihn die Franzosen nennen – mit Pierrot, dem Kreideweißen, Weitbehosten, dem Geprellten, dem unglücklichen Liebhaber, eine gewisse Ähnlichkeit habe. Aber auch den Pierrot kann oder konnte jeder spielen, der sich darin übte; Charlie ist einzig Chaplins Part, unwiederholbar. Dieser Typus ist zum Individuum geworden, auf immer an diese Individualität gebunden. Wäre er für die lebende Bühne geschaffen worden, vielleicht hätte er sich von Schauspieler zu Schauspieler fortgepflanzt wie Harlekin und Kasperl. Das photographische Medium fixiert diese eine Verwirklichung und entschädigt uns sogleich dadurch, daß es den unwiederholbaren Typus, Charlie den Einzigen, für unbegrenzte Zeiten aufbewahrt.

Das Schema der Fabel ist bei den großen Filmen, die ich genannt habe, sehr altertümlich, es ist dasjenige der Abenteuerserie wie beim Don Quijote und beim Simplicius Simplicissimus. Man könnte diese Charlie-Filme, aneinandergereiht, als einen einzigen komischen Abenteuerroman auffassen, der durch die verschiedensten Bereiche der gesellschaftlichen Welt hindurchführt, durch Kirche, Manege, Slum, Boxring, Fabrik und noch weiter herum. Nirgends ist seines Bleibens, oft gerät er nur durch ein Mißverständnis in einen Beruf oder eine Funktion hinein, im *Pilgrim* halten ihn die Leute, weil er den Rock hoch zugeknöpft trägt, für den neuen Pfarrer, und in *Modern Times* wird er als Rädelsführer einer Demonstration verhaftet, weil er mit einem roten Fähnchen hinter dem Lastwagen herrannte, der es verloren hatte. Er ist ein kleiner David, dem immer fürchterliche Goliaths gegenübertreten; aber nur selten gelingt ihm der Schleudertrick des Alten Testaments, den er (eben in *Pilgrim*) so herrlich pantomimisch darzustellen weiß. Im Gegenteil macht es das kaum ganz aufzuhellende Geheim-

nis dieser »lustigen Person« aus, daß sie durchgängig eine armselige und übersehene, ja verfolgte und verjagte, kurz, eine leidende Existenz führt – und doch zugleich eine komische. Gibt es einmal ein Happy-End – wie im *Goldrausch*, wo man am Schluß die unverhofften Goldminenbesitzer in ihren doppelten und dreifachen Pelzmänteln an Bord gehen sieht und wo Charlie sogar die Braut heimführt –, so wird es märchenhaft dick aufgetragen, und nun lacht man deswegen, weil man es gar nicht glauben kann. Nicht selten aber grenzt sein Leiden an das wahrhaftige Martyrium; man muß sich nur an so grausige Momente erinnern wie die losgelassene Eßmaschine (in *Modern Times*), die dem Arbeiter am laufenden Band ihre Sandwiches ins Gesicht haut, oder – was nun gar nichts mit Ausbeutung zu tun hat – die Affen im *Zirkus*, die den heimlich auf dem Drahtseil Übenden überfallen und ihm Stück für Stück die Kleider vom Leib herunterreißen.
Auch die Hungerphantasie des gewaltigen Kumpanen Big Jim (im *Goldrausch*) gehört hierher, welcher Charlie, da er ihn für ein veritables Huhn ansieht, um ein Haar geschlachtet hätte. Am Ende ist es auch kein Spaß, den eigenen Schuh verspeisen zu müssen, vielmehr es wäre keiner, wenn es nicht mit all jenen – donquijotisch – deplazierten Attitüden der feinen Tischsitte geschähe. In *Lichter der Großstadt* gibt es eine Szene, wo der malträtierte Meisterboxer mit hochgezerrten Armen auf eine hölzerne Pritsche geführt wird, und die Kampfutensilien hängen über ihm an der Wand wie Marterwerkzeuge.
Es ist schwer zu fassen, wieso dergleichen komisch bleibt. Aber jedenfalls sind es vor allem diese radikalen Leidensmomente, die die Figur wie die Handlung vor sentimentaler Auflösung bewahren: Wenn uns das Lachen auch augenblicksweise im Halse steckenbleibt, so stockt doch zugleich nicht minder das Weinen.
Die Philosophin Hannah Arendt war es, die Chaplins lu-

stige Person in einen spezifisch jüdischen Zusammenhang gebracht, in eine »verborgene Tradition« (das ist der Titel ihres Essays) eingefügt hat, für die auch Heinrich Heine und Franz Kafka zeugen: Sie läßt sich am einfachsten durch die Figur und den Begriff des Schlemihls bezeichnen. Ein Schlemihl heißt der, dem nichts glücken will, aber von unserem gewöhnlichen Pechvogel unterscheidet er sich dadurch, daß er es tief innerlich weiß und daß von diesem traurig-lächerlichen Bewußtsein sein ganzes Wesen durchdrungen ist. Und er wird »Schlemihl« genannt nicht ohne einen Ton von spöttischer Zuneigung, ja von geheimer Identifizierung. Natürlich ist daran viel Wahres, und Chaplin hat diese Herkunft seines Charlies gewissermaßen selber hervorgekehrt in dem Augenblick, als er ihn – und sich – in die Gestalt des kleinen Friseurs in des *Großen Diktators* Getto verwandelte – in diesem Film, der ein Bekenntnis war und eine Satire und ein Märchen und auch ein Aufruf, ein großes zerbrochenes Kunstwerk, von dem er selbst mehrmals gestanden hat, er würde es nie gemacht haben, wenn er damals (1940) von Auschwitz gewußt hätte, hätte wissen können.

Das Jüdische und das Menschliche

Indem wir das Jüdische wahrnehmen – das »unzerstörbare Ingrediens der verfolgten Rassen« (wie ein französischer Interpret, Leprohon, gesagt hat) –, müssen wir uns davor hüten, das ganze Phänomen gleichsam in diese exotischen Eigenheiten einzusperren. Wenn es nichts als jüdisch wäre, wie hätte es die ganze zeitgenössische Menschheit ergreifen können! Als wir, auch Hannah Arendt, Charlie zuerst begegneten, damals, vor fünfzig Jahren, in Heidelberg und anderwärts, da erkannten wir unter Lachen und Weinen in der lustigen Person auch ein philosophisches, ein ethisches Exempel. Ich verglich ihn (in meinem ersten Essay, 1929) mit dem Fürsten Myschkin aus Dostojewskis Roman *Der Idiot*, diesem unzurechnungsfähigen Heiligen, der in seiner gesellschaftlichen Welt gleichfalls eine recht lächerliche Rolle spielt, der nichts erreicht und am Ende ebenso aus der Handlung verschwindet wie Charlie, dieser am Horizont der Landstraße, jener in der Heilanstalt. Beider Weg durch die Realitäten dieser Welt ist von Blamagen bezeichnet, und vielleicht läßt sich die Blamage überhaupt als die komische Version des Scheiterns definieren, das Scheitern andererseits als die tragische Form der Blamage.

Vor allem ist es diesem Schlemihl, der Charlie heißt, (wie Myschkin) eigentümlich, daß er in seinem komischen Scheitern jedesmal das Treiben dieser Welt der Begierigen und Besitzenden, der Interessenten und Kommandanten gleichsam lautlos in seiner Eitelkeit enthüllt. Er hat ihr nichts entgegenzusetzen als seine lächerliche Unschuld – und allenfalls noch jene Portion Rührung, Sentiment, Liebe, die in uns allen aufsteigt, da wir ihm zusehen –, niemandem dort passiert eigentlich etwas, alles bleibt beim alten, und doch nimmt die Normalität einen schemenhaften Charakter an. (Was freilich, artistisch betrachtet, von der Kunst des Regisseurs Charles Chaplin herrührt, der diese Goldgräber, Zirkusdirektoren, Polizisten, Millionäre und sonstigen gewaltigen Gesellen von Anfang an als Chargen entworfen und ausstaffiert hat.)

Komik und Kritik

Nur ein einziges Mal berührt Charlie die Grenze, wo Komik in Kritik überzugehen scheint, das ist in *Modern Times*, und zwar in den Fabrikszenen, vor allem in denen, die die Fließbandarbeit betreffen. Die Enthüllung gilt hier ja nicht einer Gesellschaft, als welche sich in personalen Typen darstellt, sondern vielmehr einer anonymen Einrichtung, eben dem Fließband. Der eine und einzige Handgriff, den Charlie dort in endloser Wiederholung zu machen hat, nimmt Besitz von ihm nach der Art eines neurotischen Ticks (der ja auch in der ernsthaften Pathologie vielfach komisch und lächerlich wirken kann), er rennt mit seinem Schraubenschlüssel hinaus auf die Straße, immerfort schraubenmutterartige Objekte erspähend, um den gewissen festzurrenden Dreh daran zu betätigen, so auch an den Knöpfen, die das Kleid einer – übrigens recht beleibten – Passantin zieren. Dies und die Sache mit der Eßmaschine, die ich schon erwähnt habe, legt es zum mindesten dem Zuschauer recht nahe, in Gedanken einen kritischen Schluß zu ziehen, wenn er sich nur erst von seinem Lach-Schock ein wenig erholt hat. In dem Sinne: Wie doch die menschliche Person durch derartige Rationalisierung deformiert werde, ja wie inhuman dieses Arbeitssystem doch sei. Charlie seinerseits freilich bleibt auch hier durchaus passiv, und seine rein erleidende Existenz wird noch besonders deutlich demonstriert durch die absurde Geschichte mit dem roten Fähnchen, die ja in ebendemselben Film vorkommt. Einzig im Wege eines – an sich selbst komisch-verhängnisvollen – Mißverständnisses kann er je in den Verdacht einer eigenen kritischen Aktivität geraten!

Erst nachdem der Schauspieler Chaplin aus seines Charlies Schuhen ausgestiegen war, erst mit dem *Großen Diktator* wurde das anders, und das ist der Film, der unmittelbar auf *Modern Times* folgte, wenngleich mit einem Abstand von vier Jahren. Der Gedanke der Doppelrolle – und der Doppelgängerschaft des großen Diktators und des kleinen Juden – hatte genialen Witz, die satirische Darstellung eines hitlerartigen Machthabers war artistisch wie übrigens auch politisch ein kühnes Unterfangen. Die Vereinigten Staaten waren noch nicht im Krieg. Aber Mr. Chaplin erklärte dem großen Diktator den Krieg auf die eigene Faust, indem er den kleinen Doppelgänger zum Schluß eine Rede halten

ließ – es war wohl das erste Mal, daß er mit gutem Gewissen nicht allein den Ton (des Tonfilms), sondern auch die Sprache benutzte, die er lange Zeit gefürchtet und gemieden hatte, weil sie »die älteste Kunst der Menschheit« verderbe, »die Kunst der Pantomime«. Er war es selbst, der diese Rede hielt, indem er gleichsam aus beiden Rollen fiel. Er wandte sich an die Soldaten und rief ihnen zu: »Kämpft nicht für die Sklaverei! Kämpft für die Freiheit!« Und er muß, nehme ich an, dabei offenbar auch an die deutschen Soldaten gedacht haben.
Diese Ansprache, dieser Aufruf im Film, der den Bezirk des Komischen in beiderlei Sinn, des Rührenden wie des Satirischen, sprengte, ja den Bezirk der Kunst überhaupt verließ, machte den Anfang einer politisch-propagandistischen Tätigkeit: Chaplin hat damals, in eigener bürgerlicher Person, einige Reden gehalten, die im Sinne der sowjetrussischen Forderung für die Errichtung einer zweiten Front warben. So kann man durchaus vermuten, daß er mit jener tapferen und bewegenden Ansprache aus dem *Großen Diktator* auch den frühesten Grund geliefert hat für die Gegnerschaft, die ihm in den Vereinigten Staaten selbst erwuchs, für jenen Argwohn der Kommunistenfreundlichkeit, der ihm nachmals in derjenigen Epoche der amerikanischen Innenpolitik, die mit dem Namen des Senators McCarthy bezeichnet wird, zum Verhängnis oder doch zum tiefen Ärgernis ausgeschlagen ist. Das war sieben Jahre später. »Ich bin kein Kommunist und habe in meinem ganzen Leben keiner politischen Partei oder Organisation angehört. Ich bin, was Sie einen ›Friedensapostel‹ nennen mögen. Ich hoffe, das wird Sie nicht beleidigen.« So telegraphierte er an das Komitee zur Untersuchung von »un-American activities« (den McCarthy-Ausschuß) in Washington, das ihn vorgeladen hatte. Die Vorladung wurde kassiert, aber als Chaplin – wiederum ein paar Jahre später – sich mit seiner Familie nach Europa einschiffte, wurde ihm das Wiedereinreise-

visum gestrichen, nicht allein zwar aus den zuvor berührten Gründen, aber doch offenkundig auch aus diesen. Seitdem lebten die Chaplins in der Schweiz, bei Vevey am Genfer See.
In dem kalten Privatkrieg, den der Engländer Charles Chaplin gegen die Vereinigten Staaten von Amerika geführt hat, stellte sein Film *Ein König in New York* (1957) gewiß die feinste Waffe dar. Und zwar gerade deswegen, weil darin keine Ansprache gehalten, auch keine (oder fast keine) Satire aufgeführt wird und weil die Kritik ganz in die Handlung zurückversenkt ist, und zwar in eine durchaus komische Handlung. Das berüchtigte Senatskomitee kommt in veritabler Sitzung vor, und es wird, nach guter alter Slapstick-Weise, mit Hilfe eines Feuerwehrschlauches auseinandergetrieben. Aber der Racheakt ist – innerhalb der Fabel – ganz unbeabsichtigt, ein verwickelter Unglücksfall, und der Ex-König selbst ist sogar der eigentlich Blamierte, wie nur je sein Vorgänger Charlie es gewesen war.

Ein wunderbares Guckkastenglück

Einen »Friedensapostel« nannte Chaplin sich in jenem Telegramm. Der Ausdruck scheint treffend. In der »Diktator«-Rede zitierte er das Lukas-Evangelium: ». . . das Reich Gottes sei im Menschen – nicht in einem Menschen oder in einer besonderen Gruppe von Menschen, sondern in allen!« (Ob die Stelle richtig ausgelegt ist, muß bezweifelt werden, aber darauf kommt es jetzt nicht an.) Und er beschwört eine neue Welt, »wo die Menschen sich über ihre Gier, ihren Haß und ihre Gewalttätigkeit erheben«. Es ist also ein utopischer Friede, den er im Sinn hat. Es ist eine Märchenvision ganz wie jener geträumte Himmel im *Kid*, wo all den armen Leuten mitsamt dem Gauner und dem Polizisten weiße Engelsflügel gewachsen sind. Und wie so manches Andersensche Glücksidyll, in das wir dann und wann in Chaplins komischen und rührenden Filmgedichten unversehens einen Blick tun, und wäre es selbst mitten im Getto aufgeblüht. Es ist ein Friede der Intimität, ein wunderbares Guckkastenglück, schmerzhaft fern von der Arbeit am politischen Frieden. Das hat er mit der Unschuld der komischen Person gemeint: Auch der geliebte Charlie gehört zu den Mustern, die wir nicht nachahmen können und die doch gültig bleiben.

1977

Karl Jaspers

Erstarrte Unruhe

Die immer wiederholte denkerische Mühe des Philosophen Karl Jaspers gilt dem Ziel, mindestens dem Philosophieren selber, wenn nicht dem philosophischen Leben überhaupt jede Beruhigung abzuschneiden. Stets von neuem warnt er vor jeder Art Verwechslung der Philosophie mit Wissenschaft, deren Sache allein es sei, in festen Sätzen Gegenstände der Welt zu begreifen. Eine schwere Mühe scheint es zu sein, jedem eignen Satze, indem er ausgesprochen wird, auch sogleich allen »objektiven« Anspruch wieder zu entziehen und ihn vor dem »Mißverständnis« zu behüten, als meine er etwas Dingliches oder als enthalte er eine lehrbare Wahrheit. Kaum gesagt, werden diese Aussagen wieder zurückgenommen, oder auch sind sie von Anfang an in eine fiktive, experimentelle Form gekleidet. Denn sie wollen nur ansprechen, nicht belehren, nur zu eigener Erfahrung verlocken, nicht überzeugen. Nicht sicheres Wissen über den Menschen zu vermitteln, noch auch eine Totalanschauung der Welt zu entwerfen, ist hier die Absicht, vielmehr: hinzuweisen auf die *Möglichkeit* des Menschen, wahrhaft »zu sich selbst zu kommen«, wenn erst alle »Lebenslügen« (die Wendung scheint eine Erinnerung an Ibsen), Dogmen, Weltanschauungen in ihrer Fragwürdigkeit und Relativität durchschaut, alle intellektuellen Sicherungen aufgegeben, alle Hüllen der Beheimatung im Endlichen abgeworfen sind. Die wirkliche Welt wird hier zum Maskenspiel, in dessen Mitte die Subjektivität des Menschen allein – als »Existenz« – den Funken birgt, der zur Flamme der Wahrheit soll entfacht werden können. Nichts ist eigentlich, was wir vorfinden, feststellen, bewältigen können. »Es gilt, jede zur Endgültigkeit fest werdende Gestalt zu durchbrechen...«

und nur »der Möglichkeit dieses unwißbaren Selbstseins« innezuwerden.
Diese Zitate entstammen einer neuen Schrift des Autors. Sie heißt *Existenz und Vernunft* und bildet den Abdruck einer Reihe von fünf Vorträgen, die er an der Universität Groningen gehalten hat (Groningen-Batavia 1935). Neu erscheint gegenüber früheren Publikationen von Jaspers der verstärkte Akzent, den »Vernunft« hier trägt. Vernunft hat ihm freilich eine eigne Bedeutung, keinesfalls diejenige einer erstrebten Ordnung, die aus ewigen Wahrheiten sich herleitete, so wenig, wie das Wort ein totales, sich schließendes Reich des erkennbaren Weltsinnes meint. Vernunft heißt ihm vielmehr eben jene Unruhe, die die Existenz aus allen Formen und Gestalten heraus und einem Ziele zutreibt, das sie nicht kennt, zugleich das »Band«, das alle Bereiche, in denen der Mensch befangen ist, einigt, indem diese gerade relativiert und in ihrer Maskenhaftigkeit erkannt werden. »In existentieller und vernünftiger Kommunikation spricht entscheidend der existierende Mensch, der nicht nur vitales Dasein, nicht nur ein abstraktes Verstandeswesen, nicht nur ein vollendetes Geistwesen ist, sondern in allem diesem er selbst.« Es fragt sich aber, ob die Absage an allen »Irrationalismus«, die in solcher Akzentuierung der Vernunft enthalten ist (und die auch sonst mehrmals deutlich ausgesprochen wird), ganz gelungen ist, ja ob sie gelingen konnte. Denn dessen Paradoxie, das Gefühl oder die Seele, das Leben selbst oder den Mythos zitieren zu wollen und sich eben dabei doch in lauter Reflexionsbegriffen zu bewegen – diese Paradoxie kehrt hier in andrer Weise wieder: Existenz ist nicht wißbar, der »Grund des Seins« wird nur dadurch berührt, »daß ich ihn im Ergreifen nicht nenne« – dieses aber auch wieder »nur dann, wenn ich es nicht willentlich vermeide, . . . sondern als das schlechthin Ungewollte erfahre«. Auf solchem schmalen Grat zwischen Reden und Schweigen sich in steter Unruhe zu halten, soll die Aufgabe

der existentiellen Haltung sein, will sie die »Transzendenz« nicht verscheuchen und des »hohen Augenblicks« nicht verlustig gehen (eine Art *formalisierter Mystik* zeichnet sich in solchen Wendungen ab). Weltlos, naturlos und geschichtslos zeigt sich diese nackte, auch aus allen psychologischen Bindungen und Bedingungen noch abdestillierte spirituelle »Existenz«, umgeben von den aufgehäuften wesenlosen Larven »objektiver Wißbarkeiten«, zu welchen ihr alle Realität abgestorben ist. Ist dieses Wesen überhaupt der Erfahrungen noch fähig, zu welchen es aufgefordert wird? Ist jene Unruhe, da ihr das Feld der Wirkung genommen wurde, das Feld des »bloßen Daseins«, worin sich nach dem hochmütigen Verdikt des Philosophen nichts entscheide – ist jene Unruhe nicht längst schon selber zum Ruhekissen geworden? Und gleicht nicht der Philosoph der erstarrten Figur eines Täufers Johannes, der mit aufgerecktem Finger und mit seinem »Siehe« – anders als das Urbild des Evangeliums – auf etwas hinweist, das nicht erscheinen kann und nicht erscheinen wird, während ihm die Welt unbemerkt vorübereilt?

1935

Was wir von Jaspers gelernt haben

Zu seinem 70. Geburtstag

Etwas mehr als fünfundzwanzig Jahre ist es her, daß ich ihm zuerst begegnet bin. Wie lange ist das her! Es ist, wie wenn sich Insassen der Arche Noah an die Zeit vor der Sintflut erinnerten. In den späteren zwanziger Jahren war es, daß ich in Heidelberg studierte. Vor der Sintflut – vor dem Dritten Reich und vor dem Zweiten Weltkrieg – war es, daß Karl Jaspers in Heidelberg Philosophie lehrte. Es ist fast unbegreiflich, daß man sich an diese vor-sintflutlichen Dinge erinnern kann. Man sollte meinen, die ungeheuerlichen Taten, Untaten und Leiden der Epoche von 1933 bis 1945 hätten unser Gedächtnis überschwemmt, zerschlagen, ausgebrannt, gelöscht – das Gedächtnis derjenigen, die überlebt haben. Aber es ist nicht so, sondern dieses flüchtige, beschränkte, unbedeutende Gemüt und Gedächtnis des einzelnen Menschenwesens hat alles aufbewahrt, als wäre es ein und dieselbe Zeit, in der wir immerfort gelebt hätten. Es ist, wie wenn ein rohes Ei unverletzt aus der Speisekammer eines von Bomben zertrümmerten Hauses geborgen würde. Es ist noch wunderlicher als dieses wunderliche Ereignis, als diese Übertreibung des Zufalls. Die Fortdauer des Gedächtnisses muß uns zuweilen wunderlich dumm erscheinen, beinahe ungehörig, da doch von Rechts wegen einige wenige ungeheuerliche Erfahrungen ausreichen müßten, dieses Gedächtnis auszufüllen bis zum Bersten, so daß gar nichts anderes mehr darin Platz finden dürfte. Kläglich scheint es zu sein, daß das Gedächtnis so normal ist, während doch so ganz und gar widernormale, über allen Verstand entsetzliche Dinge ihm seither zu behalten zugemutet worden sind. Wiederum aber scheint diese lautlose und mühelose Arbeit des Gedächtnisses auch ein wunderliches Glück zu sein, da wir uns, von aller Erinnerung verlassen, auch nicht der Gebote und der Lehren zu entsinnen fähig wären, von denen wir uns in Freiheit bestimmen lassen und ohne die wir auch das Entsetzliche nicht als entsetzlich auffassen, ohne die wir weder staunen noch erschrecken, weder handeln noch sogar eigentlich leiden könnten.

Indem ich mich an diese Heidelberger Studienjahre erinnere, erinnere ich mich unvermeidlich und im selben Atemzuge auch der Lehren von Karl Jaspers oder wird mir vielmehr langsam bewußt, was wir dort bei ihm und durch ihn gelernt haben. Was ist es, was wir dort gelernt haben? Es ist nicht leicht zu fassen, obgleich ich heute mit Bestimmtheit weiß, daß dieser Lehrer und diese Lehre einen Stachel in meine Seele gesenkt hat, der nicht mehr ausgerissen werden konnte. Auch nicht in den Zeiten, da ich mich von ihm entfernte, einige seiner Schriften in jugendlichem Widerstand kritisierte, und auch nicht in den späteren Zeiten, da mich das Geschick wieder mit ihm zusammenführte, da der Bann von Autorität und Widerstand wich, ein Band freundschaftlicher Solidarität an die Stelle trat. Was war es, das ich ein für allemal durch ihn gelernt hatte?

Es war eine merkwürdig kühle Faszination, die von seinen Vorlesungen ausging dort im ehemaligen Hörsaal 13 der Alten Universität zu Heidelberg. Der Hörsaal lag zu ebener Erde und schaute mit seinen hohen, aber undurchsichtigen Fenstern nach dem Ludwigsplatz hinaus. Das Katheder war damals sonderbar altertümlich auf einem Podest errichtet, zu dem der Dozent ein paar Stufen hinaufstieg, wobei er sich an einem rohhölzernen Geländer weiterhalf. Ein Geruch von staubigem altem Holz wie in Schulen war in der Luft. Da herein trat der hochgewachsene, gerade aufgerichtete Jaspers, stieg hinauf, nahm auf dem hohen Stuhle Platz, schlug sein Heft auf und trug vor, fast ohne irgend jemanden anzusehen, ohne irgendeine Miene oder Gebärde der Verständigung mit seinen Hörern. Da war auch keine eingeflochtene Bemerkung oder Anspielung, die ihm ein beziehungsvolles Lächeln entlockt, da war kaum je ein Tag oder Vorkommnis, das ihn zu einer Unterbrechung seiner Disposition, zu einem Extempore veranlaßt hätte. Er war immer ganz bei seiner Sache – »Einführung in die Philosophie« –, und wenn er mit seiner hellen, nicht eben starken Stimme, die rasch an der Grenze ihres Klanges ankommt, und mit den charakteristischen sparsamen Gesten des aufgestützten Arms und der lang ausgestreckten Finger in nie erlahmender Eindringlichkeit des Vortrags ans Ende der Stunde und vielleicht noch ein paar Minuten darüber hinaus gelangt war, so schob er das Heft wieder in die Mappe, stand auf, kam herunter und ging hinaus, wie er gekommen war. Manchmal sah ich ihn auf der Straße – er wohnte nur drei Minuten vom Hörsaal entfernt –, und dann erst recht, in dieser vergleichsweise privaten Situation des Wegs von oder nach Hause, empfand ich mit Beklemmung die hohe Fremdheit und kühle Ferne, worin er sich bewegte.

Und doch ergriff uns, was er vortrug, wie ein Rausch. Ein Rausch, der klarsichtig macht, alle Nerven spannt, zur höchsten Intensität nicht allein des Denkens, sondern des Lebens befähigt, aber eines Lebens auf schmaler Fährte, eines Lebens in Unbedingtheit. Wir hörten von ihm, daß es keine Philosophie gebe, sondern nur ein Philosophieren. Wir hörten, daß der Philosophierende mit dem Gläubigen in einem ewigen Kampfe liege, aber in einem liebenden Kampf – und wie tief fuhr uns diese wiederkehrende Wendung vom liebenden Kampfe ins Gemüt! Wir hörten, daß wir nichts auf die bloße Autorität hin annehmen sollten und daß wir ihn selber in dem Augenblick schon mißverstanden hätten, da wir seine Sätze als mitteilbare Erkenntnisse oder als Aussprüche eines Eingeweihten mit nach Hause nähmen. Wir hörten, wenn er von der »Existenz« redete, wenn er dieses geheimnisvolle Sigelwort nannte, das Ergreifen des Unbedingten durch den Einzelnen entwarf – immer nur

durch den Einzelnen, niemals durch Kirche, Volk, Staat oder Klasse! –, daß er in alledem keine Vorschrift oder Lebensregel aufstellen, sondern nur Möglichkeiten aufzeichnen, gleichsam anbieten wollte. Und wir hörten, daß er keine andere Erwartung hegte, als daß da und dort in der Menge wiederum allenfalls einzelne insgeheim angerufen und getroffen würden, daß sie solche Möglichkeit in eigener freier Entscheidung und auf eigenes Risiko hin ergriffen. Existenz, Unbedingtheit, Freiheit, Entscheidung, Wagnis – das waren die Zauberworte, die sich in uns senkten, nie definierbar, aber unendlich wirkend, Wegzeichen in einer Wildnis, aber jedes von ihnen vieldeutig, ohne Sicherheit des Zieles. Man mußte sich selber aufmachen. Darum vielleicht auch blieb er, der Lehrer, in jener hohen Fremdheit und kühlen Ferne, wie durch gläserne Wände abgeschieden von uns anderen, merkwürdig ungesellig, wenngleich immer freundlich und von ernster Einläßlichkeit gegenüber dem Besucher oder Gast – ein Einzelner er selber im entschiedensten Sinne des Wortes.
Dennoch, wenn ich mich frage, was es eigentlich sei, das wir durch ihn gelernt haben, so ist es dies alles noch nicht. Wenn ich ein einfaches Wort suche, jenen Stachel in der Seele zu benennen, den er fühlbar gemacht hat, so finde ich dieses: die *Treue*. Er war der Lehrer, der uns die Treue gelehrt hat. Auch diese nur als eine »Möglichkeit«, sicherlich – denn Begriffe wie diejenigen der Pflicht oder des sittlichen Gebotes kamen nie über seine Lippen –, aber eine Möglichkeit doch, der gegenüber wir gar nicht blind und stumpf sein konnten. Eine Möglichkeit, die strengsten Befehl und leichteste Beglückung zugleich einschließt, Fülle des Lebens in der Zeit und mitten darin den feinen Strahl der Ewigkeit. Er selber hat das Wort »Treue« kaum gebraucht, jedenfalls nicht mit Betonung. Es gibt ein anderes Wort, das er von früh an und bis in die neuesten Werke unablässig zu explizieren bemüht war: das Wort »Kommunikation«. Es meint

eine Beziehung zwischen einzelnen Menschen, die stets wach bleibt, nicht nachläßt, aufrichtig und wahrhaftig bis zum äußersten geht in der wechselseitigen Kritik und in der Bereitschaft, Kritik anzunehmen, »einander durchsichtig zu werden«, die sich niemals verschließt, verkapselt und vertrotzt – kurz, eine Beziehung voller Treue im anspruchsvollsten und energischsten Sinne des Wortes. Ein ungeheurer Anspruch wurde da fühlbar, den gänzlich zu erfüllen wohl niemandem je gelingen würde. Aber mit dem Anspruch zugleich auch eine Aussicht auf das Höchste, nämlich nicht nur auf Glückseligkeit, sondern auf Rettung der Seele aus der Flüchtigkeit und Vergänglichkeit dieses Erdenlebens, und zwar auf eine Rettung, die sich gerade und ausschließlich, ja einzig und allein in diesem verlorenen, vereinzelten Erdenleben, hier und jetzt sollte vollziehen können. Treue zur eigenen Entscheidung, Treue zum erwählten Gefährten, Treue zur Wahrheit auch, der wir nachforschen: Das ist, wenn ich alles bedenke, das Kostbarste, das wir von Karl Jaspers oder durch Karl Jaspers gelernt haben.

1953

Notizen über die Prosa von Karl Jaspers

Es ist ein bedenkliches Unterfangen, die Prosa, also die Schreibkunst, und mit ihr, in gewissem Maße, die Sprache eines Philosophen, des Philosophen Karl Jaspers, zu charakterisieren. Bedenklich muß es vorab ihm selber erscheinen, ihm, dem herzlich Verehrten, da er uns doch gerade lehrt, im Philosophieren, im Denken nicht auf die Sprache zu achten, vielmehr allein auf die Sache. Bedenklich aber zugleich auch demjenigen, der sich lesend von neuem, mit reinerem Sinn und in bescheidenerer Absicht als ehedem, willig in die Atmosphäre und in die Bewegung seines Philosophierens hat hineinziehen lassen, diese ›Sache‹ selber mit ihm aufzufassen und zu verstehen – bedenklich also auch mir, indem ich den strengen Anspruch verspüre, der Verführung des Schönen nicht zu erliegen, sondern dem Wahren nachzuforschen. Und ich verspüre diesen Anspruch nicht nur, ich möchte ihm folgen, ja, ich folge ihm. Doppelt bedenklich aber wird das Vorhaben deswegen, weil ich doch zugleich weder mir noch ihm, dem Gefeierten, verhehlen kann, daß seine Prosa in der Tat große eigentümliche Schönheiten hat, weil es also wahr ist, daß ihm in all seiner strengen, ja asketischen Bemühung um die Sache selber unversehens das Schöne gerät. In dieser Lage scheint nur eine Wahl zu bleiben: entweder diese Entdeckung schamhaft sogleich wieder zu verstecken – oder aber sie gleichsam leichtsinnig vorzutragen mit dem fröhlichen Eingeständnis, daß dergleichen Betrachtungen notwendig und selbstverständlich in das Gebiet des belanglosen Ästhetischen fallen und daß wir uns in Gottes Namen für ein Weilchen in eben diesem fragwürdigen Gebiet ergehen wollen, abseits alles Eigentlichen und Ethischen, ohne Konsequenz und ohne Ernst, zur Erholung und nicht ohne

das Bewußtsein, zu sündigen. Den anderen Ausweg nämlich, eine sprachwissenschaftliche Stilanalyse anzustellen, den auch er notgedrungen erlauben müßte, da ja Wissenschaft – seiner Lehre zufolge – vor nichts haltmachen darf, was irgend Gegenstand werden kann, also auch nicht vor der Prosa von Karl Jaspers – diesen Ausweg habe ich mir selber in dem Augenblick bereits versperrt, da ich die Entdeckung bekanntgab, es handle sich hier um Schönheiten und um das Schöne. Ich beeilte mich nicht ohne Grund, dies auszusprechen. Das Schöne aber ist kein möglicher Gegenstand der Wissenschaft, zum wenigsten nicht der Wissenschaft in seinem Sinne. Gleichwohl müßten sich auch jene beiden anderen Möglichkeiten, die schamhafte und die leichtsinnige, finge man erst an, ins Einzelne zu gehen, sehr rasch als kokette Maskeraden enthüllen, die eine als Versteckspiel und bloß geheuchelte Scham, die andere als trügerischer Leichtsinn eines Bruder Lustig, der gewiß die anderen, womöglich aber auch sich selbst nicht merken lassen will, daß es ihm im Grunde gerade mit dem Schönen durchaus ernst ist. Auf beide Arten müßte mein Versuch unwahr werden – sowohl im Gewande selbstquälerischer Gelehrsamkeit als auch in demjenigen sündig-unverbindlichen Pläsiers.
Verzichten wir denn auf die Verkleidung! Es kann nicht verwerflich sein, dem Element der Kunst nachzuspüren, und es kann nicht belanglos sein, auf das Schöne aufmerksam zu werden. Er mag mir die Beharrlichkeit ebenso vergeben, mit der hier das Sinnliche oder Sinnenhafte seines Denkens hervorgekehrt wird, wie es ihm – dessen bin ich ganz sicher – dereinst vergeben werden wird, nicht allein recht und redlich, sondern schön geschrieben zu haben.
Freilich, ihm gelingt es unversehens. Und es ist wahrscheinlich, daß es ihm gerade darum gelingt, weil es unversehens geschieht. »Die kräftigste, wahrste, täuschungsloseste Sprache ist die unwillkürliche, die sich ergibt, wenn wir ganz wir

selbst und ganz bei der Sache sind.« Er sagt es selbst. Oder ist, daß er es selbst sagt, etwa gerade ein unwillkürliches Eingeständnis, es gebe in Sachen der Sprache keine Unwillkürlichkeit? Unter den drei Attributen rechten Sprachgebrauchs, mit denen dieser schöne Satz anhebt, sind zweie, die mit Sicherheit und Ausschließlichkeit an der Sache orientiert sind: ›wahr‹ und ›täuschungslos‹ soll die Sprache sein – und dies ›täuschungslos‹ akzentuiert, verschärft offenbar nur die vorangehende umfassendere und einfachere Bestimmung der ›Wahrheit‹. Es mag allenfalls Erinnerung an die eigentümlichen Täuschungsquellen im Spiel sein, die gerade der Sprache als solcher innewohnen – an jene ›Effekte der Sätze und Worte‹, an jenen ›Besitz von Formeln‹, an jenes ›sprachliche Raunen‹, welches alles der Autor kurz zuvor als Irrweg des absichtlichen Umgangs mit der Sprache geschildert hat. Täuschend also wäre solcher absichtliche, absichtsvolle Sprachgebrauch, täuschend oder doch auf gefahrvollem Wege in die Täuschung, während die täuschungsloseste, die am ehesten täuschungsloseste jene unwillkürliche Sprache ist, die ungesucht ›sich ergibt‹, wenn wir ganz wir selbst und ganz bei der Sache sind. Ungesucht? Müssen wir nicht gerade der Sache wegen, um sie recht und gut und genau zu treffen, oft genug und mit Mühe nach den Worten suchen? Wie selten fällt uns der treffende Ausdruck durch Glück und Gnade zu – ungesucht. Aber es war meine eigene Zutat, dieses Wort ›ungesucht‹, und so zeigt sich's, daß es eine irreführende Erläuterung gab. Es wäre eine Mißdeutung, wollten wir aus dem fraglichen Satze irgendeine Art von Irrationalismus herauslesen in dem Sinne, daß diese unwillkürliche Sprache sich ergebe oder sich einfinde als Erleuchtung nur des blinden Sehers oder als Begnadung des geborenen Sonntagskindes. Nichts davon. Was sich ergibt, wenn wir ganz wir selbst und ganz bei der Sache sind, muß sich nicht von selbst, kann sich auch erst durch Fleiß und Mühe, nach Fehlschlägen und Korrekturen ergeben. Es ist auch nicht etwa ein besonderer Begriff der ›unwillkürlichen Sprache‹, der hier gesetzt und geprägt, als Terminus festgehalten, als Dogma weitergegeben würde. Keine Rede davon. Wir haben an diesem Satz von der Sprache vielmehr ein schönes Beispiel gerade durchaus natürlichen Redens, das nämlich im Flusse bleibt, in einer hinweisenden Bewegung, das nicht im terminologischen Ornat einherkommt und nicht im einzelnen Begriff anhält, sondern sich nur im vollständigen Satze mit allen seinen Gliedern und Beziehungen kundgibt. Nichts wäre dem Sprachsinn und der Prosa von Jaspers mehr zuwider, als wenn jemand hier aus diesem und verwandten Sätzen einen Begriff und eine Theorie der ›Unwillkürlichkeit‹ herausziehen wollte: Solche rechthaberische Aufblähung des Begriffs würde die anderen Teile des Satzes notwendig verdrängen, so daß sie einschrumpfen und in Vergessenheit geraten würden. Man muß ihn als Ganzes hören, nicht sich auf Teile versteifen, in seiner einfachen, leichten Konstruktion:

»Die kräftigste, wahrste, täuschungsloseste Sprache ist die unwillkürliche, die sich ergibt, wenn wir ganz wir selbst und ganz bei der Sache sind.«

Da ist nirgends ein besonderer Nachdruck. Allenfalls jener präzisierende Fortgang vom ›wahrsten‹ zum ›täuschungslosesten‹ mag, liest man's vor oder denkt man sich's vom Autor vorgetragen, eine leise Hebung des Tones nahelegen. Und dann darf man nicht vergessen, die beiden Teile des letzten Nebensatzes genau ins gleiche miteinander zu bringen, daß keiner vor dem andern einen Vorrang gewinnt, vielmehr deutlich wird, wie beides dasselbe ist: »ganz wir selbst und ganz bei der Sache«. Aber diese Erwägung zeigt nur um so genauer, wie jeder Teil des Satzes hier gleich viel Ton hat. Es gibt in seinem Inneren keinen Höhepunkt, in seinem Verlauf kein Anschwellen und Absinken, und auch die Verspannung der Satzteile untereinander vibriert nur kaum merklich. Diese Prosa hat einen hellen, gleichmäßig klingenden Ton, sie ist leise, gewaltlos, ruft niemanden herbei, sie hält sich auch kaum auf bei Begriffen, sie eilt vorüber wie ein rasches, sprudelndes, doch nicht reißendes Gewässer, das ohne Lärm ist. Sie scheint nahezu frei von Rhetorik. Bisweilen meint der Leser zu spüren, es seien rhetorische Figuren ausdrücklich getilgt worden, bevor die Seiten in Druck gingen. Und doch hat Karl Jaspers in eben diesem Satze, den ich nun schon mehrmals angeführt habe, zu den zwei Kriterien des Wahren und des Täuschungslosen jenes dritte der Kraft oder Kräftigkeit gefügt, welches seinerseits doch eine Qualität der Sprache selber, ja des Stils zu bezeichnen scheint. Wiederum gilt indessen, daß der ganze Satz beachtet sein will, und das heißt, daß keines dieser Attribute oder Kriterien eine isolierte Geltung beanspruchen und Erläuterung vertragen kann, unerachtet ihrer kategorialen Verschiedenheit – das Erfordernis der sprachlichen Kraft, für sich genommen, scheint doch in den ästhetischen Bezirk zu gehören, mindestens ihn zu streifen oder scheint zum allerwenigsten im Logischen und Ethischen nicht völlig aufzugehen. Gleichwohl also muß man die drei Kriterien in ihrer Reihung vernehmen, wie sie sich nämlich wechselseitig erläutern. Die kräftigste Sprache sei eben die wahrste und, im besonderen, täuschungsloseste – das ist hier die Deutung – oder ihre Kraft leite sich von ihrer Wahrheit und Täuschungslosigkeit her, oder die wahrste Sprache sei von Haus aus auch die kräftigste. Ich expliziere nur, was die Figur der Reihung von Attributen hier als solche schon ausdrückt: nicht bloß ein Addieren und Zusammenfügen, sondern auch ein Fortschreiten zu Gründen – in dem Sinne: »die kräftigste, nämlich wahrste, nämlich täuschungsloseste Sprache« und so fort! So ist das ästhetische Merkmal hier dem Schreibenden sicherlich am Rande bewußt, aber doch nicht isoliert und nicht als solches gewollt, sondern sofort und wie selbstverständlich verknüpft mit jenen teils logischen, teils ethischen Merkmalen, ja in ihnen begründet.

Und das ist recht so, denn es ist die Sprache des Denkers und die Erfahrung des Denkers, nicht diejenige des Dichters, um die es sich handelt. Die Prosa von Karl Jaspers folgt diesen Erfordernissen. Sie ist auch kräftig – nicht durch Derbheit und Volkstümlichkeit freilich, nicht durch Vielfalt der Gleichnisse oder durch Unmittelbarkeit der Aussprache, wohl aber kräftig durch Einfachheit des Satzbaues, durch die Stetigkeit des Fortganges, durch die Sparsamkeit der rhetorischen Mittel (auch jene Figur der Reihung ist ein rhetorisches Mittel – eine Prosa ohne rhetorische Figuren gibt es nicht!), kräftig durch das Ethos der Sachgemäßheit, der Redlichkeit und des Ernstes.
So gibt die Zitierung dessen, was der Autor von der Sprache und vom Stil denkt, doch auch Aufschluß über seine eigene Sprache und seinen eigenen Stil, zugleich als ein Beispiel und nach seinem Gehalte. Was er sagt, ist sowohl Maßstab als auch Erfahrung. Wahrnehmung bei anderen und Erinnerung, wie er es selbst gemacht hat, wenn es gelungen ist. Die Reflexion ist nicht Sünde, nicht Eitelkeit. Zwischen Wissen und Unbewußtheit vollzieht sich der Sprachgebrauch, und die Unwillkürlichkeit ist nur der Gegensatz zur Willkürlichkeit, nicht zur Aufmerksamkeit.
Das Schöne aber gerät unversehens – wie hier in diesem Beispiel des Satzes über die kräftigste und wahrste Sprache zu erkennen ist. Fühlt man nun seine Schönheit?
Beiläufig gibt Jaspers die Kunstregel an, die er spürbar selber befolgt: ›sparsam und treffend‹ soll der Ausdruck sein. Die Wendung ist in anderem Zusammenhang versteckt, doch scheint sie die Norm auszusprechen, die ihn selber leitet. Ich nenne es eine Kunstregel, sie ist von einfacher und gesunder Art. Er selber schwankt in seinem Urteil über ›Sprachkunst‹ ein wenig, ein tiefes Mißtrauen gegenüber der Absichtlichkeit, gegenüber der ästhetischen Versuchung bleibt stets ein Grundzug seines Denkens dort, wo er ausdrücklich von diesen Sachen handelt, wiewohl er auch

gelassen einräumt, daß Absichtlichkeit die unvermeidliche Folge des Bewußtseins von der Sprache sei. Er läßt ihr den Nutzen für die Disziplin, hat aber sogleich auch immer wieder den Schaden im Auge, den sie durch Ablenkung vom Eigentlichen anrichte, und er beschreibt die Formen solcher Ablenkung ausführlicher als den Nutzen der Disziplin, übrigens scharf und streng, ohne zwar gegen bestimmte Erscheinungen oder Autoren geradezu zu polemisieren, doch aber mit einer richterlichen Wachsamkeit, vielleicht nicht ohne eine geheime Empörung. Bei alledem scheint er sicher, daß der Sündenfall des Ablenkens, Abirrens und Sich-Verlierens im Ästhetischen vermieden werden könne. Dennoch wird er, denke ich, zustimmen, wenn ich sage, daß eine absolute Kunstlosigkeit, im buchstäblichen Sinne des Wortes, nicht menschenmöglich, daher nicht menschlich sei. Auch *Pascal* hat über den Stil nachgedacht und Kunstregeln aufgestellt – vor allem jene von der höheren oder zweiten Einfachheit, welche alle Kunst wieder unmerklich werden läßt.

Von radikaler Sparsamkeit ist Jaspers' eigentümliche Syntax, eben dadurch ganz unverwechselbar, soviel ich sehe, in der zeitgenössischen Literatur, auch und gerade der philosophischen und wissenschaftlichen. Ich wüßte keine andere Prosa, die durch eine solche Fülle einfacher Hauptsätze und durch eine so knappe Fügung der mehrgliedrigen Satzgebilde sich kennzeichnete und auszeichnete. Perioden im eigentlichen Sinne gibt es nicht. Kaum je findet man ›Schachtel‹-formen, die die Erwartung anspannen, niemals Parenthesen, die Nebengedanken beiher aufblitzen lassen. Vielmehr wird jeder Gedanke sofort zum vollständigen Satz, jeder begonnene Satz auch geradewegs zu Ende geführt, gleichsam ohne nach links oder rechts zu blicken. Weder läßt das Prädikat auf sich warten, wenn das Subjekt einmal aufgetreten ist, noch bleibt ein Objekt lange aufgespart, wenn ein Verbum danach verlangt. Diese originale

Syntax ist es sehr wesentlich, die der Prosa von Jaspers ihre unvergleichliche Helligkeit gibt, zugleich das Dezidierte, bis zur Schroffheit Entschiedene der Aussage und jenen merkwürdig raschen Fortgang, von dem ich schon gesprochen habe. Zum wenigsten gilt dies alles von seinen neueren Büchern, worin alle Elemente seines Stils zur Konsequenz getrieben und zu hoher Reife geraten sind. Diese Sätze haben nichts Bohrendes, auch nichts nachdenklich Verweilendes, sie haben weder Nervosität noch Gemütlichkeit. Ohne Aufenthalt und ohne Umschweife sagen sie das Nötige, mit großer Sicherheit und eben darum vielfach ›ungemütlich‹. Der Gedanke eilt weiter oder beginnt seinen Weg von neuem, um ›dasselbe auf andere Weise‹ zu wiederholen, keine einzelne Aussage will als Pointe festgehalten, keine Aussage überhaupt als in sich ruhend aufgefaßt sein. Es ist in der Tat etwas von unendlicher Bewegung in dieser Prosa (wie im Denken), niemals ist ›das Eigentliche‹ endgültig ergriffen, niemals die Wahrheit gesichert. Vielleicht wird so der seltsame Kontrast verständlich, der zwischen der extremen Sparsamkeit, Knappheit, ja Kargheit der Syntax und dem erstaunlichen Volumen des literarischen Werkes, namentlich der jüngsten Epoche wie auch einzelner Bücher, vorab der ›Philosophischen Logik‹, sich auftut.

Obgleich sich die Prosa, eben jener Bewegung halber, dem haschenden Zitieren entzieht, weil alles nur an seinem Orte Sinn hat und schon vorüber ist in dem Augenblick, da man's greifen will, sollen hier doch ein paar Beispiele für den sparsamen nicht nur, sondern auch treffenden Ausdruck aufgeführt werden: einzelne Sätze von jener einfachsten Bauart, von jener Helligkeit, jener wagemutigen Bestimmtheit, die nicht selten an das Erschreckende grenzt, großartig vollständig wie aus einer Fibel. Man sehe zu, ob sie nicht Sentenzen werden könnten!

»Es kann keinen vollkommenen Menschen geben.«

»Dämonen gibt es nicht.«

»Es gibt Gott und die Welt, nichts dazwischen.«

»Wenn alles abgehauen ist, liegt die Wurzel bloß.«

»Mit Glaubenskämpfern läßt sich nicht reden.«

Diese fünf Sätze entstammen den sechs Basler Vorlesungen über den *Philosophischen Glauben.* Tatsächlich berühmt und vielfältig zitiert wurde ein einzelner Satz aus der Rede, die Karl Jaspers zur Wiedereröffnung der Heidelberger Universität im Jahre 1945 gehalten hat – zitiert freilich häufig in dem Gefühl empörten Unverstandes:

»Daß wir leben, ist unsere Schuld.«

Dieser Satz ist in der Tat so nicht zitierbar, weil er keine allgemeine Aussage darstellt, vielmehr sich auf die ganz bestimmte historische Erfahrung der Verbrechen des Nationalsozialismus bezieht und im besonderen auf die tiefe Scham dessen, der ohnmächtig-untätig dabeisteht. Gleichwohl mag das Schockierende des Satzes – auch in der notwendig verstümmelnden Herauslösung – philosophisch und theologisch bedeutsam erregend bleiben, wenn diese historische Erfahrung einst verblaßt. Zumal dann, wenn der zweite Satz mit angeführt wird, der diesem ersten sogleich nachfolgt und ihn zurechtrückt, sparsam und treffend wie er:

»Daß wir leben, ist unsere Schuld. Wir wissen vor Gott, was uns tief demütigt.«

Endlich, als siebentes Beispiel, soll der Satz angeführt sein, mit dem *Die Schuldfrage* schließt, ein Satz, worin ein Äußerstes an ethischer Konzentration geleistet ist, in dem außerordentliche Erschütterungen fernher nachzubeben scheinen und in dem zugleich die Forderung erhoben oder vielmehr als zugemessenes Geschick begriffen wird, welche – möglicherweise unabsichtlich – das christliche und das griechische Erbteil auf knappste Weise vereinigt und ernstlich anwendet:

»Demut und Maßhalten ist unser Teil.«

Abgesehen von dem stetig fortgehenden, kaum je Fermaten

setzenden, unverweilenden Duktus des Vortrags, der sich selbst nur durch ein fast übermäßiges Disponieren in Abschnitten, Unterabschnitten und Ziffern eine doch auch ihrerseits nur vorübergehende statische Ordnung und Übersicht verschafft – abgesehen von dieser grundlegenden Eigenart des Stils, ist es wohl die prinzipielle Abwehrhaltung des Philosophen gegen alle Nachahmung, gegen alles bloß intellektuelle Verstehen, gegen Interpretation und Schülertum überhaupt, die auch den vertrauten Zeitgenossen eine Scheu eingeimpft hat, ihn zu zitieren. Trotzdem habe ich es gewagt, diese Sätze einzeln – und gerade ohne Interpretationsabsicht – herauszuziehen und wie Sentenzen vorzustellen, als Beispiele sparsamen und treffenden Ausdrucks, aber doch nicht bloß darum, sondern der Kräftigkeit und Wahrheit des Gehaltes wegen. Seiner Zustimmung bin ich hier freilich nicht gewiß. Doch will es mir scheinen, als sei nicht allein jene unbeirrte eigene Fortbewegung des Denkens mit ihrer leisen Anforderung an den Leser oder Hörer, sich selber aufzumachen auf seinen Weg, dazu imstande, den Einzelnen aufzurufen zu seiner existentiellen Wahrheit: vielmehr kann auch und mit nicht geringerer Kraft die Sentenz, das Fragment eines einzigen Satzes dasselbe Wunder wirken, gleich einem kleinen Stein, der ins stille Wasser fällt. Unter den sieben Beispielen sind einige, die durch die Erweckung des Widerspruchs, andere, die durch den Ernst hoher Worte, und ist eines, das durch das Rätselhafte eines frappanten Gleichnisses anrührt. Eine Verwandlung des Sinnes kann kaum Schaden tun; jede Aneignung ist zugleich Verwandlung, auch Mißverständnis. Was beim Zitieren eigentlich gefürchtet werden muß und was auch Karl Jaspers am meisten fürchtet, ist das naiv-gläubige oder auch abergläubische Hinnehmen und Nachplappern, das Für-Wahr-Halten bloß auf die Autorität hin und die Meinung, man habe nun die Wahrheit in der Tasche. Diese Gefahr ist nie völlig zu vermeiden, sie ist aber bei diesen

Sätzen, von einem oder zweien abgesehen, augenscheinlich sehr gering. Sie sind nicht von dem Schlage, mit Schulweisheiten verwechselt zu werden. Dies nur zu meiner Rechtfertigung gegenüber dem Autor.
Die Beispiele zeigen auch, aus wie anspruchslosen Worten die Sätze gebildet sind. Aus lauter alten Worten – das alte Wort ›Gott‹ mit inbegriffen, das der Autor, irre ich mich nicht, erst in den Schriften, die nach dem letzten Kriege erschienen sind, so unmittelbar gebraucht. Es ist beinahe nichts neu und ›originell‹ an Jaspers' philosophischem Wortschatz. Er hat auch in dieser Hinsicht selber die Kunstregel formuliert, und man glaubt dem meisterhaften Satz eine gewisse Freudigkeit anzumerken, die aus beigemischter eigener Erfahrung herrühren mag:

> »Es ist die hohe Freiheit des Denkens, mit wenigen alten Worten durch Satzfügung und Bewegung das Neue ursprünglich zum Ausdruck bringen zu können.«

Es ist auch in diesem Satze wieder alles unverstellbar an seinem Fleck. Überflüssig, zu bemerken, daß die ›alten‹ Worte hier nicht gesucht alte oder altertümliche, am allerwenigsten ausgegrabene Urworte sein sollen: Die Wendung hat einen ganz gewöhnlichen, alltäglichen Sinn – alte Worte sind bekannte Worte, im Gebrauch befindliche, wie sie geschichtlich geworden, herangetragen, beladen oder auch verschlissen sind. Gerade diese taugen und gerade in dieser Beschaffenheit taugen sie dem freien Denken, welches dennoch durch Konstellation und Bewegung – nämlich in Sätzen – Neues ausspricht. Es läßt sich kein schärferer Gegensatz finden zu jener anderen Art philosophischer Bemühung, die die geschichtlichen Wortbedeutungen meint mit einem titanischen Ruck abwerfen und in den Ursinn sich eingraben zu können, worin und woraus nämlich nicht mehr der geschaffene Mensch, sondern das ungeschaffene Sein selber spreche: dort wird das vermeintlich Älteste als das Neueste vorgebracht, wird auf die Sprache abgewälzt, was die Sache des denkenden Menschen ist – zu denken –, und wird die hohe Freiheit preisgegeben, indem sie sich hinter den sonderbarsten Etymologien versteckt hält, mit ihnen finster spielend von ihnen überspielt wird. Auch hält sich der Seins-Künder an einzelne Wörter, der menschlich Denkende jedoch redet in Sätzen.

Jaspers hat an anderen Stellen seinerseits Exempel angeführt, wie große Denker einzelne längst bekannte und gebrauchte Worte plötzlich zu neuem und reicherem Sinn erweckt haben: Platons ›Idee‹ – wiederum von neuem auch Kants ›Idee‹ – und Kierkegaards ›Existenz‹. Wir dürfen ohne Zögern Jaspers' ›Kommunikation‹ in diese Reihe einfügen. Schon früh hat er das Wort, das im alltäglichen und wissenschaftlichen Sprachgebrauch fast überwiegend technische Bedeutungen in sich vereinigt, im übrigen an einer fruchtbaren Grenze zwischen Fremdheit und Eingebürgertheit sich hielt, mit Entschiedenheit und Innigkeit ergriffen und erfüllt, als ein ethisches Postulat und eine glückhafte Erfahrung ausgelegt und zu einem wahren Kern- und Zauberworte seines Philosophierens ausgebildet. Doch gibt es sonst nicht viele einzelne Worte in seinen Büchern, die wiederholt und immer neu expliziert würden und in denen die Bewegung seines Denkens gleichsam kristallisierte. Freilich, da ist die ›Existenz‹ und die ›Transzendenz‹ und die ›Chiffreschrift‹, neuerdings ›das Umgreifende‹, doch kommt es mir vor, als sei das Faszinöse dieser Worte und Begriffe gegen früher verblaßt, die Verfestigung gelockert – als könnten sie eines Tages beinahe entbehrlich werden. Einfachere Mittel sind da, etwa die existentielle Bestimmtheit der Erfahrung oder Erkenntnis auszudrücken: die persönlichen Fürwörter, ›ich‹ und ›wir‹. Nichts ist bedeutsamer als ihr Vorkommen in philosophischen Texten, worin man sonst nur solche Götzen und Ungeheuer kannte wie ›das Ich‹ oder ›das Dasein‹. Karl Jaspers hat eine eigene Art, die persönlichen Fürwörter ›ich‹ und ›wir‹ zu gebrauchen – im

Verband mit dem Verbum –, beispielhaft den individuellen, je existentiellen Vollzug vormachend, ganz zurückhaltend, paradoxerweise sogar unpersönlich, trotzdem den anderen, den Leser oder Hörer, im Innersten anrührend, gleichsam ohne ihn anzublicken. Das sind Mittel einer erworbenen Einfachheit, die höher steht als die kristallisierende Begriffssprache, wenn sie auch weit unscheinbarer daherkommt als diese. Dies ist nicht die geringste Quelle der eigentümlichen Schönheiten, die die Prosa von Karl Jaspers bietet. Und diese Art von Schönheiten sind wie Siegel der Wahrheit und auch der Weisheit, die mit den höheren Jahren wächst.

1953

Karl Jaspers. Blicke in seine Existenz und seine Philosophie

Anläßlich seines 100. Geburtstages am 23. Februar 1983

Anfang Mai 1942, mitten im Zweiten Weltkrieg und in persönlich bedrängter Lage, da das Paar unter die Klasse der »rassischen Mischehen« fiel, notierte der Philosophieprofessor Jaspers in Heidelberg in sein Tagebuch diese Sätze:

> »Gertrud möchte den Opfertod sterben für mich und für die Vollendung meiner Philosophie als Werk in der Welt. Aber dann wäre sie nicht mehr meine, nicht mehr unsere Philosophie, sondern nur noch ausgedachtes Zeug.«

Er werde, wenn die Situation es verlange, mit ihr sterben.

> »Treue ist irgendwo absolut oder sie ist gar nicht.«

Jaspers war nicht im geringsten todessüchtig. Wiewohl zeitlebens chronisch krank, beseelte ihn ein entschiedener Lebenswille. So erörterte er, wie es seine Art war, in dieser »Grenzsituation« die Frage nach dem Recht des Selbstmords. Sein Schluß lautete:

> »Der Selbstmord ist nicht mehr Selbstmord, wenn er die würdige Vorwegnahme einer wie immer gearteten Hinrichtung ist« – und: »eine Deportation ist so gut wie eine Hinrichtung.«

Sie waren für diesen Fall mit Gift versehen. Glücklicherweise ist der Fall nicht eingetreten. Bevor die Reihe an sie kam, war Heidelberg von der amerikanischen Armee besetzt.

Diese Aufzeichnungen haben ersichtlich einen hochintimen Charakter, doch sind sie noch zu Lebzeiten des Autors und zweifellos mit seiner Einwilligung veröffentlicht worden – zusammen mit anderen autobiographischen Schriften herausgegeben von Hans Saner, seinem letzten Baseler Assistenten, seither getreuen Verwalter und Herausgeber des schriftlichen Nachlasses (*Schicksal und Wille* 1967). Es ist dies nicht das einzige Beispiel so rückhaltloser Offenlegung seiner Lebensumstände. Wiewohl in seinem philosophischen Œuvre die eigne Erfahrung niemals berichtet oder nur bezeichnet wird, vielmehr unter dem Gewebe der Begriffssprache sich nur dunkel zu bewegen scheint, hat Karl Jaspers, zumal im Alter, in seinen gelegentlichen erzählenden Äußerungen in aller Öffentlichkeit eine überraschend ungenierte, fast kindlich anmutende Aufrichtigkeit geübt; das entsprach wohl seinen moralischen Maximen, wie er sie so oft in dem Begriff der »Redlichkeit« ausgesprochen hat. Es sind immer nur Lebens-Einzelheiten, aber darunter ist doch auch eine so eingreifende Enthüllung wie die exakt ausgeführte Geschichte seiner eigenen Krankheit, die er, der vormalige Mediziner, im Jahre 1938 niedergeschrieben hat.

II.

Jene Notiz aus dem Tagebuch führt in der Tat in die Mitte der Philosophie, die Jaspers entwickelt hat. Man hat ihrem Typus den Namen »Existenzphilosophie« gegeben, auch er selbst hat zeitweilig diesen Ausdruck gebraucht. Indem der Denker den Gedanken abweist, allein fortleben zu sollen eben um des philosophischen Werkes willen, und indem er ihn mit der Begründung abweist, dann werde diese Philosophie selbst desavouiert sein, zeigt sich blitzartig, wie Existenz und Philosophie verknüpft, ja verwachsen sind. Um ganz deutlich zu sein: die Bereitschaft, in der Gefahr mit der geliebten Person zusammen zu sterben, bedarf keiner Philosophie, sie folgt aus der einfachen Treue, vielleicht sogar aus dem bloßen Anstand, und dergleichen ist gar nicht selten vorgekommen. Worauf es hier, im Falle des Philosophen, ankommt, ist die Einsicht, daß sein Denkwerk mit einem Schlage entwertet wäre, wenn die existentielle Beglaubigung ausbliebe. Denn dies ist nicht allein eine Philosophie der »Existenz«, sondern zugleich eine Philosophie der »Kommunikation«. Dieses Wort hat freilich im heutigen Sprachgebrauch und in der aus dem Amerikanischen übernommenen Bedeutung die geheimnisvolle Aura gänzlich eingebüßt, die ihm ehedem beiwohnte. Heute heißt »Kommunikation« das Geschäft, das die Medien treiben, die Übermittlung von Nachrichten und Ansichten. Damals, in den späten zwanziger Jahren, im Hörsaal Dreizehn der Alten Universität zu Heidelberg und im Philosophischen Seminar in der Augustinergasse, war es ein Herzenswort, das uns im Innersten traf, zugleich ein Mysterium und ein ethischer Anspruch, doch einer, dem zu genügen wir ganz bereit waren. »Kommunikation«, das meinte eine Beziehung zwischen einzelnen Menschen – immer zwischen Einzelnen, und eigentlich nur zwischen zweien, von »Existenz« zu »Existenz«, wie er sagte, oder von Selbst zu Selbst, ein Zustand steter Wachheit, im Verhältnis nicht sowohl der sprachlosen Versenkung und Vereinigung als vielmehr der unnachlaßlichen wechselseitigen Wahrhaftigkeit. Die Sünde war der »Abbruch«, der Rückzug auf die eigene Beschaffenheit – »ich bin nun einmal so« – und die Verschanzung im Rechthaben ohne Gehör. Da war Jaspers überraschend lebensvoll, zuweilen meinte man geradezu häusliche Erfahrungen herauszuhören: selbst das »Türenzuschlagen« wurde zu einer Metapher des »Abbruchs«. Aber da gab es kein Blinzeln und kein Lächeln, nicht einen Moment der Banalität oder nur des Humors, alles war und blieb vollkommen ernst, und es bezeichnet den durchaus ethischen Charakter dieser Philosophie, daß das Wort »Ernst« selber zum Grundbestand ihres Vokabulars gehört.

III.

Kein anderer meiner akademischen Lehrer hat mich durch seinen Vortrag so tief ergriffen wie Karl Jaspers, nicht Martin Heidegger – zu dem Jaspers, in pädagogischer Generosität, mich selber hingesandt hat, mich seiner Magie auszusetzen – noch auch Paul Tillich in Frankfurt. Jaspers erzählte, er sei in seiner Jugend, obwohl nach Philosophie begierig, von den Universitätsphilosophen so enttäuscht gewesen, daß er sich lieber der Medizin zuwandte. Die solide Einzelwissenschaft hat er auch nachmals immer angeraten, ohne solche Erprobung solle man nicht in die ganz andere Luft der Philosophie eintauchen. Ich war als Student der Philologie nach Heidelberg gekommen, und von der Philosophie hatte ich bis dahin fast nur an den Rändern und Kanten der sogenannten Erkenntnistheorie und der Logik zu knabbern Gelegenheit bekommen. Ich war zwanzig, als ich Jaspers zuerst hörte, und es war alsbald entschieden, fortan würde ich Philosophie studieren, gleichsam mit Haut und Haaren.

Wir hörten von den »Grenzsituationen«, von Tod, Leiden, Schuld. In meiner ausführlichen Nachschrift dieser Vorlesung (von 1928), die sich erhalten hat, kann ich an den Unterstreichungen erkennen, welche Worte und Sätze mir in besonderer Weise einleuchteten oder nahegingen. So im Zug einer Erörterung der Tapferkeit der Satz: »Wer nicht die Verzweiflung über den Verlust des geliebtesten Menschen in irgendeinem Sinne behält, verliert die Existenz ebenso wie der, der sich ihr ganz hingibt.« (Es ist nur die erste Hälfte, die ich hier unterstrichen finde.) Dergleichen vermochte ich zwar nur in der Phantasie auszudenken und auszufühlen, aber es war eine Vorbereitung und es erzeugte einen Enthusiasmus der Erfahrung. Die Vorlesung war überschrieben *Philosophische Weltanschauung*, sie enthielt ungefähr den Stoff, der später in dem Werk wiederkehrt, welches sein eigentümlichstes geblieben ist und welches der Autor selber sein liebstes genannt hat: es heißt geradezu *Philosophie,* erschien zuerst 1931 in einem Band, später in drei Bänden, gegliedert in die drei Sphären des Systems, das doch sich ständig sträubt, System zu werden, nämlich *Weltorientierung, Existenzerhellung* und *Metaphysik.* Es ist »Gertrud Jaspers gewidmet«; ebendieselbe Inschrift tragen zwei andere Hauptwerke, nämlich der monumentale Band *Von der Wahrheit* (von 1947) und *Der philosophische Glaube angesichts der Offenbarung* (von 1962), trug auch schon die *Psychologie der Weltanschauungen* (von 1919). Auch darin liegt ein Zeugnis. Sonst begegnen in seinen Widmungen Vater und Mutter, auch der Studienfreund Ernst Mayer, er war Gertruds Bruder.

IV.

Jaspers' Vortrag stand in einem merkwürdigen Kontrast zu jenen Gehalten. Alles war eingeteilt in Kapitel und Paragraphen, er las die Ziffern und Buchstaben auch vernehmlich vor, mit welchen seine Absätze bezeichnet waren, sie waren zahlreich, und man konnte sich leicht vertun, wenn seine Ordnung in der Nachschrift eingehalten werden sollte. Es war wie ein Eifer der Pedanterie und wie eine Dauerbremse gegen schwärmerische Auffassung des Hörers. Seine Stimme war hell, doch nicht stark; wenn sich der Ton mit der Bedeutung des Gedankens steigern wollte, stieß sie bald an die Grenze ihres Klangs. Und er blieb immer in vollkommen kühler Distanz zu seinem Auditorium, kam und ging ohne irgendeine Miene oder Gebärde der Verständigung. Da war keinerlei »Kommunikation«. Er war ein fremder Landsmann, Friese aus Oldenburg. Im Seminar war er gegen jedermann vollkommen höflich, selbst bei peinlichem Versagen eines Teilnehmers.

Sein Auge war hell – wie seine ganze hohe Erscheinung –, doch hatte der Blick keine Wärme. Unvergeßlich blieb mir, wie ich beim Betrachten einer Porträtphotographie erschrak, die – mit Bildern anderer Ordinarien – in der Buchhandlung an der Grabengasse aushing, wie es damals üblich war: dieser Blick erschien mir geradezu eisig, völlig teilnahmslos. Und doch hat er mir, dem Studenten, einmal eine Art von Teilnahme zugewendet: mein sorgenvolles Gesicht sei ihm im Seminar aufgefallen, sagte er bei einem Besuch in seiner Wohnung – sie lag in der Plöck, nur wenige Minuten von der Universität –, Stirnfalten hätten sich gezeigt, wie sie auf einer der Abbildungen in Charles Darwins Buch über den *Ausdruck der Gemütsbewegungen bei dem Menschen und den Tieren* zu sehen seien. Es war die Beobachtung eines Naturforschers, zudem vermittelt durch Studium der Literatur. Trotzdem berührte mich die Aufmerksamkeit, zumal die Deutung zutraf. Jaspers kam noch fünfundzwanzig Jahre später in einem Brief auf den unscheinbaren Vorgang zurück.

V.

Einem bedeutenden Kritiker gegenüber – es war der Phänomenologe Fritz Kaufmann, der in wunderbar zartsinniger Weise eine religiöse »Kommunikation« des Menschen mit allem Sein, zuletzt mit Gott darzulegen strebte – hat Jaspers streng darauf bestanden, es gebe sie »nur von Mensch zu Mensch in der Gegenseitigkeit«. So war auch das Gebet, auch die barmherzige Liebe abgewiesen. Zu schweigen von geselligem Umgang, lässiger Freundschaft. Dem Anspruch der – eigentlich exklusiven – Kommunikation dürfe man nicht entlaufen, auch nicht zu Gott. Karl Jaspers lebte ganz eingezogen, man sah ihn nicht in Gesellschaft, nicht im Theater, nicht im Kino, gar im Konzert. Besucher wurden

fast immer nur einzeln aufgefordert oder zugelassen. Das war freilich die Folge seiner Krankheit oder vielmehr des genauen Regimes, das er sich auferlegt hatte, um mit und trotz dieser Krankheit leben zu können. Sie war von Jugend auf vorhanden, er selbst hielt sie für konstitutionell. Die Diagnose wurde schon im Jahre 1901 gestellt, von dem hervorragenden Dr. Albert Fraenkel in Badenweiler, der junge Mann war eben im Begriff, sein Studium zu beginnen: sie lautete auf Bronchiektasen, sie bewirken eine ständige eitrige Sekretion, die ärztliche Vorschrift war, die Bronchien regelmäßig durch Husten zu entleeren. Jaspers hat dies lebenslänglich befolgt, peinlich hütete er sich vor jeder Erkältung; in seiner Krankengeschichte, die auch als Hilfe für andre Leidende gedacht war, geht er bis in die winzigsten Vorkehrungen, zum Beispiel den Sitzplatz wenigstens zwei Meter vom Fenster entfernt zu halten, unterwegs den Mantelkragen hochzuschlagen und dergleichen. Er habe »die Vorsicht für jede Minute« in seine Gewohnheit aufgenommen. Eine ältere Beschreibung gab solchen Kranken geringe Lebenserwartung, wenig mehr als dreißig Jahre. Jaspers ist sechsundachtzig geworden. Sein literarisches Werk ist immens, es beginnt mit psychiatrischen, endigt mit politischen Schriften, die philosophischen Bücher, etwa zwanzig an der Zahl, bilden die Mitte. Es ist eine Leistung der Disziplin, des Willens. Der Preis war hoch, aber der Ertrag auch. Vom Standpunkt des Gelehrten freilich nahm sich diese Beschränkung auf ein Leben im Gehäus nicht so unglücklich aus, man konnte zweifeln, ob es nicht arrangiert sei. »Man hat mir meine Krankheit oft nicht geglaubt«, weiß Jaspers selber; es war immer erstaunlich, was er trotz seiner Abschließung und Abschirmung alles erfuhr. Gleichwohl ist es ein Unterschied, ob mir Informationen nur zugebracht werden oder ob ich sie mir in der Welt selbst verschaffe: man kann von Informanten abhängig werden.
Als Jüngling fühlte Jaspers einen »Willen zum tätigen Le-

ben«, er hat ihn verwandelt in einen Willen zum kontemplativen, zum geistigen Leben. Seltsamerweise spielt in seiner Philosophie, die so ausschließlich vom Menschen handelt, das menschliche Vermögen des Willens so gut wie keine Rolle. In dieser Hinsicht scheint er ganz von sich abgesehen zu haben.

VI.

Hingegen meinen wir die monadenhafte Lebensweise als Erfahrungs-Spur im Begriff der Existenz, das exklusive Leben zu zweien im Begriff der »Kommunikation« wiederzuerkennen. Das meint Jaspers mit der »objektiven Enge«, worin Kommunikation einzig möglich sei. Es ist eine Ethik der Intimität, beinahe möchte man sie eine Philosophie der Ehe nennen. (Das wurde anders mit der Erfahrung der Tyrannei: die Rettung der eigenen Freiheit machte ihn zum Denker der allgemeinen und der öffentlichen Freiheit.) Dies zumindest unterscheidet Jaspers von seinem bedeutendsten Vorgänger, von seinem Anreger und Erwecker, dem großen dänischen Schriftsteller Sören Kierkegaard, auf den er sich so oft berufen hat: dieser hat sich zur Ehe nicht entschließen können, war zeitlebens ein melancholischer Bräutigam, und das ist es auch, was Jaspers an ihm störte und fremd blieb. So übersetzt sich der Unterschied in philosophischen Aussagen: Kierkegaard bestimmt die Aufgabe des Denkers dahin, »sich selbst in Existenz zu verstehen«, Jaspers aber fügt hinzu, daß ich nur in Kommunikation mit dem Andern auch »mir selbst offenbar« werde.
Man fragt sich, wie ein so blasses und sperriges Kunstwort wie »Kommunikation« so hohen Rang gewinnen konnte: Ist es nicht eigentlich Liebe, wovon hier die Rede ist? Jaspers hat es vermieden, diese beiden Worte zu vertauschen. (Sein andres erhabnes Kunstwort, »Transzendenz«, hat er

durchaus, zumal in späterer Zeit und gar nicht selten, durch die unverblümte Nennung des Namens »Gott« ersetzen können.) Einzig in der wiederkehrenden Wendung vom »liebenden Kampf« kam damals ein Liebes-Element sprachlich zum Vorschein; er meinte aber nicht den Strindbergischen Kampf der Geschlechter, sondern den der Seelen, die sich und einander durch Vernunft am Verstocken und Versinken hindern, einander gleichsam aus dem Sumpf zu ziehen streben. Es ist nicht, daß auch die Freundschaft mitgemeint war – warum sollte sie nicht gleichfalls Liebe heißen! –, auch nicht, daß Kommunikation sich, gemäß Jaspers' Hinweisen, zuvörderst als Gespräch vollziehen solle, daß sogar Diskussion solche Würde erlangen könne. Mir scheint, der letzte Grund ist, daß Liebe nicht ohne Erfüllung gedacht werden kann, Kommunikation indessen soll »grenzenlos« sein. Auch in ihr zwar sind »hohe Augenblicke« möglich – das ist ein Urwort in der Philosophie der Existenz –, aber doch nicht eigentlich Vereinigung. Mit anderen Worten: die »Existenz« ermangelt der Leiblichkeit. Es war, als wäre eine höhere Art von Prüderie in diesem Denken am Werke. Schon in der *Allgemeinen Psychopathologie* (von 1913), dem systematischen Hauptwerk des Mediziners Karl Jaspers, fällt auf, wie knapp und dürftig der Faktor »Geschlecht« abgehandelt ist; in der neuen und weit umfänglicheren Fassung, die der Autor während des Zweiten Weltkriegs und im Status der inneren Verbannung ausgearbeitet hat – sie ist sogleich 1946 von Ferdinand Springer in Heidelberg verlegt worden –, sind dann freilich unter demselben Titel weitere und tiefere Einsichten ausgesprochen: »Das Geschlechtliche im Menschen bewirkt Unruhe, den höchsten Schwung und den niedrigsten Verfall«; ja es wird diesem Triebe sogar gleichsam der Eintritt in die hohe Sphäre eröffnet, mit der es sonst nur die Philosophie zu tun hat: »bis in seine Existenz«, heißt es, trage er »Treue oder Wesensverrat«. Unerachtet dessen blieb es bei der Kritik, ja der

Verachtung der Psychoanalyse Sigmund Freuds; Jaspers hat sie in wissenschaftlichen, philosophischen und populären Schriften ausgesprochen. In der breiten Öffentlichkeit wurde sie bekannt durch das Göschenbändchen *Die geistige Situation der Zeit* – Band 1000 der Sammlung, erschienen 1931 –, es war die erste publizistische Sensation, die sich an seinen Namen geknüpft hat. Er nahm es damals mit der Psychoanalyse und mit dem Marxismus zugleich auf, ein leicht bewaffneter David, der zwei Goliaths in ihren wissenschafts-artigen Rüstungen gegenübertrat. Beide verfehlten, urteilte er, den Menschen, weil sie sein Dasein »in seinen Niederungen« verabsolutierten. Jaspers mochte von Sublimierung nichts wissen – deswegen, weil er im Menschen sublime Möglichkeiten erblickte, die unmittelbar – und nicht als Derivate – zu erfahren und zu schätzen waren.
So hat er denn am Ende doch auch die Liebe rehabilitiert. Beinahe auf der tausendsten Seite des Riesenbuches *Von der Wahrheit* (auch dieses ist in der fleißigsten Zeit der heimischen Verbannung entstanden, es hat elfhundert Seiten) gesteht der Autor, eine Abneigung gegen das Wort empfunden zu haben, weil es so leichthin und so verkehrt gebraucht werde. »Aber es stellt sich wieder her: es ist das schlichte Wort für das Tiefste und Positivste unseres Seins.«

VII.

Das Göschenbändchen von 1931 – in der Endphase der Weimarer Republik verfaßt – war der erste Schritt aus der philosophischen Intimität in den öffentlichen Raum, aus der Einsiedelei – oder Zweisiedelei – der Existenz in das allgemeine soziale und politische Dasein. Der erste und auch der letzte für viele Jahre. Mich hat das Buch damals schockiert, ja aufgebracht, mein Exemplar ist voller polemischer Randnotizen, ich befand mich in der Phase der Revolte wider den

Lehrer, lebte inzwischen in Frankfurt, hatte sozialistische Freunde. Mir widerstrebte das Vokabular von Schicksal, Gefahr, Kampf, Herrschaft und Entscheidung, welches hier alles gegen Masse, Nivellierung, Anonymität, Kompromiß und Anpassung ausgespielt war. »Zeitbetrachtung vom Lehnstuhl der gefahrvollen Existenz« schrieb ich an einer Stelle an den Rand. Ich übersah treffende diagnostische Bemerkungen wie die, daß die universale »Daseinsfürsorge« des Sozialstaats eine »unbeherrschbare Lebensangst« erst hervorbringe, auch prognostische Warnungen wie die, daß ein neuer Krieg möglich sei, der »das Ende des gegenwärtigen Europäers würde«, daß »ein dunkler und blinder Wille zum Krieg« zu spüren sei, und ich verkannte das Postulat, das in der Frage lag, »ob die Menschenmassen demokratisiert werden können« – in dem Sinne: staatsbürgerliche Mitverantwortung zu übernehmen. Ich wunderte mich wohl über die Kühnheit, daß hier einer eine Simultanpartie gegen Marxismus, Psychoanalyse und Rassentheorie aufnahm: »Die Theorie von der Diktatur des Proletariats, die psychotherapeutischen Vorschriften der Psychoanalyse, die Züchtungsanweisungen der Rassentheoretiker sind bei vagem Inhalt brutalisierende Forderungen, welche schon im Beginn ihrer Verwirklichung etwas ganz anderes sind und bewirken, als es vorher schien.« Außer im Fall des Marxismus standen die Verwirklichungen noch aus, auch Jaspers konnte nicht ahnen, was da käme. Er schaute nicht nach Bundesgenossen aus, riskierte es auf die eigene Faust. Aber er wußte all den Verhängnissen nichts entgegenzusetzen als den Appell an den Einzelnen, ein Selbst zu werden. ». . . den Menschen an sich selbst zu erinnern«, das sind die letzten Worte des Büchleins. Es war die gleiche Adresse wie in der Vorlesung, auch sie richtete sich an die unbekannten Einzelnen im Auditorium. Jaspers sprach in die weite Welt wie in den Hörsaal hinein. Es blieb seine Schwäche, daß das Ethos der Intimität sich zu den mächtigen Erscheinungen des öffentlichen Lebens in einem windschiefen Verhältnis befand.

VIII.

Was mich im letzten Grund von dem großen Mann zeitweilig entfernte, war noch etwas anderes: die Unterscheidung von »Existenz« und »Dasein«. Sie erschien mir wie ein philosophisches Zweiklassensystem und eine Verletzung der Menschengleichheit. In dem Göschenbändchen las sich das folgendermaßen: »Nicht der Mensch als Daseinsexemplar, sondern der Mensch als mögliche Existenz ist liebenswert, in jedem einzelnen sein möglicher Adel.« Ich sehe jetzt, daß dies auch anderen anstößig war, durchaus nicht nur der »Linken«. Der schon erwähnte Philosoph Fritz Kaufmann (deutscher Emigrant, der in Buffalo lehrte) nannte das Bändchen von 1931 noch in den fünfziger Jahren »a harsh aristocratic document«. Jaspers hat, wie so oft, die – übrigens wohlmeinende – Kritik als ein Mißverständnis abgewiesen, seinen Begriff des »Adels« auch dann noch verteidigt, wiewohl er ihn, wenn ich mich nicht irre, in der Nachkriegsepoche, also in seiner »politischen« Ära, weit seltener gebrauchte. Solchen Adel gebe es »nicht als Sosein, sondern als Sichwählen«, er gehe durch alle Schichten, sei durch keine Auslese zu finden. Jaspers versteigt sich in dieser Antwort so hoch oder so tief, seinen Adel auch »unter Arbeitern und Bauern« zu finden; ich zweifle, ob er solche Leute je kennengelernt hat. Verräterisch ist eine weitere Ortsbestimmung: »Er ist vielleicht zu verwirklichen in der Daseinsruhe bevorzugter Sicherheit für planmäßige Arbeit des Geistes am Werk . . .«. Der Schattenriß ist leicht zu erkennen. Diese Vorstellung vom Adel, also vom Seelenadel, auch in existentialistischer Verfeinerung, in der Verstäubung ins bloß Mögliche und ins Verborgene, behält etwas peinlich Victorianisches. Hier meine ich den Grund jenes kalten Blicks zu finden, der mich damals auf dem Photo erschreckte, den Grund auch so mancher hoffärtiger Urteile, die gelegentlich von ihm zu hören oder zu spüren waren.

IX.

Trotzdem hat seine Denkungsweise einen tief christlichen Zug. Ihm am ehesten unter den drei philosophischen Lehrern, die ich genannt habe, möchte ich diese Eigenschaft zuschreiben. Obwohl Paul Tillich ein bedeutender protestantischer Theologe geworden ist, Martin Heidegger ein Priesterzögling gewesen war. Ich meine an ihm diesen Charakter zu erkennen, obwohl er selbst lieber von der »biblischen« als der christlichen Religion sprach – um nämlich das Alte Testament und das Judentum gleichgewichtig einzubegreifen – und obwohl er für sich gar keinen Offenbarungsglauben anerkennen, diesem vielmehr einen rein philosophischen Glauben dialogisch gegenübersetzen wollte. Der große Karl Barth hat sich darüber lustig gemacht, seinen Philosophenbegriff der »Transzendenz« ein bloßes Gespenst genannt, ein Gespenst nämlich im Vergleich mit dem »lebendigen Gott« des Bekenntnisses. Aber –

»Daß wir leben, ist unsere Schuld.
Wir wissen vor Gott, was uns tief demütigt«:

diese Sätze entspringen einem christlichen Denken und Fühlen. Es ist nicht, weil nun der Name Gottes geradezu genannt wird, der so lange nur für eine »Chiffre« hatte gelten sollen – aber was wäre eine Chiffre, wenn sie nicht auch gebraucht würde (zur Bezeichnung eines Unbekannten)! Vielmehr bliebe diesen Sätzen die christliche Prägung, wenn selbst Gott nicht darin vorkäme. Sie bezeugt sich in der Bereitschaft zur Reue. Es handelt sich um eine entschieden, ja ausschließlich ethische Christlichkeit. Das ganze Verhältnis von »Existenz« und »Transzendenz«, das Karl Jaspers hundertfältig abgewandelt hat, ist von ihr durchwirkt. All solche existenzphilosophischen Entwürfe – wie: dem eignen Geschick wie der eigenen Entscheidung die Treue zu bewahren, in diesem Sinn »sich selbst zu wählen« – sind in Wahrheit ethische Ratschläge, und sie verlören jede Triftigkeit, wäre da nicht eine Instanz oder die Vorstellung einer Instanz oder der Begriff oder die Chiffre einer Instanz, die dergleichen wahrnimmt und verzeichnet: »dein Vater, der in das Verborgene sieht«, so heißt sie (mythologisch) im Evangelium.

Jene Sätze entstammen der ersten öffentlichen Rede, die Karl Jaspers nach dem Ende des Krieges und des Dritten Reiches gehalten hat; das war im Hörsaal der Medizinischen Klinik an der Bergheimer Straße, und sie galt der Wiedereröffnung der Universität, zunächst nur der Medizinischen Fakultät. (Man liest sie jetzt in dem Bande *Rechenschaft und Ausblick* von 1951.) Gerade diese Sätze riefen damals auch eine dumpfe Art Widerstand hervor, man hörte mehr die Bußpredigt als das Bekenntnis, und gegen das Wort »Schuld« war man empfindlich, zumal unter der amerikanischen Besatzung. Das grobe Gehör vernahm nicht die Diskretion der Formulierung. Ähnlich erging es nachher der großen Vorlesung über »die Schuldfrage«: Noch heute kann man wie eine altbekannte Sache berichten hören und lesen, Karl Jaspers habe 1945 die »Kollektivschuld-These« öffentlich vertreten. In gewissem Sinne hat er das genaue Gegenteil getan, indem er den Begriff der Haftung dem der Schuld gegenübersetzte. Das ist heute verklungen, man führt dergleichen ganz fühllos an; damals brachte es eine ungemeine Erregung hervor, niemals war die Alte Aula so voll besetzt wie bei dieser Vorlesung, man fürchtete für die Haltbarkeit der Galerien, und es herrschte eine wahre Kirchenstille. Es war eine philosophische, weithin eigentlich eine logische Erörterung. Sofern ein Urteil aus dem Augen- und Ohrenschein möglich ist: sie bewirkte Einkehr. Übrigens entpuppt sich die Unterscheidung zwischen Existenz und bloßem Dasein bei genauem Zusehen selbst als eine Übersetzung aus dem Christlichen: sie ist vorgebildet in der Gleichnisrede von der weiten und der engen Pforte – »die Pforte ist eng und der Weg ist schmal, der zum Leben führt, und wenige sind ihrer, die ihn finden« (Matth. 7, 14).

X.

Es war ein anderer Jaspers, der aus der Verborgenheit, aus der Schule der Unterdrückung hervortrat. »Freiheit ist nur in dem Maße, als alle frei sind«: so stand es in dem Geleitwort, das er unserer Zeitschrift *Die Wandlung* geschrieben hat (einer Monatsschrift, die ich auf Grund einer amerikanischen Lizenz in Heidelberg gegründet hatte, Karl Jaspers, Alfred Weber und, anfangs, Werner Krauss aus Marburg waren Mitherausgeber, Lambert Schneider verlegte sie). Freiheit war das Grundwort, der Appell ging jetzt nicht mehr an die wenigen, sondern an alle, und das Postulat galt für alle. Freilich für alle als je Einzelne auch jetzt, aber der Einzelne, hieß es, bedürfe »des öffentlichen Geistes, der ihn trägt«. Der Philosoph trat in die Öffentlichkeit ein, nicht nur als Verkünder, sondern als Mitwirkender. Die Diktatur hatte ihn aus der Sphäre des Hauses herausgezwungen, zur Politik gerufen. (Ganz ebenso entschied ich mich, als Jaspers mir im Namen der Philosophischen Fakultät einen Lehrauftrag in Aussicht stellte, ohne Zögern für Politische Wissenschaft – die ich freilich noch selber erst zu entwickeln hatte.) Jaspers wurde ein politischer Publizist, er schrieb über die Konsequenzen der Atombombe, über die Wiedervereinigung, über die innere Verfassung der Bundesrepublik, er sammelte jeweils so viel Informationen, als er nur konnte, eignete sich mit einer erstaunlichen Kapazität – in seinen sechziger und siebziger Lebensjahren – eine Menge neuer Kenntnisse an und blieb dennoch in alledem der Ethiker, der er immer gewesen war. Einkehr war ihm nicht genug, eine »Umkehr« sollte stattfinden, und nicht einmal nur in Deutschland, sondern in der Welt. Das Wort zieht sich durch alle diese Schriften. »Ohne Umkehr ist das Leben der Menschen verloren«, hieß es in dem Rundfunkvortrag von 1956 über die Atombombe und abermals in dem stattlichen Buch (von 500 Seiten), das aus diesem Vortrag entstanden ist. Darin entwarf er die Idee einer »neuen Politik« der Wahrhaftigkeit, welche bewirken sollte, die Gewalt als politisches Mittel überhaupt »abzustreifen«. Wiederum war es ein Denken nicht in Reformen – das ist der politische Weg – noch in Revolutionen – das ist der utopische Weg –, sondern in Figuren radikaler innerer Wandlung, und das ist der rein ethische Weg. Oder ist es der religiöse? Der prophetische? Es ist doch der Ruf Johannes des Täufers: »Metanoeite! Tut Buße! Das Himmelreich ist nahe herbeigekommen.« Hier war es nicht der Anbruch des Gottesreiches, sondern eine andere apokalyptische Vision, der Atomkrieg.

Unsere Zeitschrift hieß *Die Wandlung*. Unter uns war wohl einer, der den Titel als unmittelbare Parole aufgefaßt hat: Jaspers. Will man abschätzen, welche Wirkung der politische Publizist ausgeübt hat, so muß man zuerst untersuchen, was in diesen Schriften praktikabler Ratschlag, was Bußruf ist und wie sich die beiden Elemente zueinander verhalten. In dem Buch über die Bundesrepublik hat der Prophetensinn sich verblendet und eine unsinnige Analyse der Parteien-Oligarchie produziert, welche nämlich mit Hilfe der Notstands-Artikel zu einer neuen Diktatur führen werde. In der Schrift über *Freiheit und Wiedervereinigung* hingegen hatte das Wahrhaftigkeits-Ethos eine durchaus anwendbare Konsequenz: die Forderung »Freiheit für alle Deutschen« solle in der westlichen Politik vor der nationalen den Primat haben. Es gibt wohl geschichtlich andere Ordnungen, in ihnen auch gewiß andere Menschen, doch den radikal »neuen Menschen« gibt es nicht. Jaspers selbst würde es gar nicht behaupten, da es denn der durchgängige Tenor seiner Philosophie war, daß die eigentliche Existenz sich der objektiven Feststellbarkeit entziehe. Vielleicht hat sein Wille, zu wirken und zu erziehen, ihn diese seine – Kantsche Grund-Erkenntnis bisweilen vergessen lassen, oder sie hat sich ihm im Eifer des Gefechts – und es gab immer heftige Kontroversen – ein wenig verwischt.

XI.

»Es war in Heidelberg, als ob es sich um die Menschheit handele«, sagte Jaspers einmal in einer späten autobiographischen Äußerung. Er lebte dort von 1906 bis 1948, von dann bis zum Tod in Basel. Daß er diesem Ruf gefolgt ist, hat damals viele enttäuscht, auch erbittert. Er, der selbst in der Verfolgung mit Willen im Land geblieben war – »Lieber alle Gefahr an dem Ort, wo man hingehört«, schrieb er 1939 in sein Tagebuch –, jetzt, da man ihn so dringend zu brauchen meinte, fuhr er davon. Er tat es übrigens heimlich, um nicht aufgehalten zu werden, ließ sich gleichsam entführen in einem Wagen der Basler Kantonsregierung, hat sich erst nachträglich öffentlich erklärt. Noch zwei Jahre vor seinem Tod hat er eine Rechtfertigung niedergeschrieben. Er erzählt da allerlei ärgerliche Erlebnisse, die niemanden überzeugen können. Und er sagt selbst, die Frage, warum sie gegangen seien, sei »trotz vieler Gründe am Ende nicht zu beantworten«. Hier hat sein eigentümlicher Sinn für Helligkeit – den Hannah Arendt, seine Schülerin, in ihrer schönen Paulskirchenrede gerühmt hat – einmal gestockt. Ich dachte und denke mir, daß auch Frau Gertrud und ihm die Annehmlichkeiten etwas bedeutet haben, die nach allen schlimmen

Erfahrungen und aller Nachkriegsplage das sichere Leben in der Schweiz zu bieten hatte. Das wären vitale, nicht existenzielle Gründe; sie haben ihr Recht, auch wenn sie in der Philosophie nicht vorkommen. Jaspers hatte noch zwanzig gute Jahre. Er ist, nach manchen Ehrungen, als Basler Bürger gestorben, am 26. Februar 1969, gerade am neunzigsten Geburtstag seiner Frau. Sie überlebte ihn um einiges.

1983

Der philosophische Prophet

Über Karl Jaspers ›Die Atombombe und die Zukunft des Menschen. Politisches Bewußtsein in unserer Zeit‹

In einer Vorbemerkung teilt der Autor mit, daß das Buch die ›Ausarbeitung‹ eines Rundfunkvortrags (vom Herbst 1956) sei. Der Vortrag war 1957 als Broschüre erschienen, er hat dort einen Umfang von zwanzig, das Buch hat fünfhundert Seiten. Eine Stelle im Anfang des Buches (S. 5) ist von wesentlichem Interesse: Jaspers beschwört hier für einen Augenblick die Figur des Propheten (im biblischen Sinn), welcher Rettung bringen könne »durch Beispiel und Glaubenskraft und Bußforderung«. Die Propheten, sagt er, »würden ihren Ruf erheben, der jene Umkehr erwirkt, ohne die der Mensch heute verloren scheint«. Er selbst »möchte nicht verwechselt werden« mit jenen Rufern, er spreche »ohne andere Vollmacht als die des Denkens der Vernunft, die jedem Menschen eigen ist«, aber er qualifiziert diese Quelle und Instanz als »die große Vernunft«, die mehr ist als der bloße Verstand, einmal auch als »die große allaufschließende Vernunft« (Radiovortrag S. 27), wiederum als »die Vernunft in ihrem ganzen Umfang und ihrer Tiefe, die den guten Willen einschließt« (ebd. S. 24). In dem Vortrag war dieser Appell von dem prophetischen nicht ganz so deutlich abgehoben wie im Vorwort des Buches. Zwar sollen wir nicht auf »neue Propheten und Offenbarungen Gottes« warten, weil derart die eigne Pflicht versäumt werde (S. 25); andrerseits rückt Jaspers die Forderung, die er selbst aufstellt, hier doch ausdrücklich in den Zusammenhang dessen, was die Propheten des Alten Testaments »für immer lehrten«, und eben an dieser Stelle (S. 18) folgten zuerst jene Rufe: »Wer weiter lebt wie bisher, hat nicht begriffen, was droht.« Und: »Ohne Umkehr ist das Leben der Menschen verloren.« (Die ganze Passage kehrt im Zweiten Kapitel des

Ersten Teils des Buches wörtlich wieder – S. 49.) Überdies tritt an markanter Stelle (im Vortrag S. 26, im Buch gleichlautend S. 492, beide Male gegen den Schluß der Darlegung) der Prophet gleichsam in Person auf, indem unter Berufung auf Jeremias »der letzte Horizont« aufgewiesen wird, nämlich die Gewißheit, »daß Gott ist«. Hier scheint der Philosoph, da er »das Übervernünftige« als Grund der Vernunft namhaft macht, vollends in die Fußstapfen des Propheten zu treten, die feinere Bescheidung (des Vorworts) aufzugeben und die prophetische Rolle oder das prophetische Amt tatsächlich auch selbst zu übernehmen. Freilich figuriert der Philosoph in Jaspers' Fall als ein Prophet, der sich weigert, eine Gemeinde zu bilden; stets sprach er zu Einzelnen – und zu allen, insofern die Einzelnen unter ihnen verstreut sind –, nie wollte er eine Jüngerschaft. Das ist die existenzielle Paradoxie seiner Rolle.

Was es sei, wozu er aufruft, oder worin eigentlich die Umkehr und die Wandlung bestehe, das stellt sich bisweilen in deutlichen Maßnahmen, dann wieder in innerer Bekehrung nach mystischer Art, bald in moralischen Maximen, bald auch in verfassungsartigen Einrichtungen dar. In dem Radiovortrag waren die Sphären der internationalen Politik und der persönlichen Existenz noch klar geschieden, wiewohl in beiden eine fundamentale Veränderung angeregt wurde. In der ersten Sphäre waren die Kernforderungen die des Verzichts auf absolute Souveränität, der Einführung ungehinderten Nachrichtenverkehrs, der Errichtung überstaatlicher Rechtsinstanzen (offenbar mit Sanktionsgewalt). »Wenn das gelänge«, heißt es etwa in der Mitte, »so brauchte der Mensch sich nicht zu ändern«. Aber wenige Zeilen danach meldet sich der Zweifel, »ob Verträge und Institutionen ausreichen, das Unheil zu bannen«, es folgt der Appell an den Einzelnen, an »jeden Menschen«, sich in seinem sittlichen Verhalten zu ändern, und am Ende erscheint diese ethische Umkehr der Einzelnen als die Voraussetzung jener politischen Maßnahmen, die den Weltfriedenszustand zu gewährleisten bestimmt sind. Im Buch ist die Argumentation insofern etwas verschoben, als jene internationalen Friedensprinzipien in das Reich der Idee gerückt sind und ihre faktische Nichtgeltung in der politischen Wirklichkeit zu einer Vor- und Überordnung der ethischen Forderung führt (s. bes. S. 47/48). Der Bekehrungs-Charakter dieser Friedensphilosophie tritt derart womöglich noch klarer hervor.

Jaspers sah sich, weil er an den Einzelnen und an jedermann appellierte (wie es übrigens der Tenor seiner ›Existenz‹-Philosophie von Beginn an gewesen war, lange bevor sie in die Welt des Staates und der Staaten vordrang), mit Fragen aus dem Publikum konfrontiert, was man als Einzelner denn tun könne und tun solle. Es ist merkwürdig, daß er hierauf ausdrücklich erst im allerletzten Kapitel des umfänglichen Buches eingeht. Unter den fünf Antworten, die er skizziert, ist die mittelste auch die zentrale: »Ich soll mein Leben ändern.« Nähere moralische Anweisungen zu geben, weigert sich der Denker der Freiheit. Allenfalls können wir ein Gebot heraushören, jeder solle sich in seiner Lage ernst nehmen, und ein zweites, er solle aufrichtig gegen sich und andere sein, die Lüge verabschieden, auch die politische. Mit staunenswürdig rascher Hand schlägt er den Bogen, der die Existenz mit der Weltordnung und umgekehrt den internationalen Frieden mit der ethischen Intimität verbindet: »Ohne diese Umwendung in zahllosen Einzelnen ist auch die Rettung der Menschheit nicht möglich« (S. 472). Das ist prophetische Rede, wenn auch in der Gewandung der Philosophie und wenn der philosophische Prophet auch nicht so sehr zu einem Glauben als zu einer sittlichen Denkungsart und Verhaltensweise bekehren will. »Tut Buße«, scheint er zu rufen, »der Weltuntergang ist nahe herbeigekommen«, und es ist dieses Mal der Mensch selber, der ihn herbeizuführen fähig, der ihn zu verhüten aufgefordert ist. Er wen-

det sich an jedermann und an die Menschheit schlechthin, aber es ist das Wesen des prophetischen Bekehrungsrufs, daß er immer allenfalls Gemeinde zu bilden vermag, sei es auch, wie in unserem Fall näherliegend, eine Gemeinde in der Zerstreuung. Daß aber die ganze Menschheit zur Gemeinde umgebildet werde, ist selbst in unendlicher Annäherung nicht zu erwarten, daher auch nicht zu betreiben.
Das hat – in anderem Zusammenhang – Karl Jaspers selbst deutlich wahrgenommen. »Die Einheit der Menschheit ist geschichtlich als Vielfachheit«: das ist die Erkenntnis der Pluralität, der Bedingung der Möglichkeit – und Notwendigkeit – von Politik. »Die Spannung zwischen Selbstbehauptung und Menschheitsinteresse... ist unüberwindbar«: das ist Rousseaus Entgegensetzung von intérêt apparent und intérêt réel, nur daß beide hier mit gleichem Gewicht ausgestattet sind. Und schließlich: Der Weltfriede »ist nicht durch einseitige Akte, sondern nur durch das Miteinander der Staaten zu sichern (im Augenblick würde er zwischen Amerika und Rußland als den Großmächten, die allen anderen überlegen sind, vorläufig möglich sein)«: das läuft auf die These zu, die ich in mehreren Schriften entwickelt habe, daß einzig Vereinbarung zum Frieden führen kann. (Alle Zitate S. 110 und 111.)
Gewaltlosigkeit als politisches Mittel hat Jaspers verworfen, das Recht und die Pflicht der Verteidigung hat er allgemein dem Staat zugebilligt, und auch die westliche Rüstung einschließlich der atomaren hat er nach dem Maßstab des Gleichgewichts gerechtfertigt. Um eine so weitreichende Einsicht in verhängnisvolle Unvermeidlichkeiten mit der beschwörenden Predigt der ›Umkehr‹ in Einklang – oder, da hier doch eine offenbare tatsächliche Aporie vorliegt, zwar nicht in Einklang, aber doch wenigstens in eine dem Denken erträgliche prospektive Verbindung – zu bringen, hat der Philosoph eine doppelspurige Zukunftsstrategie entworfen: »Es ist nicht mit einem Schlage das Neue zu

stiften«, vielmehr soll »die politische Umkehr . . . im Rahmen der alten Politik die neue wachsen lassen« (S. 480), also bei fortdauernder Rüstungssteigerung und Kriegsdrohung gleichwohl aufrichtige Friedlichkeit beweisen. »Daß die Unerträglichkeit und Widervernunft dieser Spannung in Gegenseitigkeit erkannt, und daß dann die Folgerungen gezogen werden, ist die einzige Hoffnung« (S. 483).

Es ist nicht ganz leicht, in der ausschweifenden Breite dieses Buches die Hauptlinien der Argumentation zu verfolgen, die Hauptmotive des Denkbildes zu identifizieren. Am Ende jedoch meinen wir zu verstehen, daß Jaspers den Prozeß der *Verhandlung* zwischen den je sich selbst behauptenden Mächten und einen zweiten Prozeß, nämlich den der *Bekehrung*, ineinandergeflochten und daß er den Augenblick der (ethischen) Erleuchtung, den apokalyptischen Blitz, auf diese Art nur verschoben hat. Daß, mit anderen Worten, eines Tages die feindlichen Partner den Widersinn ihres Schreckenswettstreits erkennen und in der Umkehr gemeinsam das Menschheitsinteresse ergreifen möchten, bleibt wahrhaftig unsere Hoffnung. Auch wenn solch ein Augenblick niemals eintrifft, eine solche Bekehrung der Mächte, eine solche Ausbreitung der höheren Vernunft in der zertrennten Menschheit nicht erwartet werden kann, wollen wir doch zum wenigsten darauf vertrauen, daß in der Mühsal der Verständigung und in der unausgesprochenen Konvergenz der gegensätzlichen Willensrichtungen ein Gran jener höheren Vernunft sich versteckt hält und insgeheim zur Vereinbarung und also zum Frieden treibt.

1984

Viktor von Weizsäcker

Der Mensch ist kein Ding

Zu dem Buch eines Naturforschers

»Um Lebendes zu erforschen, muß man sich am Leben beteiligen.« Das ist der erste Satz eines neuen Buches, das von der menschlichen Wahrnehmung und von der menschlichen Bewegung handelt, genauer: das eine Theorie der Einheit von Wahrnehmen und Bewegen entwirft – eines Buches, das, nach der überlieferten Einteilung der wissenschaftlichen Disziplinen betrachtet, auf den ersten Blick in die Physiologie und Psychologie zu gehören scheint, bei näherem Zusehen vielfache Gegenstände in der Pathologie des Nervensystems findet, nach eigenem Ausspruch aber auch Grundfragen der allgemeinen Biologie aufzuklären strebt und in dem endlich auch so eminent philosophische Begriffe wie Freiheit und Notwendigkeit, Zeit und Raum, Subjektivität und Objektivität nicht bloß vorkommen, sondern jeweils gründlich geprüft oder verifiziert werden. Die Verwirrung, in die solche andeutende Charakteristik den Leser stürzen muß, steht in einem offenbaren Gegensatz zu der Einfachheit und luziden Entschiedenheit jenes Satzes, mit dem das Buch beginnt und der vorhin angeführt wurde. »Um Lebendes zu erforschen, muß man sich am Leben beteiligen.« In der Tat ist das ganze Buch nichts anderes als die Ausführung dieser Maxime. Sein Autor, Viktor von Weizsäcker, Professor der Neurologie in Heidelberg, erforscht Lebendes, nämlich die lebendige Wahrnehmung und die lebendige Bewegung in ihrer wechselseitigen Verschränkung und Zusammengehörigkeit, und er tut es, indem er sich am Leben beteiligt, das heißt, indem er nicht das Leben aus Elementen erst aufzukonstruieren versucht, sondern indem er als Fragender und Forschender eben die Situationen, Erfahrungen, Handlungen und Leiden, in denen wir uns ja immer schon finden, weil sie unser Leben oder unsere

Existenz ausmachen, aufklärt oder auslegt mit all derjenigen Umsicht, Zartheit und Energie, mit all der Fülle der Empirie und dem Mut zur Theorie, mit der Vornehmheit im Umgang mit den Gelehrten der Vergangenheit wie auch mit den Zeitgenossen, aber auch der Kühnheit gründlicher Revision, ja Umwälzung des Überkommenen, welche – das muß man sans gêne aussprechen – den bedeutenden, den großen Forscher auszeichnen. Wo auch fände man in der wissenschaftlichen Literatur so bald ein solches Vorwort, einen solchen zugleich lapidaren und anspruchslosen ersten Satz. Wo auch solche unmittelbar persönliche Redeweise wie hier: »Freilich scheint gerade das Stückchen Lebenswissenschaft, welches in diesem Buche versucht wird, von ausnehmend geringer praktischer Anwendbarkeit zu sein. Machen wir uns diesen Nachteil zunutze, indem wir eine ganze Anstrengung auf einen einzigen Punkt sammeln: die Einführung des Subjektes in die Biologie. Das ist meine Absicht.« »Das ist meine Absicht« – darin hört man den Ton der wirklichen, wirklichkeitsgetreuen Bescheidenheit, die die eigene Person nicht unterschlägt, nicht im entweder hochtrabenden oder furchtsamen »wir« verkapselt, und man hört zugleich die gelassene Souveränität, die weiß, wohin sie führen will, nicht aus dogmatischem Eigensinn, sondern aus der Erkenntnis auch der Verwicklungen, die in der Sache beschlossen sind.

*

Die Einführung des Subjektes in die Biologie – das ist nur eine schärfere Artikulation derselben Maxime, die schon in jenem ersten Satz des Buches ausgesprochen war. Dieses große Vorhaben bedeutet eine Revision der wissenschaftlichen Erbschaft des neunzehnten Jahrhunderts, insofern sie mit der Analyse namentlich der Sinneswahrnehmung und des körperlichen Bewegungsablaufs, das ist also mit einem guten Teil des Lebens, des menschlichen Daseins und Befindens, der Orientierung, des Tuns und Leidens in der Welt zu tun hat. Das alles ist zweifellos Thema der Naturwissenschaft, aber es ist jetzt durchaus die Frage, ob Naturwissenschaft notwendig und ausschließlich nach dem Muster der »klassischen« Physik pure Objekte nach den Kategorien von Ursache und Wirkung und dies mit möglichst quantitativen, messenden Verfahren untersuchen muß. Für den Vorgang der Wahrnehmung etwa hat jene objektivierende Naturwissenschaft (als »Sinnesphysiologie«) die Begriffe von Reiz und Empfindung konzipiert, und sie hat vorausgesetzt, daß der Reiz, also etwas Physikalisches – ein bestimmter meßbarer Druck, ein bestimmtes Maß von Helligkeit, von Gewicht oder dergleichen –, die Ursache der Empfindung sei, die Ursache also von etwas Psychischem, das nun seinerseits ebenfalls durch Messung in eigens dazu arrangierten Experimenten zum Reiz in Beziehung gesetzt wurde: so viel Reiz bewirkt so viel Empfindung. Das Vehikel solcher Wirkung war die nervöse Organisation und Substanz des Organismus, die derart zwischen dem äußeren Ding und dem inneren äquivalenten Eindruck in der Mitte lag und ihrerseits auf die Art oder den Mechanismus solcher Umsetzung hin untersucht werden mußte. Die nervöse Organisation selber wiederum erschien dann (und erscheint noch immer) im Bilde eines Systems von Leitungsbahnen, die bei der Zentrale zusammenlaufen, umgekehrt aber auch von dort her benutzt werden können, dies namentlich zum Zwecke der Bewegung. Es ist aber nun nicht bloß diese eigentümlich apparathafte Vorstellung mit allen ihren Schwierigkeiten, Reformen und hypothetischen Ergänzungen, die in Weizsäckers Buche geprüft und revidiert wird, sondern es sind ganz ebensosehr auch die mannigfachen Aushilfen, die in Gestalt des Vitalprinzips oder eines dirigierenden bewußten oder unbewußten Willens im Laufe der Wissenschaftsgeschichte ergriffen worden sind, damit die Lücken oder Leerstellen solchen Apparates ausgefüllt würden, das entwichene Leben ersetzt werde. Die »Psyche«, die zur sonst objektiv erforschbaren Physis noch hinzukommt, ist eine bloße Rekonstruktionsmaßnahme. Und eben dieser »äußerliche Dualismus« ist es vor allem, den Weizsäckers Theorie – er hat ihr den Namen einer Theorie des »Gestaltkreises« gegeben, und darum heißt das Buch auch *Der Gestaltkreis* – zu überwinden bestimmt ist. (Es ist die gleiche Aufgabe, die er schon früher im eigentlichen Felde der Medizin hinsichtlich der Lehre von der Krankheitsentstehung, vorab in seinen *Studien zur Pathogenese*, zu lösen bemüht war, wo er mit einer Entschiedenheit wie kein anderer Forscher eben auch das Subjekt, hier also den Kranken, den Erkrankten oder Gesundenden, in die Krankheitslehre eingeführt, an die Stelle der bloß objektiven, zu behandelnden Krankheit gesetzt hat – den Kranken selber an die Stelle des »Krankenmaterials«.) Die Gleichsetzung von »psychisch« und »subjektiv«, so heißt es einmal in seinem Buche, muß nun aufgegeben werden, denn das ganze Wesen ist Subjekt, selbst da, wo es sich ganz bewußtlos, ja wo es sich sozusagen seelenlos verhält. »Wir merken das Subjekt erst richtig, wenn es in der Krise zu verschwinden droht.« Und: »Die Einheit des Subjektes ist erst konstituiert in seiner unablässigen Wiederherstellung über die Unstetigkeiten und Krisen hinweg.«

*

Um noch einmal auf die konkrete Analyse der Wahrnehmung zurückzukommen – es ist hier nicht möglich, irgend etwas mehr als eine Ahnung von der ebenso realistischen wie tiefsinnigen Kritik gerade der Sinnesphysiologie zu vermitteln –, so ergibt sich an ihrem Orte aus der Aufhellung der Schwierigkeiten, in die die bisherigen Theorien geführt haben, etwa die erstaunliche, für die naturwissenschaftliche Konvention erstaunliche These: Das Sehen ist überhaupt nicht ein Produkt der Nerventätigkeit (der Ton liegt hier auf dem »Produkt«). In Wahrheit ist es ja schon die einfache Aussage, daß »ich sehe«, welche eine solche Erklärung Lügen straft, die den Vorgang nimmt, als ob er gleichsam niemand etwas anginge, als ob eben wahrhaftig der Mensch ein Ding wäre. Weizsäcker formuliert darum so: ». . . daß das Sehen überhaupt nicht als ein Produkt der Nerventätigkeit, sondern als eine Ordnung der Vergegenwärtigung von Dingen und Vorgängen der Umwelt durch ein Subjekt zu verstehen ist und daß nun diese Ordnung als unter gewissen Bedingungen des Organs stehend betrachtet werden kann.« Auch das ist zweifellos eine »Erklärung«, sogar eine naturwissenschaftliche (freilich auch, notwendigerweise, philosophische) Erklärung aber nicht der dinglichen Wirkung oder der dinglichen Ursache, sondern des Vorgangs aus seinem Ursprung, der nicht irgendwo »dahinter« steht, sondern in ihm selber gegeben ist. »Der Mensch sieht eine Sache, aber ist dies selber eine Sache? Offenbar nicht.« Darin liegt die ganze Revolution beschlossen. Sie führt zu neuartigen Bestimmungen, von denen vielleicht die wesentlichste darin ausgedrückt ist, daß die Wahrnehmungswelt des Menschen eine »Kunstwelt« ist. Dies nun aber nicht subjektivistisch verstanden, als ob die Welt »meine Vorstellung« sei, als ob wir im eigenen Traumprodukt befangen lebten, sondern es folgt darauf sogleich das nötige dialektische Widerspiel: »Das, was erscheint, ist die Wirklichkeit selbst, das, was die Kunst zeigt, ist die Wahrheit selbst.«

*

Der Mensch ist kein Ding. Aber seine Subjektivität fängt auch nicht erst da an, wo er Akte aus freier Wahl vollzieht – im Begriff der »willkürlichen Bewegung«, sagt Weizsäcker, sei das enfant terrible der Physiologie untergebracht worden, es schien nämlich Abläufe zu geben, wo die selbsttätige Kausalität durch Freiheit unterbrochen wurde –, sondern seine »Freiheit« (wenn man so will) ist schon in dem, was notwendig vor sich geht, und seine Notwendigkeit umgekehrt umfaßt auch noch den Spielraum seiner freien Willkür. Nur in solcher Dialektik von Freiheit und Notwendigkeit läßt sich die Subjektivität des Menschen auffassen oder ausdrücken. Keine fromme Redensart über die Bedeutung der Persönlichkeit, keine wohlige Versicherung, daß »selbstverständlich« die seelischen Einflüsse nicht zu unterschätzen seien neben den physischen oder sogar auch vor diesen – all dergleichen ist nichts nutze, solange nicht jene Dialektik den ganzen Lebensbereich erfaßt hat, solange nicht jene Revolution vollzogen wird, die Weizsäcker mit dem einfachen, gleichwohl selber schon dialektischen Satze im Beginn bezeichnet hat: Um Lebendes zu erforschen, muß man sich am Leben beteiligen.

1940

Abschied von der Objektivität

An dem Ideal der Objektivität wird immer wieder gerüttelt. Nicht allein von außen, nicht allein von denjenigen, welchen die »verdammte Objektivität« ein Ärgernis ist, weil objektive Forschungen und deren Ergebnisse nicht in ihren politischen Kram passen – sondern auch von innen, aus dem inneren Bezirk der Wissenschaft selber wird an diesem Ideal gerüttelt. Man tut gut daran, diese beiden Arten und Quellen des Widerspruchs gegen die Objektivität sorgfältig auseinanderzuhalten. Wenn politische Propagandisten gegen die Objektivität zu Felde ziehen, so geschieht es, um einen absichtsvoll bornierten nationalen oder parteilichen Standpunkt gewaltsam einzuführen, eine deklarierte Befangenheit an die Stelle der Unbefangenheit des wissenschaftlichen Forschens zu setzen, die Freiheit abzuschaffen – mit einem Wort: die ererbte wissenschaftliche »Weltanschauung« mit ihren Wurzeln auszureißen und an der selben Stelle einfach eine politische, nationale, parteiliche Weltanschauung, irgendeinen Ismus einzupflanzen. Man könnte dasselbe noch einfacher sagen: Dieser Spezies von Kritikern der Objektivität geht es darum, mit der Objektivität die Wahrheit und die Wahrhaftigkeit selber zu treffen. Dort indessen, wo die Objektivität aus Motiven in Zweifel gezogen wird, die selber wissenschaftlich sind, geschieht es gerade umgekehrt aus der Erkenntnis, daß mit der Objektivität oder der »wissenschaftlichen Weltanschauung« die ganze Wahrheit nicht zu erringen sei. Daß »objektive« Wahrheit immer nur eine Teilwahrheit oder gar eine verzerrte Wahrheit sei. Daß die Subjektivität in die Wissenschaft eingeführt werden müsse, wenn sie der vollen Wahrheit innewerden wolle.

Das Subjekt und das Subjektive wird in der Tat in der

Wissenschaft herkömmlicherweise arg schlecht behandelt. Wissenschaftliche Weltanschauung verlangt herkömmlicherweise eigentlich nichts Geringeres, als das Subjekt und das Subjektive wegzulassen, vom Subjektiven ständig »abzusehen«, gleichsam mit einem eingeübten krampfhaft starren Blick davon wegzusehen, sich taub und blind zu stellen gegen das Subjektive. In der Medizin zum Beispiel: Ein Mediziner, der in solcher wissenschaftlichen Weltanschauung aufgewachsen ist und fortlebt, legt gewöhnlich nicht viel Gewicht auf die »subjektiven Beschwerden« des Patienten. Ohne subjektive Beschwerden zu haben, würde zwar kein Patient je zum Arzt kommen. Wenn er aber zum Arzt gekommen ist, so beginnt im gleichen Augenblick auch schon die »Objektivierung« jener Beschwerden, und diese Weltanschauung ist so mächtig, daß seltsamerweise der Kranke selber häufig genug keinen innigeren Wunsch hegt als diesen, gerade den »objektiven« Charakter seiner Krankheit kennenzulernen. Es tut ihm wohl zu erfahren, »es« seien die Nieren oder, noch besser, ein Bazillus oder Virus. Es tut ihm wohl, seine Subjektivität loszuwerden, insofern sie krank ist. Die subjektiven Beschwerden erscheinen dann bald als bloße Trugbilder oder doch als eine Art Schleier, unter welchem das Eigentliche des Vorgangs, nämlich das Objektive, verborgen liegt, und der wissenschaftliche Mediziner gewinnt seine Autorität und Macht dadurch, daß er dieses Eigentliche und Objektive beim Wickel zu fassen versteht. Wissenschaftliche, insbesondere naturwissenschaftliche Weltanschauung von diesem Schlage strebt überall und fortwährend danach, das trügerische Subjektive wegzustreichen, so lange, bis am Ende nur noch das gesicherte Objektive übrigbleibt. Sie ist von Haus aus von höchstem Mißtrauen erfüllt gegenüber Empfindungen, Erlebnissen, gegenüber den Sinnen selber. Sie jagt der Erkenntnis einer Welt und Natur nach, wie sie ist oder vielmehr wie sie wäre ohne ein Subjekt, auch ohne ein erkennendes Subjekt, ohne einen Beobachter, ohne sinnliche Wahrnehmung, ohne den Menschen. Sie jagt einer menschenleeren Welt nach.

»Und dazu erfahren wir noch von den Pathologen, daß praktisch alle Menschen, die zur Sektion kamen, nicht von selbst, sondern an Krankheit oder durch Gewalt gestorben sind. Danach stürbe niemand eines natürlichen Todes.« In der Tat, das ist die ebenso selbstverständliche wie absurde Konsequenz objektiver, nichts als objektiver und objektivierender Wissenschaft. Der Satz stammt von *Viktor von Weizsäcker* und er steht in einem Vortrag über *Die Grundlagen der Medizin*, der in einem reichhaltigen neuen Bande gesammelter Aufsätze und Vorträge dieses Autors enthalten ist. (*Diesseits und jenseits der Medizin*, 1950) Er ist es auch, der die Formel geprägt hat, die Einführung des menschlichen Subjekts in die Biologie, in die Naturwissenschaft überhaupt, bedeute auch schon den Abschied von der sogenannten wissenschaftlichen Weltanschauung. Diese Formel fand er im Zusammenhang einer anderen Studie (im gleichen Band), der schönsten und rundesten, auch gelassensten und sichersten von allen: sie befaßt sich nicht mit einem medizinischen Thema, sondern mit der Physiologie der Sinne und heißt *Wahrheit und Wahrnehmung*. Das Subjektivste vom Subjektiven, nämlich die sinnliche Wahrnehmung, Gesicht, Gehör, Gefühl werden hier in ihr Recht eingesetzt, gerettet und erlöst von dem uralten Bannspruch, ihr ganzes Werk sei Trug und Täuschung. Selbst und gerade die sogenannten Sinnestäuschungen nehmen an dieser Ehrenrettung teil. Nicht ohne eine Spitze gegen Kant wird der sinnlichen Wahrnehmung als solcher ein innewohnender »unbewußter Verstand« zugeschrieben. Und das alles übrigens auf einer experimentellen Grundlage.

Nicht immer und nicht durchweg freilich nimmt sich die Weizsäckersche Einführung des menschlichen Subjekts in die Naturwissenschaft so fröhlich diesseitig aus. Es gibt –

notwendigerweise – auch sehr düstere Aspekte. Und dieser Gelehrte in seiner unruhevollen Meditation, in seinem revoltierenden Nachsinnen scheut nicht vor schockierenden Bestimmungen zurück. Der Mensch sei ein Mörder, solange er lebe, das ist solch eine Bestimmung, tiefsinnig bis an die Grenze des Chaotischen. Man muß zugeben, daß es nicht ausschließlich Vergnügen bereitet, den Menschen und seine Subjektivität derart ins wissenschaftliche Weltbild eingeführt zu sehen. Wie sollte es auch! Er ist kein vergnügliches Wesen. Seine Krisen und Katastrophen teilen sich jener vordem so rein erglänzenden »Natur« mit, welche die Naturwissenschaft ergründet oder konstruiert. Wen kann das wundern? Den Menschen am wenigsten.

1950

Erinnerung an Viktor von Weizsäcker

Viktor von Weizsäcker lebte von 1886 bis 1957. Man wird demnächst, am 21. April 1986, der hundertsten Wiederkehr seines Geburtstages gedenken können. Doch ist auch ohne solchen chronologischen Anlaß Grund genug vorhanden, seine Gestalt, seine geistige Leistung, seine Bedeutung in der Wissenschaftsgeschichte ins Gedächtnis zu rufen. Es scheint, er ist weithin vergessen, und wo nicht geradezu vergessen, so doch nur unbestimmt erinnert, mit einer Aura scheuer Achtung, die wenig Folgen zeitigt. Er steht gleichsam in einer abgelegenen Nische. Eine feste Schule hat er nicht gebildet, seine Nachfolge stellte sich in wenigen Einzelnen dar, scheint sich bald zu verlieren.

Er war Arzt, Mediziner, Naturphilosoph, ein durchaus eigentümlicher, eigenwüchsiger Denker. Wenn von irgendeinem Geist der Epoche der ersten Jahrhunderthälfte ohne Rückhalt gesagt werden kann, daß er durch Tiefsinn ausgezeichnet sei, so gewiß von ihm. Die meiste Zeit war er Professor in Heidelberg, einige Jahre während des Krieges in Breslau, dann wieder in Heidelberg. Erst in diesen letzten Jahren seiner akademischen Wirksamkeit wurde ihm ein angemessen bezeichneter Lehrstuhl zuteil – für Allgemeine Klinische Medizin –, bis dahin war er auf das Fach der Neurologie eingeschränkt geblieben. Wenngleich seine »Klinischen Vorstellungen« im Großen Hörsaal der Heidelberger Ludolf-Krehl-Klinik einen einzigartigen Zauber ausübten und vielen Hörern unvergeßlich geblieben sind, so war es für ihn doch ein später Lebensaugenblick, seine Attitüde hatte etwas Schmerzliches. Immerhin liest man heute im Brockhaus, er habe eine »allgemeine anthropologische Medizin begründet«. Der Name ist gewiß zutreffend, er hat eine solche Lehre, eine solche Leib und Seele umgreifende

Wissenschaft entworfen, erdacht, erprobt, umkreist: aber wo ist sie seither geblieben? Zuletzt war es doch eine recht einsame Bemühung, und ein Element von Melancholie ist ihr auch aus diesem Grunde eigen. Oder täuscht uns nur der vergleichende Blick? Ist am Ende inmitten der rastlos und unwiderstehlich fortgehenden naturwissenschaftlichen Medizin mit ihren erdrückenden Erfolgen, mit ihren Apparaten und Medikamenten, ihrer übermächtigen diagnostischen und therapeutischen Technik der Mann, der die »Einführung des Subjekts« gelehrt, die biographische Bedeutung der Krankheit ergründet, das Geheimnis der Dialektik von Leib und Seele in immer neuen Versuchen, Untersuchungen, Deutungen, Versenkungen berührt hat, ist sein Genie am Ende notwendig einsam geblieben?

Erste Bekanntschaft

Man wird nach meiner Legitimation fragen, ein Porträt Viktor von Weizsäckers zu zeichnen. Ich habe nicht Medizin studiert, sondern Philosophie. Dennoch rechne ich ihn zu meinen Lehrern, sogar zu den geliebten. Die erste Bekanntschaft war eigentlich literarischer Art: im studentischen Zeitungslesesaal in der Augustinergasse fand man die wunderbare Zeitschrift, die Weizsäcker zusammen mit Martin Buber und Joseph Wittig herausgab und die Lambert Schneider in Berlin mit opulenter Einfachheit herstellte, *Die Kreatur*. Sie hat nur drei Jahrgänge erlebt, 1927 bis 1929. Es war eine ungewöhnliche Unternehmung, ein Protestant, ein Jude und ein Katholik hatten sich zusammengetan. »Das Gemeinsame war«, schrieb Weizsäcker später (1945) im Rückblick, »daß wir die Gemeinschaft in unserer religiösen oder kirchlichen Gemeinde alle verloren hatten: die Gemeinschaft der Gemeinschaftslosen und darum Wissenden«. Gleichwohl war ein religiöser Grund-

ton in den Beiträgen zu vernehmen, die in mehrere, auch entlegene Disziplinen reichten, ohne je spezialistisch zu werden oder die wissenschaftliche Zugehörigkeit und Kompetenz auch nur kenntlich zu machen.
Als ich meinen ersten größeren Essay geschrieben hatte, brachte ich das Manuskript kurzerhand zu Professor von Weizsäcker, er wohnte in der Plöck, schräg gegenüber der Bibliothek und dicht neben Karl Jaspers, der indessen in gewisser Weise sein Antipode gewesen ist. Jaspers' philosophische Grundformel von der »Existenz« war entschieden ethischer Natur, das Reich der Kreatur, der Geschöpflichkeit, zumal das Dunkel des Leibes und der Krankheit, war ihm mehr ein Gegenstand des ordnenden Verstandes als ein Mysterium, mehr ein Stoff der Disziplinierung als ein Strudel der Versenkung.
Mein Aufsatz wurde in der *Kreatur* veröffentlicht. Wichtiger wurde die vertrauensvolle Freundschaft, deren Weizsäkker den jungen Mann in der Folge gewürdigt hat. Vier Jahre später, nach meiner Promotion, zog er mich mit einigen anderen heran, sein Projekt einer Analyse des Systems der Sozialversicherung mit dem Ziel ihrer Reform auszuführen. Diese Arbeitsgemeinschaft bestand unter seiner Leitung von 1932 bis 1934. Ihr Schicksal läßt sich aus diesen Daten erahnen. Sie ist gescheitert, die Gruppe wie das Vorhaben wurden durch die nationalsozialistische Machtergreifung zerschlagen. Weizsäcker hat von diesen Bemühungen und von seinen sozialpolitischen Intentionen in dem Buch Rechenschaft gegeben, das er in den Monaten seiner Kriegsgefangenschaft, nach der Flucht aus Breslau, im Frühjahr und Sommer 1945, geschrieben hat, es heißt *Begegnungen und Entscheidungen* und hat teils autobiographischen, teils meditativen Charakter. Es ist ein sehr schönes Buch.

Ihren Ausgang nahmen diese sozialpolitischen Interessen Weizsäckers von der Beobachtung gewisser Neurosen. Diese Erscheinungen, sagte er, hätten in den ersten Jahrzehnten des Jahrhunderts und zumal in den zwanziger Jahren geradezu »den Eindruck einer neuen Volksseuche« gemacht, und »die von der Schulmedizin erzogenen Ärzte« hätten dem Phänomen einigermaßen ratlos gegenübergestanden. Er fand, daß die kausal denkende Medizin das Übel verschlimmere, indem sie die Patienten in ihrer Krankheit festzuhalten tendiere. Namentlich war es die sogenannte Rentenneurose bei Arbeitern und Angestellten, die Weizsäckers Denken und Forschen in Anspruch nahm; er wehrte sich gegen den vorgeschriebenen Schematismus, an den der akademische Kliniker als Gutachter und Obergutachter gefesselt war. Er prägte den Begriff der Rechtsneurose, denn er fand, daß nicht so sehr das »Begehren« der Rente als das Beharren auf dem Rechtsanspruch die Krankheit förderte, die dessen Grundlage bildete. In einer besonderen Baracke mit zwanzig Betten untersuchte er mit Assistenten solche Kranken. Trotz seines Mißtrauens gegen den Rechts-Charakter des Versicherungssystems – das er später übrigens korrigiert hat – formulierte er seine Grundforderung wiederum in rechtsförmiger Weise: an die Stelle des Rechts auf Rente solle ein Recht auf Behandlung treten. Diese Behandlung wich von der konventionellen Klinik dadurch entscheidend ab, daß das ärztliche Gespräch, die Gemeinschaft unter den Patienten, Therapie durch Bewegung und Arbeit in den Vordergrund rückten. Auch erkannte er das merkwürdig archaische Moment des Versicherungssystems, die »Beschränkung der Erwerbsfähigkeit« in Prozenten auszudrücken, obgleich doch solcher Aufrechnung physischer Mängel nach Art des Talionsprinzips der Vorzeit – da man abgehauene Gliedmaßen, um den Verletzten zu »entschädigen«, mit Münzen oder Barren aufwog – im Berufs- und Arbeitsleben keinerlei qualitative Wirklichkeit entspricht. Überhaupt, meinte er, solle es nicht auf Versicherung, sondern auf Sicherung ankommen, vor allem und zunächst der Gesundheit. In der Baracke gab es eindrucksvolle Heilerfolge. Die maßgebliche Publikation war seine Schrift *Soziale Krankheit und soziale Gesundung*, die 1930 erschien. Sie stellt wohl den Anfang und ein Grundbuch dessen dar, was nachmals Sozialmedizin genannt wurde, und diese Pionierleistung sollte jeder kennen und anerkennen, der sich in diesem Felde betätigt oder an der Ausbildung des Faches ein Verdienst in Anspruch nimmt. In dieser Schrift steht der Satz, daß die Neurose ein Verhalten nicht nur der Person, sondern auch der Gesellschaft ausdrücke, und eben aus dieser Einsicht sind jene Bestrebungen zum Umbau des Systems der Sozialversicherung erwachsen, denn diese Einrichtung war es, auf welche der Satz vom Verhalten der Gesellschaft zielte.

Die Einführung des Subjekts

Aber schon hier griff der Gedanke tiefer ein. Es ist nicht nur die Entdeckung der sozialen und institutionellen, sondern auch die der intimeren Krankheits-Bedingungen von Ehe, Familie, Beruf, Arbeitsplatz oder Mangel eines Arbeitsplatzes, was diese Schrift auszeichnet. Überhaupt erschöpft sich Weizsäckers Bedeutung bei weitem nicht in diesem seinem energischen, wiewohl zuletzt vergeblichen praktischen Zugriff. Ein einziger Satz aus der eben erwähnten Schrift mag die weitere und tiefere Perspektive anzeigen, die sich schon hier eröffnete:

»Es ist nicht wahr, daß ich objektiv feststellen kann, ob ein Mensch Kopfweh hat oder nicht, es ist nicht wahr, daß ich objektiv urteilen kann, ob er deswegen arbeiten kann oder nicht, und es ist nicht wahr, daß ich objektiv wissen kann, ob das Trauma die Ursache dieses Zustandes ist oder nicht.«

Das ist nicht nur ein Zweifel, das ist eine Absage, und in der gleichsam ketzerhaften Aufrichtigkeit dieses öffentlichen Bekenntnisses kündigt sich an, was er nachmals der Objektivitäts-Fiktion entgegengesetzt hat: die »Einführung des Subjekts in die Methode der Forschung« (wie es in den *Studien zur Pathogenese* von 1935 heißt).

Das war eine grundstürzende Parole. Aber es war noch nicht alles. Weizsäckers bohrender, doch durchaus sinnlicher Gedanke zielte in das Wesen der Krankheit selbst. Er sah vor sich »eine umfassende Krankheitslehre, die einmal die Trennung in leibliche und seelische Entstehungsweisen überwinden wird«. In der Schrift *Ärztliche Fragen* (von 1934) hat er die fundamentale Einsicht, die den Kern einer solchen neuen Krankheitslehre ausmacht, in eine unvergeßliche dialektische Formel gebracht: »Nichts Organisches hat keinen Sinn, nichts Psychisches hat keinen Leib.« Und es gebe nicht zwei oder drei unterschiedene Sorten von Krankheitsfällen, organisch Kranke, psychisch Kranke und womöglich sozial Kranke, vielmehr träfen diese Momente in der konkreten Krankheit, im konkreten Kranken stets zusammen.

»Denn der Mensch in seiner Gemeinschaft und der Mensch mit seinem Ich ist kein anderer wie der Mensch mit seinem Leibe: man kann ihn nicht aufteilen.«

Daher forderte er eine Medizin nicht der fachlichen Absonderung, sondern der Zusammenarbeit. Und daraus folgten auch die weisen und übrigens tief christlich geprägten Maximen, die er für das ärztliche Verhalten, für das Verhältnis zwischen Arzt und Krankem aufgestellt – und nach seinen Kräften praktiziert – hat:

»Ich kann also den Schmerz dessen, der ihn hat, nicht eigentlich wissen und erkennen.« – »Nicht ergreifen, aber von ihm ergriffen werden!« – »Hinwendung zum Schmerz des Anderen ist die Sachlichkeit des ärztlichen Berufes.«

So steht es in dem Bande *Arzt und Kranker* (von 1941). Und so stand es ihm wahrhaft ins Gesicht geschrieben, seine Miene war wie geprägt von der Anstrengung einer grübelnden Teilnahme.

Über Freud hinaus

So bedeutsam gewiß das Werk Sigmund Freuds (mit dem er noch in Korrespondenz gestanden hat) für Weizsäcker gewesen ist – er hat das nie verleugnet –, so hat er, wie mir scheinen will, doch einen bedeutenden Schritt über Freud hinaus getan, und das ist ein weiterer Grund, an ihn zu erinnern – heute, da der Freudianismus (neben und mit dem Marxismus) weithin zu einer beherrschenden oder doch jedenfalls unbezweifelten Weltanschauung geworden ist. Es ist der Schritt von der Psychoanalyse zur »psycho-physischen Forschung«, wie Weizsäcker seine Intention in einer glänzenden Akademie-Rede von 1934 bezeichnet hat, oder auch zur »psychosomatischen« oder schließlich zur »anthropologischen« Medizin. Es ist der Schritt von der kausalen zur dialektischen Betrachtung des Verhältnisses von Leib und Seele, Seele und Leib; denn auch Freud dachte kausal, wenngleich in umgekehrter Richtung als die konventionelle Klinik, eben psychoanalytisch statt physioanalytisch. Weizsäckers Postulat, das Subjekt in die Methode der Forschung – und in die ärztliche Praxis – einzuführen, mag von der Psychoanalyse angeregt oder ermutigt worden sein, aber er ging darauf aus, dieses Prinzip, das aus dem Studium der Neurosen gewonnen war, der ganzen Klinik mitzuteilen und einzuimpfen. In seinen *Studien zur Pathogenese* findet man Beschreibungen von Mandelentzündungen, von Diabetes insipidus und von Herzjagen, und es sind ebenso viele Bemühungen, die psychologische oder, besser gesagt, die lebensgeschichtliche, biographische Bedeutung solcher individuellen Erkrankungen zu ermitteln. Und man findet andererseits die meisterhafte Darstellung einer hysterischen Lähmung, an der umgekehrt gerade das entschieden physische, organische, leibliche Element hervorgekehrt und ernstgenommen ist.

»Nichts Organisches hat keinen Sinn, nichts Psychisches hat keinen Leib.«

System und Antisystem

Durchgängig scheint Weizsäckers Denken, seinem Diagnostizieren und Experimentieren ein Trieb innezuwohnen, Differenzen, die die Wissenschaft aus- und festgemacht hat, aufzuheben und gleichsam einzuschmelzen, die Widersprüche etwa zwischen Physiologie und Psychologie, ja zwischen dem Subjekt und seiner Umwelt – nicht zwar aufzuheben, wohl aber in die lebendige Einheit zurückzuführen, aus der sie herrühren und in der sie auch wiederum als Widersprüche angelegt sind. So hat er in demjenigen Buch, das als sein systematisches Hauptwerk gilt, im *Gestaltkreis* (zuerst 1940), eine »Theorie der Einheit von Wahrnehmen und Bewegen« entwickelt, welche abermals, nun aber nicht so sehr aus klinischer Beobachtung, vielmehr vorwiegend aus präzisen Laboratoriumsversuchen hergeleitet, das geheimnisvolle Verhältnis von Leib und Seele zu ergründen bestimmt war. Der Titel-Begriff ist eine Metapher, das Bild des Kreises will an die Stelle der einsinnigen Kausalität, der Wirkung entweder des Leibes auf die Seele oder der Seele auf den Leib, und zugleich der Vorstellung vom psychophysischen Parallelismus treten: es meint »eine kreisförmige Ordnung, bei der jedes der beiden Glieder aufs andere wirkt«. Weizsäckers Phantasie in der Prägung neuer und immer sinnenhafter Begriffe mutet fast unerschöpflich an, seine Darstellungsweise, sein Stil ist immer kräftig und durchsichtig, ja wie aus geselliger Mündlichkeit hervorgehend, dabei niemals trivial, die Schwierigkeiten des Gegenstandes nie verleugnend. Kein Zweifel, er war ein großer und originaler Schriftsteller, seine Sprache, sein Vokabular hat alle fachterminologische Routine weit hinter sich gelassen, während andrerseits manche philosophische Überlieferung – Leibniz, Schelling – darin eingegangen zu sein scheint.

Es war in ihm aber auch ein heimlicher Widerstand gegen systematische Festlegung überhaupt am Werke, ein Widerhaken inmitten großartiger Produktivität. »Ich freue mich immer, wenn etwas nicht zur Theorie stimmt«, schrieb er in seinem Beitrag zu einer privaten Festschrift für Karl Jaspers, er handelt über »das Antilogische« und entstand 1942: es ist ein leise koboldhafter Zug darin, eine untergründige Freude, geistige Sicherheiten einzureißen, auch die eigenen. Und nicht nur die systematischen, sogar die sprachlichen Endgültigkeiten wurden ihm, dem Sprachmeister, zuzeiten unzulänglich, verdächtig und lästig. Immer wieder taucht er in die Beschreibung und Ergründung des einzelnen Krankheitsfalles ein; dann wollte er es als wichtigste Aufgabe klinischer Forschung ansehen, »eine bestimmte Art Krankengeschichten zu schreiben«, nämlich Krankengeschichten als Berichte von Lebenskrisen oder von Ereignissen, die »in die schleichende Krise eines ganzen Lebens eingeflochten« sind (so in den *Studien zur Pathogenese*).

Der Weg führte zur Erforschung des Leidens selber, von der naturwissenschaftlichen Pathologie zur naturphilosophischen »Pathosophie« – das ist der Titel seines letzten großen Buches (1956). Darin klingt es partienweise wie ein versunkenes Murmeln oder wie Zungenreden. Es scheint nun, als wäre Krankheit das eigentliche Wesensmerkmal, ja die Bestimmung des Menschen.

»Die Vorstellung, daß die Mehrzahl von uns Menschen die längste Zeit ihres Lebens gesund sei, und daß wir nur da und dort und dann und wann krank würden – diese Vorstellung ist leider ganz unzutreffend.« – »Man versteht das kranke Wesen am besten, wenn man sich das ganze Leben als einen unablässigen Krieg mit der Krankheit vorstellt.«

Freud erscheint ihm in diesen seinen späten Tagen – »bei großer Wahlverwandtschaft und Verehrung« – doch als ein Sadduzäer, nur und allzusehr auf Erkenntnis und Wissen bedacht. Aber wie sollen wir dann seine, Weizsäckers, eigene Haltung benennen, die auf das Wissen verzichten, doch der Wahrheit des Leidens und des Lebens nur um so näher kommen möchte? Ich glaube nicht, ihm unrecht zu tun, wenn ich ihn – um ebenfalls ein religiöses Urbild anzuführen – im letzten Grunde für einen Mystiker ansehe.

Der sosehr christlichen These von der durchgängigen Krankheit des Menschenwesens korrespondiert sein wissenschaftlich explizierter Glaube, alle Krankheit habe einen Sinn. Ich gestehe, daß mir diese Zuversicht schon damals, um 1930, nicht ganz geheuer war: daß der Zufall, das Zufallende und Zustoßende des Daseins so gar keinen Platz haben, daß alle Kontingenz derart sich auflösen oder einordnen sollte? In der »Pathosophie« finden sich Sätze, die wie Blitze in der Dunkelheit sind. So spricht er von seiner »Lehre, daß der Tod nicht nur etwas schicksalsmäßig Empfangenes, sondern noch mehr etwas Gemachtes, also durch dieses Machen seinen Sinn Empfangendes sei«. Das ist so kühn, daß es über die Möglichkeiten der Mystik noch hinausgeht, es ist ganz ketzerisch, aufsässig gegen Gott, adamitisch, doch ohne die mindeste Hoffnung auf menschliche Vollkommenheit.

Eine heimliche, merkwürdig versonnene Aufsässigkeit gegen das jeweils Geltende machte sich auch bemerklich, als er nach dem Kriege in seiner abgetragenen, der Abzeichen beraubten Uniform nach Heidelberg zurückgekehrt war. Der Sohn Eckhard war gefallen, der ältere, Robert, vermißt – auch er ist verschollen geblieben. Sein Haus, ehedem das Inbild einer glücklichen Familie, war verstümmelt. Ich weiß nicht, ob er auch hier nach einem Sinn geforscht hat, aber ich weiß, daß er tief verletzt war, in der Rede, die Karl Jaspers zur Wiedereröffnung der Medizinischen Fakultät in der Ludolf-Krehl-Klinik hielt, kein Wort über die Gefallenen zu vernehmen. Der Sohn und Enkel von Staatsbeamten und Geistlichen lebte wohl so fest in patriotischer Tradition, daß er auch solche Opfer für pflichtgemäß ansah. Es scheint, er sonderte den Bereich des Kriegsdienstes von demjenigen der Hitlerdiktatur in seinem Inneren völlig ab oder bemühte sich doch, es zu tun. Wie er von dieser dachte, zeigt ein Wort, das ich gleich zu Anfang Dreiunddreißig im Familienkreis aus seinem Mund gehört habe: »Die Farbwahl ist bezeichnend.« Er meinte die Braunhemden, niemand lachte, es war auch dies eine »psychophysische« Einsicht.

Das Verdikt der Kollektivschuld-These hat er für sich in gewissem Sinn angenommen, aber auch verwandelt: er entsann sich des paradoxen theologischen Begriffs der *felix culpa*, der glücklichen Schuld, und brauchte ihn mehrfach in Gesprächen. Es war kein Spiel und keine bloße Reminiszenz. Weizsäcker hat von der Erfahrung des *amor fati* die merkwürdige Behauptung aufgestellt, sie könne vom »Gewinner« im Lebensspiel niemals gemacht werden; es ist dies das gerade Gegenteil von Nietzsches Deutung. Und er hat das folgendermaßen erläutert (in einer Schrift mit dem geheimnisvollen Titel *Anonyma*, die 1947 in einem Schweizer

Verlag herauskam, sie gibt auf 65 Seiten, in aphoristischer Dichte, eine Essenz seines Forschens und Meditierens):

»Die Erfahrung lautet etwa so, daß mein Unglück, mein Schmerz, Schwäche, Schwindel, Schmach, Entbehrung, Krankheit, Tod, Verlust mit Eifersucht als mir gehörig, zu mir gehörend, mit Stolz als Eigentum und Besitz, mit Verachtung als Probe eigener Kraft und Behauptung erlebt werden. Der Fromme erfährt solches als Gottes Wille und Gnade, der Unfromme als große eigene Leidenschaft.«

Ob er sich selbst auf die Seite der Frommen oder Unfrommen gerechnet hat, ist schwer zu sagen, sicher aber auf die der Verlierer. Es war etwas in ihm, das ihn trieb, ein Verlierer sein zu wollen. Dahin konnte oder mochte ihm wohl kaum jemand folgen.

Es war um diese selbe Zeit, daß er mir einmal den Satz entgegenwarf: »Ach, Sie gehören auch zu den *scientes bonum et malum*!« Es war in seiner Wohnung, die Situation ist mir genau vor Augen geblieben, wie es bei dergleichen Äußerungen geht, die uns betreffen und doch etwas Dunkles behalten, nicht völlig begriffen werden. Auch höre ich noch den Tonfall seiner Stimme, sie war eher leise, zugleich trist und abweisend. Daß er auf meine damalige politisch-publizistische Wirksamkeit anspielte, auf die Gewißheit, eine gerechte und gute Sache zu fördern, war zwar ganz deutlich. Aber was sollte das Zitat aus der lateinischen Version der Geschichte vom Sündenfall eigentlich besagen? Soll die Verführung der Schlange, kann der Sündenfall, wenn es denn einer war, rückgängig gemacht, widerrufen werden? Haben wir denn als Adams Kinder nicht alle vom Baum der Erkenntnis gegessen? Könnten wir ohnedem, ohne Gut und Böse zu unterscheiden, irgend etwas in dieser Welt ordnen?

Nach diesem Gespräch trat eine Entfremdung ein, die mir schmerzlich ist. Viktor von Weizsäcker ist in Gram und

Krankheit gestorben. Er war ein großer Gelehrter, ein teilnehmender Arzt, ein originaler Denker, ein Denker des Widersprüchlichen, Ergründer des Leidens, und ein Dichter in Begriffen der Sprache, zuweilen am Rande der Sprachlosigkeit. Es ist sehr zu beklagen, daß sein Gedächtnis so blaß geworden ist.

1986

Martin Heidegger

Heidegger über die Kunst

Drei Berichte

Es ist der Leitung des Freien Deutschen Hochstifts zu danken dafür, daß sie in ihr diesjähriges Winterprogramm als ersten Lehrgang den des Freiburger Philosophen Martin Heidegger angesetzt hat. Das Thema heißt »Der Ursprung des Kunstwerks«, und die erste der drei Vorlesungen, in die Heidegger dies Thema gegliedert hat, fand Dienstag abend im großen und übrigens bis auf den letzten Platz gefüllten Saale des Hochschen Konservatoriums statt.

Es sind fast zehn Jahre verstrichen, seitdem Heideggers erste große Publikation – *Sein und Zeit* – Erster Halbband – erschien. Sie hatte eine außerordentliche Wirkung nicht allein unter den Philosophen, sondern ebenso stark in einigen Fachwissenschaften, namentlich den psychologischen, auch den historischen. Für eine Weile schien es, als sei die »Existential-Ontologie« berufen und imstande, einen neuen und einigen Grund für die Vielfalt der Wissenschaften abzugeben. Hörer aller Fakultäten strömten in Heideggers Freiburger Hörsaal, und das Wort von der »radikalen Frage«, oft in Bezug gebracht zur Erfahrung des Weltkrieges, schien bald zur Leitidee einer ganzen akademischen Generation geworden zu sein. Seit Jahren schon ist es hier stiller geworden, die Mode, welche freilich aus einem gründlichen und allgemeinen Bedürfnisse nach eindeutiger geistiger Bindung stammte, ist verrauscht: der Mann, der sie über Nacht gleichsam verursacht hatte, hat sie überstanden, hat ehrenvolle Berufungen abgelehnt und ist in Freiburg (und im Schwarzwald) geblieben, an welche Gegend er durch Geburt, Neigung und denkerische Absicht oder Reflexion sich gebunden fühlt. Die Faszination, die damals die Hörer in Bann schlug, ist auch heute nicht vergangen. Sie geht von einem Mann aus, der von kleiner, fester Statur, blankem Gesicht, ohne Gesten, ohne Adresse an das Publikum, ohne allen lebhaften Wechsel des Tones oder des Tempos mit gleichförmiger Intensität präzisierte Fragen und Antworten – aber immer mehr Fragen als Antworten – vom ausführlichen Manuskript abliest, indem er gleichwohl durch die Bewußtheit des didaktischen Aufbaus, der jeweils eine ganze Bahn des Denkens von Anfang bis Ende ausbreitet, Spannung erzeugt und, nicht selten blendend und verblüffend, herrisch alle Geister in diese Bahn zu zwingen strebt. Es ist indessen nicht nur diese feste und nicht nachlassende Hand, von welcher die Wirkung ausging und ausgeht, die wir zu begreifen suchen. Das wäre eine allzu allgemeine und bloß psychologische Erklärung. Grund und Substanz erhielte sie erst durch eine Charakteristik der bestimmten Art dieser Denkbahn, dieses »radikalen Fragens«. Die Gelegenheit dazu wird dann gekommen sein, wenn erst die drei Vorträge – sie folgen am 24. November und am 2. Dezember – stattgefunden haben werden, heute kann und soll sie nur vorläufig sein.

An dieser Art zu philosophieren hat sich seit *Sein und Zeit* nichts geändert. Neu ist Thematik und Gegenstand: das Kunstwerk. Unverändert aber geht die Frage Heideggers nach dem Sein, hier also nach dem Sein des Werkes im Unterschied zum Sein der »bloßen« Dinge und zum Sein der Gebrauchsdinge oder, wie er sagt, des »Zeugs«. Es begann sofort damit, daß ohne große Umschweife die Ableitung des Kunstwerks aus dem Wesen des Künstlers oder auch des Schaffensprozesses abgetan wurde. Und auch weiterhin hatte ein guter Teil der Vorlesung den Charakter des *Aufräumens*. Aufgeräumt wird hier mit allem – hier waren es die in drei Typen zusammengerafften philosophischen Interpretationen des »Dings«, vorgefunden in der gesamten abendländischen Tradition von den Griechen angefangen –, aufgeräumt also wird mit allen (wir zitieren aus der Vorlesung) geläufigen Denkweisen, die »dem unmittelbaren Erfahren vorgreifen« oder »den Weg zur Sache selbst verstellen«. Darum eben müßten »Herkunft und schrankenlose Anmaßung« dieser Konventionen des Denkens und Definierens erkannt werden. Auf diese Weise zielt die ontologische Bemühung Heideggers stets darauf, freie Bahn zum Phänomen zu schaffen, auf daß dieses, wie er es einmal formuliert hat, »von ihm selbst her sich zeige«. Es ist, wenn der Ausdruck erlaubt ist, ein Naturreich der reinen Phänomene, worin die »einfache Beschreibung« und Auslegung der Philosophie sich umtut, ein Naturreich jenseits aller Geschichte, dessen Landschaft vielmehr durch die geschichtlich gegebenen Auslegungen, durch die Traditionen also, nach Heideggers Sinn wie durch eine Reihe von gemalten Kulissen bloß verdeckt werde. Wie die Landschaft selber beschaffen ist, die derart »entdeckt« wird, bleibt im Fall des Kunstwerks noch abzuwarten. Jedenfalls kommt der *Sprache* bei solcher Auslegung eine ungewöhnliche Bedeutung zu in dem Sinne, daß nicht eigentlich die Fülle des uns historisch gegebenen Sprachmaterials vielfältig benützt und tauglich gemacht würde, sondern daß auch dem Wort eine Art von Natur- oder Ursinn abgelauscht werden soll, der denn bisweilen mit überraschenden Effekten in scheinbar schon auswegloser Situation durch eine plötzliche Wendung sich dem erstaunten Blicke darbietet. So etwa läßt sich jedenfalls der Moment beschreiben, da am Schlusse dieses ersten Abends das Kunstwerk – van Goghs »Bauernschuhe« – als der Ort erschien, an dem allein das Sein des Gebrauchsdings oder »Zeugs« – also der Schuhe – zum Vorschein komme; da dies Zum-Vorscheinkommen ins Griechische Aletheia gleich »Unverborgenheit« oder in der gewöhnlichen Übersetzung »Wahrheit« gebracht, und da schließlich die Kunst vermöge solchen Sprachschlusses als das »Ins-Werk-Setzen der Wahrheit« enthüllt wurde. Diesen gewiß eindrucksvollen Satz näher begreiflich zu machen soll die Aufgabe des nächstfolgenden Abends sein.

Die Wahrheit
Zur zweiten Vorlesung Martin Heideggers im Hochstift

Im Kunstwerk werde die Wahrheit ins Werk gesetzt: mit diesem manche Rätsel bergenden Satz schloß vor einer Woche die erste Vorlesung des Philosophen Heidegger (im Hochschen Konservatorium zu Frankfurt) in dem Lehrgang, der den Titel führt *Der Ursprung des Kunstwerks*. Von der zweiten Vorlesung, die Dienstag abend bei nicht minder zahlreichem Auditorium stattfand, war daher eine Bestimmung der Wahrheit zu erwarten. Sie sei sogleich in derjenigen Formulierung zitiert, die am meisten frappierte: »Die Wahrheit kann sich nicht alles Verborgenen entledigen; zu ihrem Wesen gehört das Nein und Nicht: Wahrheit ist in ihrem Wesen *Unwahrheit*.« So dialektisch diese Formulierung zu sein scheint – wie denn überhaupt eine Neigung dieses so merkwürdigen Denkens, Gegensatzpaare als jeweils zusammengehörig aufzuführen, merkbar zugenommen hat –, sie ist es doch nicht eigentlich. Heidegger treibt es nämlich vielmehr stets dahin, den Widerspruch selber als ein einiges Ganzes gleichsam in die Hand zu bekommen und ihm derart seine Schärfe zu nehmen. »Wahrheit ist in ihrem Wesen Unwahrheit«: Der Satz mutet nicht bloß paradox, sondern geradezu unsinnig an, und wo der Widerspruch solchermaßen, nämlich so kühn ausgesprochen wird, wo so erregende Dinge mit so viel Ruhe als systematische Lehrstücke vorgetragen werden, da kann es, wie jedermann beim Hören erwartet, nicht beim Widerspruch bleiben. Und in der Tat folgte alsbald im Vortrag eine »Lösung« von eigner Art – eine Lösung, die eigentlich darin bestand, daß der Widerspruch selber dingfest gemacht, benannt und gleichsam an die Kette gelegt wurde, an die Kette, die hier »das Sein« heißt: »Im Wesen der Wahrheit« – wir ziehen mehrere Sätze Heideggers zusammen – »geschieht der *Urstreit* zwischen Lichtung und Verbergung«. Der Name des Widerspruchs – »Urstreit« – ist von bestrickender Erhabenheit, und ebendarin geht seine Schärfe, geht auch jene Kühnheit des vorigen Paradoxons unter. Der sprachliche Ausdruck (»Lichtung und Verbergung«) ist neuartig und entspricht durchaus jener Grundabsicht, die wir schon nach dem ersten Vortrag zu kennzeichnen versuchten, der Absicht nämlich, alles geschichtliche Begreifen, alle Traditionen also auch der Sprache als Schutt hinwegzuräumen und in die Landschaft der reinen Phänomene vorzudringen. Nicht selten scheint es freilich dem Hörer, als rumorten die nicht sowohl getöteten als zurückgedrängten Sprachtraditionen dumpf, aber doch vernehmlich hinter den zugesperrten Türen, welche innen als neue Begriffe sich darbieten. Oder ist die Erinnerung an den mythologischen Streit des Lichten mit dem Dunkeln, die, schon vertraut durch mannigfaches Nachleben in der neueren Philosophie, uns hier überkommt, eine bloße literarische Assoziation? Freilich, da wir keine Mythologen mehr sind noch sein können, so hat auch dieser Streit hier einen anderen Aggregatzustand angenommen: als Streit, gar »Urstreit«, begrifflich festgehalten, hat er seine übermenschlichen Dimensionen eingebüßt, und da er ein »Geschehen« nur noch heißt, ergreift er uns nicht mehr mit der Gewalt der mythischen Erzählung.

Wahrheit aber, der helle Stern, nach dem der Mensch auf der Fahrt des Erkennens voll Hoffnung ausblickt – Wahrheit scheint hier, wenn sie der Name jenes Streites ist, herabgeholt von ihrem Himmel. Die Banalität, daß wir, wie verhängnisvoll auch immer dem Widerspruch verfallen, aus der Unwahrheit zur Wahrheit streben – diese Banalität scheint noch ihren scharfen Sinn zu behaupten gegenüber der Heideggerschen Bestimmung der Wahrheit als Urstreit, welche

– irren wir uns nicht – uns mit den Blinklichtern der Sprache in eine Gefangenschaft zurückführt, die der mythischen nicht unähnlich ist.

Indessen, der Lehrgang ist noch nicht zu Ende. Eine dritte Vorlesung unter dem Titel *Die Wahrheit und die Kunst* soll auch das Wesen der Wahrheit noch einmal von neuem bestimmen unter der Frage »Was ist die Wahrheit, daß sie als Kunst geschehen kann oder muß?«. Danach erst wird die Gelegenheit gekommen sein, über das Ganze den Lesern Rechenschaft zu geben und auch das nachzuholen, was in der gegenwärtigen Bemerkung vom Inhalt des zweiten Vortrags noch ausgelassen wurde.

Am Ursprung?
Zu Martin Heideggers Frankfurter Vorlesung

Vergangenen Freitag hat Martin Heidegger den Lehrgang über den *Ursprung des Kunstwerks* mit einer dritten Vorlesung im Freien Deutschen Hochstift beschlossen. Die Leser werden sich erinnern, daß die erste Vorlesung zu dem Satze führte, im Kunstwerk werde die Wahrheit ins Werk gesetzt, und daß in der zweiten die Wahrheit bestimmt wurde als ein »Streit zwischen Lichtung und Verbergung«. Man kann mit diesen Formeln unmittelbar so wenig etwas anfangen wie mit denjenigen, die aus der Vorlesung des letzten Abends zitierbar wären: man *soll* (von Heidegger aus) gar nichts damit anfangen können, da er denn auch seinen letzten Antworten auf die Frage nach dem Ursprung des Kunstwerks die Bemerkung beifügte, jede Antwort tauge nur so lange etwas, als die zu ihr gehörige Frage wach bleibe. Daher muß auch der gegenwärtige Bericht es sich angelegen sein lassen, im Referat und Zitat des einzelnen, welches gewiß nicht unterdrückt werden darf, doch zugleich die Konstruktion und Art des Ganzen zum Vorschein zu bringen.

*

Nichts wird hier so sehr gemieden als das handfeste Resultat. So endigte denn auch die letzte Vorlesung mit einer dunklen Spruchzeile Hölderlins, die den gespannten Hörern als erlösendes Wort und untrügliches Kriterium dafür angekündigt war, ob eine Zeit und ob die gegenwärtige Zeit den »Ursprung« wisse und wolle oder aber nur an den Derivaten der Bildung und des Geschmacks sich's genügen lasse. Die Zeile heißt:
»Schwer verläßt, was nahe dem Ursprung wohnet, den Ort.« Und man kann darauf wetten, daß alle diejenigen im Publikum, welche zuvor das Wesentliche begriffen und sich einverleibt zu haben meinten, hiernach ein wenig betreten ihre frisch gesammelten Felle wieder davonschwimmen sahen. Wie's in der Ballade heißt: Jener mit dem Kuchenreuter / in der Hand, sah nicht gescheuter / aus als Augenblicks zuvor. Wollte einer diesem Philosophen alle Fähigkeit der Erkenntnis abstreiten, so müßte er ihm doch dies eine zugestehen: daß es ihm ausgezeichnet glückt, dem Auditorium ein Schnippchen zu schlagen und ihm den Zipfel des Begreifens, den es soeben endlich fest in der Hand zu halten sicher war, im Moment der höchsten Erwartung unversehens wieder zu entreißen. Ohne aber von dergleichen in philosophischen Dingen stets sehr nützlicher Pfiffigkeit in Miene oder Ton irgend etwas zu verraten, trug der Mann am Katheder den erhabenen Vers vor, nahm seine Papiere zusammen und verließ das Podium.

*

Ob dies nun die sokratische *Ironie* sei, die den Schüler zu sich selbst und so zur Findung der Wahrheit anstatt zur bloßen Lehrmeinung zu treiben bestimmt ist, muß freilich zweifelhaft bleiben. Da es denn dem Hörer kaum erlaubt scheint, jenen Rätselspruch auf andre als eben Heideggersche Weise zu lösen. Inzwischen bleibt nachzutragen, was vorausging. Der Ort der Wahrheit als des »Streits zwischen Lichtung und Verbergung« – so hieß es – sei nicht irgendwo in den Sternen, sondern inmitten des Seienden. Eine Weise, wie die Wahrheit sich einrichte, sei, daß sie sich »ins Werk« richte – die Kunst; andre Weisen seien die »staatgründende Tat«, »der das Volk rettende Tod«, »das wesentliche Opfer« und »die in die Macht des Begriffs gebannte wesentliche Frage des Denkens«. Da also im Kunstwerk die Wahrheit sich »ins« Werk erst setze, gehöre zu seiner Wirklichkeit noch andres als die Fest-Stellung der Wahrheit (des Streits) in die »Gestalt«: das Geschaffensein und das Bewahrt-werden. Hierbei ist sogleich anzumerken, wovon noch zu reden sein wird, daß mit der Bestimmung des Geschaffenseins keineswegs auch auf die Schaffenden – die Künstler also – zurückverwiesen wurde und daß auch die Bewahrenden – vulgär und somit nicht-ontologisch gesprochen: das Publikum – als geschichtliche Gesellschaft, welche Kunstwerke aufnähme, deutete, benutzte oder genösse, gar nicht, als Subjekte überhaupt allenfalls schemenhaft und am Rande vorkamen. Vielmehr wurde auch von diesen konkreteren Elementen durchaus alle empirische Erinnerung ferngehalten, sie selbst ganz in die Interpretation des Kunstwerks an sich hereingezogen und verwoben, so sehr, daß die Schaffenden und Bewahrenden selber schließlich zu bloßen Sekundär-Erscheinungen wurden, die ihrerseits durch die Struktur des Werks erst ermöglicht seien: »Das *Werk* ist es, was aus seinem Wesen die Schaffenden ermöglicht und die Bewahrenden fordert.« Derart kam es dann zu dem Satze, die Kunst sei »die schaffende Bewahrung der Wahrheit im Werk«, und in diesem Satze ist alles Verbale so vollkommen (nämlich so abstrakt) ineinander verschränkt oder verfilzt, daß alles Fragen danach, wer hier schaffe und bewahre, abgewiesen und abgeschnitten scheint. Weit und breit ist hier kein Mensch mehr zu sehen.

Menschenleer ist denn auch die Kunstlandschaft, die, gleichsam als eine Urlandschaft der erst entstehenden Kunst, schon in der zweiten Vorlesung beschworen worden war zu dem Zwecke, daran das Geschehen der Wahrheit im Werk zu zeigen. Es ist der rechte Ort, diesen Passus nacherzählend einzurücken. Vom griechischen Tempel ganz im allgemeinen wurde dort gesprochen als von »einem Werk, das den Gott anwesen läßt und so der Gott selbst ist«. Sonderbar genug schon, daß hier ein Gott oder »der« Gott auftritt als ein Stück oder Motiv der Seinslehre, welche doch hinter alle Theologie zurückgehen wollte und den christlichen Begriff der Schöpfung sogar, weil er ursprünglichere Ausblicke verstelle, beiseite räumte. Ein Gott, der aus dem puren Sein des Kunstwerks herausgelesen wird – und wie könnte man allerdings einen Tempel begreifen wollen, ohne des Gottes Erwähnung zu tun, der darin verehrt ward? –, ein solcher Gott fordert entweder Konsequenzen, welche in irgendeiner Weise mit dem Glauben zu tun haben, oder er wird zum bloßen Requisit eines letzthin ohnmächtigen Verstehens. Aber weiter: Dastehend eröffne – so hieß es – der Tempel eine Welt und bringe sie zu sich selbst. Er erst gebe den Dingen ihr Gesicht und lasse, was »Erde« heißt, in seiner Verschlossenheit offenbar werden; der Fels komme zum Tragen des Tempels und werde so erst Fels; das Gras, die Woge des Meeres, der Himmel, der Adler in den Lüften und die Schlange am Boden – all das komme erst mit der Errichtung des Tempels zu sich selbst, wie auch die Schwere des Steins und das Leuchten seiner Oberfläche erst im und am Bauwerk zum Vorschein gebracht werde. Die eigentümliche Lust an erhabenen Gleichklängen, auch alliterierenden Wendungen, die freilich stets einen Sinn zu haben beanspruchen, war gerade bei dieser Deutung des Tempels besonders lebhaft im Spiel – »In Würde und Glanz west der Gott an, und im Abglanz dieses Glanzes waltet, was wir die Welt nennen.«* Hiervon später Genaueres. Im Augenblick soll's nur darauf ankommen, im Ganzen dieses Bildes auch solche ontologische Poesie mit aufzufassen. Das Bild selber gemahnt nicht zufällig an gewisse antikische Landschaften, wie sie etwa Böcklin gemalt hat: diese sind wie jenes von reellen Menschen entblößt und führen vor eine gemalte Mythologie, von der wir schon darum uns ausgeschlossen sehen, weil sie gemalt ist. Nicht wesentlich anders stand es in dieser Hinsicht um die Beschreibung der »Bauernschuhe«, eines Gemäldes von Vincent van Gogh, die Heidegger in der ersten Vorlesung gegeben hatte. Aus der dunklen Öffnung (so etwa faßte er in Worte, was das Bild von der Wahrheit des Schuhzeugs offenbare) – aus der dunklen Öffnung des ausgetretenen Inwendigen schaue die Mühsal der Arbeitsschritte; in der Gediegenheit des Schuhwerks sei die Zähigkeit des langsamen Vorwärtshastens über den Acker enthalten, über den ein rauher Wind streiche; und die feuchten Sohlen führten den abendlichen Feldweg mit, der sich unter ihnen hingezogen habe; den Zuruf der Erde, das Beben bei der Geburt und das Drohende des Todes – all das komme im Bilde der Schuhe und nur im Kunstwerk zum Vorschein. Auch diese Kunstlandschaft – sei sie aus Bestimmungen oder aus Stimmungen gebildet, und seien diese wiederum hineingelegt oder herausgelesen –, auch sie ist jedenfalls menschenleer, mag nun auch im weiteren gelegentlich von der Bäuerin die Rede gewesen sein, die solche bedeutsamen Schuhe unwissend-wissend trage. (Es ist übrigens sicher nicht der schon mehrfach bemerkte magische Zug in solchen Gemälden van Goghs, der hier durch den Philosophen aufgedeckt wurde.) Und diese Menschenleere bezeugt nur, daß dem derart bäuerlich oder antikisch illu-

* Bei solchen längeren Zitaten, die der Nachschrift des Referenten entnommen sind, mögen bisweilen kleine Auslassungen vorkommen; doch glaubt der Referent dem Wortlaut nirgends Gewalt angetan zu haben.

strierten Sein selbst in bestimmter Weise ein dämonisches Leben eingehaucht wird.

*

Ganz demgemäß – um zum vorigen Gange der Deduktion zurückzukehren – war »das Geschaffensein« als Moment der Wirklichkeit des Werks eingeführt worden, ohne daß die Frage nach einem, der es geschaffen hätte, erlaubt, gar gestellt worden wäre. Damit kein Zweifel über diese Abwesenheit des Subjekts aufkomme, betonte Heidegger ausdrücklich, daß eben das einfache Factum est und nicht etwa die Signatur N. N. fecit die Beständigkeit des in sich ruhenden Werkes ausmache; dies pure »Daß« des Geschaffenseins trete sogar da am reinsten hervor, wo das Werk anonym, Künstler und Entstehung unbekannt bleibe. (Diese Auszeichnung des Anonymen ist also nicht zu verwechseln mit einer Bewunderung der Anonymität aus anti-individualistischen Beweggründen.) Hier scheint nun, in verwandelter Weise zwar, doch jene Analogie zwischen dem Schaffen des Kunstwerks und der Erschaffung der Welt wiederzukehren, die Heidegger schon in der ersten Stunde so entschieden als Störung und Überlagerung des reinen Phänomens abgewehrt hatte – in einer Verwandlung, die eigentümlich und aufschlußreich ist. Der Schaffende (wie der Schöpfer) ist verschwunden, und das Geschaffene (wie das Geschöpf) muß aus sich selbst verstanden werden, wobei dann aber gleichwohl das auf sich gestellte »Geschaffensein« als ganz wesentliche Bestimmung offen am Tage liegt. Indem das Wort zum Substantiv wurde, vergißt man, daß es eine Passiv-Form ist, die eigentlich nicht aus sich allein bestehen kann. Eine wunderliche Verwandlung: das »Daß« oder, wie es auch hieß, der »Stoß« in die Existenz, das Stummste, Härteste, Fremdeste also, wird zum hervorragenden *Wesens*zuge des Werks. Ebenso wunderlich und ganz vergleichbar der ontologischen Entdeckung, die in *Sein und*

Zeit vorgetragen worden war: daß nämlich das pure »Dasein« des Menschen sein eigentliches Wesen ausmache. Das uralte Rätsel der Metaphysik, das Rätsel der Erschaffung der Welt aus Nichts oder das Rätsel eben jenes »Stoßes« in die Existenz geistert also auch in dieser Theorie des Kunstwerks nach. Wohlverstanden, wir wollen hier keineswegs etwa der Analogie von Kunstwerk und Schöpfung das Wort reden und unsererseits nach der Einführung des Schaffenden als des Kunst-Schöpfers rufen. Diejenigen, welche alles Kunstwerk aus dem »Schöpferischen« zu verstehen suchen, lösen seine Faktizität in der Tat in Qualm auf und hindern jegliche Nachprüfung der ihm eignen objektiven Gesetze. Ihnen gegenüber mag Heideggers nachdrückliches Beharren auf dem abgelösten »In-sich-Ruhen« des Kunstwerks ein nützliches Korrektiv sein, wie er denn auch selber in ähnlicher Antithese das »bewahrende« Verhalten gegenüber dem Kunstwerk als ein Wissen gegen alles bloße Erleben und gegen die Verwendung von Kunst als »Erlebniserreger« scharf abgesetzt hat. Aber es muß festgehalten werden, daß diese eine Bestimmung vom »Stoß ins Sein« – dann auch »Stoß ins Ungeheure« – das Schema der *creatio*, freilich ohne den *creator*, voraussetzt. Gott und Mensch sind in einem hier ihrer Macht beraubt, und wenn es früher bei Heidegger oder in seiner Nähe hieß, Philosophie als Seinslehre sei prinzipiell atheistisch, so läßt sich nun ohne Furcht vor Irrtum hinzufügen, sie sei auch ahuman. Das pure »Daß« steht auf und wandelt als ein eignes Wesen.

*

Die Landschaft der reinen Phänomene, das ist: die Ontologie, wird in einem besonderen Sinne eröffnet und besetzt durch die *Sprache*. Rings sieht sich der Hörer umgeben, bedrängt, gefangen von meist ihm befremdlichen Worten, und was in gegenwärtigem Bericht zitiert wurde, mag davon auch eine Anschauung vermittelt haben. Heidegger ist stets bestrebt, dem aus dem Wege zu gehen, was er in diesen Vorlesungen den »geläufigen« Sinn oder Begriff (früher die »vulgäre« Auslegung der Phänomene) genannt hat, also dem »herrschenden« Sprachgebrauch. Es zeigte sich schon in der ersten Vorlesung, wie damals auch berichtet wurde, daß für ihn nicht nur die Begriffe und Grundlagen der heutigen Umgangssprache, sondern auch wesentliche Überlieferungen des neuern wie des antiken philosophischen Denkens und Redens zu solchem Unwesen des »Geläufigen« zählen, welches die Dinge verstelle anstatt sie freizugeben. Er selber, der Ontologe, schlägt seine Zelte jenseits des Geläufigen auf in einem eignen Sprachreich, worin der Sprechende nun auch Herrscher zu sein scheint, anstatt vom Sprachgebrauch beherrscht zu werden: in einer freien Luft, wie es scheint, entronnen dem Verhängnis, das allem unserem Reden innewohnt. Nichts ist mehr zu hören von Subjekt und Objekt, Idee und Materie, Geist und Natur, Form und Inhalt. Dafür vom Werk-sein, Zeug-sein, Ding-sein, Geschaffen-sein, von Bestreitung des Streites, Lichtung und Verbergung, Unverborgenheit, vom Offenen und Verschlossenen, von Riß und von Stoß. Seine sprachlichen Prägungen originell zu nennen würde in Heideggers Ohren höchst läppisch klingen, da sie ja den Anspruch mitführen, nicht bloß originell, sondern originär zu sein. Er sucht stets einen Wortsinn zu fassen, der vor allem Gebrauche zur menschlichen Verständigung und Mitteilung liege, fast also einen vormenschlichen Ursinn. Daher er denn etwa in der letzten Vorlesung die gewohnten Übersetzungen des griechischen »Techne« als »Handwerk« oder auch »Kunst«, gar »Technik« entschieden abwies und das Wort so auszulegen suchte, wie es, sogar vor seiner Verwendung in der klassischen Philosophie, »ursprünglich« gemeint gewesen sei: es bedeute »jenes *Wissen*, das jeden menschlichen Aufbruch gegen das Seiende trägt und leitet«. Sprachgebrauch, so schickte er voraus, sei bei den Griechen ursprünglich immer echteste Sacherfassung. Eine paradiesische Vorzeit, ein goldnes Zeitalter der Sprache wird hier mit den Attributen der Echtheit und Ursprünglichkeit beschworen, worin das Sagen und Nennen als mit den Sachen wie durch eine Nabelschnur verknüpft vorgestellt wird. Und wie dort der verwandelte Begriff der creatio, so wirkt hier Paradies und Sündenfall verhohlen nach, indem in der Sprache der Sündenfall zur Geläufigkeit, zur verdeckenden Vulgarität eines bloßen Beförderungsmittels von Gedanken führte. Aber da wir solche Metaphysik der Sprachgeschichte, welche durchaus eine geläufige abendländische Tradition aufnimmt, da wir solche »Genesis« hier wiederzufinden vermögen, zeigt sich auch in diesem Bereich, daß eine einfache *Restauration* jenes verlorenen Paradieses durch die unvermittelte Entwicklung einer ontologischen Sprache nicht möglich ist, daß die gewonnene Freiheit vom Verhängnis hier nur Schein ist und in eine neue Gefangenschaft bringt, daß das Originelle mit dem Originären nicht zusammenzufallen vermag, kurz: daß wir keine Ursprache sprechen können. Denn in der Tat –

»Schwer verläßt, was nahe dem Ursprung wohnet, den Ort.«

Zu uns kommt's nicht. Und uns bleibt aufgegeben, redend gerade das Mächtigste und Geläufigste beim Worte zu nehmen, umsichtig uns mit dem Verhängnis der Sprache gleichsam auf guten Fuß zu stellen, indem wir – wir, die wir Menschen sind – es zu nutzen und derart dialektisch das Freie zu gewinnen suchen, das uns außerhalb oder nebenher nicht winkt.

1936

Die beschworene Natur

Zu einer Studie Martin Heideggers über Hölderlin

›April und Mai und Junius sind ferne . . .‹

Die Vorträge, die der Freiburger Ordinarius der Philosophie, Martin Heidegger, vor einem Jahr in Frankfurt über »das Wesen des Kunstwerks« gehalten hat, endigten mit einer dunklen Strophe Hölderlins, welche Lösung und neues Rätsel zugleich bergen sollte. Kurz darauf erschien in der Zeitschrift *Das Innere Reich* der Aufsatz *Hölderlin und das Wesen der Dichtung*.

Einen »Hinweis auf Hölderlin« nennt der Autor seine Arbeit in einem kurzen Vorspruch, der mit einer gewissen finsteren Strenge die Widmung kommentiert – die Widmung an Norbert von Hellingrath, den Editor Hölderlins, der im Kriege fiel. Mindestens ebenso sehr als dies ist sie freilich der Entwurf eines neuen Kapitels der Heideggerschen Ontologie des Daseins. Dies Kapitel handelt von der *Sprache*, und seine Pointe ist, daß das Wesen der Sprache nur aus dem Wesen der Dichtung verstanden werden könne – nicht umgekehrt. Heideggers eigne philosophische Bemühung ist von Anfang an – seit nämlich vor zehn Jahren *Sein und Zeit* veröffentlicht wurde – zugleich eine entschieden sprachliche gewesen: und es wurde später bald klar, daß in diesem seinem eigentümlichen Drange, Worte sprechen, tönen, sich biegen, verwandeln und sich fügen zu lassen, auch die Figur seines »ontologischen« Denkens genau enthalten war. Hier, in dieser Schrift erst, macht er die Sprache selber zum ontologischen Gegenstande. Und dazu bieten ihm fünf Satz- oder Gedichtstücke aus Hölderlin die »Leitworte« – auslegbaren Text und Disposition.

Auch dies Programm handelt – um den Titel einer früheren Arbeit Heideggers anzuführen – wieder »vom Wesen des

Grundes«, des Daseinsgrundes nämlich oder besser: des Daseins in seinem Grunde (denn das Dasein bleibt in dieser Philosophie immer in sich selber gefangen, hat keinen Grund außer sich). Aber dieser Grund hat einen neuen Namen, er heißt nicht Angst oder Sorge oder tiefe Langeweile oder wie sonst zuvor, sondern eben: Dichtung. »Dichtung ist der tragende Grund der Geschichte und deshalb auch nicht nur eine Erscheinung der Kultur und erst recht nicht der bloße ›Ausdruck‹ einer ›Kulturseele‹.« Ein energisches Wort, grollend zugleich und viele schockierend! Und in der Tat ein scharfes, gründlich zu bedenkendes Korrektiv landläufiger Meinungen. Mit Gewalt scheint hier buchstäblich das Oberste zu unterst gekehrt, über alle harmlos eifrige Kulturpflege und -bespiegelung streng der Stab gebrochen. Wie denn – wäre also »der tragende Grund des Daseins« vergessen, verraten oder verkauft, wo überall Dichtung als Zutat, Schmuck und Spiel genommen, auch als Mittel zu allerlei praktischen Zwecken gebraucht oder als Nahrung verzehrt wird? Wiederum kann aber – nach ontologischer Lehre – das Dasein seines Grundes nicht verlustig gehen, da es anders nicht mehr Dasein wäre. Darum auch bleibt Dichtung nach Heidegger all jener Verzerrung zum Trotz, was sie ist, und die Möglichkeit eines »echten« Sagens oder Nennens bleibt offen und gültig, wie sehr sie auch von der Verfälschung stets bedroht sein mag: »Das Wort als Wort bietet . . . nie unmittelbar die Gewähr dafür, ob es ein wesentliches Wort oder ein Blendwerk ist.« (Ein Satz übrigens, der, auf die philosophische Sprache übertragen, mit Heideggers eigner Sprachpraxis in Kollision geraten müßte). Inwiefern nun das derart vom Schein – aber wohl auch zum Schein – gefährdete »echte« Sagen Geschichte und also menschliches Dasein begründe – dafür hier zwei Sätze Heideggers: »Nur wo Sprache, da ist Welt« und »Das Nennen besteht nicht darin, daß ein vordem schon Bekanntes nur mit einem Namen versehen wird, sondern indem der Dichter das wesentliche Wort spricht, wird durch diese Nennung das Seiende erst zu dem ernannt, was es ist, und wird so bekannt *als* Seiendes.« Die dichterische als die wesentliche, echte oder Ur-Sprache eröffnet hiernach also überhaupt erst die Welt, stiftet Ordnung und Bestand. Wäre sie also die eigentliche Schöpfung? Brächte der Dichter ebendasselbe anfängliche Licht, welches zuvor doch einzig dem Worte Gottes innewohnte, indem es das Licht von der Finsternis schied?

*

Hölderlin – als der »Dichter des Dichters« – ist hier als Kronzeuge angerufen und ausgelegt worden. Hölderlin, der (in *Patmos*) die merkwürdig tiefsinnigen Verse sprach:

> ... Wie Morgenluft sind nemlich die Nahmen
> Seit Christus. Werden Träume. Fallen, wie Irrtum
> Auf das Herz und tödtend, wenn nicht einer
> Erwäget, was sie sind, und begreift.

Wie Morgenluft, dünn und verschwebend also, und zugleich auch tötend mitunter, das heißt gerade stumm machend, da sie doch eröffnen und erst beleben sollten oder sogar wirklich einst – *vor* Christus? – belebten: Da fährt, schmerzlich betrachtet, ein schärferer Widerspruch hervor als der ontologische von Echtheit und Schein. Da scheinen die »Namen« entwichen, eine stumpfe, namenlose »Wirklichkeit« zurücklassend, entweder ins Wesenlose oder ins Dämonische. Die Namen nämlich, durch welche die Alten *Dinge und Götter* in einem zu nennen vermochten, als »alles voller Götter« war. Nun aber heißt es (in *Dichterberuf*):

> Zu lang ist alles Göttliche dienstbar schon,
> Und alle Himmelskräfte verscherzt, verbraucht,
> Die gütigen, zur Lust, danklos, ein
> Schlaues Geschlecht, und zu kennen wähnt es,
> Wenn ihnen der Erhabene den Acker baut,
> Das Tagslicht und den Donnerer, und es späht

Das Sehrohr wohl sie all und zählt und
Nennet mit Namen des Himmels Sterne.

Dies genau ist die Welt oder Gegenwelt Hölderlins, die entgötterte nicht nur, sondern vor allem die »dienstbare« Natur – »wie Rosse gehn die gefangenen / Element' und alten Gesetze der Erd ...« –, die pragmatische Welt bloßer Objekte, die man einzeln »nennen« oder vielmehr bezeichnen kann, mit Ziffern so gut als mit Worten, und die als böses Netz die Menschen mit den Dingen oder als Dinge gefangen hält. Denn dies eben ist der Sinn der bittren allegorischen Predigt Hyperions über die Deutschen –: »Handwerker siehst du, aber keine Menschen, Denker, aber keine Menschen, Priester, aber keine Menschen, Herren und Knechte, Jungen und gesetzte Leute, aber keine Menschen – ist das nicht wie ein Schlachtfeld, wo Hände und Arme und alle Glieder zerstückelt untereinander liegen, indessen das vergossene Lebensblut im Sande zerrinnt?« Da ist nicht bloß eine im Sein von je mitgegebene »Gefahr« des Seinsverlustes oder des Scheins angesprochen – welches nämlich bei Heidegger *die* Gefahr der Sprache heißt –, sondern da ist eine sehr bestimmte (auch historisch bestimmte) Erfahrung gemacht, die Erfahrung der zerfallenen Gesellschaft und objektivierten Natur. Und von dieser Erfahrung hebt erst die Dichtung, hebt der Dichter Hölderlin an, indem er nämlich alle Macht und Mühe der Sprache daran wendet, den »Genius« oder »die Götter« oder »die heilige Natur« wiederzurufen, herauszulösen aus jener »Zerstückelung« und zusammenzufügen zu klassisch-bukolischer und heroischer Landschaft – Wein und Brot, Strom und Weinberg, Acker und Gewitter, Äther und Erde. Wie Hellingrath sagt: »Dieses Erkennen und Heraufführen des Göttlichen geschieht durch Namengeben, Namenfinden, Nennen ...« Bald setzt er gelassen die Bilder des Alten und Heiligen zusammen – dahinein nun gehören die so oft gerufenen »Götter« als brausende und raunende Naturgeister, nicht als bestimmte Gestalten in Tempeln –, bald triumphiert er über die schon erblickte Auferstehung solcher Götter – »Die Natur ist jetzt mit Waffenklang erwacht« –, bald auch verzweifelt wiederum der Rufende und Nennende an der Macht der Namen in dieser Welt. Und entschwindet ihr endlich in Wahnsinn. So erzählte jene französische Dame (Hellingrath zitiert den tief bewegenden Bericht in dem Vortrag »Hölderlins Wahnsinn«), die bei Paris den Umherstreifenden – etwa 1802 – für einen Tag in ihr Haus aufnahm: »Mein Vater fragte ihn einmal nach seinem Namen, da legte er den Kopf in beide Hände und antwortete: ›Ich werde ihn Ihnen morgen sagen. Glauben Sie mir, es ist mir manchmal schwer, mich meines Namens zu erinnern.‹ «

1937

Heidegger bleibt unverständlich

Martin Heideggers *Einführung in die Metaphysik* ist ein schwerverständliches Buch. Es ist schwer zu verstehen nicht bloß deswegen, weil es ein philosophisches Buch ist, weil es also diejenigen schwierigen Gegenstände zu behandeln oder – wenn man so lieber will – diejenigen schwierigen Fragen zu stellen (und womöglich zu beantworten) unternähme, die von Haus aus das Geschäft der Philosophie und der Philosophen ausmachen. Martin Heidegger ist übrigens der Ansicht, die Philosophie habe überhaupt keinen ›Gegenstand‹ im eigentlichen Sinne des Wortes, in dem Sinne nämlich, wie einzelne Wissenschaften ihre bestimmten Gegenstände haben – wie die Zoologie die Tiere, die Botanik die Pflanzen, die Geographie die Beschaffenheit der Erdoberfläche zum Gegenstand hat. Heidegger ist der Ansicht, die Philosophie oder, wie er lieber sagt, ›das Denken‹ habe wesentlich die Aufgabe, Fragen zu stellen, richtig – oder vielmehr: in der rechten Weise zu fragen, die rechte Frage in der rechten Weise zu ›vollziehen‹. Nicht so sehr auf die Antworten kommt es ihm an als vielmehr auf die Fragen, auf *das* Fragen. Die Antworten bleiben, wenn man ihn hört, eigentlich immer aufgeschoben. Zum wenigsten mag er die Antworten nicht ausdrücklich und nicht selber geben. Nur unversehens und gleichsam hinterrücks kommen Antworten, ohne daß er sie selber gäbe noch geben wollte. Es gibt ja Fragen, die ohne Antwort bleiben, vielleicht bleiben müssen, und es ist keine Neuigkeit, daß solche Fragen eben gerade in der Philosophie vorkommen. Allerdings findet man wiederum in den Büchern Heideggers und so auch in diesem Buch keinen Hinweis darauf und keine Klage darüber, daß etwa eine Frage, eine metaphysische Frage, am Ende ohne Antwort geblieben sei. Solch ein Eingeständnis und solch eine Bescheidung wird man nicht finden. Sondern das Fragen ist ihm selber auch schon das Wissen, und am Ende ist es, als entschwinde der Philosoph oder der Denker in einem Nebel.

Wut

Um aber auf die Schwerverständlichkeit des Buches zurückzukommen, so ist sie noch von anderer Art als die Schwierigkeit, die der Philosophie als solcher zukommt, und auch von anderer Art als die besondere Schwierigkeit, die der Metaphysik als dem sublimsten Teil eines philosophischen Systems zukommt – der Metaphysik, welche nach Heideggers Worten »auf die ersten und letzten Gründe des Seienden« zielt. Das Buch ist schwer verständlich, weil es die verständliche Rede mit Fleiß und Absicht meidet und die verständliche Sprache, die Sprache, in der wir uns miteinander zu verständigen pflegen, als untauglich, unwahr und verderbt erachtet und verschmäht. Das Buch ist überhaupt voll von scharfen Hieben und bösen Tritten, die ausgeteilt werden, den ›Alltagsverstand‹ zu treffen, den ›kleinen Mann‹, den ›Spießbürger‹, die ›Mittelmäßigen‹, den ›Witz der Spätlinge und Müdegewordenen‹ und überhaupt die ›übliche Gedankenlosigkeit‹ schlechthin. Das ist nicht eigentlich Polemik; ein Polemiker hat stets einen bestimmten Gegner und nennt ihn, er setzt seine Ehre darein, ihn bei seinem Namen zu nennen und im offenen Felde, auf gleichem Niveau, anzugreifen. Wer aber ist zum Beispiel jener ›Spießbürger‹, dessen Vorstellungen von ›Lebens- und Wirklichkeitsnähe‹ (S. 17) von Heidegger beiläufig verdonnert werden? Wer jener ›Alltagsverstand‹, dem er vorhält, er meine, »derjenige habe ein Wissen, der nichts mehr zu lernen brauche, weil er ausgelernt habe« (S. 17)? Mit einer rätselhaften Wut werden hier offene Türen eingerannt – indem ja nur die uralte Einsicht neu bekräftigt werden soll, eigentliches Wissen sei nie fertig, sondern immer in der Bereitschaft, zu lernen. Übrigens ist das auch und sogar dem ›Alltagsverstand‹ durchaus bekannt, wenn anders das Sprichwort als sein Zeuge und Erzeugnis gelten darf: »Man wird so alt wie eine Kuh und lernt immer dazu«, sagt man bei uns zulande. (Zur Verteidigung der Trivialität sei es angeführt, und wir wollen uns durch den gewaltsamen Esoteriker nicht ins Bockshorn jagen lassen, sondern gelassen dem Trivialen sein Recht einräumen.) Wer sind, weiterhin, jene ›Literaten und Ästheten‹, die der Autor gar als eine nicht einmal primäre, sondern bloß sekundäre Verfallserscheinung abtut (S. 35), indem er ihnen nachsagt, sie seien »nur eine späte Folge und Abart des zur Intelligenz umgefälschten Geistes« – vielleicht in der Meinung, es sei ihr ohnmächtiges Bestreben, gerade der Dienstbarkeit des Geistes als ›Intelligenz‹ und ›Intelligentsia‹ zu entgehen? Wer sind sie, welches sind ihre Namen?

Diese Rückfragen könnten beliebig vermehrt werden. Wer zum Beispiel sind jene ›Gedankenlosen‹, die in ihrer ›üblichen Gedankenlosigkeit‹ das griechische Grundwort ›*Ousia*‹ oder ›*Parousia*‹ mit ›Substanz‹ übersetzen, damit – nach Heidegger – »allen Sinn verfehlend« (S. 46)? Diese Leute können ja nicht so unkenntlich in der Menge verborgen leben, sie haben Bücher geschrieben, eine Tradition begründet, die Jahrhunderte währt, und Heidegger kennt sie, daran ist kein Zweifel: warum nennt er sie nicht? Warum untersucht er nicht ihre Gründe und Motive? Warum setzt er sich nicht in eine kritische Beziehung zu ihnen? (Er selber übersetzt das fragliche griechische Wort mit dem deutschen ›Anwesen‹ oder auch ›Anwesenheit‹.) Warum anstatt dessen diese Popanze, die so bequem zu zertrampeln sind? Aus welchen dunklen Quellen speist sich diese allgemeine Wut? Unstreitig haftet solchen Beschimpfungen ins Blaue oder Graue hinein etwas Plumpes, Banales und auch Unvornehmes an – da ja ein wirklicher Herr sich seine edle Art nicht fortwährend dadurch selber zu bestätigen braucht, daß er den Geringeren und den Knechten Hiebe und Tritte austeilt.

Pomp

Die verständliche Sprache also ist ihm untauglich. Das aber nicht etwa bloß wegen der charakteristischen Verderbtheit unserer Umgangssprache – selbst die Zeitungen, die Wissenschaften und die mittlere Romanliteratur miteingeschlossen –, sondern wegen gewisser grundlegender Unterscheidungen der Syntax und Grammatik selber, die unser Reden und so auch unser Denken im voraus prägen, in bestimmte Richtungen lenken und die, nach seiner Überzeugung, den Zugang zum Eigentlichen und Wahren schon verdunkeln, ja versperren. Seine eigene Sprechweise scheint daher beständig an der Grundverfassung des Satzes, an seiner Gliederung in Subjekt, Prädikat und Objekt, zu rütteln, ohne ihr freilich je entfliehen zu können. Unsere Sprache ist ja gerade darum verständlich und zur Verständigung tauglich, weil wir in Sätzen sprechen, die eben in dieser Weise sich gliedern. Heideggers Schwerverständlichkeit scheint zu einem guten Teil daher zu rühren, daß er mühevoll zu einer Einheit der Aussage hindrängt oder hingetrieben wird, die *vor* jener Gliederung (und Spaltung) liegt, ohne diese Einheit freilich je zu erreichen. Der artikulierte Satz selber ist ihm widerspenstig.
Das Thema seines Buches ist die Frage nach dem Sein, die exponiert wird an Hand der überlieferten Frage: Warum ist überhaupt Seiendes und nicht vielmehr Nichts? Mit Hinblick auf die Frage nach dem Wesen des Seins selber stellt er (S. 33) die These auf:

»Das Fragen der Grundfrage der Metaphysik ist ein durch und durch geschichtliches Fragen.«
Hier haben wir das einfache Beispiel eines solchen Satzes, der die Verfassung des Satzes zu sprengen und einzuschmelzen sucht. Hier ist nicht jemand (ein Subjekt), der eine Frage (ein Objekt) stellte – um übrigens dann eine Antwort zu erhalten. Sondern hier ist eine Frage, die sich selber fragt – oder umgekehrt: hier ist ein Fragen, das die Frage fragt. Ja, noch nicht einmal dies: sondern hier ist einfach ›das Fragen der Frage‹, wobei dieser Genitiv den Objekt-Charakter fast unmerklich werden und verschweben läßt. Das Hauptmittel ist der Infinitiv, die unpersönliche, personlose Form des Zeitwortes, und ferner die Wiederholung des gleichen Stammwortes dort als Zeitwort, hier als Hauptwort. Es ist, als wollte der Satz derart seine Glieder einziehen und zurücknehmen in ein fast gestaltloses Ganzes.
Auf diese Weise stellt sich Heidegger und stellt sich seine eigentümliche Sprache nicht allein außerhalb des Gewöhnlichen und Üblichen, sondern auch außerhalb des Überlieferten, außerhalb aller Kontinuität. Diese Sprache ist nicht bloß ungewöhnlich und unkonventionell, sie ist auf eine überaus anspruchsvolle Weise umstürzlerisch. Sein Stil ist denkbar weit entfernt von der Anweisung Pascals und von der Übung Goethes, das Bedeutende, ja das Höchste auf unmerklich einfache Art zu sagen, so unscheinbar, daß jeder meint, er hätte es selber sagen können. Im Gegenteil will sich hier das Bedeutende auch auf gewaltige Weise sprachlich zu erkennen geben, und so eignet dieser Sprache eine merkwürdig pomphafte Strenge und hochgestrenge, freudlose Pomphaftigkeit, die aber im übrigen zumeist durchaus unsinnlich bleibt und deren poetische Elemente oder Effekte vielfach einen gewollten Archaismus, etwas künstlich Urzeitliches annehmen.
Das gilt von manchen der ohnedies seltenen Gleichnisse: so von dem Bilde des ›glühenden Herdfeuers‹, als welches die

Frage nach dem Sein im Inneren anderer Fragen wirke – ›der Herd alles Fragens‹. Das gilt auch von solchen – gleichfalls seltenen – symbolisch verkürzenden Wendungen wie derjenigen von der ›Kraft und Schönheit des *Leibes*‹ und der ›Sicherheit und Kühnheit des *Schwertes*‹, als welche nämlich gleichermaßen im Geiste gründeten. Das gilt vor allem von jenen gar nicht seltenen alliterierenden Wortpaaren, die sich zum Teil beim Übersetzen (aus dem Griechischen) einstellen, zum Teil sich aus den zuvor erwähnten abwandelnden Wiederholungen gewisser Grundworte wie von selbst ergeben, die zum Teil aber auch offenbar des wohllautenden Pathos wegen eigens geprägt werden. Das ›Fragen der Frage‹. Das ›Walten und Währen‹. (»›*Physis*‹ meint das aufgehende Walten und das von ihm durchwaltete Währen.«) Das ›verweilende Walten‹ und das ›starre Verharren‹. Zuletzt und immer wieder: ›Die Sage des Seins‹. (»Wie west in der Sage des Seins die Unterscheidung von Sein und Seiendem?«) Es ist fast unvermeidlich, bei solchen Stellen an die Stabreime Richard Wagners zu denken.

Die Archaismen sind nicht zufällig. Denn es ist ja längst die vorherrschende Methode dieses Denkers geworden, dem Sinn der Sachen dadurch nachzugraben, daß er die Wurzeln der Worte ausgräbt. Die Urworte, die er – im frühen Griechischen oder auch im Deutsch-Germanischen – findet oder erfindet, sollen uns sogleich auch ursprüngliche Sachverhalte, Seins-Verhältnisse kundtun.

In ihrem Anfang und ›Aufbruch‹ ist ihm die Sprache daher ebenso tiefbedeutsam, wie sie ihm in ihrer späteren und heutigen Verfassung widerspenstig und untauglich erscheint. Freilich ist es nie der Satz, sind es vielmehr immer nur einzelne Worte oder Wortstämme, die auf diese Art geradezu einen Offenbarungs-Charakter annehmen.

»Die Sprache ist die Urdichtung, in der ein Volk das Sein dichtet.« (S. 131)

Immer früher, immer älter müssen die Texte oder Sprachdenkmäler sein – wobei sich viele willkürliche Konjekturen oder auch bloße Assoziationen einmischen –, um für Heidegger eigentlich sprechend zu werden. Immer tiefer muß er graben in der Zeit und in der Vorzeit, um des Ursprungs, der ursprünglichen Offenbarung habhaft zu werden. Aber in Wahrheit war Sprache immer Sprache der Menschen, ihrer Einsicht wie ihrem Irrtum verbunden. Das erhellt schon aus dem einfachen Umstand, daß es so viele verschiedene, ja grund- und ursprungsverschiedene Sprachen gibt. Warum sollte ›das Sein‹ gerade das Griechische und das Germanische auserlesen haben, sich darin zu offenbaren! Dieses Auswühlen der wirklichen oder vermeintlichen Wurzeln zerstört notwendig die Pflanze, nämlich den ausgebildeten Wuchs und Bau der Sprache. Anders läßt sich's kaum erklären, daß hier und dort ganz drastisch, fast überall unmerklich, alle sinnliche Bedeutung und in diesem Verstande aller ›ursprüngliche‹ Sinn aus den Worten wie ausgetrieben scheint – dergestalt, daß sich die Bilder gegenseitig stoßen und verdrängen, die ganze Meinung aber blaß und unvollziehbar bleibt. Zwei Beispiele. Von der Geschichtswissenschaft heißt es einmal, sie könne, wenn sie es recht mache, »dem schon gegründeten Bezug zur Geschichte wesentliche Sichtbereiche bereitstellen . . .« (S. 33).

Ein Sichtbereich – also eine Perspektive – kann wohl eröffnet, doch kaum bereitgestellt werden, wenn anders das Wort in seiner sinnlichen Bedeutung erhalten bleiben soll. Ein Sichtbereich wiederum verlangt nach einem Sehenden oder doch nach einem, der zu sehen bereit ist: wie aber soll der ›Bezug‹ Augen und ein Gesicht bekommen? Und zudem: von *wessen* ›Bezug zur Geschichte‹ ist hier eigentlich die Rede? – Das andere Beispiel:

»Da unser Absehen darauf zielt, das Fragen der Vor-Frage in Gang zu bringen, gilt es jetzt zu zeigen, daß . . .« (S. 32).

Auch aus diesem ›Absehen‹ ist der sinnliche Sinn augen-

scheinlich vertrieben, nämlich das ›Sehen‹; andernfalls könnte nicht das Sehen, das ja schon sieht, zudem noch auf etwas zielen. Aber diese charakteristische Blindheit hat noch einen anderen Grund: die sorgfältige Aussparung und Umgehung jedes persönlichen Subjektes. ›Da *wir* es darauf absehen . . ‹ oder ›da *ich* es darauf absehe . . .‹: Wäre der Schreibende dieser Neigung des Verbums, konjugiert, gebeugt und das heißt menschlich gebraucht zu werden, gefolgt, so wäre er nicht blind geblieben. Aber die persönlichen Fürwörter sind ihm *tabu*, und von den Formen des Zeitworts ist ihm der Infinitiv die wichtigste und liebste. Nicht eine menschliche Sprache strebt er an, sondern eine sakrale, mehr als menschliche. Muß sie da nicht un-menschlich werden?
Der Autor ist sich der Schwerverständlichkeit seines Buches vollkommen bewußt. Nicht allein spricht er es grob und deutlich aus, daß die Philosophie immer nur wenige angehe – und er nennt diese wenigen näher »die schaffend Verwandelnden, die Umsetzenden« (in Haltung und Formel bemerkt man die Anklänge an Nietzsche!). Er geht weiter und zugleich in eine veränderte Richtung, indem er hinzufügt, die Philosophie mache ihrem Wesen nach die Dinge nie leichter, sondern schwerer. Das mag recht sein, solange es nur darum geht, falsche Erwartungen abzuwehren, die man der Philosophie vielleicht entgegenbringt, indem man annimmt, sie sei dazu da, praktische Winke zu geben. (Obgleich auch diese Erwartung und Annahme keineswegs so absurd und lächerlich ist, wie es jetzt erscheint!) Aber dann alsbald heißt es bei Heidegger, die ›Erschwerung‹ sei »eine der wesentlichen Grundbedingungen für die Entstehung alles Großen«, und hier hätte Nietzsche vielleicht innegehalten und sich hinzuzufügen beeilt, daß darum doch das Große nicht auch schwer daherkommen müsse, sondern im Gegenteil eher leicht, mühelos, wie im Tanze. Leichtigkeit aber läßt Heidegger in der Tat vermissen, Leichtigkeit in

jedem Sinne – sowohl die gewöhnliche als auch die außergewöhnliche, die das Merkmal des Wohlgelungenen ist.
Die Tiefe andererseits, die ihm eigentümlich ist, erstrebt er selbst ausdrücklich und willentlich – wofür aus diesem Buche zahlreiche Belegstellen angeführt werden können. Dieses todernste und tödliche beständige Wegräumen des ›Äußerlichen‹ und ›Oberflächlichen‹, dieses Bohren und Graben in die Tiefe, zu den Anfängen und Ursprüngen, scheint mehr zu zerstören als zu entdecken. Was namentlich die Tiefe der Zeit und den Trieb zur Wiederholung der Anfänge (des Geistes und der Sprache) anlangt, so wird es uns Menschen damit wohl immer so ergehen wie dem Besucher von Karl Valentins ›Museum‹ in München: dort stieg man am Eingang in einen Lift, der in die Tiefe führen sollte und auch zu führen schien; nach beendigter Fahrt indessen befand man sich wieder am gleichen Fleck, auf ebener Erde, an der Oberfläche also und in der Gegenwart. (Am Fensterchen war nur eine gemalte Mauer rasch vorbeigezogen worden – das bewirkte den Trug!) – Man sollte vielleicht, Heidegger gegenüber, keinen Spaß machen. Aber es ist auch gar kein Spaß, sondern eine heilsam-paradoxe Lehre.

Orakel

Auf den letzten Grund der merkwürdigen Schwerverständlichkeit des Buches über die Metaphysik sind wir schon gestoßen. Nicht nur jene ständige, wütende Distanzierung vom Üblichen und Gewöhnlichen, nicht nur jene Überzeugung von der Untauglichkeit der überlieferten Sprachformen und verschliffenen Wörter und nicht nur jener finstere Hang, das Schwere auch schwer zu machen und zu sagen, ist daran schuld. Bei unbefangener Lektüre wird der Leser gewahr, daß dieser Autor so gut wie niemals ›ich‹ sagt, so gut wie niemals als er selber und als eine menschliche Person hervortritt, und daß er auch so gut wie niemals jemanden anspricht. Das ist um so auffälliger, als es sich ja um eine Vorlesung handelt, eine Vorlesung, die im Jahre 1935 an der Freiburger Universität gehalten worden und – auch das ist schwer verständlich – im Jahre 1953 im Druck veröffentlicht worden ist (aber davon später noch ein Wort!). Ganz zu Anfang werden die Hörer ein paar Mal angeredet, und späterhin ist ein einziges Mal beiläufig von Briefen die Rede, worin man ihm gewisse Fragen gestellt habe, verständnislose und abwegige Fragen, wie sich versteht. Im übrigen wird zwar – wie es bei einem Buche, dessen Gegenstand das Sein ist, das Sein des Seienden, aber das Sein selber als der erste und letzte Grund alles Seienden, den Menschen mit eingeschlossen, wie es sich bei einem solchen Buche von selbst ergibt – im bestimmten Zusammenhang zitierenderweise auch das Sein als Zeitwort durchkonjugiert: ich bin, du bist, er, sie, es ist, wir sind usw. Aber der so dringliche und handgreifliche und freilich auch so wunderbar leichte Hinweis der Sprache, unserer Sprache, daß das Sein derart in der Beugung und in der Bindung an das persönliche Fürwort existiert, wird von Heidegger – trotz aller seiner Rede von der ›tiefgegründeten Weisheit der Sprache‹ und von der ›Sprache als der Ur-Dichtung des Seins‹ – kaum wahrgenommen und jedenfalls nicht ernst genommen. Von den Formen der Konjugation des Zeitworts ›sein‹ interessiert ihn gerade noch das unpersönliche ›ist‹, die sogenannte Copula der Logik, im übrigen aber einzig der Infinitiv ›sein‹ als solcher und in der zum Hauptwort erhobenen Form, als ›das Sein‹. Langwierige und umständliche Erörterungen gelten diesem Infinitiv und diesem Hauptwort. Und in verhältnismäßig großer Breite wird die Ansicht widerlegt und aufgehoben, dieser Infinitiv sei leer und unbestimmt, so daß er am Ende gerade als die Form der höchsten Fülle und gründenden Bestimmtheit aus der Meditation hervorgeht. Dem Inhalt und der Verteilung der Schwerpunkte dieser Meditation entspricht vollkommen die eigene Praxis und Haltung des Meditierenden, Sprechenden und Schreibenden. Die Personen sind verschwunden. Ich, du, er und sie kommen nicht vor, weder in der eigenen Rede und Schrift noch in dieser Philosophie und philosophischen Lehre selber. Sie handelt vom Sein als solchen – und ohne von sich direkt zu sprechen, macht der Autor doch darauf aufmerksam, daß »in der Abhandlung ›Sein und Zeit‹« – sie stammt von ihm, es ist sein erstes Hauptwerk, erschienen zuerst 1927 – »die Frage nach dem Sinn des Seins erstmals in der Geschichte der Philosophie als Frage eigens gestellt und entwickelt« worden sei. Sie handelt vom Sein als solchen, und die Rolle des Philosophen, der das Sein aufdeckt, eröffnet, ihm seine Wahrheit entreißt und sie ins Werk setzt, gleicht nicht der Rolle irgendeiner menschlichen Person, die mit anderen Personen redend, schweigend, handelnd, leidend, liebend oder auch hassend umgeht und zu tun hat. Sie gleicht am ehesten der Rolle eines antiken Orakelpriesters, welcher als ein Mundstück der verborgenen Gottheit raunend kundtut, was er vernommen hat, während sein Blick – ohne Ansehung der Person – ins Ferne gerichtet ist und die Auslegung des Rätselspruches denen überlassen bleibt, die ihn angehört haben, ohne angeredet zu sein. Wie menschenleer ist die Landschaft dieser Metaphysik, und da sie nicht außermenschlich sein kann, so wird sie un-menschlich. Dies scheint mir der eigentliche und letzte Grund dafür zu sein, daß dieses Buch so schwer verständlich ist.

Nebel

Warum ist das Buch heute veröffentlicht worden, achtzehn Jahre nach der Niederschrift und doch bei Lebzeiten des Verfassers? Die Debatte, die sich durch das Verdienst der *Frankfurter Allgemeinen Zeitung* und ihres Rezensenten

Jürgen Habermas an das Buch geknüpft hat und die vorab seine politischen Aspekte betraf, legte die Vermutung nahe, der Autor habe in stillschweigendem Trotze zeigen wollen, daß er nichts zurückzunehmen und nichts zu berichtigen brauche noch willens sei. Man kann auch ein anderes Motiv vermuten, das mit der Entwicklung und Wandlung seines Nachdenkens über das Verhältnis zwischen Sein und Dasein – zwischen dem Sein als solchen und dem Dasein des Menschen – zusammenhängt. Gerade kürzlich hat Karl Löwith scharfsinnig auf den ›wesentlichen Unterschied‹ hingewiesen, der zwischen Heideggers vormaligem Hauptwerk ›Sein und Zeit‹ und den späteren Schriften zu bemerken sei und der in einer »subtilen Verlagerung des Schwergewichts im Verhältnis von Dasein und Sein« bestehe. Ehedem erschloß sich Sein nur dem verstehenden Dasein des Menschen. Nun aber scheint sich das Sein »vom seienden Menschen unabhängig« gemacht zu haben und – wiederum nach Löwiths kritischer Deutung – »in eine zweifelhafte Nähe zum Göttlichen« zu rücken. Vielleicht hat Heidegger, in Kenntnis solcher Einwände, gleichsam den Moment dieser ›Verlagerung des Schwergewichts‹ sichtbar machen wollen, indem er diese Vorlesung aus dem Jahre 1935 veröffentlichte. Denn in der Tat ist schon in dieser Schrift die Lehre aufgestellt, das Sein ›habe‹ den Menschen, nicht etwa der Mensch das Sein. Ja, der Mensch sei dem Sein ›hörig‹ – so lange jedenfalls, als er in der Wahrheit bleibe. Und schließlich sogar, das menschliche Dasein müsse notwendig am Sein zerbrechen.

»Die Gewalttätigkeit gegen die Übergewalt des Seins *muß* an dieser zerbrechen, wenn das Sein als das waltet, als was es west . . .« (S. 124).

Heroisch-tragische Vorstellungen, dem Jahre 1935 durchaus gemäß, dringen in manchen Partien des sehr ungleichmäßig fortschreitenden Buches so sehr aus dem Stil der Nüchternheit hervor, daß man hier ebensowohl eine höhere

Rechtfertigung und Weihe der Gewalttat und Gewalttätigkeit schlechthin als auch den Preis des Untergangs als der tiefsten Bestätigung des Seins entdecken kann. (Der wirkliche Untergang war dazumal freilich noch weit im Felde.) Diese aktuellen Züge, zu denen der im ganzen Buche vorwaltende Hang zur ›Größe‹ und zur ›geschichtlichen Größe‹ gehört wie die – in diesem sonst so subjekt-armen Texte besonders auffällige – Inthronisierung des ›Volkes‹ als einzigen geschichtlichen Körpers oder auch die pathetische Rede von den ›Schaffenden‹ und ihren Werken: all dergleichen liest sich heute recht befremdlich, und man muß sich wundern, wie eigentümlich leicht sich solche zeitgemäßen Elemente in die so willentlich unzeitgemäßen Betrachtungen des Philosophen eingeschlichen oder eingefügt haben. Hier vor allem möchte man die fragwürdige ›Ungesichertheit‹ des Denkens und des Denkers beklagen, während das Hin- und Herdeuten jener Bemerkung über die ›wahre Größe der nationalsozialistischen Bewegung‹ und die entlastende Aufrechnung seiner gelegentlichen dunkel warnenden Bemerkungen zur Rassenlehre und ähnlichem doch vergleichsweise äußerlich bleibt. Daß er aber all dies heute stehenließ und kein Wort nachschickte, vielmehr sich auch in dieser Hinsicht wie in Nebel und in Dampf hüllte, das rührt von jener Auslöschung der menschlichen Person her. Mit ihr nämlich ist auch die Verantwortung und Verantwortlichkeit verschwunden, jedenfalls die persönliche. Auch sie ist dem ›Sein als solchen‹ anheimgegeben und darin aufgegangen.

1953

Kraftwerk, Brücke und Heidegger

Eine Anmerkung zu dessen Münchener Vortrag

Bei einer Veranstaltung der Bayrischen Akademie der Schönen Künste (gegen Ende des Jahres 1953), die der Erörterung des ›technischen Zeitalters‹ gewidmet war, hat auch Martin Heidegger gesprochen. Einige seiner Formulierungen sind in der Berichterstattung wörtlich wiedergegeben worden, so auch seine Deutung eines Kraftwerks, die ein Rezensent als ›eine glänzende phänomenologische Beschreibung‹ bezeichnet hat. Ich führe daraus hier nur die wenigen Kernsätze an, zu denen mir eine Anmerkung zu machen nötig scheint:

»Das Wasserkraftwerk ist nicht in den Rheinstrom gebaut wie die alte Holzbrücke, die seit Jahrhunderten Ufer mit Ufer verbindet. Vielmehr ist der Strom in das Kraftwerk verbaut. Er ist, was er jetzt als Strom ist, nämlich Wasserdrucklieferant, aus dem Wesen des Kraftwerks.«

Die Kontrastierung des (modernen) Kraftwerks, das der Erzeugung elektrischen Stromes dient, mit der ›alten‹ Holzbrücke läßt die zugrundeliegende These erkennen, wonach diese, die Brücke, ein echtes ›Ding‹, jenes aber, das Kraftwerk, ein Gemächte und ›Gestell‹ sei, einer grundlegend verwandelten Welt zugehörig, und wonach ferner diese Verwandlung nicht bloß im Geiste des Menschen, sondern im Sein selber vor sich gegangen sei, im Sein, das selber seine Geschichte, und zwar seine unentrinnbare Geschichte, habe. (Ich beziehe mich bei dieser Erläuterung auf eine Vorlesung ähnlichen Themas, die Heidegger mehr als ein Jahr zuvor im Kurhaus Bühlerhöhe im Schwarzwald gehalten hat.)

Der Gegensatz zwischen Kraftwerk und Brücke ist indessen insofern ungenau (und den Phänomenen unangemessen, daher ›phänomenologisch‹ schief), als er nicht bloß beim

Vergleich eines *modernen* Kraftwerkes mit einer *alten* Brücke offenbar wird, sondern ganz ebenso beim Vergleich erstens eines modernen Kraftwerks mit einer modernen Brücke und zweitens einer alten Brücke mit einem alten Kraftwerk. Ob alt oder neu, ob aus Holz, aus Stein oder aus Stahl konstruiert, ob über Pfeiler gelegt oder an Masten und Ketten aufgehängt – immer und überall dient die Brücke, Ufer mit Ufer zu verbinden und das Strömende des Stroms so sicher als möglich zu überwinden. Niemals, auch in den allerneuesten Zeiten nicht, weder in Europa noch selbst in Amerika, hatte und hat eine Brücke es mit dem Strom als Wasserdrucklieferant zu tun. Spricht das nun zugunsten der Brücke (und zuungunsten des Kraftwerks), so jedenfalls nicht weniger zugunsten der neuen und allerneuesten, mit allem technischen Raffinement der Verspannung und Materialersparnis errichteten Brücken. Keine Brücke der Welt »stellt den Strom auf seinen Wasserdruck«. Das historische oder auch seinsgeschichtliche Moment kommt hier offenbar, bei genauerer Prüfung, gar nicht ins Spiel.

Vielleicht aber, so muß man billigerweise wohl fragen, sind unsere modernen Brücken nur Nachfahren und Restbestände einer jahrhundertealten ›Welt der Brücken‹, worin allemal der Strom selber seinem Lauf überlassen, gleichsam ehrfürchtig und in Scheu – im Überschreiten – bewahrt wurde? Und vielleicht tritt dennoch mit dem Kraftwerk (zur Erzeugung von Elektrizität) etwas radikal Neues in die Welt, nämlich ein Angriff auf den Strom selbst, indem ihm nun Wasserdruck abgefordert, er daher in das Werk ›verbaut‹ und ungescheut in Dienst gestellt würde? Auch dies trifft nicht zu. Der Mensch (den es in Heideggers Wortschatz freilich nicht gibt) hat das strömende Gewässer ›seit Jahrhunderten‹ nicht in Ruhe gelassen und seinem eigenen Lauf und Wesen nicht überlassen, sondern es seit langen, ja unvordenklichen Zeiten schon in seine hölzernen und eisernen Mühl- und Mahlwerke ›verbaut‹, in Wasserkraftwerke –

im genauen Sinne des Wortes –, mögen diese auch noch nicht der Elektrizitätserzeugung dienlich gewesen sein. Wasserräder, welche durch den Druck strömenden Wassers in drehende Bewegung gesetzt werden, dienten im alten Ägypten und Assyrien zum Betriebe von Wasserschöpfwerken, und zu dem gleichen Zweck wurden auch die Wasserräder gebaut, deren Konstruktion Vitruv beschrieben hat. Zwischen einem sogenannten ›unterschlächtigen‹ Wasserrad, wie wir sie noch bisweilen in ehemaligen Getreide- und Sägemühlen in deutschen Bachtälern sehen können, und einer modernen Turbine besteht kein Unterschied des *Prinzips*, wohl aber ein solcher des *Wirkungsgrades*. Das Mühlrad des Volksliedes ›stellt‹ seiner Absicht nach die natürliche Strömung ganz ebenso ›auf Wasserdrucklieferung‹ wie die Turbinenanlage des Kraftwerkes. Es gelingt ihm nur nicht im gleichen Grade wie dieser. Auch ließ man schon in diesen alten Mühlen dem strömenden Wasser keineswegs seinen eigenen Lauf, indem das Schaufelrad nur eben gerade hineingebaut oder hinausgehängt wäre, damit der Bach es nach seinem eigenen Gefallen umtriebe, bald stärker, bald schwächer und manchmal auch gar nicht – und jedenfalls immer nur gleichsam nebenher, in generöser Beiläufigkeit, dem Menschen zuliebe: vielmehr hat man schon frühzeitig das Wasser gestaut, abgeleitet, kanalisiert und seinen Druck auf das Rad oder die Menge des Zuflusses durch verstellbare Schieber (›Schützen‹) reguliert. Eben diese *Prinzipien* sind es, die im modernen Turbinenkraftwerk weiterentwickelt wiederkehren – da ist kein Bruch noch Sprung eingetreten. Was die neuen, wissenschaftlich-technischen Formen von den alten, handwerklichen unterscheidet, ist offenbar wesentlich die systematische Steigerung des Wirkungsgrades und Nutzeffektes, nicht die ›Bestellung‹ also (mit Heidegger zu reden) der Wasserkraft als solche, sondern die vollständigere Aktualisierung (vielleicht ist das die Heideggersche ›Entbergung‹?) ihres Potentials.

Dies ist offenbar der eigentliche phänomenale Kontrast – nicht also derjenige des *modernen* Kraftwerks und der *alten* Brücke, welche beiden Dinge gar nicht miteinander verglichen werden können, noch auch derjenige von Kraftwerk und Brücke überhaupt, noch endlich derjenige von Turbine und Mühlrad, sondern der Kontrast zwischen einer berechneten, methodischen und daher vollständigeren Ausbeutung (oder ›Bestellung‹) gegebener Naturkraft und ihrer gelassenen, mehr peripherischen und unvollkommenen Benutzung. Wenn sich auf diesen Gegensatz zwischen entschlossener *Ausbeutung* und stillerer *Benutzung* der historische Wandel reduziert, der sich überdies auf einer einzigen Skala als Unterschied des Wirkungsgrades der Maschinen darstellen läßt, so kann sein Ort nicht das Sein, sondern nur das Naturverhältnis des *Menschen* sein. Ihm, der nun so unablässig und so unnachlässig das Potential herausholt, obliegt es, seine Grenze zu gewahren, wiewohl ihm die Herrschaft gegeben ist.

1954

Bekenntnis an Heideggers 80. Geburtstag

Heidegger war ein mächtiger Eindruck meiner Jugend. Genauer gesagt, ging die Wirkung von seinem berühmten Buche *Sein und Zeit* aus; es ist 1927 erschienen, da war ich gerade zwanzig und ein Student der Philosophie in Heidelberg. Wiewohl ich erfüllt war von der durch und durch ethischen Existenzphilosophie von Karl Jaspers, nahm der bildsame jugendliche Geist doch die ganz andere Sprache und Begrifflichkeit von Heideggers Existential-Ontologie staunend auf, bereit, sich verwirren und vielleicht verführen zu lassen. Da gab es kein Sollen, sondern nur ein Sein.

Heidegger hat ja später von diesem seinem Buch gesagt, es sei darin »erstmals in der Geschichte der Philosophie« die Frage nach dem Sinn des Seins eigens gestellt und entwickelt worden. Wie erschreckend dieser Anspruch war, wie hochfahrend-übermenschlich, das ist mir freilich erst später deutlich geworden.

Ich habe ihn dann auch selber in Freiburg gehört und in seinem Seminar gesessen, schließlich mich von der Last seiner philosophischen Verkündigung zu befreien unternommen durch eine unmittelbar eindringende kritische Untersuchung eines bestimmten Abschnitts seines Buches, der vom Tod handelt. Das wurde meine Doktorarbeit und mein erstes Buch, es heißt *Der verstandene Tod* und ist 1934 erschienen, vor fünfunddreißig Jahren.

Bei dieser Vorgeschichte wird man es verstehen, daß ich aufrichtigerweise heute keine Rühmung vortragen kann. Meine Gratulation kommt aus beträchtlicher Entfernung; einen Dank habe ich ihm freilich abzustatten: dafür, daß mich die frühe Berührung mit seiner Philosophie im Widerspiel von Bezauberung und geistiger Gegenwehr auf meinen eigenen Weg gebracht hat.

Um es kurz zu sagen: Mir schienen damals und scheinen heute die menschlichen Personen wichtiger als die Strukturen des »Daseins«, die wirkliche Geschichte wichtiger als die abstrakte »Geschichtlichkeit« und die Welterfahrung wichtiger als die Bemühung, reine Phänomene aufzudekken. Und nicht nur wichtiger, sondern vor allem wahrhaftiger, wenn wir unsere conditio humana bedenken.
Heideggers Versuch einer neuen Ontologie hat gewiß etwas Titanisches, aber auch etwas titanisch Vergebliches. Er hat die menschliche Person, die menschliche Freiheit, die menschliche Gesellschaft darangegeben, um das reine Sein aufzusuchen und womöglich auszusprechen. Mit einer heimlichen Melancholie hat er uns von der »Hut des Seins« gesprochen oder geraunt wie vom verlorenen Paradies.
Ich möchte gern darauf verzichten, in der »Hut des Seins« zu leben, ziehe am Ende die Unsicherheit der menschlichen Autonomie vor und glaube, daß einzig wir selber Sicherheit auf dieser Welt herzustellen berufen sind, mag man das als Fluch oder als Freude empfinden. Ich habe nicht den Eindruck, daß die ontologische Runenschrift und Orakelsprache hierzu etwas beiträgt.
Und wenn es auf Wegezeichen ankommen soll, so möchte ich anstatt der Heideggerschen Daseinsmerkmale der Sorge, der Angst und der Langeweile eher jene andere Dreiheit erwählen, die der Apostel Paulus aufgestellt hat: Glaube, Liebe, Hoffnung – aber die Liebe ist die größte unter ihnen.

1969

Die großen Worte des Rektors Heidegger

Eine philologische Untersuchung

Nach fünfzig Jahren ist eine Rede von neuem veröffentlicht worden, die zu ihrer Zeit vielen ein tiefes Ärgernis, ja ein Entsetzen bereitet hat: die Rektoratsrede des Philosophen Martin Heidegger vom 27. Mai 1933. Ihr Titel lautete »Die Selbstbehauptung der deutschen Universität«. Natürlich sieht die jetzige Ausgabe anders aus als die damalige. Das Original hatte 22 Seiten, der Text war groß und weit gesetzt, und zwar in Fraktur wie der Titel, der weiß auf blau in riesigen Lettern prangte; der Verleger und Drucker war »Wilh. Gottl. Korn in Breslau«, nicht Max Niemeyer in Halle oder gar Friedrich Cohen in Bonn, wo die großen philosophischen Werke zuvor erschienen waren. Die neue Ausgabe ist zierlicher im Format, die Fraktur hat wie überall der Antiqua Platz gemacht, der Umschlag ist in demselben diskreten Grau gehalten, das auch die Schutzumschläge der »Gesamtausgabe« zeigen, der Verlag ist derselbe, Vittorio Klostermann in Frankfurt, aber das Heft ist außerhalb dieser monumentalen Edition herausgekommen, als solle diese Rede zwar nicht verschwiegen, aber doch nicht so ganz zum Œuvre gerechnet werden. Der Hauptunterschied jedoch ist, daß den zehn Seiten der Rede ein Anhang von zwanzig Seiten beigegeben wurde: Aufzeichnungen von Heideggers Hand, die er unter der Überschrift »Das Rektorat 1933/34, Tatsachen und Gedanken« im Jahre 1945 niedergeschrieben hat und die hier zum ersten Mal gedruckt sind. Er hatte die Handschrift seinem Sohne Hermann übergeben mit der Weisung, sie »zu gegebener Zeit« zu veröffentlichen. Dem kommt Hermann Heidegger jetzt nach, er zeichnet als Herausgeber und hat ein kurzes Vorwort beigesteuert. Die Zeit der Bekanntgabe sah der Denker offenbar auch im Fall dieser Notizen erst nach seinem eignen Tode für gegeben an, ganz wie bei jenem Gespräch mit Reportern des *Spiegel*, das im Jahre 1966 geführt, aber erst 1976 veröffentlicht worden ist, und zwar laut Erklärung der Redaktion ausdrücklich »nach dem Willen von Martin Heidegger«. Hier wie dort hat er auf den Tadel geantwortet, den sein Verhalten von 1933/34 hervorgerufen hatte, hier wie dort hat er sich indessen durch jene gleichsam letztwilligen Anordnungen dem kritischen Dialog, der nur unter Lebenden geführt werden kann, entzogen.

Denken und Urteilen

Wer sich heute zu Heideggers einschlägigen Erklärungen äußern will, der befindet sich in der Verlegenheit, über ein Grab hinweg sprechen zu müssen, der eigentliche Adressat kann ihn nicht hören. Dennoch können Heideggers eigene Darstellungen und Rechtfertigungen nicht das letzte Wort in seiner Sache sein, die Geschichte besteht nicht aus letzten Worten, am wenigsten die des Geistes. So wird niemand, der sich mit dem Denken Martin Heideggers befaßt, sei es in Bewunderung – und es gibt einiges daran zu bewundern –, sei es in der Distanz des Historikers oder sei es im ernsten philosophischen Gegensatz, diese eine große Verirrung und Verfehlung seines Lebens – und das heißt doch: seines Lebens als Denker – beiseite lassen dürfen. Der Schock ist nicht vergangen, den die Nachricht von der Übernahme des Freiburger Rektorats durch Martin Heidegger und den diese Antrittsrede vom 27. Mai 1933 ausgelöst hat. »Was Heidegger im Jahre 1933 getan hat, läuft nahezu auf die Bankrott-Erklärung eines Philosophen und einer Philosophie hinaus, auf ein totales Versagen der Seins-Erkenntnis, ohne welche seine Philosophie doch so gut wie nichts wäre.« Der Satz steht in einem glänzenden Essay über Hölderlin und Heidegger, er stammt von dem Literaturgelehrten Erich Heller in Evanston (Illinois), und es trifft sich, daß sein Buch *(In the age of prose)*, frisch erschienen, gerade eben auf den Tisch kommt. Und ich muß hinzufügen, daß dieser Autor Heideggers Gedanken zu Hölderlin und zum Verhältnis zwischen Dichten und Denken überhaupt sehr ernst nimmt, sich beinahe anverwandelt hat, daß er ihn gerne bewundern möchte.

Ihm bleibt es ein Rätsel, daß es ein und derselbe Mann war, der, kurz gesagt, Hölderlin wie Hitler auszulegen imstande gewesen ist. Mir ist, indem ich *Die Selbstbehauptung der deutschen Universität* von neuem und die späteren Notizen des damaligen Redners zum ersten Mal las, mit einem Mal aufgegangen, daß Denken und Urteilen wahrhaftig zwei unterschiedene Vermögen des Menschen sind – wie es Hannah Arendt in ihrem letzten Werk *(Vom Leben des Geistes)* behauptet und dargetan hat. Jedenfalls kommt es vor, daß Denkvermögen und Urteilskraft auseinanderfallen, daß ein großer Denker im Urteil in der Welt versagt: vielleicht ist das der Fall Heidegger. Ich möchte allerdings festhalten, daß das eine pathologische Erscheinung ist, eine Krankheit im Leben des Geistes; dem Riesenwuchs der Denk-Phantasie entspricht die Atrophie des Urteilsvermögens.

Ein genauer, übrigens eher nachsichtiger Beobachter, der meisterliche Historiker Hermann Heimpel, damals Privatdozent in Freiburg, beschrieb (1977) aus der Erinnerung die Situation der Rektoratsrede: »Monate, ein Jahr etwa, glaubte ein Heidegger, mit der ›Revolution‹ siegt seine Philosophie.« Als er jene Rede hielt, sagt Heimpel, »erlebt er anderes: gelangweilt nach vorn gestreckte braune Stiefel der Neu-Mächtigen: sind das wir, was der da oben sagt, der kleine Mann im akademischen Hermelin?«

Was hat er denn eigentlich gesagt, was steht in dieser Rede? Anstatt den moralischen Prozeß wieder aufzurollen, fragen wir nach der Sprache. Zuerst nach dem Vokabular.
Es ist wahr, das Wort »Rasse« kommt nicht vor. Das hat, nach Heideggers eigenem Zeugnis, der badische Minister Wacker, der ihm zuhörte, sogleich bemerkt: »Das Ganze sei . . . nicht auf dem Rassegedanken aufgebaut« (S. 30 der Neu-Ausgabe). In den Erinnerungen eines anhänglichen Freundes, des Kunstschriftstellers H. W. Petzet, hat sich dieser parteiamtliche Tadel in eine Anekdote und in einen pointierten Dialog verwandelt. »Magnifizenz – Sie haben ja gar nichts über die Rassenfrage gesagt?« Darauf soll, laut Petzet, Heidegger die »kaustische Antwort« gegeben haben: »So, haben Sie das gemerkt?« (*Auf einen Stern zugehen*, 1983). Daß Heidegger die Sache später in dieser Form erzählt hätte, ist mir unwahrscheinlich; eher mag sein Zuhörer in seinem Gedächtnis die Legende ausgebildet haben mitsamt der Zutat an Witz und leicht heroischer Schlagfertigkeit.
»Rasse« also kommt nicht vor. Wohl aber »Volk«, »deutsches Volk«, »Volksgemeinschaft«, »volklich«, immerhin auch »erd- und bluthaft« (die geistige Welt eines Volkes sei »die Macht der tiefsten Bewahrung seiner erd- und bluthaften Kräfte«). Ferner »Führung« und »Gefolgschaft«, auch »die Führer«, welches die akademische Elite meint, nicht allerdings »der« Führer. Dafür »Schicksal«, »Auftrag«, »Not«, »Härte«, »Schärfe«, »Kraft«, »Entschlossenheit« und vor allem sehr viel »Wille«, »Wollen« und »Wesenswille«.
Soll ich ein syntaktisches Beispiel davon geben, wozu die Vokabel »Wille« hier fähig ist? – »Der Wille zum Wesen der deutschen Universität ist der Wille zur Wissenschaft als Wille zum geschichtlichen geistigen Auftrag des deutschen

Volkes als eines in seinem Staat sich selbst wissenden Volkes.« Ich weiß nicht, ob hiernach irgendwer wissen kann, was er nun im einzelnen wollen soll.
Noch ein Beispiel, und es ist womöglich noch bezeichnender, auch bedeutsamer: »Wir wollen uns selbst.« Das steht kurz vor dem Schluß, hat den Wert einer lapidaren letzten Antwort. Natürlich läßt sie verschiedene Auslegungen zu. Man konnte auch die volkliche oder völkische, am Ende gar die rassische Reinheit heraushören; vielleicht sollte man, zur Sicherheit, auch dergleichen heraushören können. Das legt sich nahe, wenn man den nächstfolgenden Satz zum Verständnis heranzieht: »Denn die junge und jüngste Kraft des Volkes, die über uns schon weggreift, hat darüber bereits entschieden« (und das letzte Wort ist gesperrt gedruckt). Die Rede wurde am 27. Mai 1933 gehalten. Muß man daran erinnern, was alles in diesem Augenblick in der Tat schon entschieden worden war? Der Reichstag war dezimiert, das Parlament überhaupt lahmgelegt, die Gewerkschaften waren zerschlagen, und am 1. April hatte die »jüngste Kraft des Volkes« auch schon den ersten umfassenden Boykott jüdischer Geschäfte organisiert, gewiß hat oder hätte man es auch in Freiburg sehen können. Es war zu greifen, was in der Wirklichkeit hieß und heißen sollte, dieses »Wir wollen uns selbst«. Heidegger hat nichts getan, dieser Formel des kollektiven Solipsismus einen anderen, überhaupt einen bestimmteren Inhalt zu geben.

Kampf

Die Reihe der charakteristischen Vokabeln ist noch nicht vollständig. Da ist noch der »Marsch« (»den unser Volk in seine künftige Geschichte angetreten hat«), der »Einsatz« (sogar »bis ins Letzte«), der »Dienst« (nämlich in dreifacher Gestalt: als studentischer Arbeitsdienst, Wehrdienst und

»Wissensdienst« – dieser im Gegensatz zur akademischen Freiheit, sie »wird aus der deutschen Universität verstoßen«!), weiter die »Größe« und der »Kampf«. Vier-, fünf-, sechsmal hintereinander fällt, gegen den Schluß hin, dieses Wort »Kampf«, und man muß den Eindruck gewinnen, das Studium selbst sei damit gemeint oder solle als ein »Kampf« betrieben werden, einmal wird die Gesellschaft der Lehrer und Schüler ausdrücklich als »Kampfgemeinschaft« bezeichnet. Wogegen und wofür gekämpft werden soll, ist nicht angegeben, der »Kampf« erscheint als eine abstrakte Geste.

Einzig zu diesem Wort hat Heidegger in den Aufzeichnungen von 1945 einen Kommentar geliefert. Vielleicht hatte man ihm seinetwegen eine militaristische Neigung angekreidet. »Aber was bedeutet«, so fragt er hier in der ihm eigenen didaktischen Tonart, »in der Rede ›Kampf‹?« Er bezieht es auf Heraklit und seinen berühmtem Satz vom »polemos« als dem Vater aller Dinge und setzt nun an zu einer Auslegung dieses Satzes; die Wiedergabe mit »Krieg« wird als eine Verfälschung streng verworfen. So im Jahre 1945. Ob die gestiefelten Zuhörer von 1933 sich dergleichen ahnungsweise zusammenreimen konnten, muß fraglich bleiben. Die Selbstauslegung geht noch weiter, wird immer dunkler, entfernt sich immer weiter von allen Bedeutungen, die dem Wort »Kampf« sonst je beigelegt wurden. Am Ende handle es sich, dem Wesen nach, um »zeigen« und »herstellen, ... hervor-stellen in den offenen Anblick«. Und mit eigensinniger Belehrung schließt er die Darlegung: »Dies ist das Wesen des ›Kampfes‹, philosophisch gedacht, und das in der Rede Gesagte ist nur philosophisch gedacht« (S. 29). Da haben wir ein Beispiel jener Obsession, die Hannah Arendt – in einem unpublizierten Brief von 1957 – so erfrischend hausbacken gekennzeichnet hat: ». . . er zitiert sich selbst und interpretiert sich selbst, als hätte er einen biblischen Text geschrieben. I find it simply insufferable.«

(Angeführt in der Biographie Hannah Arendts von Elisabeth Young-Bruehl, 1982, S. 304; dort ist alles englisch ausgedrückt.) Als Hannah Arendt ihn, Heidegger, einige Zeit nach dem letzten Kriege wiedersah, hatte er sogar diese Rektoratsrede wie einen biblischen Text interpretiert, eben hinsichtlich der Bedeutung des Wortes »Kampf«; aber das konnte sie nicht wissen, denn die Aufzeichnungen waren ja einzig für die postume Bekanntgabe bestimmt. Und auch das hat sie nicht mehr erlebt.

Es ist mit alledem indessen nicht erklärt, warum das »Zeigen« nicht »Zeigen«, das »Hervorstellen« nicht »Hervorstellen«, die »Auseinandersetzung« (denn auch dieses Wort wird als Übersetzung für griechisch »polemos« eingeführt) nicht »Auseinandersetzung« heißen, warum vielmehr dies alles zusammen gerade »Kampf« heißt. Es kann nicht erklärt werden, jedenfalls nicht philosophisch. Vielleicht rhetorisch oder psychologisch oder auch taktisch. Eine andere, traditionelle Übersetzung von »polemos« hätte sich philosophisch angeboten: »Streit«. Aber das Wort empfahl sich wohl dem Zeitgeist nicht so sehr.

Vier Jahre zuvor, in der berühmten Freiburger Antrittsvorlesung *Was ist Metaphysik?* hatte Heidegger gerade dieses Wort »Streit« gebraucht an einer Gelenkstelle seiner Darlegung: auch hier handelte es sich um den Sinn der Wissenschaft, um das Paradox, daß sie das Nichts erfaßt, indem sie von ihm nichts wissen will. »In diesem Streit«, heißt es da, »hat sich schon ein Fragen entfaltet«, nämlich das Fragen nach dem Nichts selber. Solch eine Frage kommt denn freilich in der Rektoratsrede nicht vor. Keines jener Kernwörter aus Heideggers Entdeckerzeit kehrt hier wieder, nicht die »Sorge«, nicht die »tiefe Langeweile«, nicht die »Befremdlichkeit des Seienden« und nicht die »Angst« – die »helle Nacht des Nichts der Angst«, wie eine fast lyrische Prägung aus *Was ist Metaphysik?* gelautet hatte. Eine leise Spur der vorigen existentiellen Bedrängnisse läßt sich allenfalls in jenem Mittelstück der Rektoratsrede erkennen, das von einem Satz des Prometheus aus Äschylos handelt und von der »Unkraft« des Wissens »vor dem Schicksal« und das mit seinem desperaten Heroismus sich ausnimmt, als wäre es in eine fremde Umgebung geraten. Sonst regieren Volk, Kampf, Größe und vor allem Wille, Wille und wiederum Wille.

Und Superlative. Das ist überhaupt die auffälligste sprachliche Eigenart dieser Rede, und es ist eine Neuigkeit innerhalb des Œuvres von Martin Heidegger. Die »äußerste Not«, die »innerste Notwendigkeit«, die »härteste Selbstbesinnung«, die »höchste Gestalt des Wissens«, die »tiefste Bewahrung . . . als Macht der innersten Erregung und weitesten Erschütterung« – und so immer weiter: das »schärfste«, »straffste«, »eigenste« und »größte«. Ich habe auf den paar Druckseiten der Rede nicht weniger als sechsunddreißig solcher Superlative gezählt. Das Pathos überschreit sich. Es wäre lächerlich, wäre es nicht so beschämend peinlich. Die Dauersteigerung ist wie ein intellektueller Krampfzustand.

Im Sturm

Der Schluß der Rektoratsrede ist oft zitiert worden; man möchte fast von einem Schluß-Effekt sprechen. Es ist ein Satz aus Platons *Staat*, auf griechisch angeführt, und seine deutsche Übersetzung. Die griechischen Worte lauten : »Ta . . . megála pánta episphalē . . .« Heideggers Übersetzung: »Alles Große steht im Sturm . . .«

Karl Jaspers, der nächstverwandte und doch ganz entgegengesetzte Denker, notierte Jahre später zu diesem Satz als einem Exempel »willkürlicher« Übersetzung:

> »alles Große steht im Sturm:
> 1. er steht nicht da
> 2. das Bild ist Gebärde und Pathetik, nicht
> Wahrheit . . .«

(*Notizen zu Martin Heidegger*, S. 45. Das Wörtchen »er« unter der ersten Ziffer meint wohl den »Sturm«: er stehe nicht im Text.)

Der klassische Übersetzer Platons, Schleiermacher, hatte diesen Satz – oder vielmehr: diese Satzhälfte – mit den einfachen Worten wiedergegeben: »Denn alles Große ist auch bedenklich . . .« Es ist übrigens Sokrates, welcher spricht, und die zweite Hälfte des Satzes heißt: ». . . und, wie man sagt, das Schöne in der Tat schwer«. Ein neuerer Übersetzer, August Horneffer, schrieb: »Alles Große ist ja leicht der Entartung ausgesetzt . . .« Diese Version stammt aus der Zeit des Dritten Reiches, sie erschien 1943 bei Kröner, und der George-Jünger *Kurt Hildebrandt* hat sie eingeleitet; dieser nannte Sokrates einen Übermenschen und wollte auf »die Wiederkehr des hellenischen Geistes im deutschen Blute« vertrauen. Das ist freilich trivialer Weltanschauungs-Jargon, doch hat der Denker Heidegger sein Platon-Zitat auch ganz unverblümt mit der nationalsozialistischen Umwälzung in Verbindung gebracht, er sprach sogar von der »Herrlichkeit« und der »Größe dieses Aufbruchs«, und eben zu deren Verständnis sollte »die alte griechische Weisheit« verhelfen: »Alles Große steht im Sturm.«

Das griechische Wörterbuch von Pape gibt zu dem fraglichen Wort »episphalē« die folgenden Bedeutungen an: »zum Fallen geneigt, wankend, unsicher«. Es nennt als erste Belegstelle eben jenen Halbsatz aus Platons *Staat*. Der Gedanke an einen Sturm ist also zwar nicht ganz aus der Welt, aber auch der Sturm kann oder könnte das Große nur darum zu Fall bringen, weil und sofern es – gemäß der Einsicht des Sokrates – an sich selbst »zum Fallen geneigt, wankend, unsicher«ist. Diese Anlage oder Eigenschaft des Großen aber bleibt in der Heideggerschen Version zum wenigsten verborgen, ja verschwiegen. Abermals regiert die heroische Vokabel, die von je in der deutschen patriotischen Poesie ihre allegorische Rolle gespielt hat. »Haltet aus im Sturmgebraus!« sang man schon in früheren Kriegen, und auf den »Landsturm« hat sogar Friedrich Rückert ein Lied gedichtet. Zu schweigen von den »Sturm-Abteilungen«. Das Wort »Sturm« war den gestiefelten Männern in Heideggers Publikum gewiß verständlich, verständlicher immerhin, als es wohl dem Sokrates gewesen wäre. Hätte der Redner sich an Schleiermachers Übertragung gehalten – wer weiß, wie das ausgegangen wäre.

Größe

Ohnedies ging, wie bekannt, das Rektorat nicht gut aus; nach einem Jahr legte Heidegger sein Amt nieder. In den Aufzeichnungen von 1945 hält er an dem Gehalt der Rede fest, beschimpft die Kritiker als unverständig und böswillig. Gleichzeitig zeigt er sich bestrebt, einen höheren, einen sehr hohen und weit entfernten Standort zu beziehen, von welchem das Rektorat sich als ein »für sich bedeutungsloser Fall«, das ganze Für und Wider seiner Beurteilung als so »geringfügig« sich ausnehmen soll, daß es »nicht einmal winzig genannt werden« dürfe (S. 40). Er hat jetzt – mit einem Ausdruck, der wohl von Ernst Jünger übernommen ist – »planetarische« Bewegungen vor seinem geistigen Auge, der neue Gedanke der »Seins-Geschichte« scheint sich hier anzukündigen. Kierkegaard liegt weit dahinten, die unendliche und unbedingte Bedeutung des Einzelnen und seiner Entscheidungen gilt nicht mehr oder verschwindet aus dem philosophischen Gesichtskreis. Die Ontologie verabschiedet die Existenz, begibt sich auf andere Reisen, ins Große.

Unter den Sprüchen, die Martin Heidegger im Jahre 1947 niedergeschrieben hat und die in einem kleinen Buch gesammelt erschienen sind unter dem Titel *Aus der Erfahrung des*

Denkens, findet sich der Satz: »Wer groß denkt, muß groß irren.« Das klingt wie ein Fazit, Selbstbezweiflung wird von Selbstbestätigung, ja Überhebung aufgefangen. Wer groß denkt, muß groß irren. Das mag wohl sein. Aber muß er auch große Worte machen?

1984

Ernst Bloch

Rede zur Einführung von Ernst Bloch

gehalten am 9. 3. 1960 im Cantate-Saal zu Frankfurt

Meine Damen und Herren,
heute und in diesem Falle wäre es gewiß zu wenig, wenn ich nach dem guten Herkommen sagen wollte, es sei für mich eine Ehre und eine Freude, Ernst Bloch hier begrüßen und Ihnen vorstellen zu dürfen. Freilich ist es eine Ehre, einen so durchaus originalen Geist, einen so einzigartigen Entdecker und Erreger und einen so großartigen Schriftsteller anzukündigen. Und freilich ist es eine Freude, eine Wiedersehensfreude vorab, auch eine Dankesfreude und eine Erneuerungsfreude gleichermaßen. Aber in alledem empfinde ich – wenn ich Ihnen das gestehen darf – das *Ergreifende* dieses Augenblicks: daß wir hier und heute diesen werten *Gast* unter uns haben, unter uns und in der alten *Heimat*, daß wir ihn in der Heimat zu Gaste haben, da doch sein ganzes Dichten und Trachten, sein Denken und Schwärmen und beschwörendes Hoffen vom ersten Tage und vom ersten Buche an nur dem einzigen Ziele gegolten hat: (mit seinem eigenen Wort will ich es ausdrücken) »die Pforten der Heimkehr zu eröffnen«.

Lieber und verehrter Ernst Bloch: Sie haben es uns selbst gelehrt – und es ist die schönste Ihrer Lehren –, im flüchtigen Lebens-Moment, im Moment der Abreise, im Moment der Ankunft die hohen Bedeutungen zu erahnen und zu ergreifen. Aber selbst wenn Sie uns dies nicht gelehrt, wenn Sie nicht diese beglückende Kunst uns vorgeübt hätten, im Sinnlich-Begreiflichen das Übersinnliche freudig zu packen – oder soll ich es besser (authentischer jedenfalls) ausdrükken: aus der Erfahrung mit einem knappen Schlag die Lichter der Verheißung hervorscheinen zu machen –, ich glaube, auch ohnedem müßte ich, müßten wir hier tiefe Rührung, verwunderte Rührung verspüren darüber, daß Sie nach allen

Exilen und labyrinthischen Reisen, ungewollten und gewollten Entfernungen und Entfremdungen hier angekommen und sozusagen gastweise heimgekehrt sind. Heimgekehrt in die Landschaft, worin Sie aufwuchsen, wo sich Ihr Geist gebildet hat.

Wenn es erlaubt ist, dem Denker der Hoffnung doch auch mit einer Erinnerung zu kommen: ich glaube mich nicht zu täuschen, daß es in irgendeiner Frankfurter Hotelhalle war, wo ich Ihnen zuerst begegnet bin. Von den Gesprächen, die da geführt wurden – es ist wohl etwas mehr als drei Jahrzehnte her – ist mir ein Klang und Wort im Ohr geblieben, wie denn so oft ganz gelegentliche Bemerkungen oder Wahrnehmungen tief ins Gemüt sinken und langehin wirken: »Schon seh' ich die blassen Danaiden«, zitierten Sie (aus einem Schubert-Liede, wenn ich nicht irre), und es war das Wörtchen »schon«, worauf Sie es vor allem abgesehen hatten, und ich empfinde noch heute das Staunen, das mich da ergriff, indem ich Ihnen lauschte und Ihr eigenes Staunen, Ihr eigenes, eigentümliches, ureigenstes Staunen, Ihre Gabe der Ahnung wahrnahm, indem ich daran teilnahm. Es ging Ihnen etwas auf (wie man sagt) an diesem unscheinbaren Wörtchen »schon«, und mir war zumute, als ob auch ich es freudig verstünde, und ich konnte – und könnte auch heute – kaum sagen, was das eigentlich war. Zwar geht es in dieser Verszeile nun gerade hinaus aus der Fülle des Lebens und hinab ins Reich der Schatten – zu den »blassen Danaiden« –, aber unerachtet dieser wenig verlockenden Aussicht schien mir und schien wohl auch Ihnen in diesem »schon«, womit es einsetzt, gerade soviel Anfang wie Ende, ja noch mehr Anbruch als Abbruch, reißende Erwartung und Eröffnung beschlossen zu sein. Ein Zipfel der Ewigkeit zu erscheinen. Und heute ist mir deutlich, daß in diesem einen Wort, das mir von unserer ersten Begegnung allein im Sinn geblieben ist, wirklich der Grundklang angeschlagen und die Hauptme-

lodie intoniert war, die Ihr ganzes voluminöses Werk durchzieht.
Es war schon der Klang und der Gedanke Ihres frühesten Buches gewesen, das ich damals noch nicht kannte, des *Geists der Utopie* von 1918 – aber das sollte ich nicht Ihnen erzählen, sondern vielmehr Ihren Zuhörern heute abend, und es ist ja meine Pflicht, Sie vorzustellen, einen kurzen und unvermeidlich dürftigen Begriff von Ihrem Werk zu geben, ohne daß ich mich pedantisch im Bibliographischen verlieren oder eine vollständige Information anstreben will. »Utopie«, meine Damen und Herren, das ist ja in unserem Alltagssprachgebrauch ein banales, banalisiertes und banalisierendes Wort: Wenn es heißt, was einer da rede, vorschlage, anstrebe, sei utopisch, so ist es wie weggeworfen, heißt so viel wie unnütz, ganz überflüssig hinzuhören, wir sind hier Realisten, sind auf das Erreichbar-Mögliche bedacht, in Wirtschaft, Gesellschaft und Politik, zumal in dieser, wo Bismarcks Wort von der »Kunst des Möglichen« gilt. Ernst Bloch kehrt das alles um, lehrt eine ganz andere »Kunst des Möglichen«, zeigt in unendlichen Variationen, aus den Spuren der täglichen (und der nächtlichen) Erfahrung – was für ein Geschichtenerzähler! –, aus Märchen und Mythen – was für ein Märchenerzähler! – und aus Religionen, aus dem billigsten Glitzerwerk des Jahrmarktes und aus den teuersten Offenbarungen der Tonkunst, aus den Gedichten und aus den Denksystemen der Vergangenheit, aus einem unermeßlichen Schatzhause der philosophischen, musikalischen, literarischen und religiösen Bildung, das ihm zu Gebote steht, wie der Mensch von je in seinen Träumen, in seinen Entwürfen, in den Verheißungen, in den höchsten Möglichkeiten lebt – oder, mit dem neuesten seiner lapidaren und fanfarenhaften Buchtitel zu reden, daß die Hoffnung das »Prinzip« oder das innere Licht sei, welches seiner baren Existenz schon innewohne. Denn mit diesem brausenden und tönenden, ebenso reichen wie konsequenten,

ebenso hinreißenden wie auch herausfordernden, ebenso gelehrten wie poetischen, ebenso bestrickenden wie auch barschen Gesang der Gedanken, mit diesem *Prinzip Hoffnung* (in seinen 55 Kapiteln und 1650 Seiten), mit und in diesem Werk vor allem ist er uns wiedergekehrt und tritt er für viele unter uns wohl gar zum ersten Male auf das Podium. Sein Exodus von 1933, sein Auszug aus dem deutschen »Diensthause« führte ihn nicht nach Kanaan, nach keinem Sehnsuchtslande überhaupt, sondern durch viele Städte der alten und der neuen Welt, durch mancherlei fremde Herbergen. Und während der Himmel daheim sich verfinsterte, während daheim die ungeahnten (und noch immer schwer zu begreifenden) Möglichkeiten der Unmenschlichkeit fürchterlich erprobt wurden – die doch auch Möglichkeiten des Menschen sind, wie wir erfahren mußten –, während das Übel sich als Krieg über die bewohnte Erde ergoß, saß dieser energische Schwärmer und dieser unbeugsame Hoffnungsheld irgendwo in grauer Fremde an seinem Werke, bedachte und beschwor er unbeirrt die hohe und heile Zukunft, worin der Mensch seine eigentliche Natur und sein Wesen habe, worin er mit sich ins reine gekommen und in seiner selbsterschaffenen neuen Heimat angelangt wäre. (Derselbe Mensch – bedenken wir das wohl! –, der doch zugleich da draußen in der geschichtlichen Gegenwart Orgien der Knechtung, Folterung und Überhebung feierte!). Er hat – im Unterschied zu jenen babylonischen Gefangenen, von denen der Psalmist singt – seine Harfe nicht an die Weiden gehängt in seinem Exil, weder in Prag noch in New York, noch in Marlboro, noch auch in Leipzig. Er hat sie immer neu auf seinen Ton gestimmt und hat sie geschlagen, wenigstens insgeheim.

Die Humanität aber, die autonome, hat uns seither eine schauerliche Zweideutigkeit enthüllt. Und gerade während sich uns hier im deutschen Westen in einem seltsam wiederkehrenden Erschrecken das Gedächtnis des Bösen erneuert, das wohl schlummern, doch nicht verwehen kann, kehrt uns dieser Autor zurück und mit diesem Buch von der Hoffnung und von der hoffnungsvollen Bestimmung des Menschen. Wie ein Feuerbrand und wie ein Wirbelwind fährt es in die stille oder auch verdeckte Geisteslandschaft unseres Landes, und es ist wohl angetan, uns aus dem seltsamen Zustand materieller Wohlfahrt und geistiger Trübsal aufzustören, worin wir uns befinden. Eine Herausforderung will ich es nicht nennen, wohl aber eine höchst vernehmliche Aufforderung. Das *Prinzip Hoffnung* zielt – nicht anders als all die früheren Bücher, als der *Geist der Utopie*, als der kühne *Thomas Münzer* von 1922, als die wunderbaren *Spuren* von 1930, die jetzt erneuert vorliegen –, zielt auf keinen geringeren Gegenstand als auf das höchste Gut, auf den neuen Himmel und die neue Erde und den neuen Menschen, aber in dieser Welt, auf die Vollkommenheit, die wir erreichen wollen und die mit uns gemeint sei, auf das Reich Gottes und die wahre Heimat des Menschen in dieser Welt. Das ist seine »Kunst des Möglichen«. Es ist die Stimme des Messianismus, die wir da, wie durch Jahrtausende herhallend, von neuem und ganz nahe vernehmen mit diesen unseren Ohren. Auch die Stimme der Gnostiker aus den frühesten Zeiten des Christentums, der ersten und mächtigsten Ketzer, von denen es heißt, daß ihnen Erkenntnis zuteil wurde von dem, »wer wir sind, woher wir stammen und wohin wir geraten; wohin wir eilen und wovon wir erlöst sind, was es mit unserer Geburt, was es mit unserer Wiedergeburt auf sich hat« – das ist wörtlich aus einem gnostischen Text (der *Excerpta ex Theodoto*), und beinahe – beinahe! – wörtlich ebenso hebt das *Prinzip Hoffnung* an: »Wer sind wir? Wo kommen wir her? Wohin gehen wir? Was erwarten wir? Was erwartet uns?« Und das ist kein Spiel und Spaß, das ist feuriger Ernst, wenn auch kein düsterer, sondern im ganzen durchaus froher Ernst, und er wird durch die Mühen eines ganzen Lebenswerkes verbürgt. Ja, er hat uns die Größe jener ältesten Ketzer neu begreiflich gemacht, indem er sie in sich selbst erneuerte – ihre heilige Vermessenheit ist auch die seine: die Verheißungen Gottes nicht nur, sondern selbst der Schlange im Paradies auf- und ernst zu nehmen: *Eritis sicut Deus, scientes bonum et malum* – die Kühnheit macht auch uns Spätgeborene und Mattgläubige noch erschauern, denn das heißt ja, den Sündenfall kassieren! So viel dürfen wir hoffen (sagt Bloch) – so viel sollen wir hoffen dürfen und wissen uns doch so gering, so beladen, so bedroht. Messianismus also lebt darin, Gnostizismus und freilich auch – daß ich es vollständig sage – Marxismus. Es ist gut verständlich, was den Denker der Utopie, den Retter der Schwarmgeister und Wiedertäufer, an Marx angezogen hat: nichts anderes als der Gedanke vom Reich der Freiheit, welches dann in soziologischer Sprache die klassenlose Gesellschaft geheißen ward. Am Marxismus hat ihn angezogen, daß er der vergleichsweise jüngste und dringlichste Chiliasmus ist (ist? – oder doch war!). Nicht wegen der Diktatur des Proletariats, gar der Partei, sondern wegen dessen, was draus werden soll (oder draus werden sollte), hat Bloch sich für den Marxismus entschieden.

Von »Gesellschaftswissenschaft« ist freilich in Blochs Büchern nichts zu finden. Wir müssen den edlen Stolz und Trotz des Mannes ehren, der zu seinem Bekenntnis steht und der in allen Enttäuschungen und aller Anfechtung nicht aufgeben mag, der seine Hoffnung nicht zuschanden werden lassen will. – Ich sage, sein Werk sei eine vernehmliche Aufforderung. Wir können daran allesamt nur wachsen. Nur gemeinsam können wir die Wahrheit finden.

Ernst Bloch hat nun das Wort.

1960

Vergiß das Beste nicht!
Bemerkungen zu Ernst Blochs ›Prinzip Hoffnung‹

Nur gemeinsam können wir die Wahrheit finden, und sei es selbst im Streit. Alle menschlichen Gedanken sind miteinander verwandt. Noch der Streitende muß verstehen, wogegen er streitet. So darf es keine Grenze des Verstehens, kein Tabu für den Geist geben, wenn man es ernst meint.

Lebenslage

Ernst Bloch ist wiedergekehrt. Ein Autor, dessen die Älteren sich aus den zwanziger Jahren sehr wohl entsinnen, aus dem Feuilleton der alten ›Frankfurter Zeitung‹, auch aus der ›Weltbühne‹ und aus seinen Büchern. Wiedergekehrt war er aus europäischen und amerikanischen Exilen nach dem Heimatlande Deutschland, aber nicht in dessen freie Hälfte, sondern in die andere, uns so entfremdete, nach Leipzig, als Professor der Philosophie an der Universität. Das ist freilich schon gut zehn Jahre her, und es hat sich allerlei zugetragen seitdem, Hoffnungsvolles und Schreckliches, in der Zone, in Polen, in Ungarn; auch Professor Bloch ist nicht ungeschoren geblieben, er lehrt nicht mehr. Uns Westlichen aber ist er erst jüngst wiedergekehrt, als Verfasser eines massiven zweibändigen Buches, gelegentlich und gastweise auch in Person. Die Welt hat sich beträchtlich verändert seit jenen ›goldenen‹ zwanziger Jahren, zumal die europäische und am meisten die deutsche. Bloch hingegen ist derselbe geblieben, treu seiner eigensten Fahne, die er vor vier Jahrzehnten aufgepflanzt hat – mit dem *Geist der Utopie* von 1918 –, treu seinem eigensten Prinzip, welches fanfarengleich vom Titel seines neuen Werkes tönt, dem *Prinzip Hoffnung*. Treu auch dem Bekenntnis, das er gleichfalls in jenen zwanziger Jahren zuerst abgelegt und eingearbeitet hat, nicht unähnlich dem Dichter Bert Brecht und dem philosophischen Freunde Walter Benjamin: dem Bekenntnis zum Marxismus. Diese beiden sind tot. Benjamin nahm Gift, vor zwanzig Jahren, an der französisch-spanischen Grenze, auf der Flucht vor Hitlers Truppen; das ›Dritte Reich‹ hat er kennengelernt – und ist daran gestorben –, nicht mehr die Annäherung des bolschewistischen Reiches. Brecht andererseits, jünger als jener, kam in das russisch besetzte Berlin zurück, diente der Parteiherrschaft auf freilich nicht ganz eindeutige Weise, blieb indessen ein Poet und starb eines friedlichen Todes. Seine Stimme ist uns wie der übrigen Mitwelt noch gut vernehmlich, denn sie klang und klingt hell und fest hervor aus der Einsperrung und selbstgewollten Verriegelung, die Stimme eines Moralisten und Meisters der Parabel, erfüllt vom knappen und scharfen Pathos anfänglicher und fortgeltender Forderung – daß »der Mensch dem Menschen helfe« –, streckenweise unrein zwar und verwechselbar mit der Stimme der Folgsamen, am Ende aber, wie ich meine, doch rein und unverwechselbar die seinige, mitsamt ihren Irrtümern. Mit ihm hat Ernst Bloch manches gemein, vor allem die äußere Lage: ganz eigentümlich er selbst zu sein und geblieben zu sein, vollkommen original – ja man ist versucht, ihn ein deutsches Original-Genie zu nennen, kein bedeutender Zeitgenosse legt das Wort so nahe –, inmitten einer Welt des regulierten, schnarrenden Gleichklangs wiederkehrender Dogmen und wechselnder Parolen. Eingesprengt scheint dieser Geist in ein fremdes Reich, das er für das eigene und eigentliche halten mochte, und angepaßt lebt er an eine Herrschaft, die er für den Anfang der Freiheit oder doch für den nächsten Durchgang zur Freiheit halten mochte. Demnächst ist wohl auch der Charakter demjenigen Brechts zu vergleichen, der Stolz und Trotz, der dort festhält und ausharrt, wo es ihn einmal hingezogen hat, unerachtet der Enttäuschungen und Anfechtungen, der äußeren wie vielleicht der inneren. Uns – indem wir in diesen seinen Büchern lesen, im *Prinzip Hoffnung* und in den neu verlegten *Spuren* (von 1930) –, uns mutet diese Bilderwelt und dieser Gedankengesang an wie eine Enklave, ein inneres Reich inmitten des ganz anders bestimmten äußeren von Leipzig, Pankow und Moskau, ein wieder ins Innere, ja, Innerliche zurückgedrängtes, trotz aller Kritik der bloßen Innerlichkeit und trotz allem Drang zur diesseitigen Verwirklichung, der dem Blochschen Utopismus nach seiner eigenen Behauptung innewohnt. Und dies, obwohl die Anpassung ihre ärgerlichen, ja höchst fatalen Flecken hinterlassen hat auf diesem Werk, obwohl dessen große ariose Melodie zuweilen stockt und in tonloses Keuchen ausläuft oder obwohl in sein volles Orchester sich zuzeiten und gar nicht ganz selten klatschende und rasselnde Geräusche mischen derart, daß wir uns verwundert umschauen und kaum glauben mögen, diese kämen aus derselben Ecke und gehörten derselben Partitur zu. Uns fällt es schwer zu unterscheiden, was von dieser Art als Zutat, was als eigene Konsequenz aufgefaßt werden muß. Leicht hingegen fällt, den ursprünglichen Antrieb und die Grund-Idee aufzufinden. So berükkend und berauschend klingt sie uns in Sinn und Geist, die Hauptmelodie von der letzten Bestimmung und ersten Verheißung des Menschen, vom höchsten Gut und Reich der Freiheit, von der seligen Vollkommenheit und vom erfüllten Augenblick, von der endlichen Identität und vom irdischen Himmelreich, daß wir uns hieran vor allem halten wollen, auch halten müssen, wenn wir die Aufforderung ernsthaft annehmen und selber Klarheit gewinnen wollen. Diese Grund-Idee Blochs, die er lebenslänglich verfolgt hat, ist freilich derjenigen Brechts ganz unähnlich – trotz aller Koinzidenz des ideologischen Bekenntnisses. Brecht ist Moralist, Bloch Utopist. Dieser hat Verheißungen vernommen, jener Verordnungen. Bloch hofft auf Erlösung, Brecht pocht auf Bewährung. Der Philosoph bedenkt die letzten

Dinge, der Dichter die nächsten. Der Ton ist wie vertauscht: dem Poeten eignet der strenge, dem Denker der schwärmende.

Rang und Stil

Wir können uns vom Ärgerlichen und Peinlichen nicht abhalten lassen, das Bedeutende wahrzunehmen. Wahrnehmung und Hinweis sind gewiß nicht die Hauptsache – wir müssen hernach der Sache selber nähertreten, so nahe als irgend möglich –, aber zuvörderst will doch der Rang eines Werkes, eines Systems erkannt sein. Blochs *Prinzip Hoffnung* ist ein monumentales, in gewisser Weise auch monströses Buch. Insofern nämlich, als die Durchgliederung, hat man sich ihr für eine Weile im Lesen überlassen, zuletzt doch künstlich anmutet. Man sagt mehr und Treffenderes, wenn man seine fünfundfünfzig Kapitel, ja seine sechzehnhundertfünfzig Seiten, als wenn man seine fünf Teile nennt. Der erste Teil präludiert mit ›kleinen Tagträumen‹, gleicht am ehesten im Stil den *Spuren,* Blochs wunderreichem Geschichtenbuche, setzt ein mit einem Stück von anderthalb Zeilen, vier kurzen Sätzchen. Sogleich hat man seinen Ton und Ausdruck, unverkennbar unter Tausenden, unter allen. Und befindet sich bereits media in re, ohne alle Mühsal akademischer Vorbauten und Umwege:

> »Ich rege mich. Von früh auf sucht man. Ist ganz und gar begehrlich, schreit. Hat nicht, was man will.«

Das ist das Hauptproblem, das Hauptthema schon wie in einer Nuß, die noch nicht aufgeschlagen wurde. Viele Kapitel, viele Abschnitte heben mit dieser Art kurz und fest hingesetzter, in all ihrer Bestimmtheit doch selber verheißungsvoller Sätze an. Es ist, wie wenn der Gedanke sich einzuüben begänne, aber – wie Singvögel tun – auf sichere Weise, nicht bloß probierend. Zumeist klingen diese Anfänge sehr einfach, bisweilen fruchtbar dunkel. Bloch ist ein Meister des Anfangens wie kaum einer. Diesem ersten Stück – es hat eine Überschrift: »Wir fangen leer an« – antwortet beziehungsvoll ein anderer Kapitel-Beginn weit hinten in dem religionsphilosophischen Teil, wo vom höchsten Gut die Rede ist, auf Seite 1551:

> »Nichts ist an sich gut, wenn es nicht begehrt wird. Aber nichts wird begehrt, wenn es sich nicht selber als gut darstellt.«

Da ist der Trieb – denn von ihm ist beide Male die Rede – aus jener anfänglichen Leere heraus, wie auch aus der Kinder-Verpuppung. Nicht weniger ist es der Stil. Wir hören hier nicht mehr bloß knappe Anschläge einzelner Töne, sondern gleichsam eine vollständige Klang- und Denkfigur, die sich schließt. In der Sache scheint hier scholastische Philosophie schattenhaft nachzuleben, der appetitus und das bonum. Wie denn überhaupt und durchgängig beträchtliche Massen philosophischer und religiöser Überlieferung eingesogen und mitgerissen sind in den großen und heißen Strom oder Wirbel des eigenen produktiven Denk-Traums – auch dort, wo nicht ausdrücklich vergangene geistige Bildungen neu ergriffen und aufgeschlossen sind. Dabei aber gelangt die Sprache und der Satzbau keineswegs durchweg zu dem Grade elementarer Durchsichtigkeit wie in den Beispielen, die ich zitiert habe. Das ist auch gar nicht die Absicht. Vielmehr bewegt sich der Ausdruck, obwohl immer eigentümlich, auf ganz verschiedenen Niveaus oder besser: in ganz verschiedenen Medien, bald in heller Luft, bald in dichterem, im dichtesten Stoffe, bald in leichtem, bald in schwerem Wasser. Zähe terminologische Brocken werden zuweilen mitgeführt, doch niemals eitel festgehalten in anmaßender Wissenschaftlichkeit; sie verbinden sich oft auf die überraschendste Weise mit jener derben oder feinen, jedenfalls poetischen und immer sinnlichen Symbolsprache, die zum

Glück niemals völlig zum Begriff gerinnt noch im Begrifflichen aufgeht. Zum Beispiel:

»Der Archetyp ›Höchstes Gut‹ ist der Invarianzinhalt des glücklichsten Staunens, sein Besitz wäre der, welcher verwandelt im Augenblick und eben als dieser Augenblick, zu seinem völlig gelösten Daß.« (S. 355)

Solch ein Satz mag, herausgebrochen, kaum verständlich erscheinen. Man wird aber wiederum den merkwürdigen Ton gewahren. Etwas Hegelisches geistert hier im Gehalt wie in der Fügung, auch in der herrischen Syntax. In diesen Partien mutet das grammatische und gedankliche Gebäude wie Spolien-Architektur an: altbehauene Steine, teils mit rätselhaften Zeichen bedeckt, teils verwittert, ganz ungleichartig in Substanz und Abmessung, türmen und fügen sich zu einem dennoch neuen und bedeutungsreichen Werk – wie bei frühen christlichen Baumeistern, die antike Trümmer in ihre anderen Strukturen einsetzten. Immer wieder aber schlägt nicht allein der originale Ton, sondern auch die originale Erkenntnis durch, bestürzend und beglückend zugleich. Sie schleift sich ihren ganz eigenen Ausdruck zurecht. Blochs originale Einsichten kreisen aber nicht nur um den einen Pol der Utopie oder der Endzeit oder des erlösten Endzustandes, da der verborgene Mensch ganz offenbar werden soll – was uns immer wieder an das geheimnis- und verheißungsvolle Wort des Paulus denken läßt: »Wir sehen jetzt durch einen Spiegel in einem dunklen Wort, dann aber von Angesicht zu Angesicht« –, sondern um zwei Pole, nämlich um das Letzte und das Erste, das Omega und das Alpha, das höchste Gut und den ›gelebten Augenblick‹. Jenes nackte Daß des unerhellten Existierens heißt ihm auch das Dunkel des gelebten Augenblickes, und dieser Gedanke des Augenblickes als des verkapselten und verschlossenen, den wir doch immer aufzusprengen, zu begreifen und zu erfüllen hoffen oder bestrebt sind, bohrt und schafft kaum weniger stetig und intensiv als der andere der letzten Freiheit oder Identität. So zum Beispiel in diesem merkwürdig tiefsinnigen Satz (aus dem – späten – Kapitel über das Wunderbare):

> »Nicht die Zeit, aber der Augenblick als dasjenige in der Zeit, was nicht zu ihr gehört, kommuniziert mit der Ewigkeit, in der die vollkommene Freude einzig ihr Maß hat.« (S. 1548)

Das ganze Werk ist zwar nach Art eines Systems angeordnet: Dem präludierenden ›Bericht‹ folgt eine ›Grundlegung‹ mit dem Titel ›Das antizipierende Bewußtsein‹, die aber gegen Ende von neuem in die angenehmeren, auch natürlicheren Töne der Bilderdeutung enteilt (mit einem herrlichen Abschnitt über die Ehe); ein dritter Teil heißt ›Wunschbilder im Spiegel‹ und ist der bunteste, unterhaltendste; ein vierter, ›Grundrisse einer besseren Welt‹, enthält eine wahre Enzyklopädie aller Utopien, nicht nur der politischen, auch der technischen, ärztlichen, geographischen, architektonischen; und der fünfte, mit der Bezeichnung ›Identität‹, gewiß der bedeutendste nach Gegenstand wie denkender Bemühung, geht in seinem Kernstück auf eine gnostisch konsequente Philosophie der Religion und der Religionen hinaus und versucht auf seine eigene phantastisch-couragierte Art nichts anderes und nichts Geringeres als: dem Tod noch einmal den Stachel auszuziehen. Dennoch und trotz dieser Gliederung, Variation der Redeweise, Unterschiedlichkeit der Stoffe und Medien, gleicht die Anlage weit mehr einem ›Tema con variazioni‹ als etwa einer nach Sätzen abgeteilten Sonate oder Symphonie. Insbesondere ginge ganz fehl, wer hier irgendein klassisches Trivium oder eine aristotelische Vollständigkeit der philosophischen Disziplinen erwarten wollte. Es gibt zwar Ansätze einer Trieblehre – wie oben angedeutet –, einer ganz eigentümlichen Psychologie, wenn man es so nennen will. Aber im Grunde ist alles doch Metaphysik und gar nichts anderes. Eine Metaphysik indessen, die durchaus im Menschen wurzelt und ins vollkommen Menschliche oder in die menschliche Vollkommenheit ausgreift. Ihr Grundton ist freudig, ihr Rang in der Tat bedeutend. Sie vollzieht sich ganz außerhalb der Grenzen, die Kant gezogen hat, von seiner kritischen Einschränkung der menschlichen Möglichkeiten ist hier kaum eine Spur geblieben – so wenig übrigens wie bei Hegel, der auch die Gedanken Gottes zu denken, die Pläne Gottes nachzuzeichnen sich unterfing. Dessen *Phänomenologie des Geistes* scheint in manchem Betracht ein Vorbild für Bloch gewesen. Wie dort, so findet man auch hier ein großes Fresko, einen Gestaltenzug zwar nicht der faktischen Geschichte in ihren Auf- und Untergängen, wohl aber der darin inkorporierten Hoffnungen und Intentionen, von denen dieser Autor auch die ältesten und verschollensten noch zu entschlüsseln und wiederzubeleben beschäftigt ist, die ägyptischen Steine, die chinesische Stille, die prophetischen Verheißungen und die heiligen Vermessenheiten der frühesten christlichen Ketzer. Alle Lösung und Einlösung freilich liegt ihm in der Zukunft, auch Marxens ›Reich der Freiheit‹ hat noch nicht begonnen. Wahrhaftig nicht und ganz im Gegenteil – möchten und müssen wir hinzufügen –, und es schmerzt zu sehen, wie große Hoffnung hier in diesem Punkte in schiere Verblendung ausläuft, wenngleich am Ende die Bilder des Möglichen doch mächtiger bleiben als die eiligen Rechtfertigungen des Wirklichen. Dieser Begeisterte ist wie ein Moses, der verurteilt ist, mitten in dem so lange Gelobten Lande selber zu leben. So fährt er trotzig fort, es zu loben, aber mit entstellter Stimme.

Der umgewendete Doktor Faust

Nächst den biblischen, Moses und Jesus, zieht keine anschaubare Gestalt so durchgängig leitend durch das Buch Blochs wie die des Goetheschen Faust. Und zwar ist es nicht sowohl dessen unablässiges Streben als vielmehr sein verdecktes Ziel und Gegenbild, ist es der schöne Augenblick, der als hohe Chiffre des humanen Seins, des mit dem Menschen Gemeinten, vom Menschen zuerst und zuletzt Intendierten, den Gedanken mächtig anzieht. Dieses »Verweile doch, du bist so schön« oder – vertraulich abgekürzt – »Verweile doch« läuft durch das ganze Werk – nicht eigentlich wie ein Faden zwar, sondern eher wie die Perle, der der Faden nacheilt, sie einzuholen und einzufädeln. Dieser Satz vom Augenblick gilt Bloch als das zentrale Stichwort, das von keiner Philosophie übertroffen werden kann, worin aller Schein abgelegt, das ›Daß‹ aus dem Dunkel getreten, die Existenz offenbar geworden und am Ziel angelangt ist.

> »Der vollkommene Augenblick bleibt das Grundproblem des Faust-Subjekts, der mächtige Augenblick, der nicht mehr in Entäußerung reißt.« (S. 1198)

Der Passus im zweiten Bande, der ausdrücklich der Deutung des ›Faust‹ gewidmet ist, ist bemerkenswert vor allem durch die teils analoge, teils komplementäre Beziehung, die er zwischen Goethes Gedicht und Hegels Phänomenologie herstellt; doch ist es nicht diese und überhaupt nicht eine einzige Stelle, sondern es sind erst alle Stellen zusammen, welche die Symbolkraft des Satzes vom Augenblick fühlbar machen. Aber wie? Was hat es denn im ›Faust‹ selber und an seinem Ursprung mit diesem Satze vom Augenblick auf sich? Er bezeichnet ja gerade nicht das hohe Ziel und den göttlichen Lohn der Probe, zu welcher Faust auf seine Reise geschickt wird, sondern vielmehr den entschiedenen Abfall, den gefürchteten, ja im hohen Übermut ganz abgewiesenen Moment des Versagens, mit welchem seine Seele dem Teufel anheimfallen soll:

> »Werd' ich zum Augenblicke sagen:
> Verweile doch! du bist so schön!
> Dann magst du mich in Fesseln schlagen,
> Dann will ich gern zugrunde gehn!

Dann mag die Totenglocke schallen,
Dann bist du deines Dienstes frei,
Die Uhr mag stehn, der Zeiger fallen,
Es sei die Zeit für mich vorbei.«

Derart verschwört er sich hoch und heilig, und es ist Mephisto, der Gesandte der Hölle und Meister des Todes, dem diese Eide gelten, der sie auch einheimst. Der schöne, aufgehellte, verweilende, erfüllte Augenblick soll also gerade nicht eintreten oder nur bei Gefahr des endgültigen Sturzes aus allen Himmeln der gottgelenkten Menschlichkeit. Diese Vision des ›Verweile doch‹ mitsamt und trotz ihrem süßen Wohlklang kann als imaginiertes Ziel der faustischen Welt-Reise doch nur in einem derbparadoxen Sinne aufgefaßt werden, als Abbruch nämlich und Verfallenheit, und die Ewigkeit, die mit diesem vorgestellten Augenblicke ›kommuniziert‹, wäre gerade nicht diejenige der Erlösung, sondern die der Verdammnis. Kurz, in der Szene des Teufelspaktes (bei Goethe) ist der schöne Augenblick die Sünde schlechthin, und der Tod ihr Sold. Indem Bloch sich das ›Verweile doch‹ zum utopischen Leitmotiv erwählt und alle Hoffnungen gerade in dieser Figur des Augenblicks konvergieren läßt, scheint er buchstäblich das Unterste zuoberst zu kehren. Scheint er eine Art von Teufelsmesse zu lesen. Es fällt auf, daß er diese Umwendung der Lektion des Paktes an keiner Stelle seines voluminösen Buches erklärt oder auch nur bewußtmacht. Und doch kann ihm dies nicht verborgen geblieben sein. So zwingt er uns die Erwägung auf, ob er nicht am Ende mit Goethe sich in einem geheimen Einverständnis befinde. Wahrhaftig nimmt sich ja der Satz vom Augenblick bei seiner endlichen Wiederkehr (im ›Faust‹) ganz anders aus. Nach allen seinen groben und feinen, vitalen und spirituellen Versuchungen, Vermählungen und Verwandlungen und am Rande der Vollendung seiner letzten, ebenso philanthropischen wie herrischen, jedenfalls ganz diesseitigen Aktivität der Landgewinnung und Ansiedlung

– Fünfter Akt, Großer Vorhof des Palastes –: da schließlich vernehmen wir es wieder und wirklich in dem ganz anderen, wohl sündelosen Sinne:

»Solch ein Gewimmel möcht ich sehn,
Auf freiem Grund mit freiem Volke stehn.
Zum Augenblicke dürft ich sagen:
Verweile doch, du bist so schön!
Es kann die Spur von meinen Erdentagen
Nicht in Äonen untergehn. –
Im Vorgefühl von solchem hohen Glück
Genieß ich jetzt den höchsten Augenblick.«

Liest man es genau, so steht freilich alles noch immer und bis zuletzt im Irrealis, und was genossen wird, ist bloß ein Vorgefühl, der utopische Endzustand – mit anderen Worten – steht auch hier noch aus und bevor. Wie denn auch Mephisto, damit kein Zweifel bleibe, sogleich noch einmal kommentiert:

»Ihn sättigt keine Lust, ihm g'nügt kein Glück ...«,

was doch gründlich fehl am Platze wäre, wenn der schöne Augenblick wirklich rund und nett eingetreten und Faust in ihm angelangt wäre. Er hat ihn nur gestreift, geschmeckt, geahnt und allerdings nun auch gewünscht – das war nicht vorgesehen noch erwartet und war genug, im selben vorgefühlten, schon genossenen Augenblick zu fallen, ein Opfer der Lemuren. – Wie steht es nun? Natürlich hat es Bloch auch die praktisch-menschenfreundliche Tat angetan (wobei Philemon und Baucis, die eingewebte Schuld und Schande, wiederum vergessen sind!), vor allem dieses sozial-utopische, wirklich konkret-demokratische Kernwort vom freien Grund und freien Volk. Aber es hilft nichts, Faust-Goethe tritt ihm doch nicht bei, allenfalls nahe für einen Augenblick, eben diesen Augenblick, um sich alsbald von neuem unendlich zu entfernen. (Bis in den Himmel, einen recht katholischen sogar.) Vor allem tritt der Tod dazwischen. Zwischen Faust und seine letzte Utopie. Aber auch zwischen Goethe und Bloch – wenn es erlaubt ist, so zu reden. Der Tod ist der große Strich durch die Rechnung , auch die kühnste. Der höchste Augenblick, wenn er auch nur vorgefühlt war, zog seinen Streich herbei im selben Nu. Und dieses Nu blieb eben nicht stehen – wie es das mystische Stichwort vom ›Nunc stans‹ wahrhaben möchte, das dem Philosophen der Hoffnung so teuer ist. Nur Trost bleibt übrig über der mißlungenen irdischen Erlösung: jenes halb wehmütige, halb prometheische »Es kann die Spur von meinen Erdentagen nicht in Äonen untergehn«. Es kann aber kein Zweifel daran bestehen, daß Faust in dieser Welt gescheitert ist, wie vieles er auch angefangen haben mag. Er ist gescheitert, und seine Geschichte oder sein Gedicht ist weit entfernt, das Prinzip Hoffnung zu bekräftigen, welches – nach Blochs Worten (auf Seite 1 seines Buches) – »ins Gelingen verliebt ist statt ins Scheitern«. Insoweit wäre die Lektion, die Faust für den Utopisten bereithält, schließlich in dem großartig trivialen Gleichnis Mephistos (aus dem Prolog im Himmel) vollständig ausgedrückt, das da lautet:

»Er scheint mir, mit Verlaub von Euer Gnaden,
Wie eine der langbeinigen Zikaden,
Die immer fliegt und fliegend springt
Und gleich im Gras ihr altes Liedchen singt ...«

Ein treffendes Bild, wahrhaftig, für die immer erneuten großen Anläufe, Intentionen, Antizipationen (um Blochsche Begriffe hier einzusetzen) und ihren kurzen, flachen Ausgang! Ich sage, das *wäre* die faustische Lektion, wenn nicht seine Geschichte mit einer anderen Erlösung endigte – einer Erlösung über den Augenblick, auch den höchsten, hinaus, ja gegen dessen Vision: der Erlösung gerade um des strebenden Bemühens willen. Wie sehr uns auch das pathetisch ›Faustische‹ und das sozusagen Industrielle daran verleidet sein mag: dies, was ganz am Tage liegt, bleibt doch die Wahrheit des Gedichtes, und kein enthüllter Hintersinn noch kühne Umwendung vermag sie aus den Angeln zu heben. Sie ist es aber auch, welche die Utopien und den Utopismus schließlich rechtfertigt: als das Treibende, doch Entschwindende, wiederum Fordernde und neu zu Erstrebende.

Hoffnung ist Religion, aber Religion ist nicht nur Hoffnung

Denn wir wollen die Utopie nicht schmähen und der Hoffnung ganz gewiß nicht fluchen. Die Wahrheit ist, daß die Natur des Menschen ihm immer erst bevorsteht, daß es zu ihr nicht *retour* geht (wie Rousseau wollte), sondern *en avant.* Das ist vom Enthusiasmus, vom Eifer, von der unermüdlich energischen Schwärmerei dieses Philosophen der Utopie zu lernen, von diesem Zauberer, dem beinahe alles, was er nur anfaßt, sogleich vor lauter Verheißung zu gleißen, zu flüstern, zu raunen, zu tönen und zu brausen beginnt und der auch beinahe immer und überall fündig wird, wo er schabt und bohrt – in der unscheinbarsten Wahrnehmung des Tages, auf dem Jahrmarkt, in der Oper – »das Musikalische ist verheißungsvoller als das Poetische« –, im Märchen, im Mythos, in der Religion und endlich auch in der Philosophie, gerade in der antireligiösen, und in der angewendeten Philosophie von *Karl Marx.* Eine Strecke weit folgt er Feuerbach und seiner Kritik der Religion – wonach nicht Gott den Menschen, wohl aber der Mensch Gott erschaffen habe –, aber er geht viel weiter und tiefer als dieser biedermeierliche Vater des Atheismus, denn der Sinn dieser Erschaffung oder Erdenkung Gottes heißt hier weder Norm und Autorität noch Trost und Hilfe, Stecken und Stab, sondern: Eröffnung und Offenhaltung unendlicher menschlicher Möglichkeit. Alle Himmelsräume bergen ihm zuletzt gerade die höchsten Chancen autonom humaner Erfüllung, und der *Deus absconditus* wird ihm zur verhüllten und entrückten Figur des *homo absconditus.* So widerfährt hier den Religionen weit mehr Gerechtigkeit als bei irgendeinem altbackenen Gottesleugner des vorigen Jahrhunderts – so viel Gerechtigkeit sogar, daß noch aus dem radikalsten Verneiner menschlichen Eigenvermögens, nämlich aus Karl Barth, an einer Stelle von staunenswertem Tiefsinn ein paradox utopisches Feuer geschlagen werden kann. So gelingt diesem Deuter weiterhin – und das ist eine der überzeugendsten Partien seines ganzen Werkes – mit der Idee der wachsenden menschlichen Erkennbarkeit der Stifter (in der Reihe der Gestalten von Orpheus, Laotse, Mose, Buddha, Jesus), ein Meisterzeugnis für die Näherung des Transzendenten oder für den Eintritt des Jenseitigen in menschliche Erfahrung und Begreiflichkeit zu liefern. »Zu einem Kind, das im Stalle geboren, wird gebetet. Näher, niedriger, heimlicher kann kein Blick in die Höhe umgebrochen werden.« Aber nicht allein bessere Gerechtigkeit, sondern vollkommene Rechtfertigung widerfährt der Religion von diesem subtilsten Atheisten: »Wo Hoffnung ist, ist Religion« – solch ein Satz bleibt tief haften, mag er auch ein wenig erratisch anmuten, und er haftet, meine ich, nicht wegen seines versöhnlichen und beruhigenden Effektes, sondern wegen seiner Wahrheit. Daß Religion indessen auch umgekehrt durchaus vom Prinzip der Hoffnung oder vom Geist der Utopie herzuleiten sei, vermag weder den Gläubigen noch den Ungläubigen ganz zu überzeugen. Bloch vernimmt schier überall nur den geheimen oder offenen Messianismus, er versteht es, dieses Element aus allen Substanzen herauszudestillieren, während er – auch im biblischen Bezirk – das andere Element der Schöpfung fortzuschütten geneigt ist als einen Bodensatz von schlechter Mythologie. Die Schöpfung der faktischen Natur und des wirklichen – nicht bloß möglichen – Menschen mitsamt seiner Bosheit und vor allem seiner Vergänglichkeit und Sterblichkeit. »Ich habe mich nicht selber geschaffen« – der Satz von

Schelling (und wiederum auch von Jaspers, einem Autor, welchem Bloch leider mit blinder Voreingenommenheit begegnet) bleibt doch so steinern und wohl auch so anstößig wahr, daß uns schlechterdings kein Exodus und kein Kanaan und auch kein Reich der Freiheit heraushilft.

Revolution und Reform

»Träume von einem besseren Leben« seien es, die Bloch entwerfe und auslege, so steht es auf dem Umschlagsblatt zu lesen, und der Autor hat freilich zu dieser Formel selber Stoff genug geliefert. Zuletzt und im Grunde aber zielt er auf noch weit mehr: nicht nur auf das bessere, sondern auf das beste Leben, auf das menschlich-diesseitige *summum bonum* und auf das *ens perfectissimum* schlechterdings. Nicht umsonst hat er den gnostischen Ketzern der ersten christlichen Jahrhunderte so viel Aufmerksamkeit und Sympathie entgegengebracht, unter ihnen auch und sogar mit bedeutendem Nachdruck denen, deren Gedanken um die Schlangensymbolik und um die Verheißung der Paradiesesschlange kreisten: *Eritis sicut Deus*, ihr werdet sein wie Gott. Was nach der biblischen Erzählung den Sündenfall einleitet und so auch den Tod in die Welt bringt, wird hier mit vollkommenem Ernst abermals aus den Schauern der Verbannung herausgeholt und gleichsam im Triumph oder zum Triumph der menschlichen Möglichkeit heimgetragen. »*Eritis sicut Deus* ist die Frohbotschaft des christlichen Heils«: Es gehört eine seltene Furchtlosigkeit dazu, so zu reden, so zu denken, ein Jahrhunderte altes Erbe von Scheu, frommer Scheu, so abzuwerfen. Aber der Schlangenspruch wird ihm zum entdeckten Geheimnis nicht allein des christlichen, sondern allen Heils. Auch und zumal desjenigen, das wir selber gewinnen und bewirken sollen. Und damit sind wir am schwierigsten Punkt: bei Marx, beim Kommunismus. Dieser gilt Bloch nicht als irgendeine unter so vielen gesellschaftlichen Utopien, sondern als das Konzept der endlichen Erfüllung aller Träume – sei es vom besseren, sei es vom besten Leben – und der vollendeten »menschlichen Machtergreifung« (das ist sein eigener Ausdruck). Möglicherweise sogar als ein Kraut gegen den Tod – obwohl er in diesem Punkt besonders dunkel bleibt. Möglicherweise sogar als Errettung aus der Fremde der Natur, als deren Verwandlung – in dem Sinne etwa jenes unvergeßlichen Hegelwortes »Die Steine schreien und heben sich zum Geiste auf« –, wiewohl er in diesem Punkte nur raunend und besonders mystisch redet. Dieser Atheist, der die Götter rettet, und dieser Aufklärer, der nichts mehr liebt als das Wunderbare – er hat die messianischen und die utopischen Züge an Karl Marx hervorgekehrt wie wahrscheinlich kein Jünger je zuvor: noch immer unverwelkt scheint ihm der Glaube an den buchstäblich apokalyptischen Charakter der gesellschaftlichen Revolution, woraus am Ende nichts Geringeres hervorgehen werde als der neue Himmel und die neue Erde (vor allem diese) aller biblischen Verheißungen. Wie durch eine Explosion sollte mit diesem imaginiert historischen Ereignis alles Menschliche ins Reine und Gleiche kommen, das Reich der Freiheit wirklich werden. Vielfach zittert daher auch der uralte Gedanke vom ›letzten Gefecht‹ nach, welches den bösen Feinden oder dem bösen Feind, dem gnostischen Satan in der Gestalt der Expropriateure und Urheber aller Furcht noch geliefert werden müsse: der mythologische und ganz unhumanistische, ja widerhumanistische Pferdefuß allen Chiliasmus, auch des marxistischen. Man meint zuweilen zu spüren, wie Bloch sich zwingt, diese bösen Feinde wiederzuerkennen in unserer Welt und sie ebendort wiederzuerkennen, wo entweder die orthodoxe Lehre oder aber ihre Fortsetzung in der Sowjetpolitik sie ihm weist – im Bourgeois und in Amerika. »Klassenlose Gesellschaft – *usque ad finem*« heißt es mit Posaunenton, und daran ist nichts, gar nichts zu mäkeln, denn es ist nichts anderes, was auch die noch immer virulenten, ja entschieden erneuerten, über vormalige feudalistische Verfestigungen hinaustreibenden liberalen, also in Gottes Namen ›westlichen‹ Energien und Utopien erstreben, ja was sich in der mit Recht so genannten freien Welt in der Tat schon bildet. Nur daß wir zwischen Auserwählten und Verworfenen zu unterscheiden nicht den Übermut haben, auch nicht haben wollen. Nur daß wir gelernt zu haben glauben, die politische Gestalt zu bedenken, die auch einer ›befreiten, solidarisch gewordenen Menschheit‹ zukommt, zukommen muß. Diese schwerste Vernachlässigung Marxens (die auch bei Bloch wiederkehrt) wettzumachen – gerade indem wir bitter erfuhren, wie sich seine Blindheit gegen das Politische furchtbar gerächt hat: In dieses Vakuum des Wirtschafts- und Gesellschaftsdenkers, der nur einen einzigen politischen Begriff eingeführt hat und auch diesen beinahe versehentlich – den der Diktatur (nämlich ›des‹ Proletariats) –, schloß die massivste Herrschaft, Ausbeutung, Versklavung und Klassenbildung ein, welche die moderne Welt kennt. Kurz, wir meinen zu wissen, daß diejenige Hoffnung sich verrennt, die das Gebot der Ordnung und Verfassung hier und jetzt vernachlässigt, mißachtet oder auch nur vertagt. Die Marxsche Hoffnung jedenfalls hat sich verrannt und verirrt; das leninistische Mittel (der Parteiherrschaft) hat sich in den Weg gestellt und den Zugang zum ›Reich der Freiheit‹ gründlicher blockiert, als wenn das Ziel niemals angesteuert worden wäre. Und insoweit scheint auch Ernst Bloch, dessen Schiff so freudig und so vollständig die Anker gelichtet hatte, gleichsam mit allen Segeln auf Sand aufgelaufen. Auch dies schlägt sich in Stil und Sprache nieder. Welch ein Vulkan an Kühnheit der Erkenntnis und der Bildgewalt ist da am Werk! Aber wieder und wieder macht sich Erstarrung geltend, das Feuer scheint ausgetobt zu haben, eine öde Kraterlandschaft liegt vor uns. Oder: Welch einen starken, dunklen Wein berauschender Einsichten und Erwartungen weiß er uns einzuschenken! Aber wieder und wieder scheint er sich in den Krügen – umgekehrt als bei der Hochzeit zu Kana – in Wasser zu verwandeln. Vielleicht ist Bloch der bessere Marxist und der wahre Prophet unter all den Erzpriestern, die das Erbe und die Herrschaft angetreten, das schöne Reich verdorben haben. Aber vielleicht bezeugt sich doch auch in seinem mächtigen System der Utopie nur von neuem, was schon Marxens tiefster Mangel gewesen ist: daß seine Hoffnung ohne Liebe war. Daß die Revolution mit einem einzigen Schlage alles leisten sollte, was wir doch selbst in treulicher Gesinnung Tag für Tag, jetzt und heute und nicht erst bloß dereinst bewirken müssen. Das Ethos der Reform mag ärmer klingen als das Pathos der Revolution, doch verspricht es gewissere Früchte. Der tätige Traum vom besseren Leben ist dort eher zu Hause, wo Verfehlungen korrigiert und neue Versuche unternommen werden können, wo man das Irren für möglich, weil für menschlich hält, wo man seine »kundige Unzufriedenheit« (mit einem treffenden Worte Blochs zu reden) jeden Tag anwenden kann, schon jetzt in Freiheit, um die Freiheit zu befördern. Dort aber, wo man das Rechte und Wahre zu besitzen und des weltlichen Heils ganz und gar gewiß zu sein vermeint, wo der Ratschlag für ›Abweichung‹ und die Abweichung für strafwürdige Ketzerei gilt, dort ist es bedenklich, noch zu hoffen. Ernst Blochs eigene tragische Geschichte bezeugt es: Wo das sehr unheilige Regiment der Heiligen etabliert ist, wird Utopie zur Staatsgefährdung. –

Der teure Dreiklang des Apostels Paulus kann uns nicht aus dem Sinn und aus dem Herzen schwinden. Und auch sein Nachsatz nicht: »... aber die Liebe ist die größte unter ihnen«. Das Prinzip Hoffnung kommt darum nicht außer Kurs. Aber das Prinzip Liebe soll ihm die Waage halten und muß es in die Nähe bringen.

1960

Laudatio auf Ernst Bloch

Anläßlich der Verleihung des Sigmund-Freud-Preises der Deutschen Akademie für Sprache und Dichtung

Hier und jetzt ist nicht sowohl der Denker als der Schreiber Ernst Bloch zu rühmen. Natürlich sind das nicht zwei Naturen, sondern eine einzige, diejenige des Denkschreibers und auch des Schreibdenkers. Aber wir können unsererseits die Aufmerksamkeit hierhin oder dorthin richten, und wir wollen sie jetzt, wenigstens fürs erste und zur Hauptsache, auf den Schriftsteller richten, auf Sprache und Stil, auf die Kunst. Und lassen ganz unentschieden, wie Philosophie und Literatur sich zueinander verhalten, können auch im Zweifel lassen, ob das Schreiben sich aus dem Denken oder das Denken sich aus dem Schreiben speist, gerade in dem Fall von Ernst Bloch, der kein Verstummen der Sprache vor dem Gedanken kennt, keinen Argwohn gegen die Worte, vielmehr im Gegenteil nur ein unablässiges Vertrauen in die Sprache und die Sprechbarkeit des Gedankens, zudem eine unbändige Lust daran.

Denn dieser Sigmund-Freud-Preis ist ein Literaturpreis ganz ebenso gut wie der Büchnerpreis und der Johann-Heinrich-Merck-Preis. Nicht einer von den dreien, sondern erst alle drei zusammen eröffnen die Möglichkeit, den ganzen Horizont und Umfang der Literatur wahrzunehmen und zu bezeichnen, wenigstens allenfalls und einigermaßen auch auszuzeichnen, was hervorragt. Ernst Bloch freilich könnte jeder der drei Preise ohne alle Not und Bedenklichkeit zuerkannt werden, denn er ist so gut ein Erzähler wie ein Gelehrter wie ein Kritiker und Essayist, und dies alles in einem, und zudem ein Geschichten-, Märchen-, Mythenkenner und -Verwender, ein Aphoristiker und ein Rhapsode, ein Prediger, ein Mystagoge und ein Prophet, und auch die Prophetie der großen und der kleinen Propheten

des Alten Testaments müssen wir außer und über allem anderen für eine Literaturgattung ansehen.
Wenn wir derart unsere Aufmerksamkeit also auf den Schreiber und Literaten Bloch richten, so wollen wir uns auch gar nicht ins Bockshorn jagen lassen von dem düsteren Einwurf, es werde hier das Engagement verharmlost, ein Bekenntnis – nämlich das marxistische – ästhetisiert, ein revolutionärer Wille abgebogen und zum Gaukelspiel der Worte verwandelt, für den Genuß zubereitet. Ist er denn etwa ein Asket, ein karger Verfertiger von Handlungsanweisungen, ein ethischer Vegetarier, ist er salzlos, freudlos, witzlos, ist er je trocken? Von alledem gewiß das Gegenteil. Er ist voller Späße, voller Humore, das heißt Feuchtigkeiten, ja von einem einzigen großen Humor erfüllt oder getrieben und einer durchgängigen Freudigkeit noch im Angesicht der widerständigsten Realitäten des zeitlichen Lebens und sterblichen Menschenwesens. Freudig deswegen, weil ihm – christlich gesprochen – die ewige Seligkeit des Menschengeschlechts unendlich viel bedeutender und dringlicher vor Augen und im Sinn schwebt als die dunkle Seite des Gerichts und der Verdammnis – die ewige Seligkeit, das ist ja die verwegenste, die einfachste und die beharrlichste aller Utopien. Und da ich hier unversehens bei christlichen Bildern und Intentionen angelangt bin: Ist denn etwa Sören Kierkegaard, der große ethisch-theologische Ratgeber und Glaubensmahner, trotz und in all seinem Entscheidungs-Ernst nicht auch ein glänzender Schriftsteller gewesen? Höchst genußreich zu lesen? Wie will er es – oder wer sonst wollte es verbieten und für eine Sünde erklären, daß man die Kunst wahrnimmt und den literarischen Geist genießt! Was aber dem religiösen Bekenner recht ist, ist dem atheistischen billig (und nur in diesem einen Punkt, nur in dieser einen Hinsicht, notabene, stelle ich solch einen Vergleich an: den düsteren Einwurf zu entkräften und die Einwerfer abzuwehren, die so gern die Terror-Vokabel vom

›Inhalt‹ im Munde führen, auf den es einzig ankomme, und die eben dadurch den Geist erwürgen, der doch so menschlich ist).

Der Schreiber also, der Schriftsteller, der Literat ist es, den wir rühmen. Er war es vom ersten Werk des Dreißigjährigen an, jener kühnen, durchaus essayistischen – und durchaus expressionistischen – Eruption von 1918, dem *Geist der Utopie*, der sein Lebensthema, seine unendliche Melodie geworden und geblieben ist: mit seiner »entfesselten« Sprach- und Denkgebärde – so muß man sie charakterisieren, in Analogie zu der wenig späteren ästhetisch-revolutionären Eruption auf der Bühne, dem »Entfesselten Theater« von Tairoff. Vom *Geist der Utopie* an, über die herrlichen, ganz ins Fabeln- und Geschichten-Deuten verschlungenen *Spuren* von 1930, über die Hunderte von Glossen, Miniaturen, Feuilletons, Etüden der Jahre zwischen den Kriegen, vielfach in der alten *Frankfurter Zeitung* erschienen, bis zum *magnum opus*, dem *Prinzip Hoffnung*, das im amerikanischen Exil heranwuchs, diesem Gegenstück zu Hegels *Phänomenologie des Geistes*, einer Phänomenologie des Schwarmgeistes sozusagen, und weiter zu den allenfalls akademischen Werken der Leipziger und der Tübinger Lehrzeit (*Naturrecht und menschliche Würde* zum Beispiel, *Atheismus im Christentum* vor allem) und letztlich zum jüngsten, der merkwürdigsten aller Kategorienlehren, mit dem großartig-waghalsigen Titel *Experimentum mundi*, einem Titel, der dem Neunzigjährigen wohl zu Gesichte steht: Sechzehn stattliche Bände einer Gesamtausgabe liegen vor und geben Zeugnis vom Leben eines großen Literaten, das sich in Studierstuben und an Pulten, im Gehäus bewährt, freilich kaum heimelig und heimatlich, vielmehr mehrfach um- und ausgetrieben, in verschiedenerlei Exilen.

Eine unendliche Melodie, ich sagte es schon. Gewisse unverwechselbare, ganz originale Merkmale findet man immer wieder. So eine Art, einen Aufsatz, ein Buch anzufangen:

diese kurzen, dunklen Sprüche, Rätsel- und Zaubersprüchen gleich, als zum Beispiel: »Wie nun? Es ist genug. Nun haben wir zu beginnen« (*Geist der Utopie*) oder »Wir sind. Aber wer ist es, der ist? Und wann ist er bei dem, in dem, was er lebt?« (*Philosophische Aufsätze*) oder »Ich rege mich. Von früh auf sucht man. Ist ganz und gar begehrlich, schreit. Hat nicht, was man will« (*Prinzip Hoffnung*). Das ist immer schon das Hauptproblem, die Existenz- oder vielmehr die Essenzfrage, gleichsam in einer Nuß, die noch nicht aufgeschlagen wurde.

Ferner, daß Stil und Sprache nach solch barschen Eröffnungen (aus denen ich immer auch den pfälzischen Sprechton herauszuhören meine) Schritt um Schritt oder eigentlich Sprung um Sprung zur Anekdote, zum Essay, zur Abhandlung fortgeht und auswächst, schließlich zu einem eigentümlich brausenden und strömenden, vieles und viele mitreißenden Duktus, fast ohne Absatz und Halt und vor allem – auch das ist ein Merkmal – ohne Fußnoten, Anmerkungen, Verweise, rhapsodisch eben. Wenn es ›wissenschaftliche Prosa‹ ist, wie es der Name unseres Preises wahrhaben will (›gelehrte Prosa‹ sollte es lieber heißen!), so gewiß nicht diejenige einer ›positiven‹ Wissenschaft (was für ein sonderbarer Terminus!), auch nicht einer Sozialwissenschaft, *social science*, da ist nichts von Statistik und Ökonomik, nichts von Soziologie, nichts von Computer-Methodik mit Variablen und Hypothesen und all dergleichen, sondern wenn es also ›wissenschaftliche‹ Prosa heißen soll, so ist es die Sprache einer apokalyptischen, einer gnostischen Universalwissenschaft vom Menschen und vom Menschengeschlecht.

Weiter kennzeichnet es diesen Stil, daß sinnfällige Metaphern zu Kategorien werden – der ›aufrechte Gang‹ zum Beispiel als Inbegriff des Naturrechts –, Bonmots zu Grundworten – so jene Lieblingswendung, daß einer »zur Kenntlichkeit verändert« sei (im Bösen wie im Guten übrigens) –, Märchenmotive zu archetypischen Symbolen – wie jenes Zauberwort »Mutabor« aus dem Kalif Storch von Hauff –, Opernfiguren zu Modellen wie Othello und Desdemona im Ersten Akt, das Hohe Paar –, und Verheißungen zu Prinzipien – das »Prinzip Hoffnung«! Und daß überhaupt ein Schatz von Urworten, ein Gewimmel von Gestalten, eine Wandeldekoration von Urszenen aus Märchen und Mythen, Liedern und Gassenhauern, Sprichwörtern, altdeutscher Gottesschwärmerei und barocker Mystik, aus Jakob Böhme und Hegel und Marx, Hauff und Hebel, aus dem Faust, dem Nibelungenring (und auch dem Datterich) jederzeit und nah vertraulich zur Verfügung sind, immer voller Bedeutung, lauter kräftige Beiträge und Hinweise, Chiffren, Präfigurationen, bewegliche Elemente jener Mathesis Universalis vom Menschen und vom Menschengeschlecht. »Was gedichtet ist, ist wirklich«, hieß es schon im *Geist der Utopie,* und »die poetischen Menschen sind wir, im Abstand des Gestaltetseins, Herausgeführtseins zu sehen«. Und vor allem und immer wieder, daß ich's nicht vergesse, aus der Bibel Alten und Neuen Testaments, vom Buch Hiob bis zur Apokalype des Johannes. Denn Bloch ist – ganz im Gegensatz und Widerspruch zu dem protestantischen Programmatiker der »Entmythologisierung«, Rudolf Bultmann, durchaus und durchweg ein Genie der Mythologisierung nicht allein der Religion, sondern der Philosophie, ja der gewöhnlichsten Erfahrung. Was er anfaßt, zeigt plötzlich eine verborgene Stelle oder Seite, fängt zu gleißen an, schimmert von Erwartung. Wie es jene schöne Passage illustriert, sie steht in den *Spuren,* und nur dieses eine Exempel will ich jetzt anführen, die Passage vom Dampfschiff: »Vor allem«, heißt es, »wenn das Schiff mit Musik ankommt: dann verbirgt sich in dem Kitsch... etwas von dem Jubel der (möglichen) Auferstehung aller Toten«: Hat das nicht Wahrheit? Hat das nicht unsereiner und jedermann einmal glücklich und dunkel gefühlt? Er ist ein wahrer Wundermann, dieser philosophische Literat, ein utopisch-eschatologischer Rutengänger in allen Gründen, und seine Rute schlägt reichlich aus.

Nun also: macht's der Gehalt? macht's die Sprache? Wer will das entscheiden! Ein guter Ausdruck, sagt Lichtenberg, ist so viel wie ein guter Gedanke. Blochs Sprache folgt aus seinen Wachtraumgedanken und treibt sie auch hervor. Die lebenslängliche große geschichtliche, endgeschichtliche, übergeschichtliche Hoffnung ist es, die Sprache und Stil erzeugt, ihr Raunen und ihr Rauschen, ihre heftige Grammatik wie ihre knorrige Syntax, ihre Bilder wie ihre Begriffe, bildlichen Begriffe und begrifflichen Bilder, ihre originale und doch auch eine gewaltige Tradition heraufhebende, mitführende unendliche Melodie. Gewiß, so muß man's annehmen. Aber doch ist auch die andere Relation möglich und nicht minder legitim: daß die Sprache die Mysterien erzeugt, die sie ausdrückt, indem sie sie einschließt. Jedenfalls gilt das von einer Sprache, in die der Geist hineingefahren ist. Oder besser: es gilt von der Sprache, insofern der Geist in sie gefahren ist. Zum Beispiel von Blochs Sprache.

Solche Sprache, solcher Gehalt, solcher Geist, ist den Positivisten – alter wie neuer und neuester Observanz – ein Greuel, den strengen Ethikern bedenklich, den Kantianern, die sich innerhalb der Grenzen der reinen Vernunft zu halten bemühen, ein Ärgernis. Solcher Sprachgeist ist gefährlich aller festgesetzten Herrschaft, auch und gerade der kommunistischen, wie sich in Blochs Fall erwiesen hat, darum, daß der permanente Utopismus dort zum Schweigen verurteilt ist, wo das historische Gesetz als erfüllt und die gerechte Diktatur als aufgepflanzt behauptet wird: da gibt's nichts mehr zu glühen und zu brodeln, zu raunen und zu brausen.

Aber solcher Geist – das wollen wir nicht verschweigen und nicht verkleinern – ist auch in stetigem, ja in ewigem Widerspruch zu derjenigen versuchten Ordnung, Verfassung und

Handlung, welche wir Sterblichen im Bewußtsein unserer Grenzen gemeinschaftlich begründen und betreiben, wo wir nicht unser ewiges Heil, sondern das hier Erreichbare zu besorgen streben, uns mit ganzer Front und Liebesmühe den Aufgaben des Tages zuwenden: ohne allen Anspruch, die Stadt Gottes zu erbauen oder vorauszubilden. Mit anderen Worten: Utopik ist nicht Politik. Wenngleich jene fortwährend in diese einwirkt, beunruhigend, störend: daher Politik und Utopik gleichsam in herzhaftem Streite von je auch wieder untereinander verbunden, zuzeiten ineinander verkrallt sind – jedenfalls bei uns im christlichen Abendland.

Aber alle menschlichen Gedanken sind verwandt miteinander.

Ernst Bloch, der Denkschreiber und Schreibdenker, hat in Gehalt und Sprache und Geist zuletzt nie anderes beschworen und geweissagt als: Erlösung, freilich Selbsterlösung. Selbsterlösung des Menschengeschlechts, Seelenwanderung in der Geschichte und durch die Geschichte hindurch und also individuelle oder kollektive Unsterblichkeit, in welcher metaphysischen, materialistischen, dialektisch-revolutionären oder mystisch-religiösen Version auch immer. Und das müssen wir doch wohl alle einräumen, wenn auch in verschiedener Tonart und Lautstärke, auch die Politiker, die Ethiker, die Kantianer und sogar die Positivisten: »Die Unsterblichkeit ist ein großer Gedanke.«

1975

Walter Benjamin

Walter Benjamins Prosa

Beim Lesen von Walter Benjamins Prosa wird man gewahr, was eigentlich das Wort »Schriftsteller« bedeutet. Das ist ein Mensch, der kunstvoll die Zeichen der Schrift zusammenstellt und der auch die Schrift oder Sprache als ein geknüpftes Netz ausstellt, damit die Erscheinungen und die Erfahrungen sich darin fangen. Im Lesen dieses Buches (*Berliner Kindheit um Neunzehnhundert*) zwingt sich mir das unvertauschbar, unveränderlich Endgültige der Formel auf, die unnachgiebige Genauigkeit des Ausdrucks, die scharf bedachte Fügung des Satzes. Das ist wie alte Email-Arbeit, deren fest geronnener Schmelz, deren kühle, figurierte Fläche noch die Glut sehen läßt, mit der die geheimen Stoffe eingeflossen sind. Der Stil dieser Prosa ist dicht bis zum Beklemmenden. Er läßt uns nicht ausweichen, nicht im Ungefähren schweifen, aber auch nicht im Genuß der Sprache als solcher verweilen. Die Bindung von Wort und Gegenstand ist so unlöslich, daß kein Sprach-Rausch aufkommt. Das muß um so mehr wundernehmen und zur Bewunderung reizen, als die Mittel durchgängig ganz nahe an die lyrischen angrenzen. Fortwährend verläßt seine Sprache die breiten und bequemen Wege des eigentlich prosaischen Satzbaues und gerät unversehens in metrische Gangart. Namentlich sind es fünffüßige Jamben, die man immer wieder entdeckt. Man könnte ganze Seiten in Versen absetzen. So zum Beispiel dort, wo von jenen Lichtern die Rede ist, die hinter verschlossenen Fenstern und in dunklen Höfen dem Kind, das mit dem D-Zug aus den Ferien in die abendliche Stadt Berlin heimkehrt, »kleine traurige Asyle« anbieten. Von diesen Lichtern heißt es: »Dann freilich schloß die Stadt sie wieder ein, als reue ihre Hilfsbereitschaft sie.« Umgesetzt sähe derselbe Satz so aus:

Dann freilich schloß die Stadt sie wieder ein,
Als reue ihre Hilfsbereitschaft sie.

Oder dort, wo von der dunklen Kinderbegierde nach »Unglücksfällen und Verbrechen« die Rede ist und davon, daß dieselben Orte, die sie erregen, sie auch stets enttäuschen und nie auf ihre Rechnung kommen lassen. Nicht einmal der Landwehrkanal löst das Versprechen ein, das seine düstere Faszination zu geben scheint. »Umsonst war jede seiner vielen Brücken mit einem Rettungsring dem Tod verlobt.« Oder umgesetzt:

Umsonst war jede seiner vielen Brücken
Mit einem Rettungsring dem Tod verlobt.

Im ersten Beispiel ließe sich die bequeme prosaische Schreibart allenfalls durch eine kleine Manipulation noch herstellen, durch eine geringfügige »Umstellung« der Schrift: »Dann freilich schloß sie die Stadt wieder ein, als reue sie ihre Hilfsbereitschaft.« Für einen Augenblick scheint es fast, als mache eine solche Transkription einen bloßen Kunstgriff offenbar (und zugleich rückgängig), aber sogleich verspürt man, daß die Essenz verflogen ist. Der Satz klingt jetzt lässig, wie ein träumerischer Einfall, nicht mehr ganz ernst. Und im selben Moment glaubt man den Sprecher oder Schreiber zu vernehmen, der sich dies spielerisch einfallen läßt und eben hinschreibt. Was für eine Essenz ist da verflogen? Nicht die Schönheit, sondern die Strenge. Es ist wirklich seltsam, daß gerade die metrische Fügung diese fast lastende Strenge hervorbringt, unter der der Autor, der Schreibende, ganz verschwindet. Im zweiten Beispiel wird dies deswegen noch fühlbarer, weil sich der Satz hier jeder ähnlichen Umwandlung sperrt. Das Gleichnis – der Rettungsring als Verlobungsring – ist derart kurz gefaßt, derart fest und unwidersprechlich eingeknüpft, ja eingekeilt, daß es sich nicht mehr auflösen läßt. Der gewöhnliche Prosaist müßte hier ein »gleichsam« oder »gewissermaßen« oder »wie wenn« einfügen, und abermals würde die strenge Bestimmtheit der Aussage verfliegen. So zeigt sich gerade das lyrische Element – weit entfernt von Schmuck und Rausch als dasjenige der Gesetzlichkeit. Es ist, als verließe der Schriftsteller jene bequeme Straße der Prosa, auf der er aller Welt sichtbar bleibt, um auf engen Pfaden ins Dickicht vorzudringen. Und die Zweige schlagen hinter ihm zusammen, daß er unseren Blicken entschwindet. Man wird nun schon wissen, daß wir es hier nicht mit einem Erzähler oder Schilderer zu tun haben, der gelassen oder minutiös oder gar behaglich ausbreitete, was sein Gedächtnis aus der Kindheit aufbewahrt. In dieser Enge und Strenge geht es vielmehr darum, Phänomene jeweils mit einem Griff zu fassen. Die *Kindheit* und das *Berlin um Neunzehnhundert* sind nicht zweierlei – hier ein Wesen und dort eine Welt von Dingen. Sondern im Kinderblick ist die Stadt und die Epoche ebenso gegenwärtig wie in den Dingen das Kind. Und wiederum hat die Erinnerung gar nichts Trauliches, Verklärendes, Erleichterndes. Hat man das Buch gelesen, so fragt man sich, ob ein erwachsener Mensch das spezielle Aroma – der Höfe, der Loggien, der Wohnungen, der Möbel, des Nähkastens, des Feuermelders, der Siegessäule am Sonntag – jemals auch nur von fern mit ähnlicher Intensität und Richtigkeit wahrnehmen könnte wie dieses Kind, das alledem wahrhaft vermählt und eingelebt zu sein scheint. Indem man sich aber diese Frage vorlegt, hat man schon vorausgesetzt, es sei das Kind selber und nicht der rückschauende Mann, der das Buch geschrieben hat. Die Kinder-Situation ist bis zu einem solchen Grade ernst genommen und festgehalten, als wüchse man niemals aus ihr heraus.

Nirgends handelt das Buch eigentlich von Ereignissen und Entwicklungen, überall von Wahrnehmung und Wahrgenommenem. Mitunter fühlt man sich an jene japanischen Gedichte erinnert, die Haikus, die es sich vorsetzen, in einer bestimmten Anzahl von Silben eine Situation und das ihr zugehörige, ihr innewohnende Gefühl zu fassen. So gibt es unvergeßliche »petites perceptions« in diesem Buch, Sätze und Momente, wo der Leser nichts anderes ausrufen möchte als »Ja ja, so ist es« oder noch eher »Ja ja, *das* ist es, das ist es wahrhaftig und vollständig«. Dahin gehört für mich der Passus über das Schlittschuhlaufen auf dem Neuen See. Oder vielmehr vor allem der Passus über das Anschnallen der Schlittschuhe in der Bude mit dem glühenden Ofen. Noch genauer dieser Satz: »Ruhte dann der Schenkel schräg auf dem Knie und lockerte der Schlittschuh sich, so war's, als wüchsen Flügel uns an beiden Sohlen und mit Schritten, die dem gefrorenen Boden zunickten, traten wir ins Freie.« Dahin gehört für mich vor allem das winzige Stück, das nur eine halbe Seite einnimmt und überschrieben ist »Zu spät gekommen« – ein wahres Meisterstück. Es geht vom Zuspätkommen in der Schule. Es beginnt so: »Die Uhr im Schulhof sah beschädigt aus durch meine Schuld. Sie stand auf ›zuspät‹.« Und es endigt mit zwei kurzen Sätzchen, die diese Lage des schuldhaft Ausgeschlossenen, dennoch scheu Anwesenden in ihrer merkwürdigen Tonlosigkeit haargenau anrühren: »Leise schaffte ich mit bis Glockenschlag. Aber es war kein Segen dabei.«

Obwohl wir im Lesen oft dieses Glück des Erkennens und dieses Glück zugleich der Vollkommenheit empfinden, bleibt während der Lektüre stets eine unerklärliche Bangigkeit fühlbar. Ja, sie nimmt, wenn ich nicht irre, zu, je mehr wir im Lesen fortschreiten. Rührt sie davon her, daß uns niemals der volle Blick dieses Kindes und Autors trifft? Daß es immer versenkt und versunken scheint in diese seine Sphäre? Ganz selten und dann mit einer tiefen Rührung wird uns, als bemerkten wir ein schüchternes Aufschauen. So wenn es bei Betrachtung der Postkarte, die das Hallesche Tor darstellt und die das Kind wunderbar beruhigt mit ihren transparenten Fensterchen und ihrem Monde – wenn es da am Ende heißt: »Warum mich diese Karte beglückte, das weiß ich nicht.« Ich weiß auch nicht, warum ich diese Bangigkeit fühle in Benjamins Buch. Fast ist mir's, als wäre das so kunstvoll und so eng geknüpfte Gewebe seiner Prosa zum Zerreißen gespannt. Und wenn es zerrisse, so würde man einen furchtbaren Schrei hören.

Auch der ungenannte Verfasser des Nachworts nennt diese Stücke sehr zutreffend »unheilvoll-zärtliche Miniaturen«.

1950

Benno Reifenberg

Grabrede auf Benno Reifenberg

Unter meinen Freunden weiß ich niemanden, der so stetig, so einläßlich und so bestimmt auf das Individuelle geachtet hätte wie er. Auf Gesichter, Gebärden, charakteristische Regungen, Äußerungen. Kollektive – Völker, Klassen, Parteien – sind ihm immer blaß geblieben. Die eigene Nation freilich war ihm wohl ein selbstverständlicher, zuzeiten beglückender, zumeist eher bedrückender, stets unentrinnbarer Zusammenhang des Geschicks. In diesem Sinn war er ein Patriot, aber das ist ein anderes Thema. Woran er sich hielt, das waren immer die Einzelnen. Diejenigen, die ihm dauernd in Liebe verbunden waren. Und es sind und es bleiben werden. Diejenigen, denen er sich in Zuneigung oder in verehrendem Aufblick verband. Ich denke an den Bruder in Java, den er so unvergeßlich beschrieben hat. An einen Meister, Bernhard Guttmann, dem er mit so tiefer Aufmerksamkeit zuhörte. An einen getreuen Mahner, Herbert Küsel. An langhin vertraute Freunde wie Wilhelm Hausenstein und Max Picard – indem ich sie nenne, wird mir vollends deutlich, daß sogar religiöse Gehalte und metaphysische Einsichten sich in Bennos Geist immer mit Personen verknüpft fanden, mit individuellen Gesichtern, individuellen Aussprüchen, die er vernommen, mit immer frischer Bereitschaft aufgefaßt, sich einverleibt hatte. Wie er denn im Gespräch auch beim allgemeinsten Gegenstand stets Zitate, Gestalten, Begegnungen erscheinen ließ, eine Girlande von ganz persönlichen, ganz individuellen Erfahrungen. Da war nichts Abstraktes, nur Anschauliches. Selbst die merkwürdige Berührung mit der Naturwissenschaft, die dem Fünfzigjährigen durch die Verstrickungen der letzten Hitlerjahre zuteil wurde, war und blieb mit den genauen Umrissen der Personen verflochten, die sie ihm vermittelt hatten, der gelehrten Familie des Hirnforschers Oskar Vogt in Neustadt.

Und ich denke an die Kollegen in den Redaktionen. Sosehr Reifenberg sich zu Zeiten der alten *Frankfurter Zeitung* mit dem Ganzen dieser Institution, ihrer Haltung, ihrem Amt identifizierte – »die Zeitung«: er sprach das Wort mit einer ähnlichen Exklusivität und unbedingten Loyalität aus, wie andere ehedem das Wort »Vaterland« ausgesprochen haben! –, diese Gesinnung konnte doch nicht im mindesten die lebendige Wirklichkeit des Kollegiums und der einzelnen Kollegen verdrängen. Es gab nähere und fernere, Grade der Distanz gewiß, aber jeder war ihm wichtig, als Person.

Und ich denke an viele flüchtigere Begegnungen beim gemeinsamen Flanieren, Einkaufen, Frühstücken, einen Kellner im Café, eine Verkäuferin im Metzgerladen. Es war immer wie ein kleiner Blitz der Erkenntnis: die Wahrnehmung des Individuums. Ich möchte meinen, daß er sich vornehmlich auf diese Art überhaupt in dieser unserer Welt orientiert und fortgeholfen hat. Nicht mit Kühle, sondern mit Lust. Ja, ich glaube, soweit ich mich erinnern kann – und das ist eine lange und bedeutungsschwere Zeit! –, daß trotz allem doch die Lust überwog. Nämlich ebendiese Lust, die seine anschauende Erkenntnis des individuellen Menschenwesens ihm bereitet hat – in Natur und Kunst, im Dauernderen wie im Flüchtigeren, im Größeren wie im Kleineren, im Bedeutenden, im Lieblichen, im Wunderlichen, auch im Lächerlichen.

Gern will ich hier gestehen, daß ich in meiner eigenen Bildung vor allem dies ihm zu verdanken meine: die nie ermüdende Wahrnehmung des Individuellen und die Gewißheit, daß es darauf auch wahrhaftig ankomme. Es gibt die philosophische Lehre von der unendlichen Bedeutung des Einzelnen. Benno Reifenberg hat in diesem Sinn gelebt und auf diese Art das Leben hell gemacht. Denn gerade so hat er auch geschrieben. Vor Jahrzehnten, als ich noch ein

Anfänger war, hat er mir gesagt: »Ein Schriftsteller lebt ganz genau so dahin wie irgendein anderer Mensch auch, nur eben schreibend.« Diesen einen Satz möchte ich von ihm zitieren. Es ist ein unscheinbarer Satz, aber fundamental.

Bennos liebevolle Wahrnehmungskraft und Wahrnehmungslust war ungemein ansteckend. Es war, als nähmen in ihrem Widerschein die Menschen Umriß und Farbe an. Es war einem so wohl in seiner Gesellschaft.

1970

Herbert Küsel

Einleitung zu einer Sammlung von Artikeln von Herbert Küsel

Er zeichnete seine Veröffentlichungen mit einem kleinen »k«, wohl nur die wenigsten Leser wußten dieses Signum zu entziffern. Er verbarg sich darin, blieb im geheimen. Auch sein Beruf war wie ein Versteck, der des Journalisten, des Redakteurs. Niemals hat er ein Buch geschrieben, niemals einen öffentlichen Vortrag gehalten, niemals an einer Round-Table gesessen, niemand hat ihn je im Fernsehen beobachten, niemand seine Stimme im Rundfunk hören können. Er war ein reiner, ausschließlicher Artikel-Schreiber. Ich bin versucht, ihn einen Geheim-Schreiber zu nennen, zumal ich weiß, daß er ein Tausendfaches von dem geschrieben hat, was im Druck erschien, freilich nicht zusammenhängende Werke – soviel mir bekannt ist –, vielmehr Notizen, eine Welt von Notizen, eine Welt in Notizen. Auch ist er als Autor erst merklich hervorgetreten, als er längst ein ausgewachsener Mann war, mit fast vierzig Jahren, und mit einiger Stetigkeit sichtbar geblieben nur in den dreizehn Jahren, da er nach dem Zweiten Weltkrieg an der Zeitschrift *Die Gegenwart* wirkte.

Es gibt keine Rubrik, keine Gattungsbezeichnung, die eigentümliche Wesensart und Machart seiner Arbeiten zu treffen, weder eine journalistische noch eine literarische. Bisweilen sieht es so aus, als wollte es eine Buchbesprechung, eine Theaterkritik, ein Gerichtsbericht, eine Reportage werden, aber es kommt anders. Solche – zumeist selbstgewählten – Aufgaben, wie sie im Berufe liegen, bleiben bloße Anlässe, nicht deswegen, weil er sie nicht ernst nähme, sondern im Gegenteil, weil er sie unvergleichlich viel ernster nahm als ein Reporter, Kritiker, Rezensent. Er war immer überwältigt von der Wirklichkeit, die er entdeckte, von der Faktizität, Kuriosität, Verschlungenheit, Absonderlichkeit, Ungeheuerlichkeit dessen, was er wahrnahm, hörte und las. Und er war dahinter her, alles zu notieren, das Winzige wie das Monströse, und das Monströse im Winzigen. Alles geriet ihm zu einer Art von Gespinst, zu einer Abbildung des Gespinstes, worin wir leben, und notwendig zu einer fragmentarischen. Es geht partienweise episch, anekdotisch, aphoristisch, auch dramatisch zu, und doch schließt sich keine dieser Formen, seine eigene, vollkommen originale Form läßt die Gattungen zurück, will nicht einhalten. Sein Stil ist von einer nie zu stillenden Verwunderung, von dem nie zu beruhigenden Entsetzen, von der nie endenden Bedrängnis geprägt, der Bedrängnis der menschlichen Tatsachen, der Verwunderung über die menschliche Wirrnis, dem Entsetzen über das Unmenschliche. Es sind auch keine Essays, weil es im Essay doch auf Begriffe ankommt, hier aber auf das Unbegreifliche. Es ist eine fortlaufende Berichterstattung vom Unbegreiflichen.

II.

Herbert Küsel habe ich in der Redaktion der alten *Frankfurter Zeitung* kennengelernt, nach 1933. Kam man in der Eschenheimer Gasse die gewundene Haupttreppe herauf und passierte man die Glastür im zweiten Stock, so fand man sich auf dem Flur der politischen Redaktion, und gleich rechter Hand hatte damals Benno Reifenberg sein Zimmer, es war gleichsam das Nervenzentrum des Hauses. Wenn er nicht schrieb, stand die Tür meist offen. Daher konnte man beim Hereintreten noch nicht wahrnehmen, daß an der Wand hinter dieser Tür ein zweiter Bewohner saß. Er hatte keinen Schreibsekretär mit Aufbau, Gefächern, Schubladen und Utensilien, sondern einen gewöhnlichen flachen Tisch. Es war eine provisorische Unterbringung, aber sie hielt sich recht lang. Seine Tätigkeit war keineswegs die eines Schreibenden, auch nicht diejenige eines Ressort-Redakteurs. Auf ihn, Herbert Küsel, bezieht sich der folgende Satz in Reifenbergs Aufzeichnungen über *Die zehn Jahre / 1933-1943*: »Man schaffte sich eine eigene Zensur, insofern alles, was veröffentlicht wurde, gegengelesen wurde, und zwar unter zweierlei Gesichtspunkten: inwieweit man Gefahr lief, mit den neuen Machthabern in Konflikt zu kommen, und inwieweit man das zum Teil aufgezwungene Material in eine genügend distanzierte Form gebracht hatte.«* Das war Küsels Amt. Er selbst hat seine damalige Funktion in einem Fragebogen als »redaktionelle Assistenz des Stellvertretenden Hauptschriftleiters« bezeichnet (das war Reifenbergs Stellung nach der Nomenklatur des nationalsozialistischen »Schriftleitergesetzes«). Er war damals dreißig Jahre alt. Erst im Sommer 1935 rückte er förmlich in die Kategorie der »Schriftleiter« ein. Die Betrauung mit der Haus-Zensur war wohlbedacht. Er übte sie mit unvergleichlicher Akribie, nie erlahmender Aufmerksamkeit und mit dem höchsten Ernst aus. Er war ebenso empfindlich für die leisesten Anklänge an den fatalen Wortschatz, den die herrschende Partei ausschüttete, wie andererseits besorgt, die »Sprachregelungen« des Propaganda-Ministeriums zu bedenken, jedenfalls nicht frontal zu verletzen. Sein Tisch lag voll von Blättern mit Berichten der Korrespondenten und der Agenturen, wie sie aus den Ressorts, also bereits in redigierter Fassung, in diese Schleuse gelangten. Er arbeitete mit verschiedenfarbigen Stiften. Wenn die *Frankfurter Zeitung* bis hoch in den Krieg im Ganzen eine Integrität ihrer eigenen Ausdrucksweise bewahrt hat, so war es ganz wesentlich seiner Arbeit zu danken. Das war kein Spaß. Ich erinnere mich nicht, jemals

* Die Aufzeichnungen stammen aus dem Sommer 1945, wurden aus dem Gedächtnis niedergeschrieben. Sie sind erschienen in dem Sonderheft der *Gegenwart* zum hundertjährigen Jubiläum der *Frankfurter Zeitung*, 1956. Das Zitat dort S. 45.

ein Lachen des Leichtsinns oder auch des Vergnügens über eine gelungene Finte von ihm gehört zu haben, wiewohl er, stets die Wahrheit und zugleich den Aufpasser vor Augen, allen Geist daran wendete, Versionen und Varianten der Formulierung zu finden, die dieser nicht greifen und die jene wenigstens noch dulden konnte.

In dieser harten Schule wuchs der Ingrimm wie die Geschmeidigkeit, auch des Schriftstellers. Es liegt die sonderbarste Ironie in dem Umstand, daß gerade er der Verfasser desjenigen Artikels war, der das endliche Verbot der *Frankfurter Zeitung* im Jahre 1943 herbeigeführt hat: »Dietrich Eckart, geboren am 23. März 1868«. Dem Wiederabdruck für jenes Gedenkheft der *Gegenwart* von 1956 hat der Autor eine Vorbemerkung hinzugesetzt. Der neue Titel, *Corpus delicti*, spricht eine unverwechselbare Stimmung aus, eine verstohlen humoristische Distanz zu der eigenen Tat. »So ungeheuerlich, den Blitzstrahl des Verderbens wie mit Sicherheit herbeirufend, sollte man denken, liest es sich nicht...«, heißt es zu Beginn dieser Vorbemerkung: auch diese Folge blieb ihm immer verwunderlich, ja unbegreiflich, wiewohl er sich doch in den Verletzlichkeiten und schlimmen Rache-Handlungen der Gewaltherrscher auskannte wie kein zweiter. Der Artikel war einer unumgehbaren Anordnung entsprungen, den fünfundsiebzigsten Geburtstag des Autors von »Deutschland erwache!« sollten alle deutschen Zeitungen begehen. Herbert Küsel gab eine Lebensbeschreibung aus der Fülle seiner historischen Detailkenntnis – der Teufel weiß, aus welchen Quellen er sie in diesem Fall gewonnen hatte. Eben das Detail war das Verbrechen. Er hat selbst erzählt, was ihm bei der ersten Vernehmung auf der Geheimen Staatspolizei in der Lindenstraße zu Frankfurt der Beamte auf seine Darstellung erwidert hat: »Aber wissen Sie denn nicht, daß Dietrich Eckart der Barde der Bewegung war?« (Der Beamte war für literarische Angelegenheiten zuständig; Küsel hat in seiner unvergeßlichen Erzählung die komische Koinzidenz vermerkt, daß er Fritz Reuter hieß). Der Mann kannte nichts als die Phrase. Unerträglich waren ganz einfach die Tatsachen. Herbert Küsel war die Phrase unerträglich, aber die Tatsachen waren ihm heilig.

Daß er damals aus der Lindenstraße wie aus der Berliner Prinz-Albrecht-Straße, der Kommandozentrale des Schrekkens, wieder herausgekommen ist, war wie ein Wunder. Ich will die Mühen nicht unterschätzen, die ihm zu helfen angeboten worden sind, doch neige ich zu der Vermutung, daß ihn zuletzt seine eigentümliche geistige Unschuld bewahrt hat. Das mag sonderbar klingen, da er doch so ganz und gar von Abscheu erfüllt war, ist aber dennoch wahr. Wir lebten in der Gewohnheit, das Widerwärtige, das Böse täglich mit angespannter Genauigkeit zu registrieren; Empörung auszudrücken, war überflüssig, ja unangemessen.

III.

Aus seinem eigenen Munde habe ich nie ein Sterbenswörtchen über Herkunft, Eltern, Bildungsgang, frühere Tätigkeiten vernommen, überhaupt nichts von seinem Privatleben. Er schien ganz allein zu stehen, allein zu gehen. Die radikale Diskretion gegen sich selbst gab ihm eine Aura von Geheimnis, als sei er aus einer anderen Welt dahergeraten. Man fragte ihn auch nicht, hätte solche Erkundigung als ungehörig empfunden. Immerhin hatten wir gemeinsame Freunde; fast mit Überraschung habe ich ihn in diesen Häusern in Marburg und Frankfurt angetroffen, leise verwundert, daß er doch auch sich unter Leuten bewegte, die man kannte. Zwar, daß er aus Berlin stammte, wußten wir, und es leuchtete ein, obgleich an seiner Sprechweise kein Idiom zu erkennen war. Dort ist er in der Tat am 29. Juni 1904 zur Welt gekommen, genauer in Neukölln, in offenbar wohlhabendem bürgerlichem Hause. Die biographischen Angaben verdanke ich Frau Dr. Agnes Küsel-Meise, seiner Frau, Rechtsanwältin in Frankfurt. Er besuchte das Kaiser-Friedrich-Realgymnasium. Auch das Studium vollzog sich in Berlin. Als Lehrer werden genannt die Historiker Friedrich Meinecke und Erich Marcks, der Anglist Wilhelm Dibelius, der Germanist Julius Petersen; er hörte auch Theaterwissenschaft. Sieben Jahre lang, scheint es, hat er studiert, es sind die zwanziger Jahre, die Not- und Glanzjahre der Weimarer Republik, 1922 bis 1929, mit der Unterbrechung eines Jahres in England, wo der Student an einer Schule unterrichtete. Ein akademisches Examen scheint er nicht abgelegt zu haben. Seine Arbeiten geben reichlich Zeugnis nicht allein von der literar- und theatergeschichtlichen Bildung ihres Autors, sondern vor allem von der strengen Forschungsweise des Historikers, der überall das genaue Faktum, das authentische Zitat dingfest zu machen strebt. Aber von der gelehrten Geschichtsschreibung unterscheidet sich sein Stil durch die Anordnung. Sie ergibt keine Synthese, keine ›große Linie‹, keinen ›Sinn‹ der Epoche oder der Entwicklung, sondern ein Bild allenfalls nach der Art eines Puzzle, das nicht fertiggeworden ist, ein Muster der Unvollkommenheit, bedrängend und bedrückend.

Er war ein Historiker, ein Chronist auch im gegenwärtigen Leben, in jedem Moment – daher die unendlichen Notizen. In Gesellschaft, in Konferenzen konnte er stundenlang schweigen, während ringsum drauflos geredet wurde, und war dabei von höchster Aufmerksamkeit. Man ahnte, er registriere das alles – gewiß ohne den geringsten Hochmut –, nehme es wichtig, halte es fest. Das teilte sich uns anderen mit als Anspruch, man nahm sich vor Leichtfertigkeiten in acht. Wirklich kam es vor, daß er Kollegen an Aussprüche wörtlich erinnerte, die vor Jahren getan waren. Ergriff er selbst das Wort, etwa zu einem politischen Problem, so niemals in abstrakter Weise, vielmehr szenisch, er sprach gleichsam mit einem Dutzend Stimmen, imaginierte Figuren traten auf, Richtungen und Gesinnungen taten sich in charakteristischen Redewendungen kund, hingerissen hörte man ihm zu, horchte in das Labyrinth der Möglichkeiten und Verwicklungen hinein, die er entwarf, fand sich umstellt von den Folgen und Wirkungen der einen oder der anderen Entscheidung. Es war jedesmal wie ein Kunstwerk, eine Komödie, doch von der tiefsten Skepsis gegen alles Handeln durchtränkt, fast von Hoffnungslosigkeit. Man mußte sich losmachen und aufraffen, um dennoch ein Urteil, eine Entscheidung zu riskieren.

Aber ich wollte den Lebenslauf wiedergeben. Er wurde Hauslehrer – es ist wie aus einer Intellektuellen-Biographie des achtzehnten Jahrhunderts – bei Dr. Heinrich Simon in Frankfurt, dem Eigentümer und Verleger der *Frankfurter Zeitung*, vielleicht empfohlen von dem Berliner Pädagogen Karsen. Dies blieb ihm offenbar ein bedeutender Abschnitt. Ich habe vor mir die Kopie eines Tagebuchzettels aus dem Krankenhaus vom Jahre 1969:

»Mittwoch, 7. Mai.
Heute nachmittag vor 14 Tagen ins Krankenhaus gegangen.
gen.
7. Mai 1894:
Frau Simon 75 Jahre.
. . .
Puls: 76
Temperatur: 36,9.
. . .
Vor 40 Jahren, vor Ostern 1929:
zu Heinrich Simon.
1. Juni 1929: in Frankfurt.«

Es ist ein winziges Beispiel jener kühlen Chronisten-Leidenschaft, die auch den eigenen Zustand nicht ausnimmt; man fühlt, wie er den Daten nachsinnt, ohne sie doch enträtseln zu können.

Vom Hause Simon kam er zur *Frankfurter Zeitung*, anfangs als freier Mitarbeiter mit archivalischen und Lektorats-Aufgaben, 1934 ging er ganz in die Redaktion über. Der Historiker erfuhr jetzt Geschichte, die entsetzliche Geschichte des Dritten Reiches. Davon ist schon die Rede gewesen. Nach dem »Dietrich Eckart« wurde er zur Wehrmacht eingezogen, mit knapp vierzig Jahren also, als einfacher Schütze. Er kam heil zurück und trat dem Kreise der *Gegenwart* bei. Es wurde seine fruchtbarste, wohl auch seine glücklichste Zeit. Er war unter Freunden, in kleinem, vertrautem Kreis, die Besorgnis des Ungenügens, die hemmende Bedenklichkeit verlor sich, er griff zu, schrieb ein Stück nach dem anderen, vieles aus Trauer und Zorn, manches aus Lust und Laune, einiges aus Liebe und Treue – zu Berlin, Preußen, Fontane, denn er war ein Patriot, auch dies heimlich.

Mit den meisten seiner Kollegen ging er 1959 zur Redaktion der *Frankfurter Allgemeinen Zeitung* über, hat dort wieder die große Zitier-Kunst in den Jahres-Chroniken geübt, selten auch anderes, immer Originales, beigetragen, doch war die neue Umgebung, die ausgedehnte Organisation, der tägliche Drang, dem die Kollegen hingegeben waren, seiner Entfaltung nicht günstig. Der letzte Artikel, der in der Zeitung publiziert wurde, ist erst nach seinem Tod erschienen. Er starb am 4. Juni 1969. Der Artikel war »Baalbek« überschrieben, er registriert und glossiert, was bei einem Schlendergang in einer deutschen Kleinstadt alles zu entdecken war. Der Name »Baalbek« kam nur auf einem Plakat vor.

IV.

Wie dort von Hummelshain zu Baalbek, vom versperrten Thüringen zu den Ausgrabungen der Kaiserzeit, so springt überhaupt sein Interesse von Goethe zu Goebbels, von Fontane zu Fritsch, von Brecht zum Sechs-Tage-Rennen. Küsel ist ein Genie der Assoziationen. Er spricht aus, wie es in ihm denkt, hält auch den entlegenen Einfall fest, noch das Flüchtigste wird bedeutend. Allem scheint er nachzufolgen, was ihm durch den Sinn geht, mit der Akribie des Archivars, mit der Findigkeit eines Detektivs, der Konsequenz eines Forschers. Es gibt keine Deduktion, dennoch hat alles seine konkrete Logik. Er wendet die größte Mühe an den kleinsten Gegenstand, nichts ist belanglos.

Zuweilen fördert er Komisches zutage, einen Namen wie den von Josef Adlerflügel, der im Orchester die große Trommel bediente, »vom 1. März 1857 an« (in »Unterwegs zur Fledermaus«). Fast immer unterhält er sich im Geiste mit fingierten Fragern, Zwischenrednern, Besserwissern, Gegnern, auch das kann sehr komisch ausfallen wie bei jenem »forschen Rüpel«, der über das Wellen-Gehör der Fledermäuse so glatt Bescheid weiß, daß er die Verwunderung des Autors mißbilligt, der diesem Phänomen nachsinnt (in demselben Artikel). Und mit wie winzigen raschen Strichen solch ein imaginierter Dialog hingesetzt sein kann! – Zum Beispiel beim Sechs-Tage-Rennen: »Es sollen ja auch Stürze vorkommen? Freilich, liebe Frau, freilich, was wäre ein Rennen ohne Sturz« (in *Räder müssen rollen für den Sieg*). Man sieht diese Frau vor Augen – obwohl es sie gar nicht gab. Und die gespielt realistische Sachkenntnis dieser Antwort!, die Ironie verhüllt eine geheime Bereitschaft zum Mitgefühl. Dieser Dialogstil hat etwas von Lessing.

Es gibt großartig treffende Metaphern – das Operntextbuch sei häufig genug »das Stelzbein der Muse«, oder für Hitler war die Vorsehung »wie eine Maurerkelle, die Fugen im Gebäude seines Wahnes zuzuschmieren« (*Im Gespinst der Zeit*). Und Metapher-Zerstörungen – wie es von den jungen SS-Männern heißt: »... die Sterne, nach denen sie griffen, sind der Ordensstern und der Davidstern« (*Zuchthaus auf*

Lebenszeit). Und verzweifelte Ironien – wie diese, daß man sich im Lager Theresienstadt einkaufen mußte auf Lebenszeit, »aber über die Dauer dieser Lebenszeit war nichts vereinbart, nach bestem Wissen und Gewissen« (*Das dunkelste Deutschland*). Das letzte Zitat stammt aus dem ersten Artikel vom Prozeß gegen den Frankfurter Gestapo-Beamten Baab, von 1950, dem ersten von dreien; es ist insgesamt der ungeheuerlichste, eindringlichste, erregendste Gerichtsbericht, den ich in der deutschen Literatur kenne. Er ist lang, sehr lang, unerträglich lang, aber diese Unerträglichkeit reflektiert nur die Unerträglichkeit der Vorgänge, die verhandelt wurden; der Gegenstand widerlegt alle literarische Ökonomie, und der Stil hat die Konsequenz gezogen.

Die Kunst der Darstellung verlangt eine Kunst des Lesens. Ein bedeutender und intensiver Leser, Wilhelm Hausenstein, hat von dem großen Beitrag über die Nürnberger Prozeß-Dokumente (*Im Gespinst der Zeit*) gesagt, er habe »vertrackte Partien, die (objektiv-publizistisch genommen) nicht klar werden, die auf einer subtilen dichterischen Ebene liegen«. Er hat indessen hinzugefügt, das hindere nicht, »daß das Ganze großartig ist«, und seine eigene Lese-Erfahrung mit diesen Worten beschrieben: »Als ich ausgelesen hatte, war mir, als hätte ich Tage und Nächte in einem Zug gelesen; es war mir ähnlich wie nach der Lektüre der *Letzten Tage der Menschheit* von Karl Kraus zumute.«* Man muß im Lesen immerfort und höllisch aufpassen. Es gibt keine Ruhepause, kein Plätschern. Und viele Anspielungen, zumal zeitgeschichtliche.

* Die Bemerkungen stehen in einem Brief an Reifenberg vom 14. Januar 1947 aus Tutzing. Ich fand ihn abgedruckt in dem Ausstellungskatalog des Deutschen Literaturarchivs in Marbach »›Als der Krieg zu Ende war‹, Literarisch-politische Publizistik 1945-1950«, herausgegeben von Bernhard Zeller, München und Stuttgart 1973, S. 85.

V.

Versteckt wie ein Selbstporträt des Meisters auf manchen gotischen Altarbildern, hat auch der Schriftsteller Herbert Küsel sich einmal unmittelbar zu erkennen gegeben. Es ist in der Paraphrase über das Sechs-Tage-Rennen, dort, wo das fünfundzwanzig Minuten währende Geheul des Beifalls mit soviel Verwunderung beschrieben wird. »Das sind die Augenblicke«, heißt es, »da man sich entscheiden muß: Wo willst du nun stehen, auf der Seite des Sports und des Jubels und der Menge oder unter den Sauertöpfen, die sich in der Wirrnis umschauen, um es sich selbst wach und klar bezeugen zu können: Ja, so war es!« Küsel hat sich entschieden, er war von Natur schon entschieden.

1973

Ernst Jünger

Figuren und Konstellationen

Zu Ernst Jüngers Tagebuch von 1939 und 1940

Das neue Buch von Ernst Jünger – es heißt bedeutsam und beziehungsreich *Gärten und Straßen* – ist ein regelrechtes Tagebuch. Genauer: ein Auszug aus den Tagebüchern, die er in den Jahren 1939 und 1940 geführt hat. Regelrecht, denn es besteht aus lauter einzelnen Eintragungen, von der Notiz bis zur Schilderung und Reflexion, und für jede von ihnen ist Ort und Datum angegeben. Es beginnt zu Kirchhorst (im Haus auf dem Lande bei Hannover) am 3. April 1939, und es endet zu Wadgassen (am Westwall, auf dem Rückmarsch vom französischen Feldzug) am 24. Juli 1940. Und von diesen gut fünfviertel Jahren fehlt kaum ein Tag, an dem nicht irgend etwas eingetragen worden wäre, das nun hier im Buche erscheint. Es beginnt mit der Arbeit im Garten und am Schreibtisch – und die Sorge um den eigenen Stil (bei der Niederschrift der *Marmorklippen*) hat hier, im literarischen Jäten, Richten und Anordnen, mit derjenigen für die Gemüsebeete manches gemeinsam –, und es endet an der langen Straße des Krieges. Allerdings an einem Punkt, wo der Friede des Gartens wieder sichtbar wird: »In Wadgassen trafen wir die ersten Einwohner, die sich in ihren Häusern, ihren Gärten wieder einrichteten« – das ist der letzte Satz des Buches. Kriegslandschaft und Friedenslandschaft durchsetzen einander in diesem Buch, ohne daß einer von beiden ein absoluter Anspruch zuerteilt würde.

Ein regelrechtes Tagebuch. Aber man findet darin keine Bekenntnisse, kein Zeugnis bloßer innerer Wallung, kein ungeprägtes Erlebnis, keine geheime Zwiesprache, die zu belauschen peinlich wäre, nichts von jener Exhibition, die sonst in Tagebüchern nicht selten regiert und die der Neugier der Leser Nahrung gibt. Vielmehr ist durchgehends ein hoher Grad von Objektivität erreicht. Auch jene Eintragun-

gen, die sich auf das Sprach- oder Stilhandwerk beziehen, stellen sich nicht als eitle Enthüllungen aus der innerlichen Werkstatt des Dichters dar, sondern sie sind selber wieder vollkommen sachliche Beobachtungen, die der Autor an seiner eigenen Sprache anstellt, oder Anweisungen, die er sich selber unter der Arbeit erteilt – sie haben selber Stil. Übrigens sind diese Notizen darum auch besonders lehrreich für alle, die mit der Sprache umgehen, für hommes de lettres. So bilden auch sie keinen Stoff für diejenigen, die hinter der Kunst die Subjektivität des Künstlers suchen und den »Menschen« vom »Werk« abzutrennen streben, um alsdann dieses von jenem herzuleiten. Wohl aber geben sie dem, der die *Marmorklippen* kennt, manchen Aufschluß über das literarische Handwerk. Im ganzen wird in diesem Tagebuch offenbar gar nichts zurückbehalten, wenn auch manche Bemerkung eine geheime zweite Bedeutung einzuschließen scheint, die nur dem Vertrauten verständlich ist. Keine Regung des Mitleids, der Furcht, selbst der Liebe oder des Hasses tritt als solche hervor, nirgends wird ein bloßes Gefühl produziert, daher auch nicht wohlig gespiegelt, nirgends auch eine Meinung um ihrer selbst willen, nirgends eine Ansicht geäußert, die nicht von einer Sache, vom objektiven Bild eingegeben wäre. Wohl aber sind die Empfindungen und Ansichten in den Bildern selbst auf eine kühle Weise eingeschlossen und von diesen gleichsam diktiert, und daher begreifen sich solche Wendungen wie »es leuchtet mir ein« oder »es ergriff mich«, welche zu den tiefsten Kennzeichen von Jüngers Schreibweise gehören.
Daher rührt es auch, daß man in diesem Buche (wie übrigens auch in den früheren) kaum psychologische Bemerkungen findet. Dafür aber um so mehr physiognomische in jedem Sinn: Bemerkungen über die objektive Beschaffenheit, Mimik und Gestik der Wesen. Mit der gleichen ungerührten Blickschärfe beschreibt dieser Autor Steine und Muscheln, Blumen, Früchte, Weine, Insekten, Traumbilder, Menschen

(hier ergibt sich zumal aus den kurzen Begegnungen beim Vormarsch in Frankreich eine erstaunliche Galerie von Quartierwirten und -wirtinnen wie auch von Lokalitäten, bewohnten und verlassenen Häusern, Schlössern, Schulen, Kirchen), beschreibt er schließlich die Orte der Zerstörung, die Kriegsmaschinen, ja Kadaver und Leichen. Noch in jener letzten Eintragung aus Wadgassen steht solch eine Figur: »Vor einer Stalltür lag ein toter Ziegenbock, ganz ausgetrocknet, mit Löchern in der Decke, durch die man die Rippen wie einen Käfig sah. Er bleckte die Zähne, als ob er als letzter der unzähligen Kadaver, die wir sahen, zum Abschied lächelte.« Derart übt dieser Schriftsteller (oder »Silbenstecher« – welche Berufsbezeichnung er sich höchst sinnreich einmal, im Traume, selber gab) die Kunst des Treffens – in dem Sinne, wie wir lobend von einem »treffenden Ausdruck« reden – gemäß seiner eigenen Maxime, wie sie sich im Vorwort zu *Blätter und Steine* findet: »Die Sprache ist ein Handwerkszeug, dessen Gebrauch man durch die Beschreibung des Gegenstandes erlernt, – ähnlich wie man die Schützenkunst sich vor der Scheibe erwirbt.« Solches Treffen, solches Arretieren des Flüchtigen, solches Einbringen der Bilder gleicht aber auch in einer Hinsicht jener »subtilen Jagd«, nämlich der Insektenjagd, die er mehrmals in diesem Buch erwähnt und deren Beute er jeweils beschreibt: es sammelt und ordnet die Bilder der Erfahrung. So genau er ihn zu treffen strebt, er verliert sich doch nie an einen Gegenstand, nicht an das Fremdeste und nicht an das Nächste – auch die eigene Person, ihre Erfahrungen und Regungen sind Objekte des Sammlers. Er sammelt sich selbst. (Wenn wir von Augenblicken oder Stunden der Sammlung sprechen, meinen wir freilich zumeist einen innerlichen Vorgang und obendrein einen Ausnahmezustand, da wir doch in der Tat uns immerwährend und erst recht im Äußeren der Beziehungen und Begegnungen sammeln sollten.) Nichts soll hier ungetroffen, unbegriffen, ungeordnet bleiben. Nicht einmal die Unordnung des Krieges. Sie tritt vor allem in dem unvergeßlichen Bilde eines »dunklen Gnoms« hervor, den der Schreiber als einzigen Bewohner eines großen Hofs antraf (die Eintragung ist vom 19. Juni 1940, aus Montmirail): Dieser lärmte völlig betrunken in der Küche, ließ Geldscheine flattern und befand sich in einem fast irrsinnigen Freudenrausch, indem er, Herd und Tisch und Wand betastend, Hühner greifend, den Ankömmlingen immer wieder versicherte, daß dies alles nun ihm gehöre. In diesem Bilde sieht man wahrhaftig das Unterste zuoberst gekehrt, die Ordnung in den Grund zerrüttet – aber es bleibt ein scharf gefaßtes Bild, wenn es auch heißt: »Zuletzt wurde uns grausig zumute, und wir verließen den Ort.«

Das Treffen im Fluge, das Sammeln und Einbringen ist es aber nicht allein. Es geht hier nicht nur um Bilder, sondern um Urbilder. Im Zeitlichen sucht der Autor des Ewigen habhaft zu werden – oder vielmehr: sucht er ins Ewige hindurchzublicken, ewige Ordnungen oder Muster zu enthüllen. (Mit dem »Ewigen« wird viel Mißbrauch getrieben; man muß sich davor hüten, unter diesem Namen etwa eine besondere Sonntagsstube zu eröffnen, worin die Werte oder Ideale hausen: dergleichen Vorstellungen sind nur Schmeicheleien, die der Mensch sich selber sagt.) Hier aber heißt es: »In allem ist wie ein Gewürz, auf wunderbare Weise, zugleich die Ewigkeit.« Bisweilen erscheint dann Leben und Erfahrung wie eine alchymische Mischung der Elemente in immer anderer Konstellation, und darum liebt es Jünger, mit einer Art von paracelsischer Chiffresprache die Erscheinungen anzuleuchten, als wären die Essenzen von Mars, Vulkan und Neptun am Werke. Tiefer dringt wohl die Idee des Musters ein. Wie in Kristallen, Blumen, Versteinerungen, die er mit solcher Intensität beschreibt, so scheint ihm auch im wechselvollen menschlichen Bereich ein Muster verborgen, wovon denn manchmal eine Ecke oder Spur zu haschen ist. Wir unterliegen wie die Karten im Spiel bestimmten Regeln und Bedeutungen, die wir selbst nicht kennen, vielleicht aber zu ahnen vermögen. Dieses Gleichnis ist sehr fruchtbar. Mindestens dann, wenn es nicht zur Anarchie verführt, sondern gerade umgekehrt zur Ordnung lockt – zu einer menschlichen Ordnung auch des Kleinsten und Leisesten, die jenes geheime Muster nachzuahmen strebte. Dies ist wohl der wirkende Grund für die zarte Sorgfalt, mit welcher der Schreiber im Tagebuch von der Weise Rechenschaft gibt, in der er Aufgaben der menschlichen Organisation zu lösen suchte; wenn er etwa eine Menge von sechshundert Kriegsgefangenen sinnvoll einzuteilen oder auch, außerhalb des eigentlich Militärischen, die andrängende Masse französischer Flüchtlinge mit einer begrenzten Zahl von Eisenbahnwagen zu befördern hat. »C'est celui qui a dit: doucement« – dieses beiläufige und der Situation gar nicht einmal angemessene Wort, das er bei solcher Gelegenheit aus dem Munde einer Französin hörte, ist doch wie ein Motto für diesen Bereich durchaus praktischer Aufgaben. »Doucement« –: Wahre Ordnung kann nicht statuiert, sie muß aufgesucht werden, wie man eben das Muster und die Regel eines Kristalls aufsucht. Wir überblicken den Teppich nicht (auch dieses Bild kehrt einige Male wieder in Jüngers Buch) – wir überblicken den Teppich unseres Lebens, unserer Lebensgeschichte nicht, denn wir sind selbst darin verwoben. Aber wenn nicht gar unendlich daran gewebt wird, so sind wir doch, in aller unserer Freiheit, gewiß unendlich beschäftigt, seine Figur zu erkennen und uns ihr einzubilden.

1942

Der hürnene Siegfried

Über Ernst Jünger ›Jahre der Okkupation 1945-1948‹

Auf dem Titelblatte dieser Veröffentlichung, die in die unserer heutigen Literatur eigentümliche Gattung der Tagebücher gehört, findet man die Bezeichnung einer Epoche – und zwar einer Epoche der jüngsten deutschen Geschichte, welche gewöhnlich die »Besatzungszeit« genannt wird. Möglicherweise will das Fremdwort allerdings einen Doppelsinn andeuten: Okkupation auch als Beschäftigung. Jedenfalls handeln die Aufzeichnungen zum überwiegenden Teile von den Beschäftigungen des Autors und nur am Rande von Besetzung und Besatzung. Es sind die Jahre von 1945 bis 1948, die Jahre, in welchen Jünger für die deutsche Leserschaft nahezu stumm oder verborgen geblieben war. Nun enthüllen sie sich. Man gewahrt ihn an abgelegenem Orte, in dem Hause zu Kirchhorst bei Hannover, im Garten, im Wald, im Moor, seltener in den nahen Städten, zwei- oder dreimal auf Reisen. Er liest viel, notiert seine Eindrücke, gibt Lesefrüchte, er ordnet alte Manuskripte und Briefschaften, er botanisiert, betrachtet Blumen und Moose, hört manchmal den Rundfunknachrichten, oft Erzählungen von Flüchtlingen und Besuchern aller Art zu. Eine verborgene Trauer scheint diese Absonderung zu durchwehen. Von den Ereignissen des großen Welttheaters wird nicht eben viel in die Niederschrift (oder in ihre Veröffentlichung) aufgenommen – Hitlers, Goebbels' und Himmlers Ende, das Stichwort der bedingungslosen Kapitulation, eine Andeutung der Protokolle von Jalta, des Morgenthau-Plans, eine chiffrierte Notiz von den Nürnberger Prozessen. Befreite Insassen eines Konzentrationslagers kommen durch, viele Flüchtende aus den Ostprovinzen. Breit und wiederholt werden Berichte von der russischen Okkupation wiedergegeben, wobei Vergewaltigungsvorgänge eine vordringliche

Rolle spielen, auch die Vokabel »Soldateska« nicht vermieden wird. Manches Biographische wird streckenweit aufgeholt – Ludendorff tritt auf, der Freikorpsführer Roßbach, Dr. Goebbels recht ausführlich, Ernst Niekisch mehrfach, aber auch eine Reihe ganz andersartiger Figuren der schillernd untergehenden Weimarer Zeit. Die Nennung vieler echter Namen fällt auf, neben ihnen sind nur wenige von jenen erdachten Über- und Zaubernamen erhalten, die aus älteren Büchern bekannt sind. Dieses Element historischer, empirischer Deutlichkeit überraschte schon in den *Strahlungen.*

Und doch geht im ganzen und im Grunde auch hier wiederum sein Bestreben darauf, »die Zeit abzusaugen«. (Der Ausdruck ist mir aus früherer Jünger-Lektüre in Erinnerung und erschien mir immer außerordentlich kennzeichnend.) Es ist nicht die Zeit, nicht die Geschichte, was ihn beschäftigt. Räume, Medien, Dimensionen, Kammern, Ränge, Ordnungen – das sind Worte, die er bevorzugt, und das sind die Schemata, in denen seine ungewöhnliche Anschauungskraft sich denkend bewegt. Alles wird ihm gleichsam zur Topographie. Erfahrung ist – beinahe durchgängig – nur Anlaß, der abfällt.

Daher auch gibt es so wenig eigentliche Erzählung. In diesem Buche findet sich nur eine einzige Passage, wo Ereignisse und Erlebnisse einigermaßen episch ausgeführt sind: es ist der Bericht von einer Reise zum Bruder nach Überlingen – oder vielmehr von der Rückreise, bei der es einen bedenklichen Zwischenfall mit amerikanischen Soldaten gab. Da ist ein Augenblick des Herzklopfens beschrieben – das wirkt wohltätig auf den Leser als ein Zeichen von Subjektivität, wenngleich auch diese Erfahrung in der Weise einer klinischen Beobachtung aufbewahrt ist. Dergleichen Herztöne sind hier sonst nur selten zu gewahren. Da ist ein Moment der Verlegenheit – präzis aus der Erinnerung aufgezeichnet –, die ihn gegenüber zwei Polizisten bei einer

Haussuchung befallen hat. Und da ist noch die eine, einzige Stelle aufrichtigen, demütigen, rührenden Eingeständnisses – bei einer der Meditationen über den frühen Tod des Sohnes: »Wir werden diese Rätsel nicht auflösen, solange die Zeit uns in ihren Fesseln hält.«
Aber das ist doch nicht das treibende Prinzip dieses Schriftstellers, der fast immer bedeutend bleibt, auch wo er kalt läßt. (Enttäuschend ist es freilich, wenn wir auf verjährte Schlagwörter wie »Versailler Diktat« oder auf kleinliche Reaktionen stoßen wie beim Thema der »Kollektivschuld«.) Das treibende Prinzip ist vielmehr, die Fesseln der Zeit mitten in dieser Zeit abzustreifen. Jünger ist fortwährend am Werke, die Endlichkeit, die Vergänglichkeit zu streichen oder gleichsam auszufällen. Dazu hilft ihm auch jenes Spiel aus allerlei astrologischen, alchimistischen, magischen Vorstellungen und Begriffen, das, wenn ich mich nicht täusche, einen wachsenden Raum in seinen Meditationen beansprucht; diesem Ziel und Ehrgeiz dienen seine Hinweise auf Vorahnungen, ja auf spökenkiekerhafte Vorkommnisse, endlich auch die – hier gelegentlich breit ausgesponnenen – pythagoräischen Phantasien von den Entsprechungen und Harmonien im Weltplan, vom Weltplan selbst. Das moralische Streben nach der Disinvoltura, das ihn ehedem beseelte, scheint seither in eine fast abergläubische Idee von Unverwundbarkeit, vom Gefeitsein übergegangen. Es verlangt ihn nach der Haut, die Siegfried beim Bad im Drachenblute gewann. Die Kehrseite ist eine Art von zarter Berührungsfurcht, die auf paradoxe Weise mit der Intensität seiner Anschauung korrespondiert.
Alles, beinahe alles, wird unter solchem Blick zum Phänomen, Modell, Urbild. Der stolze Eigensinn, mit dem er daran festhält, daß seine *Marmorklippen* in keinem Sinn verschlüsselte »Tendenz«, also auch nicht Widerstand und poetisches Gericht, gewesen seien, erklärt sich wohl zu einem Teil hieraus. Nicht weniger die fast gezierte Gelassen-

heit, mit der er Leute, Figuren wie Goebbels und Hitler beschreibt und einfügt. Daher wird seine Schreibweise zu einer Art Email-Arbeit, und die Anklänge an *Fin du siècle* und Symbolismus fallen immer wieder auf. Am reinsten genießt man seine handwerklichen Bemerkungen zu subtilen Stilfragen – darin tut es ihm unter den deutschen Schriftstellern heute kaum einer gleich.

Sein Standpunkt ist zu hoch – höher nämlich, als es dem Menschen am Ende vergönnt, ja erlaubt ist. Das Übergewicht der deutenden Meditation über die Erfahrung, das gerade in der Tagebuchform nicht selten prätentiös anmutet, mag als eine Unstimmigkeit der stilistischen Disposition hingenommen werden. Wo aber Erfahrungen eingearbeitet sind, die uns allen, als Einzelnen wie als Nation, die Rede verschlagen und den Himmel geraubt haben, da läßt sich das Hochfahrende seiner metaphysischen Erwägungen und Vermutungen zuweilen kaum ertragen. (So bei der Bemerkung über »unsere« Judenverfolgung – im Vergleich mit früheren, namentlich derjenigen, von der im Buche Esther berichtet wird: die Eintragung trägt das Datum vom 17. April 1945.) »Was sind Auf- und Untergang im Absoluten?« fragt er an ebendieser Stelle und gibt die Antwort: »Bezeichnungen menschlicher Standorte«.

Es ist aber der menschliche Standort, der dem Menschen zugewiesen ist.

1958

Eine Muse konnte nicht schweigen

›Auf den Marmorklippen‹ wiedergelesen

Das kleine Buch von Ernst Jünger, das den Titel *Auf den Marmorklippen* führt und ohne eine Gattungsbezeichnung blieb, war das kühnste Erzeugnis der Schönen Literatur, das während der Zeit des Dritten Reiches in Deutschland ans Licht getreten ist. Die Lektüre erregte und bewegte uns außerordentlich. Es war wie ein Signal, das plötzlich aus der Düsternis aufschießt und die Gegend erhellt. Es bot Stärkung und wirkte als ein Mittel der Verständigung unter denen, die gegen Bedrohung oder Versuchung der Tyrannei sich festigten. Niemand unter den Lesern, die ich kannte, hat daran gezweifelt, daß in den Visionen dieser Erzählung die Erkenntnis unserer eigenen gegenwärtigen Lage ausgesprochen war. In Chiffren war unseren elenden Beherrschern das Urteil gesprochen. Man rieb sich die Augen, es schien fast unglaublich, daß dergleichen möglich war. Das Buch verbreitete sich rasch. Es ist bald nach Kriegsbeginn zuerst erschienen, das Copyright zeigt die Jahresangabe »1939/1940«, ich las es wohl im selben Jahr 1940, und mein Exemplar – es ist noch das damalige – trägt den Vermerk, daß es bereits dem »22. Tausend« zugehörte. Späterhin soll es der Verlag, die ›Hanseatische Verlagsanstalt‹ in Hamburg, vermieden haben, die Auflagenhöhe anzugeben. Doch sind nach Auskunft des zuständigen Lektors bis zum Oktober 1943 rund 67 000 Exemplare ausgeliefert worden.[1]

II.

Einzelne Wendungen, Momente und Motive sind mir seither unverwischt im Gedächtnis, im Bildervorrat und im Sprachschatz geblieben, über die vierzig Jahre hin. Da ist die

»fürchterliche Jovialität«, jene Attitüde, die dem »Oberförster« zugeschrieben ist, der zentralen Gegenfigur, dem Lenker der Zerstörung. Es war eine Prägung, die mancher Erfahrung entsprach und freilich auch weiterhin entspricht. Indem sie die paradoxe Vereinigung von Wohlwollen und Gewaltandrohung auf knappe Weise kenntlich machte, erzeugte sie bei uns, die wir es lasen und nachsprachen, ein gewisses leichtfertiges Vernügen, wie es wohl oft mit solchen Lösewörtern geht. Da ist ferner jene Rede von dem »roten Futter« der schlichten Mäntel, von welchem der Erzähler sagte, sie hätten es nur zweimal im Jahr vorgezeigt. Auch das wurde uns bedeutsam und verwendbar, ein leicht spaßhaftes Symbolwort, alltägliche Tarnung und gelegentliche prächtige Entdeckung des wahren Inneren zu bezeichnen. Und so noch einiges, das redensartliche Übung im privaten Sprachgebrauch geworden ist. Vor allem aber ist uns jener Entsetzensblick für Lebenszeit gegenwärtig, den der Erzähler dort auf die »Schinderstätte« tat, eine versteckte Blöße im Wald, wo Menschenleiber ausgebeint werden und wo ein unscheinbares Männchen, vor sich hinpfeifend, auf einer Werkbank Menschenhaut bearbeitet. »Köppels-Bleek« – auch der Name des grauenhaften Ortes ist wohl jedem im Sinn geblieben, der es damals gelesen hat. Denn es war die Welt der Konzentrationslager, die Sphäre des Geheimterrors, die hier in ein unvergeßliches Momentbild gefaßt zu sein schien, fern von Photographie und Reportage, eine szenische Abbreviatur von eigner Macht und großer Schärfe. Gerade darum hatte es eine eigentümlich befreiende Wirkung, ohne daß der tödliche Ernst unserer wirklichen Situation irgend gemildert erschienen wäre. Man war sprachlos gewesen, man hatte – wie die Redensart geht – keine Worte; so über alle Begriffe und Vorstellungen war, was man erfuhr und ahnte. Nun hatte der Dichter ein Wort gefunden. Es schloß Erkenntnis ein, präzise Wahrnehmung und ein Grauen, das doch auszuhalten war.

III.

Am 3. Oktober 1939 erschien eine stattliche Verlags-Anzeige der *Marmorklippen* im »Börsenblatt für den Deutschen Buchhandel«. (Hier war übrigens eine Gattung angegeben, das Buch nämlich als »Erzählung« bezeichnet; der Preis des Leinenbandes – von 158 Seiten Umfang – betrug drei Mark achtzig.) Das »erste Buchhändler-Urteil«, das zur Werbung angeführt wird, spricht mit Betonung von einer »zeitlosen Dichtung«. Schon im November kamen ausführliche und nachdrückliche Besprechungen heraus – in der *Deutschen Allgemeinen Zeitung* und in der *Frankfurter Zeitung*, beide von leitenden Feuilleton-Redakteuren verfaßt, jene von Bruno E. Werner, diese von Max von Brück.[2] Beide sprechen hohes Lob aus. Brücks ungewöhnlich umfangreicher und eindringlicher Aufsatz ist mit dem mehrdeutigen Titel überschrieben: »Gefahren einer Traumlandschaft«, doch werden diese Gefahren wesentlich durch eine Paraphrase der Vorgänge gekennzeichnet, welche die Erzählung ausmachen. »Der Versuch ist großartig«, heißt es, »und steht einzig da als das Wagnis eines Mannes, der sich allein, mit seinem optischen Besteck, in einen unbekannten Erdteil begibt«. Werner schrieb nüchterner, wurde aber hinsichtlich des Zeitbezuges etwas deutlicher: »... oft ... glaubt man am wetterleuchtenden Himmel eine Paraphrase unserer Gegenwart zu erkennen.« Die nationalsozialistische Presse schwieg. Im *Völkischen Beobachter* und im *Schwarzen Korps* konnten laut Auskunft des »Instituts für Zeitgeschichte«, das erst jüngst auf meine Bitte noch einmal danach geforscht hat, in der fraglichen Zeitspanne keine Besprechungen ausfindig gemacht werden.[3] Es bestätigt sich in markanter Weise, was ein vorzüglicher Kenner, der Politologe Hans Peter Schwarz, in seinem Buch über Jünger (von 1962) bemerkt hat: die Anhänger der nationalsozialistischen Ideologie wandten sich von seinem Werk ab, und

»bürgerliche Blätter« bedachten seine Wandlung mit Sympathie-Erklärungen.[4] Der leise Spott, der hier dem »Bildungsbürgertum« eben deswegen entgegengebracht wird, scheint mir indessen fehl am Platz: daß die *Marmorklippen* in Jüngers Œuvre eine Wende bedeuteten, kann dem Beobachter nicht zweifelhaft sein. Indem er ihre Vernichtung beschrieb, entdeckte er Kultur. Der Ich-Held, kein Krieger mehr, vielmehr gelehrter Schreiber, flieht aus der »Feuerwelt« – um seinen eigenen Ausdruck zu gebrauchen –, welcher der Autor sich vordem doch ganz und gar verschrieben hatte.

Der damalige Verlagslektor Paul Weinreich, der das Manuskript der *Marmorklippen* – von Jüngers Bruder Friedrich Georg abgesehen – zuerst gelesen hat, gab in einer privaten Aufzeichnung (von 1973) die Erwägungen wieder, die er und der Verlagsleiter, Benno Ziegler, vor der Veröffentlichung dieses »brisanten Geschosses« anstellten. Seine Formulierung ist wert, bekanntgemacht zu werden, sie läßt einen tiefen Einblick in die geistige Lage unter der Diktatur zu, zeigt zugleich eine Strategie an, die auch anderwärts befolgt worden ist. »Ein Verbot erwarten wir nicht«, heißt es dort, »wir rechneten damit, daß die Partei das Bild, das Jünger zeichnete, nicht auf sich beziehen konnte, wenn sie sich nicht selbst bezichtigen wollte, und daß diese Überlegung sie bestimmen werde, das Buch hinzunehmen.« Er berichtet dann, daß der Verlag das Buch so schnell wie möglich auf den Markt gebracht, es auch nicht der »parteiamtlichen Prüfungskommission zum Schutze des NS-Schrifttums« vorgelegt, daß diese allerdings sogleich Exemplare angefordert, dann indessen sich nicht mehr gerührt habe. Dieser Ausgang macht wahrscheinlich, was der Verleger später aus unbekannter Quelle vernommen und auch Ernst Jünger mitgeteilt hat: daß der »Reichsleiter« Bouhler, der an der Spitze jener »Kommission« zur Literaturkontrolle stand – es war übrigens nicht die einzige derartige

Instanz –, den Fall an seiner höchsten Stelle vorgebracht, daß Hitler aber selbst entschieden habe, nichts zu unternehmen. Die Autorität des Stoßtruppführers, Pour-le-mérite-Trägers, zeitweiligen Freikorps-Angehörigen und Verfassers von Büchern, die den Krieg verherrlicht hatten, hielt noch stand; ihm gegenüber scheint der Diktator sich weiter als der »unbekannte Gefreite« gefühlt zu haben. (Es ist auch bezeugt, daß Hitler manche dieser früheren Schriften Jüngers gelesen hatte.[5] Vielleicht hat auch die kluge Vorkehrung eine Rolle gespielt, die der Autor mit dem Vermerk getroffen hatte, welcher dem Text vorangestellt ist: »Begonnen Ende Februar 1939 in Überlingen am Bodensee / Beendet am 28. Juli 1939 in Kirchhorst bei Hannover / Durchgesehen im September 1939 beim Heer«. Er war reaktiviert, einberufen, zum Hauptmann befördert und lag in einem Bunker am Westwall, als er die Korrekturen las. So genoß der Verfasser der *Marmorklippen* den Schutz ebenderjenigen Gewalt, welcher er das literarische Urteil sprach. Ihm selber scheint die Episode nicht bloß wunderlich, sondern wesentlich; seinem Selbstbewußtsein ist eine Sicherheit eigentümlich, als wäre er gefeit.[6]

IV.

Inzwischen haben wir nun von Ernst Jünger, dem Dichter, mehrfach gehört, daß er seinerseits die »politische« Bedeutung des Buches für zweitrangig, beinahe für nebensächlich hält oder halten möchte. Er will seine »musische« Bedeutung gewürdigt sehen, die Dichtung als solche. Einem französischen Interviewer sagte er Ende 1945, er könne sich nicht erinnern, bei der Niederschrift je an Hitler gedacht zu haben.[7] Das will vielleicht noch nicht so viel heißen, denn der Typus Hitler fehlt ja in der Tat in dem Figuren-Repertoire der *Marmorklippen;* der »Oberförster« läßt natürlich eher an Göring denken, den Reichsjägermeister, auch wegen der Züge von falscher Bonhommie. In dieser Hinsicht ist die Anordnung der Herrschaft im Vergleich der literarischen Figuration mit der historischen gleichsam um ein weniges verschoben, der literarisch oberste Dämon ähnelt dem historisch zweiten, und daß der historisch erste im Buche fehlt, mag zu einem Teil auch einer schlafwandlerischen Taktik des Verfassers zuzuschreiben sein. Das ist uns schon damals, bei der ersten Lektüre, aufgefallen. Den »Oberförster« konnte man als Sigel nicht so recht verwenden, zumal die Person Görings auch nicht gerade im Fadenkreuz des Widerwillens zu sehen war. Auch ganz andere Entschlüsselung war immerhin möglich. Im Jahre 1941 ist mir von seiten eines deutschen Kulturbeamten, als ich die Rede auf das Buch brachte, sogleich der Mund gestopft worden mit der fröhlichen Versicherung, der Oberförster, das sei natürlich Stalin.[8] Das begab sich allerdings in der weiteren Umgebung Jüngers, und es mag eine bewußte Sprachregelung zu Tarnungszwecken im Spiel gewesen sein.

Wesentlicher als jene Bemerkung Jüngers von 1945 scheint die Erläuterung, die er Jahre später einer Taschenbuchausgabe der *Marmorklippen* (bei Ullstein) beigefügt hat, sie ist von 1972 datiert. »Wenngleich die politische Lage mit ihrem Albdruck«, heißt es dort, »diesen Angriff aus dem Traumreich heraus entfaltete und das sogleich in diesem Sinn erfaßt wurde, ging die Begegnung doch zeitlich wie räumlich über den Rahmen des Aktuellen und Episodischen hinaus.« Hier wird der Anspruch vernehmlich, dem Werk komme der Charakter einer Parabel zu. Mehrfach hat der Autor ihn auch in die lässige sprichwort-artige Wendung gekleidet, dieser Schuh passe auf verschiedene Füße.[9] Wir treffen da auf einen Grundzug von Jüngers Philosophie: Geschichte hat darin keinen eigenen Rang, überall kommt es ihm darauf an, die Muster zu entdecken, wonach die Lebens-Erscheinungen verlaufen. Zuletzt scheint diese Bemühung von Nietzsches Idee der ewigen Wiederkehr des Gleichen sich herzuschreiben. Die Einmaligkeit der Erfahrung mag er nicht wirken lassen, sie muß in wiederholbare Typologie erweitert, in imaginierte Urbilder eingeschmolzen werden. Ich gestehe, von der Formel tief schockiert zu sein, mit der er die Ungeheuerlichkeiten, deren Zeugen wir gewesen sind, in den Bezirk des »Episodischen« verweist. Dante hat in der Hölle Individuen getroffen, nicht Symbolwesen, und er hat auch seine florentinischen Bösewichter, diese Argenti und Farinata, naiv und derb bei ihren Eigennamen genannt.

»Wie mancher heißt dort König, groß von allen,
Der Säuen gleich hier stecken soll im Kot,
Da grause Flüche ihm als Nachruf schallen.«
(Aus dem Achten Gesang)

In dieser Metaphysik hatte der Einzelne seine Stelle, auch der verfluchte. Indem ich den Kontrast scharf kennzeichne, mag der Vergleich der Autoren doch unserem Zeitgenossen auch zur Ehre dienen. Das letzte Wort übrigens, womit die kurze Anmerkung schließt, der auch jener Satz vom »Episodischen« entstammt, ist das Wort »Gedicht«. Die Treue des Mannes zu sich selbst – und nicht sein Zusammenhang mit den Gruppierungen der Zeit, will das heißen, nicht seine Einreihung in eine Front, und sei es die des »Widerstands« – sei auch »der Prüfstein des Gedichts«.

V.

Jetzt also, vierzig Jahre später, habe ich dieses »Gedicht«, dieses »Phantasiestück«, dieses »Capriccio« wiedergelesen. (Das sind Gattungsbezeichnungen, die der Autor selbst gelegentlich gebraucht hat; bei dem »Capriccio« soll man gewiß den bitteren Klang mithören, den Francisco Goyas Blätter diesem Wort mitgeteilt haben – »Auch dem Vernünftigen zeigt der Traum Ungeheuerliches«, liest man auf dem Titelblatt seiner *Caprichos*.) Die Lektüre ruft wechselnde Empfindungen hervor. Herrlich, mitreißend ist der Einsatz, diese Ansprache an einen imaginären Freundeskreis, dem der Leser sich zugehörig fühlen kann: »Ihr alle kennt die wilde Schwermut, die uns bei der Erinnerung an Zeiten des Glückes ergreift.«[10] Meisterhaft ist die Beschreibung des glücklichen Zustands, des Lebens in der »Rautenklause«, mit dem Bericht von den Veränderungen verfugt, die ihm schließlich ein furchtbares Ende setzen. Am Schluß des sechsten Kapitels zeigt sich diese Kunst am genauesten: »So kam es denn, daß wir die Arbeit nicht im Stiche ließen, als der Oberförster in unserem Gebiet an Macht gewann, und als der Schrecken sich verbreitete.« An dieser Stelle wird die Figur zum ersten Mal genannt, das siebte Kapitel wendet sich ihr dann sogleich mit aller Aufmerksamkeit zu. Auch all die anderen Decknamen und Code-Wörter tauchen wieder auf, man findet sich belustigt, ihnen von neuem zu begegnen, und weiß doch zugleich, daß es hier nichts zu lachen gibt. Da ist die »Mauretania«, die Geheimverbindung, deren »Alter Herr« der Oberförster ist und die der Erzähler und sein Bruder hinter sich gelassen haben. Da ist das Nachbarland von »Alta Plana«, eine Art idealer Schweiz, neue Version eines ererbten Topos. Da ist der wackere Hirte mit dem kroatischen Namen »Belovar«, kraftvoller und getreuer Beschützer der Rautenklause und ihrer Insassen, auch er hat literarische Ahnen, aber das bestätigt vielleicht nur ein wirkliches, freilich seither verschollenes Urphänomen, wie es sich etwa im typischen Verhältnis des zarten Leutnants und seines biederen, auch väterlichen Feldwebels dargestellt haben mag. Im Falle des »alten Pulverkopfs«, der nur in Zitierungen vorkommt, haben wir es tatsächlich mit einem Spitznamen zu tun, wie Gymnasiasten sie erfinden, und er bezeichnet auch wirklich einen Lehrer – der Rautenklausenbrüder wie der Brüder

Jünger selbst –, nämlich Friedrich Nietzsche. Dichter sitzt der Name der Gestalt an im Fall von »Braquemart«, des »Technikers der Macht«, einer originalen Figur von eigenem Leben: der intellektuelle Widerstandskämpfer, der ein Opfer seines Unternehmens wird und dem doch die Würde des Martyriums stillschweigend versagt wird – vom Erzähler sowohl innerhalb wie außerhalb der Handlung.[11] So ließe sich an Hand der Namen und Symbolwörter, welche dieser Dichter so reichlich zu erdenken oder zu entdecken weiß, eine Anordnung der Figuren und der Szenen dieser Dichtung treffen, die vom locker Spielerischen bis zum präzis Gültigen reichte. An diesem Pol ist das Bild der »Schinderbank« und »Schinderhütte« lokalisiert. Es bleibt dabei, daß hier die Dichtung am dichtesten geraten ist, unverrückbar. Die Erkenntnis dieser Sphäre spricht sich übrigens nicht allein in Bildern aus. Vielmehr sind es sogar die reinsten Momente, in denen aus der Mitte der Geschichte der blanke Begriff hervortritt. Wenn es heißt: »Vor mir ausgebreitet lag die Stätte der Unterdrückung in ihrer vollen Schmach.« Oder andrerseits: »Hier aber galt es das hohe Leben, die Freiheit und die Menschenwürde selbst.« Diese Stellen sind mir erst jetzt, bei der Wiederbegegnung mit dem Werk, so deutlich und so bedeutend geworden. Vor ihrer einfachen Klarheit verbleicht vieles von dem Prunk der Vergleiche, selbst der merkwürdigsten, und die klingenden Rhythmen, welche diese Prosa weithin durchziehen, werden von solchen Worten des Bekenntnisses und der geistigen Entscheidung gleichsam beschämt.

VI.

Wenn es eine Traum- oder Albtraumwelt ist, die in diesem Buch Sprache gefunden hat, so liegt der Traum doch hart an der Oberfläche, der Träumer nahe am Erwachen. Autobiographische Elemente sind nur leicht verhüllt, das Konvivium des Brüderpaares, das Haus in Überlingen, die Sprachforschungen und die naturkundlichen Interessen, der Rückblick auf die nationalistischen Aktivitäten der zwanziger Jahre (der »Mauretanier«-Zeit), welchen übrigens kaum anderwärts so scharf abgesagt worden ist wie eben hier – mit der Bemerkung, daß die Luft der Mauretania »von Grund auf böse war«.[12] Daß die gemeinen oder doch korrumpierten »Bünde« der »Campagna« mit ebendieser Bezeichnung eingeführt werden, die zeitgeschichtlich von der späten Jugendbewegung, auch in ihrer radikalen Entartung, bekannt ist, kann im selben Sinn verstanden werden.[13] Tiefer verwandelt scheinen gewisse Begegnungen mit Personen. In einigen Fällen hat der Autor Modelle genannt, so hinsichtlich der Figur des Braquemart (in einer Eintragung vom 7. Mai 1945 in *Jahre der Okkupation*) einen Fähnrich aus dem Ersten Weltkrieg, der dann zu den Russen gegangen sei[14], so hinsichtlich der Figur des behäbig-opportunistischen Kommandanten Biedenhorn (in einer Eintragung vom 23. Juli 1942 in *Strahlungen*) einen gewissen Kurt, »alter OC-Mann« – das heißt Mitglied beim Freikorps »Organisation Consul« –, jetzt Panzerführer an der Ostfront, einen Landsknechtstyp, den Jünger nicht ohne humoristische Sympathie beschreibt. Vor allem hat er die Begegnung mit einem der späteren Verschwörer gegen Hitler, Adam von Trott zu Solz, geschildert in jener Nachbemerkung der Taschenbuchausgabe: »Das war die Episode, aus der sich der ›Besuch Sunmyras‹ entwickelte.« Adam von Trott ist nach dem 20. Juli hingerichtet worden, der Fürst Sunmyra im Buche endet auf der Schinderstätte.[15] Es ist diejenige seiner Figuren, der wohl am ehesten eine Zuneigung des Erzählers gilt, eine trauervolle Zuneigung. Wie hier, so geht auch in anderen Partien der Dichtung die Wahrnehmung zuweilen in Prophetie über. Diese Qualität können wir natürlich erst jetzt, im Nachhinein, würdigen. In den »Marmorklippen«

(von 1939) steht – beim Auftritt jenes Sunmyra – der Satz: »Ich hatte wohl erwartet, daß in der letzten Phase ... der Adel in Erscheinung treten würde ...« In den *Strahlungen* liest man unter der Datumszeile »Paris, 21. Juli 1944« bei Nennung des Namens Stauffenberg, er finde nun seine Meinung bestätigt, »daß an solchen Wenden die älteste Aristokratie ins Treffen tritt«. (Daß es bürgerliche Verschwörer und Märtyrer gab – wie Goerdeler, Leber oder Haubach –, findet allerdings keine Erwähnung im Tagebuch, auch keine Entsprechung in der prophetischen Phantasie.) Endlich können wir heute die großartige Beschreibung der brennenden Städte ringsum nicht mehr lesen, ohne der Bombennächte zu gedenken. Daß in der Dichtung das Feuer von den Mordbrennern des »Oberförsters« gelegt wurde, ist nur wie eine kurze Rückführung auf die eigentlichen Ursachen. Freilich lag zur Zeit ihrer Niederschrift die Synagogenbrandstiftung noch kein halbes Jahr zurück.[16]

VII.

Merkwürdig unter dem Gesichtswinkel des Erfahrungsvergleichs erscheint namentlich der Schluß der Geschichte. Ich meine nicht die Hundeschlacht, auch nicht jene rettenden Schlangen, die mit ihren Giftbissen die gräßlichen Ungetüme zu Fall bringen: dergleichen ist man nach heutigen Begriffen eher geneigt, der Kategorie der Science fiction zuzurechnen, hier einer zoologischen Spielart davon. Ich meine das »happy end«, wenn der Begriff aus der Trivialsphäre für einen Augenblick erlaubt wird. Tatsächlich bleiben nach so vielen Morden und Schlacht-Opfern von der unterliegenden Seite einzig der Ich-Held und sein Bruder übrig, und der jetzige, nüchternere Wiederleser könnte der Versuchung erliegen, darin das alte Schema des Abenteurer-Romans zu erkennen; auch dort pflegt ja der Held eine

Unverletzlichkeit zu bewähren, die wohl mythologische Ursprünge hat. Der ethisch edle Zug, daß die geretteten Brüder bei Jünger noch Frauen und Kinder ins Schiff aufnehmen, »bis unser Deck kaum eine Handbreit über Wasser schwamm«, vermag den Gedanken an solche literarische Konvention noch nicht zu verscheuchen. Lassen wir jedoch den Blick wiederum aus der Traumwelt in die wirkliche Geschichte wechseln, so enthüllt der Schluß der Erzählung mit einem Mal einen anderen Sinn. Das Schiff überquert den See und landet in »Alta Plana«, die Flüchtigen werden freundlich empfangen. Ist das nicht eine Chiffre der Emigration? (Die Landschaft des Bodensees und des jenseitigen »Schneegebirges« gibt einen fast überdeutlichen Wink.) Was dem Autor nicht in den Sinn kam oder nicht schicklich schien, vollzieht sein träumerischer Stellvertreter: es glückt ihm auszuwandern aus dem Land, da das »Gelichter« die Herrschaft angetreten hat.

VIII.

Am akuten Kampf hat sich der Ich-Held der *Marmorklippen* nicht beteiligt, wiewohl auch von ihm berichtet wird, daß er sich ehedem mit den Waffen ausgezeichnet hat. Darin gleicht er seinem Autor völlig. Ernst Jünger bewährte sich als Seher, nicht als Täter. Es gibt in den *Marmorklippen* eine Stelle, an der die Möglichkeit anderen Verhaltens sich anzudeuten scheint: Wenn das Gelichter »sich an der Schändung der Menschenwürde und Menschenfreiheit schauerlich ergötzt«, heißt es dort, »dann schweigen die Musen«. Sie ist vielleicht nicht ebenso gemeint, aber ich möchte sie mit einer Eintragung vom Dezember 1941 (im Pariser Tagebuch, in *Strahlungen)* in analoge Beziehung setzen, die inmitten dieses Gewebes der Bildungserfahrungen wie ein Riß anmutet: »Es gibt Untaten, die die Welt im Ganzen, in ihrem sinnvollen Zusammenhang berühren, dann kann auch der musische Mensch sich nicht mehr dem Schönen, er muß sich der Freiheit weihen.«[17] Da ist die Grenze auch der Literatur bezeichnet. Jünger hat sie nicht überschritten. Jünger hat keine Bombe geworfen, er hat nur ein Buch geschrieben. Seine Muse hat nicht geschwiegen, auch mitten im Entsetzen nicht. Gottlob nicht. Hätten alle Musen geschwiegen, gäbe es dieses Buch nicht.

1980

Anmerkungen

1 Dies entnehme ich einer gehaltvollen Aufzeichnung von Paul Weinreich, ehemaligem Lektor der Hanseatischen Verlagsanstalt, die das Datum des 20. Mai 1973 trägt und sich in Ernst Jüngers Archiv befindet. Nach dem Oktober 1943 scheint, wie er sich erinnert, die Verbreitung des Buches durch die Verweigerung von Papierzuteilung eingeschränkt worden zu sein. Weinreich ist inzwischen gestorben. – Jünger selber hat mitgeteilt, daß von diesem Zeitpunkt an »die Armee« das Buch in eigener Regie habe drucken lassen, »einmal in Riga, einmal in Paris«: diese Notiz ist vom 10. Dezember 1972 datiert und findet sich in seiner Anmerkung zur Taschenbuchausgabe der *Marmorklippen* von 1973.

2 Die Rezensionen der *Deutschen Allgemeinen Zeitung* und der *Frankfurter Zeitung* sind am selben Tag erschienen, dem 26. November 1939.

3 Aus dem ›Institut für Zeitgeschichte‹ liegt mir eine Aufzeichnung des früheren Archivars Dr. Hoch vor. Er macht darauf aufmerksam, daß im *Völkischen Beobachter* bei einer späteren Gelegenheit, nämlich bei der Besprechung von Jüngers *Gärten und Straßen,* die am 24. März 1942 veröffentlicht wurde, ein verstohlener Hinweis auf die *Marmorklippen* eingeflochten ist: es ist dort von den »einsamen und verwegenen Wegen« die Rede, welche der Autor »auf den Marmorklippen« gewandelt sei. Auch dieser Rezensent, Lothar Papke mit Namen, vergißt nicht, den Stoßtruppführer des Ersten Weltkriegs zu erwähnen, der »als Leutnant im Grabenkampf« den Pour-le-mérite erhielt. Die Besprechung selber ist durchaus respektvoll.

4 Hans Peter Schwarz, *Der konservative Anarchist. Politik und Zeitkritik Ernst Jüngers* (Freiburger Studien zu Politik und Zeitgeschichte, herausgegeben von Professor Dr. A. Bergsträsser, Freiburg 1962). Dort heißt es auf S. 260: »Nach dem Erscheinen der ›Marmorklippen‹ räumte die bildungsbürgerliche Kritik dem früheren Frontliteraten in aller Form einen Ehrenplatz auf dem deutschen Parnaß ein.«
Ich habe noch weitere Rezensionen der *Marmorklippen* gelesen, die in deutschen Organen erschienen sind, sie befinden sich in Jüngers Archiv. Im *Eckart* schrieb, in der Ausgabe vom Juni 1941, Heinz Flügel – mit einer deutlichen Distanzierung, die indessen ausdrücklich aus christlichen Gründen hergeleitet war: »Es ist eine schreckensvolle, aber leidlose Welt, in die uns Jünger versetzt«; seinen Gestalten fehle »der tragende Grund eines gemeinsamen Gewissens oder Glaubens«. – Mehr als vier Seiten nimmt die Erörterung ein, die Gustav Steinbömer in der *Europäischen Revue* (vom Januar 1940) angestellt hat. Er hat

wohl genauer als andere die Wandlung bezeichnet, die dieses Buch in der Geschichte von Jüngers Denken markiert: Es bedeute, schrieb er, »eine Abwendung vom Nihilismus«, die so vehement sei, daß darüber der Bereich der Technik, der ihn zuvor so sehr fasziniert und geprägt habe, gänzlich verloren gegangen sei. Auch die scharfsinnige Bemerkung soll angeführt sein, daß der hier sich bezeugende Umschlag von Aktion in reine Kontemplation eine »Fluchtreaktion« darstelle, welche dem »Scheitern des Nihilismus« gefolgt sei. – Ein dritter Rezensent, Hans-Jürgen Seekamp, traf – in der Zeitschrift *Die neue Schau*, die im zehnten Jahrgang in Kassel erschien, in der Nummer vom Oktober 1940 – die Feststellung, Jünger werde sich mit dieser Dichtung »zweifellos neue Freunde erwerben« – was offenbar auf jene ›bürgerliche‹ und liberale Leserschaft anspielt –, ermahnt diese aber, die *Marmorklippen* nicht isoliert zu betrachten: auch dieser Autor konstatiert indessen einen »unverhohlenen Wandlungsvorgang in Jüngers geistiger Entwicklung«. – Noch schärfer drückt sich in dieser Hinsicht ein anonymer Rezensent in der Zürcher Zeitschrift *Öffentlicher Dienst* (vom 14. November 1939) aus – die Fundstelle ist auf der Photokopie des Jünger-Archivs allerdings nur handschriftlich angegeben: Es liege hier ein »Zeugnis tief innerlicher Wandlung« vor, das »Bekenntnis zu den einst verworfenen Kulturwerten« und »die demütige Anerkennung der einst so hochmütig verspotteten Menschenrechte«. – Weitere Stimmen, namentlich zahlreiche schweizerische, findet man in einer Abhandlung von Günther Scholdt, Saarbrücken, die unter der Überschrift »Gescheitert an den Marmorklippen« in der *Zeitschrift für deutsche Philologie* (98. Bd., 1979, 4. Heft) erschienen ist; sie enthält eine einläßliche Darstellung der Rezeption von 1939 bis 1945, und ihr Verfasser hat es darauf abgesehen, entgegen manchen zeitgenössischen germanistischen Meinungen die *Marmorklippen* als ein Werk des »geistigen Widerstands« zu erweisen.

5 Jünger hat, wie er selbst mehrfach erwähnt, Exemplare seiner Bücher aus dem Ersten Weltkrieg an Hitler gesandt, nachdem er von diesem ein Exemplar von *Mein Kampf* erhalten hatte. Eines dieser Widmungsexemplare hat sich erhalten, es ist das Buch *Feuer und Blut* und befindet sich in der Library of Congress in Washington. Die Widmung stammt vom 9. Januar 1926 und lautet: »Dem nationalen Führer Adolf Hitler! – Ernst Jünger«. Darin gibt es Anstreichungen von Hitlers Hand. Diese Umstände teilt Hans-Peter Schwarz in dem schon genannten Buche mit; er bezieht sich seinerseits auf die Auskunft der Library of Congress.

6 Solche Andeutungen sind in seinem Œuvre nicht selten. In *Jahre der Okkupation* erzählt er unter dem 12. April 1945, wie ihn im Dunkel

seiner Scheune in Kirchhorst ein amerikanischer Soldat angehalten und mit dem Revolver bedroht habe – »die Mündung berührte meine Brust«. Es sei dies das zweite derartige Erlebnis, das erste datiere von 1918, als Spartakisten das Haus abgesucht hätten. Nachdem er sich wieder in seine Stube zurückgezogen hat, notiert er: »Zuweilen schiebt sich als flüchtige Vision der Anblick des Revolvers in die Lektüre ein. Das grobe Stückchen Eisen hatte zu wenig zu schaffen mit meinem Wesen, um es in Wahrheit zu bedrohen« (S. 14). Ein zweites Beispiel ist von indirekter Art. Im Pariser Tagebuch (*Strahlungen,* S. 349) teilt er unter dem 2. Juli 1943 aus einem Brief seiner Frau die Bemerkung mit: »Was Dich betrifft, so fühle ich mit Gewißheit, daß Du unbeschadet dem großen Malstrom entrinnen wirst; verliere das Vertrauen zu Deiner eigentlichen Bestimmung nicht.«

7 Dieses Interview ist in dem Buche von Scholdt angeführt. Der Interviewer hieß Raguenet, sein Bericht erschien am 10. November 1945 in *Terre des Hommes.*

8 Jünger selbst hat solche Vertauschbarkeit auch mit historischen Namen behauptet: »Der ›Oberförster‹ sollte bald Hitler, bald Göring, bald Stalin sein (so in *Jahre der Okkupation,* S. 46).

9 »Es wurde früh begriffen, selbst im besetzten Frankreich, daß ›dieser Schuh auf verschiedene Füße paßt‹« – so in der ›Adnote‹ von 1972, Taschenbuchausgabe der *Marmorklippen,* S. 141. Noch frostiger in *Jahre der Okkupation,* S. 255: »Bei Ausbruch des Krieges erschien *Auf den Marmorklippen,* ein Buch, das mit dem ›Arbeiter‹ das eine gemeinsam hat, daß die Vorgänge in Deutschland zwar in seinen Rahmen paßten, daß es aber speziell nicht auf sie zugeschnitten war. Ich fasse es daher auch heute nicht als Tendenzschrift auf. Den Schuh konnte und können sich manche anziehen. Daß es auch bei uns geschehen würde, war mehr als wahrscheinlich, und daß ich gerade hier als Augenzeuge Anregungen erfahren hatte, ließ sich nicht abstreiten.« Diese Notiz trägt das Datum des 2. April 1946.

10 Die Wendung von der »wilden Schwermut« ist gewiß sehr ungewöhnlich. Bei Grimm sind eine Reihe von Attributionen bezeugt – tiefe, trübe, düstere, auch sanfte, ja süße Schwermut –, diese, die wilde, nicht. Doch fand ich sie, zufällig, in einem Jugendgedicht von *Nietzsche:*

»Ein Gott riß mich heraus, mit wilder Schwermut
den Sinn umnachtend«.

Die Verse drücken offenbar unglückliche Liebe aus, aber ebendamit auch glückliche Erinnerung. Das Gedicht des kaum Zwanzigjährigen zitiert Werner Ross in seiner Nietzsche-Biographie (*Der ängstliche Adler. Friedrich Nietzsches Leben.* Stuttgart 1980. S. 70), seine Quelle ist die *Historisch-kritische Gesamtausgabe der Werke* (Band II. S. 329).

Das Gedicht ist dort zum ersten Mal gedruckt worden, der Band erschien im Jahre 1934. Ob Jünger darin gelesen hat, weiß ich nicht.

11 Die Signatur des ›Technikers der Macht‹ war schon früher geprägt worden. In der zweiten Fassung des Bandes *Das abenteuerliche Herz*, von 1938, werden gerade die sogenannten Mauretanier als »subalterne Polytechniker der Macht« bezeichnet. »Subaltern« hießen ihm diese Typen wohl deswegen, weil sie keinem geistigen Ziel zustreben, sondern in unterschiedliche, auch einander entgegengesetzte Dienste zu treten vermögen. Hans-Peter Schwarz, der diesen Hinweis macht (*Der konservative Anarchist*, S. 178), skizziert auch einen gewissen historischen Hintergrund dieser Beobachtung. Die Austauschbarkeit der Zwecke und die Kameraderie quer durch die Fronten gewinnt in den *Marmorklippen* noch in anderem Zusammenhang eine Bedeutung: Daß ›Biedenhorn‹ in demselben Augenblick, da er die Standarte des ›Oberförsters‹ aufziehen läßt, gleichwohl dem Erzähler und seinem Anhang zur Flucht verhilft, geht wohl auf dieselbe Erfahrung und dieselbe Grundfigur zurück.

12 Eine mildere Form der Abkehr hatte der Autor schon dort formuliert, wo – nach Schwarz – der Name des Geheimordens zum ersten Mal auftauchte, in der Zweiten Fassung des *Abenteuerlichen Herzens* (von 1938): »Anstatt bei meinen Studien zu verweilen, trat ich bei den Mauretaniern ein, den subalternen Polytechnikern der Macht« (Bd. 7, S. 203 der zehnbändigen Ausgabe). Bei Schwarz findet man auch sehr genaue Angaben über die publizistische Tätigkeit Ernst Jüngers zwischen 1925 und 1933. Sie beginnt mit Aufsätzen in der *Standarte*, der Zeitschrift des *Stahlhelms*, und setzt sich, nach seiner Trennung von diesem Verband, in radikaleren Organen fort. Die neugegründete Zeitschrift *Arminius* betrachtete sich selbst als »die einzige von keinem Bund und keiner Partei abhängige Wochenschrift der Nationalisten – die Zeitschrift der Reformatoren innerhalb der Bünde« (Schwarz, S. 103).

13 In Jüngers Erfahrungshorizont scheinen einzig die nationalistisch gesinnten ›Bünde‹ eine Rolle gespielt zu haben. Zur Steuer der historischen Wahrheit muß jedoch daran erinnert werden, daß man in den zwanziger Jahren die ganze Vielfalt der Gruppen, die nach der Art des ›Wandervogel‹ lebten, als ›bündische Jugendbewegung‹ bezeichnete; zu ihr gehörten auch sozialistische, kommunistische, dazu konfessionelle, evangelische wie katholische, schließlich ungebundene, allein der schweifenden Fahrten-Romantik ergebene ›Bünde‹.

14 Bei Hans-Peter Schwarz ist auch der Name dieses soldatischen Abenteurers genannt; von Latour (S. 178).

15 In *Jahre der Okkupation* ist (unter dem 2. April 1946 – S. 256) der Name

angegeben: »Insbesondere hatte der nächtliche Besuch eines Herrn von Trott zu Solz, der später zu den Opfern des 20. Juli zählen sollte, einen unheilvollen Eindruck auf mich gemacht. An ihn hatte ich bei der Schilderung des Fürsten Sunmyra gedacht.« In einer älteren Aufzeichnung (*Strahlungen,* S. 368) wird, unter dem 26. Juli 1943, desselben »nächtlichen, seltsamen Besuchs« gedacht, der Name des Besuchers aber mit »Heinrich von Trott« angegeben; der Verschwörer hieß Adam, sie waren Brüder.

16 Die Reihe der Angaben des Dichters über modellhafte Personen, Begegnungen, Wahrnehmungen, die in die Szenerie und Figuration der *Marmorklippen* eingegangen sind, könnte noch fortgesetzt werden. Aus *Jahre der Okkupation* erfahren wir, daß der Name ›Köppelsbleek‹ nicht erfunden ist: er sei »einer der Goslarer Flurnamen« und bedeute »den Ort, an dem der Scharfrichter die Köpfe bleichen ließ«. Selbst eine ›Schinderhütte‹ scheint es tatsächlich gegeben zu haben, jedenfalls wird der Besuch einer solchen geschildert (*Jahre der Okkupation,* S. 201), er wurde am hellen Tage von Überlingen aus unternommen.

17 *Strahlungen,* S. 70.

Bernhard Guttmann

Bernhard Guttmann zum Gedächtnis

Im Januar 1959 ist Bernhard Guttmann gestorben, beinahe neunzigjährig. Nicht allzu viele werden eine deutliche Vorstellung von diesem Mann haben. Die deutsche Geschichte dieser neunzig oder auch nur dieser letzten fünfzig Jahre ist zu zerrissen, als daß sie der ruhigen, dauerhaften Wirkung eines bedeutenden Geistes günstig gewesen wäre. Eine literarische Überlieferung will sich in solchen Zeitläuften nicht bilden. Selbst das stetig leuchtende Licht der Meisterschaft ist in Gefahr, unbeachtet zu verlöschen. Einige Ältere unter uns mögen sich erinnern, daß Guttmann mit der alten *Frankfurter Zeitung* verbunden gewesen ist – und er war in der Tat von Beruf ein Journalist, tätig in Frankfurt, London und Berlin während der Regierung Kaiser Wilhelms II. und während der größeren Hälfte der Zeit, die der ersten deutschen Republik zugemessen war. Mit sechzig nahm er seinen Abschied, im Jahre 1930, ehe noch das Unheil hereinbrach; er zog sich nach dem Dorfe Buchenbach bei Freiburg zurück, meditierend, studierend und schreibend überstand er die schlimme Zeit. Als ich selber in die Redaktion des berühmten Blattes eintrat, war er schon ausgeschieden. Nur ein einziges Mal bin ich ihm dort begegnet, als er einmal kurz zu Besuch bei den Kollegen war, aber der Anblick des mächtigen Hauptes auf dem eher unscheinbaren Körper, das sich mir nur für einen Augenblick zuwendete, um mich aus dunklen Augen hinter dicken Brillengläsern ernst und aufmerksam zu mustern – dieser Moment hat sich mir tief eingeprägt. Wenig später erhielt ich einen kleinen Brief von seiner Hand – er bezog sich auf einen Aufsatz, den ich veröffentlicht hatte, und er enthielt ein paar Zeilen des Beifalls und der Ermutigung: »Avanti Savoia!« lautete sein Zuruf, ich war stolz auf die Auszeichnung; wenngleich ich damals selber nur erst dunkel und vage ahnte, von welch einer Autorität sie herrührte, hat mich die Anfeuerung durch ein furchtbares Jahrzehnt begleitet, belebt, aufrechterhalten. Nach dem Zweiten Weltkrieg trat er von neuem hervor, hoch in den Siebzig inzwischen, als Mitbegründer der Zeitschrift *Die Gegenwart* und als ihr bedeutendster Mitarbeiter. Das blieb er bis in die letzten Tage, jeder seiner Beiträge war eine Erleuchtung und eine Beglükkung.

Aber nicht biographische Erzählung soll jetzt meine Aufgabe sein, sondern Würdigung. Würdigung nicht sowohl der journalistischen Lebensleistung als des literarischen Werkes. Denn ich will es sogleich sagen – und es ist wohlbedacht, was ich sage: Bernhard Guttmann war ein großer deutscher Schriftsteller. Größe hat sein Ausdruck, Größe hat seine unerschrockene Bereitschaft zur Erfahrung, auch des Bittersten, und Größe hat seine Konsequenz, sein Ernst, sein geistiger Charakter. Vier Bücher gibt es von seiner Hand: ein stattliches historisches Werk über ›England im Zeitalter der bürgerlichen Reform‹; eine Darstellung seiner eigenen Lebenszeit und geschichtlichen Erfahrung bis zur Ausrufung der Republik im Jahre 1918, sie trägt den Titel *Schattenriß einer Generation*; eine Studie über religiöse Apokalyptik und messianische Erwartung, sie heißt *Das Ende der Zeit* und ist die Summe seiner lebenslangen Beschäftigung mit der christlichen und jüdischen Überlieferung, die Summe seines Glaubens, wenn man so will; und endlich eine Sammlung von Essays über verschiedene historische, literarische und politische Gegenstände, auch über fremde Länder, welcher er den schalkhaft dem Chinesischen entlehnten Titel gegeben hat *Das alte Ohr.* Vieles liegt zerstreut und wäre noch der Sammlung fähig. Auch seine einzigartigen Briefe müssen zum Œuvre gerechnet werden. Doch will ich mich hier nur auf das stützen, was jetzt öffentlich zugänglich ist, auf die Bücher also.

Größe habe sein Ausdruck, habe ich gesagt. Will man einen Schriftsteller erkennen, so ist das erste, seine Sprache, sein Verhältnis zur Sprache wahrzunehmen. Da und dort hat Guttmann viele großartig treffende Bemerkungen gemacht über die Umgangssprache sowohl als über den Wortgebrauch und die Satzfügung klassischer Autoren: Goethes, Jean Pauls, Lessings, Schillers, Rankes. Aber es gibt eine Stelle in dem Buche *Das alte Ohr*, wo er gleichsam sein eigenes Geheimnis, seinen eigenen Begriff von Stil hervorschimmern läßt. Ich will sie zitieren:

> ». . . Für alle Tage ist eigentlich Stil nicht notwendig. Soll durchaus einer da sein, dann muß man sich nicht fürchten und immer an Kleinigkeiten bosseln, sondern dreist auf das Ganze zugehen.« (S. 360)

Da spricht sich der ganze Mann aus: abhold dem hochtrabenden Kunsthandwerk wie aller Prätention – »für alle Tage ist eigentlich Stil nicht notwendig«! –, aber dieses gelassene Plädoyer für das Recht der Trivialität ist doch nur die Vorbemerkung, und sogleich tritt der geistig-sprachliche Wille mächtig hervor, und was er hier als Maxime formuliert, hat er durchgängig wahr gemacht. Er hat sich nicht gefürchtet und er ist stets auf das Ganze zugegangen. In allen Sachen, auch den gelehrtesten, auch den verzweigtesten und empfindlichsten wie zum Beispiel den religiösen, hat der Schriftsteller Guttmann eine ganz ungewohnte, mitreißende, erhebende Furchtlosigkeit bewahrt. Ohne jemals ins Leichtfertige zu verfallen oder ins Beiläufige sich zu verlieren, hat er wahrhaftig immer das Ganze zu ergreifen gestrebt, mit raschen und festen Schritten, knapp, entschieden, selten zögernd, bisweilen kurz und eigentümlich unmutig abbrechend. Fern von der Timidität, welche die meisten heutigen gelehrten Schreiber hindert, zum festen Umriß und zum Urteil zu gelangen; fern aber auch von jener vielfach beliebten Brillanz, die mit Pointen glitzert und mit gebildeten Assoziationen prunkt. Sein reifer Stil ist immer einfach, das

Bedeutende tritt durchaus unauffällig in Erscheinung. Ganz nach dem Ideal, dem Blaise Pascal nachgeeifert hat: so zu schreiben, daß jedermann bei sich denkt, das hätte er auch sagen können. Es ist auch die erzene Einfachheit der klassischen Lateiner, mit denen er als Leser ein Leben lang umgegangen ist. Und es ist die beinahe derbe Deutlichkeit der besten deutschen Überlieferung. Er hat selbst die Maxime aufgestellt, daß man sich an ihr prüfen und erneuern solle:

> »Um der Bluterstarrung der Sprache bei sich selbst entgegenzuwirken (sagt er), sollte man nicht zu selten in den alten deutschen Schriftstellern lesen, zuerst in der Lutherbibel. Nachmachen dürfen wir es den Alten nicht, aber sie stärken unser Gefühl für das Plastische.« (S. 356)

Was er auch ergreift, es geht immer ohne Umschweife sofort los, alles ist voll Saft und Kern, jedes Wort ist wichtig, niemals wird er weitschweifig, niemals auch sensationell. Entdeckungen, Erkenntnisse werden nicht begackert – das ist nur den blinden Hühnern eigentümlich, wenn sie denn einmal ein Korn finden, und man wird in keiner seiner Schriften nur den leisesten Ansatz zu irgendeiner eigenwilligen Sonderterminologie entdecken oder zu jenem Fetischismus der Begriffe, der sonst heute bei Philosophen und sogenannten Kulturkritikern vorherrscht und der ihnen seltsamerweise so viel Applaus verschafft. Er hat das mit Goethe gemein, daß er mit den gewöhnlichsten Worten die gelenkigsten Sätze zu bilden und die strahlendsten Einsichten auszusprechen weiß. Keine langen Perioden, keine gehäuften Beiworte, überhaupt nichts Überladenes. Gleichnisse sind selten, aber wenn sie eingesetzt werden, treffen sie ins Schwarze. Andrerseits fällt sein Stil darum auch nicht in übertriebene, gewollte Kargheit. Das eine Attribut, das er dem Hauptwort beifügt, ist wohl gewählt, gibt Farbe und sitzt. Zum Beispiel, wenn er von dem ›grämlichen Vorzug der Genauigkeit‹ redet, der sich mit dem Altern der Sprache einstelle, oder wenn er von Schiller sagt: »Seiner Leier fehlen die halben Töne« – oder von den römischen Stoikern, sie hätten ihren »Charakter mit Hilfe der Philosophie eigens stachlig« gemacht. Es liegt viel leiser Witz in all seinem Ernst verborgen, aber auch die Witzigkeit wird niemals eitel hervorgekehrt. Der Leser wird von diesem Autor stets geachtet, er mutet ihm nichts Dunkles zu, was erst noch zu entziffern wäre, schmeichelt ihm auch nicht mit blinzelnden Anspielungen, sondern er nimmt ihn für einen mündigen Menschen, der deutliche Aufklärung erwartet, aber selber zu denken imstande ist. Mit einem Wort: sein Stil ist vollkommen männlich.

Niemals scheut er sich zu referieren, was andere gedacht haben. Auch darin handelt er nach seinem Satze, man müsse sich nicht fürchten, sondern dreist auf das Ganze zugehen. Diese Kunst des Referierens, der knappen, raschen und souveränen Wiedergabe ganzer philosophischer oder auch politischer Gedankensysteme – wovon sowohl das Buch über England als auch dasjenige über das Ende der Zeit vielfältig Zeugnis gibt – macht ein unverwechselbares Kennzeichen seiner Schreibweise aus. So präsentiert er Paulus, Augustin oder Spinoza oder wiederum die englischen Staatsdenker Burke, Bentham, John Stuart Mill in ihrer jeweiligen Eigentümlichkeit jedesmal auf wenigen Seiten mit einer Dichte und Sicherheit, die erstaunen macht: es ist immer, als wolle er, Guttmann, der Autor, sich auf diese Weise selber ganz elementar klar machen, was da gedacht und intendiert sei. Dabei mengt er sich nicht ein, der andere bleibt an seinem eigenen Ort, er wird nach Verdienst mit Respekt behandelt, aber nie mit geistiger Unterwürfigkeit, sondern immer gewissermaßen auf gleichem Niveau – mit würdigem Respekt. In solchen Momenten sehe ich beim Lesen immer wieder den Kopf Guttmanns vor mir, den getürmten Schädel, den kurz gestutzten grauen Bart – so wie wir ihn damals am Pult vor uns sahen im Gartensälchen des Frankfurter Goethehauses, als er sich für die Verleihung der

Goetheplakette bedankte und seine Dankesrede mit der würdig respektvollen Anrede begann: »Herr Oberbürgermeister!« Kaum anders, meine ich, ist das Verhältnis zu Platon, Luther oder Hegel. Wie sehr er ihren Rang empfindet – keiner dieser erlauchten Geister wird ihm so übermächtig, daß er nicht mit Entschiedenheit abzurücken, sich zu erschrecken, zu tadeln und in jedem Falle zu urteilen wagte. Ungeschminkt stellt er zum Beispiel dar, wie Luther die aufständischen Bauern im Stich gelassen, wie er – hier sind seine Worte: – »tobend die Gewalten zur gnadenlosen Unterdrückung aufgefordert« habe, und ohne Zaudern und Schwanken urteilt er, dieses lutherische Gutachten, »das eine tierische Weise des Lebens von Menschen (nämlich der leibeigenen Bauern) für verträglich mit der Religion erklärt«, könne nicht die Meinung Jesu wiedergeben. Oder ein anderes Beispiel – dieses aus dem Buche über das englische Reformzeitalter, dessen Kernstück, wie billig, die große Wahlreform von 1832 betrifft. In diesem Zusammenhang wirft Guttmann einen Blick auf Hegel, und dort heißt es:

> »In Deutschland schrieb Hegel kurz vor seinem Tode eine durch hochfahrendes Unverständnis unerfreuliche Abhandlung über die noch zwischen Annahme und Verwerfung schwebende englische Bill.« Und ein wenig später: »Die Überhebung des gelehrten Systematikers und des Beamten einer nur sich selbst verantwortlichen Verwaltung (nämlich der preußischen) sieht den unstraffen parlamentarischen Staat tief unten.«

Ein imponierender Unwille wird in solchen Urteilen spürbar, die indessen niemals der Gestalt eines Denkers im ganzen gelten, sondern den bestimmten Gedanken, der bestimmten einzelnen Handlung. Das ist auch nicht Respektlosigkeit – wir fühlen es –, im Gegenteil möchte man eher denken, gerade der Respekt sei es, der Aufrichtigkeit verlangt. Aber wie erfrischend ist es, eine so männliche Sprache zu vernehmen, diese geprüfte Selbstgewißheit, die es für ihre Pflicht erachtet, sich nichts schuldig zu bleiben – wie erfrischend, wenn wir uns erinnern, wie haltlos unser Verhältnis zu den großen Figuren unserer Überlieferung sonst weithin, auch in der Wissenschaft, zwischen feiger Verhimmelung, musealer Ausstellung und fanatischer Überhitzung im Für und Wider schwankt!

Unversehens bin ich von der Schilderung seines Stils, der Größe – oder sollte ich das altertümliche Wort ›Großheit‹ vorziehen, das doch hier so wohl am Platze ist? –, der Größe oder Großheit also seines Ausdrucks zur Entschiedenheit seines furchtlosen Urteils gelangt, und also sind wir schon daran, den Geschichtsschreiber Bernhard Guttmann zu würdigen. In diesem Bezirk seines Werkes fällt zuerst die Meisterschaft auf, mit der er die handelnden und denkenden Figuren zu charakterisieren weiß. Und zwar sowohl in der knappen Erwähnung wie auch im ausgeführten Portrait. Ein paar Beispiele. Im *Alten Ohr* findet sich ein Essay von sieben Seiten über den jüngeren Cato, den Genossen Ciceros in der Führung der republikanischen Senatspartei, der sich zu Utica in Afrika selbst nach stoischer Manier den Tod gab, als der siegreiche Cäsar heranrückte und seine Sache verloren war. Da heißt es:

> »Cato gehört zu der Kategorie der wohldenkenden und ratlosen Menschen, die sich in komplizierten und verderbten Zuständen auf das Primitive verbeißen.«

Der meisterliche Satz wird in der Folge illustriert mit den demonstrativen Gebärden der altrömischen Tugend, dem Barfußgehen auf der Straße und dergleichen, womit eben dieser Cato die alte Sitte und das einfache Leben vorführte, weil ihm, wie Guttmann urteilt, nichts Gescheiteres einfiel. Darin ist eine Portion Spott, ungeniertes Urteil, durchaus drastische Anschaulichkeit und zugleich ein großartiger Durchblick auf vergleichbare Haltungen und Gestalten bis in unsere Tage.

Oder: in dem Buch über die englische Reformzeit kommt der König Leopold vor, der aus dem Hause Coburg stammte, der die englische Thronfolgerin Victoria mit dem gleichfalls coburgischen Prinzen Albert zusammengebracht hat und selber dann den neugeschaffenen Thron von Belgien bestieg. Von diesem heißt es:

»Mit ihm beginnt eine neue Varietät der Rasse der Könige, der etatmäßig angestellte Herrscher von Fach, der sich in diesem Berufe kaum noch von Privatgefühlen leiten läßt.«

Auch das hat Witz, aber zugleich steht ein Typus vor uns, den die feste Hand des Geschichtsschreibers aus der Wirrnis des historischen Geflechtes gleichsam heraushaut, und wir gewinnen Erkenntnis. Von der Hofhaltung Victorias und Alberts selber, dieses bürgerlichen Musterpaares, das den Lebensstil eines Zeitalters in England geprägt hat, schreibt Guttmann:

»Jetzt ... wurde die Fähigkeit, mit Würde und Anspannung eine ungeheure Langeweile zu ertragen, sorgfältig ausgebildet.«

Doch sind das nur Kostproben, an denen das unterhaltende Element überwiegen mag. Das englische Buch hingegen ist reich an ausgearbeiteten, wiewohl immer gedrungenen Bildnissen all der wesentlichen Figuren, die dem englischen neunzehnten Jahrhundert, dieser Heldenzeit des liberalen Bürgertums, seine Richtung und seine Farbe gegeben haben. Einer der faszinierendsten Abschnitte gilt Benjamin Disraeli, dem Schriftsteller und Staatsmann, dem erfolgreichsten Juden der Epoche, wie ihn Guttmann nennt. Zwiespältig ist der Aspekt des Mannes, notwendig zwiespältig auch Guttmanns Urteil. Der hochkonservative Tory-Sinn muß dem Geschichtsschreiber des Liberalismus gegen den Strich gehen – »Er mischte England den verderblichen Rauschtrank des Imperialismus«, sagt Guttmann, »aber er begeisterte sich daran zuerst.« Mit dem anglikanisch erzogenen Sohn eines jüdischen Hauses, mit dem gläubigen Christen empfindet der Autor Sympathie, die aus religiöser Verwandtschaft herzurühren scheint – auch Guttmann war Jude und gläubiger Christ.

Ich muß es mir versagen, mehr Beispiele aus der langen und reichen Galerie der historischen Bildnisse wiederzugeben, die zumal in diesem englischen Buche ausgebreitet ist. Sie gleichen denjenigen auf antiken Münzen.

Ich würde aber einen ganz verkehrten Begriff von Guttmanns Geschichtsschreibung vermitteln, wenn ich nur bei den Bildnissen einzelner Gestalten verweilte. Was sein Buch über England auszeichnet, ist gerade das wohlausgewogene Verhältnis, das darin zwischen der Schilderung der handelnden Figuren und derjenigen der allgemeinen Zustände, zwischen den gesellschaftlichen Verhältnissen und den politischen Aktionen, zwischen Sozialgeschichte und Individualgeschichte herrscht. Auch hierin bewährt sich eine Souveränität, die sonst selten geworden ist: keinerlei Verliebtheit, gar Verranntheit in irgendwelche besonderen Methoden, wie sie einander in der Wissenschaftsgeschichte befehdet und abgelöst haben. Die Geistesgeschichte kommt so gut zu ihrem Recht wie die der gesellschaftlichen und wirtschaftlichen Verhältnisse, die Kulturgeschichte so gut wie die politische. Und dies nicht etwa in dem Sinne, daß der Autor von allem etwas genommen und eine laue Mischung davon hergestellt hätte – sondern vielmehr auch hier getreu jener Devise, nach der es gilt, sich nicht zu fürchten und dreist auf das Ganze zuzugehen.

Dieses Buch über das englische Reformzeitalter kann nicht genug gerühmt werden. Nicht allein jener einzelnen Vorzüge wegen, die ich anzudeuten versucht habe, nicht allein jener synthetischen Kraft wegen, die sich über alles gelehrte Spezialistentum hinaushebt und die dem Lesenden das Gefühl gibt, von sicherer Hand gelassen geleitet zu sein und keinen Augenblick den Aus- und Überblick zu verlieren;

vielmehr schon als Griff und Wurf überhaupt: des Themas wegen. Das England dieser Epoche ist dem Kontinent und zumal uns Deutschen in seinen wesentlichen Zügen merkwürdig dunkel geblieben, vielfältig verstellt durch einseitige Anschauungen sowohl der Monarchisten als der liberalen Verfassungstheoretiker als auch der Sozialisten. Es ist ein historisches Unglück, daß wir so wenig davon wissen oder doch so wenig ernsthaft Notiz davon genommen haben, was sich dort abgespielt hat: von der Ausbildung der parlamentarischen Regierungsweise, von der gewaltlosen Ablösung der Adelsherrschaft durch eine Folge gesetzlicher Reformen des Wahlrechtes und also durch die Veränderung der gesellschaftlichen Beschaffenheit des regierenden Parlamentes selber und schließlich von der allmählichen Einbeziehung des elendsten Proletariats in das Gemeinwesen durch die Reform der Armengesetze und der Fabrikordnung. Im Mittelpunkt steht – ich sagte es schon – die Wahlreform von 1832, der bedeutendste Sieg der liberalen Partei auf dem Gebiete der politischen Einrichtungen. Noch war das allgemeine Wahlrecht in weiter Ferne, die Reform korrigierte nur das System der Stände, vor allem kamen die Städte stärker zu ihrem Recht. Die Bedeutung des Vorgangs kennzeichnet Guttmann mit einem erleuchtenden Satze:

> »Die Reform war freilich nur eine Pforte, die in den dicken Wall um die Burg der Privilegien gestoßen ward. Aber durch sie fanden die Erbauer des modernen Staates Eingang.«

Mit besten Gründen nennt er darum dieses Gesetz von 1832 eine der größten Taten des neunzehnten Jahrhunderts, durch welche »eine Hauptnation der Erde in friedlicher Entwicklung« erhalten worden sei. Reform als solche – der Geist der Reform, die Bereitschaft zum Verzicht auf alte Herrschaftspositionen und zur maßvollen Anpassung an die drängenden und freilich auch bedrohlichen gesellschaftlichen Entwicklungen – die Weisheit der Reform als Gegenstück und Gegenteil der Revolution, welche zur gleichen Zeit die Staaten des Kontinents erschüttert und gespalten hat: diesen Kontrast hervorgekehrt, diese Vorzüge der Reform, der Kontinuität anschaulich und lehrreich – wie lehrreich auch für uns Heutige! – vor Augen geführt zu haben, das ist vielleicht das letzte und bedeutendste Verdienst dieses Buches. Wie der Autor es selbst im Vorwort zur zweiten Auflage – von 1949 – ausgesprochen hat:

> »Frankreich entschied sich dafür, den überlieferten Rechtszustand gewaltsam abzureißen und einen gänzlich neuen herzustellen; England nach längerer Unruhe und Repression für die Anknüpfung des Neuen an das Alte und für die Rechtskontinuität. Von den zwei Wegen hat die Reform sich als der viel sicherere erwiesen, während die Revolution kein für die Dauer stabiles Bauwerk errichten konnte, und mehrmalige Veränderung der Staatsform die Folge war. Die Reform ist auch, so sehr sie an freiheitlichem Pathos hinter der Revolution zurückbleibt, im innern Wesen näher mit der Freiheit verwandt, weil sie der Freiheit der andern, der widerstrebenden Partei größere Rücksicht gewährt.« (S. 9)

Dem ist nichts hinzuzufügen. Der große Schriftsteller und Geschichtsschreiber Guttmann hat dieses Studium nicht zur müßigen Unterhaltung betrieben. Er war in der Sache engagiert. Denn er ist selber ein großer Liberaler gewesen. Nicht ein Ideologe, nicht ein Konstrukteur von Verfassungstexten und nicht ein Analytiker der Marktwirtschaft. Vielmehr ein Geist, dem die ursprüngliche und gesittete Freiheit der Person über alles am Herzen lag. An einen selbsttätigen Fortschritt der Menschheit in dieser Richtung hat er wohl nie geglaubt – viel zu sehr war er mit der verantwortlichen, bessernden politischen Handlung vertraut, auch mit ihrer Gefährdung, ihrer Gefährdung durch das Tier aus der Tiefe, nämlich aus der Tiefe des Menschen selbst. Das nationalsozialistische Unheil hat ihn tief getroffen, aber doch nicht an der Freiheit irre werden lassen, an der Freiheit als menschlicher Aufgabe und als menschlicher Möglichkeit. Er hat sie im Patriarchenalter tiefer noch durchdacht als zuvor. Mit beinahe achtzig hat er die religiöse Schrift veröffentlicht, die ich erwähnt habe. Hinter dem Liberalen taucht der Christ auf, der – auf der Suche nach dem ursprünglichen Christus und nach dem Geist der judenchristlichen Urgemeinde – mitten in der Welt doch das andere Reich in der Seele festhalten möchte. Und so findet er Wendungen und paradoxe Lösungen im Widerstreit des irdischen und himmlischen Jerusalem, die der Größe des Schriftstellers und dem Ernst des Denkers am Ende das Siegel der gläubig-tätigen Weisheit aufdrücken:

»Gestalt kann das Reich des Messias nicht werden, deshalb endet die Botschaft nicht. Es kann ihr keine Weltordnung genügen, der Dorn der Unerfülltheit haftet im Gemüte. Das Reich ist, was es nicht geben kann, aber geben muß.«

1959/1965

Gustaf Gründgens

Klausur

»Es wird mir zuviel Wesens von den Schauspielern gemacht«: Wenn das ein Dichter, ein Manuskriptverfasser oder ein Kameramann vom Film gesagt hätte, den müßte man für neidisch halten und ihn nicht ernst nehmen; wenn es ein Beamter gesagt hätte, einer von der alten Schule, ein Verächter alles eitlen Glanzes, den würde man einen Sauertopf schelten, und wenn es ein Ingenieur gewesen wäre, den hätte man für befangen erklärt, befangen in der Anonymität seines eigenen Berufs. Aber es ist ein Schauspieler gewesen, der dies gesagt hat: »Es wird mir zuviel Wesens von den Schauspielern gemacht.« Ein Schauspieler und Bühnenleiter, nämlich Gustaf Gründgens, der Generalintendant der Staatlichen Schauspiele in Berlin. Der Satz stand in dem Vortrag »über das künstlerische Erleben des Schauspielers«, der gestern und vorgestern im Feuilleton dieser Zeitung veröffentlicht worden ist. Und so muß man das Wort ernst nehmen, denn es kann weder aus Neid noch aus dem Sauertopf noch aus Befangenheit gesprochen sein. Es heißt nicht, daß man von den Schauspielern zu viel und von anderen Leuten zu wenig Wesens mache, und es heißt auch nicht, daß man überhaupt auf der Welt bescheidener sein müsse, sondern es heißt, daß es der Bühne, dem Schauspiel selber und also auch dem Schauspieler unzuträglich sei, wenn man so viel Wesens von ihm mache. Von ihm, nämlich von seiner Person oder Persönlichkeit. Gründgens sagte, er wünsche sich eine Klausur für den Schauspieler, eine Abschließung von der Öffentlichkeit, von der Gesellschaft und auch von der ästhetischen Betrachtung. Wenn man es recht versteht: eine Abschließung vom Publikum.

Öffentlich ist allein der Auftritt des Schauspielers auf der Szene, das Spiel, die Rolle, die Figur, der er nicht sein eignes natürliches Leben gibt, sondern der er durch seine Existenz eine andere, scheinhafte Wirklichkeit leiht. Denn die Bühne ist zwar nicht der Schein der Wirklichkeit, wohl aber – um abermals eine Formulierung von Gründgens zu zitieren – die Wirklichkeit des Scheins. Nach der Vorstellung aber tritt der Schauspieler ab, er verschwindet aus dem Schein, wird Privatmann, Zivilist, ununterscheidbar, ein Mann, der seinen Beruf hat wie jeder, der normal frisiert ist, einen normalen Hut und einen normalen Anzug trägt – keine Rüstung und keinen Hermelin mehr, aber auch keinen Radmantel und keine flatternde Krawatte. Man könnte sich vorstellen, daß ein solcher Mann sehr kühl, sogar abweisend antwortete, wenn ihn jemand neugierig anspräche. Denn jetzt trägt er keine Maske mehr, kein Rest vom König Lear oder von Karl Moor ist mehr an ihm, nichts mehr von Schein liegt auf seinem Gesicht. Zwischen der Szene und dem Privatdasein, zwischen Schein und Wirklichkeit allerdings liegt der Applaus und der ›Vorhang‹: Noch trägt der Schauspieler Maske und Kostüm, aber doch ist es nicht die dramatische Figur, der man den Beifall spendet, sondern er selber, Herr X., der die Figur gespielt hat. In diesem Augenblick zwischen Schein und Wirklichkeit wird auch die Distanz zwischen Schauspieler und Publikum aufgehoben, und dies ist vielleicht der letzte Grund, weshalb es im alten Wiener Burgtheater keinen Applaus und keine Vorhänge geben durfte. Allerdings hat dieser Moment – ganz abgesehen davon, daß man am Beifall den Erfolg zu messen gewohnt ist – auch seinen positiven Sinn: wenn die Schauspieler ins helle Licht treten, die Zuschauer sich von den Sitzen erheben und in die Hände klatschen, so bekunden beide Teile einander, daß es ein Spiel war, »nur« ein Spiel und Schein – und das ist ein merkwürdig froher, befreiender Moment. Aber dieses Zwischenstadium darf nicht ausgedehnt werden – weder nach rückwärts auf das Spiel und die Szene selbst noch nach vorwärts auf die Privatexistenz des Schauspielers,

und zwar dieses zweite ebenfalls um der Szene und des Spiels, um der theatralischen Form willen. Das ist gerade der Sinn jener »Klausur«, die sich Gründgens wünscht. Was in solcher Klausur abgeschlossen wird oder werden soll, das ist die eigene Existenz des Schauspielers, auch und vor allem gerade auf der Bühne. Denn auf der Bühne interessiert einzig die Schein-Existenz der dramatischen Figur und durchaus nicht die wirkliche des Schauspielers. Er soll nicht – wie der Jargon es nennt – ›über die Rampe spielen‹. Er soll ganz und gar hinter oder in der Maske verschwinden, in der persona des Spiels.
Das scheint selbstverständlich und ist es doch durchaus nicht. Wenn man einmal ganz aufrichtig die theatralischen Erfahrungen überdenkt, die man heute machen kann, so wird man gewahr, daß viele Schauspieler zuerst und in allem sich selber spielen, daß sie ihr eignes Gesicht und nicht die Maske tragen, daß sie ihr eignes Gefühl, ihr Inneres vorweisen oder vorzuweisen scheinen, daß sie die Rolle in einem bestimmten Sinne zu ›ihrer‹ Rolle machen und daß, ganz entsprechend, das Publikum gerade danach begierig ist, daß viele Zuschauer das merkwürdige und bedeutende Innenleben des Schauspielers auszuweiden und auszuschlürfen kommen. So entsteht jene Sucht nach ›Natürlichkeit‹ und ›schöpferischer Vitalität‹, von der Gründgens gesprochen hat und der er so entschieden die Kunstwelt, die »künstlerische« – nein, das Wort ist noch zu subjektivistisch: die »künstliche« Welt des Theaters entgegengesetzt hat. Diese Vertauschung der Begriffe, daß man auf dem Theater gerade die Natürlichkeit und nicht die Künstlichkeit erwarten möchte, das Gesicht und nicht die Maske, die Seele und nicht die Figur, das Innerliche und nicht das Geprägte, das Subjektive anstatt der objektiven Form in Sprache, Geste, Mimik und Bild – diese Verkehrung der Begriffe hat eine lange Geschichte und stammt nicht erst von gestern. Aber der Vortrag von Gründgens ist ein Zeichen dafür, daß diese

Geschichte zu Ende geht, daß die Begriffe zurechtgesetzt werden. Daß das ›Künstliche‹ aus seiner Verbannung befreit, auch das Wort ›künstlich‹, das ja die ursprünglichste Ableitung von ›Kunst‹ darstellt (im Unterschied zu dem sehr mittelbaren Wort ›künstlerisch‹) und nichts anderes bezeichnet als das, was der Kunst gemäß ist – daß auch dieses Wort aus dem Verruf gebracht wird. Ein kluger Kenner hat gegen diesen Lobpreis der Maske, des ›künstlichen‹ Spiels und gegen jenes Ideal der Klausur eingewendet, daß wir im Zeitalter des Films leben und daß der Film eigens für den Schauspieler und um die Begierde des Publikums nach dem Schauspieler selbst zu befriedigen die ›Großaufnahme‹ erfunden habe. Das ist sicherlich ein sehr starker Einwand. Denn der Star ist in der Tat der Gegenstand dieser Begierde des Publikums und das Gegenteil des anonymen Schauspielers. Wir können auch gewiß das antike Theater nicht wiederherstellen, weil dazu alle sozialen und religiösen Voraussetzungen fehlen. Aber gleichwohl sind es nicht der Film und die ›Großaufnahme‹ als solche, die den Subjektivismus fordern. Sie verführen dazu, mehr als die Bühne sogar, aber sie fordern ihn nicht notwendig. Es könnte auch anders sein, und es kann, auch mit Großaufnahmen, durchaus anders werden. Es gibt auch schon Beispiele dafür, daß Filme eine objektive Form erreichen können und nicht bloß dazu dienen, den oder jenen Star ›herauszustellen‹, das heißt: dem Publikum zum Fraße vorzuwerfen. In der Tat, wie Gründgens sagte: das kommende Theater wird (oder muß) ein »Theater der Form« sein. Und dazu soll die Klausur helfen, in die sich nicht bloß die Schauspieler, sondern auch die Zuschauer, wir alle, im Geiste zu begeben hätten.

1941

Kunst machen

Gustaf Gründgens: Wirklichkeit des Theaters

Ein klares, kräftiges und entschiedenes Bewußtsein von Kunst ist – jedenfalls bei uns – das Seltenste, was man im Bereiche der Künste finden kann. Wo es sich regt und sich ausspricht, ist man verderblich rasch bei der Hand, es mit dem banalen Bann zu belegen, der in das französisch zitierte Wort vom *»l'art pour l'art«* gekleidet zu werden pflegt. »L'art pour l'art« ist ersichtlich etwas Böses, Gesellschaftsfeindliches, Anmaßliches, hoffnungslos Abgetanes. Selbst das bloße Wort »Kunst« scheint aus der Mode zu kommen, gar der Plural, »die Künste«, ist seit langem außer Gebrauch: an seine Stelle ist der verquollene, zugleich erhabene und betriebsame Begriff der ›Kultur‹ getreten, den niemand recht zu definieren vermag. Die Literatur (die von ›Literaten‹ oder ›Schriftstellern‹ hervorgebracht wird – und das sind alles Beinahe-Schimpfworte!) mißt man zumeist nach ihrem Problemgehalt anstatt nach ihrer literarischen Qualität; philosophische, theologische oder auch soziologische Erörterungen haben vielfach die Form- und Sprachkritik verdrängt, und merkwürdigerweise haben ungefähr zur gleichen Zeit die Philosophen, auf der Flucht vor der Vernunft, damit angefangen, sich an die Offenbarungen der Dichter zu klammern. Wer nicht Hölderlin oder doch wenigstens Rilke interpretieren kann, scheint eines philosophischen Lehramtes kaum noch würdig; und ohne ein Studium der Existenzphilosophie andererseits kann einer kaum Dramatiker, sicher nicht Dramaturg werden.

Unter so babylonisch verwirrten Verhältnissen ist es ein wahres Labsal, einem Manne zu begegnen, der eben von jenem seltenen Kunstbewußtsein erfüllt und durchaus geprägt ist: einem entschiedenen Künstler. Es ist *Gustaf Gründgens*, der Schauspieler, Regisseur und Theaterleiter.

Man kann gewiß nicht behaupten, daß er geschwätzig sei. Sieben Vorträge, eine Gedenkrede, eine Abschieds- und zwei Begrüßungs- oder Antrittsreden, ein Zeitungsartikel (nicht einmal spontan, sondern als Antwort auf eine Umfrage verfaßt) und ein Briefwechsel – das ist, der Menge nach, eher eine karge literarische Ausbeute aus gut zwanzig Jahren. Dieser Künstler spielte; er redete nicht oder wenig. Aber es war der Mühe wert, diese Äußerungen, diese auch bei der beiläufigsten Gelegenheit immer hochverantwortlichen Formulierungen des Kunstbewußtseins zu sammeln. Dokumente eines ebenso gefährlichen wie konsequenten Weges durch die Epochen von 1930 bis 1951. »Er arbeitet stets auf dem hohen Seil ohne Sicherungsnetz«, sagt Peter Suhrkamp treffend in seiner Vorbemerkung.
Was die Konsequenz anlangt – zwei Zitate:
1930 (über Regie): »Der Zuschauer soll verstehen, was der Schauspieler sagt. Der Schauspieler soll verstehen, was der Dichter sagt, und der Dichter soll verstehen, was er selber sagt.«
1948 (wieder über Regie): »Lieber weniger glänzend, aber richtig, als faszinierend und falsch.«
Die heitere Einfachheit dieser Maximen, die nicht aus dem Reiz des Einfalls, sondern aus der Reife tätiger Erfahrung zu verstehen sind, wird die Kulturpriester und die Problemsüchtigen ebenso schockieren, wie sie die Liebhaber der Kunst und die Arbeiter in allen ihren Weinbergen entzücken muß. »Es wird mir zuviel Wesens von den Schauspielern gemacht«, sagte der Schauspieler Gründgens in jenem Vortrag, den er im September 1941 auf Einladung des »Auslandsamtes der Dozentenschaft der deutschen Universitäten und Hochschulen«, einer nationalsozialistischen Organisation, gehalten hat, und wer ihm das Wort als luxuriöse Bescheidenheit auslegen wollte, wäre gründlich auf der falschen Fährte. Dieser Vortrag, den ich (als Berichterstatter der *Frankfurter Zeitung*) damals gehört habe, ist mir unver-

geßlich wegen der genauen Redlichkeit, mit der der Vortragende das unmögliche Thema, das man ihm gestellt hatte, aus den Angeln hob. Das Thema hieß »Das künstlerische Erleben des Schauspielers« und drückte, Pflichten wie Erfahrungen in dem sumpfigen Begriff des »Erlebens« ertränkend, unwissend doch jenen ungezogenen Subjektivismus, jene Willkür-Innerlichkeit recht genau aus, welche gerade die Epoche der Willkürherrschaft auf dem Theater (wie auch in anderen Künsten) förderte und schätzte. Sehr überraschend beantwortete Gründgens die krumme Frage des Themas ganz gerade mit dem Satz: »Das primäre künstlerische Erlebnis des Schauspielers ist die Dichtung.« Er lobte die Anonymität, das antike Masken-Spiel, die strenge Form als solche – dieser Begriff stand ihm zu jeder Zeit am höchsten – und wagte es, geradezu die ›Künstlichkeit‹ der Kunst gegen das zuchtlose Prahlen mit der eigenen Natur und mit dem eigenen Innenleben zu setzen, welches damals in hoher Blüte stand (und übrigens auch heute keineswegs von den Bühnen verschwunden ist). Wieviel durchsichtig-schwindelhafte Konzessionen man im Peripherischen in diesen Dokumenten aus der Zeit des »Dritten Reiches« finden mag – in diesem Kern ist kein Trug und keine Abirrung, keine Schwäche und keine Erweichung. Der Ernst des Kunstbewußtseins hält – als eine eigene Art von ›Widerstand‹ – autonom durch und sichert die Dämme (der »Insel«, wie sie das Schauspielhaus am Gendarmenmarkt im eignen Kreise nannten) gegen die Überschwemmung mit Weltanschauung. Diese Leidenschaft, »Kunst zu machen«, hat seither, in ihrer hauchdünnen, gläsernen Schutzhülle, der Gewalt ebenso widerstanden wie der Lässigkeit.
Kunst für die Kunst? (Anstatt Kunst für die Gesellschaft, fürs Volk, für die Menschheit?) Die Fragestellung ist falsch. Die Kunst hat kein Ziel und ist niemandem gewidmet, auch nicht sich selbst. In ihr ist schon das Ziel be-

schlossen. Sie verlangt geschmeidige Disziplin und gewährt hohe Erheiterung.

1954

Gründgens als Wallenstein

Gastspiel in Wiesbaden

Es ist eine der ergreifendsten Aufführungen, die ich auf dem Theater gesehen habe. Nicht durch den Glanz der Szene, gar durch Besonderheiten, Originalitäten in Einfall, Auffassung oder Anordnung. Sondern durch die Kunst des Maßes, durch vollkommenes Verständnis, Klarheit, Disziplin. Ergreifend durch Ergriffenheit.

Das Stück – *Wallensteins Tod* – erschließt sich nach seinem Bau und Pathos wie von neuem vor unseren Augen und Ohren. Es liegt offen vor uns, ganz einfach einzusehen. Auch die paar schwachen Stellen verhehlen sich nicht – die Umstimmung Buttlers durch Octavio, das kantische Pflichtgebot, wider Herz und Willen, dem zarten jungfräulichen Mund und Sinn der Thekla zudiktiert, was niemals überzeugen kann. Aber vorab alle Kraft, Bedeutung, herzbewegende Tragödie – das Schicksal des Menschen namens Wallenstein, das Schicksal selber wie zugleich die Art des Mannes, es zu nehmen, die übrigens durchaus nicht heldisch-trotzig anmutet, im Gegenteil zaudernd, ausweichend, auf Tröstung sinnend und neue Möglichkeiten, ahnungslos im einzelnen Moment, doch höchst ahnungsvoll im Ganzen, ja mehr als ahnungsvoll: nachgebend im tiefsten Grunde und schweigend einverstanden.

So bin ich schon bei der Hauptfigur des großen Gedichts. Und bei ihrer Darstellung durch Gustaf Gründgens. Es ist das Zeichen der vollkommenen Wiedergabe und Belebung, daß man sich keine andere Form und Abwandlung mehr vorzustellen und auszudenken vermag, wenn man diese wahrgenommen, wenn einen diese angerührt hat. Es hieße nur von der Intelligenz dieses Schauspielers reden, wenn man sich dabei aufhielte nachzuschildern, wie jeder Satz und jedes Wort, jede Anspielung und Nebenbedeutung, auch der verhüllte Gedanke noch des Sprechenden vollkommen rund und deutlich und begreiflich, weil durchaus begriffen, wiederkehrt. Aber es ist nicht nur von seiner Intelligenz zu reden. Sondern von einer Intuition, die alles zusammenhält. Und von einer Reife der Verwandlung, die doch nicht entrückt, sondern vielmehr den Sinn und die Figur so nahebringt, daß wir zittern und weinen. Gründgens war stets ein großer Künstler – ein Künstler, der Kunst übte, ein Tänzer, Fechter, Spieler, ein heller, scharfer Artist, Bewunderung, ja Begeisterung weckend. Jetzt aber ist es, als sei die feine gläserne Haut gesprungen, worin das Spiel befangen blieb, wohltätig gerade durch solche kunstvolle Distanz, wie es auch gewesen ist. Ein neues Wesen scheint hervorgetreten, eine neue Stufe gewonnen: die Stufe der Kunst, da die Kunst unmerklich wird. Kein hohes Seil mehr, keine Brillanz. Vielmehr Wahrheit. Daher auch der Zuschauer nicht so sehr den Atem anhält, staunt und schließlich jubelt, sondern teilnimmt, teilnehmen und bis in den Grund seines Herzens verstehen muß.

*

Dieser Wallenstein ist vom ersten Augenblicke schon der Mann, den sein Stern verlassen hat, der hinaus- und hinabgerissen wird, der sich wieder und wieder hält zwar, um neuen Stand zu gewinnen, doch auch das Glück – die Fortuna wie das Glück des Gefühls – im Schwinden mit schmerzlicher Schärfe gewahrt und in allem, den Drängern ringsum an weisem Schicksalsblick weit überlegen, doch auch sich gleiten läßt – »das Notwendige mit Würde, mit festem Schritte« tuend. Sofort ist er in dieser Weise gegenwärtig. Wie er die Worte spricht

»Es ist ein böser Zufall!«

bei der Nachricht, daß sein Geheimkurier von den Kaisertreuen abgefangen ist, alle belastenden Dokumente in der Hand seiner Gegner sind. Anfänglich und gleichsam im

Vordergrunde wehrt er sich – zuerst gegen die Verläßlichkeit der Nachricht, dann gegen ihre Bedeutung und Folge. Alsbald aber und in größerer Tiefe dämmert ein Sinn in diesen wahrhaftig einfachen Worten, der alle greifbare praktische Bedeutung übersteigt. Gründgens spricht sie sehr langsam – im Sitzen –

»Es ist ein böser Zufall«,

mit dem dehnenden Ton auf dem »bösen«, ohne die leiseste Spur von Ärger, Wut oder überhaupt irgendeiner Erregung. Und es ist, als sänken Mantel, Stube, Haus, die Himmelszeichen alle nieder, ein kahler grauer unendlicher Horizont wird fühlbar, und der Verlassene weiß für einen Augenblick und ohne Empörung, daß er's ist. Kein Zweifel mehr, indem wir es so hören, daß es so gemeint ist, so sein *muß*. Denn ein paar Verse weiter wiederholt er, gedankenverloren, zugleich ohne Bewußtsein nachsprechend, was er selber und die andern schon längst ausgesprochen haben:

»Ein böser, böser Zufall! – Freilich, freilich!
Sesina weiß zuviel und wird nicht schweigen.«

Und der ganze lange erste Monolog (»mit sich selbst redend«, sagt Schillers kurze Anweisung) bleibt in diesem Ton von klarer Schwere, nicht ahnend bloß, sondern wissend, auch in der Frage:

»Wär's möglich? Könnt' ich nicht mehr, wie ich wollte?
Nicht mehr zurück, wie mir's beliebt?«

Dieser Text, der unter die ›Klassiker der Politik‹ eingereiht werden könnte, ja sollte, so wohlvertraut er ist, hier neu und frisch und tief bewegend – dieses fragende und doch schon einwilligende Erstaunen des Menschen, der zum ersten Male – und ein für allemal – sich vom eigenen Willen abgedrängt und hinweggerissen sieht und in großartiger Resignation sich zu fügen lernt. Bis hin zu dem Blick auf die Tür und ihre Schwelle, den er buchstäblich tut, doch maßvoll-unaufdringlich, die Schwelle, über die der schwedische Oberst hereintreten wird:

»... So schmal ist
Die Grenze, die zwei Lebenspfade scheidet!«

*

Ich muß vieles überspringen, was nicht minder ausgiebige Nachzeichnung verdiente. Mit einer halb ungläubig erstaunten und doch männlich gelassenen Gebärde nimmt dieser Held das Schicksal wahr, das er erfährt und sich bereitet. Selbst in jenem herzzerreißenden Augenblick, da nach dem Abfall der meisten Regimenter Oberst Buttler hereintritt (von dem wir wissen, daß er ihn ermorden wird, und von dem er's dunkel selber weiß), da er ihm entgegeneilt, um Treue flehend, indem er den Verrat Octavios beklagt, und da er sich aufrafft zu der stolzen Vorspiegelung –

»... Ich bin
Noch immer reich an Freunden; bin ich nicht?« –

selbst hier bleibt, in Gründgens' Ton und Haltung, die tiefe Melancholie zu spüren, die im Grunde schon entsagt hat, was auch der Mund sprechen, was der Kopf denken und der Wille wollen mag. Echolos verhallt die Frage, und es ist, als nickte der Frager insgeheim Zustimmung, daß keine Antwort kommt. Von diesem Grunde auch hebt sich ein Wort ganz neu und anders, aber »richtig« ab wie jenes

»Nacht muß es sein, wo Friedlands Sterne strahlen.«

Nämlich nicht als ein Ausdruck finsteren Trotzes, sondern wie ein Glitzern, das schon vergeht, indem es aufkommt, hilflose Tröstung eines Verzweifelten, der doch im Grunde schon anders getröstet ist, der sich's nur schuldig zu sein meint, sich die Lichter noch einmal selber anzuzünden. Von solchem Klang waren die Worte und rührten ein Erbarmen auf, dessen Gegenstand wir doch allesamt selber sind.
Auf ähnliche Weise neugeboren kam auch jenes

»Es ist der Geist, der sich den Körper baut«:

so daß man das Gefühl hat, es sei von Generationen gleichsam falsch zitiert worden – nicht nach dem Buchstaben, aber nach dem Ton. Denn es ist ja in der letzten Entblößung gesprochen – da man auf nichts mehr bauen noch hoffen kann als gerade auf den eigenen Geist und da man doch im Herzen weiß, daß der Übermut vergeblich bleibt. So ließ Gründgens uns das Wort vernehmen und verstehen, und so stimmt es in der Tat zu der Lage, in der sich Wallenstein befindet. Nichts mehr von einer idealistischen Doktrin, vielmehr Fata Morgana des Versinkenden.

*

Einmal noch spielt Gründgens Komödie: in der Szene mit den Pappenheimern. Aber hier tut er's, weil Wallenstein Komödie spielt, weil hier der Versinkende sich bewußt aufrafft, diese Truppe zu behalten, sich selber inszeniert – als der volkstümliche Feldherr, der jeden beim Namen zu nennen weiß, als der Beleidigte, der um Treue wirbt, als der Friedens- und Volksfreund. Den Mantel um die Schultern, den Marschallstab in Händen, schreitet er an der Reihe der Kürassiere entlang. Und wie er auf die inständige Frage des Gefreiten – »Sprich nur ein Wort . . ., daß es Verrat nicht sei, worauf du sinnst . . .« – vorn an der Rampe mit einer knappen Tanzwendung umkehrt, die Hände mit ausgewinkelten Ellbogen zur eignen Brust führt und mit erstickter Stimme zischend antwortet, daß man's kaum vernimmt

»Mich, mich verrät man!«,

das ist, kurz aufblitzend, der alte, vormalige Gründgens, und die absichtsvolle Übertreibung leuchtet dem Zuschauer völlig ein. Sparsam und beherrscht bleibt er auch hier, es ist nur eine Chiffre, keineswegs ausgespielt, gar ausgetobt. Und so verspüren wir mit Schrecken, wie vergeblich auch dieser Versuch Wallensteins auslaufen muß, den alten Zauber wiederherzustellen.

Das Gegenstück, den Kontrapunkt dazu, bildet dann der ganz andre, wahrhaft erbarmungswürdig hingebende Werbungston dem Max Piccolomini gegenüber, drei Auftritte später – jenes unvergeßliche

»Max, bleibe bei mir«.

Gründgens sagt es halblaut, ohne Akzent, hoffnungslos, indem er, zu dem Jüngling seitwärts herantretend, sein Haupt mit schwacher Neigung an dessen Rücken lehnt. Die Gebärde ist von herber Zartheit und in sich selbst gebrechlich: Wagnis der Preisgabe, das doch schon kein Wagnis mehr ist. All die wortreichen und gewiß herzlichen Beschwörungen, die diesem einfachsten Satze folgen, wirken dann wie eine Betäubung und Selbstbetäubung dessen, der schon weiß, daß Max *nicht* bei ihm bleiben wird. Selbst und gerade jener letzte Appell von gewaltsam-erschreckendem Übermute, jenes

»Auf mich bist du gepflanzt, ich bin dein Kaiser«

war schon im voraus um seine Glaubwürdigkeit und Wirkungsmacht gebracht, weil der Klang verlorener Demut erschütternd im Ohre blieb und weiterzieht.

*

Es war hier nicht die Absicht, die Aufführung als solche zu charakterisieren – ich sagte schon, daß sie ergreifend ist. Das Ensemble trug dazu bei, der Regisseur (Ulrich Erfurth) vor allem, die meisterlichen Bilder Caspar Nehers, die kluge Dramaturgie. Die eine Rolle des Wallenstein ragt in der Aufführung nicht anders hervor, als der Text, das Gedicht, es vorschreibt und begründet.

1953

Herrlich wie am ersten Tag

›Faust I‹, von Gründgens inszeniert, in Wiesbaden

Das überlieferte Große immer wieder neu aufzufassen, frisch zu verstehen und frisch verständlich zu machen bleibt doch die Meisterprobe des Theaters. Was man auch sagen möge. Und wie immer der Trubel der Generationen, die natürliche Geltungssucht des Neuen und Jüngeren die Sinne und die Maßstäbe zuzeiten verwirren mag. Das Neue neu zu ergreifen und neu erscheinen zu lassen ist nichts, verglichen mit der Kunst, das Alte frei und klar und dringlich vorzustellen. Mit dem längst Vertrauten zu überraschen derart, daß dem Zuschauer im Parkett zumute ist, als vernähme er's zum erstenmal – oder als verstünde er's zum erstenmal.

Zum Beispiel mit dem Faust. Gustaf Gründgens hat die Probe meisterlich abgelegt. Es ist zum dritten Male, daß er den Ersten Teil der Tragödie inszeniert hat – einmal war's in Berlin, 1941, einmal in Düsseldorf, 1949, nun in Hamburg, 1957, und mit dieser Inszenierung war er soeben in Wiesbaden bei den Maifestspielen zu Gast, wird er nächster Tage auch im Mannheimer Nationaltheater auftreten. Sie ist großartig. Nicht durch Erfindungen, Einfälle, Zutat und Aufputz, überhaupt nicht durch die Originalität der Regie – wenn man diese Bemerkung recht versteht –, sondern durch die Originalität des Stücks, durch die Originalität Goethes. Dadurch, daß sie die Originalität Goethes von neuem ans Licht bringt. Ins hellste Licht. Durch die Energie des Verstandes und des Verständnisses, welche nichts ungeprüft mit- und weiterschleppt an hergebrachten Bildern und Tönen. Durch Einfachheit.

»Auf jedem Jahrmarkt getraue ich mich, . . . der gebildeten und ungebildeten Masse das höchste Vergnügen zu machen«: nicht umsonst ist diese Stelle aus dem berühmten Briefe Goethes an Kleist – dem einzigen, den er diesem »jungen Manne von Geist und Talent« je gesandt – dem Hamburger Programmheft als Motto vorangestellt. (Der Brief ist übrigens nicht lange nach der Vollendung des Ersten Faust geschrieben und scheint das Zutrauen zu atmen, das der Verfasser eben hierdurch gewonnen haben muß.) Die Aufführung wird diesem generösen Ehrgeiz des Dichters vollkommen gerecht. Ich kann mich kaum entsinnen, bei einem klassischen Stück so viel unbefangene Regung des Begreifens, der Erheiterung und der Zustimmung im Parkett wahrgenommen zu haben, wie sie hier gleich von Beginn an – beim »Vorspiel auf dem Theater« – durch die Reihen ging. Die Ohren waren gespitzt wie sonst nur im Kabarett und sie kamen auf ihre Kosten, weil jedes Wort und jeder Gedanke, jede Deutlichkeit und jede Anspielung rein und klar und einfach von der Bühne herunterkam. Weil der ganze großartige Witz dieser Veranstaltung (des Vorspiels) vom ersten Moment an fühlbar war und sich bequem mitteilte – der Dialog, die Debatte dieser drei so scharf kontrastierten Figuren und Aspekte, des Theaterdirektors, der an die Kasse, des Dichters, der an den Olymp, und der Lustigen Person, die an die wimmelnde Mitwelt denkt, und von denen doch ein jeder sein Recht erhält, sein Recht hat (das ist eben der Witz oder vielmehr der Humor!) –, weil dies alles in menschlicher Sprache gesprochen war. Gesprochen, nicht deklamiert und nicht vorgetragen, nicht zerfühlt und nicht verspitzt, sondern gesprochen. Weil Disziplin und Intelligenz walten.

Aber zur Sache! Man hat die Bude vor Augen, von der die Rede ist – »Wenn sich der Strom nach unsrer Bude drängt« –, eine hölzerne Jahrmarktsbühne mit Vorhang und Schnur, und die drei Figuren davor. Und das leichte Gerüst bleibt während des größten Teils des Abends auf der Szene – es wird Studierstube, Platz vorm Tor, Auerbachs Keller, Hexenküche, Gretchens Stube, Frau Marthes Garten. Aber das Spiel geht hin und wieder über diese lockre Grenze, hinauf und hinab die paar Stufen an der Seite, tritt aus diesem flüchtigen Rahmen und wieder in ihn zurück – ganz so, wie die Kunst selber tut, die heitre, die es doch ernst meint. Der Kunstgriff mit den paar Pfosten und Brettern (die der Bühnenbildner Teo Otto leicht und sparsam, aber ohne die Aufdringlichkeit gewollter Askese da aufgestellt hat, ganz nach der Absicht des Inszenators) macht die Entrückung doch durchlässig und das Erhabene – um zwei Stufen Erhabene – doch menschlich. Es ist eine Idee, nein, eine Verkörperung des Maßes, des rechten Maßes. Wie denn das »Vorspiel auf dem Theater« ja eine Zutat des reifen Goethe ist, den jugendlichen Entwürfen noch unbekannt.

Sichtbarkeit

Danach nimmt sich der »Prolog im Himmel« ganz anders aus als üblich. Auch er spielt auf diesen Brettern. Dort sieht man die Erzengel stehen und hört sie ihre Verse sagen. Und dort sieht man auch den Herrn. Ja, man sieht ihn, wahrhaftig: Kopf und Schultern in der Höhe und den großen Kräuselbart, das holzfarbene Bild Gottvaters. Nirgends steht geschrieben, daß er unsichtbar bleiben müsse, wie es doch sonst gewöhnlich auf dem Theater gehalten wurde. Und es ist der Theaterdirektor (Hermann Schomberg), der ihn darstellt – im Abgehen stülpte er sich zuvor schon die Maske und Perücke über (»Laßt mich auch endlich Taten sehn!«), und er sagte es ja selbst, daß auch der Himmel – und nicht allein die Welt und die Hölle – »in dem engen Bretterhaus«

dargestellt werden solle. So einfach ist das alles, und so herzhaft buchstäblich hat Gründgens seinen Text genommen. Es ist übrigens das erste Mal, daß er das »Vorspiel auf dem Theater« in die Inszenierung einbezogen hat. Er selbst gibt darin die »Lustige Person«, hernach den Mephistopheles, während der »Dichter« des Vorspiels sich in den Faust verwandelt. Beziehungsvolle Maskerade! Höchst ernsthafte Komödie!

Dimensionen

So rücken die Dimensionen zusammen, Spiel und Ernst. Makrokosmos und Mikrokosmos, Prinzipal und Höchstes Wesen, Narr und Teufel, Physik und Metaphysik. Jene unvermittelte Frage des Herrn an den Höllengeist »Kennst du den Faust?« bleibt immer auf geniale Weise wunderlich: Daß er einen aus dem Gewimmel dort unten beim Namen kennt und nennt! daß der Allwissende nicht nur das All, sondern auch das Einzelne, den Einzelnen weiß und so gesprächsweise anzuführen nicht zu groß und nicht zu feierlich ist! Macht es den Himmlischen klein oder macht es den Irdischen groß, daß so die inkommensurablen Sphären in Beziehung treten? Der Faust (der Doktor und sein Knecht) wird so der göttlichen Erinnerung gewürdigt, und der Herr wird so ins familiäre Menschenmaß und -bild gezogen. Man wendets hin und her, eine Portion Ironie scheint drin verborgen, Kühnheit, Übermut des Dichters. Und doch ist dies der eigentliche Anfang der Handlung, ihre Wurzel, ja ihr hoher und tiefer Grund. »Kennst du den Faust?« Man denke einmal, der Doktor hieße nicht Faust, führte nicht den raunenden Sagennamen, sondern hieße Meier oder Schulz: so würde man vollends die Unbegreiflichkeit gewahr, die hier Ereignis wird. Die Paradoxie, daß so die Dimensionen zusammenschießen, ist in dieser Aufführung zum Lachen und zu grenzenloser Verwunderung deutlich geworden – offenbar gerade dadurch, daß wir des »Alten« ansichtig werden, daß kein Donnerwort und kein Posaunenklang uns dröhnend über die Kuriosität hinwegträgt und hinwegtäuscht. Die Kuriosität, daß Gott sich um den Einzelnen kümmert.

Stimmen

Nachdem der patriarchalische Baß des »großen Herrn« verklungen ist, bleibt der metallische, stählern federnde Klang des Mephisto, die Stimme von Gustaf Gründgens, führend in dem Konzert, als welches auch ein Schauspiel sich darbietet. Man muß von dieser Stimme, von diesem *Sprecher* zuerst reden, wenn man den Schauspieler schildern will. Die Stimme ist immer und durchaus kühl, die Stimme des kühlen Kopfes. Detachiert, überlegen bis zur Jenseitigkeit. Aber doch nicht unmenschlich oder übermenschlich. Von herrlicher Schnödigkeit gleich zu Anfang, wenn er aus dem Pudel im Studierzimmer sich entpuppt und den ungeheuerlichen Beschwörungstiraden Faustens mit knappem Spott begegnet:

»Wozu der Lärm? Was steht dem Herrn zu Diensten?«

Leicht gedehnt kommt das aus kalkweißer Maske, wie wenn kaltes Wasser in dünnem Strahl ins wüste Gebrodel fällt und die Wallung beendigt. Da ist nichts Kollerndes und Derbes, nichts vom Volksteufel (wie man es noch jüngst bei dem Mephisto Erich Pontos vernahm – in einer Aufführung, die vom Band im Rundfunk zu hören war). Der Ton hält durch und moduliert sich in zerstörende Heiterkeit – zum Beispiel in der Schülerszene bei den Worten

»Grau, teurer Freund, ist alle Theorie,
Und grün des Lebens goldener Baum« –,

ins Ordinäre, aber Gespielt-Ordinäre, im Dialog mit der

Hexe, auch mit Marthe Schwerdtlein, bisweilen zu einer kalten Art von Bonhommie, bleibt aber immer vollkommen hochmütig, die Stimme eines Verächters. Auch der Ekel, der ihn ergreift – so, wenn er Fausten den heimlichen Besuch in Gretchens leerer Kammer ankündigt, bei den Worten

»Indessen könnt Ihr ganz allein
In aller Hoffnung künftiger Freuden
In ihrem Dunstkreis satt Euch weiden« –,

bei dem einen Worte »Dunstkreis« zumal, das er mit Naserümpfen spricht, mit ironischem Abscheu vor der Körperlichkeit – auch solcher Ekel durchdringt ihn nicht, er bleibt komisch an ihm, vernichtend für die andern. Dann aber gibt es in bestimmten Augenblicken einen Ton von solcher Härte, daß einem wahrlich das Blut erstarrt. So bei den letzten Worten hinter dem Schüler her:

»Dir wird gewiß einmal bei deiner Gottähnlichkeit bange!«

Da heben sich die skandierten Silben

». . . Gott-ähn-lich-keit . . .«

mit einer Kraft heraus wie Dolchstöße, von fester Faust geführt ins Ziel und noch einen und noch einen. Laut übrigens und ganz klaren Klangs, nicht etwa unterdrückt, nicht zwischen den Zähnen. So nochmals an markierten Stellen, zum letzten Male dort in Gretchens Kerker – »Sie ist gerichtet«. Da ist kein überschüssiges Triumphgefühl in der Stimme, nur eine steinerne, fürchterliche Endgültigkeit. Erst auf diese Weise wird die Antwort der Stimme von oben, die Himmelsantwort der Barmherzigkeit, der Gnade zu einer wirklichen Überraschung für ihn wie für uns, die Zuschauer: »Gerettet!« Und er, der Böse, dann nach einer unmerklichen Pause, während der er die Niederlage, die Desavouierung zu verschlucken scheint, herrisch und hastig Faust fortreißend: »Her zu mir!« Diese fein und sparsam verteilten Höhepunkte des entschieden bösen Tones geben beinahe ein Prinzip verborgener Gliederung des ganzen Stückes ab, einen Kontrapunkt, ein Fugenthema.

Aber es ist nicht eigentlich Faustens Stimme, welche dieser den Widerpart hält, weder vom Texte noch von der Darstellung (Will Quadfliegs) her. Seinem ungeduldigen, gierigen, tobenden Bariton – seltsam genug: auch in der Verliebtheit, in der Rührung, in der Schwärmerei, in der Erlösungshoffnung fehlen ihm die lyrischen Töne fast gänzlich – bleibt der kühle Führer und Verführer wohl durchgängig überlegen durch Geist und Beherrschung, wie sehr jener ihn auch bisweilen herumkommandieren mag. Immer ist es, als töne das schnöde anfängliche »Wozu der Lärm?« fort und hindurch und stemple den Suchenden, den Taumelnden zu einem überschwenglichen Geistestölpel. Die Erfahrung von der Unterlegenheit Faustens ist nicht neu, geht daher wohl nicht speziell zu Lasten dieses Schauspielers, der freilich gut täte, seine Stimmgewalt etwas zu dämpfen und zu zügeln. Auch bei Paul Hartmann war der Eindruck seinerzeit nicht wesentlich anders. Der innere Drang, der dunkel ist, muß wohl hinter der Intelligenz zurückbleiben, und während des Ersten Teils der Tragödie ist man – auf dem Theater – versucht zu schätzen, daß Gott der Herr seine Wette verloren habe. Oder haben wir – gleichsam zufälligerweise – in dieser Zeit keinen glaubwürdigen Faust auf der deutschen Bühne? Es war zu hören, Gründgens gehe mit der Absicht um, die Rolle zu tauschen und einmal den Faust zu spielen anstatt des Mephisto: für diesmal noch ist der Entschluß vertagt worden, aber das nächste Mal sollte er das Experiment ernstlich wagen.

Nicht Faustens also, aber Gretchens Stimme hält dem Teufel hier die Waage. Sie behauptet sich in der erstaunlichsten Weise. Obwohl man doch gerade bei ihr, bei dem anfänglichen züchtigen Kinde zumal, aber auch hernach bei dem frommen, dem hingegebenen, dem reuigen, dem versinkenden Wesen vielleicht am ehesten erwartet hätte, die Figur müsse vor dem glanzvoll-zynischen Versucher schrumpfen, kleinlich, schal und dümmlich werden. Das Gegenteil ist der Fall. Gretchens Einfalt, Antje Weisgerbers Anmut, ihre biegsam-sanfte, wohltönende Stimme, kindlich, herzensgut, artig, verloren, angstvoll und herzzerreißend am Ende – sie hält stand. Wunderbar die selige Demut und demütige Seligkeit in dem kurzen Monolog am Ende des »Gartenhäuschens«:

»Bin doch ein arm unwissend Kind,
Begreife nicht, was er an mir find't.«

Mit einem leisen Lächeln und mit zögernd nach vorwärts halb ausgebreiteten Händen wird das gesprochen. Die Unschuld rührt uns an. So habe ich's seinerzeit auch empfunden, als Käthe Dorsch einmal das Gretchen gab (in Frankfurt). Und ein anderer Höhepunkt ist das Gebet am Muttergottesbild – »Ach neige, Du Schmerzensreiche«: so reich an ineinanderwirkenden Tönen des Volkslieds, der expressiven Rufe und Wiederholungen die Poesie selber ist, so moduliert auch die Stimme. Vom stillen Flehen mit erhobenen Händen bis zum heftig rüttelnden Notschrei (wobei sie wirklich das hölzerne Andachtsbild faßt und preßt) und endlich zurücksinkend in den wiederkehrenden wiegenden Sing und Sang der Anfangszeilen, und doch nicht recht getröstet – das ist eine Melodie von seltener Spannung und doch auch von einer noch selteneren Gebundenheit. Die Stimme zerreißt nicht. Das geschieht erst am Ende in der Kerkerszene. Der leise, halb träumende Klageruf vom Stroh, der dem Enteilenden nachfolgt – dieses

»Heinrich! Heinrich!« –

das ist unbeschreiblich. Es folgt einem jeden nach, der's gehört hat.

Gebärden

Man rühmt mit Recht die helle Intelligenz des Regisseurs Gründgens. Aber man sollte nicht übersehen, von welch sicherer Eingebung sie geleitet wird. Die Bewegung und die Gebärde bezeugt es. Sie war von je der Ruhm seines eignen Spiels, aber er teilt es dem ganzen Ensemble mit. Ich sagte schon bei früherer Gelegenheit (anläßlich des *Wallenstein*), daß der narzißhaft tänzerische Zug, der ehedem an ihm zu gewahren war, sich aufgelöst hat in freiere und breitere Reife, in ein Maß, worin doch die alte kühne Bestimmtheit eingeschlossen bleibt. Das bewährt sich hier vorzüglich in der Schülerszene. Auf höchst komische Weise dort, wo man in der Revue der Fakultäten auf die Theologie kommt: Da fährt der falsche Professor im Talar auf seinem Stuhle und hinter seinem Pulte in die Höhe wie beim Zahnarzt, wenn eine Wurzel schmerzhaft berührt wird. Auf ingeniös drastische Weise beim Dialog über Wort und Begriff. An der Stelle

»Doch ein Begriff muß bei dem Worte sein«

hebt der blonde Dümmling (Uwe Friedrichsen), der bis dahin ziemlich unbewegt im Respekt verharrt war, wie in einem Anfall von altkluger Zudringlichkeit einen Zeigefinger in die Höhe. Und Mephisto, im Übermute seiner Rolle, springt herzu –

»Schon gut! Nur muß man sich nicht allzu ängstlich quälen ...« –,

packt diesen vorwitzigen Finger und hält ihn sehr fest, während er weiter das ironische Lob der begrifflosen Wörter lehrt. Und wir werden im selben Augenblicke mit einer Art von scharfem Vergnügen inne, wie wahr dieser Spott geblieben ist und wie ihm auch der gegenwärtige wissenschaftliche Terminologismus täglich neue Nahrung liefert. Es ist, als wären wir alle zugleich an diesem nichtswürdigen Zeigefinger gepackt.

Aber ich sagte schon, daß dieser gestische Reichtum der

Eingebung sich dem ganzen Ensemble mitteile. Ein Wort muß hier der Frau Marthe der Elisabeth Flickenschildt gewidmet werden. Sie hat da eine Art, ihre unwiderstehlich herausschlüpfende, bibbernde Schamlosigkeit durch eine fahrige Handbewegung halb einzuhalten, halb erst recht kenntlich zu machen, die ohne Beispiel ist: als setze sie an, sich selber den losen, zweideutigen Mund zuzuhalten, aber dann flattert und zuckelt diese Hand doch wieder beiseite, das lüsterne Maulwerk trägt jedesmal den Sieg davon, und die Hand läßt's durch, ja untermalt es nur.
In dieser Art wäre vieles noch zu beschreiben. Das (ganz der Konvention widersprechende) rasche Auf- und Niedergehen Fausts in der ersten »Studierstube«. Die sanftbewegte Kopfneigung, mit der Gretchen an der Schranktür lehnen bleibt, während sie sie langsam hinter dem rätselhaften Kästchen schließt – »ach, wir Armen!« Ihre rührend aufgeraffte und bescheiden aufgereckte Haltung, als sie Fausten auf der Bank katechisiert und nicht nachgeben mag in ihrer Sorge um seinen Glauben. Mephisto wiederum, als Herr der Ratten und der Mäuse, tief am Fußboden umherraschelnd, indem er diesem niederen Volke befehlend sich auch zugesellt. Mephisto bei der Hexenküche – übrigens einem Meisterstück der Einrichtung: es ist eine Art von surrealistischem Bordell daraus geworden, der Maler Max Ernst scheint Pate gestanden zu haben! –, während der Liebestrank, das Hormongift, gebraut und dann getrunken wird, gibt er seinen gänzlich unbeteiligten Kommentar seitwärts von einer Schaukel her, die an langen Seilen aus dem Schnürboden hängt und lässig-langsam in weiten Schwüngen hin- und widerpendelt. Und so fort. Die Eingebung wie die genaue Disziplin der Gebärde ist nicht minder als diejenige der Stimmen ein Siegel der Verwirklichung. Und weil hier so vieles neu ist und den Sinn trifft, so liegt es nicht zum geringsten Teile daran, daß die ganze Dichtung – trotz und wegen der durchdachten Ökonomie, ja Spärlichkeit in Bil-

dern und Kostümen – uns so von neuem überwältigt. Herrlich wie am ersten Tag.

1957

Umschwebt von Bildern aller Kreatur . . .

›Faust II‹

Denkt man zurück, so nimmt sich der Tragödie Erster Teil fast traulich aus, gedrungen in festen Bahnen und Schranken dramatisch fortschreitend; die jenseitigen Schauplätze, Hexenküche und Blocksberg, waren wüst, doch immer faßlich. Dies hier, der Zweite Teil, ist durchaus von anderem Stoffe, sehr generös disponiert, durch weite Regionen der Bildung schweifend, voll krauser Allegorik, auf lange Strecken ganz unsinnlich, voll von Weisheit wie von Kühnheit, und in allen überraschenden Verwandlungen und Vermählungen – des Gotischen und des Antikischen, des Christlichen und des Heidnischen, des Weltlichen und des Geistlichen, der Handlung und der Meditation, des Ernstes und des Spottes – durchgängig so phantastisch, so geheimnisreich, gedankenvoll, verhüllt und auch wieder verwehend, daß Zauberei und Wunder nötig scheinen, dies alles auf den Brettern greifbar darzustellen. Das Wunder ist geschehen. Es ist abermals dargestellt worden, von *Gustaf Gründgens* inszeniert im Deutschen Schauspielhaus in Hamburg. Aber wenn man fragt, durch welche Talente, welche Meisterschaft die wahrhaftige Beseligung dieser Aufführung zustande gebracht sei, so heißt die Antwort: nicht durch Zauberei, nicht durch Erfindung, Einfall oder Aufputz, sondern durch helle Intelligenz, durch aufmerksamste Lektüre, Aufspürung auch der kleinen, gelegentlichen Winke des Autors, die dann jeweils mit einem Schlage sichtbar-lebensvoll zur Figur und Gebärde erstehen lassen, was ein luftiges Gedankenwerk zu sein schien, durch Studium, durch Genauigkeit der Verdeutlichung, durch Respekt, durch Bestimmtheit und durch Disziplin. Es ist Goethe, was wir hören, nichts anderes, und es sind Goethes Verse, rein und klar, die raunenden wie die witzigen, die heftigen wie die getrosten. Es ist weiß Gott keine Trivialität, wenn ich zum Lobe dieser Aufführung vor allem andern sage, daß man jedes Wort versteht und jede Strophe nach Sinn und Klang und Maß aufzufassen in Stand gesetzt wird.

Das Schaugerüst

Jene Andeutung einer Bretterbude, die voriges Jahr schon im Ersten Teil, vom Vorspiel auf dem Theater an, stehen blieb und den meisten Szenen eine locker bindende Heimstatt bot, das Erhabene erleichternd und dem Einfach-Irdischen Bedeutung verleihend – dieses ebenso sparsame wie ingeniöse Mittel der Einrichtung tut abermals seinen hilfreichen Dienst und knüpft die beiden ungleichen Teile des großen Gedichtes aneinander. Hier liegt, wenn der Vorhang sich hebt, Faust in der Pose Goethes in der Campagna, wie ihn Tischbein gemalt hat, zwischen den Elfen, dem Ariel zu Füßen; hier tritt der Kaiser auf, den Staatsrat zu begrüßen; dann wird's zur Bühne inmitten der Karnevals-Hofgesellschaft, wiederum zur modrigen Studierstube, zu Wagners Laboratorium, im vierten Akt zum Kaiserzelt, im fünften zu Philemon und Baucis' Hütte und Gärtchen, auch zu Faustens mitternächtlicher Stube, da die Sorge hereintritt; von diesen Bretterstufen stürzt er am Ende blind hernieder ins finstre Grab; und endlich baut sich auch hier der Himmel auf mit seinen frommen Einsiedlern, seinen bunten Engeln und zuhöchst der Mater dolorosa im blauen Mantel. So wie vormals auch Gottvater mit dem Kräuselbarte dort erschienen war. Es ist ein Gebilde, welches zugleich Distanz und Nähe schafft. Es hält uns das Gefühl wach, daß wir im Theater sind. Nur der Helena-Akt vollzieht sich in einem freieren und weiteren Raume. Und in der Szene des Kampfes um Faustens Seele – bei der übrigens (im Unterschied zu früheren Inszenierungen) die Engel gänzlich unsichtbar bleiben, und einzig Mephistopheles auf der Bühne kreist – sieht man das Schaugerüst weggeräumt im Hintergrunde stehn, während vorn nur Leere ist, Finsternis ringsum und Licht von oben – Licht, mit dem die Engelschöre herniederzuklingen scheinen: so bleibt auch hier eine Erinnerung des Spieles gegenwärtig, wenn auch Himmel und Hölle für eine Weile mehr Platz brauchen, bis das ›unsterbliche Teil‹ gerettet ist. Das allerletzte Bild wiederum mit seinen heiligen Gestalten, die sich wohlgeordnet dort hinauf bauen, gewinnt auf diese Weise und dank dem Bretterbau beinahe etwas von einer Weihnachtskrippe, nicht allzu hoch entschwebt die Phantasie des Glaubens, die religiöse Spekulation tritt zurück, und es ist mehr die Empfindung der Einfalt, die Zuflucht bei vertrauter (wenn auch höchst überraschender) Barmherzigkeit, was sich uns von der Szene her mitteilt. Stufen, Bretter und Rahmen, worin sich dies alles begibt, sind auch wie ein leises Gewürz der Ironie: daß dieses Weltgebäude mitsamt seinen transzendenten Sphären am Ende doch in durchaus menschlicher Vorstellung beschlossen bleibt.

Finstere Galerie

Ich weiß kaum, wo ich beginnen soll, das Spiel zu schildern. Vielleicht bei dieser Szene aus dem ersten Akt, da Faust auf den Gang zu den Müttern ausgesendet wird. Die Einrichtung – des Bühnenbildners Teo Otto – ist so karg wie möglich: die ›finstere Galerie‹ (der Kaiserpfalz) ist durch eine Art von Käfig angedeutet, der den Dialogfiguren, Faust und Mephisto, eben Raum bietet, darin zu stehen. Um so dringlicher, ungeheuerlicher ergreift uns die Schilderung des Mütterreiches aus dem Munde Mephistos –

»Nichts wirst du sehn in ewig leerer Ferne,
Den Schritt nicht hören, den du tust,
Nichts Festes finden, wo du ruhst.«

Gründgens' metallische Stimme gewinnt hier einen scharfen Ernst. Verflossen sind die Teufelsfaxen, alle Schnödigkeit und aller Spaß. Ihn selber scheint's zu schaudern, wie es Fausten (nach Goethes szenischer Bemerkung) schaudern soll beim Klang des Wortes ›Mütter‹. Zwar die berühmte Wendung

»Die Mütter! Mütter! – 's klingt so wunderlich«

spricht dieser leichter hin, als man's aus dem Texte zu vernehmen meint – gerade so, als suche er sein inneres Erschrecken vor dem bösen Gefährten und überlegenen Kenner zu verbergen. (Faust: Will Quadflieg.) Doch Mephisto seinerseits scheint das Wagnis genauer zu spüren und uns spüren zu machen: wie er am Ende dem in der Versenkung geradewegs in die Tiefe Entschwindenden nicht mit dem Blick nur, vielmehr mit dem ganzen Leibe, langsam sich niederbeugend, nachblickt, schließlich sich wieder aufrichtet und gegen das Publikum hin, wie im lauten Selbstgespräch, in einem zugleich harten und sinnenden Ton, genau in der Mitte zwischen Hohn und Entsetzen, diese letzten Zeilen spricht:

»Wenn ihm der Schlüssel nur zum Besten frommt!
Neugierig bin ich, ob er wiederkommt?«

Das ist unvergeßlich.

Ad spectatores

Der Mephisto des Zweiten Teils ist ja – auch wenn man von seiner antikischen Verwandlung noch ganz absieht – kein bloßer Teufel mehr, weder derber Volksteufel noch Junker Satan, noch reiner Luzifer. Bei all seinen Zaubereien und dienstfertig-herrischen Arrangements, die ihn als wirkendes Element in sämtlichen Bereichen des weltlichen Treibens ausweisen, in dem der Macht wie der Lust, der Geldwirtschaft wie des Krieges wie des Handels und der Kolonisation – allem ist das Böse beigemischt –, bei und über alledem wird er hier doch auch zum Gefäß und Mundstück der Lebensklugheit, des gelassenen Verstandes, ja der überlegenen Kennerschaft und Wissenschaft überirdischer Wesenheiten, und so hebt er sich oft genug von dem unruhig strebenden, taumelnden, seiner selbst nicht mächtigen Faust recht vorteilhaft ab. Der alte Goethe spricht aus ihm ganz ebenso häufig wie aus der heroisch-tragischen Titelgestalt. Ja, bisweilen meint man aus seinem Munde, auf verschmitzte und versteckte Art, sogar das Eigentliche zu vernehmen. So aus dem Souffleurkasten bei der großen Beschwörungsszene im Rittersaal: wenn Faust, sich vor Begierde und Eifersucht vergessend, sich einmischt unter die zitierten Erscheinungen der Helena und des Paris: Wie herrlich befreiend – wenngleich hoffnungslos ohnmächtig – klingt uns da der Zuruf des kühlen Glossierers an der Rampe –

»So faßt Euch doch, und fallt nicht aus der Rolle!« –
und wiederum, so geistig-übermütig wie besorgt –

»Ruhig! Still!
Laß das Gespenst doch machen, was es will!«

Bei Gründgens klingt das so souverän-satirisch, dabei doch auch gutmütig, daß einem das Herz im Leibe lacht. Und doch kam mir vor, die Zeile sei, wenn ich mich an den fanfarösen Ton erinnere, wie er mir von der Aufführung 1941 am Berliner Gendarmenmarkt noch im Ohre lag, dieses Mal um einiges gedämpfter herausgekommen, als sei der eingeborene Hochmut des zuschauenden Geistes ein wenig verschleiert oder eingedunkelt von jener Resignation, die nicht minder die Mitgift des Geistes ist: er kann's doch mit aller blanken Helligkeit nicht aufhalten, was sich dort vollziehen muß. Dazu stimmt die rasche, komisch-verzweifelte Gebärde, mit der er am Ende der Szene, nach der Katastrophe, den wie leblosen Balg des Gestürzten packt und schultert – im leichtfüßigen Abgang, mit den ins Parkett gerichteten Worten:

»Da habt ihrs nun! Mit Narren sich beladen,
Das kommt zuletzt dem Teufel selbst zu Schaden.«

Wunderbar auch trifft dieser meisterliche Schauspieler und Sprecher den ›gemütlichen‹ Ton (das ist Goethes eigene Kennzeichnung!) des Alterfahrenen und doch abermals Hilflosen in der Unterhaltung mit dem Bakkalaureus: wie er vor dem unhöflich selbstberauschten Jüngling ausrückt und sich am Proszenium niederläßt, wohlwollend sich verbrüdernd mit dem Publikum. Jenes

»Original, fahr hin in deiner Pracht!«

hat keine Strenge noch Schärfe mehr, es ist reiner Spott, und schließlich läßt er sich aufs Gemütliche, aufs Frankfurtische des Autors, so wohl ein, daß das letzte Wort – *ad spectatores* – gar die Mundart annimmt:

»Wenn sich der Most auch ganz absurd gebärdet,
Es gibt zuletzt doch noch e' Woi.«

Aktualitäten

Man hat das Moderne, ja das Zukünftige an diesen Hamburger Faust-Inszenierungen hervorgekehrt und gepriesen: den Anklang an elektrische oder gar elektronische Verfahren, der in Wagners Laboratorium sichtbar wird, die (freilich doch mehr spaßhafte als bestürzende) Verwandtschaft des Homunculus mit dem Sputnik – er hebt sich mit dem bekannten Piepen in die Lüfte –, auch die surrealistisch fragmentarischen Gestalten der klassischen Walpurgisnacht, die das Gestänge zwischen den plastischen Teilen sehen lassen und ihre beweglichen Köpfe hinter starren Masken. Dergleichen mag da und dort die Chance des Verständnisses erneuern und vermehren. Aber es sind hier doch nur gleichsam Tüpfelchen aufs i. Denn solche Assoziatio-

nen würden gar nichts helfen, wäre nicht der Text aus seinem innersten Sinn verwirklicht, drängen nicht Goethes Worte in ihrer elementaren Einfachheit ans Ohr – neu gewonnen, herrlich wie am ersten Tag.
Zum Beispiel – um bei Wagner zu bleiben – diese Auskunft, die er dem Mephisto erteilt:

»Was gibt es denn? –
Es wird ein Mensch gemacht.«

Ganz trocken und nüchtern bringt der Mann das hervor, ohne nur aufzublicken von seinen Apparaten, so recht ein ›Wissenschaftler‹, der kein Mysterium kennt. Jetzt erst, mit dieser Laboratoriums-Szene, erschließt und bewährt sich vollends die Besetzung Wagners (mit Herrn Marks), die schon im Ersten Teil als frischer, ganz neuartiger Zugriff auffiel, fern aller verstaubten Charge, der Gegentyp des Magiers. Oder auch die Stimme des Homunculus, wie sie aus der gläsernen Schwebekugel dringt: die Stimme eines ›Männleins‹, nicht eines Kindes, eher etwas rauh und brüchig, arm an Klang, ohne Wärme, durchaus künstlich. Nur auf solchem Hintergrund, in solchem Medium, nur indem durchweg das Gültige des Textes neu und entschieden aufgefaßt und durchsichtig gemacht wird, gewinnen auch jene Hilfen ihren Sinn und Nutzen. Aktualitäten und Modernismen als solche würden wenig fruchten. Wer solches fordert, begibt sich in die Nähe des Bakkalaureus:

»Gesteht! Was man von je gewußt,
Es ist durchaus nicht wissenswürdig.«

Scheusal in Griechenland

Was aber die klassische Walpurgisnacht anlangt, so ist man wohl kaum je der seltsamen Ironie dieser Goetheschen Erfindung so drastisch gewahr geworden wie in dieser Aufführung: daß die Exkursion, die der schönsten Frau gilt, zuerst und zunächst in ein Spuk-Gewimmel führt, wie es selbst der Blocksberg nicht wüster zu bieten hatte. Die Sphinxe, die Greifen und die Sirenen – die ihre Verse mit einem dünnen Singsang ›trällern‹ –, die unanständigen Lamien, die holpernde, mit ihrem Eselsfuß hart aufstoßende Empuse, der trampelnde Kentaur und die fürchterlichen Phorkyaden – das ist eine ungeheuerliche Versammlung, und es erweist sich, daß der Klassizist Goethe längst vor Bachofen oder Nietzsche den deutlichsten Sinn für die chaotisch-primitiven Schreck- und Unwesen vorklassischen, vulgären Angstgepräges entwickelt hat. Es erweist sich gegen alle Erwartung und ästhetische Theorie, daß abermals Mephisto hier ins Schwarze trifft:

»Es ist ein altes Buch zu blättern:
Vom Harz bis Hellas immer Vettern!«

Urverwandtschaft der Dämonen und des Dämonenglaubens. Dagegen Faust mit seinem Pathos – »Gestalten groß, groß die Erinnerungen« – merkwürdig mit schwärmerischer Blindheit geschlagen scheint, den Trugbildern eines Reisenden unterworfen, der nur wahrnimmt, was er sich zuvor eingebildet hat. Doch aller Graus wird schließlich übertrumpft von der Erscheinung des verwandelten Mephisto in der Gestalt der Phorkyade. Riesengroß auf Stelzen und Krücken, in mißfarbenem Weibergewand mit baumelnden Hexenbrüsten, die einäugige Maske vorm Gesicht, ein paar drahtige Haare um den kahlen Schädel wippend: wie die Ungestalt so zwischen den Säulenstümpfen des spartanischen Königshauses hervortritt, bald verharrend, bald wieder mit bedrohlichem Krückenschwung sich vorwärtsbewegend, erscheint sie wahrlich wie aus dem Kehricht, aus Staub und Asche erstanden, ein monströser ›Staubdämon‹ (nach Kubins Wort), aufgewachsen von der Seite des Herdes, wie es Helena schildert. Großartig ist der Gegensatz zu den wie traumbefangenen, blaß-mauerfarbenen Mädchen der Helena, die wie ein einziger Reliefgestaltenzug im Chor sich hin- und widerbewegen, großartig die Choreographie dieses Zurückweichens und Vordringens, immer in genauer Entsprechung zu den Schritten des Scheusals. An diesem aber ist kein Fünkchen mehr von dem gemütlichen alten Teufel übrig, fürchterlich kostet es die Verachtung aus –

»Fallen wirst du durch das Beil« und

»Unvermeidlich scheint es mir« –,

fürchterlich den Haß, harten grausamen Haß auf das Mädchenvolk, wie's in der Tat ganz original und unmißverständlich im Texte steht –

»Wie im Vogelfang die Drosseln, zappelt ihr der Reihe nach.«

Und Helena inmitten, sehr sanft, ergeben, maßvoll, beinahe eine Dulderin, die mit sich geschehen läßt, was immer geschieht, eine Entrückte, die die Rolle nicht kennt, die ihr zugedacht ist. Antje Weisgerber gibt sie, das lebensvolle Gretchen des Ersten Teils, mehr matter nachgebliebener Geist als hehres Götterbild, von stiller, trauriger Stimme, gleichmäßig, unerregt, doch bewegend. Eine Verzauberte, deren schließliche, seltsam fühllose Lösung vom Ritter Faust und Heimkehr in den Hades uns nicht wundernimmt.

Immer wieder Goethe

Das Dargebotene ergibt einen erstaunlich wohlgefügten Zusammenhang – an größeren Komplexen des Gedichtes fehlen nur die ›feuchten‹ Teile des hellenischen Aktes (mit Galathea, Nereus, Proteus und den Philosophen), außerdem die Kaiserschlacht im Gebirge, von der wir einzig den Ausgang kennenlernen. Ich kann nicht alles durchgehen. Ich habe nichts von dem raschen, vergnügungslustigen Kaiser gesagt, nichts von dem Knappen und Türmer Lynkeus. Nichts von den drei Gewaltigen Gesellen, die mit aufgemalten Haut- oder Lederpanzern ebensowohl an barocke Trophäen wie an schrecklich mehrfarbige anatomische Abbildungen denken lassen. Und nur eine Andeutung habe ich gemacht von jener Raserei der »absurden Liebschaft« Mephistos mit den himmlischen »Rackern«, von diesem überirdischen Schnippchen, das ihn die gewisse Beute kostet, Faustens Seele. Auch dies ist aus dem Grund erfaßt, verdeutlicht, verwirklicht. So sehr, daß man nachzulesen getrieben wird, um die Verwunderung zu prüfen. Aber es steht wahrhaftig alles da: die kühnste, ans Blasphemische rührende Erkenntnis steht wahrhaftig da, wenn auch dem Teufel in den Mund gelegt – die Erkenntnis von der Einheit der Liebe im Himmlischen und Höllischen, von dem Gleichlaut und der Gleichgestalt des Engelhaften und des Lasters –

»Das Schändlichste, was wir erfunden,
Ist ihrer Andacht eben recht.«

Wie er da frech und lüstern sich schlängelt, hernach aber in verzweifelten, immer engeren Kreisen den leeren Grab- und Seelenort umstampft, dieser betrogene Satan, betrogen vermöge seiner Menschenähnlichkeit – das ist hinreißend. Die ›Bergschluchten‹ mit den heiligen Einsiedlern und Büßerinnen wirken danach wie ein Epilog, vielstimmiger Gesang, das Grundthema der Liebesmacht und Liebeswürde barmherzig-weise nun ins Fromme wendend. Fast muß man erstaunen, daß nicht auch Mephisto die Erlösung findet.

1958

Hannah Arendt

Sehnsucht nach der Unsterblichkeit

Hannah Arendt: ›Vita Activa oder Vom tätigen Leben‹

Man wird nicht leicht einen kühneren Geist in der gegenwärtigen Literatur finden, soweit sie uns in deutscher Sprache zugänglich ist. Hannah Arendt eröffnet mit jedem neuen Werk auch neue Dimensionen der Erkenntnis. Es liegt ihr nicht viel daran, sich in Übereinstimmung mit überkommenen Urteilen und Ansichten zu befinden, wie ehrwürdig sie sein mögen. Eher scheint sie im Originalen das Zeugnis der Wahrheit zu fühlen. Sie fängt immer von vorn an zu denken. Der Leser wird aus allen Gewohnheiten herausgerissen – das macht die Lektüre schwierig –, aber er wird, hat er sich der Autorin einmal anvertraut, in eine große, freie Landschaft geführt, nimmt an einer eigentümlichen Freudigkeit des Erkennens teil – das macht die Lektüre genußreich. Diese Stimmung verliert sich nicht, so bedrückend auch die Aussicht anmutet, die zumal dieser bedeutende Essay *Vom tätigen Leben* auf unsere gegenwärtige gesellschaftliche Existenz eröffnet.

Der Titel gibt genau an, worum es hier geht. Nicht um das Denken, von welchem Cartesius seinen Ausgang nahm, aber auch nicht um das unwandelbare Sein der vorsokratischen Denker, nicht um das Leben schlechthin und nicht um die menschliche »Existenz« schlechthin, sondern um das Tun. Zu untersuchen oder zu entdecken »was wir tun, wenn wir tätig sind« – das ist das Thema. Es ist eine Rettung des tätigen Lebens gegenüber dem betrachtenden, kontemplativen, theoretischen, welches wahrhaftig in unserer abendländischen Überlieferung wenigstens seit Platon und auch für eine breite Region der christlichen Philosophie als das Höchste gegolten hat. Es mag auch sehr wohl das Pathos von Karl Marx zu den Quellen und Antrieben dieser Auslegung und Zergliederung und Lobpreisung des »tätigen Lebens« gehören, und zwar sowohl das Pathos der revolutionären Veränderung – welche er so entschieden dem rechtfertigenden Verstehen entgegen- und vorangestellt hat – als auch das Pathos der Arbeit – welche er so besessen zum Ursprung aller Werte verklärt hat. Auch diese Spur wird in Frau Arendts Buch fühlbar, aber Marx' Gedanke, seines Pathos entkleidet, zeugt hier am Ende nur noch für den traurigen Triumph des »Animal laborans« über andere und edlere Gestalten des tätigen Menschenwesens, und was die Kultur anlangt, so wird sie hier von dem Bereich der Arbeit fast gänzlich abgesondert. Die Kultur als die Gesamtheit der Geräte und anderen »Gegenstände« der menschlichen Welt, der Erzeugnisse aller menschlichen Künste, ist – nach Hannah Arendt – das Werk nicht des arbeitenden, sondern vielmehr des herstellenden Menschenwesens, nicht des Animal laborans, sondern des Homo faber. Prometheus schimmert durch und somit abermals das titanische Element.

Diese scharfe (vielleicht allzu scharfe) Unterscheidung läßt uns aber nun die Hauptquelle erkennen, von der die Autorin fast alle ihre fundamentalen Begriffe und Vorstellungen herleitet: es ist die griechische Antike. Von der Welt der alten Polis rührt die Sonderung der drei Weisen menschlicher Tätigkeit her, die die eigentliche Entdeckung dieser Philosophie der Vita activa darstellt: die Sonderung des Arbeitens – welches dort vorab den Sklaven oblag – vom Herstellen – welches die Tätigkeit der Künstler und Handwerker bildete – und vom Handeln – mit welchem Worte die öffentliche Wirksamkeit der Herren und Bürger, der Helden und Redner bezeichnet wird. Alles Licht fällt auf diese höchste, glückseligste, menschenwürdigste aller Tätigkeitsarten, diejenige, welche den öffentlichen Bezirk der Stadt, das heißt des Gemeinwesens, erfüllt und konstituiert – im Regieren und Regiertwerden, in Beratung und Gericht, im Wettstreit der Taten und Reden, die unsterblichen Ruhm verleihen, im »rechten Leben« der Edlen. Von diesem Modell, das aus breiter Kenntnis und aus sorgsamer Interpretation der alten Schriftsteller aufgebaut ist, gewinnt Hannah Arendt ihren Begriff des Politischen – wie man sieht, einen hoch kostbaren, von Enthusiasmus, ja von Entzücken durchpulsten, entschieden normativen, zugleich aber auch hoch prekären, ganz im Vergangenen angesiedelten und aller möglichen Nachahmung entrückten Begriff. »Die eigentliche Würde der Politik, die bis tief in die Neuzeit gehalten und selbst heute noch nicht ganz verblaßt ist, weist auf Erfahrungen zurück, die damals, in der Frühzeit abendländischer Geschichte, auf kleinstem Raum und innerhalb weniger Jahrzehnte sich unvergessen der europäischen Menschheit eingeprägt haben« (S. 200). Das ist einfach wahr und außer allem Zweifel, und Frau Arendt hat sich ein hohes Verdienst erworben, uns das Urbild der Polis und der Politeia mit so festen und genauen Konturen vor Augen gerückt, auch die kardinale Differenz zwischen dem Herrschaftsgesetz des (antiken) Haushalts oder Privatlebens und der Freiheitsluft des öffentlichen Wesens mit so viel Feinheit und Schärfe nachgezeichnet zu haben.

Gleichwohl fällt es schwer, die Herleitung jener drei Grundcharaktere menschlicher Tätigkeit aus dem antiken Modell in ihrer unbedingten Geltung hinzunehmen. Die Absicht der Autorin geht ja nicht nur auf das Verständnis der Griechen, sondern auf das Verständnis menschlicher Tätigkeit überhaupt. Ihr Mut, Begriff und Geschichte zusammenzuzwingen, gemahnt in gewisser Weise an Hegel. So präpariert sie aus der Betrachtung der Polis jenen Begriff des Handelns als einen allgemeinen, aber sie fesselt ihn sogleich wieder so eng und streng an dieselbe griechische Welt, und sie gibt in der Folge von der modernen »Gesellschaft« als einer Massen-, einer Konsum- und einer Arbeitsgesellschaft ein so radikal unterschiedenes, aber wiederum von einem allgemeinen Begriff (eben demjenigen der Arbeit) beherrschtes Bild, daß uns alle Hoffnung schwinden muß, uns je mit dem eigentlichen Handeln und der rechten »Politik« wieder in einen Rapport setzen zu können. Der ingeniöse Ausweg, den Frau Arendt selbst aus diesem ihrem Dilemma gefunden hat – die These nämlich, das Handeln habe sich in unserer Epoche auf die Natur und also in die Naturwissenschaft verlegt –, vermag uns über jenen Verlust kaum zu trösten. Die Partien des Buches, die der zeitgenössischen Physik gewidmet sind, gehören zwar zu den großartigsten überhaupt, und die Furchtlosigkeit muß uns mitreißen, mit der die Denkerin hier den Schritten einer Naturwissenschaft auf den Fersen folgt, welcher die Natur selber aus den Fingern zu rinnen scheint. Aber die Einsicht in solches »Handeln«, das mit zunehmender »Weltentfremdung« einhergeht, kann uns doch nicht ersetzen, was wir begierig zu erfahren waren: wie das Politische denn nun in unserer Welt aufzufassen, zurückzugewinnen oder neu zu verwirklichen sei.

Ist uns Politik möglich oder nicht? – Dies vor allem müssen und möchten wir lernen, denn es ist das Wichtigste. Von minder vordringlichen Fragen, die hier übrigbleiben, soll nur eine Andeutung gegeben werden: ob die industrielle »Arbeit« mit demjenigen Arbeitsbegriff begriffen werden könne, der zuletzt doch vom Ackerbau herstammt; ob selbst der Ackerbau aus der bloßen Reproduktion des Lebens und dem bloßen »Stoffwechsel mit der Natur« zu verstehen sei, da er von frühester Zeit an doch mit Leistungen der Züchtung verknüpft erscheint, die ihrerseits weder dem Arbeiten noch auch dem Herstellen zugeschrieben werden können, vielmehr ein Element von Erfindung enthalten; ob die aristokratische Ordnung der antiken Stadt, wiewohl sie sich selbst so ganz anders verstand, nicht auch schon eine spezifische »Gesellschaft« darstellte, und ob den drei Grundarten der Vita activa nicht die Erinnerung der drei ›Stände‹ der antiken Stadt unablöslich anhafte. Dies und anderes bleibt zu fragen, aber es ist nicht so wichtig. Wir haben durchaus wahrgenommen, wie unvergleichbar das Gemeinwesen ebenbürtiger aktiver Bürger sich von der modernen Ordnung gleicher, aber zumeist passiver Mitglieder der Gesellschaft abhebt. Dennoch ziehen wir Vergleiche, auch Frau Arendt zieht sie. Und indem wir das Unvergleichbare vergleichen, suchen wir die Verwandlung zu ermöglichen, suchen wir unsere eigene Aufgabe zu lösen, mitten in der modernen Gesellschaft – und sei sie in Gottes Namen eine »Arbeitsgesellschaft« – das Politische aufs neue zu realisieren.

Hannah Arendts philosophisches, auch geschichtsphilosophisches Verfahren ist vorzüglich dazu angetan, uns mit den Unwiderruflichkeiten zu konfrontieren, aber es will uns kaum eine Chance übriglassen, im eigenen heutigen Handeln (welches doch fortwährend stattfindet) geschichtlichen Zusammenhang herzustellen und Überlieferung auszubilden. Es ist, als ob das Menschengeschlecht zerbrochen, das Buch der Geschichte buchstäblich aus dem Leim gegangen wäre. Die heroisch-freudige, zuweilen fast übermütige Grundstimmung, welche Hannah Arendts Denk- und Schreibekunst auszeichnet, wirkt ungemein anziehend, ja ansteckend, und doch macht sich im Untergrund immer wieder jener dunklere, klagende Ton vernehmlich, den wir von Hölderlin kennen. Er ist wie versteckt im Scharfsinn, wie verdeckt von all der kühlen, spröden Analyse, immer wieder auch überstrahlt von momentanen Überraschungen, ja von herrlich verblüffenden Entschleierungen der Erkenntnis, aber er ist gegenwärtig. Der Ton Hyperions – ». . . wie sich das Blatt gewandt, daß jetzt die Toten oben über der Erde gehn und die Lebendigen, die Göttermenschen drunten sind . . .«

1960

Hannah Arendt: Der antike und der moderne Staat

Es ist der Name derjenigen Autorin zu nennen, die in unserer Lebenszeit und in dem ungeheuerlichen Erfahrungsgewitter dieses Jahrhunderts scharf nach den »Ursprüngen des Totalitarismus« gegraben hat: Hannah Arendt. Sie war es, die mit unerschrockener Klarheit im *Leviathan* eine Vorzeichnung des totalen Staates erkannte und die zugleich den Entwurf von Thomas Hobbes als einen »Bruch mit allen abendländischen Traditionen zugleich« und darum als ein Signal zum »Untergang des Abendlandes« bloßgestellt hat (ohne ihm übrigens seine eigentümliche Größe abzuerkennen). Ebenderselben Autorin wird aber auch die schönste philosophische Rekonstruktion der griechischen Polis oder des aristotelischen Staates verdankt, die wohl in unseren Tagen geglückt ist.

In der Tat ist es der aristotelische Begriff des Politischen, den sie frisch aufgefaßt und aufgearbeitet hat, nicht der platonische, derjenige also, welcher auf der Doppelbestimmung (aus dem Ersten Buch der *Politik*) beruht, wonach der Mensch von Natur ein politisches – oder: staatliches – oder: bürgerliches – Wesen und zugleich das einzige Wesen sei, das Sprache (Logos) habe. Mit ihren eigenen Worten: »Menschen sind nur darum zur Politik begabte Wesen, weil sie mit Sprache begabte Wesen sind.« Nicht minder entschieden aristotelisch ist ein anderes Motiv, das in allen ihren einschlägigen Schriften wiederkehrt, das der Vielheit oder Pluralität als des fundamentalen Konstitutionsprinzips des politischen Lebens, woraus denn allein das Miteinander-Reden und Miteinander-Handeln erwächst ebenso wie der Wetteifer in der »Begierde sich auszuzeichnen«, den sie recht eigentlich als den Pulsschlag des Staates begriff.

So energisch beharrte sie auf diesem Prinzip der Vielheit als dem existenziellen Grund und Merkmal des Politischen – und das heißt nicht allein der Staatenwelt, sondern vor allem des Staates selbst –, daß sie sich zu dem kühnen Verdikt hat fortreißen lassen, der »größte Teil der politischen Philosophie seit Plato« – denn in Platons *Staat* ist gerade die Einheit des Staates und nicht seine Vielheit als höchstes Gut zuerst aufgestellt worden: derjenige Staat gilt ihm als der beste, der »einem einzelnen Menschen am nächsten kommt« – sei dem Versuch gewidmet gewesen, »Politik überhaupt abzuschaffen«. Das ist gewiß eine starke Übertreibung, da es ja nicht allein eine platonische, sondern auch eine aristotelische Traditionslinie in der politischen Geistesgeschichte des Abendlandes gibt, die sogar weit mächtiger gewirkt hat als jene. Aber die vielleicht unbedachte Formulierung hat den Vorzug der Deutlichkeit und Unbedingtheit: es spricht hier nicht ein historisches, sondern ein philosophisches Ingenium. Man muß bei jenen Nachfolgern der einheitsstaatlichen und staatseinheitlichen *Politeia* Platons namentlich an Hobbes und Rousseau, an den *Leviathan* und an die »volonté générale« denken. Solche Einheit bedeutet das Ende nicht nur der Vielheit, sondern auch der Freiheit der vielen gleichen und gleich freien Bürger, welche die Polis miteinander bilden, sie mündet unweigerlich in Herrschaft. »Herrschaft« aber, sagt Arendt, »zerstört den politischen Raum«. Aus diesen fundamentalen Unterscheidungen zwischen Vielheit und Einheit als zwischen Gesellschaft und Herrschaft und aus dem entschiedenen Votum für jene und wider diese können wir bereits den Schluß ziehen, daß Arendt im ›Streit der Alten und der Neuen‹ zwar die Partei der Antike, aber doch nicht der ganzen und ungeteilten Antike ergriffen hat, sondern ganz offenbar und ausschließlich die aristotelische. Denn ihre Entgegensetzung der Polis oder des »politischen Raums« gegen alle Herrschaft fußt genau auf der ersten und schärfsten Unterscheidung, die

Aristoteles selbst in der *Politik* getroffen hat: der zwischen ›archē politikē‹ und ›archē despotikē‹, das ist zwischen dem Bezirk des Staates und dem Bezirk des Hauses. Sein großes Werk hebt sogleich an mit der Warnung vor einer Verwechslung oder Vermischung dieser beiden Phänomene und Prinzipien. Und das ist es auch, was in der Epoche der Wiederentdeckung der *Politik* des Aristoteles, im dreizehnten Jahrhundert, die großen Doctores, die sie zuerst kommentierten, Albertus Magnus und Thomas Aquinas, am gründlichsten und deutlichsten aufgenommen und weitergegeben haben: »non sunt idem principatus, politica et despotica« (nach der Formulierung des Albertus Magnus), zu deutsch: Es ist nicht dieselbe Regierungsart – die politische und die despotische. Ja, dieser mittelalterliche Gelehrte hat sogar mit hoher Klarheit die Erläuterung hinzugefügt, die ›politische‹ Regierungsart habe es mit »freien Mitbürgern« (liberi concives), die despotische hingegen mit Sklaven (servi) zu tun. Hier haben wir eben diejenige große Tradition vor Augen, von der ich zuvor gesprochen habe: es ist die aristotelische und nicht die platonische, und in ihrer Spur bewegt sich auch der Gedanke von Hannah Arendt. Es scheint zunächst, sie habe Partei ergriffen nicht so sehr für die Alten und wider die Modernen als vielmehr für die aristotelische Politik und wider die platonische Herrschaft.

Allerdings hat Frau Arendt – im Zusammenhang einer Untersuchung über das Wesen der Autorität – sogar den Aristoteles dafür verantwortlich gemacht, daß man im politischen Gemeinwesen Herrschende und Beherrschte unterscheide und daß dieses Verhältnis zudem als naturgegeben aufgefaßt werde, da es in dem der Älteren zu den Jüngeren, der Eltern zu den Kindern vorgebildet sei. Ich muß mich hier einmischen und den Aristoteles vor einer Mißdeutung in Schutz nehmen, die nur durch einen zur Idiosynkrasie gesteigerten Argwohn gegen jegliche Rechtfertigung von Unfreiheit zu erklären ist. Die Stelle im Siebenten Buch der

Politik, die Arendt ihm so übel ankreidet, hat, wenn man sie nur vollständig ins Auge faßt, gar keinen anderen Sinn als jener vielzitierte Passus aus dem Dritten Buch, der aus der Gleichheit der Bürger für den Staat die Konsequenz zieht, »daß man zu regieren und regiert zu werden verstehe« und »daß die Bekleidung der Ämter unter ihnen abwechsele«. Ganz ebenso ist die Meinung im Siebenten Buch (wo von der Erziehung die Rede ist), daß es zwar immer »Regierende und Regierte« gebe – denn so muß man ›archon‹ und ›archomenos‹ verdeutschen, die Wörter haben von Grund auf eine ›politische‹, nicht eine herrschaftliche Bedeutung –, daß aber »alle Staatsbürger in gleicher Weise an dem abwechselnden Regieren und Regiertwerden Anteil haben müssen«: so sagt Aristoteles wörtlich. Sogar die Analogisierung mit dem pädagogischen Verhältnis führt er, vielleicht ein wenig spitzfindig, zu demselben logischen Ziel, indem die Jüngeren selbst »einst Anteil an der Regierung erhalten werden« und es somit auch hier »in gewisser Weise dieselben Leute sind, welche regieren und regiert werden«. Auch diese Argumentation ist merklich gegen die platonische Dauerherrschaft der Weisen und Guten gerichtet. Es war auch Platon und nicht Aristoteles, wie Arendt meint, der das Herrschaftsverhältnis als ein Naturphänomen legitimiert: daß der Stärkere herrsche und der Schwächere gehorche, heißt es in den *Gesetzen*, sei ein »Verhältnis, das sich in der ganzen Welt der Kreaturen am häufigsten findet und ›der Natur entspricht‹, wie der Thebaner Pindar einmal gesagt hat«.

Ich bin bei alledem nicht ganz sicher, ob wirklich nur ungenaue oder voreingenommene Lektüre des Textes die Ursache davon war, daß Hannah Arendt, wiewohl eine leidenschaftliche Philologin, auch noch den Aristoteles für eine herrschaftliche Pervertierung der Polis-Idee mitverantwortlich gemacht hat, denselben Aristoteles, dem sie schließlich in allererster Linie die Erkenntnis zu danken hat, daß der Mensch für die Polis geboren sei. Es könnte am Ende auch sein, daß schon die bloße Differenz der Regierenden und der Regierten, wie sie dort statuiert ist, gleich wie sie im folgenden auch durch das Merkmal des Wechsels gemäßigt und gleichsam erträglich gemacht werden mag, als solche ihren Widerspruch und Widerstand erregt hätte. Es könnte – mit anderen Worten – auch sein, daß das Phänomen und die Aufgabe des Regierens schlechthin ihrem Konzept zuwider oder zumindest fremd geblieben wäre. Vielleicht hat die Vorstellung des ›Miteinander‹ – im Miteinander-Reden und Miteinander-Handeln – ihren begeisterten Sinn derart ausschließlich erfüllt, daß ihr darüber jegliche Gliederung und Anordnung der politischen Funktionen, wie sie der Staat, auch der antike, auch der Staat des Philosophen Aristoteles, doch erfordert, aus dem Gesichtskreis entschwand. Es gibt gewisse Anzeichen, die eine solche Deutung nahelegen, wie wenig sie auch zu einem so scharfsichtigen Geiste zu stimmen scheint. Vielleicht geht gerade die Courage zur bittersten Einsicht – wie Hannah Arendt sie so gründlich bewiesen hat – kontrastweise mit der unschuldigsten Geistesträumerei einher.

Wenngleich Hannah Arendt also den fundamentalen Gegensatz von Herrschaft und Gemeinschaft (im Sinn der aristotelischen ›Koinonia‹) und also den Verderb der Polis zu einem auf Dauer etablierten oligarchischen Herrschaftssystem schon in der politischen Philosophie der Alten selbst – und aus Überempfindlichkeit sogar innerhalb der aristotelischen *Politik* – entdeckt hat, so scheint sie doch erst der Moderne eine definitive und hoffnungslose Verfehlung der eigentlichen ›politischen‹, aus Gleichheit und Freiheit erwachsenden Möglichkeit des Miteinander-Handelns zuzuschreiben. Die Moderne ist in ihrem Œuvre geradezu definiert als die Verfehlung des Politischen, ja als seine Vernichtung. Soweit jedenfalls die neueste Zeit, zumal das zwanzigste Jahrhundert – in Arendts Perspektive – die Modernität repräsentiert, steht sie im finsteren Schatten des totalitären Staates deutscher wie russischer Prägung. Der Totalitarismus ist das überwältigende Phänomen, die überwältigende Erfahrung der Moderne. Arendt hat in ihrem monumentalen Buch über die *Ursprünge des Totalitarismus* ein ganzes Bündel von quasi sozialhistorischen Ursachen exemplarisch für die Ausbildung der totalitären Herrschaftssysteme angeführt – die Analyse des Antisemitismus, die den ersten der drei Teile des Buches in Anspruch nimmt, stellt das energischste und gründlichste, die These von der führenden Rolle des Mob im totalitären Deutschland das originellste Element dieser Nachforschung dar –, aber insgesamt reichen alle ihre Herleitungen doch nicht aus, die schlechthin beherrschende Rolle des Totalitarismus, die annähernde Identifizierung der politischen (vielmehr widerpolitischen) Modernität mit dem Totalitarismus zu rechtfertigen. Hannah Arendts historische Untersuchungen bewegen sich nicht in den Bahnen der Kausalität noch auch der Kontinuität. Hier wird Geschichte von Kategorien regiert, ihre Umwälzungen haben selbst den Charakter kategorialer Katastrophen und kategorialer Neuanfänge. So gilt hier weithin, daß die moderne Welt durch die Katastrophe des Politischen und den realen Triumph des Leviathan gekennzeichnet sei.

Die antike ›Politik‹ in ihrer Idealität scheint daher wie versperrt und verriegelt, an Renaissance und Nachahmung ist nicht zu denken. Machiavelli hatte die römische Republik (des Titus Livius) durchaus nicht verriegelt und versperrt, sondern vielmehr der entarteten Moderne, seiner dekadenten Gegenwart, als scharfe Lektion zur Nacheiferung vorgestellt. Wiewohl Hannah Arendt sich mit Machiavelli in der ›querelle politique‹ in derselben Front befindet – seiner »Republik« entspricht ihre »Polis« –, scheint ihr im Gegensatz zu ihm jede pädagogische oder nur appellative Regung vergangen. Bild und Begriff der antiken Stadt ist womöglich gerade darum so sublim gezeichnet und gedeutet, weil diese Stadt ihr für ganz und gar versunken gilt. Die moderne Welt andrerseits stellt sich ihr – um einen Ausdruck von Thomas Hobbes in umgekehrter Anwendung zu gebrauchen – als ein veritables »Kingdom of darkness« dar, und zwar gerade deswegen, weil in ihr der Drache herrscht, dem jener die Rettung hatte anvertrauen wollen.

Aristokratie der Räte

Doch ist das nicht die ganze Geschichte. Während in Arendts Augen die etablierten staatlichen Systeme der Moderne samt und sonders – bei einer nur matten und unsicheren Unterscheidung der Parteidiktaturen und des Parteienpluralismus der Verfassungsstaaten – ihren Bürgern das Glück der aktiven Teilnahme an öffentlicher Macht versagen, so meint sie doch polis-hafte Chancen in gewissen Momenten der neueren und neuesten, ja der allerjüngsten Geschichte aufblitzen zu sehen, nämlich in Gestalt der revolutionären »Räte«, der englischen und amerikanischen Councils, der französischen sociétés populaires, der russischen Sowjets, der ungarischen Räte von 1956, ja noch der spontanen Aktionsgruppen der Studentenbewegung von 1968 in beiden Kontinenten. Obwohl sie in ihrem Buch *On Revolution* die amerikanische Revolution gegenüber der französischen als die eigentlich politische gepriesen hat, so blieb doch sogar an ihr der Mangel, daß die Verfassung, wie sie es ausdrückt, »den öffentlichen Raum auf die vom Volke gewählten Abgeordneten eingeschränkt«, daß sie die lokalen Bürgerversammlungen, die ›town-hall-meetings‹, erstickt und derart »das Land um sein stolzestes Erbe« gebracht habe. Nachmals sind in der Tat in revolutionären Momenten immer wieder solche spontanen Beratungsgremien entstanden und freilich auch alsbald wieder vergangen

– oder zu einer bloßen Fassade degeneriert wie in der ›Sowjet‹-Union –, die in einem kategorialen Sinn (und für einen emphatisch verklärenden Geist) an das Urbild der Ekklesia erinnern mochten. In Arendts Darstellung nehmen sich die ›Räte‹ wie phosphoreszierende Geistererscheinungen der antiken Bürgerstadt aus. Sie hat sich offenbar nicht gefragt, woran es liegt, daß diese Bildungen ephemer geblieben, warum sie unter die Herrschaft von Berufsrevolutionären und schließlich von Parteiapparaten geraten sind. Auch ihr so unbedenklicher, von reinster Denkphantasie geleiteter Entwurf einer föderativen Räteverfassung – als einer neuen Staatsform, »die es jedem inmitten der Massengesellschaften doch erlauben könnte, an den öffentlichen Angelegenheiten der Zeit teilzunehmen« – enthält keinen Hinweis darauf, wie hier Regierung zustande komme oder wie ›Exekutive‹ bestellt werde.

Andererseits war die Philosophin nicht so blind, der allgemeinen Bürgerschaft unter modernen Verhältnissen eine stetige politische Präsenz und Aktivität zuzutrauen. Im Gegenteil scheute sie weder davor zurück, der Ausbildung neuer Eliten das Wort zu reden, noch auch davor, ihr etabliertes Rätesystem ausdrücklich als eine »aristokratische Staatsform« zu kennzeichnen, die womöglich gar auf allgemeine Wahlen verzichten würde. »Nur wer an der Welt wirklich interessiert ist, sollte eine Stimme haben im Gang der Welt.« Ich weiß nicht, ob Frau Arendt in ihrem Konstruktions-Eifer wahrgenommen hat, wie sehr ihre Republik, die doch ursprünglich aus aristotelischer Wurzel erwachsen war, an diesem räte-aristokratischen Ende der Staatsutopie Platons ähnelt: der Rechtsgrund der Elitenbildung ist gewiß ein andrer, liegt nicht in der Erkenntnis des Guten, sondern in der Bewirkung des Zuträglichen, nicht in der Weisheit, sondern in der klugen Tätigkeit, nicht in der Theorie, sondern in der Praxis. Dennoch: Wie sollten die modernen Völker, die doch aus den ›demokratischen‹ Revolutionen, das heißt aus den Triebkräften der Menschenrechte, sich formiert haben, das Regiment solch einer Sonderart von Mönchen der öffentlichen Tugend hinnehmen und ertragen!

Noch eine andere Analogie legt sich nahe, sie betrifft nicht ihre Verfassungsphantasie, sondern das Ganze dieser politischen Philosophie. In der »querelle politique des anciens et des modernes« finden wir Hannah Arendt an der Seite von Niccolo Machiavelli – wenn man die Differenz des römischen und des griechischen Musterbildes hintansetzt. (Sie hat ihrer Sympathie für den Florentiner Renaissance-Denker mehrfach deutlichen Ausdruck verliehen.) Aber wir sehen jetzt, daß auch ihre eigene so viel geheimere, lang zurückgedämmte Vision vom Neubeginn als einer Wiedergeburt des Alten sich durchaus dem Machiavellischen Heilgift – des »nuovo principe« – an die Seite rücken läßt: Was dort der Usurpator leisten sollte, tut in Arendts Vorstellung die Revolution. Der Blitz der Revolutions-Idee steht innerhalb des freilich ungewissen, bloß schüchtern potentiellen Heilsplanes gleichsam an derselben Stelle wie dort der Gewaltstreich des emanzipierten Tyrannen. Und in beiden Fällen wird von solcher Tat oder solchem Ereignis die Rettung erhofft – man könnte mit einer figürlichen Wendung beider Hoffnungen synthetisch präzisieren: die Rettung des politischen Vaterlands. Beide, Machiavelli wie Arendt, haben Ankündigungen in der Geschichts-Erfahrung als Zeitgenossen zu vernehmen, große Zeichen zu erblicken gemeint, jener in dem Auftritt des Täters und Untäters Cesare Borgia, diese in der erregenden Erhebung von 1956 in Ungarn und abermals, mit wohl verminderter Emphase, in den Studentenunruhen von Berkeley und Chicago. In Hannah Arendts Werk läßt sich übrigens eine Stütze für diese meine Analogisierung finden: sie hat Machiavelli selbst als eine Art von Revolutionsdenker beschrieben und zu ihrer Bestätigung wiederum mit Nachdruck

Robespierre zitiert – »der es ja nun wirklich hat wissen müssen« – mit dem Satz, der Plan der Französischen Revolution sei buchstäblich in den Büchern Machiavellis aufgeschrieben. Das mag auf die urbildliche römische Republik zielen und zugleich vermutlich auf die Rechtfertigung der Gewalt. Robespierre hat gehandelt, er hat den methodischen Terror eingeführt, der ein ›modernes‹ Phänomen geworden und geblieben ist. In Arendt wie in Machiavelli haben wir es mit Schriftstellern zu tun. Sie haben sich nicht damit begnügt, die Welt zu interpretieren, aber sie haben sie auch nicht handelnd verändert, sie haben die Veränderung der Welt interpretiert, sowohl die wirkliche als auch die mögliche.

Wiederkehr der versunkenen Stadt

Wie in einem utopischen Exil bewegte sich der starke Geist Hannah Arendts in den Grundrissen der versunkenen antiken Ordnungen und weigerte sich, in ihrer gegenwärtigen Welt, der sie doch leidenschaftlich zugewandt blieb, irgend politische Formen wahrzunehmen, die den verklärten des Altertums durch Fortbildung, Erneuerung oder Verwandlung ähnlich wären, es seien denn jene ephemeren Erscheinungen der Revolution, denen sie selbst gelegentlich den Charakter einer Fata Morgana zugeschrieben hat.
Ich will ihr moderne politische Gebilde entgegenhalten, welche durchaus in der Kontinuität der abendländischen Geschichte stehen und gleichwohl – oder ebendeswegen – den Andrang der ideologischen Massenbewegungen und Gewaltherrschaften überlebt haben. Die antike politische Tradition war in das russische Reich überhaupt nicht, in das deutsche nur gelegentlich und flüchtig eingedrungen; im Westen, zumal in England und seinen amerikanischen Kolonien, hatte sie geistige und institutionelle Wurzeln gezogen.

Es ist der moderne Verfassungsstaat, der sich trotz Hitler und Stalin und trotz der »Modernität« der Massenbewegungen und Gewaltherrschaften lebenskräftig erhalten hat.
Der Verfassungsstaat der Neuzeit ist dem antiken, wie ihn Aristoteles uns im Umriß kennen lehrt, in vieler Hinsicht handgreiflich unähnlich. Die Polis-Bürgerschaften zählten nach Tausenden, allenfalls wenigen Zehntausenden, wie denn auch die modernen Territorien im Vergleich mit jenen kleinen Städten mit ihrem jeweiligen Umland, auch wenn man die abhängigen Gebiete mitbedenkt, sich geradezu monströs ausnehmen. Ihre gesellschaftliche Beschaffenheit ist von derjenigen des antiken Staates elementar und radikal unterschieden insofern, als sie auf der menschenrechtlich begründeten Egalität ihrer Bürger beruht, während es, nach Jacob Burckhardts derbem Wort, im Altertum Menschenrechte überhaupt nicht gab. Die Bürgerschaft der aristotelischen Polis stellt sich eher als eine Art Herren-Club dar, und zwar ganz unabhängig von dem ökonomischen Status, dem Reichtum oder der Armut des einzelnen Mitgliedes.
Auch Hannah Arendt hat diese gewaltige Differenz mit aller Deutlichkeit wahrgenommen. »Die politische Neuzeit«, sagt sie in dem Buch über den Totalitarismus, hebe »mit der Erklärung der Menschenrechte durch die beiden großen Revolutionen« an. Insoweit scheint die Fürsprecherin der Alten hier für einen Augenblick doch die Front zu wechseln und in das Lob der Neuzeit, des Triumphs der Aufklärung einzustimmen, und tatsächlich hat sie (in ihrem Buch *Über die Revolution*) dieser weltgeschichtlichen Neuerung auch eine hohe Bedeutung zuerkannt. Aber sie trifft eine kuriose Unterscheidung zwischen der »Neuzeit« und der »modernen Welt«; jene zeigt sich im hellen Licht der Aufklärungs- und Revolutions-Epoche, diese in den düsteren Farben der Industrialisierung und Technisierung, schließlich des Imperialismus und der gestaltlosen Massengesellschaft, und am

Ende fällt der Untergang des (europäischen) Nationalstaats mit dem »Ende der Menschenrechte« in eins zusammen. Es scheint in solcher Analyse, als sei der eigentlichen »Neuzeit« nur eine kurze Frist gegönnt gewesen, sie sei in der Katastrophe der Modernität versunken. Wiederum hat die existenzielle Erfahrung des Totalitarismus, zumal der faktischen Abschaffung der Menschenrechte, der erklärten und praktizierten Leugnung der Menschengleichheit im Deutschland der Rassen-Ideologie, und die »neue Vogelfreiheit« der staatenlosen Flüchtlinge, deren abstraktes Menschenrecht ihnen keinen anderen als allenfalls einen caritativen Schutz zu gewähren vermochte, die Diagnose geprägt und eine absolute Abwendung von der politischen ›Moderne‹ in ihrem Geiste bewirkt. Die ungeheuerliche weltgeschichtliche Neuerung der terroristisch-ideologischen Parteiherrschaft – in beiderlei Gestalt –, welche wohl kein anderer Denker mit gleicher Unerschrockenheit des Erkenntniswillens, nein, ich sollte sagen: mit gleich hellsichtigem Schrecken ins Auge gefaßt hat, verdunkelt in diesem Geschichtsbild alsbald jene andere, ihr voraufgehende Neuerung der Menschenrechte, schiebt sich vor sie wie der Mondschatten bei der Sonnenfinsternis.
Und doch macht sich auch hier wieder jene Identifizierung geschichtlicher Veränderungen mit kategorialen Unterscheidungen geltend, auf die ich schon früher aufmerksam zu machen versucht habe: sie ist der Arendtschen philosophischen Historiographie – eine ›Geschichtsphilosophie‹ möchte ich sie nicht nennen – durchaus eigentümlich, verleiht ihr eine schneidende Schärfe, scheint indessen der Wahrnehmung langfristiger Prozesse im Wege zu stehen. So hat sie zwar den Auftritt des »Begriffs der Menschenrechte« (wie der charakteristische Ausdruck lautet) wie im Blitzlicht als Ereignis aufgefaßt und dargestellt, aber ihren ungeheuren gesellschaftlichen Folge-Wirkungen kaum einen Blick gegönnt. Wir finden zwar die geistesgeschichtliche Bemer-

kung, der »Begriff der Menschenrechte« spiele »im politischen Denken des 19. Jahrhunderts kaum eine Rolle«, aber von den mächtigen Befreiungsvorgängen, die dieser ›Begriff‹ – auch ohne erneute theoretische Reflexion – in der faktischen Sozialgeschichte hervorgerufen hat, scheint die Philosophin keine Notiz zu nehmen. Diese Idee, das ist vor allem die Intention, die Menschengleichheit als Schöpfungs- oder als rationale Naturgleichheit, endlich in der gesellschaftlichen Welt zu verwirklichen, hat den Boden der überlieferten europäischen Gesellschaftsordnungen gänzlich umgepflügt. Ihr Effekt läßt sich recht gut mit einem Griff verständlich machen, wenn man sich die antike Hausherrschaft als Gegenbild vergegenwärtigt: die menschenrechtlichen Emanzipationen haben – symbolisch gesprochen – die abhängigen Insassen des Haushalts und Beisassen des Staates sämtlich nacheinander freigesetzt und den Bürgern potentiell gleichgestellt, die Sklaven, die Frauen, die eingesessenen Fremden.

In ihrer Gesamtheit machen diese Prozesse die vitale Seite jenes geistigen ›Begriffs‹, also die reale Dynamik der Menschenrechtsbewegung aus. Sie erfüllt gerade die Ära der Industrialisierung und Technisierung, das neunzehnte und zwanzigste Jahrhundert, und sie hat allerdings jene ›moderne‹ Massengesellschaft produziert, welche nachmals zum Stoff und Nährboden totalitärer Herrschaftssysteme werden konnte und geworden ist. Sie hat in der Tat auf diese Weise – wie schon angedeutet – die Vernichtung dessen herbeigeführt, was ihren eignen Ursprung bestimmte und was ihre Triebkraft war: des Menschenrechts selber. Diese entsetzliche Dialektik ist es, die Hannah Arendts Sinn und Geist gefangen hielt und die ihren Blick, sofern er sich vom Schrecken ab- und dem glücklich Gelungenen zuwenden wollte, in die Richtung der Antike zwang. Aber sie bildet doch nur die eine Hälfte der Geschichte, gleichsam die Nachtseite der ›Moderne‹.

Die Tagseite – das ist der gleichfalls ›moderne‹ Verfassungsstaat. Das Menschenrecht ist, politisch betrachtet, an sich selbst ein doppeldeutiges, ja zweischneidiges Ding. Wenn und sofern es als ein naturgegebenes und daher, gemäß den Lehren vom Gesellschafts- oder Staatsvertrag, auch als ein ›vorstaatliches‹ Recht aufgefaßt wird, adressiert es sich an den Staat als solchen, fordert ihn zu Schutz und Schirm auf, fordert ihn auch heraus, droht ihm für den Weigerungsfall mit Widerstand oder mit Auszug; im Innersten ist gar ein Keim von Anarchie verborgen. Eigentlich aber ist ein ›vorstaatliches‹ Recht, wörtlich genommen, mag es sich auch auf Gott und Natur berufen, ein nichtiges Recht, denn wo kein Staat ist, ist kein Recht installiert und kein Richter, es zu sprechen. Man kann sich hier an Hegel halten: »Die Bestimmungen des individuellen Willens sind durch den Staat in ein objektives Dasein gebracht, und kommen durch ihn erst zu ihrer Wahrheit und Verwirklichung« (*Philosophie des Rechts*, § 261, Zusatz). Darum muß Menschenrecht zum Bürgerrecht werden, wenn es gelten will, und so behandelt die berühmte französische Erklärung von 1789 in einem und demselben Stück die »Rechte des Menschen und des Bürgers«.

An diesem Punkt entsteht aber eine neue Doppeldeutigkeit, und ihr hat wiederum gerade Hannah Arendt eine scharfe Aufmerksamkeit gewidmet: der Bürger des Staats kann sich mit dem Anspruch bescheiden, seine private Freiheit von den Behörden gewährleistet zu wissen und im Konfliktfall von den Gerichten Gerechtigkeit zu erfahren; oder aber er kann aktiven Anteil an der Staatsgewalt erstreben. Arendt wollte diese letztere Art von Bürgerrecht, die eigentliche »Participation«, im Grunde einzig im antiken Staat, also in der Polis, im Staate des Aristoteles, wiedererkennen; die Moderne, meinte sie, kenne nur den Bürger als rechtlich gesicherten Schutzbefohlenen. Er sollte aber, nach ihrem brennenden theoretischen Begehr, nicht allein das Recht des

Staates genießen – was gewiß nicht gering zu achten war und ist –, sondern an seiner Macht teilhaben, zu seiner Macht beitragen. Sie hat Macht geradezu aus dem Zusammenwirken einer Mehrzahl von Personen hergeleitet und sehr energisch von Gewalt, auch von Befehlsgewalt, unterschieden.

Daß die Revolutionen des achtzehnten Jahrhunderts etwas von antiker – übrigens auch antikisierender – bürgerlicher Teilhabe aufgenommen und ausgestrahlt haben, kommt selbstverständlich auch in Arendts Untersuchungen durchaus kräftig zur Geltung. Indessen bleiben dort die institutionellen Dauerfolgen dieser Aufbrüche einigermaßen im Schatten. Schon die ersten revolutionären Erklärungen oder Verfassungen lassen aber über die Hauptform solcher Teilhabe in Wahrheit keinen Zweifel: »Tous les citoyens ont droit de concourir personnellement, ou par leurs représentants, à sa formation« (nämlich an der Bildung des Gesetzes), heißt es in der Déclaration von 1789, und die sogenannte jakobinische Verfassung von 1793 fügt, indem sie von jener noch mittelalterlichen Alternativ-Formel abgeht, das Recht der Benennung von »Mandataren« oder »Agenten«, das heißt von Abgeordneten, hinzu. Die früheste amerikanische Bill of Rights, die von Virginia, die 1776 ergangen ist, hatte sich in dieser Hinsicht deutlicher und praktikabler ausgedrückt, indem sie in ihrem sechsten Artikel die Freiheit der Wahl von »representatives of the people« statuiert und das Stimmrecht allen Männern zuerkennt, die von ihrem »permanent common interest with, and attachment to the community« ausreichend Zeugnis gegeben haben. Kurz, das entscheidende positive Bürgerrecht in den modernen Verfassungsstaaten ist das Wahlrecht. Die menschenrechtliche Menge der aus ihrer vorigen Abhängigkeit befreiten Individuen wird als Bürgerschaft im Staat integriert in dem Maße, als ihr ein Wahl- und Stimmrecht zuteil wird. Gewiß ist das nicht das einzige Vehikel ihrer möglichen Eingliede-

rung, aber es ist das stärkste ebendeswegen, weil es aktive Mitwirkung und also Teilhabe am Leben des Staates mit sich bringt.
Hannah Arendt hat bei ihrer Darstellung der Entstehung der amerikanischen Verfassung tief beklagt, daß sie »den öffentlichen Raum auf die vom Volke gewählten Abgeordneten beschränkt« habe, und sie wird diese resignative Feststellung wohl auch auf den Typus des westlichen Verfassungsstaats im allgemeinen auszudehnen geneigt sein. Ich kann die Schranken nicht wahrnehmen, welche die menschen- und bürgerrechtliche Gesellschaft von dem ›öffentlichen Raum‹ fernhalten. Mir scheint es im Gegenteil offenkundig, daß sie in ihrer Rolle als Wählerschaft in den ›öffentlichen Raum‹ frisch eingetreten ist. Wählerschaften treffen im Verfassungsstaat tatsächlich überall große Entscheidungen, wie unterschiedlich die Durchschlagskraft eines Wahlaktes in verschiedenen politischen Systemen – und in verschiedenen historischen Phasen ihrer Ausbildung – auch bemessen werden mag. Und wenn man mit Arendt, nämlich im Sinn ihres antiken Musters, mehr auf die Teilnahme an der öffentlichen Beratung und am Wettstreit der Rede als auf das Merkmal der Entscheidung achten will, so bleibt uns der ›moderne‹ Verfassungsstaat auch in dieser Hinsicht nichts schuldig: Ein großer nationaler Wahlkampf hat geradezu sein Wesen darin, die potentielle Wählerschaft in ihrer Breite und Tiefe in die personellen wie die programmatischen Alternativen hereinzuziehen, ihre Diskussion mit Anwendung aller publizistischen Möglichkeiten allgemein zu machen. Ein solcher Wahlkampf läßt sich durchaus als eine einzige gewaltige, in Raum und Zeit ausgedehnte Ratsversammlung ansehen, bei deren Ausgang schließlich die Teilnehmer – Jefferson's und Arendts »participators« – ihre Entscheidung treffen und derart ihre bürgerliche Rolle besiegeln. Kurz, die ›Moderne‹ hat aus der größten Neuerung der Neuzeit, der praktischen Realisierung der Men-

schengleichheit, nicht nur den Stoff zu totalitärer Herrschaft, sondern ebensowohl die Kraft zu freien Staatswesen gewonnen.

1985

Vernünftige Erkenntnisse und übermütige

Zum Briefwechsel zwischen Hannah Arendt und Karl Jaspers

Hannah Arendt kam, kaum zwanzigjährig, im Sommer 1926 von Marburg und von Heidegger nach Heidelberg und zu Jaspers, um hier ihr Studium der Philosophie fortzusetzen. Zwischen diesen beiden Großen – dem Metaphysiker und dem Ethiker, dem Berggeist und dem Klausner, dem verstockten Sünder und dem kühl leidenden Gerechten – fand sie ihren ganz eigenen Denkweg. Mit jenem verband sie eine verschwiegene Jugendleidenschaft, mit diesem eine wachsende Lebensfreundschaft. Von ihr gibt dieser Band Zeugnis. Der allererste Brief, der darin abgedruckt ist, enthält eine scharfsinnige Frage der Studentin an den Professor; die Antwort wurde vermutlich mündlich in der nächstfolgenden Seminarsitzung gegeben. Die Frage hat, im Licht ihrer nachmaligen Geschichte betrachtet, einen verhüllt symbolischen, ja ominösen Klang: Wie es möglich sei, »etwas Neues aus der Geschichte zu erfahren« – wenn nämlich das Bewußtsein immer nur verstehe, was es schon selber wisse. Das bezog sich auf die Geschichte als vergangene. Die geschehende Geschichte überfiel sie, wie uns alle, reichlich mit neuen Erfahrungen, und es wurde Hannah Arendts eigenste geistige Bestrebung, die absolute, die ungeheuerliche Neuigkeit dieser Erfahrungen in scharfes Licht zu rücken: von aller hergebrachten Gewaltherrschaft hat sie den Totalitarismus (nationalsozialistischer wie bolschewistischer Prägung) als »etwas Neues« in der Geschichte abgehoben und bohrender Analyse unterworfen (in ihrem politischen Hauptwerk, *Elemente und Ursprünge totalitärer Herrschaft,* das englisch 1951, deutsch 1955 erschien, hier mit einem Geleitwort von Karl Jaspers). Sie zeigte freilich einen Hang, die Parteiherrschaft mit ihrer Ideologie und ihrem Terror und mit Einschluß der planmäßigen Menschenvertilgung – »Leichenfabrikation« – als definitive Signatur der Epoche aufzufassen. Damit hängt es wohl zusammen, daß sie nach dem Untergang Hitlers nicht eigentlich aufgeatmet, vielmehr von Krise zu Krise einen neuen Auftritt des Leviathan erwartet hat, nämlich den Angriff der Sowjetunion gegen Westen. »Es ist Hegelsches Denken in Ihnen«, schrieb Karl Jaspers ihr schon 1946 (anläßlich eines Aufsatzes, den sie für unsere Heidelberger Zeitschrift *Die Wandlung* geschickt hatte), und sehr genau traf die weitere Bemerkung: »Eine List der Vernunft – oder vielmehr des Teufels – ist . . . Ihr Interpretationsprinzip.« So freimütige Kritik übte er oft, und sie wurde dankbar angenommen; bisweilen verlief der Vorgang übrigens auch in umgekehrter Richtung. Dieser geistige Verkehr, exemplarische Verwirklichung jener wahrhaftigen »Kommunikation«, die Jaspers so lange gelehrt hatte und die das Kernstück seiner Art »Existenzphilosophie« ausmacht, bildet das beste und schönste Teil dieser Korrespondenz. Bei höchster wechselseitiger Schätzung und herzlichster Solidarität kommt doch kein einzelnes Werk, keine These ganz ungeschoren davon.

Die drei Denker, deren Namen als die von Zeitgenossen hier figurieren, haben, wie bekannt, drei sehr unterschiedliche Schicksalsbahnen betreten, als die *Neuigkeit* von 1933 sie betraf. Heidegger warf sich für eine Weile zu einem akademischen »Führer« auf; Jaspers wurde des Amts enthoben, blieb aber, bedroht, im Lande, ja in der Stadt; Arendt, die Jüdin, damals zudem mit den Berliner Zionisten verbunden, flüchtete über die grüne Grenze und schlug sich, als Staatenlose, im Exil durch, in Genf, in Paris, in New York, wurde schließlich Amerikanerin. Die drei philosophischen Œuvres, wiewohl vielleicht unterirdisch miteinander verknüpft, gehen nach Gehalt und Perspektive so weit auseinander wie die Lebenslinien. Heidegger entwich in ein menschenleeres »Sein«, Jaspers gab der Freiheit eine Stimme, Arendt entdeckte von neuem die Natur der Politik.

II.

Dieser dicke Briefband erlaubt einem geduldigen Leser, die allmähliche Entstehung und Verfestigung der Freundschaft zwischen dem Professor und der zwanzig Jahre jüngeren Literatin zu beobachten. Die Anredeformen zeigen es an. Von ihrer Seite beginnt es, wie gebührlich, mit »Sehr verehrter Herr Professor« und bleibt bei der Wiederaufnahme nach sieben Jahren des Schweigens (1938-1945) schließlich bei der Formel »Lieber Verehrtester« halten, derart Neigung mit Respekt verbindend, so auch noch, nachdem die Ehepaare Jaspers und Blücher im Juli 1961 in Basel allseits zum »du« übergegangen waren. Sie gebrauchte nie den Vornamen, während Jaspers schon vor diesem Ruck zu ausdrücklicher Intimität gern »Liebe und verehrte Hannah« oder auch »Liebe Hannah« schrieb. Man muß sich ausrechnen, daß er schon bald achtzig Jahre alt war, als er diesen für ihn höchst ungewöhnlichen Grad der Vertraulichkeit erreichte oder zuließ.

Hannah hatte, wie sie gesteht, auch in der Ferne stets den Anspruch ihres Lehrers im Sinn bewahrt, ihm zu genügen gestrebt. Einmal, bald nach dem Krieg, schreibt sie an Frau Jaspers, sie habe sich »an nichts mehr in Deutschland erinnern mögen außer an ihn«. Er seinerseits, Karl Jaspers, hervortretend aus der inneren Verbannung, hatte wohl in den ersten Jahren, wie der Briefwechsel erkennen läßt, kein glücklicheres Erlebnis, als daß Hannah die erste kleine Buchveröffentlichung in deutscher Sprache (*Sechs Essays*, *Schriften der Wandlung* 3, Heidelberg, Januar 1948) mit einer »Zueignung an Karl Jaspers« versah; seine Reaktion klingt, als wäre er der Student, dem aus der Höhe ein Lob zuteil wurde. Da findet er, seine Bescheidenheit geziemend auszudrücken, die schöne Wendung, er wisse wohl, »daß dabei die Hauptsache Ihre großen geistigen Augen sind«, mit denen sie alles vergrößere. Dennoch hat ihn die beglückte Stimmung nicht gehindert, sehr wesentliche – und sehr klug auf deutsche Leser zugeschnittene – Korrekturvorschläge für den Druck ebendieser »Zueignung« anzufügen. Wie er sie denn gar nicht selten mit einer Mischung von Wohlgefallen und erzieherischer Sorge auf ihren »Leichtsinn«, ihren »Übermut«, ja ihre stete Gefahr, »sich zu vergaloppieren«, aufmerksam macht. Bisweilen kommt eine späte Bewunderung ihrer weiblichen Schönheit an den Tag. Nachdem sie bei einem Autounfall Verletzungen erlitten hatte, schreibt er ihr: »Daß Du schön bleiben mußt, ist selbstverständlich, und Du wirst es auch bleiben.«

III.

Einige Male treten Differenzen auf, die nicht durch Textkorrekturen zu beheben waren. Anfang der fünfziger Jahre nahm Arendt das zwanzig Jahre zuvor verfaßte Manuskript über Rahel Varnhagen vor, schwankend, ob sie es nun veröffentlichen solle; es handelt wesentlich von der Lebensunsicherheit, welche die Assimilationsbegierde in der Jüdin bewirkte. Jaspers, dem sie es zu lesen gab, urteilte ungewöhnlich scharf, sie zeichne die Rahel »lieblos«, lasse es an Gerechtigkeit fehlen. Wenn es in der vorliegenden Fassung gedruckt werde, werde »bei höchstem Maßstab« »ein Schatten« sichtbar. Hannah antwortete sogleich: »Ich drucke es nicht.« (Sieben Jahre danach ist das Buch, wohl nach einiger Redaktion, doch noch gedruckt worden.)
Über Karl Marx gab es keine Einigung. Arendt, Intellektuelle der zwanziger Jahre, die mit der selbstverständlichen Anerkennung des Revolutionstheoretikers aufgewachsen

war, wollte ihn aus seiner »Leidenschaft für die Gerechtigkeit« gerechtfertigt wissen. Hier aber geriet Jaspers ins Eifern: »Marx' Leidenschaft scheint mir in der Wurzel unrein«, ja: »Ich kann nicht anders als in ihm einen ›bösen‹ Menschen sehen.« Das Wort »böse« ist zwar in Anführungszeichen gesetzt, wodurch ein mythologisches Verständnis gehindert werden soll, doch hat der Philosoph, auch ohne mythische Bilder, das Urphänomen des Bösen in all seiner Dunkelheit, als Wahrheitshaß und Zerstörungswillen, durchweg ernst genommen; irritieren muß uns nur, daß er es hier einem individuellen Namen zuschreibt. Arendt zeigte sich später nachgiebig, half sich mit der schnoddrigen Auskunft, Marx sei »ein Patentekel« gewesen. Das Böse hat Hannah Arendt, wie man weiß (zumal seit ihrem Buch über *Eichmann in Jerusalem*), an ganz anderer Stelle aufgesucht als in der einzelnen Seele. Die Erkenntnis von der »Banalität« des Bösen war übrigens schon in dem Aufsatz *Organisierte Schuld* enthalten, der auf deutsch 1946 in der *Wandlung* erschien und ungeheures Aufsehen machte; damals gebrauchte sie noch den altmodischen Ausdruck »Spießer«, um das normale und banale Werkzeug des Bösen namhaft zu machen.
Kontrovers bleibt auch Platon zwischen den Briefpartnern. Bei Arendt meldet sich hier die Erkenntnis der Polis und der Politik, daß sie nämlich nicht aus der Einheit der Idee, sondern aus der Vielheit der Personen erwächst, die miteinander leben müssen oder wollen. Von Platons Experiment, den Tyrannen von Syrakus zum Philosophenkönig zu machen, urteilt sie mit erfrischender Respektlosigkeit: »Ich kann mir nicht helfen, das hat heute noch etwas Lächerliches«, und setzt in Klammern hinzu: »Bitte schön, werden Sie nicht zu böse!«
Schließlich Heidegger. Jaspers bleibt ihm gegenüber gleichmäßig unversöhnlich. Arendts Urteile fahren heftig hin und her. Er gilt ihr als »ein potentieller Mörder« (wegen seines

Betragens gegen Husserl), er hat in ihren Augen überhaupt »keinen Charakter«, aber gleichzeitig rühmt sie Heideggers »großartige Interpretation« von Platons Höhlengleichnis, dies zum unverblümten Ärger des Empfängers: »das finden Sie großartig«! Später lenkt Arendt ein bißchen ein, und zu meiner Überraschung werde sogar ich (D. St., der Rezensent) dafür verantwortlich gemacht, daß ihr, Hannah, der deutsche akademische Parteienstreit zwischen den Anhängern Jaspers' und denen Heideggers so auffällig geworden sei; sie habe, soll das heißen, etwas zum Ausgleich der Gewichte tun wollen. (Sie hatte wohl vergessen, daß ich ehedem auch Jaspers abtrünnig gewesen war, bis die Zeitläufte mich an seine Seite zurückgeführt haben.)

Im Grunde lag die Differenz wohl darin, daß Hannah Arendt an Heideggers Werk die Energie der Denk-Kunst wahrnahm, letztlich ein ästhetisches Phänomen, gewiß kein ethisches. Dafür hatte Jaspers keinen Sinn. Der Wesensunterschied war schon offenbar geworden, als Arendt, bald nach dem Kriege, die logischen Unterscheidungen, die Jaspers in der berühmten Vorlesung über »die Schuldfrage« getroffen hatte, über den Haufen warf mit der kühn ausgreifenden Diagnose, daß die Schuld (der NS-Täter) alle Rechtsordnung übersteige, wie auch die Unschuld der Opfer »jenseits der Güte oder der Tugend« liege. Das fand Jaspers zwar schön, aber es sei derart »schon fast der Weg der Dichtung beschritten«. (Man könnte auch sagen: die Vernunft ist an ihre Grenze gestoßen, habe sie gar hinter sich gelassen.)

IV.

Es ist Zeit, auch das Unerquickliche an diesem Buch beim Namen zu nennen: die öffentliche Indiskretion. Die Briefpartner selbst haben gewiß das Moment der Öffentlichkeit nicht zu verantworten – das geht die Herausgeber an, auch den Verleger. Doch kann man sich nicht verhehlen, daß Jaspers wie Arendt, in verschiedener Weise, über dritte Personen vielfach hoffärtig urteilen, und noch zuvor, daß beide überhaupt zu reichliche Urteile abgeben. Auf der Seite des Heidelberger und Basler Professors beobachtet man eine Neigung, nach Art des Richters vom Ende der Tage die Böcke von den Schafen zu trennen. Das Urteilskriterium der Reinheit und Unreinheit ist hier schon vorgekommen, im Fall Marx. Es fand auch auf Zeitgenossen Anwendung: von Heidegger heißt es einmal geradezu, er habe oder sei eine »unreine Seele«, lebe »im Schmutz« dahin. (Kann denn jemand überzeugt sein, eine reine Seele zu haben oder zu sein? Ein reines Herz gibt es nur im Kindergebet!)

Arendt andererseits spricht ihre Sympathien und Antipathien zügellos aus. Daß sie Eisenhower einen »Dummkopf«, Dulles »dämlich«, Nixon einen »Heuchler« heißt, kann man noch auf das Konto des New Yorker Intellektuellen-Milieus schreiben, wo alle Welt so redete, mindestens, wenn es sich um Exponenten der Republikanischen Partei handelte. Aber der Medisance auch über gelehrte Zeitgenossen ist kein Ende, und selbst in solch vertraulicher Korrespondenz – und auch bei schärfster geistiger Gegnerschaft – scheint es mir doch allzu ungeniert, von Wiesengrund-Adorno zu schreiben, er sei »einer der widerlichsten Menschen, die ich kenne«. Dergleichen äußert man kaum mündlich, geschweige schriftlich. Es ist ja auch keine Information, sondern ein Affekt.

Die Herausgeber haben nur selten – und vielleicht in parteiischem Sinn – von dem sonst üblichen Verfahren Gebrauch gemacht, nachteilige Passagen, die noch lebende Personen betreffen, zurückzuhalten und die Auslassung durch eingeklammerte Pünktchen zu kennzeichnen. Der meiste Klatsch ist stehen geblieben. Das Buch ist sehr dick, achthundert Seiten stark; kaum ein Mensch, außer den Rezensenten, wird es von vorn bis hinten lesen. Aber es hat natürlich ein Register, kein Sachregister zwar (was durchaus am Platze gewesen wäre), wohl aber ein Personenregister. So ist es dem Laster der Neugier bequem gemacht: man guckt nach, ob sich die berühmten Briefschreiber über den und jenen Kollegen das Maul verrissen haben.

Der Briefwechsel Arendt-Jaspers enthält gewichtige philosophische und überraschende politische Passagen, beglükkend sind die Zeugnisse freimütigen Disputs unter Freunden: er sollte nicht in die Schnüffel-Literatur absinken. Von den beiden Herausgebern war Lotte Köhler in New York wohl zu weit vom Schuß, aber Hans Saner in Basel hätte seine Kenntnisse über lebende und tote Personen durchaus dazu verwenden können, Rücksichten der Diskretion und des Geschmacks zu folgen. Bisweilen legt das schon der Brieftext selber nahe: wenn eine Bemerkung ausdrücklich »unter uns« gleichsam geflüstert wird, wenn eine Peinlichkeit im Fortgang des Schreibens zurechtgerückt wird oder wenn etwa Jaspers zwar irgendein moralisches Wesensbedenken wider jemand vorbringt, sogleich aber unsicher wird und ein »vielleicht irre ich mich« hinterherschickt. Wenn schon er selbst den Brief dann nicht neu geschrieben hat, so hätte der Herausgeber den Wink aufnehmen können. (Ich verschweige nicht, daß meine Studienfreundin auch mir einmal eins ausgewischt hat und daß ich beklage, ihr nicht mehr antworten zu können; der Öffentlichkeit gegenüber empfinde ich dazu keine Nötigung.)

Ein einziges Mal in diesen Briefen hat Jaspers in einer gewissen Hinsicht seinen Hochmut bekannt und nicht ohne ein Gran Ironie hinzugesetzt: »Verbergen wir ihn wenigstens!« Hans Saner, der sein letzter Assistent war, hätte bei der jetzigen Edition manche Gelegenheit gehabt, ihm postum dabei behilflich zu sein.

V.

Auch in anderer Hinsicht wären Kürzungen von Vorteil für die Lektüre gewesen. Daß in den ersten Nachkriegsjahren regelmäßig die Lebensmittelpakete angesagt und bestätigt werden, hat gewiß ein zeitgeschichtliches Interesse. Dagegen wären die endlosen Erörterungen über Verlags-, Übersetzungs- und Honorierungsangelegenheiten zu entbehren, ebenso die ausführlichen Reisedispositionen. Das Wissenswerte wäre in Anmerkungen oder in Übersichtstabellen unterzubringen gewesen. Um ein Drittel hätte der Band auf diese Weise abnehmen können, wenn nicht um die Hälfte. Dafür hätte der Anmerkungsteil reicher ausfallen sollen. Es wurden zwar zu jedem vorkommenden Namen mechanisch die Lebensdaten angegeben, aber es wird selten nachgeprüft, was es mit den Anspielungen, Gerüchten und Behauptungen auf sich hat, die in den Briefen vorkommen. So erfährt man, daß Otto Regenbogen Ordinarius für Klassische Philologie in Heidelberg war, aber nichts darüber, ob er wirklich das Horst-Wessel-Lied ins Griechische übersetzt hat, wie Arendt, selber zweifelnd, 1946 hörte. Im nächsten Brief ist ein Vorschlag des Stuttgarter Länderrates zur Wiedergutmachung erwähnt, den der Leser kennenlernen möchte, um Arendts Ansicht zu beurteilen, doch findet er dazu gar keine Anmerkung. Was die sogenannten »Protokolle der Weisen von Zion« für einen literarischen Ursprung haben, wäre gar aus Hannah Arendts eigenem Buch über den Totalitarismus zu entnehmen gewesen, hätte man nur nachgesehen; so heißt es in der Anmerkung nur, der »Verfasser dieser Fälschung« sei unbekannt. Das sind nur ein paar Beispiele aus drei aufeinanderfolgenden Briefen; es gibt noch ernstere Mängel.

Am Ende fragt man sich, warum überhaupt die Archive derart vollständig ausgehoben und ans Licht geschleppt werden. Eine wohlbedachte Auswahl mit sorglichen aufklärenden Annotationen wäre vorzuziehen. Hannah Arendt ist erst zehn Jahre tot, Jaspers sechzehn, und schon wird aller Welt ihr höchst privater Schriftverkehr in aller Vollständigkeit aufgedeckt. Allgemein herrscht ringsum eine wahre Wut, Briefe und Tagebücher zu publizieren. In aller Regel kommt es für die Bildung und die Wissenschaft auf die Werke an, welche die bedeutenden Autoren hervorgebracht haben, nicht auf ihre Briefe – außer wenn die Briefe sich als Werke erweisen. Wir müssen nicht alles von ihnen erfahren. Es gibt viele Dinge, die keinen Geschichtsschreiber etwas angehen.

1985

Thomas Mann

Die Liebe und das kalte Herz

Im Untergrunde seines Ruhmes und aller Tribute, die das Publikum, das Volk, generationenweise seinem Talent, seinem Geist, dann seiner Größe und Fülle dargebracht hat und weiter darbringt – im Untergrunde rumorte wohl immer ein verstohlener Widerstand. Nur gelegentlich trat er offen hervor, sprach er sich in Worten und mit Gründen aus, dann sehr heftig, manchmal böse. In solchen Phasen und Begegnungen geriet die Gesellschaft derer, die heiter zustimmen, freudig bewundern, überraschend in die Minderheit: ein Häuflein schien sie dann nur zu sein inmitten des dunkel sich entrüstenden Haufens, ein Fähnlein der Wohlgesinnten, nicht bloß der Kunstverständigen, auch der Herzlichen. Immer wieder mußte man erstaunen, wie gleichwohl die Scharen, die Massen der Leser neu heranwuchsen, eilends über den düsteren Vorbehalt und Widerstand hinweg, als gebe es ihn gar nicht. Es wird ihm, Thomas Mann, dem Hellwachen, dem Aufmerksamen, dem Gewissenhaften, diese schwer verständliche und betrübende Erscheinung nicht entgangen sein.
Nicht die Politik ist die Wurzel. Zu jener stillen Fronde zählt selbst mancher von denen, die politisch auf seiner Seite waren während des Dritten Reiches, vielleicht auch von denen, die es billigen, daß er sich mit Behörden der Sowjet-Zone einläßt, daß er sich herbeiläßt zu solchem Umgang. Das ist es nicht. Sondern sie sagen – wenn sie etwas sagen –, er habe kein Herz, keine Liebe. Sie sagen es in einem beleidigten, abweisenden und abschließenden Ton. Es ist eine greuliche Redensart, und es kommt einen schwer an, sie auch nur zu zitieren an diesem Tage.* Zumal nachdem wir

* Es war sein achtzigster Geburtstag.

den »Doktor Faustus« kennen, den deutschen Tonsetzer Adrian Leverkühn, den Einsamen, Entrückten, und seine »Kälte«, die aus zartester Schamhaftigkeit herrührt – diese Gestalt des leidenden Hochmuts und der versperrten Verzweiflung (eine der wenigen Gestalten des reinen Leidens im ganzen Werke des Dichters, ohne alle Zutat komisch-irdischer Züge): Da einmal der tiefe Kummer der Vereinzelung, der gründlichsten und – trotz Teufelspakt – doch edlen Berührungsfurcht so herzbewegend dargestellt wurde, sollte wohl schon aus Anstand niemand mehr so geradezu vom ›kalten Herzen‹ schwatzen. Aber vielleicht ist Leverkühn eine zu sublime Erfindung, ist das poetisch verwandelte Bekenntnis allzusehr in Geheimschrift verschlüsselt, als daß man auf derart unmittelbare moralische Wirkungen rechnen könnte. Leverkühn mag übrigens in gewisser Weise als ein Gegenstück zu dem Goethe des Siebenten Kapitels der *Lotte in Weimar* aufgefaßt werden, dieses berückend derben Verächters der unverständlichen Menge, dieses sündelos Hoffärtigen, dem es so herrlich behaglich ist bei sich selber. Aber dennoch ist ihm das paradoxe Wort in den muntren Greisenmund gelegt, »daß Kultur Parodie ist«, aber doch nicht nur dies, denn sogleich verbessert er sich in seiner Meditation – »*Liebe* und Parodie«. Ein sonderbares Musenpaar! Aber ein großartig treffendes Motto für alles Betrachten und Erfinden, Erfühlen und Gestalten dieses Dichters Thomas Mann!

Muß es denn bewiesen werden? Hundertfältig legen die Figuren Zeugnis ab für die Liebe, die sie wirkend und erhellend umfaßt: ich möchte Mut-em-Enet vor anderen aufrufen, die Frau Potiphars, die »verhängsvolle Person« – deswegen, weil sie durch tausendjährige Überlieferung als lasterhafte und heuchlerische Verführerin vor uns stand, bis dieser Dichter (im Josephs-Roman) sie barmherziger verstand in der Verwandlung ihrer Seele – und ihres Leibes –, zu dem Grade sogar, daß der Leser beinahe dem hübschen und klugen Joseph gram wird, der ob seiner eitlen Auserwähltheit dem Bett zu guter Letzt enteilt. Und ich möchte die »schönhüftige« Sita aufrufen, diese indische Dorfbraut (aus den *Vertauschten Köpfen*), deretwegen sich zwei Männer wechselseitig die Köpfe abschlagen und die sie ihnen, unschuldig-schuldig, vertauscht wieder ansetzt, weil sie in ihrem begehrlichen Sinn von beiden etwas haben wollte und doch nur einen nehmen konnte: eine ordinäre Hexe, wenn man's nüchtern betrachtet. Der Dichter hat's aber nicht bloß nüchtern betrachtet, sondern mit Liebe, mit Menschenliebe, und so wurde eine bezaubernde Gestalt daraus, bezaubernd vorab durch die flimmernde Naivität des Weibchens, das immer tief verwundert bleibt über all die Verwicklungen, die es den andern und sich selber zubereitet. Weit und breit vermag ich unter dem Gewimmel von Gestalten des verzweigten Werkes keinen Bösen zu finden, keinen eigentlichen Schurken und Übeltäter, der es *ex fundamento* wäre. Eine unerschöpfliche, nicht zu ermüdende Sympathie durchwaltet diese Welt. Der Teufel selbst – lassen wir ihn den dritten Zeugen sein! –, der Leibhaftige, der Strizzi, der Ludewig, der Samiel, der Engel des Giftes, wie er den deutschen Tonsetzer besucht in wechselnder Erscheinung, ist zwar durchaus widerlich von Ansehen und Gerede, aber selbst ihm will die Bosheit kaum völlig gelingen: dazu ist er zu lächerlich. Übrigens ist er es, der das Lieben verbieten will, das ist sein Preis schon in dieser Welt: »Dein Leben soll kalt sein!« Das ist die neue Version des Teufelspaktes, die Thomas Mann erdacht hat. Das kalte Herz ist vom Teufel. So gut kennt er sich aus mit der Kälte wie mit der Liebe. Wer will ihm da Vorhaltungen machen und wer ihm widerstehen?

Aber vielleicht ist es gerade dies, was die Munkelnden vermissen: daß es keine Bösen (und keine Guten) gibt in dieser poetischen Gesellschaft. Dann wäre es recht eigentlich die Schmeichelei, was mangelte, nicht aber die Liebe. Die Liebe aber kann nur Menschen gelten, nicht Göttern oder Engeln. Vergänglichen Menschen mit ihren genauen leiblichen Umrissen, ihren Einbildungen, ihren Seltsamkeiten, ihrer Komik. In dieses Geschlecht müssen wir uns selber einreihen, und es wird uns nicht gestattet, auszuschweifen in grenzenlose Möglichkeiten noch uns einzunisten in den Seelen von Helden oder Heiligen. Es wird uns keine Erhöhung und keine Verklärung gegönnt. Vielleicht ist es das, was so schwer fällt.

1955

Deutschland im ›Doktor Faustus‹ und ›Doktor Faustus‹ in Deutschland

Das letzte Wort des ungeheuren und auch ungeheuerlichen, des großen Buches, von dem ich hier zu reden habe, des *Doktor Faustus*, sein letztes Wort gehört dem Vaterland. Das Wort »Vaterland« ist buchstäblich das letzte Wort auf der letzten Seite des Romans oder Überromans. Ich denke, Sie kennen alle die Gebetsformel, mit der er schließt: »Ein einsamer Mann faltet seine Hände und spricht: Gott sei euerer armen Seele gnädig, mein Freund, mein Vaterland.«

Es ist der Chronist, der Narrator, der sie niedergeschrieben, niedergelegt hat, nicht der Autor, vielmehr sein Geschöpf und Stellvertreter, Serenus Zeitblom, jener Freund, der schon auf dem Titelblatt erscheint: *Doktor Faustus, Das Leben des deutschen Tonsetzers Adrian Leverkühn, erzählt von einem Freunde.* Bedenkt man die letzten Worte, so kann man oder muß man vermuten, daß solche Fürbitte ausgesprochen und aufgezeichnet wird von einem Freunde nicht allein Adrian Leverkühns, sondern auch und zugleich des Vaterlandes, seines Vaterlandes, Deutschlands, vielleicht sogar, daß die Fürbitte einer einzigen armen Seele gilt sowohl des Freundes Leverkühn als auch des Vaterlandes Deutschland. Ob und in welcher Weise die Figur Leverkühns und die Figur Deutschlands im Sinne des erzählenden Freundes und in dem ganzen Buch einander korrespondieren, wie sie womöglich ineinander übergehen, ob und in welchem Sinne das Geschick, das Verhängnis, die Größe und der schreckliche Untergang Leverkühns zu dem Geschick, dem Verhängnis und dem schrecklichen Untergang Deutschlands in einer geheimnisvollen Symbolbeziehung steht, das ist in der Tat die Frage, die spätestens mit jenen letzten Worten aufgeworfen wird und die ich zu beantworten versuchen muß. Es ist das übrigens schon mehrfach versucht worden, vielleicht gibt es keine ganz befriedigende Antwort, vielleicht muß es am Ende eine solche Antwort auch gar nicht geben – wir werden sehen.

Einstweilen wollen wir rekapitulieren, was ganz unsymbolisch und rein faktisch von Deutschland in diesem Buche berichtet wird. Am 27. Mai 1943 beginnt Zeitblom seine Aufzeichnungen – »zwei Jahre nach Leverkühns Tode«, wie er sagt, und auch zwei Jahre vor der bedingungslosen Kapitulation Deutschlands im Zweiten Weltkrieg, wie wir hinzufügen. (Thomas Mann hat uns verraten, daß es dasselbe Datum ist, an dem er selbst sich niedergesetzt und mit dem Manuskript des *Doktor Faustus* begonnen hat, sein literarischer Stellvertreter und Statthalter fängt im gleichen Augenblick zu schreiben an, dieser freilich in Deutschland, in Freising an der Isar, wie Sie wissen.) Und diese zwei letzten Kriegsjahre, die Nachrichten vom russischen Schauplatz, vom U-Boot-Krieg, von den Luftangriffen und Bombardements deutscher Städte bis in die nächste Nähe, von der Erwartung und von dem Ereignis der alliierten Invasion bis zur Besetzung von Westen und von Osten, und nicht die Nachrichten allein, sondern auch die bangen Reflexionen und Empfindungen, die der Schreibende daran knüpft, zuerst verdeckt und vorsichtig, später mit wachsender Ahnung, zuletzt mit krasser schreckensvoller Deutlichkeit, schieben sich in die eigentliche biographische Erzählung unterbrechend und doch beziehungsvoll ein. Und es wäre der Mühe sehr wert, die Tonart und Stilform genau durch diese imaginierten zwei Chronisten-Jahre hindurch zu verfolgen: Wie der früh pensionierte, tief resignierte deutsche Studienrat, der wegen seines mangelnden Glaubens an Führer und Reich die eigenen Söhne fürchten muß, anfangs gelegentlich noch ein braves »unser Führer« oder eine gehorsam nachgeschwatzte Rede von der »Festung Europa«

einfließen läßt und am Ende, bei Gelegenheit der Enthüllungen von Buchenwald, der grellen Verzweiflung Worte gibt. Sehr bald schon freilich wird der charakteristische patriotische Zwiespalt prägnant ausgesprochen, daß es etwas gebe, was – ich zitiere – »einige von uns ... mehr fürchten als die deutsche Niederlage, und das ist der deutsche Sieg« (S. 52), und vollends lesen wir im Beginn des XXXIII. Kapitels, abermals im Zusammenhang einer solchen aktuellen Einschaltung, die auf den Vollzug der alliierten Invasion Frankreichs Bezug hat, die Sätze von dem herannahenden »Strafgericht« – wo es heißt, daß man mit dieser »schauerlichen und zugleich – Gott helfe uns! – heimlich erhebenden Erkenntnis« nicht mehr allein stehe und daß das Grausen sich dann vollende, »wenn eigentlich alle schon wissen, aber zusammen in Schweigen gebannt sind, während einer dem andern die Wahrheit von den sich versteckenden oder angstvoll starrenden Augen liest« (S. 533). Das trifft ins Schwarze, hört sich an wie ein authentisches Dokument, es ist zum Erstaunen, und ich weiß nicht, ob es echte Aufzeichnungen aus Deutschland gab, die diesen erdachten an Genauigkeit gleichkommen. Und ich möchte das viel umstrittene, das damals unmittelbar nach dem Ende viel umstrittene, und zwar gerade in den heftigen und peinlichen Auseinandersetzungen einiger deutscher Schriftsteller mit dem Autor dieses Buches und dem Erdenker dieser Gestalt und dieser ihrer Aufzeichnungen, also mit Thomas Mann selber, umstrittene Wort gebrauchen: Gibt es irgendwo eine schärfere Kennzeichnung des Phänomens der ›inneren Emigration‹? Der schreibende Zeitblom zwischen 1943 und 1945, wenn und wie er die aktuellen Vorgänge glossiert – in einem geheimen Manuskript, von dem er nicht weiß, ob es überleben wird –, das ist die Figur der deutschen inneren Emigration, wie sie im Buche steht. Sie steht im Buche. Eben im *Doktor Faustus*. Und Thomas Mann hat selbst, wie ich erst heute früh (von Michael Mann) erfahren habe, das bewegende Wort gesprochen, es sei dies »eine Art Buße fürs Außensein«.

Nicht als ob das alles wäre. Serenus Zeitblom hat noch ganz andere Bedeutungen, auch und gerade im Hinblick auf unser Thema, das Thema »Deutschland«. Aber diese erste und nächste Bedeutung wollen wir doch festhalten – grade deswegen, weil einige lebendige »innere Emigranten« sich mit ihrem Leiden damals ungehörig aufgebläht haben derart, daß sie dem Autor Thomas Mann und nicht nur ihm den Begriff der »inneren Emigration«, für eine Weile wenigstens, gründlich verleidet haben.[1] Aber ich will mich bemühen, diese Sachen ruhen zu lassen, obwohl sie mich von neuem bedrängen und erregen, indem ich die Zeugnisse wiederlese. Ja, wir wollen sie ruhen lassen. Zeitblom ist klassisch geworden, sein Umriß bleibt.

Dies also ist die erste und nächste Gestalt, in der Deutschland im *Doktor Faustus* erscheint: Ein Stück Geschichte, das Dritte Reich im Zweiten Weltkrieg, der Untergang des Dritten Reiches, aber nicht als simpler Bericht, sondern aufgefaßt und aufgefangen in der stillen, in sich gekehrten Trauer des Berichtenden, Zeitbloms, keines Helden und keines Märtyrers, keines Widerstandskämpfers und keines Verfolgten, sondern eines »inneren Emigranten« in all seiner Ohnmacht und auch im Gefühl seiner Ohnmacht. Sonderbarerweise konnten gerade mit ihm, der ihnen doch am ähnlichsten sah, die meisten deutschen Rezensenten nur wenig anfangen – als *Doktor Faustus* nach Deutschland kam, 1947 –, als Romanfigur wurde er überhaupt kaum wahrgenommen, eher schon als Sprachrohr des Verfassers, also in seinen humanistischen Meinungen und Gesinnungen. »Ein Humanist à la Zeitblom jedenfalls«, schrieb ein namhafter Zeitschriftenherausgeber zur Verteidigung derjenigen Rezension, die von allen das meiste Aufsehen gemacht hat, »kann weder mit Leverkühn noch mit den Nazis mehr zum Duell antreten«. Mit dem guten alten Humanismus oder, wie es in einer anderen Äußerung jenes Rezensenten hieß, mit dem alten, schon morsch gewordenen europäischen Liberalismus könne man eben angesichts des Nationalsozialismus und des Nihilismus überhaupt keinen Staat mehr machen, das war die Meinung. Man erwartet ja heute abend von mir als einem teilnehmenden Zeugen jener Jahre auch einige historische Auskunft über die Diskussion um den *Doktor Faustus*. So braucht es nicht verschwiegen zu bleiben, daß ich hier die Meinung referiere, die Hans Egon Holthusen in der Zeitschrift *Merkur* damals ausgedrückt und die der Herausgeber Hans Paeschke in der Folge sich zu eigen gemacht hat.[2]

Eine verwirrende Meinung, aus doppelter Ursache verwirrend. Einmal deswegen, weil da eine Romanfigur in die weltanschauliche Diskussion gezogen, und zum andern deswegen, weil ihr nicht bloß »die Nazis«, sondern außerdem eine andere Romanfigur, eben Leverkühn, das dämonische Genie, als geistiger Duellgegner gegenübergestellt wurde. Obendrein sind beide Gestalten, Zeitblom und Leverkühn, Geschöpfe eines und desselben Romans und eines und desselben Romanautors. Und wenn Thomas Mann in und aus seinen Figuren auch selber spricht – selbstverständlich tut er das, unvermeidlich tut er das –, so spricht er aus beiden gleichermaßen. In der Tat stellt, wie ich nicht zweifle, der *Doktor Faustus* unter anderem auch den Fall eines Doppel-Selbstporträts seines Autors dar, und das ist es wohl, was Thomas Mann selbst mit der raunenden Bemerkung hat andeuten wollen, die in dem Begleit- und Rechenschaftsbüchlein von der *Entstehung des Doktor Faustus* zu lesen steht (S. 82) – der Bemerkung von den »beiden Protagonisten, die zu viel zu verbergen haben, nämlich das Geheimnis ihrer Identität«. Was nicht etwa heißen soll, daß sie beide miteinander identisch wären, wohl aber, daß sie ihrer beider jeweilige Identität, wer sie seien, der eine und der andere, verbergen. Die Bemerkung ist sehr geistreich, weil sie zur

Rechtfertigung des auffälligen Umstandes vorgebracht wird, daß eben diese beiden, und er nennt sie beide gleichermaßen Protagonisten dieses Spieles, im Roman kaum als Individuen sinnlich erkennbar werden, daß sie, wie er sagt, kaum einen Körper haben, eben dadurch auch aus dem Gewimmel der übrigen Gestalten herausfallen oder herausragen.
Zeitblom und Leverkühn, zwei Deutsche: der philologische Bildungsphilister und das musikalische Genie, der konventionelle Katholik und der abtrünnige protestantische Theologe, der Traditionalist und der Avantgardist, der Ordentliche und der Außerordentliche, der Gesunde und der Kranke, der Naive und der Sentimentalische, um es mit Schillers Worten zu sagen, der Apollinische und der Dionysische, um es mit Nietzsches Worten zu sagen – die freilich eine gewisse Einschränkung nötig machen, weil ihnen eine Art humoristischer Verwandlung im Buche schon zuteil geworden ist: der apollinische Typ ist müde, blaß und hilflos geworden, zu einem etwas gipsernen Spät-Goethe reduziert, der dionysische andrerseits – Sie wissen es – ist von einem anderen Rausch als dem antikischen erfüllt, nach Nietzsches eigenem Muster ins ganz und gar Spirituelle transponiert, und es ist zudem der christliche Teufel, der ihm die Inspiration verschafft, oder, anders ausgedrückt, das dionysische Element ist in diesem Falle, in diesem deutschen Falle, als teuflisches erkannt, Dionysos als zweideutig satanischer Versucher demaskiert, die christliche Verteufelung des Heiden-Gottes gleichsam noch einmal wiederholt und wiederhergestellt, Nietzsches emanzipatorische Lobpreisung gleichsam widerrufen – nun also, um es zu Ende zu bringen und deutlich zu sagen: beide Protagonisten sind gleichermaßen Sprachrohre oder, besser, Projektionen, Selbstbildnisse des Autors. Das ist ja nichts Neues in der Literatur: Auch Goethe spricht aus Faust und Mephistopheles, aus Mephistopheles und Faust gleichermaßen[3].

Ich habe mich nicht so weit von meinem besonderen Thema entfernt, wie es scheinen mag. Denn beide Protagonisten sind auch gleichermaßen Personifikationen Deutschlands. Auch im Personal des *Doktor Faustus* kommt Deutschland zweimal vor, nicht nur einmal. Deutschland erscheint gespalten. Daß der deutsche Tonsetzer eine nationale Symbolfigur ist, liegt am Tage, schon der Titel zeigt es an, der Bezug eben auf den Doktor Faustus aus dem deutschen Volksbuch. Ein Symbol zugleich der Größe und des Verhängnisses, der verhängnisvollen Größe. Thomas Mann hat es anderwärts selber angedeutet. Das haben denn auch die Rezensenten, die den *Doktor Faustus* 1947 in Deutschland empfingen, wohl samt und sonders sogleich aufgefaßt. »Leverkühn alias Nietzsche alias Thomas Mann (wie er selbst heute sein Leben gesehen haben möchte) alias Doktor Faustus alias der dämonische Genius Deutschlands« – so drückte sich damals einer der schnödesten Kritiker aus (sein Aufsatz wurde in Alfred Döblins Zeitschrift *Das Goldene Tor* veröffentlicht[4]). Und wenn Thomas Mann jemals gefürchtet hat, daß er mit dieser Figur womöglich Gefahr liefe, »den Deutschen mit ihrer Dämonie zu schmeicheln« *(Entstehung*, S. 52) – das deutsche Echo seines Buches hat ihn darüber gewiß beruhigt. Sie fühlten sich durchaus nicht geschmeichelt, es war ja freilich auch Vorsorge getroffen – mit Syphilis und Teufelspakt. Liebe hat Adrian in Deutschland, soviel ich mich umgetan habe, nicht gefunden, nicht einmal bei denen – und das waren auch nicht wenige –, die das ganze Buch rühmten und bewunderten und literarisch liebten. Es blieb und bleibt vielleicht dabei, daß nur Serenus Zeitblom, sein Freund, ihn liebte – wie er gleich zu Anfang bekennt in jenen unvergeßlichen Worten: »Letztens und erstens aber – und diese Rechtfertigung war noch immer die gültigste, wenn nicht vor den Menschen, so doch vor Gott: Ich habe ihn geliebt – mit Entsetzen und Zärtlichkeit, mit Erbarmen und hingebender Bewunderung – und wenig dabei gefragt, ob er im mindesten mir das Gefühl zurückgäbe« (S. 13). Diese Liebe ist so gut ein Grundmotiv des ganzen Werkes, wie es andererseits die rätselhafte »Kälte« auf der Seite Leverkühns ist, dieser vielfältig bedeutungsvolle, in mancherlei Zeichen und Entsprechungen hindurchgeisternde Grundcharakter, gipfelnd in dem furchtbaren Preis, den der Teufel fordert, indem er doch nur ausspricht, was längst angelegt war: »Du darfst nicht lieben«. Er darf nicht lieben, aber das hat doch nicht ganz gehindert, daß er geliebt wird, nämlich eben von seinem Freunde. In dieser ganz grundlosen, interesselosen, mit den Mitteln der Psychologie nicht erklärten und nicht zu erklärenden, recht eigentlich apriorischen Liebe ist das ganze Leben des deutschen Tonsetzers aufgehoben und sozusagen gerettet, und dieses Verhältnis macht – wenn ich nebenbei dieses ästhetische Urteil einflechten darf – auch die ganz eigenartige Schönheit des *Doktor Faustus* aus. Zeitbloms Liebe ist wahrhaftig nicht von dieser Welt. Ich meine das ganz ernst. In der Figur des liebenden Freundes Zeitblom ist die christliche Tugend, wie sie der Apostel Paulus im Ersten Korintherbrief besungen hat – Die Liebe ist langmütig und freundlich . . . Sie suchet nicht das Ihre! –, in ihrer Reinheit gegenwärtig, ja ich glaube nicht zu hoch zu greifen, wenn ich sage: es ist in seiner unscheinbaren, schwachen und so ganz bürgerlichen Gestalt ein mythischer Typus versteckt – tief versteckt, ich gebe es zu –, nämlich ein Engel, der Schutzengel, wenn auch ein Schutzengel im Stande der Ohnmacht, dem zuletzt nichts bleibt als die Fürbitte – Ein einsamer Mann faltet seine Hände und spricht: Gott sei euerer armen Seele gnädig, mein Freund, mein Vaterland. Von dieser letzten Rolle und Bedeutung der Figur seines anderen Protagonisten scheint nicht einmal der Autor etwas Bestimmtes gewußt zu haben, obgleich es doch keinen helleren Kenner und Durchschauer seines Werkes gibt als ihn, Thomas Mann, selber – so gut weiß er in seiner Schöpfung Bescheid, daß er die

meisten seiner Interpreten beschämt oder doch beschämen könnte und daß man sich scheut, etwas Deutendes vorzubringen, was mit seiner eigenen Intelligenz in Wettstreit zu treten scheint. Oder hat er uns doch einen Wink gegeben? Einen poetischen Wink? Stammt nicht Serenus aus der Apotheke »Zu den seligen Boten«?
Leverkühn hat mit dem Teufel zu tun, das wissen wir, diese Erscheinung – der Ludewig in der Sofaecke – wird bei ihrem originalen Namen genannt und gerufen. Aber er hat es auch mit einem seligen Boten, einem Engel oder mit dem Engel zu tun, das ist nicht so deutlich ab- und nachzulesen und doch eigentlich nicht weniger handgreiflich. Nein, es ist wahrhaftig keine »Welt ohne Transzendenz«, die uns in diesem Buche vorgeführt wird!
Um aber auf Deutschland zurückzukommen, so hat man Leverkühn als Symbolfigur ringsum wahrgenommen, als das Buch nach Deutschland kam, das musikalisch-genialische, protestantisch-provinzielle, hoffärtige, kalte, einsame, weltlose, todbringende, vom Teufel inspirierte und zuletzt dem Teufel verfallende Deutschland in ihm erkannt, aber der andere »Protagonist«, Zeitblom oder das humanistisch-gesittete, dem Überschwang und Aufschwung eigentlich abholde, bürgerliche, wohldenkende, von lateinischem Geist angehauchte, mit einem späten Duft von katholischem Mittelalter und einem angenehmen Restbestand aufgehellter Frömmigkeit ausgestattete Deutschland in dem Schatten gelassen, worin der Autor es angesiedelt hatte. Vielleicht kommt es ebendaher, daß ich heute abend, wie ich bemerke, fast mehr von diesem rede als von jenem, fast mehr von Zeitblom als von Leverkühn: Zum Ausgleich mag es recht und gut sein! Man hat den Teufel gesehen und nicht den Engel. Man hat die Kälte gefühlt, doch nicht die Liebe. Und nicht die enge, unlösliche Verschränkung beider in der Grundanlage, in der artistischen Konstruktion des Werkes: *Das Leben des*

deutschen Tonsetzers Adrian Leverkühn, erzählt von einem Freunde[5].

Nimmt man aber beide Figuren, die interessante und die uninteressante, mit gleicher Aufmerksamkeit wahr und bedenkt man diese ihre unauflösliche Zusammengehörigkeit, so zeigt sich am Ende doch auch dasjenige Motiv in einem anderen Lichte, welches wohl am meisten zu der schroffen Scheidung der Geister in Deutschland beigetragen hat, damals, nach dem Zweiten Weltkrieg, in den ersten Jahren des Wiederaufbaus, der auf zweierlei Weise vor sich ging in den zwei Hälften Deutschlands – ich meine das Motiv des Teufelspaktes und Höllensturzes. Es ist ja ganz unmißverständlich in dem Buche ausgesprochen, daß diese Verstrickung und dieses Gericht in analoger Weise sich zweimal ereignet, einmal an der Symbolfigur, dem deutschen Tonsetzer, und das andere Mal an dem ganz empirischen wirklichen Deutschland selbst. Und daß eben darum vor allem Leverkühn überhaupt zur deutschen Symbolfigur wird. Wie schwierig auch im ganzen die Analogie zwischen der Geschichte Leverkühns und der Geschichte Deutschlands zu bestimmen sein mag – und es ist seither viel darüber nachgedacht worden, welches denn letzten Endes das tertium comparationis oder der Konvergenzpunkt sei, wieweit der Parallelismus reiche zwischen der erdachten Biographie eines offenbar großen Künstlers und der tatsächlichen Geschichte, Geistesgeschichte, politischen Geschichte Deutschlands in den drei Epochen, welche die Erzählung durchwandert, Kaiserzeit, Weimarer Republik und Drittes Reich, oder, um es zweifelnder auszudrücken, inwiefern denn der musikalische Avantgardismus Leverkühns mit der Gewaltherrschaft und dem Weltmacht-Ehrgeiz Hitler-Deutschlands irgend zusammenhänge – »Was für den Künstler die Inspiration bedeutet, das ist für das Volk die Versuchung der politischen Macht«, so hat Reinhold Schneider damals (im Freiburger *Katholischen Kirchen-*

blatt) sich's zurechtgelegt – ich gestehe meinerseits, daß ich's zwar einigermaßen begreifen kann, daß es mir aber im Innersten nicht völlig einleuchtet, ja ich glaube, daß der Versuch, hier analytisch eine vollständige Entsprechung aufzufinden oder durchzuführen, scheitern muß und daß es zuletzt auch gar nicht nötig ist, diesen Versuch zu unternehmen, weil die Dichtung dergleichen Plan-Kalkül notwendig verschieben, entstellen und übertreffen muß: ich sage, wie vertrackt es auch mit dieser Frage der Korrespondenz im ganzen bestellt sein mag, in dem einen Punkte ist sie literarisch unzweifelhaft und vollkommen drastisch gegeben, nämlich in dem Punkte des Diabolischen:

»... In Endes Zeichen steht die Welt«, schreibt Serenus Zeitblom zu Anfang seines XLIII. Kapitels, »– steht darin wenigstens für uns Deutsche, deren tausendjährige Geschichte widerlegt, ad absurdum geführt, als unselig verfehlt, als Irrweg erwiesen durch dieses Ergebnis, ins Nichts, in die Verzweiflung, in einen Bankerott ohne Beispiel, in eine von donnernden Flammen umtanzte Höllenfahrt mündet«.

Diese Meditation, diese These vom Ende der deutschen Geschichte und diese Metapher von der Höllenfahrt Deutschlands, diese metaphysisch-metaphorische These war es vor allem anderen, woran sich die Geister schieden, als der *Doktor Faustus* in das geschlagene, zerfallene, hungernde und geistig so erregte Deutschland hineinkam. Und es verschlug abermals wenig, daß solche Äußerungen einer verzweifelten Erkenntnis und erkennenden Verzweiflung dem Selbstgespräch einer Romanfigur zugeschrieben waren, zumal man recht Ähnliches doch auch außerhalb aller Kunstgebilde von Thomas Mann selbst hatte hören müssen. Es bildeten sich sonderbare Parteiungen. Auf der Seite der empörten Kritiker findet man die Stimmen des verletzlichsten, nun ganz neurotisch gewordenen Nationalgefühls; zugleich auch diejenigen einer geistigen Wiederaufbau-Strategie, welche feste absolute Werte zu finden und zu setzen strebte, das Negative als das Vergangene rasch, allzu rasch abtat, von »Ende« und Apokalypse nichts hören mochte, weil sie eine rein positive Zukunft ins Auge zu fassen gesonnen war. Und auf der Seite der Anerkennenden, Bewundernden, Liebenden findet man die Partei der wirklichen Christen und Theologen beider Konfessionen, die das Bild des irdischen Gerichts im *Doktor Faustus* ernst nahmen, doch aber zugleich die leise Gnadenbotschaft heraushörten[6]; dazu einzelne liberale und humanistische Stimmen, die gelernt hatten, daß die Menschlichkeit auch ins ganz und gar Unmenschliche sich verkehren kann; und schließlich – die Marxisten, ja auch diese, überraschenderweise. Dies letztere mag zu einem Teil auf einer Art von persönlichem Zufall beruhen, indem der mächtigste der marxistischen Literaten und Literaturgelehrten, Georg Lukács, ein großer Kenner zumal der Romankunst, immer eine elementare Sympathie für Thomas Manns Werke bewahrt und sie in komplizierte soziologische Theoreme zur Rettung des spätbürgerlichen Realismus ausgearbeitet, auch ausgewalzt hat – Lukács, »der mir irgendwie wohlwill«, wie Thomas Mann selber etwas erstaunt, doch auch mit Genugtuung von ihm gesagt hat[7].

Im Falle des *Doktor Faustus* hat dieser genaue Leser – wenn ich noch einen Augenblick bei Lukács und der ihm nachfolgenden marxistischen Anhängerschaft verweilen darf – den Hauptrettungsanker an derjenigen Wendung aus der großen Beichtrede Adrian Leverkühns festgemacht, die schon rein sprachlich im Zusammenhang des altdeutsch-faustisch stilisierten Textes durch ihre unstimmige, etwas verlegene und blasse Künstlichkeit hervorsticht: der Vorstellung einer künftigen Gesellschaftsordnung, die – ich zitiere – »dem schönen Werk wieder Lebensgrund und ein redlich Hineinpassen bereiten« werde.

Die Formel ist halb utopisch, halb romantisch beschaffen –

das Wörtchen »wieder« ist das Signum des Romantischen, aber die restaurative Wehmut tritt auf im dialektisch-materialistischen Drillich-Gewand, denn der »höllischen Trunkenheit«, deren sich Adrian bezichtigt, hält er hier selbst entgegen, was eigentlich und von Rechts wegen getan werden müßte: »klug zu sorgen, was vonnöten auf Erden, damit es dort besser werde«. Soweit hat der Gedanke seine Hintergründe und Vorspiele in Thomas Manns politisch-moralischen Reden und Aufsätzen aus der Zeit der amerikanisch-sowjetrussischen, der west-östlichen Kriegsallianz mit ihren Hoffnungen, Illusionen und Euphemismen. Was aber jenes »redliche Hineinpassen« des schönen Werks in die neue Gesellschaftsordnung angeht, so höre ich aus Leverkühns Mund an dieser Stelle eine andere Geisterstimme wispern: Ist das nicht die hochgespannte, sehr heimliche Schwarmgeisterei Theodor W. Adornos, des musikalischen und musiktheoretischen Beraters von Pacific Palisades? Ist es nicht seine marxische oder marxisierende Idee von der Konvergenz des geistigen, ja des musikalischen und des sozialen Fortschritts, vom geschichtsnotwendigen Bund zwischen Avantgarde und Revolution, was hier durchklingt? In Klammern will ich hinzusetzen, daß die Banalität der politischen Verwirklichung, wie jedermann weiß, freilich etwas anderes gebracht hat, als der Leverkühnsche Hoffnungsschimmer hier anzeigt: Nicht des Knaben Wunderhorn ist dem sozialistischen Volke seither geblasen worden, sondern der Marsch, und die Avantgarde ist abermals unter die Räder gekommen; den deutschen Diktatoren galt sie für »kulturbolschewistisch«, den bolschewistischen gilt sie für bürgerlich-dekadent.

Jenes Einsprengsel in Adrians sonst anders, nämlich geistlich geprägtem Bekenntnis scheint vom Bekenner, vom Erzähler und vom Verfasser nicht so ganz deutlich bemerkt worden zu sein. Wohl aber ist dem Dichter, Thomas Mann, eine Weile später, spätestens sieben Jahre danach, ein Licht aufgegangen, und er hat dem vormaligen jahrelangen Produktionsbegleiter, eben Adorno, die entscheidende Frage gestellt, in einem Brief aus Zürich (vom 30. Oktober 1952), den ich hier zu zitieren mir nicht versagen kann: »Gäbe es nur«, heißt es da, »ein positives Wort von Ihnen, Verehrter, das eine auch nur ungefähre Vision der wahren, der zu postulierenden Gesellschaft gewährte!« Und weiter: Manches bei Ihnen »sieht nach einem geläuterten Kommunismus aus. Aber wie sieht der aus? Die russische Despotie ist im Irrtum. Aber ist Kommunismus ohne Despotie denkbar?«

Das ist buchenswert, mit dem Kellner Mager zu reden. Buchenswert ist auch, daß also, wie ersichtlich, Georg Lukács grade jenes Adornosche Einsprengsel herausgewittert hat, das womöglich sogar – es bliebe zu untersuchen – ein ihm wiederkehrender eigener früher Gedanke war; denn Lukács' erste Schriften hatten in den zwanziger Jahren Theodor Wiesengrund in Frankfurt tief beeindruckt. Und so fand er's wieder, nach so langer Wanderschaft, und freute sich, theoretisch natürlich[8]. Und sah den *Doktor Faustus* als einen großen Epilog der bürgerlichen Kunst und Weltordnung, zugleich aber – und wesentlich um dieses einen Sätzchens willen – als einen verheißungsvollen Prolog (das ist sein Wort!) der kommenden Kunst und Weltordnung an. Und den Autor, Thomas Mann, sah er an der Schwelle des Kommunismus stehen – ganz ähnlich übrigens, wie manche katholische Kritiker ihn beinahe an der Schwelle der Konversion sahen. Aber er ist weder hier noch dort zum Täufling geworden.

Kommen wir auf die Höllenfahrt zurück! Und lassen wir die innerdeutschen Reaktionen, die Konsonanzen und Dissonanzen der großen Faustus-Diskussion von 1948, 49 und 50 jetzt beiseite! Reden wir von der Sache selbst, wenigstens versuchsweise! Ich meine – und ich spreche aus gründlicher zeitgenössischer deutscher Erfahrung –, daß Thomas Mann oder Adrian Leverkühn oder Serenus Zeitblom oder alle drei miteinander, daß also der *Doktor Faustus* mit Hinblick auf das empirische Deutschland der Zeit seiner Niederschrift, das Deutschland der Schreckensherrschaft, ein ungeheures Gleichnis darbietet, ja sogar mehr als ein Gleichnis, insofern es in eine ungeheuerliche Buchstäblichkeit ausgreift und hinüberschillert: Diese Herrschaft, dieses Reich war wirklich und wahrhaftig des Teufels. Es ist keine Redensart. Keine rationale wissenschaftliche Erforschung des Nationalsozialismus und seiner Ursachen, mag sie auch alle Disziplinen und Methoden der Geschichte, der Soziologie, der Psychologie nutzen, kann des verhängnisvollen Phänomens ganz habhaft werden, wenn sie nicht dieses überwissenschaftliche und transrationale, buchstäblich transzendente Element des Teuflischen, des Menschlich-Teuflischen, in Rechnung stellt. Und niemand ist dieser Spur so furchtlos nachgegangen wie der Dichter Thomas Mann, der Dichter des *Doktor Faustus*, grade er, der eines morschen Liberalismus und eines schlaffen, ausgelaugten Humanismus geziehen worden ist. Hier stand, um noch einmal ein treffendes Wort Reinhold Schneiders (aus dem Freiburger *Katholischen Kirchenblatt*) zu zitieren, »der Liberalismus vor der Metaphysik des Bösen«. Und er stand nicht nur davor, er zeigte sich auch kräftig, dieser Metaphysik des Bösen literarische Gestalt zu verleihen, diese bestürzende und in der Tat tief melancholische Grenzerfahrung, das Inhumanum, im Zwielicht von Vision und Skepsis, von Wahrheit und Dichtung dingfest zu machen.

Ich sagte aber zuvor, daß sich auch dieses äußerste Schrekkensmotiv von Teufelspakt und Höllensturz in einem anderen Lichte zeige, sobald man die Augen aufmache und der Doppelfiguration von Leverkühn und Zeitblom ansichtig werde. Denn es ist dieser treuliche und ängstliche Chronist, dieser innere Emigrant, dieser verkleidete Schutzengel, es ist dieser selbe Statthalter und Stellvertreter des Autors, der, eben noch in ohnmächtig verwunderter Verzweiflung über die Schmach Deutschlands und die Desavouierung seiner Geschichte nachdenkend, sogleich auch die Versicherung angefügt hat, die uns ergreifen muß und die wir weder vergessen sollen noch vergessen können – diesen Satz nämlich: »Die unvermeidliche Anerkennung der Heillosigkeit ist nicht gleichbedeutend mit der Verleugnung der Liebe.« Und auch dieser Satz gilt gleichermaßen dem Freunde wie dem Vaterlande.

Der entpuppte Zeitblom aber, sein Erdichter nämlich, Thomas Mann selber, ist viel weiter gegangen. Wir müssen zum Schluß aus dem Umkreise der literarischen Figuren und Geschicke, aus dem Bezirk der Form für einen Augenblick heraustreten und wir müssen uns vorsehen bei diesem prekären Schritt, die zarte, gewiß durchsichtige, gleichwohl festgespannte Haut des Kunstwerks nicht zu verletzen durch Verwechslung und Vertauschung von Meinungsäußerung und Imagination, Publizistik und Poesie. Solcher Verwechslung und Vertauschung haben sich manche Kritiker jener ersten Stunde schuldig gemacht, als der *Doktor Faustus* nach Deutschland kam, indem sie in der Imagination die Meinung und in der Poesie die publizistische, ja die propagandistische Stimme zu vernehmen meinten und zu vernehmen eilten. Man hatte die amerikanischen Vorträge und vor allem wohl die Radioreden teils bestimmt, teils unbestimmt und ungefähr noch im Ohr, die der Autor des *Doktor Faustus* in den letzten Jahren des Zweiten Weltkriegs über die Deutschen oder für die Deutschen gehalten hatte, und mengte die Gefühle, die davon zurückgeblieben waren, in das literarische Urteil ein.

Aber da waltete eine sonderbare Verkehrung. Denn auf dem Hintergrunde der Romanlektüre muß dem heutigen Leser dieser Reden und Vorträge vieles, wenn nicht das meiste, überraschend hell und ermutigend und zuversichtlich erscheinen, und vor allem gewahren wir da eine geradezu unbeirrbare patriotische Loyalität. Zum Beispiel in jenem Vortrag vom Mai 1945 über *Germany and the Germans*, wo sich der ausgebürgerte Exilant und amerikanische Staatsbürger Thomas Mann gegen die bequeme Besatzungstheorie von den guten und den bösen Deutschen, von den zwei Deutschlands zur Wehr setzt: »Es gibt nicht zwei Deutschland . . ., sondern nur eines, dem sein Bestes durch Teufelslist [da ist er wieder!] zum Bösen ausschlug! Das böse Deutschland, das ist das fehlgeschlagene gute« – und damit nicht genug, sein hoher Anstand, seine aufrichtige Verantwortlichkeit treibt ihn, gleich hinzuzufügen: »Ich habe es auch in mir, ich habe es alles am eigenen Leibe erfahren.« Und dann, was die deutsche Geschichte anlangt, die nach Zeitbloms Notiz so tief desavouierte: Der originale, urbildliche Zeitblom, gleichsam erwacht aus dem Traum und Albtraum seiner eigenen Dichtung – wie ließ er sich denn über diese Frage vernehmen? – Da lesen wir in einem Briefe an den Frankfurter Oberbürgermeister Walter Kolb die tief wohltätige Bemerkung: »Jetzt wird gegen Luther, Friedrich, Bismarck, Nietzsche, Wagner, womöglich auch gegen Goethe geeifert; will man seine Geschichte, sein Deutschtum abschütteln?« – Und zumal Nietzsche, von dessen Biographie und Kunstgesinnung, wie Sie wissen, vieles an dem Leben des deutschen Tonsetzers Adrian Leverkühn sozusagen abgepaust ist, Nietzsche, dessen keusche Geisteswollust doch schließlich allen jenen Phantasien und Ideologien, all jenen selbstgeißlerischen Lobpreisungen des Barbarischen zugrunde liegt, die in dem Schwabinger Milieu des *Doktor Faustus* kultiviert werden und die doch auch dem brutalen und vulgären Barbarismus Hitlers den Eingang und Zugang zu bereiten beigetragen hat – ist nicht grade er von demselben Thomas Mann, dem Autor des *Doktor Faustus*, liebevoll herausgepaukt worden in jenem Vortrag beim Züricher PEN-Kongreß von 1947 (ich habe ihn selbst mit angehört)? Liebevoll, sage ich, wenn auch nicht durchaus überzeugend, denn es bleibt ein ungelöstes, freilich vielleicht unlösbares Problem übrig, wenn wir dort hören oder lesen – einerseits »er hat Geschichte gemacht, fürchterliche Geschichte« und »nie hat er sich die geringste Sorge darum gemacht, wie seine Lehre sich in praktischer politischer Wirklichkeit ausnehmen würde«, was wohl halb tadelnd, halb teilnehmend aufzufassen ist, und andererseits, daß bei jener »Crapüle größenwahnsinniger Kleinbürger«, die seine Lehre frech verwirklicht und die »Pflicht« auf sich genommen habe, »Menschen hekatombenweise zu opfern«, daß bei ihrem Anblick »Nietzsche sofort von schwerster Migräne mit all ihren Begleiterscheinungen befallen worden wäre«. Das ist meisterhaft mitgefühlt – trägt übrigens, nebenbei bemerkt, erheblich zum helleren Verständnis des *Doktor Faustus* bei –, aber der Widerspruch, die Aporie von ästhetischer und ethischer Betrachtung, von Niveau und Substanz, von Philosophie und Verwirklichung oder ungewollter praktischer Folge, kurz und simpel, die Frage von Verantwortung oder Unzurechnungsfähigkeit des Geistes bleibt ungelöst und unentschieden – vielleicht, ich wiederhole es, war es weise, sie ungelöst und unentschieden stehen zu lassen. Der Redner selbst findet am Ende ins Freie mit der schönen, großartig einfachen Verkündung: »Wir sind nicht mehr Ästheten genug, uns vor dem Bekenntnis zum Guten zu fürchten, uns so trivialer Begriffe und Leitbilder zu schämen wie Wahrheit, Freiheit, Gerechtigkeit.«

Sie sehen, das ist durchaus Zeitbloms Sprache und Denkungsart, nur jetzt der parodistischen Schüchternheit entkleidet, es ist der alte, totgesagte Humanismus und Liberalismus, neugeboren oder wiedergeboren aus der höllischen Erfahrung dieser Zeit, aus der deutschen Erfahrung. Man hat im *Doktor Faustus* und in dem Thomas Mann jener Jahre »die Idee« vermißt. Hier ist sie. Es ist freilich keine originelle Idee. Aber ist denn im Bereich der Ideen Originalität wünschbar, ist Neuerung auch nur zuträglich? Oder besser: Kann es überhaupt neue Ideen geben? Es gibt keine neuen Ideen. Es gibt neue Vokabeln, auch neue Verwirklichungen und das heißt neue Verfehlungen, neue Korrekturen und neue Annäherungen, aber keine neuen Ideen. Dieser abgetakelte Liberalismus und diese Aufklärungsgesinnung, die man in Deutschland »flach« gescholten hat, auch nach 1945 noch und grade in der öffentlichen Diskussion um den *Doktor Faustus*, hat immerhin den Krieg gewonnen, von der westlichen Seite jedenfalls, ironischerweise.

In einer der Reden an die »deutschen Hörer«, die in den letzten Kriegsjahren von der BBC verbreitet wurden und die aus mir persönlich nicht ganz erklärlichen Gründen bei uns so wenig Sympathie gefunden haben – und mit »uns« meine ich jetzt diejenigen Deutschen, die den ›feindlichen Sender‹ gehört haben –, in einer dieser Radioansprachen, die weithin den Charakter moralisch-politischer Kapuzinerpredigten an sich trugen, hat der unentwegte Patriot Thomas Mann trotz Teufelspakt und Höllensturz den Satz über den Ozean und über den Äther gesendet: »Deutschland wird leben, stolz und bescheiden, ein einmaliges Volk und ein Volk wie alle.«[9]

Diese glorreichen Paradoxien sind mir immer im Ohr geblieben.

1975

Anmerkungen

1 Die Bemerkung über den Begriff der »Inneren Emigration« spielt vor allem auf die bekannten Auslassungen von Frank Thieß vom August 1945 und Januar 1946 an, die jetzt in der Dokumentensammlung von Klaus Schröter »Thomas Mann im Urteil seiner Zeit« (Hamburg 1969), S. 343-363, nachzulesen sind.

2 Hans Egon Holthusens kritischer Essay erschien unter dem Titel »Die Welt ohne Transzendenz, Eine Studie zu Thomas Manns ›Dr. Faustus‹ und seinen Nebenschriften« zuerst im *Merkur*, III. Jahrgang, 1949, S. 38-58 und 161-180. Noch im selben Jahrgang ist Christian E. Lewalter den Argumenten Holthusens scharf auf den Leib gerückt, zumal seinem theologischen Anspruch. »Wie kann man nur ein so guter Christ sein!« ruft er ihm kierkegaardisch entgegen und rechtfertigt seinerseits die »Theologie Thomas Manns«. Ihm wiederum antwortete einer der beiden Herausgeber des Merkur, Hans Paeschke, indem er sich tendenziell mit Holthusen identifizierte. »Gewiß war es nicht zu erwarten, daß einem Geist wie Th. Mann das Werk gelingen würde, dessen Deutschland bedurft hätte«, heißt es da. Hier findet sich auch das Urteil, das ich oben angeführt habe: ein »Humanist à la Zeitblom« könne »weder mit Leverkühn noch mit den Nazis mehr zum Duell antreten«. Ich frage mich, welches die Position des *Merkur* war und ist, wenn nicht eben die humanistische à la Zeitblom – und à la Ernst Robert Curtius, was nicht weit davon ist.

Eingangs teilte Paeschke mit, daß die Redaktion seit Monaten mündlich und brieflich in Diskussionen in dieser Sache verwickelt sei; er erwähnte Einwendungen, die der Philosoph Jürgen von Kempski, die Schriftsteller Hermann Stresau, Erich von Kahler und Rudolf Alexander Schröder wider Holthusens Beitrag erhoben hätten. Besonders eindrucksvoll war mir die hier zitierte Bemerkung Schröders, der *Doktor Faustus* stelle eine »dünn verschleierte Beichte« Thomas Manns dar, der die Absolution zu verweigern (oder zu erteilen) ein jugendlicher Kritiker das Recht nicht habe. (Lewalters und Paeschkes Äußerungen sind unter der Überschrift »Thomas Mann und Kierkegaard. Ein Briefwechsel über ›Doktor Faustus‹ und seine Kritiker« zusammengefaßt und auf S. 925-936 des Jahrgangs publiziert.)

Ein anderer Briefwechsel schloß sich an: der zwischen Hans Harder Biermann-Ratjen und Holthusen, als Broschüre veröffentlicht unter dem Titel *Eine Welt ohne Transzendenz?* vom Verlag Heinrich Ellermann (Hamburg 1949), der zuvor schon Holthusens Essay gesondert nachgedruckt hatte. Von Biermann-Ratjens Verteidigung des *Doktor*

Faustus will ich nur das eine Argument wiedergeben, ihm erscheine gegenüber der »Pathosformel« der ›Weheklag‹ die junge Kritik »einigermaßen dünn und dürftig, die statt dessen von dem Meister ein vorschnelles ›Ja aus dem Abgrund‹ verlangt«. In seiner Antwort sprach Holthusen deutlicher als zuvor aus, daß er »aus politischem Selbstbehauptungstrieb« am *Doktor Faustus* Anstoß genommen habe und daß er den christlichen und konservativen »Kräften« mehr vertraue als den »letzten, schon morsch gewordenen Bastionen des europäischen Liberalismus«. Der religiösen Deutung des Buches setzt er hier abermals nur einen positiven Glauben als »ungebrochenes Fürwahrhalten« entgegen.

3 Das Phänomen des literarischen Doppel-Selbstbildnisses hat wohl kaum jemand prägnanter beschrieben als gerade Thomas Mann, und zwar am Exempel Goethes: »Clavigo und Carlos sind ein und dieselbe Person in dichterischer Rollenverteilung, ebenso wie Tasso und Antonio, Faust und Mephistopheles dialektische Auseinanderlegungen der Dichterpersönlichkeit sind . . .« Das steht in dem Aufsatz »Über Goethes Faust« von 1939, der auch in diesem Punkt wie eine unbewußte Vordeutung auf das Werk anmutet, das der Autor vier Jahre danach in Angriff nahm.

4 Die Zeitschrift *Das goldene Tor*, die Alfred Döblin, als französischer Oberst zurückgekehrt, in Baden-Baden herausgab (Verlag Moritz Schauenburg in Lahr), brachte im 7. Heft ihres dritten Jahrgangs (1948) eine »kritische Betrachtung« über »Thomas Manns Faust-Roman« aus der Feder von Paul Wilhelm Wenger. Er protestierte gegen die »grausige Simplifizierung«, Leverkühn und den deutschen Geist in eins zu setzen, und erklärte dies aus Thomas Manns Absicht, »sein absolutes, unanfechtbares Todesurteil über Deutschland« zu verhängen. Er verstieg sich sogar zu der giftigen Absurdität, solche Simplifizierungen seien »Untaten von nicht geringerer Tragweite, als es Gewalttaten im politischen Raum sind« (S. 642).

5 Hinsichtlich der Würdigung Zeitbloms machte der *Kommentar zu Thomas Manns ›Doktor Faustus‹* eine Ausnahme, den Friedrich Sell in der von mir herausgegebenen Zeitschrift *Die Wandlung* (Jg. III, H. 5, September 1948) veröffentlichte. Er sieht »den Gipfel der Parodie und Ironie« darin, daß Thomas Mann in der Verkleidung des provinziellen Studienrats und gesetzten Familienvaters sich selbst dargestellt habe, insofern er »das Gegenteil des geheimnisvoll dämonischen Genies« sei. Daß die Figur Zeitbloms »symbolisch für die vielberufene ›innere Emigration‹ « stehe, hat Werner Milch sogleich gesehen, ein Autor, der seinerseits das Schicksal der ›äußeren Emigration‹ erfahren hatte. Sein Aufsatz über »Thomas Manns ›Doktor Faustus‹« erschien in der Göttinger *Sammlung*, 3. Jg., S. 351-360; er ist wiederabgedruckt in: Werner Milch, Kleine Schriften zur Literatur- und Geistesgeschichte, 10. Veröf-

fentlichung der Deutschen Akademie für Sprache und Dichtung, Heidelberg-Darmstadt 1957. Auch dieser kundige Autor kommt freilich zu dem Schluß, es sei dies »kein Buch, das die Probleme unserer Gegenwart anpackt, kein Buch, das die junge Generation von heute brauchen könnte, wenn sie Antworten sucht«.

Überraschend viel Sympathie hingegen fand Zeitblom bei der Rezensentin der von Jesuiten geführten Zeitschrift *Stimmen der Zeit*, Eva Maria Lüders (143. Band, S. 293-299). Schon der Titel zeigt es an: *Dämonie und Humanismus.* Der katholisch fundierte, aufgeklärte Humanismus erfährt hier, dem protestantischen Leverkühn gegenüber, eine begrenzte Rechtfertigung, wenn auch, zum Schluß, eine höhere als die »humane« Lösung als notwendig angedeutet wird.

Georg Lukács andererseits hat es mit der Selbstgewißheit des marxistischen Schulmeisters zwar nicht Thomas Mann, wohl aber Serenus Zeitblom angekreidet, daß er »keinen archimedischen Punkt außerhalb jenes geistigen Lebens Deutschlands« besitze, »das unaufhaltsam in die Barbarei drängt«; »er besitzt kein positives Ideal« – diese biedere Wendung gebraucht er –, »das er der unklar reaktionären Sehnsucht . . . und erst recht der entfaltet teuflischen Welt der Hitlerei gegenüberstellen könnte«. Diese Kennzeichnung sieht derjenigen zum Verwechseln ähnlich, die Holthusen und Paeschke im *Merkur* vorbrachten, nur daß sie den ganzen Thomas Mann zu treffen meinten, während Lukács doch zwischen ihm und Zeitblom noch einen feinen Unterschied macht.

Lukács' Abhandlung *Die Tragödie der modernen Kunst* ist zuerst im Berliner *Aufbau* erschienen (5. Jg., 1949, Heft 1 und 2); jetzt kann man sie auch im siebten Band der Werke (Luchterhand 1964) nachlesen. Schon vorher hatte der *Aufbau* einen Beitrag über *Thomas Manns ›Doktor Faustus‹* gebracht mit dem schönen Untertitel »Erster Eindruck von des Dichters großem Roman«. Hier war der Ton ganz undogmatisch, der Verfasser war der Schriftsteller Walther Victor (4. Jg., 1948, Heft 6). Er hat, als einer von wenigen unter diesen frühen Kritikern, wahrgenommen, »daß durchaus auch Zeitblom und nicht etwa nur Leverkühn von Thomas Mann als repräsentative Gestalten gemeint sind« und daß sie »nicht nur die Leverkühn und Zeitblom im deutschen Volke«, sondern »auch die Seelen in Thomas Manns eigener Brust« darstellten.

Diese gleichsam autobiographische Bedeutung beider Figuren hat damals auch Max von Brück in einem großen Essay über »Thomas Mann – das späte Werk« in der *Gegenwart* (3. Jg., Nr. 68 vom 1. Okt. 1948) hervorgehoben: Thomas Mann spreche aus beiden als ihre »höhere Einheit«. Auch die Parodie ist von diesem – selbst liberal-katholischen – Autor kenntlich gemacht worden, wenn auch vielleicht ein wenig auf Kosten der positiven Rolle, die in der Parodie versteckt ist.

6 Von den eigentlich christlichen Stimmen, die den *Doktor Faustus* auch mit theologischen Gründen verteidigten, möchte ich – außer Reinhold Schneider und jener Mitarbeiterin der *Stimmen der Zeit* – noch zweie nennen: Hanns Braun, der im katholischen *Hochland* (41. Jg., 1948/49, S. 594-601) unmittelbar auf Holthusens *Welt ohne Transzendenz* Bezug nahm, und den Dichter und evangelischen Pfarrer Albrecht Goes mit seinem *Tagebuch der ›Faustus‹-Lektüre* (im Almanach auf das Jahr 1949, Friedrich Wittig Verlag Hamburg), auch seinem kurzen und schneidigen Artikel zur ›Entstehung des Doktor Faustus‹ in der Zweimonatsschrift *Deutsche Beiträge* (Jg. 3, S. 272-274, Nymphenburger Verlagsanstalt). Ebendort erschien auch Ernst Penzoldts *Reise mit Thomas Mann* (S. 500-507), die zwar nicht geradezu auf *Doktor Faustus* Bezug nimmt, aber von der heftigen, wirren und vielfach vorurteilsvollen öffentlichen Diskussion jener Tage einen lebhaften Eindruck gibt.

7 »Lukács, der mir irgendwie wohlwill« – die Wendung findet sich in einem Brief Thomas Manns an Max Rychner vom 24. 12. 1947. Sie bezieht sich auf Lukács' Artikel zu Manns siebzigstem Geburtstag, nicht auf die *Faustus*-Interpretation. In Klammern ist beigefügt, Lukács habe »sich im Naphta offenbar nicht erkannt«.

8 »Man kann Adorno direkt heraushören«, hat auch Erich Heller bei der Erörterung dieser Stelle gefunden – in seinem Buch *Thomas Mann, der ironische Deutsche* (jetzt als Suhrkamp-Taschenbuch, Frankfurt 1975, dort S. 318) – und fügt treffend hinzu, daß dieser sich allerdings »nicht so treuherzig und etwas unbeholfen ausgedrückt hätte und hat«.

In der Tat fällt es schwer, in den einschlägigen publizierten Studien Adornos eine nur annähernd so träumerische Zukunftserwartung ausgesprochen zu finden, geschweige daß er sich den »romantischen« Lapsus gestattet hätte, das Wörtchen »wieder« zu gebrauchen, wenn von nachrevolutionären Heilserfüllungen die Rede geht oder ginge. Ein Utopist sei ein Reaktionär, hat Marx gesagt, daran jedenfalls hat Adorno sich streng gehalten, er hat dieses ›Tabu‹ sogar selber kommentiert, indem er es mit dem theologischen Bilderverbot des Alten Testaments in Zusammenhang brachte (in seiner *Negativen Dialektik*, S. 205). Zwar gibt es in derjenigen Arbeit Adornos, die dem *Doktor Faustus* am nächsten benachbart ist, in dem Essay über Arnold Schönberg von 1952, worin einige theoretische Hauptmotive Leverkühns – die Dialektik von Ordnung und Ausdruck, die »Synthesis von ganz freiem und ganz strengem Verfahren«, der Argwohn gegen den sinnlichen Klang und die Reproduktion überhaupt, ja die Konvergenz der »Vergeistigung« mit dem »barbarischen Element« – als Merkmale von Schönbergs kompositorischer Entwicklung wiederkehren oder vielmehr vorgeprägt sind, gegen Schluß auch eine ausdrücklich »utopische« Perspektive: indessen ist es hier nicht die Utopie der Gesellschaft, sondern »die Utopie der Kunst«, welche nämlich die Werke überflügle. »Der späte Schönberg«, heißt es, »komponiert an deren Stelle Paradigmata einer möglichen Musik«. Daß diesen ein fragmentarischer Charakter zugeschrieben wird, paßt allerdings nicht zu Leverkühns Oratoriums-Formen, wie denn Adorno überhaupt dafür hielt, daß das religiöse Chorwerk »inmitten der spätkapitalistischen Gesellschaft« unmöglich geworden sei. (Der Schönberg-Essay erschien zuerst in der *Neuen Rundschau*, dann in der Sammlung *Prismen, Kulturkritik und Gesellschaft*, Suhrkamp 1955; die angeführten Stellen hier auf S. 203 und 231.)

Dennoch ist der fragliche Leverkühn-Gedanke in indirekter Weise, tief versteckt, hier enthalten. An der Stelle nämlich (S. 202), wo dem subjektiven ›Ausdruck‹ die »objektive Verbindlichkeit« gegenübergestellt wird, welche Schönberg immer angestrebt habe, in diesem – dem Faustus-Leser so vertrauten – Zusammenhang wird insgeheim das ›Tabu‹ gebrochen: »Aus bloßer Subjektivität heraus jedoch, und wäre sie gespeist von aller gesellschaftlichen Dynamik, läßt diese Verbindlichkeit sich nicht bereiten, wenn sie nicht substantiell in der Gesellschaft gegenwärtig ist, von der doch heute das ästhetische Subjekt sich lossagen muß, eben weil sie jenes substantiellen Gehalts enträt.« Das ist es. Man darf und soll schließen, daß es doch einmal, dereinst, eine Gesellschaft geben werde, die »substantiell« auch die »Verbindlichkeit« des musikalischen Werkes ermöglicht und trägt – oder, mit Leverkühns Worten, »dem schönen Werk (wieder) Lebensgrund und ein redlich Hineinpassen bereiten« wird. Auch die Wiederkehr des Verbums ›bereiten‹ scheint mehr als zufällig.

Übrigens will mir die Rede vom »substantiellen Gehalt« (bei Adorno) kaum weniger treuherzig – und (cum venia dicendi:) sentimental – vorkommen als die vom »Lebensgrund« (bei Thomas Mann); sie sorgt durch den Anklang an Hegel bloß besser vor, sich der prüfenden Kommunikation zu entziehen.

Innerhalb des *Faustus* korrespondiert die »Lebensgrund«-Stelle recht genau mit einer Bemerkung des Teufels in dem Gespräch mit Adrian (S. 382), wonach die gesellschaftlichen Zustände »nichts vorgeben, was verbindlich« (das ist Adornos Ausdruck aus dem Schönberg-Aufsatz!) »und bestätigt genug wäre, die Harmonie des selbstgenügsamen Werks zu gewährleisten«. Nur legt er, ironischerweise, diese Ansichten hier dem Leverkühn in den Mund – »ich weiß, du neigst dazu und pflegst zu sagen ...« – und verweist sie ihm als eine Art Ausrede: »Schiebe sie nicht auf gesellschaftliche Zustände!« Die »Unpäßlichkeit«, die das Werk befallen habe, liege vielmehr in ihm, in der Musik, selber, und die gesellschaftlichen Erklärungsgründe seien zwar »wahr, aber nebensächlich«. Die Verkehrung der Dialog-Rollen ist um so komischer, als der Teufel gerade in dieser Phase unverkennbar das Aussehen Adornos angenommen hat (s. S. 378). Es ist, als beziehe er da Position gegen eine simplere marxistische Auslegung, wie Adorno ja in der Tat, mindestens implizit, oft getan hat. Der ehrliche Adrian aber hat sich, in seiner Beicht-Rede, gerade diese zu eigen gemacht, und auch sie stammt, wie zuvor erwiesen, von Adorno, wenn auch nicht aus dessen allerfeinstem Intelligenz-Zustand.

Die Vermutung, daß Georg Lukács hier – in der Adorno-Fliege, die im Leverkühn-Bernstein eingeschlossen erscheint – einen eigenen frühen Gedanken wiedergefunden habe, wird in gewisser Weise von der genialen, noch vor-marxistischen Frühschrift, der *Theorie des Romans*, bekräftigt. (Sie ist 1915 geschrieben, 1920 als Buch erschienen und hat den jungen Adorno, wie ich aus eigner Erinnerung bezeugen kann, tief und stark beschäftigt.) Der Roman ist dort geschichtsphilosophisch definiert als »die Form der transzendentalen Heimatlosigkeit« des einsamen Subjekts, das sich doch auf der Suche nach dem objektiven Sinn durch eine entfremdete Welt und Zeit hindurchbewege. Solche Bestimmungen aber sind gewonnen aus dem Gegensatz zum alten Epos – das heißt wohl vor allem: zu Homer –, dessen Gegenstand »kein persönliches Schicksal, sondern das einer Gemeinschaft« sei (S. 57 in der Ausgabe der Sammlung Luchterhand von 1971). Daher denn der erste Teil der Schrift die charakteristische Überschrift trägt: »Die Formen der großen Epik in ihrer Beziehung zur Geschlossenheit oder Problematik der Gesamtkultur«. Diese »Geschlossenheit« der Kultur und jene Epos-Gemeinschaft – das war schon so etwas wie Leverkühns »Lebensgrund« und »redliches Hineinpassen«. Vermittelnd fügt sich Adornos geschichtsphilosophische Musiktheorie zwischenein, die der geschichtsphilosophischen Romantheorie Lukács' bis in Einzelheiten hinein verblüffend ähnelt – unerachtet des ganz anderen ästhetischen Stoffes: man braucht nur das Romanwerk mit dem Musikwerk, das Epos mit dem klassischen Oratorium, die Subjektivität des Romans mit derjenigen des musikalischen ›Ausdrucks‹ zu vertauschen, um die gemeinsame Konstruktion gewahr zu werden. Auch der romantisch-utopische Zug tritt bereits beim frühen Lukács in Erscheinung, dort nämlich, wo der Roman aus seiner gleichsam konstitutiven Melancholie »wieder« zur Epopöe »transzendiert« (so bei Gelegenheit der Erörterung von Goethes *Wilhelm Meister*, zumal S. 126ff.).

9 Dies ist der Schlußsatz der Sendung vom März 1942 (Bd. XI der Gesammelten Werke, S. 1033).

Marlene Dietrich

Marlene Dietrichs schöne Kunst

Lichtenberg, der gewiß zu spotten, aber ebenso sehr und vielleicht noch mehr zu bewundern verstand, hat in seinen Londoner Briefen vom Jahre 1775 seine ganze Wahrnehmungskraft daran gewendet, die Kunst Garricks zu erfassen und zu beschreiben, der damals der berühmteste Schauspieler Englands war. Er war nicht nur auf dessen Sprechweise und Betonung, sondern im selben Zuge auf seine Gestalt, sein Mienenspiel und seine Gebärden aufmerksam. An der Stelle des ersten Briefes, wo er höchst anschaulich die körperliche Bewegung schildert, die dem großen Hamlet-Darsteller eigentümlich war, macht Lichtenberg die folgende Bemerkung:

»Es schleudert und schleift und schleppt nichts an ihm, und da, wo andere Schauspieler in der Bewegung der Arme und Beine sich noch einen Spielraum von sechs und mehr Zollen zu beiden Seiten des Schönen erlauben, da trifft er es mit bewundernswürdiger Sicherheit und Festigkeit auf ein Haar.«

Das ist genau der Fall von Marlene Dietrich. Man kann nicht anders, als von ihren Auftritten und Abgängen und von den Bewegungen ihrer Arme und Hände, ihrem reizenden Lächeln und lausbübischen Zwinkern, vor allem aber von den Modulationen ihrer Stimme in solchen Ausdrücken klassischer Ästhetik zu reden. Sie trifft das Schöne auf ein Haar. Ich spreche jetzt nicht von der Schönheit, die ihr ohnehin eigen ist – halten wir es hierin mit Jean Cocteau, dessen Huldigung im Programmheft zu lesen ist: »Votre beauté s'impose, il est inutile qu'on en parle . . .«! –, ich spreche von der Schönheit, die sie herstellt, bewirkt, vollbringt, ich spreche von ihrer Kunst.

Sie singt ordinäre Lieder – aber wie vollkommen! Da ist das

berühmte von den »boys in the backroom«, es stammt aus dem großartigen, durch Marlene Dietrich großartigen amerikanischen Gangster- und Kneipenfilm *Destry Rides Again,* entstanden 1939. Es ist eine Art von Vermächtnis einer Saloon-Diva, die allen ihren boys zugetan ist – zweideutig und gutmütig zugleich –, und es läuft (soviel ich davon verstanden habe) darauf hinaus, daß sie sich auch über den Tod hinweg bei diesen Jungens noch ein herzhaft gutes Andenken bewahren will. Diese halben Töne, diese in gurrendem Gemurmel verschwimmenden Versschlüsse, und dann wieder dieser frech-fröhliche Trotz, mit dem die Stimme sich, halb singend, halb sprechend, jedesmal zu schmetternder Deutlichkeit erhebt bei den Worten ». . . and when I die«, mit denen der Refrain im Marschrhythmus anhebt! Oder jenes unvergleichliche Slang-Poem vom »laziest girl in town«, von der trägsten Göre der Stadt, wo sic eine Art hat, allein durch den Vortrag ein Zögern, Gähnen und wohlig-laszives Räkeln auszudrücken, ohne die mindeste pantomimische Hilfe, wiederum aber bei aller Dehnung in sehr bestimmter, darum eben durchaus komischer Rhythmisierung – daß man es zehnmal, hundertmal hören möchte, um dieser Nuancen habhaft zu werden, um es ganz und gar zu genießen. Oder endlich die altvertraute »fesche Lola« (aus dem *Blauen Engel*): das ist so frisch und so präzis wie am ersten Tag, überhaupt nicht vergilbt, voller Leben und vor allem voller Geist! Wie ergötzt es uns, wenn der entrückte Star im schönen Glitzerkleide da in genauer Andeutung sich berlinisch vernehmen läßt – »der Liebling der Säsong« – und wenn sie mit einem sparsamen, gespielten Nachdruck des Kopfes, wie zur Belehrung des Publikums, die Mitteilung macht, daß sie ein »Pi-a-no-la« habe »daheim in mein Salong«, indem ihr Stolz auf das kostbare Fremdwort oder auch auf diesen ungewöhnlichen Besitz die Zweideutigkeit gleichsam aufzuwiegen, aber auch wieder hervorzukehren scheint! Es ist unglaublich, wie sie hier zwi-

schen der Nachahmung des Gemeinen und der Parodie des Gemeinen eine heitere Mitte zu halten weiß. Auch das trifft sie wahrhaftig aufs Haar, und in der Tat mit bewundernswürdiger Sicherheit und Festigkeit. Keinen Zoll daneben, weder nach der Seite der banalen Charge (einer versoffenen Dirne, die sich aufs Boxen und Treten versteht) noch nach der Seite der hochnäsigen Ironie (einer gewitzten Conférence für bessere Leute). Die Figur der Lola – all diese A in »Lola« und »Pianola« werden berlinisch offen und gellend, unbekümmert und auch etwas leiernd gesungen –, die Figur ist vollkommen gegenwärtig und doch in eine Distanz gerückt durch diese Kunst des maßvollen Vortrags: sie ist vulgär und dezent zugleich, lächerlich und doch liebenswert. Nicht die leiseste Spur jener heimlich-offenbaren Anbiederung an die jeweils einschlägigen Instinkte, welche geringere Talente für die eigentliche Würze der sogenannten leichten Muse halten.
Und sie singt sentimentale Lieder – aber wie vollkommen! Jenes »Frag nicht, warum ich weine, frag nicht warum . . .«, das sie mit einer leisen ehrenden Erinnerung an Richard Tauber zu verbinden pflegt, ist gewiß ein rechter Schmarren, wenn man den Text – und auch, wenn man die Melodie besieht. Das sentimentale Genre gehört halt zu den festen Bestandteilen jeder Art von Brettl- und Überbrettl-Programm, es muß darin vorkommen; es gehört sich, daß zwischen den frechen und den komischen, den lüsternen und den schnöden Stücken oder Stückchen auch eine Weile lang in Sehnsucht und Abschiedsweh gebadet wird. Es ist der Brauch, da gibt's kein Rechten und keine Reformation. Es wäre auch albern, mit soziologischem Aufwand den Gründen nachzuforschen. Viel interessanter ist es, zu unterscheiden, wann auch in dieser Sphäre die routinierte und bequeme Verbrüderung mit dem allgemeinen Heul- und Schnupfbedürfnis aufhört und die Kunst anfängt. Bei Marlene Dietrich fängt die Kunst an. Es gibt in diesem Richard-

Tauber-Lied – dem Solo einer neuen Mignon von geringerer Klasse oder Rasse – eine Passage, wo sich die Melodie aus dem dumpf tränentropfenden Duktus des Anfangs zu einem ausladenden Klageton erhebt: die Zeile heißt: »Wir gehen auseinander . . .« und ist mit ausgebreiteten Armen zu singen. Das tut die Dietrich auch, wie rechtens, sie hebt die schönen Arme und zeigt die inneren Handflächen, sie hebt sie keinen Zoll zu hoch, aber sie gibt genau an dieser Stelle ihrer Stimme plötzlich einen Nachdruck, eine Lautstärke, die einen ganz leicht übertriebenen, an die Grenze der Parodie reichenden Schicksalsdonner vernehmen läßt: und im selben Augenblick ist das sentimentale Genre gerettet. Oder »Johnnie, wenn du Geburtstag hast« – welches freilich nicht streng hierher gehört, weil es in Text und Weise von Anfang an humoristisch angelegt ist und weil also das Sentimentale schon in Gänsefüßchen steht: aber welch eine Skala seufzender, schnurrender, flehender, am Ende ganz selbstvergessen in die Tiefe hinabgleitender Töne gelingt ihr da! und beinahe alles mit dem einen wiederkehrenden Wort »Geb*u*urtst*a*ag«! Und wieviel Witz liegt in diesem Vortrag – aber kein schnöder Witz, vielmehr eine Art Witz von reinster Liebenswürdigkeit! Abermals ist das arme Ding, das sich so sehr nach Johnnie sehnt, ganz gegenwärtig und doch zugleich in eine heitere Distanz gebracht, ganz ins Komische verdreht und doch zugleich wieder herzlich nahe.

Der frechste Schlager von ehedem – »Wer wird denn weinen, wenn man auseinandergeht« – wird in ihrem Munde anmutig, und das traurigste Chanson gefühlvoller Verlorenheit – »Ich weiß nicht, wem ich gehöre« – gewinnt in ihrem Munde eine bezaubernde Helligkeit. Man möchte fortfahren und all die kleinen Gesten festhalten, die kosenden, die kecken, die düsteren, die lieblichen, all die Unmerklichkeiten aufspüren, in denen das Geheimnis zu stecken scheint. (So wie Lichtenberg seinem Garrick beschreibend auf den Fersen blieb durch alle Rollen, deren er nur ansichtig werden konnte.) Was für ein Geheimnis? Das Geheimnis der Kunst oder – noch besser: das Geheimnis des Schönen. Es gibt keinen anderen Namen. Es ist ein fataler Irrtum zu meinen, das Schöne komme nur in der großen Oper vor, gar im Weihefestspiel, oder bloß in alledem, was ein entarteter und spießiger Sprachgebrauch heute unter die »Kultur« subsumiert. Das Schöne kommt überall dort zum Vorschein, wo der Geschmack und das genaue Maß regieren, wo eine hohe Disziplin zur freien Anmut gediehen ist – und sei es selbst im Vortrag eines Gassenhauers. Wo der rohe Stoff verdampft, der blöde Trieb destilliert ist, aber das Kunstgebilde selbst wiederum ein neues eigenes Leben gewinnt. Von ihrer persönlichen Disziplin hat Frau Dietrich übrigens bei dem Wiesbadener Gastspiel ein rührendes Beispiel gegeben – als sie von der Rampe stürzte und sogleich wieder oben erschien, um die Nummer zu wiederholen – und von ihrer tiefen Höflichkeit nicht minder, als sie ganz zum Schluß die Leute um Verzeihung bat, die dieser Zwischenfall etwa erschreckt habe: sie habe sich nicht weh getan. Beide Züge oder Kräfte aber kommen ihrer Kunstübung zugute, darum gehört die Episode in diesen Zusammenhang. Denn – wie abermals Lichtenberg von seinem Garrick sagte: »Ich fürchte, es ist vieljährige Zeit und Schweiß kostende Übung des Leibes, die sich endlich zu dieser Ungezwungenheit aufgeklärt hat und die . . . jetzt bei ihm aussieht, als hätte er sie umsonst.«

1960

Die göttliche Marionette

Marlene im Fernsehen

Das vollkommen Gelungene verbietet die Veränderung, die Variation, die Korrektur, es kann nur wiederholt werden, darf ewig nur wiederkehren. Marlene Dietrichs Songs sind von dieser Art. Und wir wollen sie ewig wieder hören.

Das »Laziest Girl in Town« (aus einem Film von Hitchcock) ist fünfundzwanzig, das Lied von »The Boys in the Backroom« fünfunddreißig, die »Fesche Lola« fünfundvierzig Jahre alt. Und sie sind alle bis ins kleinste und feinste ausgearbeitet, die frechen, die zweideutigen, die gutmütigen, die grellen und die sentimentalen Töne, die winzigen Andeutungen des Mienenspiels, die genauen Gebärden ihrer schönen Arme. In dieser artistischen Vollkommenheit ist auch aller Kitsch gerettet, dem ja unstreitig und auch unvermeidlich manche ihrer Texte zugehören. Ihr Vortrag macht die Brühe verdampfen, und ein Kristall bleibt zurück.

Das Programm, das wir jetzt wieder sahen, ist vor knapp drei Jahren von der BBC in London veranstaltet und aufgenommen worden. Es waren ungefähr fünfzehn Stücke, jene berühmtesten darunter, das meiste auf Englisch, das »Johnny, wenn du Geburtstag hast« auf Deutsch gesungen. Selbst ihre Ansagen sind uns wörtlich vertraut, die Erinnerung an den großen Freund Richard Tauber zum Beispiel und die Bemerkung »No, not that one«, mit der sie das erwartungsvolle Rauschen im Publikum spaßhaft unterbricht, wenn sie den »Blauen Engel« erwähnt: »Nein, nicht von Kopf bis Fuß«, sondern zuerst die »Naughty Lola«, worin der berlinerische Urklang fast nur noch aus dem »Pi-a-no-la« herauszuhören ist, das sie so unvergleichlich diskret ordinär daherquäkt.

Nur zwei oder drei Lieder waren mir neu. Von diesen prägt sich das von dem heimkehrenden Soldaten am ehesten ein –

außer »Lili Marlen« übrigens das einzige, das einem männlichen Wesen in den Mund gelegt ist. Der Text ist eine Art von moderner Variante des »Lache-Bajazzo«-Typs, der Mann findet zu Hause alles zerstört, aber der bittere Refrain lautet »It seems we have won, hurrah!« – und dieser Strophe gibt die Dietrich einen dumpfen, fast murmelnden, wie verschluckten Ton zwischen Resignation, Verachtung und Routine. Das hat die alte Vollkommenheit in der Präzision, man muß es bewundern.

Was uns ergreift, ist nicht das gefühlvolle Genre, es ist die Kunst – und gerade in der Wiederholung, in ihrer Wiederkehr. Aber hier war noch anderes im Spiel. Die Arrangements, die Gaze-Vorhänge, die Beleuchtungseffekte, der Auftritt des großen Stars mit dem gewaltigen weißen Pelz zuerst, im enganliegenden Glitzerkleid hernach, die ganze erhabene ägyptisch-kosmetische Kunstfigur – weiter noch entrückt als je, göttliche Marionette, die Stimme schwächer, zuweilen fast nur noch markierend, die Gedankenpausen gedehnter, Maske und Gebärde starrer, die reizenden kleinen Zwinker- und Rümpfmienen auf ein Minimum reduziert. Kaum ein Lächeln war noch zu gewahren. So ist es denn der tapfere Eifer, nicht nachzugeben, der wiederholte Anlauf zum Triumph der Disziplin über die Vergänglichkeit, was unsere Rührung dieses Mal so dunkel einfärbt.

1976

Nachweise und biographische Notizen

Hier ist der Ort, denen herzlich zu danken, die mir bei der Vorbereitung und der Komposition dieses Buches Hilfe geleistet haben. Frau Monika Waldmüller (vom Deutschen Literaturarchiv in Marbach am Neckar) hat im Lauf der Zeit meine Manuskripte geordnet und registriert, und sie hat jetzt zu Tage gefördert, was ich aufzunehmen im Sinn hatte. Frau Dr. Elsbet Orth hat mir bei diesen Entscheidungen und bei der Anlage des ganzen Buches mit ihrem kundigen und einfühlsamen Rat beigestanden. Frau Dr. Claudia Schmölders vom Insel Verlag hat meinen Plan von Beginn an mit Sympathie begleitet, hat alles gegengelesen und die etwas schwierige Druckvorlage eingerichtet.

Erinnerung an die Zwanziger Jahre in Heidelberg

Dies ist der Wortlaut einer Rede, die am 13. Januar 1986 in der Neuen Aula der Ruprecht-Karls-Universität zu Heidelberg gehalten wurde. Sie fügte sich in ein Programm des dortigen Studium Generale, das im Jahr der Feier ihres sechshundertjährigen Bestehens der Geschichte dieser Universität gewidmet war. Alle Beiträge sind von der Universität in einem Sammelband herausgegeben worden: *Die Geschichte der Universität Heidelberg*, Studium Generale, Wintersemester 1985/86. Heidelberg 1986.

Charlie Chaplin (1889–1977)

Charlie Chaplin, Der Idiot, Don Quijote. Versuch über die komische Existenz ist im Jahrgang 1929 der Zeitschrift *Die Kreatur* im letzten Heft erschienen. Die Zeitschrift wurde von Viktor von Weizsäcker, Joseph Wittig und Martin Buber herausgegeben und von Lambert Schneider in Berlin verlegt. Die Umstände der Veröffentlichung sind in der Heidelberger Rede und in dem später folgenden Beitrag zur *Erinnerung an Viktor von Weizsäcker* geschildert.

Bemerkungen zu dem Film ›Lichter der Großstadt‹ sind dem Manuskript eines Radio-Vortrags entnommen, der im Frankfurter Rundfunk gehalten wurde zu der Zeit, als dieser Film in Frankfurt lief – das war 1931. Es war für lange Zeit das letzte große Werk Chaplins, das in Deutschland zu sehen war. *Modern Times*, welches den *City Lights* im Abstand von fünf Jahren gefolgt ist, konnte man nur im Ausland sehen; so fuhren wir, infolge der

Devisenzwangswirtschaft nur mit dem Gegenwert von zehn Reichsmark je Person in der Tasche, für einen Tag nach Strasbourg.

Charlie ist nicht mehr. Nach dem Krieg war es Chaplin selbst, der für eine Reihe von Jahren die Vorführung seiner Filme in Deutschland hinderte. *The King in New York*, den letzten seiner großen Filme, sah ich im Jahr seiner ersten Aufführung, 1957, in Oxford. Diese Schilderung ist in der Zeitschrift *Die Gegenwart* (Jg. 1957, S. 692) erschienen, die, 1945 gegründet, seit 1950 im Verlag der alten *Frankfurter Zeitung*, der Frankfurter Societäts-Druckerei, von einer Gruppe von Journalisten, überwiegend vormaligen Redakteuren ebendieser Zeitung, herausgegeben wurde.

Auch *Scherz, Satire, Utopie und tiefere Verzweiflung* ist in der *Gegenwart* veröffentlicht worden (Jg. 1958, S. 665 ff.). Der Film *Der Große Diktator* war erst in diesem Jahr in Deutschland zu sehen, er war schon 1940 entstanden. Die Schlußansprache des Hitler-Doppelgängers, von welcher beiläufig auch schon in der Vorrede zu diesem Buch die Rede war, kann man inzwischen im Wortlaut nachlesen in Chaplins Selbstbiographie: *Die Geschichte meines Lebens*, deutsch in Frankfurt 1964 erschienen, »Wir kommen in eine neue Welt«, hieß es dort gegen Schluß, »in eine freundlichere Welt, wo die Menschen sich über ihre Gier, ihren Haß und Gewalttätigkeit erheben« (S. 406–408). Chaplin berichtet ein paar Seiten weiter auch, daß er die Ansprache aus dem *Großen Diktator* in Washington für den Rundfunk wiederholt hat, sie konnte also außerhalb des Kunstwerks als moralisch-politischer Appell dargeboten werden; das war noch vor Pearl Harbour und dem Eintritt der Vereinigten Staaten in den Krieg.

Chaplin und Charlie ist ein Nachruf, der am 27. Dezember 1977 in der *Frankfurter Allgemeinen Zeitung* erschienen ist. Als Illustration war die Szene aus dem *Kid* beigegeben, wo Charlie samt den übrigen Figuren der Handlung, angetan wie sonst, aber mit Engelsflügeln ausgestattet, in einem geträumten Himmel umherfliegt.

Karl Jaspers (1883-1969)

Mein Heidelberger Philosophiestudium, wovon in der *Erinnerung* die Rede war, begann mit dem Sommersemester 1927 – es war insgesamt mein fünftes Semester – und endigte mit dem Sommersemester 1929. Auf Jaspers' Rat und mit seiner Empfehlung ging ich dann für ein Semester nach Freiburg zu Heidegger. Von dort kehrte ich noch einmal nach Heidelberg zurück und legte Jaspers ein Manuskript vor, worin Dostojewskijs Roman

Der Idiot mit existenzphilosophischen Mitteln kommentiert war; es war aus dem zweiten Teil jenes Essays entwickelt, der hier unter dem Kapitel Chaplin an erster Stelle wiedergegeben ist. Über diese Arbeit kam es zu einem Konflikt, und ich verließ Jaspers und Heidelberg und wandte mich nach Frankfurt, wo ich meine Dissertation schrieb und zu Anfang 1932 – mit Paul Tillich als Hauptgutachter – promoviert wurde. Die Rezension von 1935 stellt ein Zeugnis meiner damaligen kritischen Argumentation dar.

Erstarrte Unruhe erschien am 29. 9. 1935 in der *Frankfurter Zeitung*. Zugrunde liegt Jaspers' Schrift *Vernunft und Existenz*, welche fünf Vorlesungen umfaßt; sie wurden vom 25. bis 29. März 1935 an der Universität Groningen gehalten und bildeten die erste Veranstaltung einer Reihe von »Aula-Voordrachten«, die der Senat dieser Universität unter dem Rektorat des Religionswissenschaftlers Gerard von der Leeuw eingerichtet hatte. – Die Veröffentlichung in der Hochschulbeilage der *Frankfurter Zeitung* (in deren Redaktion ich inzwischen aufgenommen worden war) hatte eine Diskussion zur Folge, die an derselben Stelle öffentlich ausgetragen wurde: es erschien eine Entgegnung von Walther Schmiele und eine Antwort von mir.

Was wir von Jaspers gelernt haben war ein Beitrag zum 70. Geburtstag dieses Meisters, der in der Zeitschrift *Die Gegenwart* (Jg. 1953, S. 138ff.) erschienen ist. – Ich hatte übrigens auch zu seinem 60. Geburtstag, 1943, zu einer Festgabe, die ihm abseits aller Öffentlichkeit in Manuskripten überreicht worden war, einen Essay beigesteuert: *Über eine Fabel von Lessing* (enthalten in dem Band *Figuren der Fabel*, der 1950 von Peter Suhrkamp verlegt wurde). In jener Zeit der Verfolgung knüpfte sich eine neue und enge Beziehung, und nach dem Kriege erwuchs daraus die Zusammenarbeit bei der Herausgabe der Heidelberger Monatsschrift *Die Wandlung* (1945-1949).

Notizen über die Prosa von Karl Jaspers war ein Beitrag zu der Festschrift, die ihm zum 70. Geburtstag gewidmet wurde: *Offener Horizont*, herausgegeben von Klaus Piper, München 1953.

Karl Jaspers. Blicke in seine Existenz und seine Philosophie ist der Essay, den ich zu seinem Gedenken am 100. Geburtstag in der Beilage der *Frankfurter Allgemeinen Zeitung* veröffentlichte (im Februar 1983). – Eine umfassendere Würdigung ist im dritten Band der Heidelberger Jubiläumsfestschrift *Semper Apertus* enthalten (Heidelberg 1985).
Von den Werken, die hier erwähnt werden, sind die beiden Fassungen der

Allgemeinen Psychopathologie und die dreibändige *Philosophie* bei Springer in Heidelberg, die Originalausgabe der *Schuldfrage* wie die Zeitschrift *Die Wandlung* bei Lambert Schneider in Heidelberg, *Von der Wahrheit* und alle übrigen bei Piper in München erschienen. Der Band *Karl Jaspers*, woraus Fritz Kaufmanns kritische Abhandlung über *Kommunikation* und die Antwort von Jaspers zitiert wurden, gehört in die Reihe *Philosophen des 20. Jahrhunderts* und erschien deutsch 1957 bei Kohlhammer in Stuttgart.

Der philosophische Prophet ist dem Anmerkungsteil entnommen, der dem Vortrag *Über die verschiedenen Begriffe des Friedens* für den Druck beigefügt wurde (Sitzungsberichte der Wissenschaftlichen Gesellschaft an der Johann Wolfgang Goethe-Universität Frankfurt am Main, Band XXI, Nr. 1. Stuttgart 1984). Die Bezugnahme auf die Schrift über die Atombombe diente im Zusammenhang des Vortrags der Unterscheidung eines Friedens durch Bekehrung von einem Frieden durch Vereinbarung. – Nur die Überschrift der Glosse ist hier verändert.

Viktor von Weizsäcker (1886-1959)

Der Mensch ist kein Ding ist am 7. Mai 1940 in der *Frankfurter Zeitung* erschienen. Das Buch *Der Gestaltkreis. Theorie der Einheit von Wahrnehmen und Bewegen*, ein Hauptwerk Weizsäckers, wird demnächst im vierten Band seiner *Gesammelten Schriften* von neuem vorliegen, die seit 1986 im Suhrkamp Verlag erscheinen. Die Herausgeber sind Peter Achilles, Dieter Janz, Martin Schrenk und Carl Friedrich von Weizsäcker.

Abschied von der Objektivität erschien im Jahrgang 1950 der Zeitschrift *Die Gegenwart* (Nr. 119), und zwar als Leitartikel des *Literarischen Ratgebers*. Die Arbeiten, die hier erwähnt sind, werden ebenfalls in der Gesamtausgabe wiederkehren.

Erinnerung an Viktor von Weizsäcker erscheint hier in der Fassung, die aus Anlaß seines 100. Geburtstages bei einer Zusammenkunft des »Deutschen Kollegiums für psychosomatische Medizin« in der Klinik Schömberg (bei Pforzheim) auf Einladung von deren Leiter, Prof. Lamprecht, vorgetragen wurde. Im Druck brachte sie die Zeitschrift *Praxis der Psychotherapie und Psychosomatik* (Jg. 1986).
Viktor von Weizsäcker hat einige der biographischen Zusammenhänge, die hier berührt werden, auch von seiner Seite dargestellt in dem Erinnerungsbuch *Begegnungen und Entscheidungen*, das 1945 geschrieben, 1949 zuerst

(bei Koehler in Stuttgart) veröffentlicht wurde und jetzt im ersten Band der Gesamtausgabe enthalten ist. Zu unserer Zeitschrift *Die Wandlung* hat er gleich im ersten Jahrgang die Abhandlung *Der Begriff des Lebens* beigesteuert.

Martin Heidegger (1896-1976)

Meine früheste und umfänglichste veröffentlichte Studie zu Heidegger ist die Dissertation: *Der verstandene Tod. Eine Untersuchung zu Martin Heideggers Existenzial-Ontologie*, die zuerst als Dissertationsdruck (Gräfenhainichen 1933), dann 1934 als Buch in einer von Werner Schingnitz in Leipzig herausgegebenen Schriftenreihe (im Verlag S. Hirzel) erschienen ist. Sie ist in dem Band *Über den Tod* (Schriften I, 1977), dann auch in dem Suhrkamp Taschenbuch gleichen Titels (Frankfurt 1981) enthalten. Indessen habe ich wohl schon bald nach Erscheinen von *Sein und Zeit* und nach intensiver Lektüre dieses Werkes ein Referat über Heidegger und seinen Zeit-Begriff in Jaspers' Seminar gehalten. Das geht aus der ersten der *Notizen zu Martin Heidegger* hervor, die Hans Saner 1978 aus dem Nachlaß von Jaspers veröffentlicht hat: die Notiz, die sich auf dieses Referat bezieht, ist vom 2. 3. 1928 datiert. – Diejenige Vorlesung Heideggers, die ich im Winter 1929/30 in Freiburg hörte, handelte über »die Grundbegriffe der Metaphysik«; sie ist zum ersten Mal abgedruckt worden im Rahmen der Gesamtausgabe (II. Abteilung, Band 29/30). In seinem Seminar, woran ich teilnahm, las man die *Monadologie* von Leibniz. Er lud mich auch zu einem Besuch in seine Hütte nach Todtnauberg ein. Damals lehrte er den Studenten, der sich im Pfeifenrauchen versuchte, mit einem Apfelschnitz den Tabak im Beutel frisch zu halten.

Heidegger über die Kunst ist eine Folge von drei kritischen Vortragsberichten, die am 20. 11., 27. 11. und 8. 12. 1936 in der *Frankfurter Zeitung* erschienen sind. Heideggers Vorlesungen über den *Ursprung des Kunstwerks* sind jetzt in der Gesamtausgabe enthalten, und zwar in Band 5, Frankfurt 1977. Zuvor waren sie, wie dort mitgeteilt wird, nur in Reclams Universalbibliothek im Druck veröffentlicht worden, und zwar im Jahre 1960. Die Publikationsgeschichte scheint zu bestätigen, was mir der Verleger Vittorio Klostermann seinerzeit – im Sinn eines Vorwurfs – mündlich mitgeteilt hat: Die Veröffentlichung sei vereinbart gewesen, doch habe Heidegger seine Zusage zurückgezogen – mit Hinweis auf die kritische Aufnahme, die seine Vorträge in Frankfurt gefunden hätten.

Die Rezension *Die beschworene Natur* erschien gleichfalls in der *Frankfur-*

ter Zeitung, und zwar in deren Literaturblatt vom 31. 10. 1937. Die zugrundeliegende Schrift Heideggers ist jetzt im vierten Band der Gesamtausgabe enthalten, Frankfurt, Klostermann 1981.

Heidegger bleibt unverständlich erschien zuerst in der Zeitschrift *Die Gegenwart* (8. Jg. 1953, Nr. 20), wurde dann auch in den Band *Kriterien. Ein Lesebuch* (Insel Verlag 1965, seither vergriffen) aufgenommen. Heideggers *Einführung in die Metaphysik* war im selben Jahr bei Max Niemeyer in Tübingen herausgekommen. Ungewöhnlicherweise hat der Philosoph die Publikation der Vorlesung aus dem Jahre 1935 damals öffentlich gerechtfertigt: die Hamburger Wochenschrift *Die Zeit* brachte am 24. 9. 1953 einen Brief Heideggers, worin er den einleuchtenden Grund angab, er habe die Wegstrecke sichtbar machen wollen, die von *Sein und Zeit* zu den damals jüngsten Darlegungen führe. In Hinsicht auf die Sätze, die politisch getadelt worden waren, bemerkte er hochfahrend, daß ein Leser, der »das Handwerk des Denkens gelernt« habe, sie vertragen und verstehen werde. In der Gesamtausgabe bildet das Buch den Band 40.

Kraftwerk, Brücke und Heidegger stand ebenfalls zuerst in der *Gegenwart* (9. Jg., 1954, Nr. 1). Heideggers Vortrag ist von der Bayrischen Akademie der Schönen Künste in ihrem Jahrbuch *Gestalt und Gedanke* (Dritte Folge, München 1954) veröffentlicht worden.

Die kurze Äußerung *Bekenntnis an Heideggers 80. Geburtstag* war für eine Fernsehsendung bestimmt. Im Druck ist sie – mit anderen – erschienen in dem Bändchen *Martin Heidegger im Gespräch*, das Richard Wisser herausgegeben hat (Freiburg, München 1970); er war auch der Initiator jener Sendung.

Die großen Worte des Rektors Heidegger schließlich stand im Feuilleton der *Frankfurter Allgemeinen Zeitung* vom 2. 3. 1984. Wie ersichtlich, antwortet diese »philologische Untersuchung« auf den Neudruck der Rektoratsrede von 1933.

Ernst Bloch (1885-1977)

Über mein Verhältnis zu diesem Meister – sein Geburtsjahr ist 1885, er gehörte derselben Generation an wie die akademischen Lehrer, die zuvor geschildert wurden – erfährt der Leser alles Wesentliche aus den hier abgedruckten Beiträgen. Ich habe ihn als Student kennengelernt, ursprünglich durch die Vermittlung meiner Frau, die schon aus älteren Heidelberger

Tagen mit ihm befreundet war. Eine knappe Gesamtdarstellung habe ich zu geben versucht für den Band *Personen und Wirkungen: Biographische Essays*, den die rheinland-pfälzische Landesbank in Mainz 1977 im Verlag von Dr. Kracht herausgegeben hat. Blochs Werke sind im Suhrkamp Verlag erschienen.

Die Begrüßung im Cantatesaal hat der Verleger Siegfried Unseld veranstaltet. Es ist der Saal des Buchhändler-Börsenvereins im Großen Hirschgraben zu Frankfurt. Der Zweck war die Präsentation des *Prinzip Hoffnung* im Westen. Der Willkommensgruß galt der geistigen, noch nicht der physischen Übersiedlung. Sie folgte im Jahr der Errichtung der Mauer in Berlin. Meine Rede erscheint hier zum ersten Mal im Druck.

Vergiß das Beste nicht! ist zuerst in der Beilage der *Frankfurter Allgemeinen Zeitung* vom 9. April 1960, später auch in dem schon erwähnten Essay-Band *Kriterien, Ein Lesebuch* erschienen.

Die *Laudatio* zur Verleihung des Sigmund-Freud-Preises für gelehrte Prosa wurde im Oktober 1975 im Großen Haus des Staatstheaters zu Darmstadt vorgetragen und später im Jahrbuch der Deutschen Akademie für Sprache und Dichtung veröffentlicht. Der neunzigjährige Ernst Bloch konnte an der Feier nicht teilnehmen, Frau Karola Bloch nahm den Preis an seiner Statt entgegen, ihre anmutige Dankrede fußte auf einem Passus Blochs über Hegel.

– Er hat mich seinerseits – zu meinem 60. Geburtstag – mit einem Festschriftsbeitrag erfreut: *Dolf Sternbergers Panorama* in *Sprache und Politik*, herausgegeben von C. J. Friedrich und B. Reifenberg, Verlag Lambert Schneider, Heidelberg 1968.

Walter Benjamin (1892-1940)

Von Benjamin habe ich wohl zuerst durch den damaligen Frankfurter Privatdozenten Theodor Wiesengrund-Adorno gehört, mit dem ich in den Jahren 1930 bis 1932 während der Arbeit an meiner Dissertation häufig zusammentraf, teils in akademischen Veranstaltungen, teils privat. Ich las *Ursprung des deutschen Trauerspiels*, das Buch, das bei dem Frankfurter Habilitationsversuch vorgelegen hatte (dann 1928 bei Rowohlt erschien), und seine Beiträge im Feuilleton der *Frankfurter Zeitung*, von welchen mir namentlich der große Essay über Karl Kraus (in vier Fortsetzungen vom 10. bis 18. März 1931 erschienen) im Gedächtnis blieb. Von Person lernte ich Benjamin im Hause von Ernst Schoen kennen, er war der künstlerische Leiter des Südwestdeutschen Rundfunks in Frankfurt. Ein wenig beteiligte ich mich damals mit ihnen beiden an der Untersuchung der rhetorischen und ästhetischen Gesetze des Rundfunks. (Es gibt jetzt eine publizistische Studie *Walter Benjamin und der Rundfunk* von Sabine Schiller-Lerg, München 1984, die über diese Interessen Aufschlüsse vermittelt; die Figur von Ernst Schoen taucht auch in Benjamins Œuvre auf: Band IV, 1 der *Gesammelten Schriften* Walter Benjamins, im Suhrkamp Verlag 1972). – Insgesamt gilt, was ich schon im Vorwort der Taschenbuchausgabe meines Buches *Panorama oder Ansichten vom neunzehnten Jahrhundert* (von 1974) schrieb: »Ihm verdanke ich viel, zumal die Schärfung des Blicks für das Fremde und Tote des geschichtlichen Details, auch den Sinn für konfiguratives Verfahren.« Benjamin verfolgte auch meine Bemühungen mit Wohlwollen. Zu meinem Heidegger-Buch *Der verstandene Tod* schrieb er mir unter dem 10. Januar 1934 aus Paris: »Sie haben, was zu sagen war, ebenso gewandt wie unerbittlich zum Ausdruck gebracht.« Um so schmerzlicher traf es mich, die Rezension meines *Panorama*-Buches – das 1938 bei Goverts in Hamburg zuerst erschien (jetzt in *Schriften* Band V) – kennen zu lernen, die, nur im Manuskript vorhanden, aus dem Nachlaß auftauchte und in den *Gesammelten Schriften* (Band III), also 1972, ans Licht kam, 33 Jahre nach der Niederschrift, 32 Jahre nach dem Tode des Autors. Die *Zeitschrift für Sozialforschung*, der dieser Beitrag 1939 zugedacht war, hat ihn nicht aufgenommen, vielleicht aus besserer Einschätzung meiner Lage und meines Wagnisses. Aus den auf mich bezüglichen Briefen, die auszugsweise im Anhang dieses Bandes der Gesamtausgabe mitgeteilt sind, läßt sich sehen, wie das Anerkenntnis meiner unter der deutschen Diktatur fortgeführten – nach seiner Formel: »avantgardistischen« – Versuche am Ende von dem Grimm überwältigt wird, Themen von einem Anderen behandelt zu sehen, die er sich vorbehalten meinte. In einem Brief fällt das paradoxe Wort vom »geglückten Plagiat«. Indessen kannte ich von dem Werk, das ihn beschäftigte, damals nichts als das Gerücht von einem Plan, kaum mehr als das Kennwort von der »Passagenarbeit«. Anders als Ernst Bloch hat sich dieser Meister, Benjamin, finster abgewandt von dem, den er angeregt hatte. Es gab keine Chance der Aufklärung und Verständigung mehr. Von Benjamins verzweifeltem Ende – seinem Selbstmord bei dem Versuch, 1940 über die Pyrenäen nach Spanien zu entkommen – habe ich erst nach dem Krieg erfahren. Die Glosse über *Walter Benjamins Prosa* ist im Dezember 1958 in der Zeitschrift *Die Gegenwart* erschienen.

Benno Reifenberg (1892-1970)

Nachdem die Arbeitsgruppe Viktor von Weizsäckers, von welcher oben im Zusammenhang mit der *Erinnerung* an diesen Meister die Rede war, gescheitert und zersprengt war, führte mein Gang aus dem akademischen in das journalistische Milieu. Die Redaktion der *Frankfurter Zeitung* war, wiewohl dezimiert und bedroht, noch immer ein Refugium der Liberalität. Ich hatte schon als Student, seit 1927, gelegentlich Beiträge eingesandt, auch Aufträge ausgeführt, freilich ausschließlich für das Feuilleton und die literarischen Beilagen. So hatte ich auch mit Reifenberg zu tun gehabt, der bis 1930 (zusammen mit Rudolf Geck, Siegfried Kracauer und anderen) das Feuilleton geleitet hatte. Danach versah er für zwei Jahre den Posten des Pariser Korrespondenten, schließlich wurde er nach Frankfurt zurückberufen und trat in die politische Redaktion ein, der er bis Anfang 1943 in unterschiedlichem Grade der Verantwortlichkeit, doch mit gleichbleibender innerer Autorität angehört hat. Ich wurde am 1. Juni 1934 in diese selbe politische Redaktion aufgenommen und schied am gleichen Tage wie Reifenberg (und Hausenstein und zwei weitere Mitarbeiter des Hauses) infolge des Goebbelsschen Berufsverbotes aus, am 5. Mai 1943. Wir fanden uns wieder zusammen bei der Zeitschrift *Die Gegenwart*, die recht eigentlich seine Gründung war, nach deren Ende (1959) in gewisser Weise auch im Kreise der *Frankfurter Allgemeinen Zeitung*. Reifenberg war 15 Jahre älter als ich, er starb 1970. Es gibt von ihm mehrere Bücher, sie weisen ihn als Meister des Feuilletons und sinnenhaften Kunstschriftsteller aus. Über die Geschichte der *Frankfurter Zeitung* im Dritten Reich kann man sich jetzt aus dem Buch von Günther Gillessen *Auf verlorenem Posten* unterrichten (Berlin 1986).
Meine *Grabrede* ist zusammen mit anderen gesprochenen und gedruckten Nachrufen in einem schönen Heft des Societäts-Verlags veröffentlicht worden: *Benno Reifenberg. Worte des Gedenkens*, Frankfurt 1970. Ich habe den Text hier leicht gekürzt.

Herbert Küsel (1904-1969)

Er war der Verfasser des Artikels (über Dietrich Eckart), der sowohl die zuvor erwähnten Berufsverbote als auch die definitive Schließung der Zeitung (am 31. August 1943) zur Folge hatte. Der hier folgende Essay leitete eine Sammlung seiner bedeutendsten Arbeiten ein, die unter dem Titel *Zeitungsartikel* 1973 in den *Veröffentlichungen der Deutschen Akademie für Sprache und Dichtung* bei Lambert Schneider in Heidelberg erschienen ist. Dort lautet mein erster Satz: »Der Titel dieses Bandes ist so unscheinbar, wie der Verfasser der Meisterwerke sich gab, die darin vereinigt sind.«

Ernst Jünger (geb. 1895)

Als ich *Auf den Marmorklippen* gelesen hatte, drängte es mich, den Mann kennenzulernen, der solchen Mut bewies. Die Gelegenheit ergab sich bei einer Reise ins besetzte Paris, die ich unter schwierigen Umständen aus familiären Gründen unternahm. Man führte mich im Kreis von Oberst Hans Speidel im Hotel ›George V.‹ ein. Jünger erwähnt diese erste Begegnung in einer Tagebuch-Eintragung vom 1. November 1941 (in dem Band *Strahlungen*, S. 61). Es entwickelte sich eine zeitweilig lebhafte, doch keine dauernde Beziehung.

Die Besprechung von *Gärten und Straßen* erschien unter dem Titel *Figuren und Konstellationen* an der Spitze des (von Wilhelm Hausenstein redigierten) Literaturblattes der *Frankfurter Zeitung* am 16. 3. 1942. Im Pariser Tagebuch ist unter demselben 16. März, an dem er erschien, auch die Ankunft der ›Frankfurter‹ mit diesem Aufsatz verzeichnet (*Strahlungen*, S. 111). In der Widmung eines Exemplars der französischen *Marmorklippen* (Sur les falaises de marbre) bedankte Jünger sich eigens »für die Entdeckung des ›Doucement‹ «.

Der hürnene Siegfried, abermals eine Besprechung, erschien in der *Gegenwart* (Jg. 1958, S. 596).

Eine Muse konnte nicht schweigen erscheint im vollständigen Wortlaut mit Einschluß der Anmerkungen hier zum ersten Mal. Eine gekürzte Fassung ist am 4. Juni 1980 in der *Frankfurter Allgemeinen Zeitung* erschienen, und zwar im Rahmen der Folge »Romane von gestern, heute wiedergelesen«.

Bernhard Guttmann (1869-1959)

Die Umstände meiner Bekanntschaft mit diesem Meister sind in dem Essay angegeben, der ihm gewidmet ist. Die erste persönliche Begegnung, die dort geschildert wird, muß im Spätjahr 1934 stattgefunden haben.

Bernhard Guttmann zum Gedächtnis geht auf einen Vortrag zurück, den ich im Hessischen Rundfunk gehalten habe. Im Druck erschien er in dem Band *Kriterien. Ein Lesebuch*, dann noch einmal als Nachwort zu einer

Auswahl seiner essayistischen Arbeiten in der ›Bibliothek Suhrkamp‹: Bernhard Guttmann, *Das alte Ohr*. Frankfurt 1979 (BS 614).

Gustaf Gründgens (1899-1963)

Es war bei einem Vortrag, von dem das erste hier folgende Stück (unter dem Titel *Klausur*) berichtet, daß ich diesem Meister zuerst in Person begegnet bin. Es war in München, ich habe ihn damals wohl auch gebeten, sein Manuskript der *Frankfurter Zeitung* zu überlassen. Später traf ich ihn jedes Mal bei den Aufführungen, die hier beschrieben werden, in Wiesbaden und in Hamburg, gelegentlich auch bei mir in Frankfurt, zu knappen und intensiven Verständigungen.

Zu *Klausur* – erschienen am 12. 10. 1941 in der *Frankfurter Zeitung* – und zu der Rezension *Kunst machen* – erschienen in der *Gegenwart*, 1954, S. 88 – ist noch anzumerken, daß der Band *Wirklichkeit des Theaters*, dem die Besprechung gilt, und der auch den Münchner Vortrag enthält, mit einer Einleitung versehen ist, die der Verleger Peter Suhrkamp verfaßt hat. Von Gründgens sagt er: »Es besteht eine auffällige Symbiose zwischen ihm und einer gefahrvollen Welt.«

Die nachfolgenden Schilderungen dreier Aufführungen – des *Wallenstein* und der beiden Teile des *Faust* – sind zuerst in der *Gegenwart* veröffentlicht worden, und zwar der Reihe nach am 24. Oktober 1953, am 1. Juni 1957 und am 31. Mai 1958.

Hannah Arendt (1906-1975)

Mit keinem anderen der Meister, die in diesem Buch vorkommen, bin ich für so lange Zeit und so nahe verbunden gewesen wie mit Hannah Arendt. Wie in der Heidelberger Erinnerungsrede angedeutet, studierten wir etwa gleichzeitig bei Karl Jaspers. Später trafen wir in Frankfurt wieder zusammen, wo sie mit ihrem ersten Mann, Günther Stern (nachmals Günther Anders), lebte und an der Studie über Rahel Varnhagen arbeitete. Sie war Trauzeugin bei meiner Heirat, im Frühjahr 1931. Nach der »Sintflut« fanden wir wieder zueinander. Sie hat schon zum ersten Jahrgang der Monatsschrift *Die Wandlung*, die ich »unter Mitwirkung von Karl Jaspers, Werner Krauss und Alfred Weber« in Heidelberg herausgab, den Aufsatz *Organisierte Schuld* beigesteuert, der die moralische Lage Deutschlands scharf erleuchtete. Wir trafen uns bei ihren Reisen nach Europa und bei

meinen Reisen nach Amerika. Gelegentlich wohnte sie bei uns in Frankfurt, wie ich bei ihr und ihrem zweiten Mann, Heinrich Blücher, in New York. 1962 hat sie auf der Rückreise von Jerusalem vom Eichmann-Prozeß, in dem Colloquium referiert und diskutiert, das ich im Rahmen des »Instituts für Politische Wissenschaft« in Heidelberg eingerichtet hatte, und ich habe 1964 ein Semester an der Universität von Chicago zugebracht, wo sie inzwischen wirkte. Noch im Sommer 1975 besuchte sie mich in Darmstadt, es war die letzte Begegnung. So umspannt diese Beziehung fast ein halbes Jahrhundert und eine ungeheuerliche Epoche. Daß dieser Name in der Folge des »Gangs zwischen Meistern« an relativ später Stelle eingefügt ist, hat einen geistigen Grund: erst in ihrer zweiten Lebenshälfte ist Hannah Arendt zu einer entschieden politischen Denkerin geworden, und als solche hat sie für meine eigenen Bestrebungen eine höhere Bedeutung gewonnen als zuvor. Worin sie beruht, mag aus den nachfolgenden Beiträgen ersichtlich werden. Ein Nachruf, der gewisse Hauptmotive ihrer politischen Philosophie beschreibt, ist 1976 in einem Gedenkheft der Zeitschrift *Merkur* (auf englisch 1977 in der Zeitschrift *Social Research* in New York) erschienen, dann auch in Band IV meiner *Schriften* aufgenommen: *Die versunkene Stadt. Über Hannah Arendts Idee der Politik*.
Elisabeth Young-Brühl hat eine Biographie geschrieben: *Hannah Arendt. For love of the world*, New Haven 1982, neuerdings auch deutsch bei S. Fischer, Frankfurt 1986.

Die Rezension *Sehnsucht nach der Unsterblichkeit* erschien am 31. Dezember 1960 in der *Frankfurter Allgemeinen Zeitung*.

Hannah Arendt: Der antike und der moderne Staat habe ich aus einer größeren Studie herausgelöst: *Politik und Leviathan. Ein Streit um den antiken und den modernen Staat*, erschienen in dem Sammelband *Zeugen des Wissens*, den Heinz Maier-Leibnitz herausgegeben hat (Mainz, bei v. Hase und Koehler, 1986). Darin habe ich den Streit um die Frage der Vorbildlichkeit des antiken für den modernen Staat durch einige klassische Werke der politischen Theorie hindurch verfolgt, aber die Auseinandersetzung mit Hannah Arendts Gedanken war mir am meisten am Herzen gelegen. Es ist mir schmerzlich, daß sie diese Antwort nicht mehr hören konnte.

Vernünftige Erkenntnisse und übermütige erschien am 3. Dezember 1985 im Literaturblatt der *Frankfurter Allgemeinen Zeitung*. Ich habe den Text dieser Besprechung vollständig übernommen, weil auch die editionskritischen Bemerkungen des letzten Teils, wie ich meine, ein ernstes allgemeines Interesse beanspruchen können.

Thomas Mann (1875-1955)

Der erste Brief, den ich von Thomas Mann erhielt, trägt das Datum des 19. März 1946, ist noch in Pacific Palisades, California, geschrieben. Er antwortete auf meine Zusendung des ersten Hefts der neu gegründeten Monatsschrift *Die Wandlung* und handelte zur Hälfte eben hiervon; er rühmte das Unternehmen in starken Worten. Die andere Hälfte nimmt Bezug auf den Austausch Offener Briefe mit Walter von Molo, der ihn dringlich zur Rückkehr nach Deutschland aufgefordert hatte. (Die hauptsächlichen Zeugnisse der damaligen heftigen Kontroversen findet man in dem Buch von Klaus Schröter *Thomas Mann im Urteil seiner Zeit*, Hamburg 1969, Thomas Manns Antwort an Molo im zwölften Band der Gesammelten Werke unter der Überschrift: »Warum ich nicht nach Deutschland zurückgehe.«) Dazu heißt es in seinem Brief (der auch in die Sammlung aufgenommen wurde, die Erika Mann von seinen Briefen veranstaltet hat): »Ich bin verblüfft und betrübt über die unglaubliche Erbitterung, die mein doch eigentlich schonender und menschlich vertrauensvoller Entschuldigungsbrief an Herrn von Molo in Deutschland erregt zu haben scheint.« Und: »Warum muß dies Volk sich immer und um jeden Preis beleidigt fühlen?« Er schließt das bittere Thema mit einer komischen Pointe ab: »Es ist mir leid um den armen Hartung, der so prompt nach seiner Heimkehr gestorben ist. Ich bin überzeugt, daß es mir ebenso gehen würde. Wozu ich nur mit jenem Hamburger Budiker, dem ein Junge wiederholt in die Heringstonne spuckte, sagen kann: ›Schadt ja nix, nich? Aber was soll es, nich?‹ «
Ich habe dann in der *Wandlung*, noch im ersten Jahrgang, in der Tagebuch-Rubrik eine Betrachtung angestellt, worin die begeisterte Kritik der *Lotte in Weimar*, die uns eben bei Kriegsende zugekommen war, verknüpft ist mit einem Fechtgang wider die verschiedenen respektlosen Briefschreiber: »Thomas Mann und der Respekt« (auch in dem Band von Schröter enthalten).

Eine persönliche Begegnung kam am 30. Mai 1947 in Zürich zustande, wo Thomas Mann am Kongreß des PEN-Clubs teilnahm. »Für mich war es ein großer Augenblick, weil er ein großer Dichter und Schriftsteller ist«, schrieb ich in einem Tagebuchbericht über meine erste Auslandsreise nach dem Krieg (*Die Wandlung*, Jg. II, S. 375). Zwei Jahre später erhielt ich einen Brief aus demselben Zürcher Hotel, wo er mich damals empfangen hatte; der war nun unmittelbar vor der ersten physischen Wiederbegegnung mit Deutschland geschrieben, er bereitete sich auf den Empfang des Frankfurter Goethepreises vor, der ihm im Jahr des zweihundertsten Geburtstages verliehen werden sollte. »Das Verhalten der Deutschen zu mir«, heißt es im letzten Absatz des Briefes, der vom 26. Juni 1949 datiert ist, »ist durchaus hysterisch. Schmähgedichte und -artikel wechseln mit Schreien des Verlangens. Es ist unheimlich. Von meinem Besuch verspreche ich mir hauptsächlich Ernüchterung« – das letzte Wort ist unterstrichen. In Frankfurt traf ich ihn dann ein zweites und letztes Mal. Im Hause meines Freundes Hanns W. Eppelsheimer in der alten Rothschild-Bibliothek am Main las er nach Tisch für etwa ein Dutzend Gäste ein Kapitel aus dem neuesten Roman, dem *Erwählten*.

Die Liebe und das kalte Herz war mein Beitrag zu seinem 80. Geburtstag und ist in der *Gegenwart* erschienen (Jg. 1955, S. 378).

Deutschland im ›Doktor Faustus‹ und ›Doktor Faustus‹ in Deutschland geht auf einen öffentlichen Vortrag zurück, der bei Gelegenheit des Thomas-Mann-Symposions (zum 100. Geburtstag) im Mai 1975 in München, im Lichthof der Universität, gehalten wurde. Ich konnte dabei ein Manuskript verwenden, das fünfundzwanzig Jahre zuvor einer Rede über Doktor Faustus und seine Kritiker im Kurhaus Bühlerhöhe bei Baden-Baden zugrundegelegen hatte; ich erinnere mich, daß einer dieser Kritiker, Hans Egon Holthusen, damals im Saal anwesend war und sich verteidigte. Der Münchner Vortrag ist hier in der Gestalt wiedergegeben, wie er in dem Sammelband *Thomas Mann 1875-1975, Vorträge in München, Zürich, Lübeck*, herausgegeben von Beatrix Bludau, Eckhard Heftrich und Helmut Koopmann, aufgenommen wurde (Frankfurt, S. Fischer 1977). Einer der Initiatoren des Symposions, Peter de Mendelssohn, hat mich auch zu dem Vortrag angeregt.

Marlene Dietrich (geb. 1901)

Bei dieser letzten Meisterfigur ist nichts von persönlichen Begegnungen zu berichten – so wenig wie bei der ersten in dieser Reihe, Charlie Chaplin. Natürlich habe ich eine ganze Reihe von Filmen gesehen, in denen Frau Dietrich mitwirkte, angefangen von dem unvergeßlichen *Blauen Engel*. Aber als ich die Platte mit ihren Songs gehört hatte, wie sie sie im Café de Paris in London vortrug, eingeführt von Noel Coward mit seinen gloriosen Versen, da versanken alle ihre Rollen: In dem Metier der Diseuse hat sie eine definitive Vollkommenheit erreicht. Es mag dies eine ›Kleinkunst‹ heißen, sie gibt doch ein Modell der Präzision und der Diskretion ab, auch für jegliche ›Großkunst‹ einschließlich der Schreibkunst und der Denkkunst.

Marlene Dietrichs schöne Kunst ist zuerst in der *Frankfurter Allgemeinen Zeitung* vom 30. Mai 1960 erschienen, unmittelbar nach ihrem Auftritt in der Rhein-Main-Halle zu Wiesbaden. Diese Veröffentlichung hatte die überraschende Folge, daß ich zwei Tage danach einen Brief erhielt – von Marlene Dietrich. Es war nicht ein gewöhnlicher Dankbrief, sondern ein Signal geistigen Einverständnisses. Der Essay ist in der einschlägigen Literatur mehrfach wiedergegeben, so in der Dokumentation *Marlene Dietrich* (Teil 2) zusammengestellt von Werner Sudendorf (München 1978, bei Hanser), so auch im Anhang der deutschen Version ihrer autobiographischen ›Reflexionen‹ (*Nehmt nur mein Leben . . .*, München 1979, bei Bertelsmann). Beide Male finde ich mich in der Gesellschaft bedeutender Autoren – Hemingway und Cocteau sind darunter –, ihre Namen und ihre Voten bestätigen den Rang der Meisterschaft, den diese Künstlerin erreicht hat.

Auch *Die göttliche Marionette* erschien in der *Frankfurter Allgemeinen Zeitung*, am 19. Januar 1976.